Contando atardeceres

AF276224

Biografía

La Vecina Rubia es la escritora anónima más conocida de las redes sociales. *La cuenta atrás para el verano* (Libros Cúpula, 2021) fue su primera novela en mayúsculas, donde volcó sus pasiones literarias con su humor característico y la verdad que la representa. De ella se han publicado 14 ediciones. *Contando atardeceres* (Libros Cúpula, 2022) supuso la segunda parte de la saga Verano y un firme paso hacia delante en su carrera literaria con una historia llena de matices, humor y, sobre todo, sentimientos al más puro y original estilo de esta autora. Más de un millón de lectoras avalan este éxito sin precedentes que ha supuesto un hito tanto nacional como internacionalmente con su publicación en países como Argentina, Chile, Uruguay, México, Colombia, Perú y EE. UU., además de su traducción al italiano y portugués. *La chica del verano* (Libros Cúpula, 2023) consolida la proyección y el talento de esta escritora emergente para cerrar una historia de éxito que ya ha superado el millón de lectoras. La Vecina Rubia cuenta con una gran comunidad en las redes sociales, tanto en Instagram y Facebook como en Twitter. Su «gran chat de amigas», como ella misma las denomina, encuentran en su perfil un espacio de apoyo donde reírse y emocionarse juntas.

La Vecina Rubia
Contando atardeceres
No es dónde, es con quién

Saga Verano

LIBROS CÚPULA

La lectura abre horizontes, iguala oportunidades y construye una sociedad mejor.
La propiedad intelectual es clave en la creación de contenidos culturales porque
sostiene el ecosistema de quienes escriben y de nuestras librerías.
Al comprar este libro estarás contribuyendo a mantener dicho ecosistema vivo y
en crecimiento.
En **Grupo Planeta** agradecemos que nos ayudes a apoyar así la autonomía creativa
de autoras y autores para que puedan seguir desempeñando su labor.
Dirígete a CEDRO (Centro Español de Derechos Reprográficos) si necesitas fotocopiar
o escanear algún fragmento de esta obra. Puedes contactar con CEDRO a través de la
web www.conlicencia.com o por teléfono en el 91 702 19 70 / 93 272 04 47

*A mi padre, la persona que me enseñó
que el color de los atardeceres se llama arrebol*

PARTE I
MADRID

1
Todo pasa por algo

¿Casualidad o destino?

Hay veces que el destino se empeña en ponerte delante a una persona una y otra vez. Es inevitable pensar que hay un porqué para ello y que la casualidad responde a un motivo: una puerta que queda por cerrar, una herida por sanar, un perdón que nunca llegó o un beso que quedó pendiente.

En mi caso, la casualidad nació en forma de beso al encontrarme la noche anterior en un restaurante de Madrid con Javi, el chico al que había conocido el último verano en Ibiza.

¿Alguna vez has pensado que estabas enamorada solo con un beso? Pues eso es justo lo que creí sentir en aquel momento.

Recordé cada detalle de aquel instante en el que mi cuerpo sufrió una sacudida con aquella casualidad ocurrida apenas unas horas antes. Lo rememoré todo atrincherada bajo el edredón de mi cama, saboreando aquel beso y odiando profundamente el hecho de tener que madrugar y enfrentarme a la vida real.

Decenas de notificaciones de WhatsApp se acumulaban en mi pantalla. El chat de grupo estaba más activo que mi amiga Laura tras el segundo café de la mañana. Yo, por el contrario, no me veía capaz de gestionar tanta exaltación emocional sin haberme tomado al menos uno.

Eché un ojo, por encima, a los últimos mensajes.

Dramachat
Laux., Lucía azafata., Sara., Tú

Laux.
Jajajajaja.
Qué exageradas.
Pero ¿tanto estaba gritando?

Lucía azafata.
Más

Sara.
Tía, se te escuchaba
desde el baño.

Laux.
Jajajajaja. Nunca hay
que pasar desapercibida.

Lucía azafata.
Créeme, cariño, que con
ese tono de voz es imposible

Sara.
Oye, ¿y la rubia?
No ha dicho ni mu todavía.

Laux.
Estará aún babeando la almohada.

Lucía azafata.
Se pensará que la
almohada es el bombero
de anoche y la
estará dejando fina...

Sara.
¿Cómo habéis dicho que
se llamaba?

Laux.
¿La almohada?

Sara.

¡El bombero!

Lucía azafata.

Jajajajajaajajaja

Laux.

¡Javi! Muy fuerrrrte.
Está bien bueno, eh...
Y es un encanto.

Lucía azafata.

¿Es el que conocisteis
en Ibiza?

Laux.

El mismo.

Lucía azafata.

Coño, pues qué casualidad
encontrárnoslo anoche

Sara.

Se alinearon los astros,
¿no, Lucía?

Laux.

Jajajajaja.

Lucía azafata.

Los astros no sé, pero
espero que no sea escorpio...

Laux.

¡Rubiaaaaaaaaaaaaaaa!
La rubia estará ahora
mismo enamorada, ya os lo digo.

Lucía azafata.

Estará llegando tarde,
como siempre

Sara.

Yo estoy llegando al
curro ya, que los
viernes entramos
prontísimo.

Lucía azafata.
Yo tengo una resaca...

Laux.
¿Me caí ayer?
Tengo un moratón
en la pierna...

Sara.
Jajajajajaja.
Yo no me acuerdo...

Laux.
Como no conteste,
la pienso llamar.

Lucía azafata.
A voces desde el balcón, ¿no?

Laux.
Jajajajaja.

Lucía azafata.
Sara, hija, nunca
te acuerdas de nada y tú,
Laux..., te caíste delante
de todo el restaurante
mientras coreabas
«Total, si aquí no nos
conoce nadie»...

Siempre se ha dicho que los actos definen a las personas. Creo que quien dijo esta frase no había analizado los grupos de amigas. Lo que se cuenta en un chat de grupo dice mucho más de quienes forman parte de él que cualquier otro hecho de la vida.

Así son estas tres, mis tres mejores amigas. Laux no es una persona que pase desapercibida. Digamos que su tono de voz está por encima de la media... de la media de un concierto de Metallica. Digamos que físicamente tampoco podría pasar inadvertida, aunque quisiera. Su larga melena morena, su tono de piel bronceado incluso en invierno y sus largas pestañas la preceden. Para ella, el mundo es una tarima a la que subirse, y me conoce mejor que yo a mí misma, cuidándome siempre como solo sabe hacerlo el corazón de una enfermera. Sara es inocencia pura. Preciosa, sincera y honesta. Se acuerda de su nombre solo porque lo pone en su DNI. Es muy humana, por eso trabaja en recursos humanos. Su gran corazón lleva dedicado a los animales de una protectora desde que el tiempo es tiempo. Y Lucía... A Lucía, el adjetivo «sincera» se le queda corto. Lo suyo es el sincericidio. Eso sí, sincericida por fuera y tan noble por dentro que dejaría lo que fuera en mi vida por estar a su lado, si lo necesitase. Tan alta como altiva, se ha creado una dura coraza para proteger su corazón. Cree firmemente que su destino está escrito en el horóscopo, mientras ella escribe novelas de crímenes y sangre. Solo sé que el destino me unió a ella hace muchos años. No me separaría de su lado por nada.

Tras el último mensaje de Lucía, dejé de leer el chat porque ya se me estaba haciendo tardísimo. Contestaría más tarde, en algún descanso del trabajo, cuando pudiera estar a la altura de sus comentarios.

Miré la temperatura en el móvil. Esa mañana daban poco más de seis grados. «Mejor», pensé, así podría sentir el calor que Javi había dejado dentro de mí la noche anterior. El contraste de temperatura era un aliado para evitar que la sensación se disipara. No estaba tan mal.

Ese día había una probabilidad de lluvia del noventa por ciento: eso eliminaba de la ecuación todos mis tacones. Me tumbé en la cama boca arriba, con el móvil en el pecho, sonriendo como una adolescente enamorada, pero siendo muy consciente de que una ya tiene una edad como para pensar en la ropa tendida cuando llueve en vez de soñar con chapotear en los charcos.

Salté de la cama para llegar a una hora decente al trabajo y me miré en el espejo. Tenía restos de rímel en las mejillas y las puntas de mi largo pelo rubio me recordaban que tocaba pasar por la peluquería. Por lo demás, el reflejo me devolvía la imagen de alguien que acababa de dejar atrás los veintinueve, aunque medir 1,60 desde los dieciséis siempre me ha hecho parecer más joven de lo que soy. Esa mañana, todavía no era consciente de estar inmersa en la crisis de los treinta, aunque me vi alguna arruga nueva alrededor de los ojos que no me sentaba nada mal. Recordé la frase de Mark Twain: «Las arrugas solo deberían indicar dónde estuvieron las sonrisas». Desde luego, me habrían podido salir tras las infinitas sonrisas de la noche anterior, con lo cual pensé que estaban más que merecidas y hasta me alegré de tenerlas. Mi padre siempre me decía que el tiempo pasa tan deprisa a una edad, que los recuerdos se borran y solo quedan las sonrisas. Así es como quiero que permanezca él en mi mente el resto de mi vida: convirtiendo su recuerdo en marcas de felicidad en mi cara.

Desayuné rápido, como de costumbre. Me desmaquillé para volver a maquillarme, elegí un vestido gris de punto y unos leotardos con calados en espiga y, a toda prisa, bajé al coche, que me esperaba aparcado en la puerta de casa. Siempre me ha gustado dotar al coche de un carácter especial, como si fuera una persona. Aparte de todos los adornos que llevaba en el interior, sentía como si compartiera mi vida con él, a la par que con mi moto. Además, el coche tenía en el frontal una preciosa sonrisa, a juego con unos brillantes ojos por faros. La pareidolia es la capacidad de ver caras y figuras donde no las hay: las veo en edificios, señales, tuberías, azulejos y, por supuesto, en todos los coches... Algunas de ellas muy felices y otras, como mi amiga Lucía, permanentemente enfadadas.

Era diciembre y helaba por las noches. No entiendo cómo hay gente a la que puede gustarle más el frío que el calor, cuando el frío es más incómodo que un sujetador que no es de tu talla. Cuando llegué al coche, tuve que utilizar la rasqueta para retirar el hielo del parabrisas. Esto era algo que me molestaba mucho, porque tenía que ejercer bastante fuerza y las manos se me congelaban. No obstante, aquella mañana no había nada que pudiese borrarme la sonrisa de la cara. En plena faena, con la rasqueta sobre el parabrisas, una mano me tocó el hombro y me sobresaltó:

—Vecina, ¿problemas con el hielo? —dijo Pol mientras hacía una perfecta «o» con el vaho que salía de su boca y luego otra «o» con el humo de su cigarrillo—. ¿Iban bien cargaditas de hielo también vuestras copitas de anoche? —sentenció.

Pol, mi vecino de arriba: siempre fumando y siempre haciendo preguntas incisivas con ese tono sarcástico que le caracterizaba. Era de esas personas que no dan puntada sin hilo. Siempre vestía como un señor mayor, aunque adaptado a su estilo, entre pijo y desenfadado, como aquel al que no le importa combinar la ropa, mientras sea de alguna marca.

—Ay, Pol, calla, qué oportuno, toma. —Le coloqué la rasqueta en la mano y le hice un gesto para que rascase él el hielo mientras yo buscaba los guantes en los bolsillos del abrigo con mucha prisa.

Llegaba tarde, como siempre.

—Venga, cuenta. ¿Qué tal la cena ayer? ¿Hubo jarana? —me preguntó mientras me ayudaba a retirar el hielo del parabrisas.

—Cuando te lo cuente, no te lo vas a creer, pero ahora no puedo.

—¿Cómo? ¿Me vas a dejar así?

—Sí, así tal cual estás, fumando todo el día —respondí muy digna.

—Vaya humos... Cualquiera diría que estás cabreada en vez de enamorada... ¿Tú te has visto la cara?

Rápidamente, me agaché a mirarme en el retrovisor del coche por si tenía algo. Resultado: pintalabios en el diente, *eyeliner* desigual y rímel impoluto, recién puesto, tras haber retirado los restos de anoche. Ni tan mal, lo de todas las mañanas.

—¿¡Qué me pasa en la cara!? —le pregunté entre risas mientras le atizaba con el guante.

—Que tienes sonrisa de enamorada... Ya me contarás qué pasó anoche, porque algo pasó, que ya nos conocemos.

Y tanto que nos conocíamos. Pol había sido un gran apoyo emocional para sobrellevar la muerte de mi padre, y su olor a tabaco me recordaba a las largas conversaciones junto a la ventana de mi salón, cerveza en mano, que tuvimos desde el primer día que nos conocimos en la piscina de la urbanización donde vivíamos.

Le di otro guantazo mientras me despedía de él, prometiéndole que luego le contaría todo lo que había pasado la noche anterior. De todas formas, tampoco era tan largo: Laux, Sara, Lucía y yo tuvimos nuestra cena de Navidad de amigas. Brindamos, Laura se puso un poco más piripi que las demás y, por casualidad, nos encontramos con Javi, que, hasta donde yo sabía en aquel momento, vivía en Ibiza, lo que impedía que lo nuestro tuviera algún futuro. Pero resultaba que no, que estaba en el mismo restaurante que nosotras, con todos sus compañeros de trabajo del parque de bomberos. Ante mi estupor, me contó que estaba viviendo en Madrid, que el día anterior me había llamado para contármelo, pero que no se lo había cogido. Y se había sentido decepcionado. En realidad, no me enteré de su llamada porque no tenía guardado su teléfono en la agenda del móvil, ya que lo perdí en mi cumpleaños, tuve que comprarme otro y no se me sincronizaron todos los contactos.

Con lo cual, al verlo allí, sin saber que me había llamado para decirme que estaba en Madrid, yo, de primeras, también me había decepcionado. Como diría Gustavo Adolfo Bécquer: «Hermosa tú, yo altivo: acostumbrados uno a arrollar, el otro a no ceder; la senda estrecha, inevitable el choque... ¡No podía ser!».

Bueno, pensándolo bien, igual sí era más largo de contar de lo que creí en un principio. En tres palabras: Javi estaba en Madrid. Perdón, cuatro, que soy de letras.

Conduje hasta el trabajo mientras reproducía en mi mente las escenas de la noche anterior, sobre todo una que quedó grabada a fuego en mis recuerdos: Laux capitaneando a mis amigas y todas, muy felices, golpeando desde el interior la cristalera del restaurante donde nos habíamos encontrado a Javi, mientras él y yo nos besábamos en la calle para sellar ese bonito e inesperado momento. Ese desencuentro en un principio que había terminado convirtiéndose en un reencuentro.

Como era de esperar, una llamada de teléfono entró en el manos libres del coche y me sacó de la ensoñación. Era Lucía, con la voz ronca.

—Pero vamos a ver, rubia, ¿qué coño hacía Javi ayer en Madrid?

No dijo ni hola ni buenos días. Así era ella.

—¿Buenos días?

—Sí, sí... Buenos días para ti, querida. Yo tengo una resaca que no puedo con ella. ¡Bueno, cuenta!

—Ja, ja, ja. Pues resulta que se ha cogido una permuta y se ha venido a vivir aquí.

—¿Tengo yo cara de diccionario de la RAE? ¿Qué coño es una permuta?

—Es un acuerdo entre dos bomberos de distintas ciudades para cambiar su lugar de trabajo temporalmente. La madre de Javi vive en Madrid y a él le apetecía un cambio de aires. —Le resumí lo que él me había contado.

Mi capacidad de sintetizar era asombrosa. Quizá por eso me sentía como pez en el agua en Twitter, con los ciento cuarenta caracteres por tuit que había por aquel entonces.

—Flipo en colores. La verdad es que el chico parecía un amor... —contestó Lucía—. Ja, ja, ja. No me quiero ni imaginar la vergüenza que habrá pasado esta mañana en el curro con la que lio ayer Laux delante de sus compañeros. ¡Bailó encima de su mesa!

—Ja, ja, ja... Bueno, Javi está acostumbrado, tú es que te perdiste a Laura en Ibiza. Lo de ayer fue un día tranquilo en comparación a lo del verano. De todas formas, se lo preguntaré el martes, que hemos quedado...

—¡Ohhhhhh! Ahí es donde yo quería llegar. Bueno, bueno, bueno, qué fuerte... No seré yo la que siempre te diga que has de tener cuidado por si te enamoras, pero ve con cuidado, que todavía no le conocemos bien. No sabemos ni qué signo del zodiaco es.

Lucía es incapaz de confiar en alguien sin saber su horóscopo y, al menos, un ascendente.

—Ja, ja, ja. ¿Crees que algún día te gustará alguno de los tíos con los que me lío? —le dije, sabiendo que solo intentaba protegerme.

—Algún día, quién sabe, nunca digas nunca, que eso lo tendrá escrito el destino... Por cierto, voy a mirar nuestro horóscopo de hoy, a ver qué dice.

—Ja, ja, ja. Luego me lo cuentas, que acabo de llegar. Te cuelgo, anda, luego hablamos.

Colgué con una sonrisa, deseando leer qué nos depararía el destino esa semana a las libra en el apartado del amor, para qué nos vamos a engañar.

Y aunque no solía creérmelo, las risas que me echaba con Lucía mirando nuestros horóscopos no nos las quitaba nadie.

Me encantaba la fascinación de Lucía por la astrología y el destino. Siempre he pensado que todo pasa por algo, que la vida está llena de señales, y que cada paso que damos escribe una línea en nuestro destino. Esta forma de pensar es muy divertida, pero también genera mucha incertidumbre. El simple hecho de perder el metro te puede hacer sopesar si en ese vagón podrías haberte encontrado a una nueva amiga, al hombre de tu vida del mes de diciembre, a un cazatalentos que te catapultase al éxito o incluso a Brad Pitt. Y aunque aceptas que, si el destino quiere que cojas el siguiente metro, será por algo, sufres al no saber lo que te perdiste en el anterior. Dramática se nace, pero también se hace.

En este caso, lo que ocurrió aquella noche no dejaba lugar a dudas: el hecho de que fuésemos a ese restaurante, elegido por Laux entre los «Diez mejores restaurantes para celebrar una cena de empresa» que había visto en un artículo de una revista en internet, y en el que nunca habíamos estado, marcó mi destino con la casualidad de encontrarme con Javi, al que probablemente no hubiese vuelto a ver en mi vida. ¿Cómo no reafirmarme en lo importante que es creer en las señales tras ocurrirme algo así?

2
La fuerza del destino

Una vez puede ser una casualidad, dos veces es el destino.

En un descanso, abrí el chat de grupo, deslizando los cientos de mensajes no leídos hasta llegar al último, que era de Laura.

Dramachat
Laux., Lucía azafata., Sara., Tú

Laux.
Pues el bombero que iba con una camisa
de cuadros de leñador me dio su número.
La pena es que no haya venido Ivanoski,
el amigo de Javi; cuando nos liamos en
Ibiza fue un amorrrrrrrr.

Jajaja.

Laux.
¿¡Cómo que jajaja!?
Por fin apareces.
¡¡¡Cuentaaaaaa!!!

Me ha escrito esta mañana...
Más mono...
Dice que quiere que pasemos
el invierno juntos en Madrid.

Sara.
Ya nos ha contado Luci
lo de la perputa esa.

Jajajaja, permuta, Sara,
permuta.

Laux.
¿O sea que se va a quedar
a vivir aquí? FLIPO.

Eso parece...
Bueno, me dijo que
era algo temporal.
Seis meses.

Laux.
Joderrrrr... pues habrá que
aprovecharlos a tope.

Y es que mi amiga Laura no tiene otra medida que no sea «a tope» para aprovechar las cosas. A mí, sinceramente, me da bastante miedo vivir las cosas a tope cuando sabes que son temporales. Supongo que es lo que tiene la edad y madurar, que no te lanzas a la piscina sin haber probado antes el agua. Al final, como decía Oscar Wilde: «La experiencia es el nombre que le damos a nuestras equivocaciones». Y yo tenía mucha en haber vivido de manera demasiado intensa otras relaciones que al final no acabaron comiendo perdices, por lo que, en esa ocasión, quería ser más cauta.

Aquel beso con Javi me había hecho sentir esas cosquillitas a las que todo el mundo alude, no nos vamos a engañar. Fue toda una sorpresa volver a verle, y su presencia me trajo una paz en ese momento que ni siquiera los alaridos de Laux cuando lo vio pudieron alterar. Estaba guapísimo. Alto, bronceado en pleno diciembre, con una barba de varios días, más de la que tenía la última vez que le había visto en la playa. Llevaba una camisa blanca que dejaba entrever su perfecto pecho, marcado con timidez, pero sin poder evitarlo. Javi nunca llevaba la ropa apretada con el fin de sugerir, mostrar o marcar nada, eso era algo que no iba con su personalidad, pero había pocas camisas que pudieran contener aquellos bíceps y aquel torso trabajado a base de mucho deporte. Su boca era perfecta, y habría sido imposible no besarla habiéndola probado antes. Me encantó su calma conversando, su honestidad a la hora de explicarme el malentendido con la llamada y la sensación compartida de que ambos nos alegrábamos mucho de habernos encontrado. Pero ¿qué iba a pasar en el futuro? Volvieron a asaltarme las dudas de si merecería la pena siquiera empezar a «sufrir» con algo que tenía una fecha de caducidad de seis meses.

Dramachat
Laux., Lucía azafata., Sara., Tú

> Chicas, no sé si voy a ser capaz
> de disfrutar de algo sabiendo que
> va a tener un final.

Lucía azafata.
Vamos a ver, por esa regla de tres,
tampoco leerías un libro o verías
una serie porque sabes que
tienen un final...
A veces hay segundas partes

> Pues también tienes razón,
> pero yo qué sé.

Lucía azafata.
Que tenga que decirte
esto precisamente yo
tiene delito

Laux.
Bueno, bueno,
tú disfruta del momento
y luego ya veremos.

Lucía azafata.
Como siempre decimos:
¿si no lo hacemos ahora,
cuándo lo vamos a hacer?

Sara.
¿Eso es una pregunta retórica?

Lucía azafata.
Sí, y esta es otra pregunta,
pero directa:
salimos esta noche, ¿no?
No me quiero volver a Asturias
sin pisar los garitos que estén
de moda ahora

Laux.
Salir, salimos fijo, lo que no se sabe
es cómo entraremos.

Tía, pero no te vayaaas...

Sara.
Eso, quédateee, Luci.

Lucía azafata.
Si hombre si, aquí no hay quien
se concentre para escribir un libro:
la rubía o se encuentra a su ex
o se encuentra a Javi.
Y eso que vive en Madrid, si
llega a vivir en Asturias
no sé que seria de ella...

¿«Seria» de mí? Con lo alegre
que soy y los chistes
que te cuento...
Luci, no te comas tantas
tildes, que no es lo mismo
seria que sería.

Laux.
Jajajajaja.

Lucía azafata.
Eres una hija de la RAE

Jajajajajajajajajaja.
Venid a las nueve a mi casa,
pedimos algo de cena
y salimos.
Voy a trabajar.

Cerré WhatsApp, pensando de nuevo en cómo la personalidad de cada una se veía reflejada en la manera de escribir en el grupo. Sara, siempre despistada; Laux, con la sonrisa y el «jajaja» perennes y Lucía, relajada como su escritura, comiéndose puntos, tildes y lo que surja. Y luego estaba yo, tan preocupada por mi correcta escritura como por cualquier tema que se escapase un poco a mi control.

El día en el trabajo se me pasó volando con la idea de echarme la siesta de los viernes, que es totalmente necesaria para coger energías y salir por la noche.

Cuando llegué a casa, y sin desvestirme siquiera, me fui directa a la cama. Volví a encontrarme en la misma posición en la que había estado esa misma mañana, tumbada boca arriba y con el móvil en el pecho. Lo cogí con las dos manos para leer de nuevo la conversación con Javi, como ya había hecho varias veces durante la mañana: como una niña que está loca de contenta con un regalo sorpresa que no esperaba.

Javi Ibiza.

¿Quieres pasar este invierno conmigo en Madrid?

¿Quieres pasar este verano conmigo en Ibiza?

Aquellos habían sido los últimos mensajes después de nuestro encuentro fortuito. A simple vista, puede parecer que no nos habíamos dicho mucho, pero esas palabras lo significaban todo. Implicaban tanta generosidad por ambas partes que, de forma inconsciente, me animaban a ilusionarme. De repente, me di cuenta de que estaba en línea y no solo eso, también vi que estaba escribiendo. Solté el móvil como si estuviese ardiendo, pensando que me podía pillar *in fraganti*, justo releyendo nuestras palabras. Me sentí como cuando haces un pantallazo de una conversación con alguien y se lo envías a esa persona, en vez de al chat de amigas, que es donde lo querías mandar. Es algo que me ha pasado más de una vez, y es una sensación de pillada épica. En una ocasión, lo solventé diciéndole al chico que se había comido una tilde en una palabra y le mandaba el pantallazo para que lo viese. Un plan sin fisuras.

El móvil había llegado volando hasta el otro extremo de la cama, donde la pantalla se iluminó con un mensaje.

Javi Ibiza.

¿Qué tal tu día?

Me pareció una pregunta digna de dos personas que se conocen de toda la vida, aunque en realidad no sabía mucho sobre él, más allá de los días que pasamos felizmente juntos en la isla. He de reconocer que lo poco que conocía de él me gustaba. Y mucho. En Ibiza pude comprobar que me atraía esa forma de ser que mezclaba en la proporción adecuada timidez, educación y calma, todo ello contenido en un cuerpo esculpido hasta el más mínimo detalle como en el Renacimiento y una cara de las que no puedes olvidar jamás por la belleza y simetría que esconde.

Pero no sabía ni siquiera su horóscopo, como bien me había dicho Lucía. Desconocía cuál era su comida favorita; tampoco conocía su horario de trabajo, cómo se llamaba su madre o si prefería los áticos o los bajos. No sabía qué desayunaba por las mañanas o si le gustaba el queso. Dios mío, imagínate conocer a alguien y que no le guste el queso. Y justo ahí, cuando me noté preocupada ante la perspectiva de que no le gustara, supe que estaba ávida de saberlo todo sobre él. Sin quererlo, había respondido a mi propia inseguridad sobre los próximos seis meses de manera clara y concisa. ¿Quieres conocer a Javi? Sí, quiero.

Así que le contesté al momento, sin los consabidos juegos de dejarle en visto, hacerle esperar o cualquier tontada de las que había hecho mil veces con otras personas. Necesitaba empezar cuanto antes a saberlo todo sobre él. Ninguna relación te hace perder el tiempo: al final, siempre aprendes algo de ella, aunque sea a reconocer lo que no quieres en tu vida.

Javi Ibiza.

¡Muy bien! Me encantan
los viernes
porque me puedo echar la siesta.
No he dormido nada, ¿y tú?

Yo tampoco he dormido nada
y mi día ha sido un puro cachondeo
con todos hablando de la cena de
ayer... tu amiga ha sido trending
topic en el parque de bomberos.
Ahora todos me llaman «chiqui» o
«Javitxu»...

Jajajaja, me lo imagino...
Laura está como un cencerro,
ya lo sabes. Oye...
estaba pensando una cosa...

Miedo me das.

Jajaja, nooo, estaba pensando que
tienes pinta de ser tauro.
¿Qué signo eres?

«Que no sea escorpio, por favor, que no sea escorpio», pensé mientras cruzaba los dedos.

Jajajaja... Nunca me hubiese
imaginado esa pregunta... Pues sí,
soy tauro. Mi cumpleaños es
el 15 de mayo. ¿Por qué?

Es una larga historia..., ya te la
contaré.

¿Me la quieres contar el martes,
como dijimos ayer?

¡Claro! Me apetece un montón.
¿Vamos a cenar a algún sitio?

Yo no conozco nada
de Madrid...

Cuento con ello,
te haré de guía turística.

Y lo harás muy bien.

Y no lo decía para quedar bien, al menos eso era lo que yo creía. Sus palabras, aunque nunca pude profundizar en ellas durante el poco tiempo que compartimos antes de volver a encontrarnos, sonaban siempre de una manera distinta. Reales.

Oye, ¿a ti te gusta el queso?

¿Acaso hay personas a las que
no les guste el queso?

Respiré aliviada. Lucía siempre dice que hay que tener cuidado con los escorpio y yo no me fío de la gente a la que no le gusta el queso.

Estoy segura de que
hay un lugar especial
en el infierno
para aquellos
a los que no les gusta
el queso.

Jajajajajaja, será una especie
de fondue eterna.

¿Dónde estás viviendo?

Empecé, casi sin quererlo, con un pequeño interrogatorio donde solo me faltaba preguntarle de nuevo si tenía novia, como ya hice cuando le conocí en Ibiza. Al menos entonces sabía que vivía en el norte de la isla, pero en aquel momento no sabía siquiera en qué barrio de Madrid se estaba quedando.

Ahora te envío ubicación.

¡Genial! Buscaré un sitio
por tu zona y te recojo en casa.

Me traje el coche de Ibiza en barco,
no creas que estoy tan desvalido.

¿El buggy? ¡No te creo!

Jajaja, no, no, también tengo
un coche normal. No me parecía
apropiado para Madrid... Ya sabes que ese
solo es para ir a las mejores calas de la isla.

Éramos casi dos desconocidos, pero con una extraña complicidad y un bonito recuerdo que nos unía: aquel final de verano que habíamos pasado juntos en la playa.

Después de una hora y media de conversación, y con el tiempo justo para prepararme y salir con las chicas, apenas pude resolver dos de las grandes dudas que me asaltaban: ¿qué era lo que realmente le había empujado a venir a Madrid? y ¿qué pasaría a partir de ese momento? Probablemente, solo el horóscopo lo sabría a ciencia cierta, pero estaba segura de que Lucía aprobaría al cien por cien la compatibilidad entre una libra y un tauro.

3
Javi

La vida está llena de señales,
pero solo las ves si crees en ellas.

Me costó decidirme a buscar una permuta, pero el cuerpo ya llevaba un tiempo pidiéndome salir de Ibiza, sin que yo quisiera escucharle. Iván, un hermano más que un amigo, me lo recordaba cuando me notaba ausente: «Te siento raro, Javi. Como si estuvieras huérfano...». Y no le faltaba razón: había perdido algo.

Ese otoño se me hizo largo desde el principio y empecé a sentirme bastante solo, a pesar de que siempre andaba rodeado de amigos, con trabajo, o mezclado en algún proyecto personal. No conseguía conectar con la isla como lo había hecho durante toda mi vida. Como suele decirse, la soledad es estar rodeado de gente cuando falta la persona adecuada, y aunque solo pude conocerla durante un par de días a finales de verano, algo me decía que la pequeña chica rubia y su amiga habían hecho más mella en mí de la esperada.

El invierno en la isla tampoco ayudaba. Los días se hacen largos y, sobre todo, muy oscuros en el norte: el tiempo se ralentiza, parece que las semanas tienen mucho más de siete días y las horas se hacen eternas, al contrario que los atardeceres, que poco a poco van perdiendo su espacio y su tiempo.

Tenía la suerte de vivir bastante cerca de mi familia por parte de padre. Mi madre, sin embargo, se fue a Madrid cuando se divorciaron. La echaba muchísimo de menos.

Iván y yo conocimos a la rubia y a su amiga Laux por una curiosa casualidad. Aquella tarde, en la Hacienda Na Xamena, se organizó una actuación de *jazz* en directo. Hay que reconocer que las puestas de sol en aquella zona son espectaculares. Ambos somos unos apasionados de ese tipo de música y, sinceramente, no hay muchas oportunidades de escucharla en directo en la isla. Aquella mañana, uno de los clientes de las casas de lujo que alquila Iván tuvo que marcharse de manera inminente por trabajo. Le regaló dos pases para el circuito de *spa* y el picoteo más el concierto que habría después en la terraza del hotel, puesto que él no las iba a utilizar. Allí fue donde las conocimos, y aquel fue el motivo por el que tuvimos a nuestra disposición la casa del alemán al día siguiente, cuando se canceló el vuelo de las chicas. En realidad, se dieron todas las circunstancias para que conocernos esos dos días no fuera solo una anécdota en nuestras vidas, sino un punto de inflexión. Curiosa casualidad. Bendita casualidad.

Después de aquello, mi amigo Iván no paraba de decirme que lo que tenía que hacer era conocer a alguien, abrirme un Tinder o cualquier otra *app* de ese estilo. A mí, que cuento las novias que he tenido con los dedos de una mano, y me sobran dedos y años dedicados a personas que no lo merecían. A mí, que me esfuerzo al cien por cien en cada relación para que no tenga el mismo final que la de mis padres. Yo, que soy un cobarde tomando la iniciativa y que espero que las cosas se resuelvan solas. No tengo nada en contra de esas aplicaciones, pero creo que no están hechas para mí.

Imagino que Iván pensaba que me había quedado pillado con la rubia de metro sesenta, y puede que no le faltara razón, pero ella no fue el motivo de mi marcha, sino el detonante.

Aquel otoño, el frío apareció antes de lo esperado y el tiempo se volvió ingrato. Los fines de semana que libraba en el curro pasaban lentos, y los planes no iban más allá de quedar con Iván para tomar unas cervezas y ver pelis en su casa cuando llovía. También pasaba muchas horas muertas en el gimnasio o haciendo cualquier tipo de deporte: correr, bici, escalada... El año anterior me había comprado un kayak para ejercitar brazos. Al principio parecía una buena idea, pero la verdad es que es un deporte bastante solitario que te deja demasiado tiempo para darle al coco. Lo bueno es que descubrí cada recoveco de la isla. Cada cala, cada gruta, cada cueva. Lo malo es que descubrí también los vacíos que llevaba arrastrando tanto tiempo. Además, no pude convencer a Iván o a otros colegas para que viniesen conmigo: me decían que estaba chiflado pasando tanto tiempo en el agua en pleno invierno. Todos los ibicencos renegamos del turismo cada vez más creciente de la isla, pero, ciertamente, se echa de menos cuando llega el otoño.

Después del divorcio de mis padres, él se había casado de nuevo, y aunque hacía lo imposible por llevarme bien con su nueva mujer, no terminábamos de congeniar. Cuando nos veíamos, de un tiempo a esta parte todo eran discusiones, lo cual me dejaba sin energía. Mi madre es mucho más calmada. El tiempo que estuvieron felizmente casados, ella encajó a la perfección con el ambiente *zen* que se respira en la isla; en cambio, mi padre era puro nervio, y su nueva mujer estaba muy lejos de aportarle el equilibrio que quizá mi madre le dio durante muchos años. Eran jodidamente parecidos. Yo podía intentar soportar la personalidad de mi padre, pero si venía por duplicado era imposible. Recuerdo sus palabras cuando yo era pequeño y se cabreaba: «Me harás caso por cojones», decía. Sin lugar a dudas, no era la mejor manera de educar a un niño. El fuerte carácter de mi padre estaba contenido en una isla que a todos se nos queda pequeña en algún momento.

No estaba dispuesto a que me ocurriese lo mismo. No quería verme dentro de veinte años pensando qué podría haber sido de mi vida si hubiese tomado la decisión de marcharme, aunque fuera por un tiempo; pero solo con pensarlo no iba a bastar: tenía que hacerlo. Ese era el matiz.

Así que decidí que quería volver a contagiarme de la energía positiva y calmada de mi madre. De forma inconsciente, los hijos necesitamos esos abrazos que no pueden darse por teléfono.

La noche que me decidí a colgar el anuncio para solicitar la permuta en un foro de bomberos había discutido con un compañero de la estación, con mi padre y con mi hermano, todo el mismo día. Además, me había obcecado en salir con el kayak a Es Vedrà para despejar la mente a unas horas en las que sabía que habría mala mar. Que me picara una medusa era lo de menos, pero empezaba a no ser consciente de que tomaba decisiones peligrosas, fruto de la presión. Cuando uno pasa por una mala racha, es importantísimo ser consciente de ello: es lo único que te une a la tierra para no perder la perspectiva.

Todo indicaba que necesitaba largarme de allí y no me importaba el destino, pero no me imaginaba que iba a ser tan rápido. A las pocas horas de poner el mensaje en el foro indicando mi petición y todos mis datos, la providencia llegó en forma de llamada de un compañero de Madrid. Me había empollado la normativa y todo parecía cuadrar a la perfección porque teníamos la misma categoría. Faltaba, eso sí, que los respectivos ayuntamientos nos aprobasen la permuta, pero todo tenía visos de ir hacia delante. Llevaba mucho tiempo tanteando ese foro y ni de coña las cosas iban tan rápidas con otros compañeros, lo cual me sorprendió, porque te podías tirar meses esperando. Por supuesto, entiendo que disfrutar de seis meses en una isla como Ibiza puede resultar muy tentador para quien quiere huir de una gran ciudad como Madrid. Al final, no importa el paraíso en el que vivas, sino cómo te encuentres allí.

Llamé a mi madre para adelantarle la posible buena noticia y se alegró muchísimo. Su voz dulce al otro lado del teléfono me dio mucha tranquilidad. Tenía unas ganas incontrolables de pasar tiempo con ella. Mi piel de gallina mientras se lo contaba era un signo inequívoco de que estaba haciendo lo correcto. Tampoco descartaba que pudiera acabar arrepintiéndome cuando llevase un tiempo con ella y me hubiese taladrado la oreja con preguntas como ¿adónde vas?, ¿con quién? o ¿has comido hoy? Porque, pese a que tiene quizá una de las tres voces más dulces de Madrid, habla muchísimo y me pone la cabeza como un bombo cuando enlaza siete temas seguidos. Pero la realidad era que, en ese momento, la echaba de menos.

Aunque me gustaba mucho mi casa y me parecía raro vivir en cualquier otro sitio que no fuese aquel, pronto entendí que todos los grandes cambios exigen ciertos esfuerzos. Me encantaba mi pequeño huerto, que había aprendido a cuidar gracias a algún consejo de mi abuela y a algún tutorial en YouTube. Mi abuela vivía a escasos metros de mí; supongo que cuando compré mi casa preferí estar más cerca de ella que de mi padre. Los días anteriores a la confirmación de la permuta, intenté pasar más tiempo con la yaya, como me gustaba llamarla desde que tenía uso de razón. Era mayor, tenía ya ochenta y cinco años, pero gozaba de una lucidez acojonante, con una ironía que ya quisiera Iván. Si no fuese por los achaques físicos, cualquiera diría que tenía como mucho, como mucho, ochenta y cuatro años.

Mi yaya era una viejecita encantadora de cabellos blancos, grandes orejas, regordeta y de piel impoluta que siempre vestía de negro, aunque se saltaba el código de color para ponerse un delantal de dibujos animados y superhéroes por una buena causa. Recuerdo perfectamente cuándo empezó a llevarlo. Yo tenía seis años y, por costumbre, cada sábado comíamos en su casa. Mientras preparaba la comida, pasaba todo el tiempo por delante del televisor de la cocina mientras yo veía los dibujos del mediodía.

—¡Yaya, que no veo los dibujos! —le gritaba.

No hizo falta decírselo dos veces. Al día siguiente apareció con un delantal de *Los Fruitis* que le apretaba esa barriga que empezaba a asomar en aquella época.

—¡Hala! Así ya no te pierdes nada —me respondió.

Era imposible enfadarse con ella.

—Yaya, ¿estás? —pregunté, mientras entraba en la casa apartando una cortina de tela que ella misma había confeccionado a mano.

Donde vivíamos, las puertas de las casas estaban siempre abiertas, y los vecinos entraban y salían con confianza. Aquellas cortinas hacían la función de puertas, al tiempo que decoraban la fachada.

—¡Sí, aún no me he muerto! —gritó desde el fondo.

Así era ella.

—¿Cuándo te vas? —dijo de manera directa y sin contemplaciones.

—Pues ya me han aprobado la permuta. Pero aún no sé el día concreto. Supongo que esta semana me lo dirán.

—Y tu padre, ¿qué te ha dicho?

—Pues no mucho, la verdad. Ya sabes cómo es.

—Un poco cabezón...

—Un poco mucho, diría yo... Bueno, cuídate, hazme el favor. Te llamaré todas las semanas para ver cómo estás y para preguntarte por el huerto.

—Claro que sí, mi niño, yo cuidaré de tu huerto, no sufras.

—Muchas gracias, yaya. De todas formas, dejaré puesto el riego automático.

—*Ay, rei, amb això no n'hi ha prou.* A esos girasoles mustios y pochos que tienes ahí tan cabizbajos lo que les hace falta son los cuidados de una yaya para que se estiren, se pongan contentos y bien tiesos. Ya verás qué bien estarán cuando vuelvas.

Mi abuela solía mezclar ibicenco, mallorquín, catalán, castellano y su propio idioma cuando reflexionaba. Me acababa de decir que con eso no valía, denostando con ello al riego automático y, por supuesto, poniendo en valor la buena mano que ella tenía con las plantas y que yo había heredado… Aunque era algo que solo ponía en práctica cuando tenía tiempo y sobre todo ganas.

Ciertamente, los girasoles estaban mirando al suelo, como si a uno se le hubiese caído una lentilla y todos le estuviesen ayudando a encontrarla.

Advertí a mi abuela para que no se excediese con los cuidados:

—¡No se te ocurra estar agachándote todo el día!

—*Aii, cavallet, quan eres jove… que hi anaves de pentinat…*

Supongo que lo que quiso decir mi abuela sobre mis girasoles y sobre nosotros mismos era que el tiempo no pasa en balde. Esta expresión mallorquina afirma que, cuando uno es joven, siempre va muy bien peinado. Supongo que la edad no perdona, y era cierto que mis girasoles no estaban en su mejor momento, algo que yo compartía con ellos. Qué lista era mi yaya, no había una sola palabra que no dijera con sentido.

—Niño, una cosa que te quería preguntar… ¿Cómo está aquella chica de la que me hablaste? ¿No era de Madrid?

Pero ¿cómo podía tener tan buena memoria aquella mujer con ochenta y cinco años? De primeras me hice el tonto.

—Bien, bien, está bien. Bueno, me tengo que ir. ¡Cuídate mucho, yaya! Te llamo cuando sepa la fecha, ¿vale?

—*Mos diem coses.*

Mi abuela se despidió con un «vamos hablando», no sé si en mallorquín o en ibicenco, ya que yo mismo los confundo, pero con una indirecta muy clara que entendí a la primera.

Y es que no podía dejar de pensar que en Madrid estaría ella, aquella pequeña rubia de la que tan poco sabía y que tanto me atraía seguir conociendo. No se lo había dicho a nadie, aunque Iván lo intuía, pues me conocía como si fuera mi hermano. No podía sacármela de la cabeza. A veces, muy a menudo, me descubría preguntándome qué estaría haciendo y cómo sería su vida en Madrid. De forma esporádica, Iván había mantenido el contacto con su amiga Laura a través de algún wasap furtivo que ella le escribía cuando iba pedo, con frases inconexas. También se comentaban las fotos en Instagram o Facebook, pero para mí esa manera indirecta de saber de ella no era suficiente.

No terminaba de cogerle el punto a las redes sociales, mucho menos a Instagram. Facebook me parecía un poco más real. Al menos ahí veías a tus amigos y les felicitabas los cumpleaños, pero en Instagram acababas siguiendo a más famosos que a amigos, y nadie sabía cuándo era tu cumpleaños. Esas redes tan impersonales no estaban hechas para mí.

Iván ya me había comentado en alguna ocasión que podríamos ir a Madrid un fin de semana, ya que Laura se lo había insinuado en algún mensaje. Y quien dice «insinuado» dice que Laura se lo había gritado sutilmente en algún audio de madrugada: «¡Chiqui, a ver si vienes a Madrid y repetimos eso que tú ya sabes!». Por eso, cuando le comenté que me habían aceptado la permuta para ir a Madrid, intuí en él, en el fondo, cierta satisfacción.

—Me dejas un poco tirado... Lo sabes, ¿no? —me dijo, un tanto dolido por otro lado.

—¿Por qué no te vienes conmigo? No es temporada alta, y puedes gestionarlo todo desde Madrid. Tienes gente de confianza aquí...

Iván me miró con ternura.

—Porque tú vas buscando a una persona.

—¿Y tú?

Iván aguantó la respiración un segundo previo a sincerarse, como queriendo digerir las palabras antes de soltarlas o convenciéndose del relato.

—Pues te voy a ser sincero... Me encantaría, pero yo no tengo la valentía que tú tienes. Soy demasiado cobarde y me da miedo perder esto que tengo.

Me quedé mirándolo unos instantes, en silencio, y él continuó hablando:

—Hay que ser valiente para hacer lo que estás haciendo y yo, no sé... Prefiero no arriesgarme. No quiero tener que llegar a la situación en la que estás tú y elegir entre dejar todo esto o estar con ella. No quiero encontrarme en esa situación. Y creo que Laura tampoco, llegado el caso.

Iván me miró sonriendo. Convencido de sus palabras.

—Te ha costado aprenderte el monólogo, ¿eh? —afirmé.

—Mucho, y no sabes la pena que me da, pero es lo que hay...

Su cara se entristeció por momentos, hasta que, pasados unos segundos, respiró y se recompuso.

—Bueno, si estás allí, tendré una excusa para verla algún fin de semana, ¿no? —añadió Iván, cerrando la conversación.

—Claro que sí —respondí sin querer ahondar en el tema.

El día antes de marcharme y sin esperar nada, Iván me sorprendió con una fiesta de despedida que tenía preparada donde juntó a todos nuestros colegas, los compañeros del gimnasio y del trabajo.

—Tío, cómo te lo has currado —le dije emocionado.

—Hombre, es lo mínimo, colega... ¿Tú sabes desde cuándo nos conocemos? —me dijo.

Al principio dudé, porque eran muchos años, pero luego recordé el momento exacto.

—Sí, me confundiste con otro en el colegio. Me acuerdo de que viniste y me llamaste Raúl o algo así. Yo era nuevo en el colegio y pensaste que era el otro chico y, como él no había ido y os faltaba uno, me metiste en el equipo de fútbol. Aunque fuera de portero... La verdad es que fue una casualidad.

—¿Tú crees? —insistió, mientras me miraba fijamente.

—¿No lo fue? —respondí sorprendido.

Y entonces descubrí que Raúl nunca había existido. Con solo dos palabras entendí que Iván, de la manera más sencilla y amable posible, me había llamado por un nombre aleatorio, como si se hubiera confundido, con el fin de que ese chico solo, en su primer día en aquel patio de colegio, tuviese no solo un nuevo grupo de amigos, sino una persona a su lado para toda la vida. ¿Sois conscientes de la madurez que hay que tener para hacer algo de semejante manera a los catorce años?

—¿Vas a llorar? —me dijo Iván al verme emocionado.

—Sí —respondí mientras le abrazaba con fuerza.

La fiesta estuvo tan bien que por un momento me hicieron dudar sobre si estaba eligiendo el camino correcto, ya que volví a sentirles a todos muy cerca y alejado de la sensación de soledad que había arrastrado los últimos meses. Y en ese preciso momento de máxima duda, cuando estaba a punto de arrepentirme de mi decisión, me entró un wasap. Era mi madre diciéndome que estaba ilusionadísima y que se moría de ganas por darme un abrazo. Otra jodida señal del destino, tan necesaria a veces para reafirmarnos en nuestras decisiones.

A la mañana siguiente me desperté con una buena resaca. Aunque el barco salía por la tarde, todavía tenía que cerrar las maletas, coger el coche, dirigirme al puerto y pasar por casa de mi padre para despedirme.

Él vivía en Portinatx, no muy lejos de cala Xarraca, donde vivía yo. Cuando llegué, estaba pintando una puerta de madera envejecida por el sol.

—¡Papá! —dije para llamar su atención.

—¡Javier! ¿Qué pasa? —me preguntó mientras seguía barnizando con una brocha.

—Nada, que vengo a despedirme. Me voy ya esta tarde.

—Ah, es verdad, que me lo dijiste. Esta puta puerta está hecha una mierda...

Se hizo un silencio. Hablaba conmigo, pero estaba a lo suyo, como siempre.

La verdad es que siempre le había costado comunicarse. Nunca había sabido crear ese vínculo padre-hijo y todo lo basaba en cuatro palabras mal dichas y cero razonamientos. Era muy trabajador, algo que me inculcó de manera clara y concisa, y siempre se desvivía por los otros, tanto que cualquiera era más importante que su familia. Quedar bien con los demás antes que con nosotros siempre fue una prioridad para él. Supongo que se debía a una falta de educación, de inteligencia emocional o de ambas, pero se pasó media vida siendo el hombre más amable del mundo con carpinteros, camareros, electricistas y vecinos, mientras en casa su actitud dejaba mucho que desear.

—¿Cuánto tiempo estarás allí?

—Seis meses, en principio. Pero vendré algún fin de semana para ver a la yaya.

—Muy bien.

Mi padre se quedó en silencio. En ese momento, por la puerta de la casa entró el vecino y, como era de esperar, mi padre cambió radicalmente su estado de ánimo. Le vino hasta bien, porque imagino que no sabía cómo afrontar la conversación desde esa fachada de padre autoritario venido a menos. Se le iluminó la cara con aquello para lo que él sentía que servía y fue a cumplir con su deber, el de quedar bien con un vecino en vez de hacerlo con su propio hijo.

—Hombre, vecino, ¿qué pasa? Ya te tengo preparado el encargo...

—Papá, es que tengo que irme... —le interrumpí.

—¿No ves que acaba de entrar el vecino?

Sonreí y asentí, y mientras iban hacia el patio trasero, me monté en el coche y me marché.

Quiero que esté bien siempre, pero poco más.

Era la hora de marcharme, e Ibiza me despidió con un atardecer rabioso, igual que mi estado de ánimo. Desde el ferri pude ver el sol casi cayendo por completo sobre el Mediterráneo, convenciéndome, aun más si cabe, de lo mucho que me gustaban las despedidas, sabiendo que detrás de ellas siempre había nuevos comienzos. Y aquel nuevo comienzo en otra ciudad pintaba muy bien, tanto como para olvidarme del mal sabor de boca que aún traía, poner en mis cascos la música tan alta que apenas pudiese escuchar mis pensamientos y centrarme en mi madre. En mi madre y, para qué engañarnos, en la imagen que tenía guardada de la rubia y yo juntos.

El viaje en barco hasta Barcelona me pareció interminable. Leía a ratos para distraerme y otras veces miraba el mar embobado y con la mente en blanco, sin más. Incluso le echaba un ojo al teléfono cada cierto tiempo, lo cual no era lo habitual en mí, ya que normalmente no lo miraba en varias horas. No sé si lo hacía con la esperanza de que sonase o si es que esperaba que pasase algo que me animase a llamar a la rubia madrileña para contarle que me mudaba a su ciudad y ver si quería quedar conmigo. Contra todos mis principios, y después de mirar el móvil por decimocuarta vez, abrí Facebook y me metí en su perfil, como siempre me aconsejaba Iván.

«Tío, utiliza Instagram o Facebook. Mándale un mensaje. Si para eso están».

«Hombre, también servirán para otra cosa, ¿no?».

«Imagino que sí... No lo sé. —Se descojonaba de la risa—. Y actualiza la puta foto de perfil, que pareces tu hermano pequeño».

Aquellas palabras de Iván resonaron en mi cabeza como las lecciones de un profesor delante de la pizarra. También éramos muy diferentes; donde yo había tenido pocas relaciones y todas de bastante tiempo, Iván había hecho una buena agenda. Sobre todo de turistas extranjeras que venían a la isla. «Soy lo más exótico de la zona», decía entre risas.

Miré mis redes: mi última publicación era de septiembre y ya estábamos en diciembre. No tenía ganas de actualizar mi foto de perfil, pero me lo apunté para más adelante. Lo que sí hice fue mirar las publicaciones de ella. En la última aparecía en una foto abrazada a Laura. Estaban en una discoteca, sin duda divirtiéndose. Iván le había dado un «me gusta» a la foto junto con otras cien personas; incluso le había comentado, recibiendo por respuesta un «Chiquiiiii, *miss u*» por parte de Laura.

La rubia salía radiante en la foto, tal y como la recordaba. Abrazaba a su amiga, pero miraba fijamente a la cámara y sonreía. En ese momento sentí que tenía los ojos puestos en mí. Entonces me armé de valor y decidí llamarla.

Sonaron varios tonos, pero nadie respondió. Ni siquiera saltó el buzón de voz.

«Bueno, ya la he llamado», me dije, al tiempo que pensaba que ella, sorprendida, me devolvería la llamada cuando pudiese. Así que llegué a Madrid esa misma madrugada y me instalé en la habitación que había alquilado a través de un anuncio. Sinceramente, con treinta y tres años, lo último que me apetecía era compartir piso, pero los precios de los alquileres en Madrid tampoco dejaban muchas opciones, y además yo estaba simultaneando el pago de ambas casas. No contemplé la opción de irme a vivir con mi madre desde el principio: los dos necesitábamos espacio. Ella vivía sola desde hacía mucho tiempo y, aunque me lo propuso, sé que en el fondo no quería alterar sus rutinas. Así que elegí una opción intermedia que pasaba por encontrar un apartamento lo bastante cerca de ella. Lo justo para pasar el mayor tiempo posible juntos.

A la mañana siguiente ya me había instalado, conocido a mi nuevo compañero de piso, visitado a mi madre y presentado a mis nuevos compañeros del parque de bomberos. Si lo que pretendía era huir del paso lento del tiempo de Ibiza, sin duda lo iba a lograr en Madrid, donde todo estaba yendo a la velocidad del rayo. Todo menos su respuesta a mi llamada. No ocurrió la noche anterior y tampoco a la mañana siguiente. Iván intentó aplacar mi decepción diciéndome que quizá no la habría visto, pero todos sabemos que hoy vivimos con el móvil en la mano y que, si no devuelves una llamada, casi seguro que es porque no quieres.

Después de unas horas pensando en ello, no quise darle más vueltas. Me convencí de que estaba en Madrid por otros motivos más personales (mi madre) y más egoístas (yo mismo), así que decidí que era el momento de empezar a vivir mi nueva ciudad.

El jueves de esa primera semana los compañeros del parque de bomberos al que fui destinado habían organizado la cena de Navidad que celebraban cada año. Me animé a ir con ellos. Sabía que no era una cena de bienvenida, pero me hicieron sentir que lo era. Y lo agradecía muchísimo, ya que tenía unas ganas tremendas de encajar en aquel nuevo curro y en aquella nueva vida. Como no conocía nada, disfrutaba de todo lo que iba descubriendo. Unas cañas en La Latina, unos pinchos en la plaza de Olavide y, finalmente, la cena en un restaurante reservado entre los miles que hay en Madrid. Lo que pasó después solo se puede resumir en una frase: la vida está llena de señales, pero solo las ves si crees en ellas.

4
La primera cita

Cuanto más feliz eres, más te inventas las canciones.

Tras la famosa «juercena» en la que Javi y yo nos encontramos por casualidad, o como diría Lucía, «por una incontinencia cósmica», y con una cena programada para el martes con él, seguí disfrutando de la presencia de Lucía en Madrid, sabiendo que pronto tendría que volver a Asturias a terminar el libro que se estaba autoeditando. Salíamos como si no hubiese un mañana o como si no hubiese un Facebook donde las fotos en las que te etiquetaban tus amigas te hacían pasar un poquito de vergüenza propia, que es mucho peor que la ajena.

Los comentarios en el Dramachat a la mañana siguiente eran casi mejores que las propias noches. Como dirían los Arctic Monkeys: «*The nights were mainly made for saying things that you can't say tomorrow day*».*

Dramachat
Laux., Lucía azafata., Sara., Tú

Sara.
Amigas, no tenéis vergüenza.

---

* Las noches están hechas para decir en ellas lo que no puedes a la mañana siguiente.

Lo de ayer en el karaoke
no tiene nombre.

Laux.
Jajajajaja, tía, me encanta inventarme
las canciones.
Tengo la teoría de que
en inglés todo se puede cantar
con un titititititi
y un tonight de vez en cuando.

No hace falta que lo jures, Laux,
tengo tu «tonight»
grabado a fuego
en mi oreja. Creo que me
dejaste medio sorda anoche.

Lucía azafata.
¿Cómo se llamaba la canción esa
que cantaste 700 veces, Laux?

Laux.
Jajajajaja. ¿No te acuerdas?
«¿¡Y a quién le impoooortaaaa lo que yo
hagaaaaaaa!?».

Lucía azafata.
Sí, sí que me acuerdo. Era para saber
si tú te acordabas de la turra que nos
diste y veo que tu memoria sigue intacta

Laux.
Jajajaja. Me la voy a poner de
tono de llamada en el teléfono.

Sara.
Oye, ¿y el chavalito este
te dio el teléfono al final?

¿Cómo le va a dar el teléfono,
si era suyo, Sara?
¿Tú te crees que
la gente va regalando
móviles por ahí?

Lucía azafata.
JAJAJAJAJA
Estaba bueno
ese bombón con el que te
liaste en la escalera del
karaoke, @Laux

Laux.
Jajajaja, sísísísí, estaba
tremendooooo y cantaba
igual de mal que yo.

JAJAJAJAJAJA.

Sara.
Jajajajajaja. Qué personaje eres...

Laux.
Oye, perras, dentro de poco es mi
cumple, ¡¡tendremos que celebrarlo
como se merece!!

Todas sabíamos de sobra que el cumpleaños de Laura era la semana siguiente. De hecho, teníamos un chat paralelo donde ella no estaba y llevábamos tiempo preparándolo. Cuando conocí a Laux, me dijo que nadie le había organizado una fiesta sorpresa nunca, pese a que ella siempre se encargaba de preparar las de todas sus amigas. Y doy fe de que lo hacía de manera espectacular, ya que aquel año tuve la suerte de que ella organizase la mía. Así que esta vez, por fin, tendría un cumpleaños a la altura de su tono de voz. Obviamente, tocaba hacerse las tontas como mejor sabíamos: ignorando ese mensaje y cambiando de tema.

Claro, amigaaa, es el 28, lo celebramos
el finde siguiente, lo hablamos
luego, ¿vale?
Hoy es martes y he quedado con Javi...
Tengo que ver qué me pongo...

Laux.
Te vas a poner piripi, como si lo
viese...

Jajaja, espero que no,
con lo nerviosa
que estoy, lo máximo que
puedo hacer con un vino
es tirármelo por encima.

Laux.
Como dices tú siempre,
no tengo pruebas, pero tampoco dudas,
de que a quien te vas a tirar por encima
es a Javi...

Qué bruta eres, de verdad.
Hoy ni de coña:
quiero llegar virgen al parto.

Sara.
JAJAJAJAJAJAJAJAJAJA.

Lucía azafata.
Jajajajajajajajajajajaj

Laux.
Perra.

Cerré el chat de las chicas y abrí el del cumple de Laura para
comprobar que el plan seguía según lo establecido.

Cumple Laux
Alberto amigo Lucía., Lucía azafata., Pol vecino., Sara., Tú

@Alberto amigo Lucía.,
¿todo en orden
con el garito para el sábado 26?

Sara.
Pero a ver que yo me entere,
¿el cumple de Laura no es el día 28?

Pol vecino.
Síííííí, petarda, pero el 28 es lunes
y ella se cree que lo vamos a celebrar
el finde siguiente,
si no, ¡¡se olería la tostada de
la sorpresa!! Y de esta forma
no se lo espera ni de coña.
Sarita, hija, hay que leer
los chats de grupo, monaaaa.

Sara.
Sí, hombre, no me da la vida para leer
ni los chats individuales...
¡¡Estoy para leerme los de grupo!!

Pol vecino.
Es lo que tiene tener al rey de los
mandalas como novio. Que con tanto pinta
y colorea, no te da tiempo a nada.

Sara.
¡No te metas con Marcelo! Nos relajan mucho
los mandalas. Es algo muy bonito.

Pol vecino.
Tú sí que eres bonita.

Lucía azafata.
Iros a un hotel...

Ese «iros» ha dolido, Lucía.

Lucía azafata.
Al final lo acabarán aceptando
en el diccionario,
y, si no, al tiempo

Alberto amigo Lucía.
Todo OK el 26. Pink Party modo ON.
Será una fiesta ÉPICA.

Bieeeen. ¡Seguimos hablando!

Efectivamente, ese imperativo dolía, a pesar de que, aunque Lucía todavía no lo sabía, la RAE acabó aceptando años más tarde «iros» por su frecuencia en el uso coloquial. Después de todo, quizá era verdad que mi amiga tenía un poco de bruja y de visionaria.

Cerré WhatsApp y dejé el móvil a un lado para prepararme mentalmente para la cena de esa noche con Javi. Estaba tan nerviosa como si fuese una primerísima cita, aunque era alguien con quien ya no solo me había besado, sino que en el poco tiempo que compartimos había conectado de una manera diferente. Eso me provocaba un sentimiento extraño; lo conocía muy poco, pero eso lo hacía a la vez mucho más emocionante y excitante. Estuvimos intercambiando mensajes durante todo el fin de semana anterior a la cena, lo que acolchó el momento previo, aportando risas y complicidad antes de vernos cara a cara de nuevo.

Ojalá el tonteo que tienes con la persona que te gusta por WhatsApp en las primeras conversaciones durase para siempre, porque yo lo estaba disfrutando muchísimo.

Aquella noche quedamos en la puerta de su casa. Había elegido un restaurante de su barrio para que, de primeras, no tuviera que coger el coche o desplazarse en metro. Javi acababa de llegar, y seguro que aún no se manejaba bien por Madrid, así que intenté ponérselo fácil. El taxi me dejó en un semáforo, alejado solo unos números de su casa, y caminé hasta el portal de su edificio. Cuando llegué, estaba sentado en un banco con un tío muy moreno de piel, una buena mata de pelo rizado, muy negro, y un finísimo bigotillo muy bien recortado bajo una enorme nariz que le daba una personalidad brutal. Era tan grande y peculiar como para que Quevedo le hubiese dedicado el soneto que rezaba: «Érase un hombre a una nariz pegado, érase una nariz superlativa, érase una nariz sayón y escriba...». Bajo aquella nariz llevaba una curiosa camisa estampada con colores bastante estridentes y unas gafas colgadas al cuello con un cordón de cuero. Me pregunté por qué las llevaba así; sin duda, con aquella nariz superlativa estarían mejor sujetas allí. Se estaba fumando un cigarrillo mientras hablaba sin parar, enseñándole a Javi algunas fotos en su móvil. Por el contrario, Javi parecía tranquilo, con ese aire ibicenco en su ropa a pesar de ser invierno, dejando entrever una camisa blanca ligera y unos vaqueros grises debajo del abrigo. Lo justo para no exhibir el cuerpo que tenía, pero lo suficiente para darte cuenta de que estaba muy bueno, para qué nos vamos a engañar. En cuanto Javi me vio, se levantó rápidamente del banco y tuvimos ese incómodo momento de choque de cabezas, muy absurdo, durante el cual no sabíamos si darnos dos besos o un pico, y acabé casi chupándole el ojo.

Nos reímos con vergüenza mientras el hombre, chico, chaval o lo que fuera —porque no pude determinar su edad debido a su aspecto y a su forma de vestir— que estaba con él, nos miraba sin decir palabra. Un poco inquietante, la verdad, sí que era. Tomó la iniciativa y se presentó enseguida.

—Soy Dani, el compañero de piso de Javi. Tú eres su chorba, ¿no? —me dijo, estrechándome la mano y dándome dos besos después.

Dos besos sonoros y pegajosos. Despedía un olor a incienso que echaba para atrás.

—Ehhhh... Bueno... —respondí contrariada, mientras miraba a Javi, que se mostraba ojiplático.

—¡Estoy de broma, hombre! En mi trabajo estamos todo el día así, estoy acostumbrado a estar rodeado de pibones y me gusta llamarlas chorbas, pibitas... ¿Sabes lo que quiero decir?

—¿Y en qué trabajas? —pregunté con mucha curiosidad.

—¿Yo? —dijo, sorprendido.

«Sí, claro, no se lo voy a preguntar a Javi, a quien ya conozco y con quien he quedado», pensé.

El silencio contestó a su pregunta.

—Trabajo en películas, en el cine. ¿Me entiendes?

«Por supuesto, hablamos el mismo idioma», pensé.

El compañero dio una última calada al cigarrillo y lo espachurró contra el banco mientras Javi y yo cruzamos miradas.

«Creo que debo dejar de pensar tanto e intervenir más», me dije, pero el tipo continuó hablando, sin darme la oportunidad.

—Soy el que lleva el cotarro en un rodaje. ¡Estamos ahí, en el set, y todas hacen lo que yo les digo que hagan!

—Estaba enseñándome unas fotos de su último rodaje —dijo Javi para quitar hierro al asunto. Y cuando digo «quitar hierro» hablo de vigas del tamaño de la torre Eiffel.

Sin ser una experta en la materia, el tío, con ese aspecto y diciendo cosas de un set de rodaje, me dio la sensación de ser actor porno, productor de películas porno o cualquier cosa relacionada con el porno. No me atreví a profundizar en el tema porque me tenía tan extasiada a los cinco minutos de conocerle que temía que, si le preguntaba algo más, me lo fuese a contar.

—Venga, Dani, luego nos vemos, que hemos reservado, y si llegamos tarde nos quitan la mesa —le dijo Javi, dándole una palmadita en la espalda.

—Tendrían que desmontarla primero porque es una mesa muy grande —bromeé, con un chiste al que Javi sonrió cómplice.

—Esta noche tengo rodaje nocturno. Una secuencia con una cabeza caliente de diez metros. Brutal —replicó Dani, pasando de nosotros y siguiendo a lo suyo.

Realmente no le entendía, pero eso de la cabeza caliente sonaba a un juguete sexual gigante.

—Ya nos veremos mañana. Encantado, ¿eh, nena? —dijo antes de subir a casa.

Me despedí con una terrible imagen en la cabeza del compañero de piso de Javi ataviado con un tanga de leopardo y un látigo. Javi suspiró y comenzamos a caminar hacia el restaurante.

—Dani es... —No completé la frase, intentando que Javi lo hiciese por mí.

—Sí, es todo un personaje, no hace falta que lo jures. Me cuenta cada batallita de su curro...

—Se nota que le apasiona... —Intenté ser educada.

—Y eso que no te ha sacado el móvil para enseñarte las dos mil fotos de rodajes que tiene. Que un par de ellas está bien, es curioso, pero, a partir de la cincuenta, se hace un poco pesado —dijo para terminar.

Los dos nos reímos con complicidad, aunque mi risa contenía cierto estupor al imaginar el tipo de fotografías que le habría enseñado.

—No es mal tipo. Habla mucho y me lo cuenta todo, pero no es mal tipo.

—Te lo cuenta todo... ¿Todo? —Le miré con los ojos muy abiertos, imaginándome a los dos hablando de posturas imposibles en camas de agua, tangas de cuero y fustas varias. Estaba horrorizada.

—Bueno, por suerte se ahorra algunos detalles, pero en estos días que llevo viviendo con él he aprendido más de su trabajo de lo que hubiese imaginado nunca.

Toma ya, encima Javi estaba aprendiendo de él. Aquello no me lo esperaba.

—¿Tú sabías lo que es un ayudante de dirección?

—Ni idea, pero de películas... ¿normales? —me atreví a indagar, haciéndome la tonta.

—Hombre, normales... Pues yo qué sé si serán normales, buenas o malas. Ahora está con una comedia. Me cuenta que tiene rollo con todas las actrices... A saber.

Me quedé alucinada. Mi cabeza no asimilaba cómo sería una comedia pornográfica. Era como imaginarse a un trío en una cama, contándose chistes los unos a los otros entre polvo y polvo.

—¿Qué pasa, rubia? —preguntó Javi al ver mi cara un tanto descolocada.

—Es que nunca había conocido a nadie que se dedicara al porno —le expliqué con naturalidad.

—¿Al porno? —respondió, sorprendido.

—Claro. ¿No se dedica al porno?

—¿Quién? ¿Dani?

—Sí, claro... —Javi me miraba alucinado—. Porque tú sigues siendo bombero, ¿no? —pregunté, ya totalmente desencajada.

Javi, tras unos segundos para asimilarlo todo, comenzó a reírse de manera desmedida, tanto que incluso se le saltaron las lágrimas.

—¿Qué pasa? —le pregunté desconcertada.

—Pues que Dani no se dedica al porno... Es ayudante de dirección de series y películas, pero no de ese tipo de pelis. Que igual ha hecho alguna, no se lo he preguntado, la verdad. A lo mejor debería hacerlo... —dijo mientras recuperaba el aliento.

Mi cabeza vistió automáticamente a todos los actores y actrices que antes imaginaba desnudos o, a lo sumo, con lencería de dudoso gusto. Por supuesto, Dani también se vistió en mi imaginación y, fiel a su estilo, se colocó un traje horrible, una boina y un fular, lo que sin duda era mejor que aquella ropa interior de leopardo inicial.

—Es que me lo he imaginado enseñándote fotos de él en pelotas en el set de rodaje y, claro, un par de ellas bueno, pero cincuenta ya me parecía...

Javi volvió a reírse a carcajada limpia. No pude contenerme y también comencé a troncharme.

—Ja, ja, ja. De verdad, rubia, lo que más me gusta de todo esto es que yo también lo pensé. El tío tiene unas esposas colgando del cabecero de la cama; fue lo primero que vi cuando me enseñó su habitación.

—¡No te creoooo!

—Como lo oyes. Y lo peor de todo es que su cabecero está pegado, pero pegado pegado, al mío. Pared con pared... Solo unos centímetros nos separan y se oye todo. Pero todo. Hace unos ruidos muy raros...

—Javi, creo que no quiero saber más.

—Ojalá hubiese podido decir lo mismo.

Me hizo una mueca muy divertida y continuamos hablando sobre la confusión hasta el restaurante. Ya más calmados, durante la cena, volvió su timidez habitual, la cual era muy agradable y cómoda; siempre me escuchaba con paciencia. Se notaba que le interesaba lo que tuviera que contarle y que lo disfrutaba. Incluso cuando no entendía algunas de las palabras que yo empezaba a mezclar, hablando atropelladamente, fruto de los vinos que me estaba tomando antes de pedir la cena para intentar aplacar mis nervios.

—¿Saben ya qué van a tomar? —nos preguntó el amable camarero.

—Mmm, tengo muchas dudas —respondió Javi.

—¿Por qué no te «hueves» unos «pidos» rotos? —le propuse, ante el asombro de Javi y del camarero.

—¿Unos qué? —dijo Javi, sorprendido, mientras me puse a llorar de la risa.

—A ver, por lo que está señalando la señorita en la carta, diría que se refiere a «pedir unos huevos rotos». Buena elección —apuntó el camarero, echándome un cable.

—Ja, ja, ja. Sí, perdón. Se me ha trabado la lengua. Unos huevos rotos y... ¿una *pizza* cuatro quesos sin gluten?

—Por mí, perfecto —respondió Javi cerrando la carta.

—Hecho entonces. Muchísimas gracias. —Cerré también mi carta y se la entregué al camarero, quien se dio la vuelta y nos dejó a los dos en la mesa, mirándonos a los ojos.

—Muchas veces me pasa... Junto dos palabras y me sale una nueva. «Economía del lenguaje», lo llamo —le dije muy seria, como si tuviese razón en aquel bochornoso momento.

—Yo lo llamo «daños colaterales del vino», pero oye, que lo de la economía del lenguaje casi cuela.

Ambos nos reímos y el resto de la conversación fluyó durante toda la cena. No paramos de hablar ni un solo minuto. No hubo ni un silencio incómodo. Ni una palabra por encima de otra. Era un gran conversador, muy educado y a la vez muy agudo, todo en su justa medida, sin la absurda necesidad que tienen muchos hombres de hacerte partícipe de un sentido del humor más propio del Pleistoceno. Por mi parte, le conté cosas sobre mi trabajo, mi pequeña obsesión por la ortografía y lo mucho que me apasionaba el rosa, en pequeñas dosis; tampoco quería que pensara que vivía en el castillo de la Barbie. Salieron en la conversación ese tipo de detalles reales de los que hablas solo en las primeras citas cuando te sientes relajada y que te ayudan a conocer más a la otra persona, pero a hacerlo de verdad; porque, de no ser así, en la primera cita todos seríamos amantes del cine de culto y la buena literatura, de dar paseos para reflexionar, de escribir poesía con rima consonante —la difícil— y de visitar todas las exposiciones, museos y conciertos en las salas fuera del circuito comercial.

Javi, por su parte, habló mucho de su trabajo. Lo hacía con auténtica devoción. Se notaba que ser bombero, en su caso, llevaba implícita la necesidad de ayudar a los demás y una sensibilidad no impostada que se reflejaba en la manera de tratar a todo el mundo, no solo a mí.

Todo estaba muy bien y, aunque la situación se mostraba con un grado de perfección de 4,9 sobre 5 en mi escala de primeras cenas con desconocidos —bueno, casi desconocidos—, me dispuse a hacer lo que mejor se me da en algunos casos: formular la pregunta correcta en el momento incorrecto. La vida es demasiado corta como para andarse por las ramas, que luego te caes del árbol y te llevas el hostión de tu vida.

—¿Y cómo es que te has decidido a venir a Madrid? —dije así, tal cual, sin paños calientes. Directa.

Él tragó un trozo de *pizza* y su nuez se movió de manera acompasada, pero contestó con rapidez:

—Tenía ganas de estar con mi madre y sentía que Ibiza se me estaba quedando pequeña.

Tampoco podía esperar que me dijese que se había venido por mí; dejo huella, pero no en tan poco tiempo...

—Pero Madrid es casi lo más opuesto a Ibiza: no hay playa, hay contaminación, estrés, ruido, gente por todas partes... ¡Te vas a agobiar! —le dije.

—¡Oh, gracias! Ahora ya me siento mucho mejor aquí... —comentó mientras nos reíamos—. Cualquiera diría que te encanta vivir en Madrid...

—Y me encanta, pero yo llevo toda la vida aquí. No sé si tú serás capaz de adaptarte o te querrás volver a Ibiza incluso antes de tiempo...

Toma ya. Otra de mis indirectas muy directas que tanteaba el terreno con disimulo. A pesar de las palabras de Laux sobre «aprovechar el tiempo», el *carpe diem* y todas esas frases hechas que en algunos casos son ciertas, quería saber qué intenciones traía este bombero ibicenco aparentemente perfecto, y conocer el tiempo de la estancia. Si iban a ser menos de seis meses, quería saberlo lo antes posible, no fuera que empezáramos a hacernos ilusiones y..., bueno, creo que todas sabemos cómo acaba la frase.

—A Ibiza tendré que volver, claro. De momento, la permuta es temporal, pero te aseguro que ahora mismo no quiero estar en ningún otro sitio.

Me miró a los ojos y me transmitió mucha seguridad. Además, había dicho «de momento es algo temporal» y mi mente subrayó en rosa fosforito ese «de momento». Estaba claro que aquello suponía dejar una puerta abiertísima. Aunque supongo que lo dijo también porque vio mis intenciones a través de unas preguntas lanzadas con un claro propósito. A ver, había vivido toda mi vida sin él: tampoco pasaría nada si se iba. Pero el caso es que su presencia había revolucionado mis emociones y eso era innegable. Y no tenía pinta de que aquello fuese a quedarse en un flirteo de una noche, ni de dos ni de tres; tenía ganas de seguir conociéndole, así que, ante esa maravillosa frase dicha en el momento correcto y con las palabras adecuadas por su parte, me quedé callada. Él continuó hablando:

—No nos agobiemos pensando en qué va a pasar. Disfrutemos el momento, igual que lo hicimos durante aquellas cuarenta y ocho horas en la isla, ¿vale? Que fluya. Luego ya veremos.

Entonces, se acercó a mí de forma natural. Sin aspavientos. Me miró a los ojos y asentí. Nos besamos. Fue un beso con mucho cariño. Uno largo y honesto, uno que sellaba aquella conversación con un «ya veremos» tan abierto como nuestras bocas en aquel momento. Como decía el mensaje de Javi, pasemos este invierno en Madrid, que lo demás está por llegar. Eso sí, no os voy a engañar, lo de fluir no iba mucho conmigo. ¿Qué éramos, ríos? Lo importante de un arroyo no es que fluya, es hacia dónde lo hace. Siempre puede dirigirse hacia algo más grande, abierto y bonito como el mar, o puede quedarse inmovilizado en un lago, donde el agua se estanca y se pudre. Creo que esta última metáfora se me ha ido de las manos, pero, vale, de acuerdo, siguiendo con su razonamiento, le dije:

—Oye... No sé si podrás, pero este fin de semana organizamos una fiesta sorpresa a Laux por su cumpleaños. ¿Te apetece venir para que sigamos fluyendo un rato más?

—Ja, ja, ja. Claro, esa es la idea, que podamos quedar más veces para fluir. Si me cuadra con los horarios del curro, me encantará ir y, si no, los cambiaré.

Esas últimas palabras reforzaban la idea y el interés que siempre había mostrado en mí de manera honesta. Me gustaba cómo cerraba las frases.

—Pero una cosa: ¿tu amiga se va a subir a las mesas como siempre o será algo más tranquilo? —añadió con sorna.

—Siendo su cumpleaños, supongo que lo más probable es que acabe colgada de una lámpara.

—No te preocupes. Entonces, allí estaré —me garantizó, siguiendo el tono de la conversación.

Terminamos aquella cena volviendo a su casa. Esa primera cita no fluyó hasta su cama, sino que lo hizo en una dirección más contenida, con una nueva fecha para vernos y un beso en su portal. Un beso de los que te remueven por dentro, de los que te recorren la columna de arriba abajo y te erizan los pelos de la nuca. Él subió a su casa y yo me fui a la mía.

Aquella noche, tras desmaquillarme y desvestirme, recibí un mensaje.

Javi Ibiza.

No lo he hecho tan mal, ¿no?

Sonreí. Además, al leer su mensaje vinieron a mi mente las palabras que un día me regaló mi padre: «Lo estamos haciendo muy bien».

5
Feliz Navidad

Y prósperas ilusiones.

—¿Hubo ñaca-ñaca? —me preguntó Laura entre risas por teléfono.

—Joder, Laura. Ja, ja, ja. De verdad, tienes que parar ya con esos nombres absurdos que usas para todo.

—Ah, sí, perdona, se me olvidaba que hablaba con la dueña de uno de los sillones de la RAE —dijo burlándose de mí—. Espera, que repito la pregunta: ¿practicasteis el coito? ¿Follasteis? O aún mejor, ¿hicisteis el amor, como te empeñas en decir tú siempre? ¿Hubo sexo? ¿Mordiste la almohada? ¿Te empotró? ¿Mancillasteis la alcoba, bella damisela? ¿Así está mejor?

Qué perra era y qué facilidad tenía.

—Así está mucho mejor, pero la respuesta es no.

—¿Cómo que noooo? Rubia, que os conocéis desde octubre. ¿A qué esperas para regalarle tu flor? Se te van a hacer telarañas en los bajos, ¿eh?

Solo Laux podía juntar todas estas frases en una sola conversación y lograr que tuvieran coherencia y resultase divertido.

—Tía, menos mal que Sara es más sensible con estas cosas, porque Lucía y tú sois más brutas que un tanga de esparto.

—Bueno, venga, déjate de rollos y resúmeme la noche con señales, porque ya veo que mucho pelo no hubo.

—Ja, ja, ja. Pues es muy dulce, la verdad. Nos reímos, cenamos, hablamos... Incluso le pregunté si creía que iba a estar a gusto en Madrid o si se volvería a Ibiza antes de la cuenta...

—Hostia, rubi, ya te lo he dicho, como le hagas esas preguntas todo el rato, el Javitxu va a salir huyendo a la isla mañana mismo y te va a bloquear en redes, aunque ni las use.

Por más que la conozca, me sigue fascinando que Laura siempre le cambie el nombre a todo el mundo. Javi es Javitxu, el novio de Sara es el Mandalas, Lucía es la Luchi y así con todas las personas que conoce, da igual que sea de hace cinco minutos o de toda una vida... Hay que quererla al natural, como a los yogures.

—La verdad es que no tengo ganas de perder el tiempo, Laux —dije sincerándome casi sin querer.

Supongo que en el fondo, después de la experiencia acumulada con Álex y sus mentiras, mi cuerpo me pedía algo de paz... por Navidad.

—Te entiendo, pero espérate un poco, que prácticamente os acabáis de conocer.

—Ah, claro, para hablar de cosas serias nos acabamos de conocer, pero para hacer el amor es como si nos conociésemos de toda la vida, ¿no?

Laura se quedó pensativa, analizando la frase. Escudriñándola palabra a palabra.

—Pues también es verdad. Cuando tienes razón, la tienes..., esto es así.

—Lo sé —respondí, digna de mí.

—Por cierto..., mañana es Nochebuena. Sabes que me tienes para lo que necesites, ¿verdad?

Y es que Laura, por muy bruta que fuese, siempre tenía los sentimientos más puros, anteponiendo los míos incluso por delante de los suyos. No hacía falta que le dijese que era una fecha especial y que estaba triste porque serían las primeras Navidades sin mi padre. Le di las gracias y le mentí diciéndole que estaba bien, aunque no lo estaba, pero no me apetecía hablar de ello porque se me hacía un nudo en la garganta que no quería soltar en ese momento.

Hay días en los que te apetece desahogarte y Laux siempre está disponible para brindarte su hombro, pero hay otros en los que prefieres colocarte una coraza que te proteja de primeras y convertirlo en una experiencia personal e intransferible.

Siempre he pensado que mi coraza está tejida a base de hacer cada día un poquito de lo que cualquiera entendería como una frivolidad: mirar zapatos en internet, ir de compras, leer un libro de los que no salen en las listas de las publicaciones culturales ni reciben el elogio de la crítica, o dedicarme un ratito con una mascarilla o en una conversación absurda en un chat de grupo compartiendo memes. ¿Puedo parecer superficial a simple vista? Puede ser. ¿Lo soy? No, pero no todo en la vida va a ser refutar a Kant ni jactarte de haber leído a Cervantes. Al menos no todo el tiempo. Todas las personas tenemos varias capas y no todos tienen acceso a ellas. Tengo la firme creencia de que cuantas más capas interiores tenemos, más cuidamos la superficial, que nos protege. Así que, sin ningún tipo de duda, puedo decir orgullosa que tengo una capa superficial que me ha ayudado en los momentos más duros, por ejemplo a sobrellevar el dolor más profundo que se puede sentir al perder al amor de mi vida: mi padre.

Cuando colgué con Laura, llamé a mi madre para ver cómo llevaba la cena del día siguiente. Seguía con mi rutina de llamarla casi todos los días e ir a visitarla cuando volvía del trabajo, aunque fuera media hora.

—Mami, ¿cómo lo llevas?

—Mejor que tú, seguro —respondió, conociendo de sobra a su hija.

—Ja, ja, ja. Eso seguro. ¿Necesitas algo para mañana? ¿Hace falta que lleve alguna cosa?

—Pues seguro que se me olvida algo, porque ya sabes que últimamente no sé ni en qué día vivo, pero les he dado una lista a tus hermanos y lo comprarán todo ellos. Si hace falta algo, te digo. Ya sabes que disfrutan haciendo la compra —dijo en tono irónico.

—No como a nosotras, que no nos gusta nada... —respondí siguiéndole el juego.

—Sin duda. Están hechos de otra pasta.

Pensé que la mía, sin duda, sería sin gluten.

—Mañana nos vemos, mamá. Te quiero mucho.

—Yo más, que soy mayor y los mayores sabemos querer más.

Mi madre siempre me decía eso. Yo no sabía si tenía razón en que cuanto más mayor, más quieres, pero sí estaba segura de que cuanto más mayor, aprendes a querer mejor.

Cuando colgué con mi madre, y como si de una telecomedia de situación se tratase, Pol, mi amado vecino, llamó a la puerta. Ni un segundo pasó entre la llamada de Laura, la que hice a mi madre y la aparición de Pol. Eso se llama aprovechar el tiempo. Cuando abrí, él ya tenía un piti en una mano y el mechero en la otra. Había bajado en pijama porque seguramente Jaume, su marido, le habría dicho que no fumase allí, y él había aprovechado para bajar a mi casa.

—Pol, sabes que tienes balcón y que en mi casa solo hay una ventana, ¿no?

—Sí, claro, ¡cómo no lo voy a saber, si vivo allí?

—¿Y aun así prefieres venir a fumar aquí? —le repliqué, intentando que se diera por aludido.

—Es que tu ventana es muy acogedora. Además, no te quejes tanto, que vengo a echarle un ojo a las plantas, que si no fuese por mí...

La verdad es que era todo un milagro que las plantas que mi padre me había traído la última vez a casa siguiesen vivas y, en esto, la aportación de Pol había sido crucial. Siento una profunda pena cada vez que recuerdo ese momento. De haber sabido que aquel día iba a ser el último que mi padre vendría a mi casa, hubiese alargado la conversación toda la tarde, le habría preparado un café especial con crema y canela, y probablemente le hubiese pedido que cenara conmigo. Hubiese estirado y exprimido cada segundo al máximo.

Es curioso que ese pensamiento viniera a mi cabeza. Si todos supiésemos cuál será el último café que vamos a tomar con una persona, intentaríamos que fuese el más largo y gustoso del mundo. Pero cuando das la vida por sentada no valoras al detalle cada instante y bebes cualquier cosa. En ese momento me di cuenta de que tenía que exigirme disfrutar mucho más de cada experiencia, por pequeña que fuera y, por supuesto, de cada café.

—Bueno, el sábado es la fiesta de cumpleaños de tu amiga Lady Susurros, la única persona sobre la faz de la Tierra que es capaz de gritar debajo del agua —dijo Pol, regadera en mano, sacando de mi cabeza el recuerdo de mi padre.

—¡Qué ganas! Le va a encantar la sorpresa.

—¿Vas a traer a tu nuevo novio Zipi y a su amigo Zape? ¿Nos vais a hacer la presentación oficial en sociedad de las parejas?

—Joder, Pol, ni siquiera había pensado en Iván. Se me ha olvidado por completo decírselo y Javi tampoco me lo ha recordado. ¿Crees que debo intentar que venga Zape? —dije, continuando con la coña, pero hablando muy en serio. Además, tampoco me apetecía explicarle a Pol que Zipi era Iván y no Javi, porque era el rubio.

—A mí como si traes a Mortadelo y Filemón, pero yo que tú me ocupaba de darle una sorpresa de verdad a Lady Susurros. Ya estoy deseando escucharla gritar al ver a su Ivanoski.

—Joder, y ¿cómo lo hago? ¿Aviso a Javi y le pregunto qué le parece? —contesté agobiada.

—Qué poca cultura televisiva tienes, coño. Si esto fuese una peli americana, la protagonista ya se habría encargado de comprarle los vuelos de Texas a Wisconsin a ese chulazo con nombre de mafioso ruso que tanto le gusta a tu amiga para hacer el reencuentro oficial. ¿Es que no has visto películas de sobremesa o qué?

—Vale, pues se lo voy a decir a Javi, a ver qué le parece la idea.

Pol dio un pequeño grito de emoción ante una propuesta que, *a priori*, pintaba muy bien.

—Y, Pol, si esto fuese una peli americana, tú no estarías ahora mismo en pijama, con un agujero en el sobaco, zapatillas de estar por casa de dinosaurio y fumando tabaco barato de liar en el piso de tu vecina.

Pol se miró de arriba abajo, apagó el piti y renegó de mi apreciación sobre su pijama mientras se iba.

Al momento, decidí llamar a Javi para proponerle la idea. Habían pasado muy pocas horas desde nuestra primera cena y, aun a riesgo de parecer una psicópata obsesionada con él, la ocasión lo merecía. Le llamé y le pareció una idea maravillosa. Noté la emoción en su voz. No sé si le gustaba más el hecho de sorprender a Laux con Iván, a Iván con Laux, o si se sentía más seguro con la presencia de su amigo en la primera fiesta en la que iba a conocer a gran parte de mi grupo, pero me apoyó no solo con la teoría, sino con la puesta en práctica, y lo hizo a la perfección. Si tenía que echar el freno de mano con él y dejar que lo nuestro fluyera, quizá aquella no era la mejor manera, pero respondía a una causa justificadísima.

Al día siguiente, Javi me llamó para confirmarme que Iván se apuntaba al plan, así que abrí el chat del cumpleaños para ultimar todos los detalles. Ya era día 24, Nochebuena, y la fiesta era inminente.

Cumple Laux

Alberto amigo Lucía., Lucía azafata., Pol vecino., Sara., Tú

> Amigaaasss, ya he reclutado a prácticamente todas las compañeras enfermeras del hospi de Laux para que vengan a la fiesta y ¡ojo a esto! Javi va a traer a Ivanoski desde Ibiza.

Pol vecino.
Quién te habrá dado esa gran idea...

Sara.
¡Genial! ¡Va a flipar!

Alberto amigo Lucía.
¿Ya tenéis pensado qué os
vais a poner? He preparado
las invitaciones para todo el
mundo con el pink dress code.

> Yo tengo EL vestidazo rosa
> más flipante del mundo.

Lucía azafata.
Madre mía, qué nerviossssss.
Ya me jode tener que vestirme de
rosa, pero Laura se lo merece

Alberto amigo Lucía.
He comprado ron y ginebra rosas.
No va a faltar ningún detalle.
¡He conseguido hasta unas flores secas
rosas para montar un photocall en
la entrada! Me voy a coronar
como el mejor anfitrión de pink
parties de todo Madrid.

Lucía azafata.
Es que tienes muy buenas ayudantes,
las mejores, diría yo

> Buah, Laux va a llorar
> de emoción.

Pol vecino.
No, perdona, ¡va a gritar
de la emoción!

Lucía azafata.
JAJAJAAJAJAJA

Sara.
Jajajajaajaja.

Alberto amigo Lucía.
Jajajajaja. Así será, sin duda.

Cerré el chat y me dispuse a vestirme para ir a cenar con mi madre y mis hermanos. Teníamos la costumbre de «ponernos guapos» esa noche, aunque cuando terminábamos los postres, mi padre cambiaba los zapatos por las zapatillas de estar por casa y se colocaba un gato encima de su regazo, el *dress code* elegante desaparecía para todos. Era inevitable no sentirme desolada por su ausencia, pero había decidido intentar verlo todo un poco más de color de rosa, como la fiesta de Laux, tal y como estaba segura de que él hubiese querido.

Había estado lloviendo toda la tarde, como lo había hecho toda la semana, pero parecía que estaba escampando. Mientras abría el armario para elegir la ropa, me llegó otro mensaje de WhatsApp. Imaginé que sería alguien del chat de grupo del cumpleaños de Laux, pero no...

Javi Ibiza.

¡Mira qué bonito!

Y al abrir la foto adjunta al mensaje me puse a llorar como una niña pequeña. Una niña que siente las emociones más libres y puras. Sin restricciones.

Lo que me había enviado Javi era una foto de un precioso arcoíris en medio de la plaza de Castilla. Él no sabía lo que significaban para mí; en otoño le había contado que mi padre había fallecido, pero no había entrado en detalles. No quise contarle que el día que él se fue llovía mucho y un enorme arcoíris apareció en el cielo. Desde entonces, cada vez que veo uno me parece una señal que mi padre me envía para tener presente su recuerdo. Así que me guardé aquella foto que Javi me había enviado, tomando como una coincidencia preciosa que él, en ese preciso momento, hubiese decidido compartir un arcoíris conmigo.

Me enjugué las lágrimas y le contesté al momento, manteniendo la compostura porque, si no, no iba a entender nada.

¡Es precioso!
¿Estás cerca de casa de tu madre?

Sí, estoy llegando para cenar
con ella.
Que pases una Nochebuena
muy bonita.

¡Tú también!

Nos despedimos por mensaje y cogí el coche para ir a casa de mis padres. Conduje con el limpiaparabrisas al máximo porque llovía en abundancia, y no solo en mis ojos. Sinceramente, no me esperaba aquella bonita señal.

Aparqué en la puerta de casa, sorprendida por haber encontrado el hueco perfecto. Llevaba tiempo estacionando siempre en los mejores lugares, lo cual era un plus para personas tan impuntuales como yo. Era algo que no dejaba de asombrarme, puesto que parecía como una suerte inesperada que se me había concedido en los últimos meses sin motivo, pero que no fallaba casi nunca. Allá donde iba, encontraba aparcamiento en la puerta. Y cuando eres impuntual por naturaleza, sabes apreciarlo.

Comentando con una amiga este nuevo don del que disfrutaba, me dijo que a ella le pasaba justo lo mismo. Ella tenía la clara teoría de que era su padre, desde el arcoíris de los padres, quien le guardaba siempre el espacio perfecto para aparcar en el lugar adecuado. Por supuesto, me emocioné muchísimo, ya que eso encajaba con lo que me había pasado aquel día y con lo que me sigue ocurriendo. No sé si creer en las señales sirve de algo, pero ayuda a relacionar a las personas que quieres con las cosas extraordinarias que te suceden y que traen su recuerdo de nuevo a tu cabeza. Y eso es maravilloso. Creo que superar algo no es dejar de pensar en ello, sino aprender a recordarlo con cariño.

La casa estaba preciosa. Olía a infancia y seguía manteniendo la esencia de la decoración que mis padres colocaban cada año. Los libros en las infinitas estanterías del salón me recibieron con su característico aroma a papá.

Mi madre y yo nos abrazamos muy fuerte. Si bien es cierto que, antes de marcharse mi padre, mi familia nunca había destacado por ser excesivamente besucona o cariñosa, desde que él se fue no ha habido un día en el que no le haya dicho a mi madre que la quiero. Ya no me guardo ni una sola palabra de amor, ni mucho menos un abrazo, y esa noche tan especial no iba a ser menos. Así que, tras ella, abracé primero a mi hermano mediano y después al mayor.

Por supuesto, fiel a nuestro código de hermanos, cuando les dije que estaban muy guapos y elegantes, me respondieron dudando de si había encogido o de si iba hecha unos zorros. Yo sabía que iba perfecta. Amor de hermanos. Mientras las abuelas y las madres se empeñan en verte más alta y guapa cada vez, los hermanos mayores siempre te ven más enana y estropeada, o al menos eso dicen. En el fondo no creo que lo pensasen, sobre todo porque, si fuera cierto, ya no llegaría a ninguna estantería. Con mis hermanos llegaron sus parejas y mis sobris, y la casa se llenó de ruido, color y alegría.

—¿Crees que tu padre estará celebrando la Navidad? —me preguntó mi madre, ya sentadas, hablando tranquilamente.

A mi madre y a mí nos gustaba imaginar lo que estaría haciendo mi padre, estuviese donde estuviese. Era otra forma de seguir teniéndolo muy presente sin el dolor de la pérdida. Siempre desde el recuerdo amable.

—Seguro, mamá. Habrá puesto luces por todas partes y estará viendo dónde esconder la flor de Pascua. Con lo venenosa que era para los gatos, y siempre la compraba.

—Pues porque le encantaba esa planta.

—¡Y a Bartolo también!

—Ay, Bartolo, nuestro primer gato... Seguro que estarán juntos.

Mi madre me apretó la mano y sonrió.

66

—¡Seguro! Y no solo eso: estará también con los abuelos. Y habrán comido polvorones. Y Bartolo comerá latitas de atún a todas horas, porque en el arcoíris de los animales hay barra libre de comida.

Noté cómo mi madre reposaba la cabeza sobre el sillón y respiraba hondo. Pude ver que se sentía reconfortada por momentos.

Aprovechando que todos charlaban animadamente sobre uno de los programas que había en la tele (no sabría decir muy bien cuál, ya que todos me parecían iguales), fui a mi antigua habitación, como de costumbre cada vez que volvía a casa de mis padres. Seguía tal cual la dejé: pintada de rosa, con mi camita llena de peluches, como si el tiempo se hubiese detenido en el instante en el que cerré aquella puerta para dejar de ser una adolescente y convertirme en una mujer. Me encantaba abrir los cajones de mi mesa y descubrir carpetas de cuando iba al instituto, móviles casi tan grandes como un ladrillo, un Tamagotchi... Recuerdos tangibles de una época maravillosa en la que la vida se contaba en cursos, no en años. Allí descubrí una foto de Lauri y mía en su pueblo, donde veraneábamos cuando íbamos al instituto. La miré con nostalgia y le mandé un mensaje de cariño felicitándole las fiestas. Hacía muchos años que vivía en Alemania, pero aquel retrato trajo de vuelta su bonito recuerdo.

Mi hermano me llamó para brindar y lo dejé todo en su sitio, tal y como estaba. No quería que por nada del mundo cambiasen esos sentimientos cuando volviera a abrir ese cajón.

Nos sentamos todos a la mesa. En la silla donde solía sentarse mi padre, se acomodó uno de los gatos para asomarse con agilidad a la mesa y ver si pillaba algo de comer. Por un momento, el sentimiento de pena por ver aquella silla vacía se disipó al ver allí al gato, parte de la familia también, ocupando su sitio, sin duda tal y como a él le hubiese gustado.

Es imposible establecer una medida concreta del tiempo que cada persona necesita para superar una pérdida. De hecho, creo que es contraproducente intentar marcarte una fecha concreta o preguntarle a alguien cuánto tardó en hacerlo. Tu tiempo es único, y puede ser mayor o menor según lo que necesites. Eso no lo hace ni mejor ni peor, simplemente lo hace tuyo. Cuando todavía no ha pasado ni un año desde la pérdida, y sobre todo en fechas señaladas, es muy difícil no evocar los momentos vividos un año antes con esa persona. Esto ocurre en Navidad, en su cumpleaños, en el tuyo... En cambio, una vez transcurre ese tiempo, justo el día siguiente es el que marca la diferencia y consigue que todo cambie. A partir de entonces, es probable que consigas mirar el presente y visualizar el futuro mucho más que el pasado.

Aquellas primeras Navidades, sin haber pasado todavía ese año y un día, su presencia estaba en cada rincón de la casa. Escondida tras un adorno navideño, en el olor de una vela o cuando sonaba su villancico preferido. Durante la cena no faltaron las frases de «a papá le hubiese encantado esto», «si papá estuviese aquí» o maullidos de mis gatos que, sin duda, seguían llamándole, preguntándose dónde estaría ese señor calvo y con barriga tan amigable sobre el que se sentaban cada noche, y que les daba latas de atún todos los días. Nadie podría decir con certeza dónde estará, como para explicárselo a mis gatos, pero lo que sí sé es que estará bien. Porque allá donde vayan las personas a las que un día quisimos tanto solo pueden recibirles y tratarles con el mismo cariño que ellos nos dejaron a nosotros.

A la mañana siguiente, todos teníamos regalos esperándonos debajo del árbol de Navidad que cuidadosamente había decorado mi madre. Con un montón de luces y adornos de colorinchis de dudoso gusto, tal y como él hubiese querido, era inevitable no mirar a la puerta cada vez que se oía el ascensor, pensando que en algún momento distinguiría el sonido de sus llaves abriéndola, con un regalo en la mano o un nuevo adorno para el árbol. Dentro de esa sensación perenne de nostalgia que invadía mi cuerpo, tanto mi familia como mis amigas, además de la recién estrenada ilusión con Javi de manera inconsciente, fueron un gran apoyo durante esos días. Y es que a veces no necesitas olvidar, solo que tu mente no recuerde tanto.

6
Querofobia

El miedo irracional a ser feliz.

Solo hay una persona en el mundo, por detrás de mi amiga Laura, a la que le descoloca sobremanera que le cambien los planes. Y esa soy yo. El día de Navidad estaba tranquilamente en casa cuando recibí un mensaje de Javi que no me esperaba.

Javi Ibiza.

Tengo la tarde y la noche libre
y estoy pensando en si te apetecería
cenar conmigo hoy...

Joder, qué nervios. No esperaba verle antes de la fiesta de cumpleaños de Laura. Me había prometido intentar frenar un poco toda aquella «relación» con Javi, que no olvidemos que era una persona que estaba empadronada y fluía en Ibiza. Joder, la verdad es que se me estaba empezando a ir de las manos, pero, joder, ¡cuánto lo estaba disfrutando! ¿Qué pensaría él? ¿Se sentiría igual? ¿Por qué estoy diciendo tanto «joder»? Lucía habría dejado claro que era por la falta de sexo.

Por supuesto, le dije que sí, pero aquel plan surgido de repente solo me otorgaba un par de horas para prepararme. Para una persona que tarda mucho más en vestirse, impuntual por castigo y poco dada a la improvisación como yo, aquello era un sobresfuerzo. Sin embargo, el deseo de quedar con él bien lo valía.

Intenté por todos los medios estar lista antes de que Javi llegase a casa, pero no lo conseguí. Me envió un wasap para decirme que ya estaba abajo, y crucé a toda prisa el salón intentando colocarme un botín en el pie izquierdo mientras iba a la pata coja, cogiendo por el camino el pintalabios, los clínex, el móvil y todo lo que consideré imprescindible para echarlo en el bolso sin ningún tipo de orden.

Cuando pensé que ya lo tenía todo, bajé trotando la escalera hasta el portal. Llevaba un vestido negro de punto, muy ceñido, unas medias con un calado precioso, unos botines de estilo motero con tachas y hebillas plateadas, y un abrigazo largo, negro, con imitación de pelito en el cuello. Hacía muchísimo frío y me arrepentí de no haber cogido unos guantes, pero las personas impuntuales no solemos ir bien equipadas para el frío porque siempre olvidamos algo.

Javi me esperaba fuera del coche, sin abrigo, con una camisa que dejaba entrever unos grandísimos brazos y un pantalón vaquero que cualquiera diría que estaba hecho a medida. Se notaba que se acababa de afeitar, llevaba una barba perfectamente recortada pero informal, y me hubiera atrevido incluso a decir que había ido a la peluquería. Si le había dado tiempo a estar así en dos horas, tenía mucho que aprender de él. Estaba claro que no era la más rápida del barrio, pero tampoco empezaba a las doce de la mañana para estar a las ocho de la tarde. Optimizar el tiempo, como las palabras, siempre ha sido una batalla personal de la que no he salido victoriosa en todas las ocasiones. El olor a aquella colonia tan característica suya me recibió, envolviéndome, cuando nos abrazamos para saludarnos. Me coloqué frente a él y me cogió la cara con mucha delicadeza, dándome un beso en los labios.

Antes de Javi no me gustaban los chicos con barba, pero la suya me encantaba. Cuando piensas algo así, te das cuenta de que hay personas que marcan un antes y un después en tu vida: «antes de Javi», «antes de Laux»...

—Feliz Navidad, chica impuntual. Estás muy guapa —me dijo muy bajito, como con vergüenza.

—Feliz Navidad, señor bombero.

«¿Por qué has dicho eso?», pensé, sin poder retirar de mi mente una imagen supersexi de Javi vestido de uniforme con una manguera larguísima entre las manos que desvirtuaba su aspecto tímido.

—¿Qué te ha traído Papá Noel? —me preguntó, ilusionado.

Le mostré mi muñeca, con un reloj de oro rosa muy elegante que me había regalado mi madre. Entonces, le conté atropelladamente que mis hermanos me habían regalado una cámara de fotos Polaroid rosa, le hablé de los disfraces de Papá Noel que había comprado a los gatos y lo que me había costado ponérselos y, por supuesto, le mostré una foto en el móvil de aquellos dos michis adorables con su gorrito incluido. Sin darme cuenta, llevaba un buen rato hablando desde el asiento del copiloto y él todavía ni había arrancado el coche. Para mi gran sorpresa, cuando de forma irremediable tuve que respirar para seguir hablando, él aprovechó el impás para sacar de debajo del asiento un paquete perfectamente envuelto que no me esperaba en absoluto.

—Nooooooo, no puede serrrrr, ¡yo no te he comprado nada!

Sé que conocéis esa sensación de desear que la tierra te trague y te escupa en tu cama diez días más tarde. Me sentí muy decepcionada conmigo por no haber pensado ni un solo segundo en tener un detalle con él, pero es que aquello no me lo habría esperado ni en mis mejores sueños.

—¡No pasa nada! Los regalos no se hacen esperando algo a cambio. —Javi le intentó quitar importancia al asunto para no hacerme sentir mal, pero me sentí aún peor.

—Jooo, Javi, qué mal. Todo mal.

—Que no, tonta. Ábrelo, a ver si te gusta.

Y vaya si me gustó. Era un estuchito con una edición especial de *La sombra del viento* de Carlos Ruiz Zafón, uno de mis escritores favoritos. Me pareció un detallazo, y se lo hice saber con un gran beso y un abrazo, no sin antes darme un buen golpe con el freno de mano de camino a su boca. Maldita torpeza.

—¡Esta noche te invito a cenar! —le dije rápido.

—¡No hace falta! Eso sí, elige tú el sitio, que no me ha dado tiempo de mirar nada y tampoco conozco muchos lugares.

—Ja, ja, ja. Eso está hecho. ¡Tira p'allá!

Nos miramos al segundo. Los dos relacionamos ese «tira-pallá» con el bar de Dalt Vila, que tan buenos recuerdos nos traía de cuando nos conocimos en Ibiza. Nos reímos, cómplices. Arrancó y le di las indicaciones para ir por el camino por el que sabía que veríamos por primera vez juntos las luces de Navidad más espectaculares de Madrid.

Javi estaba emocionado. Le encantaba la decoración navideña. En cada semáforo que parábamos contemplaba la iluminación, disfrutando de ella, hasta que algún pitido de otro coche impaciente le sacaba de su ensoñación. Madrid se viste de brillibrilli cada Navidad para deleite de quienes, como las urracas, amamos todo lo que brilla.

Por supuesto, cuando llegamos al restaurante había un magnífico hueco para aparcar delante de la puerta, esperándonos. Sonreí para mí, diciéndome que mi padre me habría custodiado aquel sitio.

Aquella fue otra maravillosa cena con Javi, tanto que me hizo pensar que tenía que haber gato encerrado. Naturalmente, las primeras citas casi siempre son muy buenas porque ambas personas intentan dar lo mejor de sí mismas y eso hace que todo fluya de manera natural. Y digo «casi siempre» porque he tenido algunas que podrían haber batido algún tipo de récord Guinness en cuanto a las ganas que tenía de volverme a casa. Pero con Javi no fue así; estábamos tan cómodos charlando que me daba hasta miedo. Hay una palabra que designa el miedo irracional a ser feliz: «querofobia». Como otras muchas fobias y filias, es una palabra que no aparece todavía en los diccionarios, no sé si porque en la RAE no la sufren o porque, dada la cantidad, no se pueden recoger ni acuñar términos específicos para todas las fobias irracionales que sufrimos los seres humanos. Prueba de ello es que no existe ninguna palabra que exprese el miedo a que se acabe un libro y no vuelvas a saber más de sus personajes. Puestos a inventar, yo diría que sería algo parecido a «novelofobia», por no hablar de la pena que te produce llegar al final. Y es que hay personajes de libros que te caen mejor que algunas personas.

El caso es que recuerdo aquellas primeras citas con esa sensación injustificada de que algo tenía que salir mal, de que no podía ser todo tan perfecto. Lo llevaba pensando desde que le conocí en Ibiza. Siempre me pareció un chico muy educado, muy normal, sin grandes pretensiones, demasiado guapo, pero sin ser consciente de ello o, al menos, sin darse aires de grandeza como otros hombres con los que había estado. Dicen que, al final, la querofobia es fruto de las experiencias pasadas vividas, donde ya has sentido la felicidad absoluta y, en algún momento, te ha sido arrebatada. Si lo piensas, el hecho de sentirla es positivo y precioso a la vez, porque significa que en algún momento de tu vida ya has sido tan feliz que vives con el miedo a que esa felicidad desaparezca otra vez; es más, tienes esa sensación justo cuando te estás acercando a la felicidad máxima, lo cual te hace valorar ese momento.

Y mientras debatía conmigo misma acerca de estas cuestiones, el camarero dejó la cuenta sobre la mesa. Javi fue a cogerla, pero le aparté la mano con rapidez. Habíamos quedado en que iba a invitarle a cenar: era lo mínimo que podía hacer tras no haber tenido ningún regalo de Papá Noel preparado. Así que me dispuse a pagar... o, al menos, eso era lo que yo pensaba.

—Javi, soy lo peor. Me he debido de dejar la cartera en casa. ¡No está en el bolso! —le dije mientras sacaba sobre la mesa todas las cosas que llevaba, bastante apurada.

—No te preocupes —me comentó amablemente, mientras se llevaba la mano a su cartera.

—¡Qué desastre soy!

—Venga, que no pasa nada. Ahora sé dónde vives: puedo ir a cobrarme la deuda.

—Ja, ja, ja. Vale, pero a la próxima cena invito yo —respondí con una de esas ridículas frases estándar que dice una persona que quiere quedar bien y que la otra persona puede interpretar con un «no te preocupes, que no va a haber próxima». Nada más lejos de la realidad.

—Te iba a decir que si me invitabas a una copa, pero viendo que tampoco puedes, te tendré que invitar yo.

Sonreímos los dos. Me gustaba verle así, bromeando. Era tímido, y aquellos comentarios tontos, pero sanos, nos acercaban aún más, ofreciéndonos un colchón para sentirnos cómodos. Colchón, cómodos..., en qué estaría yo pensando.

Y nos fuimos a tomar una copa. En concreto, me tomé tres, una de ellas la de Javi, quien siquiera la probó porque tenía que conducir.

Nos reímos muchísimo y se nos pasaron las horas volando, como lo hace mi dignidad con el primer chupito de tequila, que por suerte esa noche no tomé. Agradecí mucho que a él no le hubiese parecido tan buena idea pedirlos, cuando yo ya se lo había insinuado al camarero. Y quien dice insinuar dice que se los había pedido directamente. Si mi acompañante hubiese sido Laura, aquella noche no hubiese tenido el mismo final. Así que pedí una botella de agua. Fue la mejor decisión, porque las horas siguieron pasando en buena compañía y con la dignidad intacta.

Cuando quisimos darnos cuenta, el bar estaba cerrando y éramos los únicos que seguíamos allí. Bueno, nosotros y un grupo con pelucas y matasuegras en una esquina, dándolo todo. Teníamos las manos entrelazadas y nos besábamos de vez en cuando, quizá elevando un poquito la intensidad a medida que avanzaban las horas.

Se ofreció a llevarme a casa cuando la música del último bar se apagó. Durante el camino se hizo un silencio que ambos llenamos en nuestras mentes con la pregunta de si subiría a mi casa o no. Hice un repaso mental de lo que me diría cada una de mis amigas.

Con Laux no había duda: «¡Que suba, chiqui, que suba! ¡Y que se te suba encima!». Lucía diría: «A ver, tu horóscopo de hoy dice que debes lanzarte sin miedo, pero mirando de reojo dónde vas a caer». Y Sara, por supuesto, preguntaría: «Javi era el de Ibiza, ¿no?». ¡Ah, sí! Olvidaba a Pol, quien sería bastante más directo y bruto: «Fóllatelo y déjate de tonterías, que ya eres mayorcita».

Cuando llegamos al portal, el silencio se hizo más denso, tanto que el aire podía masticarse. Yo estaba nerviosa, pero notaba que él, sin duda, también lo estaba. Era increíble ver a dos personas con más de treinta años y, aun así, nerviosos como quinceañeros. Y qué bien sentaba volver a los quince y saborear de nuevo esa chispa incontrolable o lo que quisiera que fuese aquello.

—¿Quieres subir? —le dije rápido, sin dejar más espacio a las dudas.

Él me miró a los ojos y me dijo que le encantaría. Aparcamos el coche y nos colocamos frente a mi portal, como dos vecinos que acababan de coincidir en la puerta, mirando para ambos lados, como si estuviésemos haciendo algo ilegal o saliendo del supermercado por la salida sin compra.

Busqué rápidamente las llaves en mi bolso, pero con ellas había pasado lo mismito que con mi monedero: me las había dejado en casa.

—Joder, Javi... —dije en un claro tono de apuro.

Él debió de entender que me lo había pensado mejor y que no quería que subiese, así que me dijo con rapidez que no me preocupase, que él se iba a casa y que no pasaba nada.

—No, no, Javi: ¡que me he dejado las llaves dentro de casa! —Estaba a punto de echarme a llorar.

—Ja, ja, ja. Bueno, no pasa nada. Estarán al lado de la cartera.

La verdad era que Javi llevaba una noche bastante sembrado con las bromas.

—¿Hay alguien que tenga una copia? —preguntó.

—Mi madre, pero no voy a llamarla de madrugada...

—No, claro que no.

Se hizo un silencio incómodo que Javi completó con sutileza:

—¿Quieres que vayamos a mi casa? Serán unas horas. Mañana te acerco a casa de tu madre y coges las llaves con tranquilidad.

No parecía un mal plan. Total, si ya había decidido que quería que subiese a mi casa y que probablemente se quedase a dormir, lo único que cambiaba en este momento era el escenario. Aunque hubiese preferido poder ir a mi baño, tener mi cepillo de dientes, el cargador del móvil... En fin, me hubiese gustado tener esas pequeñas necesidades mínimas, pero todo no podía ser. Benditas bragas de repuesto que llevo siempre en el bolso para, al menos, poder marcharme con unas bragas distintas al día siguiente. Eso sí, lo que no me apetecía nada y me daba muchísima pereza era tener que coincidir con Dani, el compañero de piso con aspecto de dedicarse al mundo del porno. De hecho, Javi lo notó sin que llegara a insinuárselo.

—No te preocupes por Dani, se ha ido a Sevilla a pasar las Navidades con su familia y no está en casa. Y si te lo estás preguntando, la respuesta es sí: ha dejado sus esposas en la cama. Así que podemos cogerlas sin que se entere.

Solté una sonora carcajada que al instante tapé con las manos, dada la hora que era. Imaginarme a Javi, con su enorme cuerpo, atado a la cama con las esposas que Dani tenía en su habitación, lejos de darme ningún morbo, me parecía de lo más cómico.

Aquel chiste relajó mucho el ambiente.

—Es una broma, ¿no? —pregunté. Con estas cosas nunca se sabe y, más que atarle a la cama, lo que quería era tenerlo con libertad de movimientos.

Javi sonrió por respuesta.

Hay que reconocer que era la primera vez que subía a su piso y estaba algo nerviosa. La casa era muy acogedora, decorada en blanco y madera. Con gusto. Desde la puerta de la entrada, un pasillo muy largo avanzaba hasta la cocina y el baño. Al otro lado se encontraba un salón bastante grande, presidido por una pantalla enorme, con un sofá bastante pequeño comparado con el televisor. Al fondo había dos habitaciones, ambas con las puertas cerradas, una a la izquierda y otra a la derecha. Pegadas pared con pared. Mentalmente, jugué a adivinar cuál sería la de Javi sin tener ninguna pista, y fallé, porque él se dirigió a la puerta de la derecha para dejar los abrigos y yo había apostado por la de la izquierda.

Con la tontería, se nos había hecho bastante tarde, y a mí ya no me apetecía ni siquiera tomarme esa típica última copa que se ofrece en estos casos. Me quedé en el salón de pie, con el bolso puesto, sin saber qué hacer, mientras él estaba dentro de su habitación, imaginé que colocando las cosas.

—Menos mal que tenía la cama hecha y las cosas recogidas —me dijo.

—Yo soy una obsesa del orden. Hacer la cama es lo primero que hago al levantarme, después de ventilar.

—Yo también —contestó, mientras pude ver cómo encendía un radiador pequeñito para calentar la habitación.

—Creo que hacer la cama siempre es el comienzo de un día ordenado. Los días que no la hago por pereza, parece como que las cosas no están en su sitio.

—Somos iguales en eso —respondió con una sonrisa.

Conocer a alguien a estas edades es como sentarte a ver una película que están echando en la tele, pero que has pillado a la mitad. *A priori* te atrae porque sale un actor que te suena de algo y que además está muy bueno, pero no sabes de qué va la trama porque no has visto el comienzo. Te vas preguntando de vez en cuando cosas como «¿este es el malo?» y agradeces los típicos resúmenes que los guionistas hacen a mitad de peli para los espectadores despistados. En ese momento me sentía muy interesada, como una espectadora fuera de juego, pero con muchas ganas de continuar viendo esa película con aquel protagonista que poco tenía que envidiar a Brad Pitt.

Nos sentamos en su cama, yo con el bolso todavía puesto, y nos besamos, poco a poco, lenta y cómodamente. El bolso comenzó a resbalar por mi brazo y rodó hasta el suelo. Javi lo miró sobresaltado por el golpe.

—No te preocupes, que de ahí no pasa —dije mientras cogía de nuevo su cara con suavidad, tocando su barba con dos dedos.

En ese momento, acariciándonos con los ojos cerrados, noté cómo ambos intentábamos descubrir más del otro a través de las manos. Las de Javi eran enormes. Había visto muchas películas donde las personas ciegas tocaban la cara de su interlocutor para reconocerlo, pero siempre había pensado que era una exageración. Dicen que cuando anulas uno de tus sentidos, el resto se estimula mucho más. Y allí estaba yo, con la cara de Javi entre las manos y los ojos cerrados, intentando saberlo todo de él, como si estuviese leyendo el horóscopo en su barba.

Una de sus manos bajó por mi cuello hasta la espalda, recostándome suavemente sobre la cama. Si fuese una película, le habría arrancado la camisa, me hubiera desabrochado el sujetador con una mano y nos estaríamos empotrando contra la pared. Dándolo todo. Pero cuando no lo es, hay inseguridades por ambas partes, miedos, incertidumbre y, por supuesto, preliminares.

Pese a ese titubeo inicial al pensar que te vas a desnudar delante de una persona por primera vez, me moría de ganas de sentir a Javi dentro de mí, piel con piel, y de recorrer su cuerpo entero.

Casi sin querer, quizá fruto de esa inseguridad, busqué un interruptor para apagar la luz de la lámpara del techo y crear un ambiente algo más íntimo.

—Eres preciosa, lo sabes, ¿verdad? —me dijo cuando me estiré hasta el interruptor, quizá notando por qué lo hacía.

En ese momento, Javi apagó la luz de la habitación y encendió la pequeña lámpara de la mesilla, que bañó nuestros cuerpos de una forma más acogedora y cálida, haciéndome sentir más tranquila y segura.

Sus ojos, que me contemplaban en la penumbra, me decían que realmente me veía hermosa, y sus manos, colocadas en mis caderas y bajando por mis piernas, aún vestidas, lo confirmaban. Las palabras pueden ser falsas, pero la intención en los ojos nunca lo es. Y los suyos reflejaban deseo sincero. Aunque siempre he estado segura de mí misma, ha habido y habrá situaciones en las que me pueda sentir más vulnerable, y que la otra persona te haga sentir confortable cuando eso pasa ayuda mucho, por lo que agradecí aquellas palabras y aquel gesto.

Cuando se detuvo en mi pecho, colaboré para librarme del vestido, que era bastante ceñido y de cuello vuelto, difícil de quitar sin mi ayuda. Al sacar la cabeza, me despeiné por completo como una cría pequeña desorientada, pero eso no pareció importarle. Javi se mordió el labio con apetito, lo cual sí que empezaba a removerme por dentro. Poco a poco, opté por desabrochar los botones de su camisa (que era preciosa, por lo que arrancárselos hubiese sido un desperdicio). Su pecho apareció despacio, mostrando unos abdominales definidos, marcados lo suficiente como para que mis manos saltasen entre ellos. Entonces fui yo la que pasó a morderse el labio. Nuestras miradas, ya casi desnudos, se cruzaron durante un segundo. Un escalofrío atravesó mi espalda al ver de nuevo el gesto en su boca, repetido mil veces más. Recorrer su cuerpo con los ojos confirmaba lo que antes veía a través de las manos, recreándome en sus brazos y en su culo, pasando mis largas uñas por su piel. Recordé momentos en Ibiza, bañándonos en la playa el último día, disfrutando de la sal de sus labios. Y con ese recuerdo en mi cabeza, aprovechando, ahora así, para saborearlo por completo, me dejé llevar.

Me relajé entre sus manos y dejé la vergüenza en casa, junto a las llaves y la cartera. Los besos y caricias por todo el cuerpo, con mucha calma, dieron lugar a un sexo que comenzó muy despacio pero que, a medida que pasaban los minutos y el sudor nacía en pleno diciembre, era más intenso. Tanto que incluso grité más de la cuenta en algún momento para ser las cinco de la madrugada y terminé en un momento inolvidable, como lo son siempre las primeras veces con una persona con la que tienes una conexión especial.

Hacer el amor con él me había gustado muchísimo porque había sido como era Javi, dulce pero fuerte al mismo tiempo. No me arrancó la ropa, pero me ofreció un hueco para sentirme cómoda aquella primera vez; y en ese hueco estuve muy cómoda, no una vez, sino varias. Cuatro o cinco (perdí la cuenta). Siempre a base de mordiscos, pero mordiscos suaves, de deseo, porque Javi mordía todo lo que deseaba.

Cuando terminamos, respiré un segundo y salté de la cama hacia el baño, buscando un momento de intimidad. Afortunadamente, estaba ordenado, aunque se notaba a la legua que pertenecía a dos hombres. La bañera tenía un par de botes y no doscientos cincuenta, como la mía. No había ni rastro de secadores de pelo, pero sí maquinillas, geles de afeitar, la colonia de Javi en la estantería —junto con otra que di por sentado que pertenecería a Dani y que confirmé, curiosa de mí—, que olía a pachuli.

Cuando volví, él estaba tumbado en la cama y me recibió con una sonrisa, haciéndome un hueco a su lado, colocando su brazo como si fuese una almohada donde mi cabeza encajó a la perfección. Pocos momentos te hacen darte cuenta de que una persona está hecha para ti como la primera vez que notas que vuestros cuerpos encajan sin fricciones. Cierto es que en los comienzos de toda relación te da igual que se te duerma un brazo o se te monte un gemelo con tal de dormir abrazada a esa persona, pero con el paso del tiempo, cuando las relaciones avanzan, las piezas que en su día encajaron a la perfección cogen holgura, y buscas tu espacio para descansar y madrugar al día siguiente.

Hablamos durante un ratito, inmersos en esa nueva confianza recién estrenada y que volvimos a reestrenar por la mañana varias veces. Habíamos dormido abrazados, y comprobé que no roncaba; ni siquiera respiraba fuerte. Era una delicia dormir con él, al menos eso pensaba en aquel momento... La vida me estaba regalando a un tío así para quitármelo a los seis meses, en plan: «Ahora que ya sabes lo que es bueno, te jodes». Gracias, vida, por ser tan hija de puta.

Cuando nos levantamos, de muy buen humor, desayunamos en la cocina. Javi preparó café para los dos y me encantó conocer detallitos sobre él, como que lo tomaba casi solo, con una gotita de leche, mientras que yo le echaba más leche que café. Cuando vas descubriendo los gustos de una persona que estás conociendo, esa cotidianidad a veces pasa desapercibida, pero para las personas como yo, que nos bebemos la vida a sorbitos, es un disfrute continuo.

Soy de las que se encuentra cómoda en lo cotidiano. Adoro las rutinas, disfruto vivir en las zonas de confort que se generan cuando lo sabes todo de alguien. Se nos invita a salir de ella constantemente, pero a veces pienso que, si hubiese que salir de la zona de confort, se llamaría zona de mierda, y no es así.

Al acabar de desayunar, Javi metió las cosas en el lavavajillas al momento, sin dejarlas en el fregadero.

—Soy megaordenada, yo también lo meto todo en el lavavajillas al momento...

—Yo coloco cada cubierto en su cubículo: los tenedores con los tenedores, las cucharas con las cucharas...

—¿Acaso hay otra manera de colocarlos? —le dije mientras nos reíamos, consciente de que no todo el mundo compartía esas manías.

Mientras me hacía ilusiones viviendo rutinas que me quedaban preciosas, no podía evitar pensar que era un poco absurdo disfrutarlas si en seis meses no íbamos a seguir compartiéndolas. En ese momento, Javi se acercó por detrás y me abrazó con fuerza, llevando mis dudas al mismo sitio que mis bragas. Las cuales, por cierto, estaba tocando, enredando sus dedos en el lateral.

—¿Te has cambiado de bragas? Las de ayer eran rojas —me dijo mientras jugueteaba con el encaje de mis bragas negras en la cocina.

—Sí, bueno... Es que siempre llevo unas de repuesto en el bolso... Soy muy previsora.

—Ya veo... Eres de ese tipo de personas que salen de casa con dos bragas pero sin llaves.

Ambos nos descojonamos y volvimos a la habitación porque sabíamos que a los dos nos gustaba cumplir la rutina de hacer la cama por las mañanas. Así que hicimos el amor y luego la cama.

7
Javi

La vida es como el jazz...
es mejor cuando improvisas.

—Entonces ¿ya te la has folla...? —me preguntó Iván, gritando en mitad de la terminal de llegadas, casi al mismo nivel que su querida Laura.

Tuve que interrumpirle antes de que terminara.

—Joder, Iván, qué bruto eres, coño. Baja la voz, que estamos en el aeropuerto.

Iván comenzó a reírse de manera estrepitosa. No me extrañaba que se llevase tan bien con ella: entre los dos sumaban más decibelios que la sirena del camión de bomberos cuando teníamos un aviso.

—Joder, es que después de todo el tiempo que habéis moñeado... Ya era hora.

—Pero si apenas nos conocíamos. Solo de los días que pasamos en Ibiza.

—Suficiente. Estáis hechos el uno para el otro —sentenció antes de abrazarme con fuerza.

Aquella tarde su avión había aterrizado puntual, y el plan iba según lo previsto para llegar por sorpresa al cumpleaños de Laura. Todo acelerado, sin pausa, como estaban siendo mis primeras semanas en Madrid, más intensas en apenas unos días que mis últimos cinco años en Ibiza.

Respondiendo a la pregunta de Iván, sí, habíamos follado, pero los dos, no yo a ella. Hay un matiz importantísimo en eso.

En el coche, de camino, le confesé que me encantó hacerlo con ella, sentir su pequeño cuerpo entre mis manos. Tenía confianza de sobra como para expresarme así con él, aunque, con según qué frases, se riese de mí. Y, pese a que entendí de sobra que no era más que la misma rutina del «código» absurdo que aparece de vez en cuando entre nosotros para marcar esa pose de hombres, no pude evitar dejárselo claro:

—Iván, tío, sobre tu pregunta de antes: eso está feo. No te follas a las tías; en todo caso, folláis. En plural, ¿sabes?

—Bueno, bueno, el madrileño enamorado. Perdone usted, no se me solivante.

Le miré con mi cara de chico responsable para que entendiera que no estaba bromeando.

—Vale, estoy de acuerdo.

Me mantuve en silencio. Iván reaccionó.

—¿Qué quieres que diga? ¿Que no estoy de acuerdo? Pero si estoy de acuerdo. Joder, estoy de acuerdo, así que deja de mirarme con esa cara... Como la mirases así a ella, no sé cómo no salió corriendo.

—¿Quieres que te ponga la cara con la que la miro a ella...?

—No, no... Déjalo, me hago a la idea. Y no es una imagen agradable en mi cabeza... Seguro que eres de los que se muerde el labio.

Iván y yo nos reímos a carcajadas y continuamos hablando como siempre.

Dentro de nuestra amistad, Iván tenía el rol de macho ibérico con masculinidad frágil y yo el de tío sensible y tímido. No me importaba lo más mínimo: él era mucho más que esas etiquetas impostadas y yo lo sabía. Estábamos cómodos en nuestros papeles y éramos capaces de reírnos de ello. Sabíamos que en ocasiones solo decíamos lo que se esperaba de nosotros.

No creo que haya mayor forma de demostrar inteligencia que saber cuándo hacerte el tonto, tal y como lo aparentaba Iván en según qué casos y conversaciones. En absoluto era un idiota, sino un hombre de mundo, leído, que siempre sabía cómo comportarse; no en vano tenía uno de los negocios más importantes de la isla, donde el saber estar y la educación eran fundamentales, aparte de una mente abierta y saludable por su propia historia. En el fondo, aunque mi amigo me dijese que estaba apollardado con todo el tema de la rubia, sabía que se alegraba por mí porque me veía emocionado, además de que toda esta historia le brindaba una oportunidad de oro para estar con Laura. Y él la adoraba.

Desde que me había trasladado a Madrid con la permuta, el contacto entre nosotros era casi diario, más incluso que cuando vivíamos en Ibiza, y le había ido avanzando todos los detalles de nuestro reencuentro. Su forma de ver las cosas, siempre con ese punto de humor, lo hacía todo más fácil cuando me sentía solo. Y en ese momento, que lo tenía cerca, mucho más.

—Bueno, entonces, ¿le vas a pedir matrimonio ya o qué?

—Claro, ya estamos preparando el viaje de novios.

—No será a Ibiza, ¿no? —dijo mientras se reía de nuevo.

Qué facilidad tenía para soltar la broma adecuada en el momento preciso. No sabía yo si meses más tarde se iba a reír tanto de esta conversación.

—¿No te da palo que vayamos al cumpleaños sin conocer a nadie? —le pregunté, porque, a mí me daba un poco de vergüenza.

—¿Por qué? Joder, si las conocemos a ellas. En Ibiza estuvo muy bien. Y no es que sean precisamente unas tías introvertidas. Además, ya sabes que hablamos a menudo por WhatsApp.

—¿A menudo? Has pasado de «a veces» a «de vez en cuando» y, ahora, a «a menudo».

Iván se quedó en silencio.

—Hostia... A ver si el que está apollardado eres tú.

Iván respondió con una sonrisa de oreja a oreja. Para él, ver a Laura era un chute de energía, a pesar de que ambos tenían sus posturas muy claras. Todas las posturas. Ellos sí se habían acostado juntos en Ibiza, mientras que nosotros estábamos yendo más despacio. Sin prisa, pero sin pausa.

—No veas el *show* el día que nos las encontramos en la cena de Madrid...

—Ya, me lo ha contado. Me imagino el «chocho» que montaría, como ella dice.

—Los compañeros bomberos todavía hacen bromas con la que lio. Por cierto, más de uno intentó ligársela sin tanto éxito como tú.

—Bueno, es que yo no tenía intención de ligármela, solo pasó. Físicamente me gustó, pero no la conocía.

—Pues para no conocerla... Fue arrancar y no parar.

—Es que Laura y yo nos pensamos menos las cosas que vosotros, que me da a mí que le dais más vueltas a todo que las aspas de un molino.

Y no le faltaba razón. Al menos por mi parte. La rubia me atraía una barbaridad, sexualmente habíamos conectado de maravilla y emocionalmente la cosa fluía. Sin duda, había sido todo un acierto venir a Madrid, pero...

—¿Y qué harás cuando te tengas que volver? —dijo Iván haciendo la pregunta acertada, esta vez en el momento inadecuado.

—No lo sé... —respondí con sinceridad—. No lo sé.

Aunque me rayaba pensar que tenía una fecha de caducidad, que llegaría más tarde o más temprano, de momento no quería darle más vueltas a algo en lo que no pensé cuando tomé la decisión de venir. Lo hice porque necesitaba encontrarme de nuevo con ella y de momento no había nada más escrito en mi hoja de ruta.

—Bueno, pues ya se verá —sentenció Iván, que andaba loco por llegar y bajarse del coche.

Sinceramente, nunca había oído gritar a nadie tanto como a Laura cuando me vio llegar con Iván. Y dado que trabajo viendo situaciones de todo tipo en incendios y que me muevo en un camión de bomberos que tiene una sirena con un sonido atronador, tenía el listón bien alto.

Iván y Laura se abrazaron, en plural, y se plantaron un beso en los morros delante de todo el bar que los dejó secos.

—Tía, tía, tía, tía, tía. ¡No te putocreo! O sea, es mi primera fiesta de cumpleaños sorpresa y todo es ROSA. O sea, el garito entero es ROSA y encima viene Ivanovich.

Ya no solo es que la decoración fuese de ese color en todas sus tonalidades, es que hasta el papel higiénico lo era. Desatada, Laura se abrazó a un globo con forma de corazón para acabar metiéndoselo entre las piernas, montándolo como si fuese un caballo, mientras nos abrazaba cogiéndonos por el cuello. Una estampa para la posteridad.

No hacía falta ser muy listo para darse cuenta de que Laura e Iván compartían algo. Ambos tenían una coraza, la que mostraban al mundo: ella con su «chiqui» y su «tía, tía, tía» e Iván con sus bromas absurdas. Eran como dos personajes en sí mismos que escondían mucho más en su interior. En el tiempo que compartimos en Ibiza con ellas, vimos a una Laura alocada subida encima de una mesa como si fuese una tarima, pero conocimos también a una apasionada del *jazz* y, en concreto, del talento innato de Chet Baker.

Después de zafarme de Laura, la rubia se me acercó. Su presencia destacaba entre toda la gente que había en el bar, pese a no llegar al metro sesenta. Cuando se detuvo frente a mí, la visualicé en mi mente, casi sin querer, completamente desnuda. Se colocó a mi lado y me rozó el brazo con suavidad.

—Si os llama «tía», es que ya os considera amigos de verdad —dijo con ese tono de voz que tanto me gustaba.

—A Iván se lo ha dejado muy claro...

Sonrió y me besó. Suave, casi en la comisura de los labios, seductora, lo opuesto a lo que acabábamos de vivir en primera persona entre Laux e Iván, no solo nosotros dos, sino todos los que estaban en aquella fiesta y que nos miraban como si los dos recién llegados fuésemos la atracción de feria aquella noche.

—¿Quieres que te presente en sociedad o prefieres beber un par de cervezas antes? —me dijo, haciendo más llevadera la situación.

—¿Solo hay cervezas? —pregunté.

—No, también puedes tomar una copita de vino o agüita, como los niños buenos... —respondió ella con una media sonrisa de lo más sensual.

No habíamos tenido ni medio acercamiento sexual y yo ya estaba visualizando el final de la película.

—Vayamos, pues —asentí, nervioso por enfrentarme por primera vez a todos sus amigos.

Los primeros fueron Pol y su novio Jaume. Se presentaron como sus vecinos. Y cuando digo «se presentaron», me refiero a que se presentó Pol, porque a Jaume no le dejó abrir la boca ni un segundo. Me contó apasionadamente que era quien cuidaba las plantas de la rubia porque, según él: «A esta muchacha se le mueren hasta los cactus». Era muy sarcástico e irónico. Sí, ambas cosas a la vez, porque, como me dejó muy claro en varias ocasiones —unas doce, que yo recuerde—, son complementarias y distintas.

Copa en mano y con el meñique arriba, nos soltó un animado monólogo donde defendía que la ironía era cosa de pobres, mientras que para ser sarcástico había que tener dinero. Era imposible no reírte a carcajadas con él cuando soltaba esas burradas.

—Pol siempre dice que madrugar no es de guapas, como digo yo —le interrumpió ella.

—Es que madrugar es de pobres, rubia —respondí al instante.

—¡Madrugar es de idiotas! —concluyó Pol, mientras se ponía un chupito de cerveza y mascullaba entre dientes: «Llamadme excéntrico, si queréis».

La rubia me confirmó que Pol era un experto jardinero, o que de eso se jactaba. Y yo, que algo entendía de plantas gracias a los consejos de mi yaya y al huerto que tenía en casa, encontré un punto en común con él para hablar durante un buen rato. No es que no quisiese charlar con los demás, pero yo necesito mi tiempo para socializar y empatizar con la gente, buscando un nexo de unión por pequeño que sea. No como Iván, quien, en cuanto me descuidé, estaba subido a una mesa con Laux, copa en mano, junto con otro par de personas, dando rienda suelta a cada una de sus cómicas coreografías. Mi carácter, más pausado, agradecía una posición dentro de la fiesta donde me sintiese seguro y bajo el paraguas de una conversación cómoda. Para ello, Pol, pasados los cinco minutos iniciales, era perfecto.

También conocí un poco más a sus otras dos amigas, Lucía y Sara. Ya nos habíamos visto en aquella cena en el restaurante de Madrid donde nos encontramos fortuitamente, pero habíamos hablado muy poco. Ambas se mostraron curiosas ante mi presencia, rodeándome sibilinamente como lo haría un gato cuando le atraes con un juguete nuevo. Me sentía como un nuevo miembro de la manada en un documental de La 2, al que olían para saber si al final formaría parte del grupo. Siendo realista, era lo más normal del mundo. En cierto modo, Iván y yo éramos una especie de «intrusos» dentro de su hábitat natural. La novedad de aquel día.

—Me encanta Ibiza —me dijo Sara en un tono amable.

—A mí me gustan mucho más las Canarias; Ibiza es demasiado comercial. Te lo digo como lo siento —sentenció Lucía.

—Lanzarote es espectacular —contesté sin ánimo de competir entre islas ni entre amigas.

—Yo estuve con la rubia hace tiempo en Ibiza y me encantó. Tengo muchas ganas de volver. —Sara me echó un cable.

—Pues Iván me contó una cosa muy graciosa que le pasó con el tema de las islas —anuncié—. Unos abuelos alemanes fueron a una de sus casas de alquiler y, cuando se despedían, les preguntó qué tal se lo habían pasado, que si repetirían otro año. Los abuelitos le dijeron que habían estado de maravilla, pero que al año siguiente querían ir a conocer las Baleares. Iván se quedó un poco a cuadros y les dijo que ya estaban en las Baleares... Y ellos le respondieron que estaban en la Palma. «Claro, en Palma de Mallorca», les respondió Iván, observando la cara de sorpresa de los ancianos, quienes pensaban que habían reservado sus vacaciones en La Palma, pero pensando que era la isla canaria, cuando habían pasado quince días en Palma de Mallorca...

Sara y yo nos reímos a pleno pulmón. Esa anécdota nunca fallaba cuando se trataba de romper el hielo. No podíamos parar de reír, mientras Lucía se mantenía inerte como un jarrón sin flores.

—¿Qué signo eres? —me preguntó de repente, aunque intuía que ya lo sabía.

—Tauro.

—Vale, compartimos signo y a la rubia. Ojito, ¿eh? —Me miró con insistencia, como si pudiera ver dentro de mí... y me acojonó. No le hizo falta el típico gesto de broma de llevarse los dedos medio e índice a los ojos, como diciendo «Te estoy vigilando, chaval». Me acojonó de verdad solo con sus profundos ojos castaños. Tenía pinta de dominar las artes oscuras mejor que Voldemort.

—Ah, por cierto —dijo antes de irse—. Me ha hecho gracia lo de los alemanes... la anécdota que has contado. No lo he expresado mucho, pero quería decirte que está muy bien. Me he reído por dentro.

No supe qué responder a eso.

La verdad es que aquella noche todos fueron encantadores conmigo y consiguieron que me sintiera como si nos conociésemos de toda la vida. Incluso me animé a echarme unos bailes con Iván, marca de la casa, que tantas veces habíamos ensayado en Ibiza. Se esmeraron para que la noche fuese divertida y agradable. Laux y la rubia estaban en su salsa. Derrochaban felicidad y olor a rosa —no la flor, sino el color— por los cuatro costados. Hasta ese momento no sabía que podían existir tantas cosas con ese Pantone. Como dijo la rubia aquella noche, en más de una ocasión, con alguna copa de más en el cuerpo: «Yo lo tengo claro, si es rosa y brilla, lo quiero».

8
Novia de acogida

*Aquella que sale con una persona hasta que
esta encuentra el amor definitivo en otra.*

Me lavé la cara, que todavía tenía purpurina rosa de la noche anterior a juego con la que había en el suelo del baño. El cumpleaños
de Laura había sido un fiestón épico. Alberto estaba tremendamente orgulloso de su creación rosa y no era para menos: las fotos de
aquella fiesta inundaron nuestras redes sociales durante varios días
e incluso sirvieron para que otras personas le contratasen para organizar eventos posteriores. Laura estuvo emocionadísima y revo-
lucionada toda la noche, como si fuese a cámara rápida, intentando
estar en todos los grupos a la vez, participando de todas las conversaciones. No quería perderse nada. Todo esto mientras se subía de
vez en cuando a las mesas con una copa en la mano y una corona
de plástico rosa de dudosa calidad en la cabeza. Estaba plena, bailando y bautizándonos a todos desde lo alto con lo que estuviese
bebiendo en ese momento, disfrutando como solo lo sabe hacer
quien sigue cuidando a su niña interior.

De hecho, en una de las fotos que subimos a nuestras redes,
muy orgullosas de salir con nuestras coronas y rodeadas de globos, alguien nos dejó una indirecta en forma de comentario que
nos dejó un poco ojipláticas: «Parece una fiesta infantil».

Hay personas que utilizan el adjetivo «infantil» aplicado a personas adultas con connotaciones negativas, como si fuese algo malo seguir teniendo presente a la niña que un día fuiste. Cuando ocurre esto siempre recuerdo una gran frase del libro *El Principito*: «Todos los mayores han sido primero niños, pero pocos lo recuerdan». Las que tenemos la suerte de conservar esa sensación a menudo solemos ser tachadas de cursis o ñoñas, pero cuando alguien me dice que soy infantil, me voy a peinar a mi unicornio y se me pasa.

Por supuesto, ambas ignoramos ese comentario en aquella foto, nos reímos y contestamos a todos los demás. Desde entonces, pusimos especial cuidado a seguir dándole a nuestras niñas interiores el espacio que se merecen dentro de nuestra vida adulta. Y es que, al final, la vida va un poco de intentar aprovechar los momentos en los que puedes ir vestida con un tutú.

Esa mañana mi móvil sonó a primera hora. Era Laux, con su típica voz ronca de después de haber salido de noche tras haber cantado hasta un bingo que no era ni línea.

—Se acaba de ir Iván de casa —me dijo entre risas y medio tosiendo.

Es algo que ya sabía, puesto que Javi se acababa de ir de la mía para recogerle, pero dejé que me siguiese contando. Esto siempre funciona de maravilla con Laura cuando quiero sacarle información. Solo hay que dejar un silencio incómodo, que ella rellena sin problemas contándote cada vez más detalles del asunto, y el asunto para ella esa mañana era Iván.

—Buah, tía, vaya noche. Muchas gracias por todo, amiga. Es lo último que me esperaba. Menudo sorpresón.

—Anda, tonta, es lo mínimo que te mereces. A todos nos ha encantado organizarte la fiesta. Con tu consabido gusto por el rosa, eres muy fácil de satisfacer.

—Perdona, guapa, pero eso de que soy fácil de satisfacer debería de decirlo Iván ahora y no creo que opine lo mismo. —Se rio sonoramente tras decirlo, casi ahogándose con su propia risa y con las toses.

—Qué perra estás hecha.

—Por cierto... ¿Hola? ¿Podemos comentar lo de anoche? ¿En qué momento Javi e Iván se pusieron a bailar como auténticos profesionales? Me quedé a rombos, tía.

Laura no se queda a cuadros, Laura se queda a rombos.

—Ja, ja, ja. Yo también flipé. A Javi no le pegaba nada hacerlo así de bien, o eso pensaba yo. Me doy cuenta de que todavía no le conozco nada.

—Fiuuuu, cuándo dices «hacerlo así de bien»... ¿Seguimos hablando del baile?

—Sí, claro.

—Pues ya sabes lo que dicen de los que bailan bien... y eso se cumple siempre al cien por mil, ¿verdad?

Los porcentajes de Laura tampoco son al cien por cien, son al cien por mil.

—Ja, ja, ja. Me niego a contarte mis intimidades con Javier.

—Uh, uuuuuh..., que ahora es Javier, no Javi... Bueno, bueno, bueno... ¿Va a llevar él tus apellidos o tú los suyos? Yo creo que a vuestros hijos les pega más llamarse...

—Qué tonta estás —le interrumpí para que no siguiese diciendo mi apellido unido al suyo.

—Ja, ja, ja. No vas a cambiar nunca, rubia, siempre tan especial...

—Ni tú tampoco, siempre tan... ¡perra!

—Ja, ja, ja. ¿Para qué voy a cambiar? Si así soy perfecta.

Laura y yo colgamos con un buen sabor de boca. Cada una con el suyo. Esa mañana me regocijé en otros aspectos de la noche que (espero) pasaron desapercibidos para los demás. Recordé el momento en el que Javi se acercó sutilmente y me dijo al oído, con un susurro vibrante, lo hermosa y sexi que estaba con mi vestido rosa y cuánto se estaba acordando de mi piel desnuda en la cama la noche anterior. Bonita combinación esa de «hermosa y sexi», que me hizo sentir tremendamente bien conmigo misma. Qué reconfortantes y necesarias son las palabras bonitas en según qué momentos y qué poco nos prodigamos con ellas. Siempre he pensado que caemos con demasiada facilidad en el reproche más que en el halago. Cuando era pequeña, mi padre siempre me enseñaba una palabra preciosa nueva del diccionario cada día. Las incluía hábilmente en nuestras conversaciones para que yo le preguntase por su significado. Eran palabras llenas de amor y cariño como «lindeza», «meliflua» o «bonhomía» que quedaron guardadas en mi mente y que no dudo en utilizar con otras personas a la mínima oportunidad que se me presenta. Todas nos merecemos que nos regalen al menos una palabra preciosa cada día.

Javi había incluido dos esa noche: «hermosa» y «sexi». Mientras que la primera vino acompañada de una caricia sobre mi pelo, la segunda hizo acto de presencia cuando coincidimos de camino al baño del bar. Sin saber muy bien cómo, acabamos en el servicio de las mujeres, colocándome contra la puerta y besándome con deseo, con fuerza, chocando nuestros dientes y mordiéndonos las bocas. La cosa no fue a más porque alguien tocó a la puerta y escuchamos unas risas fuera. Le miré a los ojos y le vi sufrir, incómodo, muerto de la vergüenza, ante lo que parecía un momento de locura transitoria que rápidamente volvió de nuevo a la normalidad. Incluso me pidió perdón y no pude evitar reírme al verle tan tímido siendo tan grande... él. La vergüenza de Javi era algo que me atraía mucho y me encantaba ver cómo, de vez en cuando, muy pocas veces a decir verdad, pero muchas aquella noche, se salía de su papel original de chico cohibido y se daba un homenaje de personalidad como en aquel baño o bailando en una perfecta coreografía con Iván.

Cuando terminó la fiesta y supimos que Iván se iba a casa de Laura en vez de volver con Javi, casi sin preguntar, sino dándolo por hecho, nos fuimos a mi casa. Esta vez sí tuve la decencia de llevar conmigo el monedero y las llaves, por lo que por fin pudimos dormir juntos en mi cama. Y hablo de dormir juntos, cuando la realidad fue que hicimos muchas otras cosas, entre ellas, hablamos durante horas.

Aquella noche nos seguimos conociendo poco a poco, despacio, porque yo no quería correr, no quería ir más rápido de lo que mi corazón latía, que ya era bastante. Quería saborear cada particularidad que escondía la personalidad de Javi, que a todas luces parecía encantadora.

Acariciándonos muy juntos, no solo por placer, sino por necesidad, en una cama de uno treinta y cinco con un hombre de bastante más de uno ochenta, descubrí que Javi era una caja de sorpresas cuando me dijo, como si nada, que se le daba fenomenal cocinar, en especial las croquetas.

«¿Dónde hay que firmar?», pensé.

—¿Y cómo es que sabes hacer croquetas? —le pregunté, dando por sentado que lo del baile debía de ser algo genético por haber nacido en Ibiza.

—Mi yaya me enseñó de pequeño. Las de setas son mi especialidad.

—¿De verdad sabes bailar y hacer croquetas? ¿Eso es posible? —insistí alucinada.

No os voy a engañar, yo no es que baile con gran destreza. Me muevo con una única coreografía que adapto según la música y con eso voy tirando. En cuanto a cocinar, tengo mis recursos, pero desde luego las croquetas son mi asignatura pendiente. Siempre he conseguido que sean otros los autores de tan magna obra culinaria y yo me he dedicado pacientemente a disfrutar de ellas.

—Ja, ja, ja. Bueno, también sé hacer otras cosas más aburridas.

—Ilústrame —respondí, deseosa de conocer más.

—Bueno, sé bajar por una barra de descenso en cuestión de segundos cuando tenemos una emergencia, pero es que todavía no hemos hablado de ello.

Al momento lo visualicé vestido de bombero y mi mente libidinosa sufrió un miniorgasmo. La verdad es que me sorprendí a mí misma con una imaginación prodigiosa. Yo, que empezaba a sentir algo por Javi mucho más allá de lo físico, en aquel momento no podía dejar de dar rienda suelta a mi fantasía después de la noche anterior. Y es que todavía nos quedaban muchas conversaciones por tener y muchos huecos que completar en mi cabeza con información real, y no solo con aquellos brazos que bien parecían dos pilares de cemento armado... muy bien armado. Tenía razón, había mucho de lo que todavía no habíamos hablado y estaba deseando hacerlo.

—¿Lo de las barras para bajar rápido existe de verdad?

—¡Claro! ¿Quieres saber el curiosísimo origen de esas barras? —Javi hizo hincapié en la palabra «curiosísimo» para dar énfasis a su historia.

—¡Por supuesto! —respondí interesada acomodándome entre las almohadas.

Javi me relató, como si fuese un cuento, la historia de cómo antiguamente no existían los camiones de bomberos tal y como los conocemos ahora:

—Antes iban en coches de caballos —dijo con pasión por su trabajo—. Por eso, en vez de garajes para los camiones, tenían establos donde convivían con los animales.

Me contó que, antiguamente, las estaciones de bomberos solían contar con varios pisos: en la planta baja estaban los caballos y los carruajes; en la intermedia hacían vida los bomberos, y en la superior se almacenaba el heno para alimentar a los animales, con el fin de que estuviese libre de humedades.

Continuó con su cuento:

—La cosa es que era muy común que los caballos subiesen por la escalera para intentar comer a deshoras, como tú, que seguro que ahora mismo te apetecen unas croquetas.

Desde luego, haber estado hablando de ello me había abierto el apetito de muchas cosas, entre ellas, de croquetas. Asentí y él siguió contando su historia.

—Al fin y al cabo, esto era inevitable porque los animales se mueven por hambre y por instinto, así que los caballos se pasaban el día pululando por la estación y se lo cargaban todo.

—Y me quejo yo de los gatos, que tiran todo lo que está a su alcance, imagínate un caballo por casa...

—Ja, ja, ja. Pues sí. Entonces, tuvieron que cambiar las escaleras tradicionales por unas de caracol para que los animales no pudiesen subir por ellas, buscando la paja. El problema es que esas escaleras de caracol tampoco eran lo más práctico para los bomberos cuando tenían que bajar rápidamente por un aviso porque al final provocaban caídas, además de que se tardaba mucho tiempo en bajarlas porque no eran operativas.

—Un tobogán acuático no era una opción, ¿no? —dije imaginándome a los bomberos, felices, dejándose caer como en un parque acuático.

—Ja, ja, ja. En verano no lo descartaría.

—Perdona, sigue, que te he interrumpido —dije, intrigada por el desenlace de la historia.

—Un día, un bombero estaba en la planta de arriba colocando el heno cuando sonó la alarma. Dio la casualidad de que por el centro de la escalera había un pilar del edificio. No se lo pensó dos veces y se deslizó por él hasta llegar abajo.

—¿Eso dónde fue?

—En Chicago, ¿por?

—Ja, ja, ja, no sé, por situarme geográficamente. No es lo mismo que ocurra en Chicago que en Wisconsin.

—¿Por qué no?

—No sé, como que de Chicago me lo creo... Wisconsin me generaría dudas.

—Ja, ja, ja. Mira que eres porfiadora, ¿eh? Seguro que de pequeña eras la típica que le hacía mil preguntas a la profesora cuando acababa de explicar.

—Ja, ja, ja. Tal cual. Le hacía tantas preguntas que conseguía que dudara hasta de sí misma.

Me hizo mucha gracia que me calase tan rápido con todo. Javi sabía escuchar y te escrutaba con la mirada. Eso le aportaba muchísima información sobre cómo eran las personas, sin llegar a juzgarlas.

Con el paso del tiempo me di cuenta de que sabía más cosas de mí que yo misma, solo porque me escuchaba atentamente. Siempre he apreciado a las personas como Javi o Sara, con esa generosidad de permitirte el tiempo necesario para expresarte, ya sea para contar un chiste de los que se alarga en el tiempo porque no te acuerdas y te acabas riendo tú sola contando el final, como para mostrar tus sentimientos más profundos.

—Bueno, ¿quieres saber el final de la historia o no? —me dijo entre risas.

—Claro, claro. Estoy esperando a ver si llega la parte romántica.

—Esa parte la ponemos tú y yo luego.

Javi me guiñó el ojo y siguió hablando. Estábamos los dos comodísimos, no solo por estar en la cama.

—Sigamos con los bomberos de la estación 21 de Chicago. Con el tiempo, todos adoptaron la táctica de aquel primer bombero que bajaba a los avisos por el pilar y se ganaron la fama de ser los más rápidos en llegar a todas las emergencias. Rápidamente se dieron cuenta de que era por aquella técnica de bajada. Por eso, poco a poco, se fueron instalando en el resto de las estaciones, primero de madera y después de bronce.

—Jo, qué curioso. ¿Y hoy se sigue utilizando en todas partes?

—No en todas, porque te pegas unas buenas hostias contra el suelo, dependiendo de la altura, aunque haya una colchoneta abajo.

—¿Y la parte romántica?

—Bueno, es que no me dejas terminar. Entonces, el bombero Javier Ferrer de la Orden... —dijo acercándose sutilmente.

—¿Te apellidas «Ferrer de la Orden»? —respondí sorprendida, cortándole.

—Sí, ¿por?

—No, por saber si el «de» responde a algún título nobiliario y eres famoso. Yo siempre he sido una chica muy celosa de mi anonimato. No me gustaría salir en las fotos de los *paparazzi* —dije en broma, cambiando de tema.

—Ja, ja, ja. No te preocupes, que eso no va a pasar.

«Eso espero», pensé.

Gracias a Facebook, conocía el primero de sus apellidos, pero no el segundo. Las redes sociales son el tráiler de las personas, pero algunas se lo curran mucho y después la película es una mierda, mientras que otras no preparan mucho el resumen de su propia vida y tienes que verla completa para saber si te va a gustar o no.

Javi era una buena película, de eso no tenía duda —ya había comprado una bolsa de palomitas para comérmela a su lado—, pero él no era de currarse el tráiler, al menos en las redes sociales.

La parte romántica de la historia llegó en forma de besos y sexo en la cama, conmigo como actriz principal y con Javi como coprotagonista. Solo nos faltó la barra de los bomberos para intentar hacer un poco de *pole dance*.

Esa noche, me mostré un poco más segura de mí misma que la primera vez. Además, Javi no hizo otra cosa que reafirmarme en ello constantemente con su deseo. Lo notaba por cómo recorría mi cuerpo con sus dedos y la forma con la que me miraba. Así que, en esta ocasión, la luz tenue de la mesilla volvió a regalarme un precioso perfil de su torso en todo su esplendor para no perderme ni un solo detalle, no solo de su cuerpo, sino de cada uno de los gestos que hacía cuando se mordía el labio.

Hasta aquí todo bien. Bueno, mejor que bien, no nos vamos a engañar. La sorpresa llegó aquella noche, cuando, una vez dormidos, sobre las cinco de la mañana, Javi empezó a moverse con pequeños espasmos y comenzó a hablar con una voz bastante más grave de la que ya de por sí tenía al mismo tiempo que me empujaba con sus piernas fuera de la cama.

—¡Tírame de mi cama, si ves que tal! —le dije irónicamente cuando estaba a punto de caerme al suelo.

Por un momento, pensé que estaba poseído, pero no. Estaba soñando en voz alta.

—¡Nooooo! ¡Noooooo! ¡¡Por favor!! —gritó, amedrentándome un poquito.

No sé lo que estaría viviendo en aquel sueño, pero lo estaba pasando muy mal y yo estaba muerta de miedo. No sabía si era peligroso despertarle en ese estado, pero lo intenté hacer con mucho cuidado.

—¡¡JAVI!! ¡¡¡JAVIII!!! ¿¡QUÉ COÑO TE PASAAA!? —grité, mientras lo zarandeaba para que se despertase. Bueno, mientras intentaba zarandearle, porque creo que no conseguí desplazarle ni un centímetro de su posición. Quizá no lo hice con tanto cuidado.

—¡Joder! ¿Qué te pasa a ti? —respondió de repente, saliendo del sueño.

—¡Estabas gritando muchísimo! —le dije, aún alterada.

—¿Seguro? —preguntó con tal rotundidad que me hizo dudar hasta de mí.

—¡Sí, claro, joder, sí! —respondí reafirmándome.

—Bueno, no sería nada... —dijo, quedándose tan pancho, como si la cosa no fuera con él, acomodándose de nuevo en la almohada.

En cuestión de segundos, se giró y se quedó dormido de nuevo, haciendo un ruido extrañísimo con la respiración a medio camino entre un ronquido y un animal en celo. Y yo que pensaba que no roncaba...

El volumen de la voz de Javi hablando en sueños solo era equiparable con el de mi amiga Laura. Ahora resultaba que tenía una amiga que gritaba despierta y un ¿novio? que gritaba dormido.

Por suerte, con Javi, en principio, no tendría que dormir en público. Con Laux, sin embargo, era más complicado controlar aquel volumen. Cuando no queríamos pasar la vergüenza inicial de quien escucha por primera vez su «Chiqui» a más de cincuenta decibelios, capaz de romper cristales por la mitad, intentábamos ir a sitios donde teníamos confianza.

Por eso, dos días más tarde, en la despedida de Lucía antes de Fin de Año, fuimos al que considerábamos nuestro bar de confianza, el 54. Lo más importante de ir a aquel sitio es que allí Laura podía ser Laux en todo su esplendor porque ya conocían el volumen de su voz y, llegado el caso, si hacía falta, subían la música para amortiguarlo.

—Tías, me encanta este sitio. Es como mi segunda casa. He hecho caca en el baño y todo —dijo Laux.

—¿Ese dato era necesario? —preguntó Lucía.

—Es lo que tiene ser Laux, que no se guarda nada dentro —añadí, mientras Laura se reía a carcajadas, risa de cerdito incluida.

En aquel momento, al escucharla el camarero desde la barra, y para tranquilidad del resto de las personas sentadas a nuestro alrededor, subieron la música.

El 54 estaba cerca de la discoteca donde Lucía estuvo trabajando una temporada y era ideal para comenzar la noche. Tenía terraza en verano y una zona interior con dos plantas, silloncitos y mesitas cuquis en la parte inferior.

En la terraza exterior pasábamos los veranos al sol arreglando el mundo, mientras que en invierno comenzábamos las noches en la parte de abajo, sitio de los preliminares, donde nos sentíamos cómodas para charlar hasta que decidíamos salir a bailar a cualquiera de las discotecas o *pubs* de la zona.

Todas teníamos libre el día siguiente para poder estar juntas, sin horarios ni responsabilidades, así que la despedida de Lucía tenía pinta de ser única. Hay momentos que te gustaría atesorar para siempre en alguna parte de tu memoria de la que pudieses echar mano cuando quisieses, y aquella despedida fue sin duda uno de ellos, porque lejos de importar los lugares a los que fuimos o lo que cenamos aquella noche, estábamos juntas.

Yo no destaco por tener una memoria prodigiosa, pero por algún extraño motivo recuerdo todas las fechas que considero especiales: el día que Lauri se marchó a Alemania, el momento en que Bartolo, nuestro gato, llegó a casa siendo una adolescente, mi primera clase de Filosofía en el instituto con un profesor al que adoraba, el primer beso con cada uno de mis novios y, por supuesto, los aniversarios, los cumpleaños de todas mis amigas, las fechas importantes para ellas, el aniversario de mis padres, y las fechas concretas de casi todas las noches inefables; incluso los días que tiene que ir al médico cualquier persona de mi alrededor para después preguntarle qué tal ha ido. Mientras otros tienen memoria fotográfica, yo tengo «memoria fechográfica». Es algo que puede parecer irrelevante, pero recordar aquel 30 de diciembre de 2015 de una forma tan precisa es muy especial, puesto que puedo comparar esa fecha con el resto de los 30 de diciembre de mi vida y darme cuenta de nuestro cambio con el paso de los años.

Aquella noche nuestras conversaciones giraban acerca del balance de los últimos doce meses. Había sido un año lleno de cambios y despedidas, en mi caso marcado por la partida del gran amor de mi vida, mi padre. Había vivido momentos duros, pero también de aprendizaje. A su lado comprendí el significado de disfrutar cada minuto, a valorar cada lunes como si fuese el último y a aceptar todo lo que te llega en la vida de la mejor manera posible. Había ido por primera vez a la ópera con él, también me había despedido de Álex, a cambio de conocer el amor verdadero en forma de amistad con nombre propio: Laura. Todo de la mano de Sara, Lucía y Pol.

—Muy fuerte lo de este año, ¿eh? —dijo Sara, poniéndose más profunda que el copazo que se estaba bebiendo.

—Ya te digo, tía. Si este verano nos dicen que vamos a acabar el año con la rubia ennoviada de otro tío que no fuese Álex, no nos lo hubiésemos creído ni de coña —afirmó Lucía.

—Bueno, bueno, lo de ennoviarse no, tampoco nos pasemos.

—Lo podemos dejar en enchochada —masculló Laura muerta de risa.

—Qué pena que tú no conocieses a Álex, Laux. Estaba buenísimo, pero era todo un personaje... —apuntó Sara de repente.

Todas nos miramos sorprendidas. Lucía incluso llegó a hacer una pequeña *performance* mirando detrás de ella, a ambos lados, como buscando una cámara oculta. Después de unos segundos de silencio, Lucía no pudo aguantarse.

—¿Es que nadie va a decirle nada? ¿En serio vamos a dejar pasar esto por alto, como si nada, y seguir con nuestras vidas? ¿De verdad esta mujer nunca se entera de nada?

Todas nos reímos a carcajadas, Sara incluida.

—A ver, yo no recuerdo haber estado en ningún sitio compartiendo espacio con Laux y Álex. ¿Qué pasa? —dijo justificándose.

—Ahí no te falta razón, Sarix. Pero sí que conocí a Álex, cuando me lo encontré con la rubia en un garito y le reconocí a cien metros por todas las fotos que había visto de él —recordó Laura.

—Aquello fue épico. Me acuerdo de que le soltaste del tirón todos los seudónimos que usaba en los perfiles falsos que tenía para engañar a nuestra rubi... —añadió Lucía.

—Menudo fantoche... Recuerdo que, incluso cuando le cogí en la mentira, seguía el tío con su pose ridícula de galán venido a menos.

—Joder, es verdad, que lo contasteis en el Dramachat... Es que habláis mucho por allí. Demasiado, diría yo. Es imposible acordarse de todo lo que pasa en ese chat del demonio; ni siquiera es posible leerlo todo —comentó Sara.

—Oye, amiga, dicen que los rabos de pasa son muy buenos para la memoria. Igual tienes que comerte alguno... —dije con una clara intención.

—¡Y los que no son de pasas! —respondió ella, saliendo de sí misma y su personalidad, lanzándose al vacío de la broma.

Todas nos reímos escandalosamente.

—Javi le da mil vueltas en todo. Ahora que lo pienso, rubi, cuando pasó lo de Álex en aquel garito, Javi ya era tu novio, ¿no? Os habíais liado tiempo antes en Ibiza —dijo Laux con la intención de picarme.

—Eres muy graciosa, Laux. Por cierto —contraataqué—, tu novio sí que ya habrá llegado a Ibiza, ¿no? ¿Le has escrito?

—Ivanuski no es mi novio, entre otras cosas, porque ninguno de los dos queremos. Soy libre como un taxi —sentenció, mientras se bebía de un trago la copa de champán que nos estábamos tomando para brindar por la vida—. Eso sí, le escribiré luego, cuando me tome otro champán. Haré lo que a mi vulva le plazca —añadió, riéndose.

—Vaya, que vas a hacer lo que te salga del coño, hablando mal y pronto —dijo Lucía.

—Justo eso, pero más finolis.

—Se le ve muy buen chico. Como con mucha paciencia, ¿no? Hay que tenerla para soportar que un día te llamen Ivanuski, otro Ivanovich, luego Ivanoski... —añadió Sara y todas nos reímos mientras Laux la llamó «Penélope», porque ella no solo jugaba con los nombres, sino también con los parecidos o con lo que se le pasase por la cabeza en aquel momento, y esa noche se empeñó en que Sara podría ser la doble de las escenas peligrosas de Penélope Cruz.

Laux prosiguió con su reflexión cada vez más profunda.

—Reíos, pero la vida está para vivirla. Hoy estamos aquí, mañana quién sabe. Ahora soy «yo», quizá mañana haya un «nosotros», pero para mí esas palabras hoy son solo pronombres.

Todas nos quedamos sorprendidas con su reflexión, que sonaba real y sincera, manteniendo ese silencio incómodo que invitaba a Laux a sincerarse como pocas veces lo hacía estando las cuatro.

—Ahora lo que me pide el cuerpo es pensar en mí —continuó—. No es egoísta, es realista. Hay momentos en la vida para cada uno de los pronombres y yo estoy ahora en mi momento «pronombre personal». Yo, como persona individual y soltera, me divierto y decido lo que me apetece hacer en cada momento. Quizá mañana cambie de opinión, pero es lo que pienso hoy. Y eso que Ivanoski me hace tilín, pero sé que me podría exigir algún sacrificio que ahora mismo no estoy dispuesta a hacer.

—Me gusta eso que dices, amiga. Mañana puede que haya un nosotros, pero hoy es tiempo para nosotras y punto —dijo Lucía, haciendo énfasis en la «a» de «nosotras».

—Pues sí —sentenció Sara mientras levantaba la copa para que brindásemos todas.

Laux tenía toda la razón: si una relación te exige hacer sacrificios, ahí no es. Otra cosa es que quieras construir algo en común con esa persona. En ese caso habrá que hacer esfuerzos, nunca sacrificios. No obstante, de sus palabras se desprendía que Laura estaba hastiada de muchos de los tíos que había conocido últimamente y que no le estaban cuadrando en absoluto, independientemente de que todas sabíamos, además, que Iván le revolvía por dentro más de ese «tilín» que ella decía y que, en cierto modo, le echaba de menos.

—Además, yo es que paso de todo. No voy a estar ni quiero

que estén conmigo como el perro del hortelano, que ni come ni deja que te lo coman —sentenció apoteósicamente.

Todas nos reímos a pleno pulmón ante aquel refrán adaptado por Laux, que venía a engrosar la lista de los ya conocidos «Está de toma leche y moja», «Aquí paz y después fius fius» y, por supuesto, «A buenas horas mangas cortas».

—Laura, yo te amo, pero discrepo —le dije con todo mi cariño—. Puedes tener una relación preciosa y a la vez mantener tu individualidad, tu tiempo para ti y hacer lo que te apetezca. De hecho, no deberíamos concebir una relación que no fuese así.

—Ya lo sé, amiga, ya lo sé, pero al final, cuando hay plurales, y encima están a quinientos kilómetros de distancia, siempre hay problemas. Y yo ahora mismo no quiero problemas. ¿O no, Lucía? —dijo Laux mientras elevaba su copa para brindar con ella, buscando su aprobación.

—Bueno, yo qué sé. Al final, tener pareja es como tener una mascota: adquieres una responsabilidad —añadió Sara, dejándonos a todas perplejas ante tal revelación.

—Buena comparación, Sara. Ni yo lo hubiese dicho mejor, hostias —dijo Lucía.

—Ja, ja, ja. Qué tontas sois, ya me entendéis. A ver, tengo perros: sé que, si me voy de viaje, tengo que ir a un sitio donde pueda ir con ellos. ¿Que sería más libre, si no los tuviese? Sí, sin duda. Pero lo que me dan a cambio me compensa esa supuesta libertad. Disfruto de otras libertades con ellos, como correr por el campo o tirarles un palo.

—Hay personas que no son capaces ni de ir a por el palo...

Con esa frase y nuestras risas, cerramos una conversación que estaba siendo tan absurda como enriquecedora. Lo importante era que, al final, todas nos llevábamos una reflexión. Cada una con una visión diferente; Sara y yo tirábamos más por el lado de la defensa de la feliz vida en pareja porque era lo que nos ocupaba en ese momento, mientras que Lucía y Laux abogaban por la feliz vida de soltera. Todas hemos estado en un lado o en otro y ninguno es mejor o peor.

Cuando se hicieron las once, Laura nos instó a ir a una discoteca a bailar, lo que nos pareció una gran idea. Era una noche para el disfrute, la última con Lucía hasta que volviese de nuevo a Madrid.

Una vez dentro, nos hicimos nuestro nidito en la zona de reservados, con sillones alrededor donde colocamos los abrigos y bolsos. Era el sitio perfecto, ya que podíamos hablar con tranquilidad porque la música no estaba muy alta y saltar a la pista, si alguna canción lo merecía.

—¿Habéis visto a ese grupo de tíos del reservado de al lado? El morenazo no te quita ojo, Laux...

—Sí, sí, lo tengo fichadísimo... Luchi, tú y yo, que somos las dos solteras del grupo..., ¿damos una chupivuelta?

—¿Una chupivuelta? —preguntó Sara.

—Ja, ja, ja. Claro. Es la evolución natural de la putivuelta, pero con chupitos. Vamos a la barra a pedirnos unos tequilas pasando por delante de ellos... y lo que surja.

—Míralas, las que dicen que no quieren mascota. Y luego, en cuanto ven a un perrito, van directas a acariciarlo... —comentó Sara con cierta ironía.

—Sois más perras...

Laura ladró y nos sacó la lengua mientras se dirigía a la barra, dando pequeños saltitos, con Lucía.

Sara y yo nos quedamos sentadas tranquilamente en nuestro reservado. Aproveché el momento para hacerle el clásico interrogatorio y que se soltase un poco, ya que Sara es de esas personas a la que debes «pinchar» para saber cómo están realmente. Empecé por preguntarle lo típico: qué tal estaba, cómo le iba en el curro, qué tal en la protectora de animales donde colaboraba, y en qué punto estaba con Marcelo, el Mandalas. Vaya, lo mismo que le preguntas al horóscopo: por la salud, el trabajo y el amor. Sara hizo lo mismo que cuando estás leyendo tu signo: saltarte todo lo primero para ir directamente al amor.

—Bueno, pues Marcelo y yo... Ahí vamos.

—¿Y eso es bien o mal?

—Pues vamos... Ni para delante ni para atrás. Tampoco llevamos mucho tiempo, pero nunca quiere hablar del futuro, casi como lo que ha dicho Laura... Y me parece bien, pero llega un momento en el que se necesita poner nombre a ciertas cosas. A ver, cuando nosotras recogemos a un perro o gato abandonado de cualquier aviso y lo llevamos a la protectora, lo primero que hacemos es asignarle un nombre, aunque sea «Chuchi».

Hoy mis amigas estaban especialmente sembradas con las metáforas y las reflexiones, y esta de Sara no se quedaba atrás. Yo misma acababa de huir de la palabra «novios» cuando me lo había dicho Laura, pero en mi caso estaba justificadísimo y era un mecanismo de defensa ante el «ataque» de una amiga y ante mí misma, ya que era muy pronto para saber qué éramos Javi y yo, así, en plural. El tiempo todavía no estaba de mi parte como para ponerle nombre a nuestra relación, pero llevábamos varios días durmiendo juntos y ya tenía experiencia con otros tíos como para percatarme de si la cosa no iba a ir a más. No solo por ellos, principalmente por mí.

Continué hablando con Sara, lo cual siempre me resulta sanador por ese tono calmado que emplea, tan alejado del de Laux y Lucía.

—Pues tienes razón con lo de ponerle nombre. Pero ¿y si le pones nombre a la relación, o al perro, y más adelante no era el definitivo o el adecuado?

—Ja, ja, ja. Bueno, a veces pasa con las casas de acogida y los dueños finales. Hay personas que hacen una labor muy importante para ayudarnos en las protectoras: acogen, generalmente a los cachorros, para ser su casa temporal hasta que alguien los adopta y se convierte en su hogar definitivo. Hay veces que quien los adopta les cambia el nombre que nosotros les habíamos puesto... Siempre estamos a tiempo de cambiar.

—¿Y quienes hacen de casa de acogida no acaban quedándose con el perrito?

—Claro, muchas veces... Pero nunca se sabe. A veces solo acogen porque no pueden tener animales de forma permanente o porque quieren ayudar durante un tiempo.

—¿Y cómo se puede saber cuándo será el definitivo o solo algo temporal?

—Mi hermana me dijo una vez que estaba harta de ser «novia de acogida» de los tíos que venían resabiados de otras relaciones. Esos que te dicen que no quieren novia, que te hablan de sus ex, de los que tú sacas su mejor versión y, al final, lo que hacen es usarte de puente entre una relación y otra.

—Ja, ja, ja. Me encanta el concepto. ¿Te imaginas que ahora mismo tú y yo estuviésemos siendo «novias de acogida»? —le pregunté a Sara, a la misma vez que me lo preguntaba a mí y se me cortaba la risa. Maldito concepto acababa de conocer...

—Pues anda que no me ha pasado veces... Pero oye, que el «novio de acogida» también puede ser él. —Sara me guiñó el ojo, o al menos lo intentó.

Le sonreí con cariño.

—No sé, yo espero que con Marcelo sea distinto, la verdad —añadió—. Y el brillo de tus ojos me dice que tú esperas que con Javi también.

Amaba a Sara. Era todo bondad y sencillez para mostrar sus sentimientos y entender los de los demás. Le costaba al principio, pero una vez que entraba en faena, era admirable.

Mi amiga tenía mucha razón. Qué jodido era darme cuenta de que no quería ser novia de acogida. Ese término me sonaba mucho más a Álex que a Javi, pero esa conversación y el hecho de que no le conocía mucho todavía me habían generado dudas. Sara lo notó y se acercó para darme un abrazo que fue de lo más reconfortante.

Cuando nos separamos, vimos a lo lejos a Laux y a Lucía tonteando con el grupo de al lado —quien dice tonteando, dice morreándose cada una con uno—. Viva la libertad y viva la despedida de Lucía, que se iba a llevar, sin duda, un buen sabor de boca final de Madrid.

Fue una pre-Nochevieja preparadísima al detalle. Laura incluso había llevado un racimo de uvas para cada una y las tomamos juntas en aquel improvisado reservado, ante la mirada atónita de todo aquel que pasaba por nuestro lado. Incluso alguna amiga de baño se unió a nuestra celebración, sabiendo que después de aquella noche no volveríamos a vernos (a pesar de habernos jurado amor eterno).

Sara y yo nos fuimos del garito al amanecer. Lucía y Laux se quedaron con sus respectivas «parejas» de aquella noche que, sin duda, acabarían sin nombre. O como mucho apuntados en el móvil con el apellido de la discoteca en la que los habían conocido. Pero esa noche ni Lucía ni Laux buscaban ponerle nombre a nada, como sí lo hacíamos Sara y yo.

Si aquella pre-Nochevieja fue distinta y especial con mis amigas, la Nochevieja también lo fue, aunque en este caso con mi familia y con Javi.

Especial porque cené en casa de mis tíos, con mi madre muy arropada por todos los suyos. Ver cómo sonreía de nuevo después de lo que habíamos pasado era, sin duda, un deseo de Año Nuevo anticipado. Tomamos las uvas, soplamos matasuegras con el típico gorrito de cartón ridículo incluido en todas las bolsas de cotillón baratas y nos abrazamos, dando la bienvenida al año como se merecía: brindando con champán y esperando que lo que estuviera por venir fuese mejor.

Y distinta, porque después de las uvas, cuando mis hermanos y sus familias se fueron a sus respectivas casas, me despedí de mi madre, tíos y primos para pasar el resto de la noche brindando en casa con Javi.

Normalmente, un 31 de diciembre yo llevaría un vestido de lentejuelas que brillase más que mi futuro, lista para beberme la noche en una barra libre, pero esa noche el *dress code* no era el brillibrilli. A Laura le había tocado guardia ese día, Lucía se había marchado a Asturias, Pol estaba en Lleida con su familia y Sara se iba a una fiesta que organizaba un amigo de Marcelo.

Cuando Javi me propuso pasar la noche juntos, la idea me encantó. Hizo que, al menos por un momento, desapareciesen mis dudas sobre ser novia de acogida. Y es que las dudas son normales en los comienzos de una relación, máxime si partes de la base de que cada uno es de una ciudad distinta, pero él no me estaba dando razones para no disfrutar del momento «a tope» como diría Laux. Y si algo había aprendido aquel año era que la vida está para bebérsela y no guardarse ningún sentimiento.

Así que, después de la salida de la noche anterior, me pareció muy buen plan disfrutar un poco de tranquilidad de la mano de Javi.

Aquella Nochevieja, aunque no llevase lentejuelas ni brilli-brilli, me puse elegante. De hecho, elegí un vestido de flecos. Cuando quiero pensar en momentos felices aleatorios, una de las imágenes que evoca mi mente es la mía mirándome en el espejo con aquel vestido. Moviéndome frente a él, disfrutando de cómo cambiaba de forma a cada momento. Como Javi y yo, que empezábamos a cambiar nuestro pronombre personal, dejando atrás 2015 envueltos en besos, complicidad, sexo y brindis con champán, durmiendo juntos por tercera vez en menos de dos semanas.

Y es que nadie puede estar triste llevando un vestido de flecos.

9
Una relación es como
un tiburón...

... tiene que estar continuamente avanzando o se muere.

Ya lo dijo Woody Allen: «Una relación es como un tiburón: tiene que estar continuamente avanzando o se muere». Pues así lo hacía la nuestra: progresaba adecuadamente y sin descanso, de la misma forma que caminaba aquel 2016.

Javi estaba siempre en mis planes. Independientemente de que no tuviera hecha su vida en Madrid, más allá de su madre y sus compañeros del trabajo, a mí me apetecía pasar el mayor tiempo posible con él. Así que yo estaba encantada de que se uniera a todo lo que yo hacía, convirtiéndose en uno más del grupo, lo que hizo que nuestra relación fuese más estrecha de lo normal.

Pol fue quien desde el principio hizo mejores migas con él; muchas veces salíamos a cenar los cuatro en plan parejitas y el carácter tímido de Javi unido al sarcasmo de Pol era una combinación explosiva y muy divertida. Además, su compañero de piso..., digamos que no era el adalid de la convivencia. No parecía especialmente limpio, y en su cama se realizaban todo tipo de prácticas sexuales algo ruidosas, cosa que a Javi le parecía fenomenal, pero siempre que le dejaran dormir después de una guardia, algo que no pasaba muy habitualmente. A veces eran sus compañeros de trabajo; otras, algún actor o actriz de figuración; y otras, gente de una *app* a la que estaba apuntado con fetichismos sexuales más concretos. Pero nunca se estaba quieto.

Todo esto hacía que Javi no pudiera pegar ojo durante varios días de la semana y que prefiriera dormir más en mi cama que en la suya, lo que a mí, por otro lado, no me importaba en absoluto.

Durante aquellos primeros meses aproveché todo ese tiempo que nos regalábamos para descubrirle Madrid, mi Madrid, el que más me gustaba, el que era una mezcla del que sale en las guías turísticas y es accesible a todo el mundo, y el que guardaba algún rincón secreto entre sus calles. Un Madrid único y especial, si lo contemplas con la persona correcta: el de los paseos infinitos por el Retiro, los restaurantes más románticos en azoteas y las puestas de sol incomparables desde el templo de Debod.

Siempre me he considerado una enamorada de los atardeceres y con Javi aquel entusiasmo se multiplicó por dos. Él también era un apasionado y siempre que hablaba de ellos, lo hacía de una manera diferente porque siempre lo enfocaba desde la perspectiva de quien ve ponerse el sol sobre el mar. En Madrid, el cielo se teñía de un azul, rosa, naranja y rojo diferentes a sus azules, rosas, naranjas y rojos de Ibiza, y además el sol se ponía sobre edificios, parques, puentes y carreteras. Con él fotografié algunos, pero hubo otros tantos que vimos sin dejar registro fehaciente porque nos estábamos besando. Esos los guardamos en la retina, para nosotros y para siempre. Recuerdo de manera clara y nítida aquel primer beso con el atardecer de cala Benirrás como testigo; por eso, cualquier puesta de sol que veíamos, la hacíamos nuestra. Y es que así son los comienzos de las relaciones: te besas de manera furtiva en cada momento, a cada minuto y en cada banco. Con el tiempo, por supuesto, los besos nunca desaparecen o, al menos, nunca deberían hacerlo, pero los del comienzo tienen una especie de código especial que los deja cincelados para siempre en el recuerdo.

—Muchas veces doy la vuelta a Es Vedrà con el kayak para ver el mejor atardecer de toda la isla —dijo Javi mientras contemplábamos el ocaso desde el mirador de la Cornisa del Palacio Real.

—Me encanta esa roca. Me parece mágica. Laux me llevó una vez al mirador de cala d´Hort para verla y nos quedamos asombradas.

—Esa zona está genial, pero es la más turística. Hay una más escondida que apenas conoce nadie.

Se veía que Javi disfrutaba hablando de cada rincón de su isla. Estábamos contemplando un atardecer precioso en Madrid, pero su mente le trasladaba a los que había disfrutado en Ibiza. Sonreí, comprendiendo que quizá me ocurriría lo mismo con mi ciudad.

—¿Sabes lo que más me gusta de los atardeceres? —me preguntó mirándome directamente a los ojos.

Le devolví la mirada y utilicé mi silencio como respuesta.

—Que todos los observamos sin poder controlarlos. No puedes pretender que el sol se detenga o llegue a ocultarse más rápido, y en ningún caso se va a retrasar por ti. Los atardeceres no esperan por nada ni por nadie. Son cuando son y como son, y todos tenemos asumido que si no estás preparado para verlos, se esfuman. ¿Hay algo que sea más egoísta y hermoso a la vez?

No le faltaba razón. No todos los atardeceres iban a esperar a que los disfrutásemos juntos, pero tampoco lo hace la vida, y nosotros estábamos exprimiéndola al máximo desde que nos habíamos reencontrado.

Con la llegada de un buen tiempo prematuro, nos lanzamos a las calles con mucha más energía. Y es que fue un invierno atípico en el que solo hizo bastante frío los meses de diciembre, enero y las primeras semanas de febrero. De repente, se instauró una especie de primavera adelantada que nos permitió incluso comer en terrazas al sol en manga corta.

Con el clima a nuestro favor, sacamos también a pasear no solo nuestros sentimientos, que iban hirviendo a fuego lento, sino también a mi querida y pequeña moto rosa, que había comprado tras romper con Álex. Soy consciente de que muchas personas se cortan el pelo para cerrar ciclos, pero yo, para superar a un tío que solo me dejaba ir como paquete de su moto, me compré la mía propia. Eso sí, una que me permitía llegar al suelo cuando tenía que pararme en los semáforos. Era de segunda mano, pequeña y rosa, pero era feliz con ella. Me llevaba a todas partes, con lo cual cumplía su función. Su color iba a juego con la cazadora que en su día me regaló mi padre y que aún conservaba. Estaba claro que no iba a quedárseme pequeña.

La imagen de Javi detrás de mí en aquella moto resultaba a todas luces cómica; él, tan grande y con unos brazos tan enormes que podría haber conducido la moto desde atrás, si hubiese querido, y yo tan minúscula en la parte delantera, que parecía como si un padre hubiese sacado a su hija de paseo en bici. Pero iba feliz, contemplando la ciudad a través de lo que el casco nos permitía. Eso sí: yo siempre le dejé conducir mi moto, no como Álex, que prácticamente ni me dejaba acercarme a la suya. Como dijo Javi: «La vida es demasiado corta como para no conducir una moto de color rosa al menos por una vez».

A él le apasionaba conducir, además le encantaba hacerlo con todo tipo de vehículos. En Ibiza llevaba un *buggy*, un todoterreno, una moto de campo, un *quad*, además de su propio coche, aunque siempre parecía molesto porque no le dejaban coger el camión de bomberos. Cuando íbamos en coche en trayectos largos, ya fuese en el suyo o en el mío, casi siempre conducía él, ya que además de que era algo que le complacía, tenía una gran orientación, y ese no era un don que a mí me hubiese sido otorgado al nacer.

—¡Gira a la derecha!

—Rubia, por ahí no es. Hay que seguir recto un buen rato todavía.

—Pero ¿cómo puedes saberlo, si no eres de aquí y no hemos puesto el GPS?

—Ja, ja, ja. Porque vinimos la semana pasada y me acuerdo.

Qué portento de memoria, ya la quisiera yo para mí. Mi relación con el GPS era casi más tóxica que la que tenía con el despertador.

—¿Y no hay que girar ahora a la derecha? —Le reté con la mirada.

—Bueno, casi casi aciertas. Es a la izquierda.

—¿Cómo puede ser que conozcas Madrid casi mejor que yo?

—Porque para mí es muy importante conocer la ciudad por mi trabajo. Tenemos que ser rápidos.

—Cada minuto cuenta —dije, queriendo hacerme partícipe de la conversación.

—No es que cada minuto cuente, es que cuenta cada segundo —afirmó con rotundidad.

Estaba claro que amaba su trabajo. Tenía un brillo especial en la mirada cuando hablaba de él: se notaba a kilómetros su entrega y vocación.

Admiraba mucho a Javi en el plano profesional, que a la vez formaba parte del plano personal, ya que era muy generoso. No solo conmigo, también con sus amigos, los compañeros o su familia, aunque nunca hablaba de su padre. Entendí que no podrías ser bombero sin esa característica, puesto que antepones las vidas de los demás a la tuya, llegado el caso, y aquello me parecía admirable.

Decía Platón que la base del amor era la admiración mutua entre dos personas cuyas cualidades se complementan. Además, sostenía que el amor es la motivación que nos lleva a intentar conocer la belleza de las personas, sin referirse con ello a la belleza física, sino a la del alma. Cuando te paras a pensarlo, la definición del amor de Platón es distinta a la que todos conocemos como «amor platónico», que quizá solo idealiza relaciones, sin más.

A todas luces, Javi era mi amor, pero la versión de Platón, no la platónica actual. Eso no quita que Javi no tuviera sus pequeños defectos como todo hijo de vecino. Cuanto más lo conocía y más tiempo pasábamos juntos, mi calidad de sueño más se reducía debido a sus gritos nocturnos. Además, dejaba continuamente encharcado el suelo cuando se duchaba y a veces era un poco cabezota. Pero ¿quién busca la perfección? Vivo feliz siendo consciente de que rozo mucho más las columnas de los *parkings* que la perfección.

Lo importante era que encajábamos a la perfección y que nos adaptábamos sin sacrificios, motivados únicamente por el puro placer de ver la felicidad en la cara del otro. Ese es el verdadero amor.

Estábamos tan cómodos que conseguimos crearnos una rutina donde pasábamos juntos tres noches seguidas y otras tantas separados, bien porque tenía guardias, bien porque habíamos hecho planes por separado, bien porque quería estar sola, sin más. Tener espacio para una misma es fundamental. No solo mental, sino también físico, y nuestras casas no eran precisamente grandes como para tener varios ambientes. Que la mía no tuviera ni un pasillo dejaba claro el tipo de concepto abierto en el que vivía y del que los hermanos Scott se sentirían orgullosos.

—¿Dónde me vas a llevar a cenar? —me preguntaba Javi cada noche, deseoso de conocer la ciudad.

A veces, las relaciones, como las vacaciones, se basan únicamente en hacer planes para comer o cenar, y eso, para las que somos libra e inseguras, es una indecisión constante. Frases como «¿dónde cenamos?» o, aún peor, «¿qué cenamos?» son un clásico de las relaciones de pareja que a mí me dan pavor, sobre todo la segunda, ya que no se me da especialmente bien cocinar. De hecho, mi mejor receta para la tortilla de patatas es que la cocine otra persona. Por otro lado, la de Javi era espectacular: gordita, suave, jugosa... sí, estoy hablando de su tortilla, ¿eh?; no os distraigáis.

Cada noche que cenábamos juntos en casa me sorprendía con un plato distinto, siendo muy recurrentes los *croissants* de verduras. Demostraba mucho tino para elegir las mejores frutas y verduras en el supermercado, todas en su punto, y, además, tenía la paciencia y destreza necesarias para cortarlas muy finas. Se desenvolvía a la perfección entre los fuegos de mi diminuta cocina. Su día a día se desarrollaba con dos uniformes: el de bombero y mi delantal rosa con lunares de flamenca que le quedaba como tacón al pie.

—¿Se puede saber dónde has aprendido a cocinar así? ¿No habrás estado en MasterChef y no me he enterado? —pregunté una noche, tremendamente intrigada.

—Ja, ja, ja. Para nada... Todo me lo ha enseñado mi yaya.

—¿La de las croquetas?

—La misma. Si mi yaya fuera a MasterChef, le daba un repaso a más de uno.

Me encantaba como se refería a su abuela como «yaya». Era un apodo muy cariñoso y particular. Me mostraba a un Javi más niño y me daba una información única de lo vinculado que estaba con ella.

—¿Has pensado en cocinar solo con el mandil? —Creo que lo dije en alto, cuando solo quería pensarlo.

—Así, hablando un poco de todo, ¿no? —dijo sorprendido blandiendo una espátula de madera en su mano.

—¡Perdona, no quería decir eso! —dije avergonzada—. Quería decir que si habías pensado en cocinar solo con el mandil puesto.

Javi se quedó contrariado un segundo, para acto seguido descojonarnos de la risa. Mientras, muerto de vergüenza con su timidez aflorando, pero dando más espacio a sus ganas de divertirse y divertirme, Javi se desnudaba en el salón de mi casa quedándose exclusivamente con mi precioso delantal de lunares rosa. Al verlo en mitad del salón, tan mono, lo tumbé sobre el sofá. Bueno, más que tumbarlo, le indiqué que quería que se tumbase. Estoy segura de que aunque pusiera todas mis fuerzas en empujarle, no le movería ni un centímetro del sitio.

Recostados en el sofá nos abrazamos. Yo le comenté de repente, como quien no quiere la cosa:

—No soy muy fan yo de San Valentín, pero... podríamos hacer algo especial, ¿no?

Javi me miró sorprendido.

—¿Cómo que no eres muy fan? ¡Yo soy superfán de San Valentín! No me digas que eres del rollo de que hay que demostrarlo todos los días, que es un invento de las multinacionales para vender... —me soltó de repente.

—No, no, para nada. Yo sí que soy fan de San Valentín, lo que pasa es que...

—Sí, claro, ahora eres la fan número uno de San Valentín...

—Te lo juro, pregúntame lo que quieras.

Sí. Aquello sonó tremendamente ridículo. ¿Qué me iba a preguntar de San Valentín? Es más, ¿qué iba a responder, si no tenía ni idea? Si lo único que yo quería era tener una excusa para hacer algo especial con él.

Javi debió de notar que me estaba marcando un farol porque me miró y sonrió con cariño.

—Pues ya está. Habrá que celebrarlo... Eso sí, deja que te prepare una sorpresa.

—Vale, pero solo si te incluye desnudo con ese mandil...

Javi volvió a sonreír como solo él sabía hacerlo. Le miré a los ojos.

—¿Soy para ti una novia de acogida? —le dije de repente, sorprendiéndome a mí misma.

—Una... ¿qué? —preguntó completamente confundido.

—Una novia puente, de esas que sacan lo mejor de ti y luego... —respondí a medias.

Javi cambió el gesto durante un segundo. Se mostró serio, concentrado. Se incorporó y se tomó su tiempo para responderme.

—Rubia, si hay alguien aquí que tiene miedo de ser un novio de acogida soy yo.

Javi se acercó. Me besó tan dulce y tan sensual que nos quedamos hipnotizados, mientras que un humo negro comenzó a salir de la cocina.

—Javi, no es por romper este momento, pero creo que se está quemando la cocina.

—¡Hostias, los pimientos!

Javi se levantó del sofá dejando a la vista su pequeño y precioso culo mientras corría hacia la cocina. En aquel momento no eran los pimientos lo único que ardía. Menos mal que tenía a mano un bombero en casa por si pasaba algo.

Decía Mario Benedetti: «Es casi ley: los amores eternos son los más breves». Yo he tenido rollos de menos de una semana y los recuerdo como si hubiesen durado años. Y es que hay personas con las que dura más el recuerdo que el tiempo que estuvisteis juntos. Personas a las que te aferras pensando en lo que podía haber sido y no fue. En aquel momento, mirando a Javi en la cocina defenderse de una sartén llena de humo, no sabía si aquella sería una relación breve o un recuerdo eterno, pero estaba decidida a disfrutar de cada uno de los días, con sus correspondientes noches, que se me presentasen con él.

—He hecho una docena de croquetas y he comprado una caja de seis botellas de Lambrusco. ¿Cómo lo ves? —me preguntó en su casa, la noche de San Valentín.

—Seis botellas está bien, pero ¿tú qué vas a beber?

Javi se quedó descolocado por segundos hasta que entendió la broma. Ambos nos reíamos mucho con ese tipo de chistes tan tontos. Creo que si algo forjó la base de nuestra relación fue el humor absurdo y el sexo a deshoras.

Aquel San Valentín, tras comernos las croquetas, aún teníamos hambre para devorarnos el uno al otro. Tres copas de vino por cabeza y la tensión sexual que había en el ambiente hicieron que una cosa llevase a la otra. Javi me estaba desnudando cuando casi sin querer miré el reloj, apurada.

—Son las once. ¿No estará Dani a punto de llegar del rodaje?

Javi se detuvo durante un segundo y pude ver cómo se estaba mordiendo el labio.

—Tiene que estar a punto, sí.

No era el único que estaba a punto. Yo ya sabía que cuando Javi se mordía el labio era una declaración de intenciones, al igual que mi ropa interior conjuntada y elegida con sumo detalle siempre que sabía que iba a verle.

Me cogió en brazos, envolví su cintura con las piernas y me empotró contra la puerta que separaba las dos habitaciones de la casa, aunque lo hizo con la delicadeza justa para que mi espalda no sufriese la embestida. Me mordió la boca y me metió en su habitación, cerrando la puerta, por suerte, justo cuando el ruido de las llaves de Dani sonó fuera de la casa.

Nuestros cuerpos cayeron a plomo sobre la cama y Javi volvió a encender la tenue luz de la mesilla. Era como más cómoda me sentía y él ya lo sabía. Todas tenemos nuestras inseguridades, muchas de ellas solo percibidas por nosotras mismas, pero son nuestras al fin y al cabo, y es importante que seamos no solo conscientes, sino capaces de enfrentarnos a ellas.

Pasado un tiempo, esa luz tenue de la mesilla inundó toda la habitación y me quité la ropa frente a él con total confianza. Al final te das cuenta de que desnudarte de verdad no consiste ni mucho menos en desvestirse, sino en que te vean por dentro tal y como eres.

10
De Madrid al cielo

Hay personas que son como tocar el cielo con las manos.

Aquella primavera mi vida era un compendio de intentos por compatibilizar agendas, tareas, planes y horarios con todo el mundo, y Javi los tenía completamente distintos a los míos. Él seguía con su rutina de guardias y jornadas de veinticuatro horas de trabajo, durmiendo a deshoras, y yo madrugaba toda la semana, así que, cuando quedábamos hacíamos el esfuerzo, que no el sacrificio, de cuadrar nuestros horarios como podíamos. En resumidas cuentas, en la cama, hacíamos mucho el amor, pero dormíamos poco.

No éramos los únicos que descansábamos poco por aquel entonces. Con el paso del tiempo, el sol apenas tenía tiempo para dormir. Los días se alargaban, y desde hacía tiempo venía notando que poquito a poco ganábamos unos minutos más de sol. Eso era algo que se hacía patente porque la luz entraba a raudales por las ventanas cuando Javi y yo dormíamos en pleno día los fines de semana, disfrutando de unas siestas eternas un poco subidas de tono.

—Asómate, ¡ya casi huele a verano! —le dije emocionada, mirando por mi ventana donde Pol solía fumarse sus pitis.

Javi se levantó de la cama y se colocó detrás de mí, me rodeó con los brazos, y noté como una ola de cosquillitas se formaba en mi brazo, recorriéndolo de arriba abajo y dejando tras de sí el vello erizado.

—Hay que reconocer que tienes las plantas muy bonitas. El geranio está precioso —dijo Javi.

—Esa planta de la que usted me habla la lleva mi marido, Pol.

—Ja, ja, ja. No sabes ni lo que tienes plantado en casa, ¿verdad?

—La verdad es que si no fuera por Pol, no sé yo cómo estaría ese geranio.

—Se nota que tiene buena mano —dijo mientras metía la suya dentro de mi camiseta.

Justo en ese momento en el que la cosa volvía a pintar muy bien, sonó mi móvil. Era el mío y era Laux, sin duda, porque tenía personalizado su tono de llamada con su propia voz diciendo: «Chiquiiii, chiquiiii». Era muy gracioso oírlo antes de coger la llamada y acto seguido, en vivo y en directo, que ella misma repitiera ese mismo «chiqui» al descolgar. También tenía sus inconvenientes cuando me llamaba en un sitio público, pero las risas siempre superaban la vergüenza del momento. Mientras que con Lucía y Sara mantenía el contacto más a diario, con Laux hablaba los fines de semana, cuando aprovechaba para ponerme al día de las historias que le pasaban, bien cuando yo me volvía a casa antes, bien cuando salía ella sola con sus compañeras de curro. Laura estaba en ese momento de su vida donde quemaba las noches de Madrid, mientras que yo, un poquito más pausada, seguía su ritmo hasta un punto.

—¡Chiquiiiiii! No sabes el bomboncito que me ligué ayer. No tiene nada que envidiarle a tu Javier Ferrero Rocher.

Javi se giró muerto de risa al escucharlo. Con las voces que daba, parecía que tenía el altavoz del móvil puesto.

—¿Dónde estuvisteis?

—Fuimos a Kapital. Salí con mi compi María, la que es enfermera de pediatría, la misma del finde pasado.

—Ja, ja, ja. La que vomitó en la alfombra del reservado. Sé que tú no te acuerdas mucho, pero estuve allí.

—Sí, sí. Esa, ja, ja, ja. Pues conocimos a unos tíos y resulta que trabajaban de conductores de ambulancia en un hospital donde había currado mi amiga. Y te aseguro que eran rápidos, pero muy rápidos, y no solo conduciendo. Joder, que nos acostamos y tardó dos minutos en... ya sabes.

Javi me miró, conteniendo la risa. Hice un silencio porque no estaba dispuesta a que no fuera ella la que continuara la frase.

—¿En qué?

—Joder, tía, pues... ya sabes...

Segundo silencio incómodo.

—Joder, tía, que no había mojado su churrito en mi Colacao ni dos minutos y se le cortó la leche. Vamos, que aquello duró menos que un esmalte de uñas barato.

—Ja, ja, ja. Qué bruta eres. Sería porque le pusiste a mil por hora, dando más voces que la sirena de la ambulancia.

—En mi línea, rubi. ¿Vosotros qué vais a hacer hoy?

—Vamos a comer en un indio y luego daremos una vuelta por La Latina.

—¿Comida india? Ya sabes que lo que entra caliente, sale caliente...

Javi volvió a descojonarse de la risa. Laux es una fuente inagotable de frases y dichos propios para cada situación de la vida.

—Ja, ja, ja. De verdad, eres muy bruta, tía.

—No, es que tú eres tan fina que te comes la *pizza* con cuchillo y tenedor.

—Y tú tan bruta que la enrollas y te la comes como si fuera un kebab.

—Ja, ja, ja. Calla, perra.

—¿Y tú qué vas a hacer esta noche?

—He quedado con María otra vez, pero sin los maromos del otro día. ¿Te apuntas?

—¡Por supuesto! —respondí emocionada.

—¡Perfecto! Las perras juntas esta noche.

—Si quieres, voy a tu casa y te recojo. Me he comprado unos pantalones negros efecto piel que te van a encantar.

—¿Rollo *dominatrix*? Fijo que luego os gusta daros cachetitos en el culete con el látigo, que las que vais de mojigatas románticas sois las peores.

Laux estaba en ese momento vital por el que todas hemos pasado, en el que los planes más interesantes para ella eran aquellos en los que había posibilidades de caza. Y por eso las salidas en pareja, sin presas a la vista en la sabana, perdían para ella muchos enteros, lo que era comprensible cuando estás en esa fase de tu vida. Sin embargo, yo no quería cometer el error de quedar todo el día en pareja y perder mi independencia con mis amigas, así que seguía saliendo con Laux, como antes de la llegada de Javi.

—¿Qué vas a hacer esta noche? —le pregunté a Javi nada más colgar con Laux.

—Pues voy a quedar a cenar con dos compañeros, de los que libramos esta semana.

—Vale, pues si la cosa se pone intensa con Laux, te doy un toque y nos vemos a última hora, ¿no?

—Claro. Siempre puedo escaparme fingiendo que tengo que madrugar para estudiar.

Y es que Javi, además de su trabajo como bombero, estaba preparándose el teórico de patrón de barco para luego hacer las prácticas en Ibiza.

Aquella noche, finalmente él y yo no quedamos. Fue tremendamente divertida, no solo por Laux, sino por sus compañeras de trabajo, que eran un auténtico *show*, así que me sentí tan bien con ellas y me reí tanto que llegué a casa de madrugada, completamente destrozada.

A la mañana siguiente me desperté a la una de la tarde. Yo, que habitualmente tenía el ojo abierto a las seis y media de la mañana, había dormido como una adolescente hasta mediodía. Creo que tenía agujetas por todo el cuerpo, aunque no podría asegurarlo porque la última vez que las sentí tenía dieciséis años y jugaba al vóley en el equipo del instituto. Al mirar el móvil, encontré una llamada perdida de Javi, lo cual me extrañó un poco.

Con media teta fuera, como de costumbre, y después de beber agua para aclararme la voz, le devolví la llamada.

—¡Hola! —dijo descolgando al primer tono.

—¡Hola! —respondí sorprendida, intentando despertarme del todo.

—¿Qué tal anoche?

—Bien. La verdad es que fue un caos, pero estuvo divertida... ¿Y tú?

—Pues muy bien también. Me vine pronto a casa.

—Normal, los bomberos sois muy aburridos.

—Oye... ¿Te importa si voy a tu casa esta tarde?

Aquella frase me pilló por sorpresa. No habíamos quedado hasta la noche y mis planes eran remolonear por la casa ese domingo yo sola.

—Sí, claro... —respondí con cierta duda—. ¿Pasa algo?

—Es que no puedo más —contestó, completamente abatido.

Aquella frase, unida a la voz poco habitual que utilizó Javi, me preocupó bastante.

—¿Tiene Dani alguna nueva conquista que te haya dado la noche con sus gemidos? —dije intentando indagar.

—Mejor te lo cuento luego. Si no te importa, me acerco a tu casa en un momento.

—Vale, claro —añadí preocupada antes de colgar.

Aquella conversación había sido de lo más extraña. Ese carácter claro, conciso y directo que tenía Javi para comunicarse conmigo se había vuelto ambiguo y misterioso, lo cual me había dejado una sensación rara en el cuerpo.

Mientras llegaba, intenté hacer el ejercicio de no imaginarme las razones por las que quería venir a mi casa a toda costa, pero no pude evitar que alguna se colara en mi cabeza.

Cuando llegó a casa, su cara reflejaba un agobio que nunca le había visto. Es verdad que había ido conociendo algunos gestos muy suyos cuando se ponía algo cabezón y quería llevar la razón, pero sus ojos reflejaban algo completamente distinto.

—¿Ha pasado algo con Dani?

—No, con Dani, no...

—¿Entonces?

—Ha pasado con sus padres.

—¿Con sus padres? —pregunté sorprendida, imaginando cualquier cosa.

—Sí... No te lo he querido contar porque pensaba que iba a poder sobrellevarlo, pero ya no puedo más.

—¡Javi!, ¿me quieres contar de una puñetera vez qué es lo que pasa?

Javi me miró, respiró profundo y se sinceró.

—Te habrás dado cuenta de que esta última semana hemos dormido en tu casa todos los días, ¿verdad?

—Sí, bueno... Sí, tampoco le había concedido mucha importancia. Noté que te apetecía venir más a mi casa y pensé que sería por no escuchar los gemiditos de Dani.

—Pues no era solo por eso.

—¿Hay algo peor que los gemiditos de tu compañero de piso?

—Sus padres —respondió Javi contundentemente.

—¿Sus padres también gimen?

Javi me miró extrañado, pero más extrañada estaba yo y quería mi explicación.

—Pues no lo sé, no les he escuchado hacerlo...

—Pero ¡¿entonces?!

Este descontrol de información estaba empezando a pasarme factura.

—Pues es que el lunes pasado vinieron sus padres desde Sevilla a casa porque la madre se tiene que hacer unos arreglos en el dentista, y a Dani no se lo ocurrió otra idea que dejarles su habitación para que se queden, mientras él se iba a casa de una novia nueva que se ha echado.

—¡Coño! —exclamé.

—Y claro, me dijo que iban a ser un par de días, tres como mucho, pero es que llevan en casa una semana... Y, ojo, que son muy buena gente los dos, pero el tío me ha dejado conviviendo con sus padres, se ha pirado a casa de su novia y yo ya no puedo más porque además no tienen pinta de irse pronto.

No pude contenerme la risa. La cara de agobio de Javi era todo un poema... Uno triste. De Edgar Allan Poe.

—Ríete, ríete...

—Pero ¿y qué hacen cuando no van al dentista?

—Pues... —Javi volvió a suspirar profundamente—. Su padre habla poco. Más bien nada. Está toda la mañana sentado en el sofá mirando su móvil y no da mucha lata, pero la madre es muy madre. Se pasa el día cocinando. Desde las siete de la mañana ya está con su bata, sus zapatillas de estar por casa... Ayer me desperté con ganas de tomar un café y me vino un tufo a lentejas que me tuve que volver a meter en mi habitación...

—Ja, ja, ja. Ostras, pues la casa es bien pequeña...

—¡Llevo una semana viviendo en mi habitación!

—Ja, ja, ja. Eres un exagerado, no será para tanto.

—¿Exagerado? Me he aprendido todo el CD recopilatorio de José Luis Perales. No he podido sentarme en mi sofá desde que llegaron y, por supuesto, no se me ha pasado por la cabeza ver la televisión, porque la tienen monopolizada con un programa de restauración de muebles todo el día.

Javi hizo una pequeña pausa para coger aire. Aún le quedaba algo dentro.

—¿Tú pensabas que Dani era un cerdo por dejar el lavabo lleno de pelos cuando se afeita el bigotillo? Pues prefiero mil veces eso que el que estén sus padres en casa. Cualquier cosa es mejor. Y si pensábamos que él era ruidoso, no te imaginas ellos...

—Ja, ja, ja. ¿Y has hablado con Dani?

—Pues lo he intentado, pero el tipo no aparece por casa.

—O sea, te ha dejado con sus padres y ha huido.

—Ni yo mismo hubiese hecho un mejor resumen de la situación —dijo con cierto abatimiento.

Hubo un antes y un después en nuestra convivencia a partir de ese momento, y no solo vino marcado por que Javi empezara a tener su cepillo de dientes en mi baño, lo que me parecía práctico a la par que superromántico. Que los padres de Dani prolongaran la estancia en su casa hizo que prácticamente él se estableciera en la mía durante las semanas posteriores. Hasta ese momento, nuestra rutina consistía en que él se levantaba conmigo, desayunábamos juntos y volvía a su piso; se iba a entrenar, a la biblioteca o a donde tuviese que ir, aunque hubiese dormido poco, sin ni siquiera remolonear en la cama un rato.

Poco a poco, y fruto de no querer ir a su casa por la invasión de los padres de Dani, empezó a quedarse algunos días en mi cama cuando yo me despertaba tempranísimo.

Las mañanas cambiaron por completo y comencé a levantarme de forma sigilosa. Calentaba la leche en el microondas lo justo y me ponía los tacones en la puerta para no despertarle. A veces me daba envidia que se quedase solo en la cama, mientras yo me tenía que marchar, no nos vamos a engañar. Básicamente, era como si estuviésemos viviendo juntos. Algo que era temporal, por supuesto, pero que suponía avanzar en una dirección que ninguno tenía contemplada.

El paso definitivo, semanas más tarde, fue hacerle una copia de las llaves. No me las pidió, es más, sé que le daba muchísimo apuro, pero era algo práctico y necesario. Si aquello no era fluir, que bajase Brad Pitt y lo viese.

—Javi, si un día quieres bajar a la floristería a comprarme un ramo de flores para sorprenderme cuando llegue del curro, este es el sitio para ponerlas —le dije señalando un jarroncito que tenía en la cocina.

—Vale. Flores, jarrón... Me ha quedado claro.

—¿Y se puede saber cómo lo harás, si no tienes llaves? Siempre te puedes ir, pero no volver...

—Puedo trepar hasta tu ventana desde la piscina. Hice cosas más difíciles cuando entrenaba para sacarme la oposición.

—Deberían actualizar la prueba de trepar por la cuerda y exigir que lo hagáis con un ramo de flores en la mano. Y aunque no me cabe duda de que serías capaz, te dejo un juego aquí para que no tengamos que comprobarlo —dije mientras dejaba las llaves sobre el aparador de la entrada.

Y de esa forma Javi fluyó, guardándose aquel juego al que le puse un llavero de las cerezas de Pachá que había comprado ese verano en Ibiza. Esa misma tarde, cuando volví del trabajo, tenía un ramo de flores esperándome en el aparador de la entrada junto a una nota que decía: «No he tenido que subir por el balcón: la verdad es que lo de las llaves me lo ha puesto más fácil. Espero que te gusten tanto como tú me gustas a mí».

Lo cierto es que el tío era un diez cogiendo mis indirectas directas. Obviamente, llamé a Laux al momento para contarle, emocionada, el detalle que había tenido con el ramo aquel hombre al que le había hecho entrega no solo de mi flor, como diría ella, sino de las llaves de mi casa.

—¿Y te ha dicho ya las palabras mágicas?

—¡Qué dices, loca!

—Bueno, no hay un tiempo predeterminado para decirlas, hay gente que las suelta en unos días y otras que lo hacen a los años. Yo quiero a todo el mundo.

—Todavía no, pero hemos llegado a otro grado de confianza: le he oído tirarse un pedo...

—Ja, ja, ja. Te voy a decir algo: a las personas no las definen los horóscopos, las definen los pedos. Alguien que se tira pedos delante de otras personas solo puede ser una persona generosa, que le gusta compartirlo todo con los demás.

—Sí, claro, como tú compartiendo tu olor a dos kilómetros a la redonda, que eres una maldita mofeta.

—Ja, ja, ja. Lloro... Amo a Javi, rubia. Qué grande es este Ferrer. ¿Y cómo ha sido?

—Pues me ha dejado un ramo de flores en la entrada y cuando...

—Eso no, lo del pedo... —dijo interrumpiéndome.

Estaba claro cuál era el tema que a ella le interesaba.

—Pues en realidad no había querido compartirlo conmigo, ha sido algo fortuito. El caso es que esta mañana he salido de la habitación sigilosamente para no despertarle. Creo que he hecho tan poco ruido que ha debido de pensar que ya me había marchado. Entonces, le he escuchado rajarse en la cama. Hubiese dado lo que fuese por ver su cara cuando ha oído el ruido del microondas un segundo más tarde...

—Ja, ja, ja. Me imagino al pobre diciendo en la cama: «Por fin se ha ido, ya me puedo rajar» y de repente el «piiiiiiiiii» del microondas y él pensando «Hostias, que sigue en casa».

—Ja, ja, ja. Tal cual.

—Dime que has entrado a la habitación y le has hecho sudar tinta de la vergüenza.

—¡Pero qué zorra maldita eres! Por supuesto que no, he salido de casa como si nada y no vamos a hablar de ello nunca.

—Mira, rubia, si esto va p'alante, que tiene pinta de ir p'alante, te acabarás tirando pedos delante de él y os reiréis juntos como que yo me llamo María Laura.

—¿Te llamas María Laura? —pregunté sorprendida.

Laux se partió de risa al otro lado del teléfono, confesándome que sí, que ese era su nombre completo, lo cual significaba, según su predicción, que yo acabaría rompiendo la barrera de los pedos en mi relación con Javi.

Por supuesto, *a priori*, no tenía ni mucho menos pensado que aquello fuese a ocurrir, pero tampoco me imaginaba que Javi y yo fuésemos a medio vivir juntos tan pronto, así que cualquier cosa era posible. Supongo que ninguno de los dos teníamos esto planeado cuando hablábamos de fluir juntos, pero, sin duda, estábamos encantados, que no estancados. Y todavía no nos habíamos dicho las palabras mágicas, pero yo sabía que era amor. ¿Cómo lo sabía? Porque cada vez que sabía que nos íbamos a ver, mi corazón latía con fuerza. Como cuando estás preparando un viaje, con esos nervios e ilusión que invaden cada milímetro de tu cuerpo la noche anterior. Cada vez que lo veía era como irme de excursión con el colegio.

Tras un par de semanas desde que Javi y yo pasamos a convivir juntos en pecado, como dijo Lucía cuando se lo conté por teléfono, acompañé a Javi a su casa, ya que tenía que coger algo más de ropa.

Y es que la estancia de los padres de Dani, que en principio iba a ser de unos días y luego de una semana, estaba ya rozando el mes.

Mientras él subió a preparar la bolsa, me quedé dando un paseo por su calle. Siempre me ha gustado caminar por los barrios de Madrid que no conozco bien, imaginándome como una turista que descubre la ciudad. Pienso en aquellos que ven Madrid por primera vez y se sorprenderán al ver el color tan bonito que tiene la ciudad cuando cae el sol. Es distinto y especial, diferente al color de otros lugares. Precisamente el atardecer de aquella tarde era imponente y yo estaba disfrutando muchísimo de cómo se teñía el cielo en el *skyline* de Madrid. Mi padre siempre me decía, cuando me quedaba embobada mirando hacia arriba, que tenía la cabeza llena de pájaros. Yo le contestaba que eso era porque no me gustaban las jaulas.

Disfrutando de cómo aquel atardecer bañaba la ciudad, descubrí en uno de los edificios un precioso ático en alquiler. Tenía un letrero pequeñito con un número particular y al lado un cartel más grande y llamativo de una agencia.

Desde abajo se veía precioso. Unos pequeños arbolitos asomaban curiosos hacia la calle y tenía un gran ventanal por donde debía de entrar una gran cantidad de luz. No pude evitar abrir Idealista y lo encontré. Tenía un salón muy luminoso presidido por la gran ventana que se veía a pie de calle, una habitación espaciosa con un minivestidor y una terraza de la que me quedé completamente enamorada. Eso sí, mis ilusiones dejaron de ser preciosas en cuanto que vi el precio. Era casi el doble de lo que pagaba por mi minipiso. Soy muy consciente de mis dotes negociadoras, pero rebajar el precio a la mitad era misión imposible. De todas formas, lo guardé en favoritos, lo que equivale a hacer *match* en Tinder, y activé las notificaciones de la búsqueda de áticos por aquella zona. Para mí, Idealista es como la *app* de Zara: si veo algo que me gusta, lo meto en la cesta y disfruto de la ilusión de tenerlo ahí, aunque no pueda comprarlo.

Mi pequeño pisito y su ventana con vistas a los árboles de los vecinos, que tanta paz me daban, me gustaba mucho, pero es cierto que siempre había echado de menos tener una terraza donde Pol pudiese bajar a echarse sus cigarrillos y cuidar todas la plantas que allí tendría.

¿Puedes echar de menos algo que nunca has tenido? La respuesta, desde mi punto de vista, es rotundamente sí. Incluso puedes llegar a echar de menos algo que pudo llegar a ser, pero que al final no fue. Yo, de toda la vida, he echado de menos tener una mansión con un vestidor en el ala oeste y una biblioteca enorme en el ala este. Y aunque en el fondo sería feliz con un pequeño balconcito en el que colocar una mesa de madera y dos sillas de forja donde me pudiese sentar a escuchar las sátiras de Pol, haber visto la terraza de aquel ático hizo que mi imaginación comenzara a elegir muebles de exterior para decorarla.

Javi apareció de repente, sacándome de mi ensoñación, en la que aparecía tumbada en un *chaise longue* de exterior color crema tomando el sol. Estaba guapísimo. Era de ese tipo de personas que necesitan poco para estar muy guapo. Seguro que en la mochila llevaba poca cosa, pues no utilizaba pijama y siempre se jactaba de no necesitar cosas materiales para ser feliz.

—¿Qué estás mirando en el móvil con esa sonrisa? ¿Te has vuelto a enamorar de unos zapatos de Zara?

¿Lo veis? Ya me conocía perfectamente.

—Ja, ja, ja. Caliente, caliente. Me he enamorado de ese ático. Mira qué preciosidad. —Le enseñé primero el piso en lo alto del edificio y después las fotos en la *app*, haciendo hincapié en el pequeño vestidor que se encontraba en el dormitorio.

—Anda que no ibas a ser tú feliz con ese vestidor...

—No lo sabes bien... No entiendo cómo puedes vivir con tan poca ropa. ¿Qué has echado en la mochila? ¿Un gorro de ducha?

—Ropa interior, calcetines, un par de camisetas, un pantalón y una sartén que me ha regalado mi madre. Las tuyas están destrozadas y se queda toda la comida pegada.

—¿Le has dicho a tu madre que no cuido las sartenes?

Por Dios, ¿qué iba a pensar mi suegra de mí? ¿Pensaría que cuidaría a su hijo tan mal como a las sartenes? ¿Había dicho «mi suegra»?

—Ja, ja, ja. No, pero me la había regalado para mi casa y ya la estrenamos mejor en la tuya...

—¿Tu madre te regala sartenes? —dije completamente sorprendida.

—Es que le gusta que coma bien.

«Se nota», pensé mientras le miraba de arriba abajo.

—¿Estaban en casa? —dije, cambiando de tema.

—¿Que si estaban? ¿Tú sabes lo que he visto?

—Sorpréndeme...

—Cuando he subido, me he encontrado con una escena que no sé si voy a poder olvidar. Me los he encontrado a los tres en el sofá. Dani estaba acurrucado entre sus padres. Apenas se le veía la cabeza. Como un niño de doce años viendo una película de miedo.

—¿Y no le has dicho nada?

—¿Qué le iba a decir? Lo único que podría haber hecho era darle una piruleta.

—Ja, ja, ja. ¿Nos vamos entonces?

—Sí, por favor. Huyamos cuanto antes.

—¿Crees que habrán usado las esposas que tiene Dani en la cama?

—Que tenía, rubia, que tenía. Me las he echado en la mochila. —Javi me guiñó el ojo.

Le encantaba hacer bromas con las esposas de Dani. Nos encantaba, de hecho; nos reíamos mucho con ello, y ya sabéis lo que dicen... «Dos personas que se hacen reír lo merecen todo».

Javi sonrió ante mi broma y me besó con fuerza y cariño, recolocándose la mochila sobre uno de sus imponentes brazos.

Gracias a él aprendí que la vida era más sencilla si eres capaz de caminar por ella ligera de peso, pero yo me encontraba en un momento vital en el que no me veía capaz de viajar sin facturar una maleta de veinte kilos, el equipaje de mano y un bolso XXL, como mínimo.

11
Javi

La primavera era ella.

Ella contaba los domingos que quedaban hasta el verano cuando estábamos en invierno y yo pensaba que todavía quedaba por llegar la primavera.

Y es que yo todavía no sabía que la primavera era ella.

12
Sueño más despierta que dormida

¿Y si no son sueños, sino spoilers *que nos hace la mente?*

Supe que estábamos realmente a gusto conviviendo juntos cuando los padres de Dani volvieron a Sevilla un mes y medio más tarde, y los dos continuamos en mi casa como si aún no se hubiesen marchado. Ni siquiera sacamos el tema, avanzamos mirando para otro lado disfrutando de nuestro tiempo. Los dos teníamos muy claro que era lo que queríamos en ese momento, así que continuamos con nuestra rutina y las llaves de mi casa con mi llavero de Pachá en su bolsillo. Hice un hueco en el cajón de la cómoda y le dejé un par de perchas en mi diminuto armario. Siempre agradecí que no se trajera el uniforme de bombero a casa, porque hubiésemos tenido que sentarlo en el salón como si fuese un compañero más de piso. Por no hablar de la manguera.

Durante este tiempo, que Lucía definió como «entretenimiento con el bombero», Sara como «periodo emocional estable», Pol como «voy a bajar a ver el torso de tu novio todas las mañanas» y Laux como «convivencia con el maridito» hubo dos cosas que fueron inexorables: el paso del tiempo y que Javi y yo acabásemos enamorándonos. Porque obviamente fue una cuestión de tiempo: todo el que estuvimos juntos.

Cuando te encuentras en un estado de subidón emocional cercano a la felicidad más absoluta, tienes la sensación de que los días son eternos. Y el tiempo, ese que no se detiene ni siquiera cuando te enamoras profundamente, nos había llevado casi hasta junio, fecha límite del *deadline* para que finalizara la permuta de seis meses que Javi había pedido. La conversación sobre nuestro futuro se me atragantaba tanto como cuando bebo agua, que a veces parezco tonta y me pregunto si aún no he aprendido, con la edad que tengo.

Al final fue él quien se decidió a sacar el tema, una noche que estábamos los dos en el sofá haciéndonos cosquillas en el brazo.

—He hablado con el compañero que está en Ibiza por la permuta.

—¿Y? —El corazón se me aceleró tanto que a punto estuvo de salírseme por la boca.

—Quiere volverse a Madrid. Dice que no está por la labor de pasarse el verano apagando incendios entre guiris.

—¿Y qué vamos a hacer? —pregunté imaginando que habría un plan B.

Cuando utilicé un «vamos» en vez de un «vas», supe que el futuro era cosa de dos. Habían sido unos meses muy intensos, y me di cuenta de que no quería que se fuera bajo ningún concepto. Le apreté fuerte la mano.

—Voy a seguir buscando otra permuta. No he dejado de hacerlo durante estos meses, por si ocurría esto, pero no está la cosa fácil. Aunque tenga que cambiar de base, si consigo otra en Madrid con otro compañero, me cambio. Lo que sea. Incluso si es en Segovia, pero que no nos separe un mar. Sinceramente, yo no quiero irme.

—Yo tampoco quiero que te vayas.

No dijimos más. Del sofá nos fuimos a la cama y nos tumbamos. No hablamos, solo nos abrazamos, cerramos los ojos y nos quedamos dormidos, con cierta intranquilidad.

Unos días después, a mitad de la noche me desperté con una pesadilla y Javi me calmó, abrazándome. Para lo grande y fuerte que era, pocos podrían decir que por dentro era tan tierno. Él se consiguió volver a dormir enseguida, mientras que yo me quedé tumbada, desvelada por el mal sueño. La conversación sobre nuestro futuro, días antes, había sido demoledora y yo estaba muy sugestionada. Teníamos pocas opciones y el poco tiempo que nos quedaba seguía pasando sin ninguna noticia favorable sobre permutas en el horizonte. Estaba tan obsesionada que acabé soñando que me iba a vivir a Ibiza. El sueño, lejos de ser una fantasía, fue otra pesadilla: tenía que hacer la maleta y me costaba horrores cerrarla. Luego, tenía que ir con ella al aeropuerto y a duras penas podía moverla porque pesaba una tonelada. Era como si la maleta no quisiese que me marchara de Madrid y sus ruedas se quedaban inmóviles sobre el asfalto. Además, en mi sueño viajaba también con una pequeña pecera llena de peces que me quería llevar a Ibiza a toda costa y que no me dejaban subir como equipaje de mano. Me decían que tenía que facturarla.

—¿Cómo voy a facturar una pecera con peces? —le decía a la chica del mostrador antes de que finalmente se rompiera, derramándose todos los pobres peces por el suelo.

Cuando esto ocurrió me sobresalté, moviendo mis manos en el aire intentando recogerlos, con la angustia de sentir cómo se resbalaban entre mis manos, para despertarme violentamente cuando mi maleta explotaba, expulsando porsiacasos por toda la terminal 4. Un cuadro.

A la mañana siguiente fui al trabajo un poco compungida por aquel sueño tan agobiante. Extrañamente, solo podía pensar en mis pobres peces, aunque nunca había tenido uno. Evidentemente cogí el teléfono y llamé a Lucía a primera hora. Si había alguien capaz de descifrar aquella enigmática visión y ayudarme, era ella.

—Pufff... ¡Cómo tienes la cabeza, rubia...! —dijo Lucía después de contarle el sueño con peces y señales.

—¿Es grave, doctora? —le pregunté un poco en broma, a lo que ella contestó con un silencio inquietante.

—A ver, rubia, no me quiero poner mística, pero los sueños son el puente entre la parte inconsciente y la parte consciente.

No son tan claros como el horóscopo, pero siempre significan algo y los peces... son jodidos.

—Pero entonces ¿sabes lo que significa soñar con ellos?

—Ni puta idea, pero espera, que tengo un diccionario de sueños.

Lucía estaba como una regadera, pero era la única con la que podía hablar sobre el tema. No quiero imaginar la *performance* con la que Pol me hubiese deleitado si se lo llego a contar a él.

—Lo primero de todo: ¿los peces eran pequeños, grandes o gigantes?

—Yo qué sé, Luci. Pequeños. Como Nemo. Bueno, también había medianos. Como sardinas.

—Nemo no es una sardina, rubia.

—Ya, ya sé que Nemo no es una sardina, es... —dejé un silencio porque no tenía ni idea de qué raza era Nemo, si es que los peces tienen razas—. ¡Yo qué sé! Joder, ahora que me acuerdo también había un delfín. ¡Había peces por todas partes!

—¿Te cabía un delfín en la pecera?

—Me cabían muchas cosas, Luci.

—Mejor no saquemos esta frase de contexto... —añadió.

Lucía y yo nos descojonamos mientras ella buscaba en su libro de sueños el verdadero significado de aquella pesadilla.

—A ver... ya está. Aquí pone que si los peces son grandes, estás en un momento vital donde las circunstancias te exigen tomar una decisión importante. Si son gigantes, significa que van a llegar cambios muy significativos a tu vida. Cuanto más grandes los peces, más importantes los cambios.

—Vamos, que cuanto más grande, mejor... ¿No?

—Sin duda... Y los peces también.

Segundo momento de risas a pleno pulmón. Cuando recobramos el aliento, Lucía continuó leyendo.

—¿Estás preparada para lo que pone sobre los peces pequeños?

—Joder, claro, dale.

—Pues dice que soñar con peces pequeños significa que te sientes fuerte para afrontar un movimiento importante que se te va a plantear en tu vida. Vamos, está claro que la cosa va de grandes cambios. ¿Te vas a cortar el flequillo otra vez?

—Me temo que lo que tengo en mente es algo más trascendental que lo del flequillo.

—Espera, además pone aquí que si sueñas con peces fuera del agua, significa que la decisión acarreará un giro vital de ciento ochenta grados. La pecera sería como la parte segura de tu vida, la zona de confort y los peces fuera de ella serían una señal para que tomes la decisión.

—Arrrgggggggg. No hay elección.

Hice un silencio que rápidamente Lucía identificó como un motivo de duda que claramente me preocupaba.

—Pero vamos a ver, ¿me vas a decir qué coño pasa? Es que no termino yo de enterarme muy bien a qué viene esto de los sueños y las peceras... Y por cierto, Nemo es un pez payaso.

Me mantuve en silencio. No sabía si era el momento de verbalizar una idea que me rondaba la cabeza y que tenía mucho que ver con todo lo que Lucía había leído en aquel libro de interpretación de sueños con animales acuáticos. Finalmente, accedí a dar rienda suelta a mis palabras.

—Pues es que a Javi se le agota la permuta en nada y se tiene que volver a Ibiza.

—Ya... y ese es el gran cambio que tiene que hacer. Igual él es el pez.

Dudé un segundo, hasta que respondí con contundencia:

—No. El pez soy yo.

—¿Cómo que el pez eres tú?

—El pez soy yo porque soy yo la que estoy planteándome irme a vivir a Ibiza con él.

—¿QUÉÉÉÉÉÉÉÉÉÉÉÉ? Pero ¿qué dices?

—Pues lo que oyes.

—Pero ¿se te ha ido el tinte al cerebro? ¿Qué se te ha perdido en Ibiza?

—Bueno, sería algo temporal y no creo que Ibiza sea un mal sitio para vivir.

—¿Tú eres consciente de que en Ibiza solo hay un Zara? Tú ahí no sobrevives.

—Lucía, dormir es el único *hobby* que tengo que es gratis. Igual es el momento de que ahorre.

—Ja, ja, ja. Ahorrar dice... Ya en serio. ¿Y tu trabajo? ¿Y Javi qué dice de todo esto?

—A la primera pregunta, no lo sé, y a la segunda, él no lo sabe.

—Pufff... Esto huele muy mal y esta vez no ha sido Laux con uno de sus famosos pedos de mofeta...

Ahí tenía toda la razón.

—Piénsatelo bien, anda.

—No se lo digas a nadie todavía, porfa.

—Claro que no, pero piénsate bien lo que vas a hacer antes de hacerlo.

—Te quiero, Luci.

—Y yo a ti, rubia.

Efectivamente, me lo tenía que pensar. Llevaba tiempo dándole vueltas, pero tras la «pescadilla» (la pesadilla de los peces) sentí que inconscientemente había tomado una decisión. Al menos yo.

Hablando con una compañera de trabajo esa mañana, me contó que ella cogió una excedencia cuando fue madre, al acabarse su permiso por maternidad. Era una opción que existía para todos, no solo por maternidad o cuidados de familiares, sino que podías solicitarla por un interés particular. Eso me abría un mundo de posibilidades.

Aquella misma mañana me estuve informando sobre ello y todo lo que implicaría. Me guardarían mi puesto de trabajo durante el tiempo que solicitase, no menos de cuatro meses, así que podría ser una muy buena opción para salir de Madrid y actualizarme un poco. En Ibiza hay muchos turistas: podría hablar en inglés e incluso aprender alemán. Vale, es verdad que me estaba autoconvenciendo, pero ¿quién no lo hace una o dos veces al día?

En las condiciones se describía que, en el caso de acceder a la solicitud, durante el tiempo de la excedencia podría trabajar, pero siempre que fuera en un sector distinto al mío. Joder, eso sacaba de la ecuación intentar buscar allí un trabajo de lo mío si quería mantener mi puesto cuando volviera... Esto se complicaba y era el momento de hablarlo con Javi.

Evité mandarle un mensaje. Mi estado de ánimo era inestable, bueno, más que inestable era una montaña rusa. Por un lado era consciente de lo muchísimo que me importaba Javi, tanto que me estaba planteando cambiar mi vida por él. Pero por otro lado estaba como enfadada por haber agotado su permuta sin encontrar una solución. Aunque dijo que había intentado buscar una nueva permuta, deberíamos haberlo hablado antes porque ahora no nos quedaban muchas opciones.

Esa misma tarde fui a casa de mi madre cuando salí del trabajo, como hacía varias veces durante la semana. Necesitaba su consejo, así que me desahogué con ella.

—Hija, yo qué te voy a decir. Como madre, tengo que asegurarme de que te lo pienses bien. No quiero que te vayas, pero también sé lo que es el amor...

—Ya lo sé... Quiero pensar que sería algo temporal. Toda mi vida está aquí; estás tú, mis amigos, mi trabajo... No me imagino quedándome allí más allá de unos meses.

Mientras hablaba con ella, uno de los gatos maulló sonoramente, como diciendo «Oye, que también me tienes a mí». Se me escapó una lágrima que vino seguida de un torrente, abrazada a mi madre.

—Tienes que hacer una lista de pros y de contras. Vete a tu habitación, coge papel y lápiz, y hazla.

Me mandó a mi habitación a hacer los deberes como cuando iba al instituto, como cuando tenía dieciséis años y quería llamar a mi amiga de la infancia Lauri por teléfono para contarnos las historias del día, pero antes tenía que terminar las tareas. Le hice caso enseguida, para que se notase mi madurez. Me senté en mi antigua mesa de estudio, y abrí el cajón para buscar papel y boli. Me encontré con mi colección de cartitas y sobres con olor. Me sorprendió que algunas conservasen todavía un hilillo de aquel maravilloso perfume. Recordé que, de pequeña, tenía auténtica pasión por esas cartitas que intercambiábamos con amigas para aumentar nuestra colección. Lauri siempre tenía las más exclusivas y difíciles de encontrar, ya que poseía un gusto exquisito y la capacidad de hacerse con las mejores. Viendo aquellas preciosas cartas decoradas recordé mi relación de amistad con ella en aquellos años de instituto. Una amistad tan sincera e incondicional que cuando se marchó a Alemania con su familia, dejó un hueco que nadie ha podido llenar hasta ahora. Porque Laux, Lucía y Sara tienen el suyo propio, y Lauri ha sido irrepetible. Ahora es muy feliz allí, a pesar de que para ella no debió ser nada fácil tomar esa decisión. Quizá era una señal de que yo también podría serlo en otro lugar.

Cogí una cartita de abejas y flores, y comencé a hacer la lista, tal y como me había sugerido mi madre.

—Debes tener en cuenta que habrá cosas que tendrán más peso que otras. Puede que una columna tenga más argumentos, pero quizá tengan menos valor —dijo mi madre desde la puerta de mi habitación.

—Claro, no había pensado en eso.

—Yo lo que hago es poner al lado de cada cosa el valor que tiene. Por ejemplo, irte con Javi puede tener un veinte de peso en los pros, mientras que dejar tu trabajo temporalmente puede suponer solo un cinco en los contras. Al final, sumas los valores y eso te dará una pista de por dónde ir.

—Ay, mamá, qué gran consejo. Gracias.

—Este es mi segundo mejor consejo, hija.

Obviamente, la curiosidad me hizo preguntar por el primero.

—¿Y cuál es el primero?

—Si tiendes bien, planchas la mitad.

Mi madre era una cachonda de cuidado...

—Ja, ja, ja. Otro consejazo de los tuyos, sin duda.

—Es que hoy me has pillado con el día lúcido. ¿Quieres que te dé el último?

—Por supuesto.

—No me pongas a mí más de un uno en la puntuación de la lista. Sé que para ti soy un cien, pero quiero que seas feliz y no un impedimento para que lo consigas.

Me abracé a mi madre y me emocioné muchísimo. Me sugirió que terminase más tarde la lista, ya en casa, puesto que era mejor que me tomase mi tiempo para sopesarlo todo con calma. También porque yo aún ni siquiera se lo había dicho a Javi, con lo cual, el cincuenta por ciento de la ecuación no sabía de mis inquietudes.

Me fui a casa y aquella noche Pol bajó a fumarse su consabido cigarrito. Estaba haciendo, sin ser consciente, una excursión de llamadas y visitas a la gente más importante de mi vida para saber casi de manera indirecta qué pensaban del asunto.

—Te voy a decir una cosa, rubia: me jode que ese tío que tienes por novio controle tanto de plantas. Ya no me necesitas. Mira que ahora eres capaz hasta de tener una orquídea cuando antes no podías ni convivir con un aloe vera —me dijo mientras atusaba una flamante orquídea que tenía en la ventana y que, por supuesto, cuidaba Javi.

—Tiene buena mano con las plantas, sí.

—Las tiene enormes. ¿Te crees que no me he fijado? Te recuerdo que Javi es mi tipo.

—Ja, ja, ja. No pongas los ojos en mi hombre —dije sin mucho entusiasmo.

—Venga va... ¿Qué pasa? Ahorrémonos dos chistes, cuatro comentarios sarcásticos y un «vete a la mierda, Pol» y vayamos al grano.

—Joder, siempre me lo notas todo.

—Es que eres transparente, y no lo digo solo por tu tono de piel. Suelta, soy todo oídos.

—Esas sí que las tienes grandes. Las orejas, digo.

Ambos nos descojonamos y la tensión que yo mantenía sobre mis hombros se relajó un poco. Me desahogué con él.

—¿Y dónde está el problema? —dijo Pol, contrastando con la opinión de Lucía.

—¿Cómo que dónde está el problema? Pues el problema está nada más y nada menos que a más de quinientos kilómetros y con un mar de por medio.

—Te recuerdo que hasta hace poco yo vivía a casi quinientos kilómetros y he rehecho mi vida aquí tan ricamente.

Recordé que Pol había llegado hace unos años desde Lleida por una reestructuración en su empresa y no solo eso: su novio Jaume no se lo había pensado dos veces y se había venido con él a Madrid.

—Son las cosas que se hacen por amor —continuó hablando—: Jaume y yo somos felices aquí, igual que lo éramos en Lleida y que lo seríamos en cualquier sitio. Aunque con lo gris y muermo que es, eso de que es feliz más bien tengo que imaginármelo, porque él, lo que es dar señales... No se prodiga mucho.

Qué facilidad tenía para dejar la puntillita siempre. Entonces, Pol dijo, para concluir, una frase que recordaré para siempre, y que probablemente fuese el punto definitivo de inflexión que desequilibró la balanza a favor de los pros.

—Rubia, lo importante no es dónde, es con quién.

Touché. Cuando Pol se marchó, me quedé pensando en ello durante mucho tiempo, repitiendo aquella frase como si fuera un mantra. No es dónde, es con quién. Y sin duda, con Javi, el dónde era lo de menos... ¿o no?

Ya solo me faltaba la opinión de Sara y Laux, así que un jueves por la tarde quedé con ellas para tomar unas cañas como solíamos hacer a menudo, con la clara intención de contarles mi plan.

Ocho de la tarde. El sol seguía en lo alto, una terraza fresquita en la plaza de Olavide, con los flus flus de agua vaporizada que a Sara le ponían el flequillo como el de un perro de aguas y Laux llamando a voces al camarero, como de costumbre. La vida.

—¡Chiquiiiiiiii! Por aquí dos cervezas sin gluten y una a tope de gluten para ella. —Laux se dirigió al camarero señalando a Sara.

—Ja, ja, ja. Ya me como yo todo el gluten que vosotras no podéis —dijo Sara, metiéndose en la boca uno de los torreznos que nos habían puesto como tapa.

—Oye, que los torreznos no llevan gluten —dijo Laux.

—Lo peor es la contaminación cruzada —apunté.

—Sois unas perras tiquismiquis —se mofó Sara de nosotras, mientras se comía el torrezno con todo el gusto del mundo delante de nuestras caras.

—Ojo, que habla de ser tiquismiquis una cuyo novio se pone histérico cuando se sale con el rotulador mientras colorea un mandala.

—No subestimes el drama que supone salirte de un mandala cuando coloreas, rubia. Es una cosa muy seria. —Sara mordió otro torrezno y le dio un tragazo a la cerveza, lo que provocó que eructara violentamente sin querer.

Toda la plaza nos miró y la pobre Sara, muerta de la vergüenza, se encogió en la silla mientras Laux se partía de la risa. Por primera vez no había sido ella.

—¡Ja, ja, ja! Amiga, eso ha sido un siete en la escala de eructos. Menudo reburbujito, ¿eh? ¡Perra! ¿Qué querías? ¿Que comiésemos torreznos y nos has lanzado una tapita al aire...? Porque huele desde aquí...

No pudimos parar de reír durante al menos treinta minutos. Fue lo que llamamos una «perrianécdota». Algo que perdurará y recordaremos como buenas perras, cuando toque. Aproveché que recuperábamos el aliento para lanzarme al barro.

—A ver, un poquito de silencio... —Me aclaré la voz mientras ellas me observaban curiosas.

—Chiqui, otras cervezas, que la rubia se va a soltar un monólogo de los suyos y tiene pinta de ir para largo —dijo Laux mirando al camarero de nuevo.

—A ver... Esta tarde quería deciros que desde que os conocí, os habéis convertido en una parte muy importante de mi vida, probablemente la que más...

Sara y Laux cambiaron el gesto al momento entendiendo que lo que iba a contarles era importante para mí.

—Habéis estado conmigo este último año con todo lo de mi padre...

En ese momento sentí que se me quebraba la voz y rápidamente me agarraron las manos.

—También cuando me tropecé saliendo de aquella discoteca y me hice un esguince delante de los porteros... —añadí sonriendo para intentar salir de aquel sentimiento que me provocaba recordar la muerte de mi padre.

Ambas se descojonaron, quizá visualizando la vergonzosa caída.

—También estabais junto a mí cuando conseguí superar a Álex...

Laura se llevó la mano al corazón y después levantó el puño en señal de apoyo. Proseguí:

—Y es que es así: en mis peores momentos, siempre habéis estado cerca las dos. Por eso tengo que deciros algo...

Dejé un silencio.

—¡¡Creo que me dais mala suerte, cabronas!! —dije completamente en broma porque no me atrevía a soltarles la noticia de aquella decisión que de manera unilateral había empezado a tomar.

Obviamente nos reímos a carcajadas de nuevo, llamando la atención de media terraza del bar.

—Eres tonta del ano —dijo Laux entre risas.

—Me estabas asustando, tía —añadió Sara.

—Era una broma. Ahora ya en serio. Chicas, tengo que deciros una cosa importante.

Se cruzaron una mirada de auténtico misterio y, rápidamente, Laux se lanzó a preguntar.

—¿Vas a apuntarte por fin al gimnasio? —dijo entre risas.

—¿Igual va a teñirse de morena? —dudó Sara.

A estas edades, las típicas preguntas que se esperan ante un «tengo algo que contaros» eran si estás embarazada o que si tu novio te ha pedido matrimonio, pero nosotras éramos más originales.

—Ya sabéis que a Javi se le acaba pronto la permuta y tendrá que volverse. Bueno, pues estoy pensando en irme a vivir con él a Ibiza —solté con rapidez y de forma contundente.

Pensaba que el ambiente festivo, entre risas, cervezas y torreznos, amortiguaría un poco la noticia, pero no fue así. Por el gesto de sus caras en los primeros dos segundos pude ver que no iban a reaccionar nada bien.

—Pero ¿lo estás diciendo en serio? —preguntó Laux.

Asentí y bebí cerveza.

—Pero ¿tú estás segura de lo que estás diciendo? Yo no lo veo, ¿eh? —dijo Sara.

—Yo tampoco, para nada. Me parece que se te ha ido la pinza. ¿Y tu curro? ¿Tu familia? ¿Tu casa? ¿Con qué maleta te ibas a ir? —Laura comenzó a hacer un montón de preguntas que Sara continuó:

—¿Y nosotras?

Reconocí en ellas el mismo miedo que tuve años atrás, cuando con dieciocho años mi amiga Lauri me dijo que se marchaba a vivir a Alemania. Y dijimos que nada iba a cambiar, pero todo cambió. En su caso, porque fue definitivo: ella nunca volvió, salvo para pasar algún verano más en el pueblo o visitar a su familia española. Seguimos felicitándonos los cumpleaños e intercambiando algún me gusta en Instagram y Facebook, pero poco más.

Recordé que tardé bastante tiempo en aceptarlo y mucho más en asimilarlo, pero eso no era lo que iba a ocurrir con mis amigas. Mi partida era algo temporal, como lo de Lucía, que también se había marchado a escribir su libro a Asturias. No, no iba a cambiar nada. Esa vez lo pensaba de verdad.

—No va a cambiar nada, chicas. Sería algo temporal... —les dije.

—Hombre, cambiar sí que va a cambiar, seamos serias —contestó Laura ceñuda, en un gesto que no había visto hasta ese momento en ella.

—Pero ¿te irías para siempre? —preguntó Sara.

—No creo, tía... Sería por un tiempo, en todo caso... Ni siquiera se lo he comentado a Javi, solo estoy barajando la idea por tener un plan sobre la mesa cuando se agote la permuta. Pero necesitaba saber qué os parecía y pediros consejo —les dije, bastante afectada ante su reacción—. Es una decisión muy jodida para mí.

Sara notó mi aflicción y se mostró un poco más comprensiva.

—Yo, si es algo temporal mientras Javi busca otra permuta de esas, no lo veo ni tan mal.

—¡Claro! Justo esa sería la idea. He pensado pedir una excedencia de unos meses en el trabajo.

—Además, te pillaría justo el verano en Ibiza... No parece un mal plan. —Sara continuó echándome un cable, pero Laux no parecía que fuese a aflojar.

—Y podríais venir a verme...

—Yo lo empiezo a ver, ¿eh? —dijo Sara mirando a Laux, que seguía sin decir ni una sola palabra.

—Chicas, me tengo que ir, que es tarde. —Laux apuró su botellín y se levantó de la mesa.

Sara y yo nos quedamos de piedra. Nunca, repito, nunca, en el tiempo que conocía a Laura, la había visto tan enfadada y afectada. Quise entender su reacción porque yo había estado justo en el mismo lugar donde ella se encontraba ahora. Había sido esa persona que bajo ningún concepto desea separarse de alguien a quien quiere mucho.

No quise salir detrás de ella ni llamarla esa noche. Tal y como me ocurrió a mí cuando supe que Lauri se marchaba, pensé que necesitaría su tiempo para asimilarlo y en su caso fue más del que creía.

Durante aquella interminable semana en la que hubo un silencio sin precedentes en el Dramachat, me sentí realmente mal porque, aunque estaba segura de que estar con Javi era lo que quería, me dolía el corazón solo de pensar lo mal que podrían sentirse mis amigas, que más que amigas, eran mis hermanas. No podía soportar que Lucía, Sara y Laux no me apoyaran. Me entristecía muchísimo.

Esa situación no pasó desapercibida para Javi, que rápidamente pudo darse cuenta de que algo pasaba.

—¿Qué tal hoy en el trabajo?

—Bien, ¿y tú? —contesté, baja de ánimo.

—Ha sido un día de mierda, no me valoran nada en el curro... Y la verdad es que estoy un poco harto. Tenía muchas ganas de volver a casa contigo —dijo mientras se tumbaba en el sofá dejando caer su cabeza en mi pecho.

—A mí también me apetecía mucho verte.

Nos quedamos en silencio, mirando al techo. Sin ninguna intención de profundizar en esa mala sensación que arrastrábamos, hasta que Javi le plantó cara al momento.

—La cuenta atrás para el verano se nos agota, cariño. Lo siento muchísimo, pero si no vuelvo a Ibiza, pierdo mi trabajo. He estado pensando incluso en solicitar una excedencia, pero no llevo el mínimo de tiempo en el puesto. Sé que es demasiado, pero quiero pedirte algo...

—Espero que no sea matrimonio porque no tengo la manicura hecha —contesté rápidamente para aliviar un poco la tensión.

Javi me miró, dejando entrever su preciosa sonrisa. Me derretí en ese mismo instante. Era pura dulzura.

—¿Puedo pedirte que te pienses si querrías venir conmigo a Ibiza durante unos meses, hasta que encuentre otra permuta?

No me pidió que me fuese con él. Me pidió que me lo pensase, lo que denotaba una generosidad que pocas veces había percibido en alguien hasta ese momento. Y yo ya lo tenía casi decidido. Entendía su situación. Yo podía pedirme una excedencia durante unos meses y él buscaría en ese tiempo una nueva permuta que nos permitiera volver, pasado ese tiempo. Pero no os voy a engañar, estaba acojonada. Le abracé muy fuerte, le dije que lo pensaría y miré por la ventana de mi casa, echando ya de menos los árboles que veía a través de ella.

Al día siguiente acompañé a Javi a su casa para recoger algo de ropa que volvía a necesitar, básicamente otros dos calzoncillos y un par de camisetas. Ciertamente, en mi pequeño piso vivía con lo justo porque no quería invadir mi espacio, por eso solía dejar parte de la ropa en su casa de alquiler y dar más viajes de la cuenta. Me di un paseo por la calle, como acostumbraba mientras él preparaba su bolsa. En aquel instante, recibí una llamada de Laux. Me puse nerviosa.

—Amiga... —dije tímidamente al descolgar.

—Eres una zorra y una cerda. Eres una «zorda» —dijo con ese tono tan habitual que le caracterizaba. Por supuesto, no esperaba menos que un insulto inventado y personalizado por parte de Laux.

—Ya lo sé, tía. Ya lo sé.

—Que sepas que me dejas tirada, pero te amo. Menudo churrito debe tener el Javitxu para que te vayas con él...

No pude contenerme la risa. Laux volvía a ser ella misma y ese silencio con el que nos castigamos durante esa semana desapareció por completo al minuto.

—Por cierto, ¿se lo has dicho ya?

—No hizo falta. Salió de él.

—Si es que estáis alineados hasta en eso... Pues te voy a decir una cosa, pienso ir para allá en cuanto pueda... Vamos, ya te digo yo que me vas a tener allí viendo a Ivanovich día sí, día también.

—Ja, ja, ja. Estás obligada a hacerlo.

Laux tomó aire, dejó las bromas a un lado y se mostró más compresiva.

—Perdóname, amiga. No lo encajé bien. Luchi acaba de irse y perderte ahora a ti...

—Ya lo sé, gordi —respondí comprensiva.

Laux respiró profundamente, algo tan insólito en una mujer que apenas lo hacía cuando hablaba, que supuse que lo que iba a decir era muy valioso para ella.

—Mira, rubia, sé que Javi es importante para ti... Pero tú lo eres más para mí.

Aquella frase resonó dentro de mí llegando a cada parte de mi cuerpo.

—Te he echado mucho de menos esta semana, amiga.

—Y más que nos vamos a echar... Pero hoy he mirado el horóscopo y todas esas mierdas que leéis tú y Lucía, y ponía que, a veces, para avanzar hay que cambiar algo y me he dado cuenta de que es justo eso lo que estás buscando. Así que... ¡A por ello, amiga!

Nunca pensé que Laux tomaría en serio las frases de un horóscopo, pero es que aquellas palabras tenían toda la razón. Que una libra de pura cepa como yo, la duda personificada, hubiese tomado una decisión tan importante solo podía significar que para avanzar era el momento de hacer un cambio.

Laux me colgó después de desearme toda la suerte del mundo y hacerme prometer que la llamaría tres veces durante la semana, sin contar, por supuesto, el contacto diario por el Dramachat.

Sentada en aquel banco junto a la casa de Javi me sentí aliviada porque me apoyaban las personas más importantes de mi vida en una decisión que no era sencilla para mí. Aquello me daba fuerzas para estar segura de mí misma; así que respiré, miré al cielo y, casi por casualidad, cruzándose con mi mirada, vi el ático tan maravilloso del que tiempo atrás me había enamorado. Ya no tenía ningún cartel naranja fosforito ni el número particular. En ese mismo instante recibí una notificación en mi móvil.

Idealista
Uno de tus favoritos ya no está disponible.

No había señal más grande que esa. Cuando Javi bajó, me abracé muy fuerte a él y le dije que me pediría una excedencia de unos meses para irme a vivir con él, pero solo si él buscaba otra permuta para volvernos a Madrid y alquilar juntos un ático, el que fuese.

Me cogió en brazos como a una niña pequeña, feliz, rodeando con mis piernas su cuerpo en plena calle.

Nunca la frase de Pol tomó más sentido que en aquel momento: «No es dónde, es con quién».

PARTE II

IBIZA

13
El gato de la isla

La vida que nos espera.

Siempre he dicho que me gustan las despedidas, pero siendo sincera, la separación, por temporal que fuese, de mi madre, de mis hermanos, de mi casa, de mis amigos y de la ciudad que me había visto crecer —aunque no hubiese sido en altura— fue bastante difícil para mí. Hubo más de una lagrimita, incluso de mi casera, que me decía que no había tenido una inquilina con mejor gusto en bolsos que yo. Prometí volver pronto y metí todas esas emociones en mis maletas. Sí, maletas en plural. Una no se va unos meses a vivir a un sitio con una maleta en singular ni de lejos, por mucho que en las películas la protagonista viaje ligera de equipaje.

Llegamos a Ibiza el 1 de julio. Al final, aquel sueño que tuve no fue una profecía, más que nada porque, en primer lugar, no viajé con todos aquellos peces que había imaginado. En segundo lugar, y no por ello menos importante, no solo pude meter más de veinte kilos en la maleta, sino que, como fuimos en barco con el coche de Javi, pude llevar varias, lo cual fue un grandísimo desahogo para mí. Además, me llevé mi moto rosa, con la idea de tener mi propio medio de transporte en Ibiza durante esos meses.

Cuando llegamos al puerto, Ivanoski nos estaba esperando. Bueno, a partir de ese momento, sin Laura a mi lado, comencé a llamarle por su nombre. Iván se abalanzó sobre Javi al grito de «Ferrer, amigo míooooooo, a mis brazos» y entonces pude darme cuenta de que era el alma gemela de Laura, y no solo por las voces que dio, sino por la devoción que profesaba por su amigo. Me costaba creer que existiese ese tipo de amistad masculina tan fuerte, ya que siempre había vivido algo más bruto entre ellos, más irracional. Después se giró hacia mí, y ya sin gritar, abrió sus brazos de nuevo. De inicio me contraje un poco, pensando que lo haría con la misma fuerza y acabaría por desmontarme como a un Playmobil al que le salta la cabeza del cuerpo. No fue así: lo hizo con tremenda delicadeza y ternura. Su actitud me reconfortó bastante, la verdad, porque estaba un poco nerviosa por el reto que se presentaba ante mí en los próximos meses. Básicamente, una nueva vida.

Iván se había portado de diez, no solo porque se ofreció a recogernos, sino porque, además, fue él quien condujo mi moto hasta la casa de Javi. Era un buen trecho que incluía no solo carretera asfaltada, sino algún que otro camino de tierra complicado, por lo que pensaron que era mejor hacerlo así el primer día. Más adelante, cuando conociese el terreno, ya sería yo quien condujese mi motito.

Javi y yo nos montamos en el coche mientras él iba detrás en mi pequeña moto rosa. Era una situación bastante cómica con la que Iván estaba encantado. De hecho, durante el trayecto, cada cierto tiempo nos pitaba para que le mirásemos por los espejos retrovisores y nos saludaba, como un niño pequeño que llama la atención montando en su bici nueva.

—¿Estás nerviosa? —me preguntó Javi a la vez que cogía mi mano y la colocaba en la palanca de marchas para pasar a segunda conmigo.

—Un poco, no te voy a mentir...

—¿Y triste? ¿Estás triste?

Noté en sus palabras culpabilidad por mi estado de ánimo y eso tampoco era justo para él. Al fin y al cabo, yo también había tomado aquella decisión. Una especie de vacaciones un poco más largas de lo normal en un sitio excepcional con la persona adecuada. En realidad no estaba triste, pero sí un poco temerosa. He de reconocer que me asustaba el cambio, como cuando actualizan algo en el móvil y de primeras te sientes desubicada e incluso enfadada porque no encuentras nada, aunque luego acabes por adaptarte.

—Triste no, solo nerviosa. Pero no te preocupes, he estado nerviosa otras veces —dije para tranquilizarle.

—¿Y feliz? —replicó rápidamente.

Me quedé descolocada durante un segundo. Hacía tiempo que nadie me preguntaba eso.

—Estoy feliz, con todas las letras —afirmé, sonriendo de forma sincera.

—Vamos a estar muy bien, ya lo verás.

Lo sabía. Estábamos juntos, que era lo importante.

Cruzamos Ibiza desde el puerto hasta su casa, que estaba en el municipio de Sant Joan de Labritja, cerca de cala Xarraca y de Portinatx, como ya me había adelantado cuando nos conocimos. Agradecí mucho que Iván fuese detrás de nosotros con mi moto porque, ciertamente, pasamos por unos cuantos caminos de cabras bastante complicados.

Cuando llegamos, entramos en un pequeño camino de piedra con dos olivos a cada lado. Al fondo, una pequeña y preciosa casa encalada crecía de la tierra en perfecta sintonía con el entorno. Transmitía mucha paz. En la puerta tenía una cortina de colores tierra y dos plantas en dos maceteros artesanales. La pared estaba cubierta por un árbol con frondosas flores de color rosa que trepaban hasta un balcón, en una especie de carrera entre las ramas por ver cuál de ellas llegaba antes.

A unos metros, había un pequeño jardín y un huertecito muy bien cuidados. El color blanco de las paredes deslumbraba (menos mal que llevaba gafas de sol). Las chicharras se escuchaban de fondo y se levantó una leve y agradable brisa, muy necesaria, puesto que hacía bastante calor. Rápidamente, mi pelo y yo notamos la humedad de la zona. Menos mal que entre todas mis maletas me había traído el secador de confianza, las planchas y el *antifrizz*, aunque con el tiempo me acostumbraría a la naturalidad a la que, casi sin querer, te va obligando la isla y su magia. Miré a Javi y le sonreí.

—¿Te gusta?

—Me encanta...

—Vale, pues ve echando un ojo, si quieres, mientras Iván y yo sacamos tus setecientas maletas. ¿Te parece? —Ambos se descojonaron de risa.

Aproveché la predisposición de Javi e Iván para colocarlo todo y preferí dar una vuelta por el huertecito antes de entrar en la casa. Aun sin tener mucha idea, pude reconocer algunos tomates y una lechuga muy frondosa. De repente, un gato negro se cruzó en mi camino, dándome un susto que me hizo pisar lo que parecía ser una col. Estaba segura de que era una señal de buena suerte, porque pisar una coliflor mientras ves un gato negro tiene que ser una especie de combo que solo puede traer buena dicha. Me agaché y le hice un gesto al michi pensando que no me haría ni caso, pero se acercó a mí y empezó a frotarse con mis piernas, ronroneando.

—Eso es que piensa que eres suya —dijo de repente una voz de mujer adulta que no esperaba.

Me giré y me encontré a una señora bastante mayor, vestida de negro y con el pelo totalmente blanco. Era bajita, como yo, y me llamó mucho la atención que fuese descalza. Qué envidia sana me daba que anduviese con total libertad. Supongo que notó mi sorpresa, ya que no esperaba encontrarme a nadie por allí.

—¿Es suyo el gatito? —le pregunté.

La señora me miró antes de responder, con una fuerza y aplomo que acompañaban al tempo pausado que transmitía.

—Bueno, el gato no es mío: es de la isla. Yo solo lo alimento y le dejo dormir en mi regazo cuando él quiere.

«No es mío: es de la isla». Esa frase tenía tanto significado en tan pocas palabras que no pude evitar pensar en si algún día yo también formaría parte de la isla y me sentiría tan libre como ellos.

—Me encantan los gatos —le dije sin pensar.

Me miró y esbozó una sonrisa llena de arrugas en la comisura de los labios que me recordó a mi padre. Aquella conexión con los gatos no hizo más que reafirmarme aquel parecido.

—Supongo que eres la chica de Javier. Yo soy su abuela. Me llamo Catalina.

—Encantada, doña Catalina, yo me llamo...

—¡Yaya! ¡Yaya! Pero qué alegría. —Javi bajó corriendo al huerto y se abrazó a ella, interrumpiendo nuestra conversación.

Siguió hablando muy contento por reencontrarse con ella.

—¿Cómo estás? Me has dejado el huerto impecable —dijo mientras la miraba con un cariño que llegó a darme hasta envidia sana.

—Todo será que lo estropees ahora.

—Noooooo, te prometo que seguirá perfecto. Además, la rubia es una experta en estos temas, ¿verdad?

—¡Ja, ja, ja! ¡Qué gracioso eres...! —respondí ante el comentario de Javi, quien claramente tenía la intención de picarme.

—Sí, la verdad es que el humor nunca ha sido lo suyo —replicó su abuela, echándome un cable mientras me guiñaba un ojo.

Me empezaba a caer bien esta señora, quien sin duda iba a suponer un apoyo fundamental durante mi estancia en la isla.

—Bueno, os dejo, que acabáis de llegar. Y ya sabes, niña, si necesitas cualquier cosa, vivo en la casa que está al principio del camino.

Casi sin querer, aquella frase me dio un confort que hizo desaparecer todo el miedo que traía acumulado desde Madrid. Compartimos cuatro frases, pero ese «niña», tan parecido al «señorita» con el que me llamaba mi padre, fue una balsa de aceite para aquel primer día de inseguridades.

Iván también se marchó, dejándonos a Javi y a mí solos frente a la casa.

—¿Quieres que te la enseñe?

Miré a Javi de reojo y nos reímos, fieles a nuestro humor de dobles sentidos que nos perseguiría siempre.

—¡La casa, joder, me refería a la casa! Ja, ja, ja.

—Estoy deseándolo. Ver la casa, quiero decir —dije mientras le guiñaba un ojo con cierta torpeza. Nunca se me ha dado bien ese gesto. Laux siempre dice que más que guiñar un ojo parece que estoy recolocándome una lentilla.

—Una cosa antes de entrar —dije cogiéndole del brazo—. Dime que tendré más espacio para la ropa que el que tenías tú en mi casa.

—Ja, ja, ja. Cuando te pedí que te vinieses conmigo era con todas las consecuencias... y con espacio en mis armarios. Creo que será suficiente. Ahora lo verás.

Complicidad y felicidad. Sin más. Eso era lo que más me gustaba de nuestra relación.

Cuando por fin entramos en la casa, me quedé boquiabierta. Era mucho más grande por dentro de lo que parecía por fuera. Nada que ver con mi increíble minipiso en Madrid. El salón, a la derecha de la entrada, era enorme, y estaba presidido por una chimenea encalada. La decoración, sin ser lujosa, estaba muy trabajada. No sabría definir el estilo, pero con muy poquitos elementos conseguía dar tranquilidad y equilibrio a la sala.

—Joder, Javi. Y te quejas de que no haya Ikea aquí... ¡Estos muebles son superbonitos!

—En la isla hay tiendas de decoración artesanal muy buenas. Ya te llevaré a mis favoritas para que elijas cosas que den tu toque a la casa.

—¿Te refieres a cosas rosas?

—Ja, ja, ja. Lo que te haga sentir a gusto. Pero que no sea rosa chicle, por favor.

—¡El suelo es de madera! Me esperaba que fuera terrazo. Aquí casi ningún hotel tiene parqué.

—Odio el suelo de terrazo, me parece muy frío. Me gusta mucho ir descalzo, así que yo mismo coloqué esta tarima. Es un poco más incómodo cuando vienes con arena de la playa, pero lo prefiero.

—Me encanta —dije, cada vez más cómoda.

Al fondo del salón se encontraba la cocina, con una pedazo de isla en el medio que haría las delicias de los hermanos Scott.

—¡Vaya cocina! En Madrid debiste de flipar con mi minúscula encimera y mis dos fuegos...

—Si te gusta cocinar, da igual el espacio. Lo malo es que aquí nos rozaremos menos que en tu casa... —Se colocó detrás de mí y me cogió por la cintura, apretando nuestros cuerpos.

Me besó en el cuello y continuó hablando, emocionado:

—Ven, que te enseño armarios —dijo sonriendo, sin duda sabiendo lo que me gustaba.

En la planta de abajo había dos habitaciones muy acogedoras con decoración tribal en madera, y un baño pequeño, pero muy mono, con algunas plantitas decorativas.

—Si los armarios de arriba no son suficientes, puedes organizar aquí toda la ropa. Es una habitación de invitados, pero en realidad nunca viene nadie. En esta otra es donde suelo sentarme a estudiar y a montar en bici, en el rodillo. —Señaló otra habitación, donde había una especie de bici estática solo con una rueda y otros aparatos de gimnasia desconocidos para mí y a los que no presté ninguna atención. Imagino que eran inventos del demonio que mantenían ese cuerpo que tenía a pleno rendimiento. Sin duda, mi habitación sería la de los armarios.

Arriba, y accediendo a través de una escalera de madera bastante ancha, estaba la habitación principal. Me quedé con la boca abierta de lo bonita que era. Al fondo, las puertas, que daban a una pequeña terraza, estaban abiertas, y unas cortinas blancas larguísimas, que colgaban desde el techo, se movían como si estuviesen bailando al son de las chicharras. Salí corriendo hacia fuera, como hago siempre en los hoteles.

—Anda que Pol aquí no se iba a fumar a gusto sus cigarrillos —me comentó.

—Ja, ja, ja. Es justo lo que iba a decir. Le voy a enviar una foto, va a flipar.

—¿Te gusta entonces?

—Muchísimo, Javi. Me encanta.

Javi iba descalzo y estaba tremendamente sexi. Por algún

extraño motivo, la idea de verle con un pantalón de lino, cualquier camiseta, un paño de cocina en la mano y descalzo me provocaba incluso más que vestido de bombero. Y os aseguro que con el uniforme gana bastante...

—Pues estás en tu casa —dijo con total confianza mientras se echaba el paño de la cocina sobre el hombro—. ¿Quieres que comamos? Mi abuela nos ha dejado algún táper en la nevera. Cocina mejor que yo.

—¡Claro! —respondí, exaltada con todas las emociones nuevas que estaba sintiendo en ese momento.

—Pues, si quieres, ve deshaciendo tus maletas y voy yo poniendo la mesa.

Me dejó sola en la habitación y me senté en la cama. El colchón era bastante duro, lo cual era perfecto, pero las almohadas parecían dos piedras. Bueno, algún fallo debía tener la casa. Ya compraría otra almohada cuando pudiese.

Cogí el móvil con la idea de escribir a Pol y a las chicas en el Dramachat, pero el verdadero drama vino cuando me percaté de que no había cobertura. Llevaba meses mofándome de Lucía por no tener 4G en Asturias y yo ni siquiera tenía un triste 3G.

Bajé la escalera corriendo en busca de Javi y en el último escalón cogí una rayita de cobertura.

—Arriba ni lo intentes, no llega —me dijo, intuyendo lo que pasaba.

—¿Y el wifi?

—No tengo wifi en casa...

Fruncí el ceño y Javi lo notó.

—Créeme, podrás vivir sin wifi... Si no puedes, mi abuela tiene fibra óptica —añadió con una leve sonrisa—. Eso sí, ahí tienes el teléfono fijo, por si tienes que usarlo alguna vez...

Desde luego, que su abuela de ochenta y pico años fuese por delante de él tecnológicamente decía mucho de lo poco que le gustaban las redes sociales. No obstante, el hecho de que tuviese un teléfono fijo me pareció hasta romántico. Anoté el número en la agenda como «Javi casa» y me pareció bonito, porque siempre he sentido que Javi era como mi casa.

Sonreí y envié los mensajes sentada en ese último peldaño, que daba al salón, exprimiendo la última gota de cobertura. Solo quería saludar y enviar algunas fotos de la casa. Aproveché también para llamar a mi madre y decirle que todo estaba bien, bueno, mejor que bien: que estaba perfecto. Recibí muchos insultos cariñosos por parte de todas al ver aquellas preciosas fotos. Es curioso cómo, cuanto más quieres a una amiga, más insultos puedes proferirle para hablar con ella con normalidad y cariño.

Después de comer una maravillosa ensalada payesa y una tarta de queso típica de allí que se llamaba *flaó* que su abuela había preparado para nuestra llegada, Javi fue a saludar a su padre. Yo preferí darme un tiempo para no conocer a toda la familia en veinticuatro horas y Javi lo entendió, de hecho ni siquiera me propuso que fuese con él. En Madrid conocimos a nuestras respectivas madres justo el día de la despedida, y fue especial hacerlo de esa manera. En aquel momento pensé que era mejor no forzar la situación sintiéndome incómoda o haciéndoselo sentir a él.

De repente, me quedé sola en aquella casa tan grande, con un silencio tan profundo que era capaz de escuchar mi propia respiración. Casi sin darme cuenta, y de manera involuntaria, entendí que Javi pasaría muchos días completos trabajando, incluso de noche, con lo cual estaría bastante tiempo en soledad, incluso dormiría sola. No me considero miedosa, pero eso es fácil decirlo cuando vives en una urbanización de Madrid rodeada de vecinos y de un continuo tránsito de gente. Pero allí estaba sola de verdad. Me dio un poco de acojone pensarlo (más aún cuando esa noche solo se escucharon ladridos de fondo, que esperaba que fueran de perros, no de lobos).

Cuando Javi regresó, decidimos quedarnos en casa. Esa noche no salimos, ya que él trabajaba al día siguiente a primera hora y nos apetecía un plan tranquilo. En el salón tenía un tocadiscos integrado en una minicadena que además tenía reproductor de CD y cintas de casete. Javi sacó un vinilo recopilatorio con varias canciones de *jazz*. Si no le conociese, pensaría que estaba poniendo la banda sonora del típico tío que se las quiere dar de moderno para llevarte a la cama, pero sabía que realmente le gustaba esa música.

Estuvimos un buen rato tumbados en el sofá, haciéndonos cosquillas y tomando una copa. En la mía, por el reflejo de la luz, se formó un precioso arcoíris. Me emocioné. Mi padre sabía que había llegado a la isla y me daba la bienvenida (o, por la hora, las buenas noches).

—Javi —dije de repente, llamando su atención—. ¿Tú crees que mi padre habrá encontrado el amor en... donde esté?

Me miró extrañado. La pregunta no era para menos. Pero era algo que necesitaba soltar en aquel momento, en el que estaba lejos de mi madre en cuanto a distancia y de mi padre en cuanto a tiempo, porque cada día que pasaba era uno más que estaba sin él.

—Yo creo que allí o allá o donde sea no les hace falta. Aquí sí que lo necesitamos siempre y de mil formas, porque es a lo que agarrarnos para sobrevivir, pero allí están tan felices que no les hace falta —respondió, bastante comprensivo.

—Me da miedo pensar que allí pueda haber conocido a alguien y luego no esté junto a mi madre cuando se vuelvan a encontrar.

—Lo importante no es si está junto a alguien o no, lo importante es que sea feliz.

—¿Crees que necesitamos tener a alguien al lado para ser felices? —pregunté de nuevo, con cierta preocupación y los ojos llorosos.

—No lo sé... Habrá quien sea feliz con alguien a su lado y otros que sean felices consigo mismos. Pero creo que hay personas que te complementan la felicidad. Tú lo haces conmigo. Soy más feliz a tu lado. Me gusta la persona que soy cuando estoy contigo.

Nos abrazamos fuerte y me relajé. En ese momento me había desnudado de verdad delante de él, como solo lo haces cuando eres capaz de hablar de algo que te hace sentir vulnerable. Y con Javi ya podía hacerlo a plena luz, por dentro y por fuera.

Y así nos quedamos dormidos, fruto del cansancio y las emociones vividas en nuestro primer día en la isla, hasta que el sonido de un mensaje me hizo abrir el ojo.

Laux.

Perra sucia, que duermas bien
tu primera noche allí.
No hagas nada que yo no hiciera.
Eso incluye sexo anal.
Y, por cierto, que te quiero.

Yo también te quiero,
amiga.

Ella y yo todavía no nos conocíamos cuando mi padre se fue, pero tenía el don de aparecer justo en mis momentos de debilidad, cuando los recuerdos hacían que mis lágrimas apareciesen. Como ella me dijo una vez: «Yo creo que tu padre me ha enviado para estar contigo ahora que él ya no puede».

Sí, sí, pero de lo del sexo no dices
nada. Si es que las que vais de
mosquitas muertas sois las peores...

Jajajajajajaja.

Qué necesarias eran aquellas bromas de Laux que llegaban, como los arcoíris, cuando más las necesitaba para pasar del llanto a la risa.

Con alguna respiración contenida que se me había escapado leyendo los mensajes de Laux, Javi se despertó. Se levantó sin mediar palabra y se agachó para que me subiera en sus hombros.

—¿Nos vamos a la cama? —dijo somnoliento. Asentí con la cabeza.

Como si me estuviese salvando de un incendio, me agarré a sus hombros, a caballito, como una niña pequeña, mientras subíamos la escalera hasta la cama entre risas. Al llegar, me dejó caer sobre ella y comenzó a quitarme la ropa con un cariño que rápidamente se convirtió en deseo. Me desnudó con la mirada, mordiéndose el labio como siempre. En ese momento lo deseaba de verdad. Estar con Javi era sentirme como en casa. Él era hogar, era cariño y era deseo, y estaba dispuesta a intentar que todo saliese bien.

Se perdió entre mis piernas y yo, por fin, me relajé del todo. Hicimos el amor a plena luz, con todas las lámparas encendidas, disfrutando de nuestros cuerpos, dando rienda suelta al placer como dos personas completamente enamoradas: con deseo, con cariño, envueltos en sudor y mirándonos el uno al otro.

No había nada que me excitase más que Javi diciéndome «Te quiero» mientras hacíamos el amor. Cerraba los ojos cuando lo hacía, para notar la vibración de su voz rasgada pronunciando esas palabras. Aquello me llevaba de forma irrevocable a una increíble sensación de placer, donde mis terminaciones nerviosas bailaban al compás de nuestros cuerpos y toda mi piel se erizaba.

Dimos la casa por inaugurada durmiendo abrazados, pudiendo comprobar, de primera mano, que la almohada estaba tan dura como los brazos de Javi.

14
OPACAROFILIA

Amor o pasión por los atardeceres.

Cuando me desperté, Javi ya se había marchado a trabajar. Me levanté hecha polvo; tenía el cuello contracturado porque había pasado toda la noche junto a Javi y su pecho y aquella almohada que parecía una roca. Además, lo de la terraza en la habitación era una pasada, pero no tenía persianas y la luz se colaba por todas partes desde primera hora de la mañana.

«Vamos a ver, hay que ser positiva», me dije, porque ya veía que no me había despertado todo lo bien que deseaba el primer día.

Fui al baño con la idea de darme una ducha y el suelo estaba encharcado. Javi solía darse unas duchas muy largas y al final siempre acababa salpicando. Era una pequeña manía que ya tenía en mi casa, pero normalmente no me molestaba tanto como aquella mañana en la que me había despertado con el pie izquierdo y el cuello torcido. Tardé media hora en encontrar una fregona y, cuando subí con ella, el suelo ya se había secado. Maldije a la fregona en arameo.

Bajé a prepararme el desayuno y, por suerte, me encontré con un pósit en forma de nota al lado de la cafetera: «Espero que hayas dormido bien, pequeña. Cuando me he despertado, te he mirado un ratito y estabas preciosa. Por la tarde pasaré por casa para ver si necesitas algo. Llámame con cualquier cosa. Te quiero».

La nota me hizo mucha ilusión y me cambió el humor. Me reí, imaginando a Javi como Edward Cullen en *Crepúsculo*, mirando a Bella cuando dormía. Aquella situación, que siempre me había parecido algo perturbadora, en aquel momento me pareció muy tierna. Además, a la vista del fabuloso bronceado que Javi tenía permanente durante todo el año, podía afirmar con seguridad que él no era un vampiro.

Después de desayunar, recoger, colocar mi ropa en los armarios y dar un paseo por el huerto, tenía todo el día por delante en aquella casa. Las paredes, tan blancas, empezaron a robarme espacio vital, echándose encima de mí. Solo había una cosa que podía hacer para cambiar mi estado de ánimo del todo: coger la moto e ir a la playa más cercana.

En solo unos minutos me planté en cala Xarraca, un sitio precioso con agua transparente. Y, aunque no era la playa que tenía en mente para tumbarme al sol porque era de grandes piedras y arena gruesa (lo que Laux llamaba «arena de parque»), podría darme la paz mental que necesitaba en ese momento. Estuve un buen rato leyendo. Cuando el sol ya me estaba torrando del todo, me dirigí al chiringuito que había en la playa para tomarme un tinto de verano.

«Esto empieza a mejorar», me dije.

Supongo que unos cambios tan bruscos en la vida necesitan de una adaptación y yo estaba en las primeras horas de ese proceso. Además, había pasado de soñar más despierta que dormida en Madrid a vivir mi sueño en Ibiza, así que brindé mentalmente conmigo misma por ello en aquel magnífico chiringuito y sus preciosas vistas.

De repente, al dar el primer trago, me atraganté con esa especie de superpoder que tengo para ahogarme al beber. Da igual que sea agua, vino o cerveza: el setenta por ciento de las veces que le doy mi primer trago a una bebida se me va «por el otro lado», como diría mi madre, y empiezo a toser como si fuera a salírseme el corazón por la boca. Llega un momento en el que siempre me hago el mismo reproche: «¿Con la edad que tengo y todavía no he aprendido a beber...?». La respuesta estaba clara. La tos hizo que me tirara el vaso por encima, manchándome por completo, mientras parecía que me hubiese añusgado con los panchitos que me habían puesto de aperitivo.

Al instante vino a socorrerme un camarero más que amable y me trajo otro tinto de verano. Tampoco pasaba nada, solo llevaba un bikini rosa claro y un vestido rollo *hippy* de color blanco que ahora estaba teñido de rojo.

Me volví a la toalla, temiendo que me picase un cangrejo, que me mordiese un tiburón o incluso que me cayese un rayo en aquella mañana soleada y sin nubes. Con el día que llevaba, era lo mínimo que me podía pasar.

Decidí que tenía que relajarme y empezar a disfrutar de verdad de la isla, sin echar de menos las cosas cosmopolitas como el wifi, las persianas o las almohadas cómodas. Me quité las cangrejeras con brillibrilli que llevaba y comencé a andar libre, descalza, como la abuela de Javi. Quería sentir de nuevo la consabida sensación de libertad que se tiene cuando vas descalza por la playa, pero no había elegido el mejor lugar para ello, ya que las piedras no estaban pulidas del todo por la erosión del mar y dejaron las plantas de mis pies muy doloridas. Me senté en una piedra y observé que estaban llenos de pequeñas heridas que escocían con la sal. Era increíble cómo me manejaba con tacones de doce centímetros, y, tras un rato andando descalza, tenía los pies hechos polvo. Además, había estado decenas de veces en Ibiza y parecía una principiante torpe que no termina de acompasarse al ritmo de la isla. Era como si yo estuviera tocando en re menor y la isla estuviera en fa sostenido, y esto lo digo sin tener ni idea de notas musicales.

A duras penas llegué al chiringuito de nuevo, andando como si el suelo fuese lava. Elegí una mesa junto al mar y, antes de pedir la comida, fui al baño, cuando me vino la regla por sorpresa. ¿Qué más podía salir mal?

Me senté en una mesa con la idea de reconciliarme con la isla y comerme la paella con la que llevaba soñando todo el invierno: esa primera paella del año que te hace darte cuenta de que ya estás en verano. Pero no pude pedirla porque el mínimo era para dos personas.

Después de comer una ensalada de la casa volví a la mía, la de Javi, con ganas de verle y descansar un poco. Estaba a punto de entrar en la ducha cuando me llegó un mensaje suyo.

Javi Ibiza.

¿Cómo va todo, pequeña?
Por aquí con muchísimo lío.

Bien.

¿Te pasa algo? ¿Está todo bien?

Sí, sí, no pasa nada.

Te noto rara... Luego me cuentas.
Quería decirte que no puedo ir
ahora, pero me he pedido
la noche libre para que no
duermas sola hoy.
¿Te parece?

¡Sí! Por favor.

Luego nos vemos, anda.
Prepara las esposas para
esta noche.

Jajajaja, vale.

Con lo que estaba sangrando por la regla, no me apetecía siquiera bromear con las esposas. Por un momento me desinflé, dándome cuenta de que tendría que pasar también la tarde sola. Estaba a punto de darme una ducha para quitarme la arena de la playa cuando oí ruidos en la zona del huerto. El sol estaba en lo alto y a plena luz del día no me daba miedo que fuesen lobos, aunque, con la racha que llevaba, no me hubiera extrañado que fuese un oso... o un dinosaurio.

—*Uep! Com anam?*

Miré a la abuela de Javi con cierta extrañeza, ya que no sabía lo que me había preguntado. Intuí que sería un «¿Cómo estás?». Salí del paso como pude.

—¡Hola, doña Catalina! ¿Cómo está?

—Niña, no me hables de usted, que me pones años encima.

—Disculpe... Perdón, disculpa. ¿Puedo llamarte «doña Catalina»?

—O Catalina a secas, como te sientas más cómoda. ¿A ti te importa que te llame «niña»?

—En absoluto. Cuido mucho a la niña que llevo dentro. Al menos lo intento...

—Pues te has dejado los pies fuera —respondió, siguiendo con su tarea.

—¿Cómo? —pregunté, sin saber muy bien a qué se refería.

—Digo que cuidas mucho a la niña que llevas dentro, pero que los pies se te han olvidado... Los tienes llenos de heridas.

Me miré los pies. Iba descalza (al haber salido tan rápido del baño) y vi que me había hecho unas buenas heridas por las piedras de la playa. La abuela Catalina también iba descalza, pero sus pies estaban impolutos.

—¿Cómo haces para andar sin zapatos y que no te duelan? —le pregunté.

—Llevo casi toda la vida descalza... ¡Lo difícil para mí sería llevar tacones!

La frase, que podría parecer superficial, me caló muy hondo. Pensé que era totalmente lo contrario de lo que me pasaba a mí y temí que mis pies, acostumbrados a los tacones, y yo no encajáramos en la isla. Me puse triste y creo que doña Catalina lo notó.

—Tengo un ungüento muy bueno para eso. Mándame luego al niño a mi casa y que lo recoja para ti.

—Muchas gracias. ¿Haces tú misma el ungüento?

—*Que n'ets, de poma!** Lo compro en la farmacia.

En aquel momento no supe lo que significaba esa expresión, pero, por la sonrisa con la que me la dijo, me imaginé que sería algo bueno.

—Muchas gracias. Se lo digo en cuanto llegue.

Justo cuando iba a meterme en casa, Catalina volvió a llamar mi atención.

—Niña, tus pies se adaptarán a la tierra y acabarás siendo de la isla, como el gato. Al final, todo encaja si tiene que encajar. Date tiempo, que Roma no se hizo en un día.

Aquella frase retumbó en mi cabeza como un mantra que debía repetirme a diario. Era un encanto de mujer que en cierto modo me recordaba a mi padre cuando empleaba esos refranes para cerrar las conversaciones.

—¿Me enseñarás a hablar ibicenco? —le pregunté, agradecida.

—Lo aprenderás tú.

Doña Catalina no solo utilizaba refranes, sino que además hablaba con la misma serenidad con la que lo hacía mi padre. Supongo que la sabiduría muchas veces es cuestión de edad. Mi padre siempre me repetía un proverbio que rezaba: «El sabio siempre quiere saber; el ignorante siempre quiere enseñar». Ella no quería enseñarme nada: quería que yo lo aprendiese. Sonreí ante aquel recuerdo de mi padre, que siempre se esmeró en hacer aquello conmigo para que fuese yo la que aprendiese en la vida, incluso a base de cometer errores.

Tenía razón. Al final, todo sería cuestión de tiempo. Lo que me preocupaba era que necesitase más del que disponía para estar allí.

Miré la hora y pensé que pronto atardecería y que, con suerte, podría ver una bonita puesta de sol, pues el cielo estaba despejado. Cogí la moto y me dirigí a la cala de Portinatx. Eché en la mochila lo imprescindible: crema solar, un libro, mi Polaroid, una libreta que siempre llevaba para apuntar cosas, un boli, el

---

* Expresión mallorquina que significa, literalmente «Eres una manzana». Se utiliza para referirse a alguien que es muy inocente.

174

móvil y un minicepillo para el pelo. Ya sabéis que soy una mujer que no se caracteriza por ir ligera de equipaje por la vida.

Llegué sobre las ocho y media y el sol todavía no había caído. De hecho, parecía que aún faltaba mucho. Al estar en julio, pensaba que atardecería sobre las nueve, pero sin duda había calculado mal la hora. Me senté a leer tranquilamente en una piedra, levantando la cabeza de vez en cuando para ver cómo el sol iba camino de bañarse en el mar. Corría una ligera brisa, pero se estaba muy a gusto. A las nueve y media, el sol todavía no estaba oculto del todo. Y allí, sin más que hacer que estar centrada en disfrutar del espectáculo que se presentaba ante mí, me fijé con precisión en la hora en que se estaba ocultando por completo. Nunca había sido consciente de ello. Había disfrutado de otros atardeceres, pero nunca había observado uno de esa manera, paso a paso. Minuto a minuto. En aquel momento, fui consciente de todo lo que ocurre desde que el sol aparece temprano en el cielo hasta que se oculta en el ocaso. Centenares de personas se conocerán, otras se enamorarán y otras sufrirán. Todas a la vez, pero en lugares distintos. Y todas veremos el mismo atardecer y, con suerte, nos sacará una sonrisa.

Miré la hora exacta en la que el sol se puso aquella noche: las 21:49. Hice una foto con la Polaroid y se me ocurrió apuntar en ella la fecha y la hora de aquel atardecer. Era un poco raro, pero me dio mucha paz. También saqué mi libreta y escribí en ella: «2 de julio, 21:49». Guardé mis cosas en la mochila y volví a casa, feliz de sentir que empezaba a conectar con la isla, de ser consciente del lento paso del tiempo y de la importancia de aprovecharlo.

Cuando Javi llegó, ya de noche, le conté todo lo que me había pasado aquel día que, pese a haber comenzado un poco torcido, como mi cuello, había mejorado en su recta final.

Entre sus brazos, y sin venir a cuento, justo cuando nos estábamos riendo por un mensaje que Laux me había escrito y que le estaba contando, empecé a ponerme nerviosa. De pronto, aparentemente sin razón, al margen de los encontronazos que había tenido por la mañana, me puse nerviosa al nivel que parecía que por mis venas estaban corriendo ambulancias en vez de sangre, con sus sirenas y todo. Mi cuerpo se puso en alerta, comenzaron a temblarme las manos y me quedé blanca (más todavía). Una terrible sensación de vacío recorrió mi cuerpo. Javi lo notó al instante.

—¿Qué te pasa, cariño? —me preguntó.

Y me eché a llorar desconsoladamente, sin más motivo que toda la tensión acumulada por el viaje y el día de mierda que había tenido. Lejos de decirme que estaba loca o de menospreciar aquellos sentimientos, me abrazó y me acarició el pelo. Sollocé durante unos minutos. Enseguida se me pasó: solo necesitaba soltar toda la tensión acumulada que, en forma de estrés, había aparecido cuando mejor me encontraba. Javi me ofreció un pequeño desahogo y me reconfortó muchísimo, entendiendo la situación sin hacer preguntas incómodas. Solo dejándome llorar.

—Cada veintiocho días, más o menos, lloro un poco. Bueno, la verdad es que a veces cada semana, sin más —le dije, sonándome los mocos e intentando quitar hierro al asunto.

—Está bien llorar. A mí me gustaría ser capaz. Hace muchísimos años que no lloro. Cuando me pongo muy muy triste, se me pone un nudo en el cuello horrible: me duele y no deja ni pasar el aire por la garganta. Pero las lágrimas no salen y lo paso fatal.

—Yo los nudos del pelo me los desenredo con el cepillo y los de la garganta, llorando.

—Qué bonita metáfora, cariño.

—¿Cuándo fue la última vez que lloraste?

—Cuando se murió mi abuelo, pero yo era un crío —contestó rápidamente—. No he llorado desde entonces.

Mis motivos para llorar no eran por nada concreto en ese momento, sino por un cúmulo de pequeños dramas. La ansiedad, el estrés y la tensión acumulada afloran cuando menos te lo esperas y no siempre lo hacen en los momentos de mayor tensión, porque ahí tu cuerpo está al doscientos por cien para salir del atolladero. Cuando te relajas y bajas la guardia es el momento en el que todo pasa factura. Hay veces que lloras y no sabes por qué, pero llorar nunca sobra.

Esa noche le conté también lo que me había ocurrido en los pies y Javi fue a casa de su abuela a por el ungüento en cuanto se lo dije.

—Si me voy un momento, ¿estarás bien? —me miró con desconfianza.

Normal que me mirase así ya que, en pleno disgusto, se me había escapado un sonido de cerdito por la nariz y tras ello solté una carcajada. Del lloro a la risa en cuestión de segundos.

—Sí, sí. Esto que me ha pasado es una cosa que yo llamo «risanto». La risa con el llanto.

Se rio y se marchó, diciéndome que me quedase quietecita en el sofá y con los pies en alto.

Cuando volvió, traía la pomada y una sonrisa en la boca.

—Mi abuela te llama «la niña». Ja, ja, ja. Que sepas que solo utiliza «niña» y «niño» para la familia... No te molesta, ¿no?

Me pareció muy bonito que ambos se preocuparan tanto de que me sintiese bien con ello.

—En absoluto. Mi casera siempre se dirigía a mí como «niña» y mi padre alguna vez también, aunque él era más de «señorita» —dije con cierta nostalgia.

—Pues ponte aquí, mi niña, que te eche el ungüento de la yaya Catalina.

Dios mío, este hombre estaba loco. ¿Pretendía tocarme los pies? Es algo que aborrezco. Me recorre un escalofrío por la espalda solo de pensarlo. Ni siquiera soy capaz de usar sandalias de dedo porque no soporto llevar algo que me los roce. Joder, pero, por otro lado, qué bonito que me hubiese llamado «mi niña»... Sí, sí, muy bonito todo, pero lo de los pies ni de coña lo podía aceptar.

—Deja, no te preocupes, yo me lo echo.

—No seas tonta. Túmbate y ponme los pies aquí. Ya verás cómo te relajas.

A ver, solo hay una cosa peor que el hecho de que me toquen los pies: tocarle los pies a otra persona. Del uno al diez, lo primero es un diez, pero lo segundo es algo intolerable. De lo malo malo, no me estaba pidiendo que le tocase los pies. Le miré a los ojos y él me estaba observando con dulzura. Pensé que si él tuviese una herida en los pies, se la curaría y entonces supe que sentía algo más fuerte de lo que pensaba.

Me dejé llevar. No solo me puso el ungüento, sino que me dio un masaje que borró de un plumazo el día de mierda que había tenido. Cada movimiento de sus enormes manos por mis diminutos pies me provocaba un latigazo en cada una de mis terminaciones nerviosas, como pequeños orgasmos seguidos. Sonreí, sintiéndome un poco como la Cenicienta, con uno de mis pies entre sus manos (solo que yo, después del masaje, me puse unas sandalias en vez de un zapatito de cristal).

—Todos tenemos un sitio aquí, cariño. Te ayudaré a que encuentres el tuyo —me dijo, entrelazando sus manos con las mías.

Esperé, sinceramente, que fuese verdad.

15
Luscofusco

*Momento del día en el que se dibujan en
el horizonte los colores de la puesta de sol.*

Los días comenzaron a pasar lentos, como el ritmo de la isla. Así
viví mis primeros cinco días y mi primer fin de semana. Aunque
todavía no terminaba de encontrar mi sitio ni la postura en la
cama con aquella almohada, sí que hice mía la rutina de salir
cada tarde a fotografiar los atardeceres apuntando la hora en la
libreta, porque, por extraño que pareciese, me reconfortaba.

Al contrario que a Javi, a mí me gustaban las redes sociales.
En aquellas semanas me acompañaron más de lo habitual. Me
hacían mantener el contacto con todas las personas de las que
me separaba un mar entero y, de esa forma, me sentía más cerca.

Me gustaba cuidar mi intimidad, por lo que tenía, por un
lado, mis redes personales privadas en Facebook e Instagram,
con mis amigos más cercanos, aunque con un nombre que no
era real y que solo conocían ellos. Me gustaba hacerlo así, cuidando siempre mi privacidad, y de esa forma solo podían encontrarme aquellos a quienes yo permitía que me buscasen. Por
otro lado, además tenía otros perfiles públicos que hacía ya
tiempo que me había creado, no solo en las redes anteriores,
sino también en Twitter, con otro seudónimo.

En este último perfil me reía mucho escribiendo greguerías en ciento cuarenta caracteres, que luego capturaba en formato foto y compartía en mis perfiles anónimos de Instagram y Facebook junto a algunos vídeos y memes. En esa época en Instagram, todo el mundo publicaba fotografías artísticas teñidas con aquel filtro que se llamaba «Valencia», capaz de convertir un día nublado en uno soleado en medio segundo, dotando además a la foto de un aspecto nostálgico. A menudo, esas imágenes artísticas se entremezclaban con fotos de pies en la playa con el texto «Aquí, sufriendo» como título. Mientras tanto, yo me dedicaba a compartir imágenes de mis tuits. Ciertamente, *a priori*, era un poco raro, pero fue como una especie de golpe de aire fresco en aquel caluroso verano tanto para mí, que escribía, como para quien me leía y se reía conmigo.

Casi todos los días, acompañada de mi móvil y mi Polaroid, salía de casa a última hora para ver el atardecer. Repetí algunas calas, las que más me gustaban, coleccioné momentos y guardé cada una de las fotos, apuntando meticulosamente en ellas y en mi libreta la fecha y la hora exacta a la que el sol se ocultaba. A mediados de julio, revisando mi cuadernito, pude percibir que anochecía seis minutos antes que cuando llegué. Mi colección de atardeceres iba en aumento y mi libreta, que llevaba la cuenta de las horas, me ofrecía de manera involuntaria la rapidez con la que pasaba el tiempo.

—¿Qué has estado haciendo hoy? —me preguntó una noche Javi.

Pensé en lo que había hecho para hacerle un resumen, pero mi mente se quedó bloqueada en una sola imagen. De entre todas las cosas que ocuparon mi día, casi por inercia, solo pude recordar una en detalle.

—Contando atardeceres —contesté con rotundidad.

—¿Es que había muchos? —me preguntó con sorna.

—Ja, ja, ja. Uno al día, ni más ni menos. Los estoy coleccionando.

—¿Coleccionando?

Asentí y me levanté ilusionada en busca de mi libreta. Le mostré las fotos que llevaba hechas en aquellas dos semanas con todas las horas apuntadas.

—¡Qué bonito queda! —dijo Javi sorprendido.

Me sentí orgullosa de mi recién estrenada pasión, que no hacía sino aumentar cada día y que me ayudaba a conectar un poquito más con mi nuevo hogar. Y es que, a pesar de estar muy bien con Javi, él siempre estaba muy ocupado, bien porque se marchaba muy temprano a entrenar, bien porque estaba trabajando o estudiando para sacarse el título de patrón de barco. También seguía saliendo con el kayak y a veces quedaba en el barco de un amigo para preparar la parte práctica de su examen de patrón. Estaba en continuo movimiento y no paraba de hacer cosas en las que muchas veces no había espacio para mí, pero yo no quería entorpecer el ritmo que llevaba antes de conocernos. Un ritmo que le llevó a salir de la isla y que ahora empezaba a repetir, lo cual tampoco me cuadraba. En cualquier caso, todo estaba bien. Aquel verano, mientras él continuaba con sus rutinas y ejercicios, el único deporte con el que yo tuve relación, al margen de mis caminatas para ver los mejores atardeceres de la isla, fue a través de las Olimpiadas en la tele.

Cuando Javi se quedaba dormido en el sofá, fruto del agotamiento, solía aprovechar para escribir a las chicas e irles dando el parte de cómo iban las cosas. Estar al día de los vaivenes en la vida de cada una me hacía sentir cerca de ellas y un poquito menos sola.

Dramachat
Laux., Lucía azafata., Sara., Tú

¿Cómo va todo por ahí, chicas?

Laux.
Perra, ¿cómo vas túúúúú?
¿Te ha salido ya bigote?

Normalmente, cuando tomo el sol, y por mucha crema de protección que me eche, me sale una mancha encima del labio. Laura siempre se mofa de ello. Me miré al espejo: el bigote empezaba a asomar. Maravilloso detalle para terminar el día.

Cómo lo sabes...
Tengo un poco de bigote ya...
Pero también tengo las piernas
morenitas, al menos...

Laux.
¿Lo demás bien?

Sí...

Lucía azafata.
Uhhhh, eso no suena nada bien.

No, está todo bien, es que
me está costando adaptarme
a la isla más de lo que pensaba.

Sara.
No es lo mismo que ir de
vacaciones, ¿verdad?

Tal cual. Además,
me siento un poco sola
porque Javi está fuera
casi todo el día.

Laux.
Pues díselo, gordi,
que luego será peor.

Es que no quiero agobiarle.
Seguro que es cuestión de tiempo.

Sara.
Jo, ¡os echamos de menos!
Ahora estamos desperdigadas por
toda España: Asturias, Ibiza,
Madrid...

Lucía azafata.
Joder, ya ves. Como para encontrar
un sitio intermedio!

¿Qué tal con el chico de
tu cita de ayer, @Laux?

Laux.
Buaaaah, fiascazo total.
Besaba como un perro bebiendo
agua de un cubo.

Jajajajaja, vaya comparación...

Laux.
Sí, sí, pero es que era tal cual...

Lucía azafata.
Seguro que era géminis

Sara.
Pues a mí me encanta cuando
mis perros me lamen la cara.

¡Por favor! Que alguien diga otra
cosa, rápido, para que no suelte
un chiste sobre el último
comentario de Sara.

Laux.
Jajajaja... Se ha quedado
buena noche, ¿no?

Lucía azafata.
Para Sara desde luego...

Jajajajajaja.

Sara.
Cómo sois...

¡Os quiero, amigaaaas!

Tener a mis amigas al otro lado del teléfono me reconfortaba, pero ya empezaba a echarlas de menos. Después de la conversación, y siguiendo el consejo de Laux, me atreví a comentarle a Javi cómo me sentía. Lo hice de una manera suave y sutil porque tampoco quería que se viera presionado. Aunque de primeras no prestó mucho interés, algo sí le debió de calar, porque al día siguiente apareció por casa a media mañana con unas flores y una sonrisa.

—¡Se acabó el trabajo y el entrenamiento por unos días! Tú y yo vamos a disfrutar de la isla como se merece.

—¿Como se lo merece la isla o como me lo merezco yo?

—Como os lo merecéis las dos.

Empezaba a pensar que «la isla» era una señora a la que todos nos dirigíamos con mucho respeto, con la que había que conectar de manera especial en un universo paralelo. Y que, además, tenía un gato negro.

Javi continuó hablando:

—Es hora de que os hagáis amigas de verdad. Ponte un bañador y unas zapatillas.

Con lo de las zapatillas me asustó, puesto que pensaba que me iba a hacer un *tour* de, por lo menos, veinte kilómetros por calas llenas de piedras para lucirse mostrándome su isla. Pero no, no pensaba en lucirse como guía turístico ni buscaba enseñarme la Ibiza escondida y secreta: solo quería que estuviese cómoda. Me llevó a la cala Comta, una preciosa playa de arena fina y blanca, aguas transparentes y calentitas y un maravilloso chiringuito en la parte de arriba. No, Javi no quería impresionarme, solo estar conmigo y que yo estuviese bien. Sin duda, lo consiguió.

Pasamos la mañana tranquilos. Javi me hizo unas fotos increíbles de espaldas en aquella preciosa cala con el mar de fondo, con las que poder dar envidia a mis amigas. También nos hicimos mil fotos de los dos juntos, que era justo lo que más necesitaba. Eso y comerme una buena paella. Desde que había llegado a la isla, Javi siempre había estado atareado a la hora de comer, fuera de casa, o no se habían dado las circunstancias, por lo que, como no servían raciones individuales, todavía no había podido probarla. Así que cuando llegamos al chiringuito no hubo dudas:

—¿Qué te apetece? —preguntó Javi.

—Paella del *senyoret*. No quiero ni pelar las gambas —respondí al segundo con total clarividencia.

—Ja, ja, ja. Veo que lo tienes claro. ¿Algún entrante?

—¿Una tapita de paella?

—Vale. No preguntaré por la bebida.

—Mejor...

Nos comimos una de las paellas más ricas que había probado en mi vida, y no solo por su sabor. La «señora Ibiza», por fin, me empezaba a caer bien.

Justo después de comer, mientras hacíamos la digestión como dos niños responsables, una chica pasó entre las toallas con una maletita llena de anillos, pulseras y tobilleras. Me enamoré de una pulsera marrón con detalles azules y dos cascabeles. En cuanto Javi notó que me hacía especial ilusión, se la compró y me la regaló. Me la puso en la muñeca y nos miramos a los ojos.

—Gracias —le dije con cariño.

—No, gracias a ti por estar aquí —respondió él con sinceridad—. Eres tú la que estás haciendo el sacrificio.

—Bueno, mira dónde estamos... Sacrificio, sacrificio, tampoco... —bromeé.

—Sabes de sobra a lo que me refiero.

Javi se acercó a mí y nos besamos. Esa pulsera era lo más bonito que tenía en ese momento: me recordaría a Javi y aquella sensación para siempre. Aquel día disfruté con él no solo del «quién», sino también del «dónde». Y es que la vida está llena de pequeños rincones preciosos. Nuestros corazones también.

Cuando el sol llegó al ocaso, disfrutamos de otro atardecer juntos, como aquel en cala Benirrás, cuando nos besamos por primera vez no hacía tanto tiempo. Saqué de la mochila la cámara y la libreta. Hice la foto al cielo y apunté la hora exacta.

—Y ahora vamos a comprarte una almohada, de camino a un restaurante de lujo donde vamos a cenar las mejores croquetas de la isla junto con una botella de vino.

—Joder, Javi. Me encanta el plan, pero la prioridad es la almohada. Las croquetas me dan igual.

No sabéis lo que debía dolerme el cuello para decir semejante blasfemia sobre las croquetas.

—Ja, ja, ja. Vale, entendido.

Pues sí, ya me conocía bastante por los meses que llevábamos juntos. Sabía que me despertaba de mal humor por las mañanas si no dormía bien y sabía que necesitaba esa almohada. Cuando me regaló en Navidades el libro de *La sombra del viento* lo hizo porque me había escuchado decir que me gustaba Carlos Ruiz Zafón. Hay personas que, cuando compran un regalo, piensan en lo que a ellos les gustaría que les regalasen. Pero hay otras, mucho más generosas, que, durante el tiempo en que piensan en tu regalo, se ponen en tu piel para acertar con lo que a ti te gusta, dedicándote ese tiempo como parte de él. En ambos casos hay una intención buena, ya que se trata de hacer un regalo, pero en la vida no todo se consigue solo con buenas intenciones.

Después de comprar la almohada, llegamos al restaurante. Era sencillamente espectacular. Estaba en un acantilado con vistas a una cala fabulosa, rodeado de vegetación y decorado con unas preciosas luces tenues, acompañando a un hilo musical muy suave y agradable que no impedía en absoluto mantener una conversación. Las mesas se distribuían en varios pisos a los que se accedía por una escalera integrada en la roca. La planta superior ofrecía unas espectaculares vistas, pero también había unas mesas y varios pufs colocados sobre la arena, de forma que casi parecía que podías tocar el mar con las manos. Era un sueño hecho realidad. Esperé ilusionada a ver qué mesa nos iban a asignar, sabiendo que, en el fondo, cualquiera cumpliría con mis expectativas. Javi conocía a los dueños y fueron superamables con nosotros, acertando de pleno con una mesa tranquila y un poco más separada del resto.

Esa noche había sesión de cine al aire libre en la playa, organizada por el restaurante. Era algo digno de ver, puesto que sentir el sonido de las olas de fondo mientras escuchas los diálogos de *El gran hotel Budapest* hacía de la cena una experiencia única. Miré el Instagram del restaurante para ver qué películas tenían programadas otras noches, pero llevaban tiempo sin subir ninguna publicación.

Los dueños, una pareja joven, aparecieron para saludar a Javi y se sentaron con nosotros a tomar unas copas cuando acabamos de cenar.

—Ferrer, ¿y qué tal va el curro? Este año parece que está la cosa tranquila...

—De incendios sí, pero no veas la que tenemos liada en la base. No quiero ni hablar de ello porque estoy hasta arriba. Me estoy ocupando de un tema importante y le echo más horas al curro que un reloj. ¿Qué tal vosotros?

—De gente superbién, ya lo ves, estamos hasta la bandera. Pero fatal, porque habíamos contratado a una chica para llevar todos los eventos de la temporada, lo del cine, todo el tema de relaciones públicas y las redes sociales..., pero nos ha dejado tirados en el último momento.

Javi me lanzó una mirada que entendí a la perfección. Sonreí como respuesta.

—Ella ha trabajado como relaciones públicas en Madrid y controla las redes.

Los dueños me miraron como si hubiesen encontrado un tesoro de repente o les hubiese tocado la lotería.

—¡No me digas! ¿Te gusta organizar eventos? Dime, por favor, que controlas Instagram...

—Claro, Instagram, Facebook y Twitter. Soy muy metódica y ordenada para llevarlo todo al día. Además, me encanta trabajar con gente. ¿Qué tipo de eventos celebráis aquí?

—Ahora, en verano, todo tipo de fiestas privadas y, por supuesto, comidas y cenas, además del cine y actuaciones en directo pequeñitas. Por la mañana también se imparten clases de yoga. Es un sitio magnífico para hacerlo, con el oleaje de fondo.

—En esa zona me imagino una pasarela de moda... En redes tendría mucho tirón —comenté.

—¡Qué buen ojo! Teníamos pensado que, si algún día organizábamos un desfile, sería un sitio perfecto —me dijo la dueña sonriendo.

—¿Te apetecería trabajar con nosotros?

Miré a Javi. En ese momento fue él quien me contestó con una sonrisa.

—Me encantaría.

—Nos salvas la vida. Alguien de confianza es justo lo que necesitamos —dijo ella.

—Espero estar a la altura —acerté a decir, un poco presionada ante la situación.

—Con lo que mides, eso será difícil —comentó Javi con sorna.

—Mira, ya tenemos monologuista cómico para la semana que viene —dije, contratacando rápidamente mientras todos reíamos.

—Ven mañana por la mañana, si te parece bien, sobre las once, y hablamos de las condiciones. Gracias, de verdad, gracias.

El dueño me dio la mano y la dueña dos besos, ambos muy felices de haberme conocido.

Esperaba estar a la altura, pero de verdad, porque eran amigos de Javi. Aunque tenía experiencia, se planteaba como un gran reto. Un reto que, por otro lado, iba a venirme muy bien, y estaba segura de que me iba a sacar de esa dinámica en la que había entrado sin querer desde que había llegado a la isla. Si todo iba bien, tendría mi tiempo mucho más ocupado.

La noche, sin duda, acabó de una manera soñada. No solo por las croquetas de roquefort, que estaban exquisitas, ni por mi nuevo trabajo, sino porque, además, tenía almohada nueva. Quizá estaba empezando a encontrar mi sitio en Ibiza.

Me coloqué mi pulsera nueva en la muñeca, cerré los ojos y sonreí. Nada más llegar a casa, quise contarles la novedad a mis amigas.

Dramachat
Laux., Lucía azafata., Sara., Tú

Amigaaas, he encontrado
un curro aquíííííí.

188

Sara.
¿Y eso? ¿Dónde?

> En un restaurante cuquísimo,
> de relaciones públicas y llevando
> las redes sociales.
> Me vendrá genial para practicar
> idiomas, porque aquí
> yo creo que solo hablamos
> español Javi y yo.

Lucía azafata.
Oleeeeee! Me encanta, rubi,
vas a recordar nuestros
viejos tiempos

Aquel mensaje de Lucía me hizo rememorar en segundos los años que pasamos juntas en la agencia de eventos. Ella, con veintiuno, me enseñó todo lo que sabía sobre este trabajo. Fue alguien imprescindible para mí en aquellos años. Le debía tanto...

Laux.
Qué guay, chiquiiiii.
Espero fotos de ese sitio cuqui
yaaaaaaa.

> ¿Vosotras qué tal?
> ¡Os echo mucho de menos!

Laux.
¡Deseando que vengas un finde
para quemar Madrid!

Yo también tenía ganas de quemar Madrid con Laux y con todas, pero de momento estaba allí con un bombero intentando prevenir incendios.

A la mañana siguiente cogí la moto y me presenté en el restaurante. Solucionamos rápidamente el contrato y me presentaron al resto del equipo. Encajé a la perfección desde el primer día: mis compañeros eran encantadores.

Tuve especial afinidad con Lúa, una camarera gallega amante de su lengua que comenzó a enseñarme sus palabras favoritas en cuanto vio que me interesaba aprenderlas.

—Mi palabra favorita en gallego es *morriña* —le dije, intentando ser amable.

—Ay, ¡como para no! Es que es preciosa.

—Leí una vez que tenéis casi cien palabras distintas para designar la lluvia —añadí, profundizando en el tema.

—Pocas me parecen —contestó mientras se reía y me guiñaba el ojo.

—Ja, ja, ja. Me encanta vuestra lengua, me encantaría aprenderla.

—Qué riquiña. Pues nada, ya te iré enseñando cosas. Hoy te dejo mi refrán favorito: «*Nunca choveu que non escampara*», que viene a ser «No hay mal que cien años dure».

—Pues como os enseñe yo palabras en ruso, nos vamos a liar —se unió Katia a la conversación, remarcando bastante la erre. No tanto como en las películas, pero sí haciendo honor al tópico.

—Yo encantada de aprender cualquier idioma, aunque me temo que el ruso será algo más complicado que el gallego.

—En el par de veranos que llevo aquí, solo he aprendido un concepto. Con eso te lo digo todo —intervino Michael, el cocinero.

—Ah, ¿sí? ¿Cuál es? —pregunté extrañada.

Katia le miró resoplando como si supiese lo que iba a decir.

—*Domashnie tapochki* —dijo con una entonación más propia del italiano que del ruso.

—No le hagas caso. Está loco —respondió Katia.

—¡Qué bonito! ¿Qué significa?

En ese momento se hizo un silencio. Michael empezó a reírse y todos comenzaron a mirarse con complicidad hasta que Katia respiró hondo con cara de pocos amigos.

—Significa «zapatillas de estar por casa».

Todos comenzaron a reírse, Katia incluida. Seguro que habría miles de expresiones más bonitas que aprender en ruso, pero yo ya había aprendido una. Katia continuó hablando:

—Es que un día, sin darme cuenta, vine de casa al trabajo con las zapatillas de estar por casa. Michael me vio y me dijo: «Katia, bonitos zapatos». Claro, me miré los pies y, cuando me di cuenta, grité: «*Domashnie tapochki*». Y ahora este señor me lo recuerda todos los días.

Volvieron a reírse de manera sana, comenzando por Katia.

—No te preocupes. Yo una vez me llevé al trabajo el mando de la tele en vez del móvil. Cuando me di cuenta, no sabía si llamar a mi amiga Laura o poner Antena 3 —añadí, haciendo mi aportación, mientras todos reían aún más.

—Son cosas de rubias —respondió Katia entre carcajadas.

Me encantaba el buen rollo que existía entre ellos. Presentía que era el lugar perfecto para mí en ese momento de mi estancia en la isla, tras no haber empezado con buen pie. Además, otra cosa no, pero idiomas seguro que iba a acabar aprendiendo, y eso era un valor añadido muy a tener en cuenta. Ibiza es una isla que recibe mucho turismo internacional, lo cual se nota en la maravillosa mezcla de gentes que hay trabajando por todas partes y en cómo se relacionan entre ellas de una manera sana.

En cuanto a mi trabajo con las redes sociales, iba a consistir en dotarlas de contenido y en que nunca faltase una foto bonita que publicar del restaurante, de nuestros platos o de los eventos semanales, todo ello aderezado con un texto atractivo que las acompañase. Por suerte, tenía algo de ocurrencia innata para dotar a esas fotos de una vida especial, con creatividades que la gente aceptó de buen grado. Por lo tanto, me sentía como pez en el agua. Escribía los textos en inglés y en español. A veces, con la ayuda de Katia, también en ruso. Todo eso hizo que la página comenzara a aumentar su número de seguidores en muy poco tiempo, lo suficiente como para que empezara a valorarse mi trabajo.

Aquel verano coincidió con la llegada de las *stories* a Instagram y pronto me familiaricé con ellas. Empecé a subir fotos en tiempo real, muchas de ellas de los atardeceres que, siguiendo con mi rutina, fotografiaba cada tarde en la isla. Casi sin quererlo, las fotos empezaron a compartirse y a hacerse un poco virales. De hecho, muchas personas seguían el perfil del restaurante esperando ver cómo sería la puesta de sol que cada tarde les trasladaba a ese punto de Ibiza. Daba igual el lugar del mundo donde se encontrasen: aquellas fotos transmitían una paz que por mensaje privado siempre me agradecían, como si de algo terapéutico se tratase. Gente anónima compartía la misma pasión que yo estaba desarrollando.

Un jueves por la tarde, después de llevar un par de semanas trabajando, tuve la suerte de contemplar un ocaso excepcional a unos kilómetros del restaurante. El cielo estaba teñido de un rojo intenso, en un degradado precioso donde la noche empezaba a hacerse notar. A la mañana siguiente se lo mostré a Lúa, bastante emocionada con mi hallazgo.

—¡Precioso *luscofusco*! —dijo nada más ver la foto.

—¿Qué significa? ¿Atardecer? —pregunté, imaginándolo por contexto.

—Más o menos. Es el color del que se tiñe el horizonte entre el atardecer y la noche.

—Entonces sería arrebol.

—¡Fíjate, esa no la conocía yo!

—Empate a uno —respondí en clave de humor mientras ella, sonriendo, preparaba una de las mesas para el turno de comidas.

Lúa, cuyo nombre ahora sé que significa «Luna», era una mujer excepcional, como el atardecer que le mostré. Intensa, trabajadora y, sobre todo, una gran compañera.

—¡Toma, vamos a brindar! —dijo de repente, trayendo dos vasos de chupito con una crema de orujo.

—¿Y eso?

—Hay que celebrar.

—¿Qué celebramos? —le pregunté a Lúa, extrañada.

—Todo. Celebramos todo lo que queramos.

Y qué razón tenía. ¿Por qué elegir un motivo solo cuando podíamos celebrarlos todos?

16
Léeme despacio, que tengo prisa

Leer es viajar a través de tus recuerdos.

Las semanas siguientes fueron calmadas, dentro de la vorágine que implicaba formar parte de un restaurante de moda en una zona caliente de turismo en plena temporada alta. Mientras el resto del mundo a nuestro alrededor estaba de vacaciones, nosotros dos trabajábamos mucho. Javi mucho más de lo que quería admitir. A menudo me decía, con la boca pequeña, que iba a llegar pronto a casa, pero solía hacerlo de noche, a última hora, ya que cuando acababa su turno se quedaba con un tema importante que le habían asignado y que le tenía absorto.

Su trabajo le gustaba mucho. Siempre tuvo el tacto de no contarme nada demasiado escabroso, nada que me hiciera sufrir o estar preocupada de más mientras él estaba fuera. Aunque un día se saltó esa regla:

—Hoy he tenido que hacer algo que te espantaría.

—¿Tocarle los pies a alguien?

—Ja, ja, ja. No. Algo que te pondría aún más histérica. Hemos tenido que intervenir porque había un panal de abejas en mitad de la calle.

Javi sabe que, cuando veo a una avispa o una abeja, me pongo extremadamente nerviosa. Mi primera reacción es gritar: no lo puedo evitar, es algo innato, como responder rápido para defenderme cuando siento que me atacan. Me supera. Javi siempre se mofa de mí y me dice que debería tranquilizarme, pero os puedo asegurar que para mí eso es imposible.

—Me muero. ¿Y qué hacéis en esos casos? Porque me imagino que matarlas no es una opción...

—Nunca. Las abejas son especies protegidas, niña. Lo que hacemos es, primero, acordonar la zona para evitar daños tanto a ellas como a personas y mascotas que puedan pasar por allí, porque en ese momento las abejas se vuelven muy beligerantes para protegerse.

—Me muero. —Solo acertaba a decir eso, fruto del interés y la tensión que me generaba la anécdota de Javi.

—Ja, ja, ja. Que no pasa nada. Además, vamos con equipos de protección. Lo que hacemos es localizar a la reina y la ponemos en una cajita. Entonces el resto de las abejas la siguen y, cuando están todas juntas, las llevamos a un lugar seguro.

Me empecé a rascar por todas partes. Javi era un valiente.

—Siento haber llegado tarde —dijo cambiando el tono—. Entre eso y el plan de prevención de incendios...

Javi era consciente de que pasaba bastante tiempo fuera de casa, y supongo que de algún modo quería justificarse. Yo lo entendía. Por suerte, tenía un trabajo que me dejaba poco tiempo libre, pero se estaba empezando a crear una cierta tensión recurrente y un desánimo entre nosotros en el que casi empezábamos a ser dos extraños. Habíamos pasado de tener todo el tiempo del mundo para los dos en Madrid a organizar los huecos libres en una agenda para vernos en Ibiza. Una tensión que se rompía sexualmente, por el bien de los dos, aunque empezaba a no ser suficiente.

Conseguí organizarme para que aquellos días en los que solo tenía que dedicarme a las redes pudiera hacerlo desde cualquier punto de la isla, de forma que no abandoné aquella inercia aprendida de buscar playas y atardeceres nuevos montada en mi querida moto. También aprovechaba para leer en nuestro cuidado jardín y charlaba con la abuela de Javi muy a menudo, más en algunas ocasiones que con su propio nieto.

—¿Qué lees? Tienes el libro hecho polvo. Parece que te hayas peleado con él —me preguntó un día por sorpresa doña Catalina mientras leía en una hamaca del jardín.

—*Nada*.

—Entonces tienes el libro abierto, pero es para que te entre sueño, ¿no? —respondió con la ironía que la caracterizaba algunas veces.

A mí, que me encantaba la manera sutil que tenía de ponerme a prueba, como quien se hace la tonta y no se entera de nada, se me escapó una sonrisa por la confusión.

—¡Perdón, perdón! Me refería a que estoy leyendo *Nada*, de Carmen Laforet.

—Ahhh, muy buena elección. Tienes buen gusto con los libros.

—Eso me decía mi padre —recordé con nostalgia.

—Si quieres, cuando te lo acabes, podemos hacer un cambio. Tengo muchos libros en casa, aunque apenas leo porque ya me falla la vista. El niño dice que me quiere comprar una tableta de esas, para leer con las letras más grandes, pero no sé si me apañaré.

De nuevo doña Catalina me recordó a mi padre con su poco apego a las nuevas tecnologías.

—¡Seguro que sí! Se lo recordaré para que la compremos.

—Me voy a tejer un rato. Que vaya bien, niña.

En ese momento, mientras la abuela Catalina salía del jardín en dirección a su casa, me di cuenta de un detalle en el que no había caído unos minutos antes. Me regañé por ser tan torpe y me levanté rápido de la hamaca. Salí corriendo hasta que llegué a su altura.

—Doña Catalina, ¿le importa que la acompañe?

—No me importa, pero te vas a aburrir conmigo, niña.

—Qué va... Además, se me ha ocurrido una idea. Estaba pensando que, mientras usted teje, puedo leerle algunos capítulos del libro que quiera. Así no tiene que forzar la vista y yo leo algo nuevo.

—Bueno... Pero tienes que dejar de hablarme de usted, que tampoco nos llevamos tanta edad.

Sonreí con cariño. Era tremenda. Una pedazo de mujer inteligente y amable, aunque con un punto de ironía. Soberbia. Parca en palabras, pero siempre agradable y dispuesta a conversar.

Cuando llegamos a su casa me dijo que ella solía tejer «a la fresca», en un patio interior que presidía una hermosa higuera que daba una abundante sombra.

—Mira, estoy tejiendo una bufanda para Javi. ¿Te gusta? —dijo mientras me enseñaba una preciosa bufanda de lana marrón mezclada con colores tierra, naranja y teja que había combinado con mucho gusto.

—Pero Catalina, ¡que estamos en pleno verano! —respondí en broma.

—Ya lo sé, pero es que solo sé tejer bufandas. Cuando termine esta, te haré una a ti.

Asentí sonriendo en señal de agradecimiento. Sin decir nada más, cogió una silla de madera perfectamente barnizada a pesar del tiempo que tenía, y se sentó a la sombra de la higuera con una pequeña botella de agua y un cestito con ovillos de lana de diferentes colores.

La miré enternecida por la situación. Una estampa preciosa de lo que era vivir en paz con una misma, algo que resulta difícil de ver hoy en día. Supongo que esta relajación llega con la edad, pero es admirable reconocerla de manera tan clara en una persona que, lejos de pensar en si hacer una bufanda en verano era lo propio, hacía lo que quería en cada momento.

—Catalina, ¿qué quiere que le lea? —dije, sacándola del trance mecánico en el que se había imbuido mientras tejía.

—Ah, sí... Mira, hay un libro ahí, en la repisa de la ventana. Está marcada la página por donde voy.

—Vale.

Me acerqué a la ventana y descubrí un libro viejo, con una cubierta deslucida que bien podría tener decenas de años. *Aromas del pasado*, de María Teresa Sesé. No conocía a la autora, pero el libro era una primera edición que databa de 1954. Era una escritora coetánea a Carmen Laforet.

—Es literatura romántica de la época o eso decía la gente...
De después de la guerra.

Sonreí por la ternura que me entrañaba que aquella mujer de
más de ochenta años se aferrara a sus gustos, los cuales seguramente le trajeran la nostalgia de los recuerdos de otra época,
dejando entrever en sus palabras que en esos libros había mucho
más. Entendí a la perfección que era justo el mismo sentimiento
que cuando yo escuchaba alguna canción de La Oreja de Van
Gogh y me traía de vuelta a Nacho o a Lauri, mis dos grandes
amores de la adolescencia. Todo ello salvando las distancias ge-
neracionales y una posguerra de por medio.

Tenía una pequeña cintita que marcaba la última página leí-
da. Me entristecí mucho al ver que era la página cinco.

—No he podido avanzar mucho, ¿verdad? —dijo de repente, con un tono melancólico que me llegó al alma.

—Bueno, pues ahora vamos a darle un arreón.

Cogí el libro y me senté junto a ella en un banquito hecho
en piedra que rodeaba la higuera.

—¿Quieres que empecemos desde el principio?

Catalina asintió mientras seguía con su bufanda.

Abrí la primera página y al instante respiré un olor tan reco-
nocible que un escalofrío me recorrió el cuerpo. Era un aroma
del pasado, como el propio título de la novela, que me traía de
nuevo a mi padre y a una situación que ya había vivido. El recuerdo de cómo, sentado en su sillón, me pedía que leyese algún libro porque no encontraba las gafas. Una excusa perfecta
para conseguir que practicara y, casi sin querer, cultivara mi
pasión por la lectura. Un olor a libro antiguo que era el aroma
de mi padre y su recuerdo. Catalina me recordaba tanto a él que
me hacía sentir que era parte de ella. Respiré profundamente
para guardar esa primera sensación en mis pulmones y ella lo
notó.

—¿Sabes por qué huelen bien los libros antiguos?

Negué con la cabeza, interesada.

—Es por la lignina.

—¿Y eso qué es?

—Pues una sustancia natural que está en las plantas. Cuando se descompone, desprende ese olor. Es prima hermana de la vainilla.

En una sola frase, aquella buena mujer me había traído el recuerdo de dos personas muy importantes para mí. Cerré los ojos y tomé aire, recreándome en la imagen de mi padre y en la de mi mejor amiga de la adolescencia, Lauri, y su olor a vainilla.

Aquella tarde estuve un par de horas leyendo para ella. No cambió el gesto durante ese tiempo. Solo paró para beber de vez en cuando, pero en el fondo sé que disfrutaba muchísimo porque sus ojos brillaban.

Por la noche le dije a Javi que adoraba a su abuela.

—¡No es para menos! —me dijo—. ¿Has visto cómo tiene la cabeza? Está perfecta para su edad.

«Y el corazón», pensé.

—Sin duda, está bastante más lúcida que tú.

—Bueno, niña, eso es sencillo.

—Desde luego —dije tácitamente mientras nos abrazábamos en el sofá al compás de las risas.

—¿Qué tal en el restaurante? —preguntó Javi, interesado.

—Pues bien, me estoy organizando bastante bien para hacerlo todo. Esta semana he cerrado la actuación de una chica que versiona canciones. Tiene una voz preciosa.

—Iremos a cenar, ¿no?

—He reservado una mesa para nosotros. Aunque igual tengo que estar pendiente antes y después del evento.

—No pasa nada, diré que soy el novio de la relaciones del local —dijo en tono de broma mientras sonreía—. Y con los compañeros, ¿bien?

—Increíble. La verdad es que se nota el cariño que se tienen. Por mi experiencia, la gente suele estar quemada.

—¿Y tú?

—¿Yo qué?

—¿Estás quemada?

Se hizo un silencio tras la pregunta, un poco incómoda.

—¿Por qué lo preguntas?

—Ayer me mentiste —dijo un tanto serio.

—¿Yo?

—Te pregunté qué mirabas en el móvil con tanto interés y me dijiste que era un mensaje de Laux, pero era una notificación de áticos en alquiler en Madrid.

Miré a Javi un tanto sorprendida. No porque hubiera visto la notificación (al fin y al cabo, recordé que se iluminó en la pantalla, a su lado), sino porque me sentí rara. Era como si el hecho de que echase de menos Madrid fuese algo malo.

—Bueno, las tengo siempre activadas porque me gusta ver áticos. También las tengo en esta zona y no es que quiera alquilar un piso —dije relajando la conversación.

—Yo tengo muchísimo lío en la base ahora, no puedo ni siquiera plantear la opción de marcharme ni de pedir un traslado. El hecho de que hayas encontrado este trabajo me ayuda muchísimo —replicó Javi, casi sin escucharme, como cuando alguien quiere lanzar su mensaje por encima de todo y dejarlo claro. Como si no le importara lo que había dicho hacía escasos diez segundos.

—Está bien, pero ¿crees que podrás pedir de nuevo el traslado? Ya sabemos que no es una cosa que vaya precisamente rápida. Mira la última vez... —dije con tranquilidad.

—Bueno, rubia, dejemos que fluya. Lo vamos viendo.

Aquella frase en su boca sonó todavía con mayor parsimonia. Casi como a cámara lenta. Me sentó un poco mal, a decir verdad. En este caso, no era cuestión de fluir. Vinimos a la isla con una premisa clara, y yo necesitaba tener una fecha en el horizonte.

Le miré sin decir nada. No quería discutir, pero intuí en aquella frase que Javi me estaba pidiendo más tiempo allí del que teníamos pensado, ya que ni siquiera había comenzado a buscar esa permuta que habíamos pactado con la idea de volvernos. Por supuesto, quise ser razonable: todavía no llevábamos mucho tiempo en la isla, así que consideré que no era el momento de remarcar que solo estábamos ahí con la idea de encontrar otra permuta y volver a Madrid. Javi debió intuirlo en mi cara y quiso relajar la tensión.

—No nos agobiemos, ¿vale? En unas semanas la buscaré, te lo prometo.

Ya sabéis lo que dice el refrán: «Quien mucho promete, mucho olvida».

17
Javi

No es dónde, es con quién.

Nunca se me habría pasado por la cabeza que iba a escuchar a la rubia chapurrear algunas palabras en ruso. Y cuando digo «chapurrear» me refiero a ser capaz de saludar, dar las gracias e incluso llegar a decir: «Un momento, por favor, enseguida viene una compañera». Pero oye, algo era; desde luego, más que llamar Ivanoski a Iván, como hacía su amiga Laura.

Me alegré muchísimo de que aquella noche decidiésemos cenar en el restaurante de Carol y Nico. Siendo un poco egoísta, sentía que ella no terminaba de encontrar su sitio en la isla, mientras que yo había vuelto a la rutina más rápido de lo que hubiese deseado. Sin embargo, una vez dentro de la vorágine que suponía mi trabajo, me estaba siendo imposible salir de la dinámica en la que había entrado. Así que, tras aquella preciosa casualidad, no pude evitar pensar que la elección de aquel restaurante, aquella noche en concreto, había sido algún tipo de señal a la misma altura que aquella en la que nos reencontramos en Madrid.

Estábamos en temporada altísima en la isla, y para un restaurante así era imprescindible tener visibilidad en «internet» (como yo llamaba a las redes sociales) y, sobre todo, una buena oferta de eventos que dinamizaran las noches. Y en eso ella era la mejor.

En cuestión de semanas consiguió que pasasen de tres mil a más de cuarenta mil seguidores en Instagram. Aprovechaba cualquier momento para dar a conocer el espacio.

Un sábado por la noche fue a cenar una cantante mexicana muy famosa. Yo la verdad es que no la conocía, pero todo el mundo estaba revolucionado. No he entendido nunca muy bien esa especie de expectación que genera en la gente alguien que hace su trabajo, que en este caso es el de cantar. Siempre pienso en otras profesiones menos agradecidas que pasan sin pena ni gloria. Supongo que funciona así: hay quienes cantan y entretienen al mundo, mientras otros hacen que funcione.

Esa noche, una niña, que debía ser una gran fan por lo nerviosa que estaba, se levantó y le pidió una foto con ella. La rubia, siempre muy atenta, rápidamente caló la acción de la cría y se propuso como fotógrafa oficial del restaurante con el fin de hacerles la foto a ambas, todo ello con vistas, y, por supuesto, destreza, de que no solo salieran muy guapas las dos, sino de, además, mostrar el precioso restaurante en el que estaban. Cuando la famosa cantante mexicana revisó la foto se vio muy favorecida, momento en que la rubia, muy hábil, aprovechó para pedirle si podía subirla a las redes del restaurante y etiquetarla. El resto de la historia se cuenta sola. Nuestra cantante aceptó la etiqueta y subió incluso la foto a sus *stories* mencionando el restaurante, haciendo un comentario sobre el trato exquisito, las vistas y el encanto del lugar. Logró que ese mes no tuvieran que invertir ni un euro en márquetin. Salieron en todas las guías turísticas y en los mejores perfiles de redes sociales, recomendando el restaurante como el «elegido» por la famosa cantante mexicana.

Eso atrajo también a muchos otros perfiles de famosos que se pasean cada verano por la isla, quienes, por supuesto, contactaban con ella a través de las redes sociales para reservar las mejores mesas.

De todo este proceso, que viví de primera mano, una de las cosas que más me gustaba de la niña es que nunca se dejó llevar por aquel mundo de la farándula, como yo lo llamaba. Pese a codearse, en algunos casos de manera directa, con personas famosas (futbolistas, cantantes, actores y *celebrities* de todo tipo), nunca perdió la perspectiva de su trabajo ni de cuál era su relación con ellos. Creo que debió rechazar una decena de fiestas privadas en yates, algún cumpleaños en ciertas mansiones de la isla y una vuelta al mundo en velero.

A pesar de todo, siempre me dijo que para ella los vips no eran solo los famosos, sino todas las personas que llamaban intentando reservar una mesa para celebrar, por ejemplo, un aniversario especial con su pareja, sin saber que, una vez entrado el verano, la lista de espera aumentaba de forma exponencial. Siempre intentó agradar a todos y siempre consiguió montar una mesa más para esa pareja anónima que quería celebrar un aniversario o una pedida especial. Llegaba a casa emocionada:

—¿Te acuerdas de que esta mañana te dije que una pareja de abuelitos estaba celebrando su cincuenta aniversario?

—Sí, claro. He visto las fotos en Instagram —le respondí, también emocionado.

—¿Tú, en Instagram?

A decir verdad, dada mi poca afición a las redes sociales, no sonaba muy convincente.

—Ha sido un momento de enajenación mental transitoria. No volverá a pasar.

—Vale, vale. Me habías asustado —dijo, continuando con la broma—. Pues esta noche vienen su nieto y su pareja a celebrar una pedida. Se lo he organizado para que sea en el mismo día.

—¿Y había hueco?

—No, pero he hablado con una chica que es la mujer de un jugador de fútbol muy muy famoso... No me sale ahora el nombre, pero es más maja... No le ha importado cederles la mesa y venir otro día.

Seguro que os estaréis preguntando quién era esa mujer y el jugador de fútbol, ¿verdad?

Por otro lado, mi trabajo, desde que volví, estaba siendo agotador. Me habían puesto al mando del equipo de prevención de incendios forestales del plan de defensa del Govern. Para mí era todo un reto, ya que tener la oportunidad de analizar los riesgos de un incendio forestal y prevenirlos era todavía más satisfactorio a nivel personal que extinguirlos. Elaborar el plan me estaba llevando mucho tiempo, pero era una oportunidad profesional.

Esto me trajo grandes dolores de cabeza, ya que, por un lado, estaba encantado con esta nueva faceta que estaba desarrollando a nivel personal, pero, por otro, me sentía culpable por no estar disfrutando de la isla y de la compañía de la rubia.

Recuerdo la primera noche en la que lo noté. Salí de la habitación que utilizaba como despacho después de revisar los turnos programados para el día siguiente. Me asomé al salón y allí estaba ella, en el sofá, con los pies encima de la mesita de centro y con el móvil en la mano. Últimamente pasaba mucho tiempo con él y estaba claro que no era culpa de su nuevo trabajo ni suya.

Me miró y me sonrió, pero en sus ojos pude percibir una abierta tristeza. Esa que se ancla dentro y no se expresa con lágrimas, sino con decepción. Ahí está la diferencia. Me acerqué y me senté junto a ella. Hablamos de mi abuela y de sus primeros días en el restaurante. Le pregunté si todo estaba bien y ella hizo lo que tenía que hacer: preguntarme si estaba ya buscando la nueva permuta que nos permitiera seguir con la idea inicial de volver a Madrid.

Siendo sincero, ni siquiera se me había pasado por la mente desde nuestra llegada. Hasta arriba de trabajo, lo último que tenía en la cabeza era buscar a otro compañero con el que ponerme de acuerdo, por no hablar de la oportunidad profesional que se me había presentado. Le dije que no nos agobiásemos, que en unas semanas me pondría con ello y que dejara fluir las cosas, pues ella estaba bien en su nueva faceta.

Decirle aquello fue lo primero que se me ocurrió para ganar algo de tiempo, pero no por ser lo primero fue menos cruel.

Después de aquella conversación me sentí en la obligación de mejorar su vida conmigo (no ya con la isla, con la que parecía ir conectando definitivamente a través de sus atardeceres, mi abuela y sus nuevos compañeros), sino con los detalles que habíamos perdido y que tanto nos unieron en Madrid. Al recordar esos momentos en la capital me di cuenta de que en muchos de ellos estaban sus amigas. Si quería que recuperara esa chispa que siempre desprendían sus ojos desde que la conocí, tenía que volver a recuperar no solo el tiempo entre nosotros, sino algo de tiempo con ellas.

Al día siguiente, llamé a Iván.

—Oye, ¿qué pasa? Se me ha ocurrido una idea.

—¿Una sola? —bromeó Iván.

—De momento, sí. ¿Por?

—No, por nada. Pensaba que era un concurso de obviedades y solo quería ratificarlo.

—Ah, vale... Que estás con una de esas bromas que ya tienes planificada. No sé qué pasa, pero tengo la sensación de que por las noches estudias para monologuista.

—¿Tú también lo has notado?

—Iván... —dije, poniéndome serio por acabar con ese arranque de conversación que, si fuera por él, podría eternizarse durante horas—. ¿Qué te parece si conseguimos que Laura y las amigas de la rubia vengan a Ibiza este verano?

—Es como si me hubieses leído la mente: me parece la hostia. Ayer mismo se lo insinué a Laura. Me puso un audio por la noche a las cuatro de la mañana y me dijo algo de vernos, pero no la entendí muy bien, la verdad.

—Ja, ja, ja. Me encanta para ti, sois tal para cual. Eso sí, con el volumen que os gastáis, vuestros hijos serán sordos.

—Pues esa es la cosa, que somos tal para cual y por eso cada uno está en su casa...

—¿Qué quieres decir con eso?

—Pues quiero decir que a mí Laura me encanta. Aparte de que está buena, algo que es obvio, es una persona excelente. Pero, como ya te dije, ella tiene su vida allí y yo la mía aquí. Y eso es algo que vosotros quizá no hayáis identificado.

Joder, vaya golpe bajo me acababa de dar. Pero quería pensar que no tenía razón, y digo «quería pensar» porque no quería aseverar algo que ni yo mismo sabía con seguridad.

—Venga, déjate de rollos y dime: ¿puedes llamar a Laura e intentar organizar un viaje sorpresa? ¿Tienes alguna villa para ellas?

—Bueno, pues depende de la fecha, pero lo puedo mirar, claro. Algo habrá.

—Venga, ponte con ello y me dices, anda. *Adéu!*

—*Adéu!*

En cuestión de una semana, todo estaba organizado por parte de Iván: había conseguido que Laura, Sara y Lucía buscasen días por debajo de las piedras y coincidieran para venir a Ibiza a finales de agosto. Iván les proporcionaría el alquiler en una villa y le daríamos una sorpresa a la niña que le devolvería el brillo en los ojos, el cual se estaba extinguiendo por momentos. No dejaba de ser otro plan de prevención de incendios que ponía en marcha, pero esa vez en mi relación. Para ello, me encargué de atar bien los cabos.

—¿Me has cogido la mesa del fondo para esta noche, hermosa? —le pregunté a la rubia, a quien le había pedido el «favor».

—Sí, tienes una reserva para seis en la mesa del fondo. Pero ¿no teníais otro sitio a donde ir tus compañeros y tú? Me dijiste que, normalmente, la gente de la isla no viene en verano a este tipo de restaurantes.

—Ya, pero en la isla no hay mejor restaurante que el vuestro ni mejor relaciones públicas al mando. —Le di un beso y me fui.

Aquel día recogí a las tres en el aeropuerto y las llevé a la villa de Iván, en cala Vadella. La coincidencia de nuevo, en forma de señal, había hecho, junto a la providencia, que volvieran a estar en el mismo lugar donde hacía ya casi un año nos conocimos. Mientras esperaba, recibí un mensaje de Laura:

Viaje sorpresa
Iván, Laux, Lucía, Sara, Tú

Laux
¡Estamos salidas!

Lucía
Eso es, Laux, sin anestesia!

Iván
Jajajajajajaja.

Laux
Jajajajajajajaja.
Quería decir que estamos
EN salidas.

Jajajajaja.
Aquí estoy.

Cuando aparecieron por la puerta de salidas de la terminal supe que había sido una grandísima idea. Las tres aparecieron rebosantes de energía, cada una a su estilo y con un número diferente de maletas. Laux llevaba unas cuatro, mientras que Sara, por el contrario, llegaba con una pequeña mochila y una bolsa de mano. Estoy seguro de que no habría nada que le hiciese más feliz a la rubia que verlas en ese momento apareciendo como si de tres *celebrities* se tratase.

De camino al coche, Laux no paraba de hablar y de recordar la vez que nos conocimos en la isla. Se emocionaba con todo. El aeropuerto, el *buggy*, el camino de vuelta...

—Buaaah, vais a aluciflipar las dos con la villa a la que vamos. Es en la que estuvimos el año pasado cuando el vuelo se retrasó. Es *too much* —dijo Laura, exaltada.

Iba conmigo de copiloto girando la cabeza como un búho para dirigirse a Sara y Lucía sin parar, a las que yo miraba a través del retrovisor y veía algo saturadas por la información y energía desbordante de su amiga.

—La zona es tranquila, pero hay bastantes restaurantes. Si

venís con ganas de marcha, está todo muy bien comunicado —les comenté.

—Chiquiiiii, ¿cómo que si venimos con ganas de marcha? Hemos venido a darte curro este verano: ¡vamos a quemar la isla! —Laura soltó la frase, rompió a reír estrepitosamente y empezó a bailar de cintura para arriba, subiendo el volumen de la radio a tope.

Cuando llegamos, Iván nos estaba esperando en la puerta de la villa.

—¡Ivanoski! —gritó Laura mientras los dos se abalanzaban el uno sobre el otro, dándose un morreo de esos que generan unas miradas inquietas e incómodas entre los demás mientras dura.

Cuando terminaron, Iván procedió a enseñar la casa a Lucía y a Sara mientras Laux hacía las veces de anfitriona.

—He estado en hoteles de lujo, pero esta villa no tiene nada que envidiar a ninguno de ellos. Si tuviese que ponerle un comentario, creo que sería de cuatro estrellas por lo menos —dijo Lucía haciendo honor a su formación como periodista turística en la que había trabajado durante años.

—Fiuuuu, Lucía, cuatro estrellas, ¡estás que lo tiras! Nunca te había oído decir algo tan positivo así, de gratis —le dijo Laura.

—Ja, ja, ja. Luci, te tenemos muy calada. ¿Qué pasa para que estés tan positiva? ¿Te estás ablandando porque vamos a ver a la rubia? —preguntó Sara.

—Joder, sois unas hijas de perra. Si os digo que vais hechas unos zorros, me venís con el cuento ese de que soy una sincericida de mierda, y si le digo algo agradable al muchacho que nos ha conseguido esta villa me decís que soy una blanda. ¡Iros a tomar por culo!

Todos nos reímos, fruto de la adrenalina que derrochábamos, emocionados con una sorpresa que a todas luces iba a ser épica. Me sentí bien por haber conseguido traer a las chicas, viendo cómo aquel ambiente, lleno de energía positiva y risas, seguro que me daba un tiempo crucial para mí y nos permitía recuperarnos a los dos como pareja.

—Si os parece, descansamos un ratito y a las ocho venimos a recogeros para ir al restaurante —dije mientras las tres iban de habitación en habitación, emocionadas con la casa.

—Sí, sí. No te preocupes. Nos vamos a torrar en la piscina hasta las siete y media —respondió Laux.

Iván y yo volvimos al trabajo. De camino, llamé a la rubia para ver si se había marchado ya a trabajar y que todo cuadrara según estaba previsto.

Cuando los cinco llegamos al restaurante, puedo decir que he visto muy pocas cosas tan emotivas como aquel reencuentro. En cuanto la niña, entre todo el barullo y con la lista de invitados en la mano, se percató de que cuatro de sus seis vips de la noche eran sus amigas y ella, la emoción que hubo solo podía compararse con la explosión de color de cada uno de los atardeceres que la habían mantenido conectada al mundo durante esos meses tan duros. Soltó la lista y corrió a abrazarlas, saltando de alegría en mitad del restaurante, al son de ese grito de guerra que las hacía únicas: «Amigaaaaaaaaas».

Iván y yo completamos los otros dos asientos reservados en aquella preciosa mesa y, por supuesto, había gestionado con Carol y Nico que ella tuviese no solo aquella noche libre, sino también los tres días siguientes para disfrutar de completa libertad y un primer fin de semana disponible para ellas.

Cuando terminó el risanto y todo volvió a la calma, me miró con el brillo que había perdido meses antes. Con la misma fuerza que la hacía invencible.

—¿Tú eres el culpable de todo esto? —me preguntó mientras me abrazaba tan fuerte que podía sentir su respiración en mi nuca.

Tragué saliva, porque, efectivamente, yo era el culpable de todo esto, no solo de que estuviese lejos de sus amigas, sino de nosotros mismos. Sentí que por fin lo estaba arreglando.

18
¿Qué podría salir mal?

Si algo puede salir mal, también puede salir bien.

Con la llegada a la isla de Lucía, Sara y Laux aquel viernes de agosto, no me hubiese extrañado que mi foto hubiese salido junto a la definición de «felicidad» en el diccionario de la RAE. Las tres perras del infierno habían juntado Roma con Santiago para venir a visitarme, acumulando todos los días de vacaciones posibles que tenían hasta final de año. De hecho, Sara y Laux habían pedido los días libres de Navidades para estar más tiempo. Y lo más increíble: ¡habían sido capaces de guardar el secreto! Incluso Pol había sido capaz cuando, el día anterior, hizo oídos sordos a mi comentario de que estaba bien, aunque no podía evitar extrañarlos.

Solo faltaba mi madre en la isla para completar aquellos días de plena felicidad con mis amigas, pero estaba segura de que pronto Javi empezaría a buscar una nueva permuta. Pensar eso me reconfortaba, ya que pronto volvería a estar con ella. Desde que me marché a Ibiza, hablábamos casi todos los días, manteniendo la misma rutina que tenía con mi padre cuando me fui de casa. Mi madre era una apasionada de las flores y las plantas y, al compartir con Javi y su abuela ese mundo maravilloso al que nunca me había acercado ni por asomo, muchas veces también charlaba con ella cuando estábamos en el huerto. En esa época aún no estaban tan de moda las videollamadas, así que lo que hacíamos era enviarnos fotos acompañadas de un audio que, la mayoría de las veces, superaba los dos minutos. A mi madre le encantaba escuchar la voz de Catalina y viceversa. Supongo que algún recuerdo le traería de mi padre, de la misma forma que lo hacía conmigo. Le transmitiría la misma paz escucharle hablar de su higuera como que mi madre le hablara de sus petunias y sus gatos. Era un tempo tan lento que los audios se volvían eternos. Una mañana le envié una foto de uno de los girasoles que teníamos plantados cerca de la casa.

—¿Sabes que los girasoles son hiperacumuladores? —me preguntó.

—Ni idea de lo que es eso...

—Esto me lo contó tu padre, que ya sabes que de estas cosas sabía mucho. Me dijo que tienen la capacidad de absorber radiaciones. Por eso se plantan cerca de las centrales nucleares.

—¡Qué majos! Ya decía yo que me encantaban estas plantitas, mamá, son tan monas...

—Igual ese que tienes ahí te ha ayudado. Te noto más alegre que hace unos meses.

—Igual me ha absorbido el mal rollo, ¿no? —le dije, mientras se reía al otro lado del teléfono.

En el fondo, mi madre tenía razón, pero ni yo sabía si era por los girasoles, por mi nuevo trabajo, por los atardeceres o por la llegada de mis amigas a la isla. Me daba igual: el caso era que mi estado de ánimo había cambiado y yo lo agradecía.

Aquella cena con las chicas en el restaurante es uno de los recuerdos más inolvidables de mi vida. Nos reímos tanto que le robamos el aire a las mesas de al lado para llenar nuestros pulmones. Javi había sido el artífice de mi felicidad y sentí en su mirada que volvía a ser el mismo al que conocí meses antes en Madrid, despreocupado, ligero de presiones. Estuvimos cenando durante cuatro horas. No quisimos levantarnos de la mesa ni ir a otro sitio para no romper la magia. Queríamos agarrar ese recuerdo y estirarlo al máximo, con postre, café, chupito y copa final.

Cuando nos marchábamos, Nico, el dueño del restaurante, me comentó que podía cogerme el fin de semana libre para disfrutar de unos días con ellas a tiempo completo. Se lo agradecí a él y, por supuesto, a Javi. Así que, sin necesidad de pensar en el trabajo al día siguiente, fuimos a la villa de Iván para terminar la noche y yo, por supuesto, me quedé a dormir en la casa. Como si fuésemos unas quinceañeras, nos juntamos las cuatro en una de las habitaciones.

—Parecemos las de *Grease* aquella noche en la que Frenchy le hace un pendiente en la oreja a Sandy —dijo Lucía.

En ese momento, Laux hizo el amago de cantar la canción de *Grease*, pero desafinó y cambió la letra por su famoso «ti ti ti ti ti».

—Oye, Laux, ¿fue en esta villa en la que follaste con Iván por primera vez? —le preguntó Sara con cierta curiosidad.

—Uhhhh, amiga, ¡qué fresca te has vuelto, hablando de folleteo tan alegremente!

Es increíble la facilidad que tiene Laux para soltar lo primero que se le pasa por la cabeza sin tener una especie de filtro que la detenga.

—Pues sí, aquí follamos, justo en la cama en la que estás ahora mismo tumbada —continuó para sorpresa de Sara, que se levantó dando un salto digno de un puma.

—No seas así, Sara... Habrán lavado las sábanas, digo yo... —dijo Laura, muerta de la risa—. Piensa que en el baño también he meado y...

—Vale, vale... Me hago una idea —le interrumpió Sara antes de que Laux siguiera soltando su lengua.

—¿Cómo llevas el libro, Lucía? —pregunté con la idea de cambiar de tema.

—Pues estoy un poco atrancada. Cuando Laura me dijo lo de venir a Ibiza, pensé que quizá era justo lo que necesitaba para que me volviesen las musas. Me he traído el portátil, por si la isla me inspira.

Laura se recostó en la cama y posó como ella consideraba que debía hacerlo una musa, muy al estilo de Goya. Era como *La maja desnuda*, pero en pijama.

—¿Así estoy bien?

—Laura, que Lucía es escritora, no pintora.

—¡Pues que me dedique un poema, entonces!

Todas nos descojonamos. Laux estaba desatada esa noche. Como siempre. Por mi parte, seguí preguntándoles con la idea de ponerme al día en la vida de cada una de ellas. Llevábamos tiempo sin vernos y, aunque nos escribíamos por el chat, tenerlas cara a cara me daba una información directa de cómo estaban emocionalmente.

—Sara, ¿qué tal con Marcelo?

—Superbién, no te puedo decir otra cosa. Mira que al principio tenía mis dudas, pero la verdad es que estos últimos meses no nos hemos separado y hemos hablado incluso de irnos juntos a una casa más grande.

—Nos ha jodido. Necesitará otra habitación para sus rotuladores y una mesa más grande para colorear. Es que estar saliendo con el rey de los mandalas... Tiene huevos —se mofó Lucía.

—Pues deberías probar a colorear mandalas, en serio. Es muy relajante y te vendría bien con toda esa caca que tienes dentro.

Lucía miró a Sara sorprendida mientras Laux y yo no podíamos parar de reír.

—Ha dicho «caca», ¿verdad? —nos preguntó Lucía mientras Sara se partía de la risa.

—¿Y tú en el curro? —le pregunté a Laux para seguir con la ronda de actualizaciones de estado.

—De lujo. Curro un huevo, pero me lo paso genial. Me encanta trabajar con mis compañeras: son todas un amor. Además, como estáis todas enchochadas o a kilómetros de distancia, salgo mazo con ellas.

—Y la chorboagenda, ¿cómo va? —pregunté con intención.

—Pues aumenta, pero sin nada que me llene. Así que *carpe diem* a tope, tías. Hay que vivir la vida y aprovechar el momento —respondió, mascando chicle—. Eso sí, no os voy a negar que venir a ver a Ivanoski me hace especial ilusión. Cuando le he visto, he sentido... cosas.

Todas nos quedamos en silencio, mirándonos las unas a las otras.

—Uhhhh... Cosas... Yo no digo nada, pero ahí veo amor... ¿Qué signo es? —preguntó Lucía.

—¿Cuál es el que folla mejor de todo el horóscopo? —dijo Laura, con más intención aún.

—Los escorpio.

—Pues es escorpio con ascendente escorpio —afirmó, soltando una carcajada.

Nada había cambiado entre nosotras, a pesar del tiempo sin vernos. La verdadera amistad es mantener intacta la complicidad pese a la distancia.

—¡Qué pulsera tan bonita llevas, rubia! —comentó Sara con los ojos puestos en mi muñeca.

—Me la regaló Javi. Es preciosa, ¿verdad? —dije—. Esta es de una chica que las vendía por la playa, pero hay cucadas así en los mercadillos. Tenemos que ir para comprarnos cositas.

—Sí, y no tiene pinta de ponerse verde con el agua del mar —respondió, recordando el anillo que nos compramos la primera vez que viajamos juntas a la isla.

—¿Qué tal con él, rubia? —añadió Lucía.

—Pues muy bien. La casa es preciosa, tiene un huertito y un jardín, he conocido a su abuela, que es un amor...

—¿Pero...? —dijo, de repente, Sara.

—¿Por qué crees que hay un «pero»? —le contesté extrañada.

—Pues porque te ha preguntado por Javi y nos has hablado de la casa y de su abuela —respondió Lucía con vehemencia—. Ya nos comentaste al principio que vivir en Ibiza no es lo mismo que venir de vacaciones...

—Bueno... Pero es una maravilla de isla, ya lo vais a ver. Y con Javi bien, ya sabéis cómo es: cariñoso, atento, cocina de diez...

—¡Y seguro que folla de once! —dijo Laux interrumpiéndome.

Todas se troncharon y yo forcé la risa, esta vez agradeciendo que me hubiese cortado. De no ser por su broma, quizá hubiese acabado hablando sobre la pequeña mella que arrastraba desde hacía algún tiempo sobre Javi, lo sola que me sentía a veces y la sensación de que no estaba buscando una solución a la permuta, y no me apetecía sacar ese tema.

—Tía, Javi es muy buen tipo. Yo flipé cuando me llamó Ivanoski para proponerme que viniésemos por sorpresa. Está rotísimo por ti.

Laura no dice que alguien está «enamorado» de ti: dice que está «rotísimo». Esas maneras de hablar la hacen única, a veces, ininteligible para el resto de los mortales.

Al día siguiente, a las ocho en punto, Laura ya estaba despertándonos a todas con su agradable voz, tarareando alguna canción indescifrable con un estribillo que acababa siempre en *tonight*. Para mí no era una sorpresa, ya que lo había experimentado en primera persona en el viaje que hicimos juntas al conocernos, pero las demás sintieron un deseo incontenible de tirarla a la piscina.

—Aaaaamiiiigaaaaas, ¡¡hora de quemar la islaaaaa!!

—¿Quién coño es esta tía con el pelo rizado y con gafas que no para de gritar, joder? —dijo Lucía medio dormida.

Aquello era algo que ni Sara ni Lucía habían contemplado en su vida. Laura tiene miopía y lleva gafas, pero nunca se las pone para actos sociales ni para eventos fuera de casa. En esos casos, siempre utiliza lentillas. Además, su pelo natural es rizado, pero se lo alisa cada día. Si no la conoces bien, como yo, te puede sorprender su imagen a primera hora de la mañana con el pelazo de una leona y gafas de culo de vaso (aunque, por supuesto, divina y siempre Laux).

—¿Y ese volumen en el pelo? ¿Has metido los dedos en el enchufe? —le preguntó Sara.

—¡Mi pelazo natural, tía! Como tu ratatatatatata —dijo Laux como una ametralladora mientras atusaba el flequillo de Sara con un peine que tenía en la mano.

—Pero ¿esta tía de dónde saca esta puta energía por las mañanas? ¿Ha desayunado pilas Duracell o qué? —se quejó Lucía, frotándose los ojos.

—No sabéis la que os espera... —dije asumiendo la situación.

—Venga, vamos, que hay que tomarse un caféééééé con churritos y luego echar el churrito en el baño.

Incontrolable. Así era la definición de una persona como ella.

—El churro me da igual, pero como se tome un café esta tía, no va a haber quien la aguante —sentenció Lucía mientras huíamos del sueño con el primer *show* matutino de Laux.

A las once estábamos todas ya en un nuevo *beach club* en el que Laux había reservado una cama balinesa, según el riguroso *planning* que ella misma había establecido en un Excel, porque, lejos de dejar que yo pudiese organizar algo como anfitriona, ella ya había planeado incluso sus tiempos de intimidad con Iván. Aquel Excel que nos envió por *mail* a las tres se convirtió en la biblia para esos días. Cuando alguna de nosotras preguntaba qué era lo siguiente que íbamos a hacer, ella siempre respondía: «Lo pone en el Excel».

—A partir de la una podemos pedir cerveza: ya es una hora decente —nos dijo mientras extendía su toalla.

—¿Hasta eso lo tienes planificado, Laura? —le preguntó Lucía boquiabierta.

—Sí, pero tienes razón, podemos adelantarlas a las doce. ¡¡¡¡Chiquiiiiiii!!!! ¡Cuatro cervezuskis por aquí! Dos sin gluten, por favor. Venga, que aquí hace más calor que haciendo el amor debajo de un plástico.

Dimos gracias a que todavía no teníamos las cervezas, porque seguro que nos hubiesen salido por la nariz.

Y, así, los primeros días pasaron entre cervezas, calas, sol, discotecas, tintos de verano, chiringuitos, atardeceres y todos los eventos marcados en el plan que Laux había organizado. Una vez pasó el fin de semana, abandoné la villa y volví a casa con Javi para retomar de nuevo mi trabajo en el restaurante, a la vez que pasaba el mayor tiempo posible con ellas. No fue difícil, ya que alterné turnos de tarde y de mañana y, cuando era imposible porque tenía que estar en el restaurante, Carol me dejaba tenerlas cerquita, incluso montó una mesa especial para ellas. Un plan sin fisuras que alteraba el Excel de Laux, pero que les permitía disfrutar de la preciosa cala situada justo al lado del restaurante y, a la hora de cenar o comer, de una inigualable mesa reservada para ellas como si fueran auténticas «estrellas de la farándula», tal y como diría Javi.

También les hablé de mi afición por los atardeceres en la isla y les enseñé mis anotaciones. De primeras, Laux y Lucía pensaron que me había vuelto loca.

—Rubia, yo te quiero mucho, pero esto de apuntar las horas y los días lo hacen los presos en las cárceles —dijo Laux.

—Pues a mí me parece precioso —contestó Sara.

—Si bonito es, pero no me negarás que es raro... —respondió Lucía.

No les faltaba razón. En mi libreta había, por aquel entonces, cincuenta atardeceres con sus horas y minutos apuntados en sus correspondientes fotografías. A mí me parecía precioso.

—¿Qué plan tenemos para esta tarde? —pregunté.

—Está en el Excel —respondió Laura al segundo.

—A ver... Según esto, ir a cala... —Sara intentó descifrarlo en su móvil hasta que Laux no pudo evitar intervenir.

—Cena en cala Nova. En un restaurante que hay a pie de playa, precioso.

—Ahí no se aprecia el atardecer —comenté—. Hay que ir a la otra zona.

—¿Cómo que a la otra zona? —dijo Lucía.

—Sí, al oeste. ¿Os apetece hacer una ruta esta tarde y ya mañana vamos de calas, comidas y cenas? —insistí.

—¿Patearnos ahora una ruta? —resopló Laux.

—Sí, pero os prometo que os va a encantar.

Tras unos segundos meditando, Laura dijo:

—Vale. Que le den por culo al Excel. Vamos, nenas, a mover esas nalguitas —sentenció mientras hacía estiramientos en mitad de la habitación, ante la atenta mirada de las tres, que no dábamos crédito—. Eso sí, mañana descanso general, que además he quedado con Ivanoski.

Y así, de la nada, conseguí convencerlas para ir hacia un increíble espacio montañoso abierto al mar en un acantilado con unas vistas inigualables. Un lugar escondido donde el mar y el cielo se unen en la mirada, donde cuesta diferenciar si el atardecer es el final de un día o el principio de la noche. Cambiamos las toallas y las chanclas por las zapatillas de deporte y fuimos hasta aquel camino alejado del mundanal ruido. Nos desplazamos en el coche de Javi con las ventanillas abiertas y cantando a pleno pulmón «Qué bien» de Izal, que justo sonaba en la radio. Aparcamos en un pequeño espacio, desconocido para los turistas, que había encontrado después de haber estado muchas veces allí con la moto, e iniciamos una ruta que conocía bien, pues muchos de los atardeceres, quizá los más bonitos que estaban en mi libreta, habían sido inmortalizados desde allí.

Caminamos durante casi una hora a ritmo «ragatanga» por un sendero de difícil acceso, lleno de piedras y arbustos, y llegamos a un magnífico mirador. Las tres estaban exhaustas, pero sus caras al descubrir el lugar reflejaban que había merecido la ilusión, que no la pena. Aquel sitio solo era conocido por los oriundos de la isla y nos encontramos las cuatro solas, con el mar como telón de fondo y el cielo enmarcado por las rocas.

Casi sin quererlo, entraron en aquel espacio sintiendo una especie de síndrome de Stendhal, hasta tal punto que se quedaron en un silencio absoluto, conectando de manera directa con la isla como nunca antes lo habían hecho.

Estuvimos allí sentadas, mirando al frente, respirando la brisa del mar que llegaba hasta nosotras, aprovechando el tiempo para hablar con las miradas y tocarnos con las sonrisas. Sin decir ni una palabra, sin cobertura y sin necesitarla. Y entonces el ocaso comenzó a teñir el cielo y nos quedamos inmóviles hasta que saqué mi Polaroid para capturar mi atardecer cincuenta y uno. El más especial de todos, porque en él aparecíamos de espaldas mirando el *luscofusco* como siluetas perfectamente integradas con el paisaje y la roca, como los gatos de la isla a la que, a partir de aquel instante, pertenecimos para siempre.

En ese momento entendieron la pasión que había desarrollado por los atardeceres y no quisieron decir más al respecto. No era necesario. Solo nos abrazamos. Laura me hizo una foto de espaldas, sentada en aquella piedra, llevando una chaquetita de croché, unos *shorts* vaqueros y con el viento despeinando las ondas de mi largo pelo, contemplando aquella puesta de sol de color rosicler que permanecerá en nuestras retinas para siempre.

A la mañana siguiente, tal y como le prometimos a Laura, tocaba relax en una de las muchas calas que tenía marcadas para visitar. Yo seguía trabajando en el restaurante, pero con la suerte de poder hacerlo desde casi cualquier sitio. Solo necesitaba tener el móvil con batería y cobertura.

—¿Qué haces a la sombra, corder? —me preguntó Sara mientras se sentaba conmigo bajo la sombrilla. Me encantaba cuando me llamaba así, era nuestro guiño especial de amistad desde aquella vez que pretendieron piropearnos comparando nuestras piernas con patas de corderas.

—El fotógrafo me acaba de enviar las fotos del evento de anoche. Voy a elegir algunas para subirlas a Instagram y al sol no las veo bien.

—A ver... ¿Ese que sale ahí es...? —preguntó Laura ojiplática.

—Sííí, estuvo ayer en la White Party. Ha venido otras veces, es supermajo.

—¿Cóóóóóóóómoooo? ¿Y lo dices así, tan normal? Joder, ¿por qué ayer no fuimos? ¡¡Me flipó su última película!!

—Ja, ja, ja. Bueno, oye, igual otro día coincide que esté. Mira, también estuvo el otro día este modelo tan mono... Nos hemos empezado a seguir en Instagram y todo. ¡No sabes lo simpático que es!

—Joder, qué suertuda. A ver, trae, que vea más fotos. ¡Qué bueno está! —Laura me cogió el móvil de las manos mientras se sentaba a mi lado, bajo la sombrilla—. ¡¿Has visto, Luci, al maromo este?!

—A mí me la pela el tío ese. Yo soy más de tíos sensibles.

—Ja, ja, ja. Sensibles, dice. Pero ¿cómo de sensibles? ¿Más sensibles que un clítoris? —contestó Laux.

—Vente aquí, Lucía. Está pegando mucho el sol. Te vas a quemar —dijo Sara, intentando que las cuatro acabásemos bajo la sombrilla.

—Estoy bien aquí, cogiendo colorcito. —Lucía se incorporó para darle un trago al mojito de fresa que se había pedido y vimos en su espalda cómo empezaban a marcársele las tiras del bikini.

—Dale un trago al mojito y otro a la crema de protección cincuenta, Luci, que se te está poniendo la espalda como una compresa cuando... —insistí en broma, pero intentando que me tuviera en cuenta.

—¡Sois un coñazo! —dijo mientras se quitaba la parte de arriba del bikini, quedándose en tetas—. ¡Hala, ya está! Venga, échame la crema que no me llego a la espalda.

—Mira qué tetazas se gasta la Luci —comentó Laux acercándose al bolso a por la crema.

—Para lo que las usa en Asturias... —bromeó Sara con tono condescendiente.

—Ja, ja, ja. Qué perra, Sara —dijo Laux mientras iniciaba su ritual habitual cuando ponía crema protectora, cantando uno de sus *singles* favoritos a pleno pulmón: «Yo te doy cremita, tú me das cremita...».

—Por favor, Laux, no me hagas pasar vergüenza —le pidió Lucía.

Laux seguía con lo suyo, hasta que se detuvo para preguntarle:

—Una cosa, cariño: tú te revisas estos lunares de la espalda, ¿no? —Le extendió la crema, cambiando completamente el tono.

—¿Por qué? —dijo Lucía al instante.

—No, por nada, ya sabes... Porque hay que revisárselos.

—Yo tengo decenas de lunares y me los reviso cada año —apunté—. Me echo la crema antes de salir de casa porque paso de quemarme.

—Ya bueno, rubia, es normal. Es que tu tono de piel es transparente —respondió Lucía, mofándose.

—¡Está más blanca que la teta de una monja! —añadió Sara para generar la risa de todas, menos de Laux.

—Recuérdame cuando lleguemos a Madrid que te consiga una cita con el dermatólogo de mi hospital. Además, es muy majo y te va a tocar la espalda gratis —dijo Laux, todavía con un tono de voz raro.

Debí entender en aquel momento que, si Laux no se reía, algo pasaba.

—Nos hacemos mayores —replicó Sara.

—Ya ves... Con quince vas con la carpeta de la *Super Pop* y con treinta llevas una jodida carpeta con los informes médicos. Mira la rubia, si se ha bajado hasta una silla a la playa. Estamos hechas unas señoras —añadió Lucía.

—Pero «señoras bien» —dije para cerrar la conversación.

Cuánta razón tenía Sara: nos hacíamos mayores. Todas habíamos superado la treintena y el cuerpo no aguantaba las resacas como antes. Hacía unos años salíamos todo el fin de semana como un corredor de fondo. Esos días en Ibiza tuvimos que dosificarnos, dándolo todo un día y los dos siguientes pasándolos en la playa con sombreros de paja que taparan nuestras caras para que nadie nos viera dormir la siesta con la boca abierta, como auténticas «señoras bien». Eso sí, el día que tocaba darlo todo, lo hacíamos con todas las letras y con la tilde. Y aunque las discotecas empezaban a hacernos guiños subliminales también sobre nuestra edad y habíamos descubierto otros tipos de diversión mucho más sosegados, dimos buena cuenta de ellas esas vacaciones: Ushuaia, Amnesia, Privilege, Pachá, DC-10, Bora Bora... Laura tenía el *planning* hecho a la perfección para saber a cuál teníamos que ir cada día. Muchas noches las empezábamos los seis en el restaurante, cenando juntos, brindando, disfrutando de animadas charlas... y casi siempre las acabábamos con Iván y Laura subidos a una tarima, mientras los demás aplaudíamos desde abajo.

Aquellos días hubo tiempo para todo. También para que Laura e Iván dieran rienda suelta a un nuevo capítulo en su historia. Laux lo equiparaba con un amor de campamento: intenso y con sabor a adolescencia. Le quitaba importancia al asunto, bromeando continuamente sobre el buen sexo que tenía con él, pero se notaba que había algo más profundo. No podían ocultarlo.

—Estás rotísima por él —le dije, usando su expresión.

—Anoche fuimos a San Antonio a ver el atardecer mientras vosotros estabais en las Dalias. Había conseguido una villa espectacular a pie de playa para los dos y follamos en el *jacuzzi*. —Laura se llevó la mano a la boca como una niña pequeña que acabara de contarme una travesura.

—Ja, ja, ja. Qué cerda eres.

—Lo sé y me encanta. Pero ¿sabes lo mejor? Que hablamos mucho mucho y de verdad —dijo Laura con aplomo, sin su tono habitual—. Es un tío con una cabeza muy bien amueblada, más que sus villas.

—¿De qué hablasteis?

—Pues estuvimos conociéndonos un poquito más en profundidad. Hablamos de su vida aquí, de la mía allí, de su familia... ¿Sabías que nació en Irlanda porque su padre tenía una empresa de tapones de corchos allí? Luego vinieron a España, pero su familia se volvió y él se quedó.

—Ni idea.

—Pues por lo visto está bastante enfadado con él porque no se volvió para seguir con el negocio. No se habla con él ni con su hermano: no soportan que haya sufrido para montar su empresa de la nada y que se esté labrando su propio futuro.

Me encantaban estas conversaciones con Laux, reposadas, sencillas, amables y, sobre todo, sinceras.

—¿Y? ¿Es un futuro juntos?

Laura sonrió.

—¿Sabes que me ha encantado San Antonio? Deberíamos ir juntas —dijo cambiando hábilmente de tema.

—¿Ves? Te lo dije.

San Antonio es un sitio maravilloso de Ibiza, demonizado

por la afluencia de turistas extranjeros en verano. Pero quienes hemos tenido la oportunidad de conocerlo más a fondo sabemos que esconde rinconcitos para ver algunos de los mejores atardeceres de la isla; podía dar buena cuenta de ello, ya que me considero una especialista en la materia. Por supuesto, aproveché la visita de las chicas para seguir ampliando mi colección. Por aquellas fechas, el sol se ponía a las nueve y catorce minutos, media hora antes que cuando empecé con la rutina de acumular fotos y números en mi libreta. Además, me di cuenta de que en el mes de agosto había días en los que la diferencia entre atardeceres contiguos era de incluso dos y tres minutos. En cambio, pude comprobar que en julio anochecía justo a la misma hora durante varios días seguidos. Era como si el sol se hubiese quedado congelado para pisar el acelerador un mes después y empezar a esconderse antes, llevándose consigo los largos días de verano.

—Me encanta lo de las fotis de los atardeceres, rubia. Al principio pensaba que se te había ido la cabeza, no te voy a engañar. Me dije: «Esta está como las maracas de Martín». Pero la verdad es que es muy bonito y da mucha paz —dijo Laux, volviendo a su tono habitual.

Laura no dice «las maracas de Machín», dice «las maracas de Martín» o lo que le nazca en ese momento.

—Sinceramente, me gusta lo de ir anotando la hora a la que se pone el sol. Me está ayudando a darme cuenta de cómo pasa el tiempo.

—¿Y tu tiempo aquí? Porque te conozco y sé que Javi es un amor, pero... —añadió Laux.

—No lo sé. No quiero pensarlo ahora mismo. Estoy muy bien en el restaurante, mejor con Javi... y quiero dejar que todo fluya.

—¿Pero...? —insistió ella, conociéndome a la perfección.

—Pero... Disfrutemos de estos momentos juntas —dije mientras cambiaba el tono de la conversación—. ¿Quieres que te haga una foto de espaldas con la Polaroid?

Quise cambiar de tema y Laux, por supuesto, lo entendió.

—¡Claro! ¡Y otra juntas! Y si eso alguna más con el móvil, que esto de la Polaroid mola, pero te va a salir por un ojo de la cara.

—Es que ser moderna y guay es caro. Tenía que haberlo pensado antes.

Ambas nos reímos a pleno pulmón y disfrutamos de nuestro *shooting* particular mientras Sara y Lucía pasaban de nuestro rollo.

Al final, siempre nos organizábamos así cuando estábamos las cuatro: Laura y yo nos entreteníamos muchísimo haciéndonos fotos en cualquier escenario, mientras que Sara leía y Lucía tomaba el sol. Y es que así son las mejores vacaciones: cuando cada una se siente libre de hacer lo que más le apetece, pero juntas.

La conversación con Laux trajo a Javi, por alusiones, a mi cabeza. No podía estar más agradecida del regalo que me había hecho. Conseguir que vinieran mis tres amigas, mis tres hermanas, en un momento delicado para mí fue un acto de cariño y comprensión. Durante el tiempo que estuvieron en Ibiza, él no había parado de trabajar, mientras yo pasaba mi tiempo libre con ellas y, cuando los planes eran conjuntos, allí estaba el primero junto con Iván para disfrutarlos. Conseguimos incluso sacar algunas noches para los dos, teniendo nuestra intimidad y volviendo a disfrutar el uno del otro en casa, cuando las cuatro nos habíamos cansado de vernos las caras durante catorce horas y necesitábamos un poquito de espacio. Todo comprensión y ni un reproche.

Me encantaba llegar a casa tras un día de emociones con mis amigas y que Javi estuviera todavía despierto.

—¿Has disfrutado del día? —me preguntó Javi una de aquellas noches, mientras estábamos tumbados en el sofá, muertos del cansancio.

—Sí, la verdad es que sí. Ojalá estuviesen aquí siempre. No quiero que se vayan —le dije con cierta pena, porque soy de esas personas que se anticipan a las cosas que están por llegar y ya estaba pensando en su vuelta, a pesar de que todavía no se habían ido.

—No te quejes. Estamos alargando el verano con ellas.

—¿Y si alargamos la noche un poquito más? —le pregunté, con una clara intención.

Me miró a los ojos, me dijo que me quería y me recostó en el sofá. No teníamos una villa de lujo ni un *jacuzzi*, pero, mientras la luna manchaba la habitación entrando a través de la ventana, me quitó la ropa y lo hicimos como no lo habíamos hecho en semanas, con la fuerza de sus brazos sujetándome con delicadeza, mientras mis manos y uñas se agarraban a su espalda con menos suavidad. Con el descontrol de dejarse llevar, como solo pueden hacerlo dos personas que conectan y, en nuestro caso, que se quieren.

Dos días más tarde llegó el momento. A lo largo de mi vida siempre he asumido bastante bien que todo tiene unos plazos. No se trata de convertir las despedidas en dramas, sino de aceptar que los tiempos de las cosas se agotan y dan paso a otros momentos nuevos que también se extinguirán para dar paso a otros. Mi tiempo en Madrid con Javi se agotó para dar paso a mi tiempo en la isla con él, para dar paso a otro con las chicas en Ibiza, para dar paso a... quién podía saberlo. En cualquier caso, mirar el reloj cada minuto en nuestro último día juntas para confirmar que nos quedaba una hora menos no era una solución, así que decidimos exprimir el tiempo como si fuera una naranja a la que quieres sacarle hasta la última gota.

Iván movió hilos con sus contactos y nos sorprendió con un día en barco. Laux se lo comió a besos en cuanto vio semejante embarcación atracada en el puerto.

—¡Fiuuuu! —silbó—. Ahora sí que somos auténticos mafiosos, Ivanoski. Joder, pocos oros me he traído yo que vayan a juego con este lujo —soltó, mientras se abanicaba con un billete de diez euros y se acariciaba los pendientes de aro que llevaba en las orejas, que como mucho estarían bañados en oro, pero muy poco tiempo, lo que sería más bien una ducha de oro.

Todos nos reímos ante aquella salida de Laux y ella continuó emocionada:

—Nunca he sabido distinguir la popa de la proa... ¿Creéis que habrá alguien que realmente sepa diferenciarlas?

—Bueno, yo tengo un poco de idea de eso... —intervino una voz madura que salía del interior.

Laux se giró y vio a un señor con barba, muy moreno, curtido. Era el capitán del barco encargado de estar con nosotros ese día.

—Él es Mateo. Hoy será nuestro patrón —dijo Iván, presentándolo.

—Ah, pero ¿que no lo conduces tú? —preguntó Lucía sorprendida.

—No, claro. Se necesita licencia. Yo estoy en ello, así que el año que viene espero ser vuestro patrón —anunció Javi.

—Vas a ser el capitán «Arrr» —dije, haciendo una clara alusión al capitán McCallister de *Los Simpson*.

—Bueno, capitán Mateo, encantada de conocerte. Espero que no te asustes de nosotras —se presentó Laux mientras se iba a la parte delantera del barco a coger sitio en unos cómodos sillones que había.

—¿No es un poco raro que venga este señor con nosotros? —me preguntó Lucía, acercándose a mí por detrás.

—Esto es así. Pero no te preocupes que, además de ser amigo de Iván, estará en su sala con el timón. Está acostumbrado a cosas peores que Laux, seguro.

—No creo que haya nadie en este mundo acostumbrado a Laux —apuntó Sara.

Las tres miramos a nuestra amiga, quien ya se había tirado con Iván sobre los sillones para hacerse todas las fotos posibles en el barco.

—Bueno, igual Iván es la única persona, ¿no? —dije mientras los dos se divertían a su estilo.

Cuando salimos del puerto, nos dimos cuenta de que nuestro barquito no era nada en comparación con los yates que vimos en alta mar. Mateo era encantador y Javi hizo muy buenas migas con él; el capitán incluso le dio consejos para sacarse el título. Fue un día inolvidable, tranquilo, en el que pudimos ir a calas solitarias en pleno agosto, brindar con cerveza (porque el champán está sobrevalorado) y descansar en un silencio placentero solo roto por algún vómito de Sara, que se mareaba con facilidad. Tumbados, nos hacíamos cosquillas los unos a los otros mientras la brisa del mar secaba nuestros labios y adormecía nuestras pieles. Y cuando todo estaba en calma, cuando la tarde se nos echaba encima y solo se oía el sonido de las boyas de posición golpeando al son de las olas contra el barco, de repente el motor se puso en marcha. Me incorporé y vi que Javi e Iván estaban hablando con Mateo.

—¿Dónde vamos? —pregunté.

—A Javi se le ha ocurrido una cosa —contestó Iván.

—¿Solo una? Está perdiendo facultades... —dije con ironía.

—Facultades y algún colegio también... —continuó Iván la broma.

—Es una sorpresa. Prepara tu cámara —añadió Javi, guiñándome el ojo.

En ese momento intuí por dónde iban los tiros y me quedé expectante ante lo que estaba por venir. Comenzamos a separarnos de Ibiza hacia mar adentro, mientras el sol caía frente a nosotros, engullido por el mar.

—¿Dónde vamos? —dijo Lucía al ver que nos separábamos de tierra firme.

—Vamos a ver un atardecer en alta mar —dijo Mateo.

—¿Y eso? —preguntó Lucía.

—Pues porque son muy diferentes a los que ves desde tierra firme —nos explicó Javi.

—Pues la rubia nos ha llevado a ver algunos espectaculares.

—Pero este seguro que no, porque ni ella lo ha visto —dijo Javi mientras me miraba, notando la ilusión que desprendía mi cuerpo.

—¿Es muy lejos? —preguntó Sara, saliendo de la zona inferior de camarotes blanca y frágil como la porcelana.

Todos la miramos. Mateo le ofreció una pastilla para el mareo.

—Merece la pena —aseveró Javi.

Después de unos veinte minutos, perdimos la referencia de la isla. Nos encontrábamos en mitad de la nada. Siete personas en un Mediterráneo adormecido y con el tiempo de nuestras vidas en pausa.

Javi tenía razón. Ninguno habíamos visto nada semejante. El sol, desde nuestro punto de vista a ras del mar, se había convertido en un enorme disco dorado. El cielo nos hablaba con colores. Las olas nos mecían y daban pequeños mordiscos al barco, tragándoselo poco a poco. Saqué la cámara y miré el reloj. Hice una foto en la que aparecían todos de espaldas, a contraluz. Siluetas enmarcadas en un ocaso que manchaba de rosa las nubes. Aquella tarde, el sol se había puesto dos minutos antes que el día anterior. Dos minutos menos de luz para disfrutar de nosotros, pero algunas arrugas más en nuestras caras, fruto de las sonrisas que nos dejó aquella experiencia. Sin duda, compensaba.

Al día siguiente, el vuelo salía por la mañana. El viaje hasta el aeropuerto lo hicimos en silencio, mirando cada una por su ventana, intentando grabar en las retinas los últimos momentos de aquel viaje que resultó revelador y derramando alguna que otra lágrima.

Todas nos derrumbamos cuando bajamos del coche. Todas menos Lucía, que se escondía bajo unas gafas de sol negras para no perder esa pose de sincericida y mujer dura que había construido a pulso, pero el moquillo la delataba. Sara y yo nos fundimos en un abrazo que duró una eternidad. No quería soltarla, deseaba quedármela dentro para siempre. Mi niña seguía siendo el ser más bueno que habita en este planeta. Laux se acercó a Iván en lo que olía a una despedida de las largas. Ella seguía sosteniendo en todo momento que su vida estaba en Madrid y la de Iván en Ibiza. Ambos lo tenían tan asumido que no podía evitar mirar de reojo a Javi, escudriñando su rostro para evaluar su reacción cada vez que hacían algún comentario al respecto, y siempre se mostraba impasible, algo que me tomaba como un «eso a nosotros no nos pasa».

Laux secó las lágrimas de Iván y le besó por última vez. Luego se acercó a mí y cogió suavemente mi cara con sus manos.

—Javi, haced el favor de volver pronto a Madrid o haré lo que tenga que hacer para traerme a la rubia de vuelta. Como si tengo que raptarla —añadió, emocionada.

Él asintió con la cabeza, sonriendo, mientras ella se acercaba para abrazarle.

—Ven aquí, anda. —Se fundieron en un abrazo.

—Sabes lo que te quiero, ¿no? —aproveché para decirle a Lucía, que estaba un tanto al margen, conteniéndose.

—¿Y tú lo sabes? —respondió ella con vehemencia.

—Desde el primer día que te vi con veintiún años en aquel coche. Desde la primera noche juntas en aquel hotel —respondí con firmeza.

Se derrumbó. Lucía me rodeó con los brazos y lloramos una encima de la otra.

—Quiero ser la primera en leer esa novela. Acaba esa pedazo de historia y vuelve a Madrid. Estas dos te echan de menos, y yo también —le dije al oído.

Lucía se separó asintiendo. Sabía que había llegado el momento.

—Gracias por todo, chicos. Habéis sido unos anfitriones increíbles. Iván, la casa era una maravilla —dijo Sara, tan correcta como siempre, mientras le daba un abrazo a Iván.

—Gracias a vosotras por venir, chicas. No tengo forma de agradeceros esto —afirmó Javi, muy emocionado.

—Oye, yo, si el plan contiene las palabras «villa de lujo», me vuelvo cuando queráis, ¡eh! Me tenéis aquí la primera —dijo Laux entre risas.

Y sin más, como una goma que borra un folio entero de experiencias descritas en él con mucho esfuerzo, cogieron sus maletas, pasaron el control y desaparecieron. Sin más. Sin opción, esa vez, a una segunda parte por un retraso en el vuelo. Los tres nos quedamos allí de pie, sintiendo que no solo estábamos perdiendo horas de sol con la llegada de septiembre, sino también una pizquita de alegría que acababa de embarcar en aquel avión en forma de tres mujeres.

19

Tinkunakama

Hasta que nos volvamos a encontrar.

Los días siguientes intentamos animarnos como pudimos. No era fácil, aunque Javi se esforzaba por levantarme el ánimo. Mi energía cayó en picado y, además, el clima no acompañó. De repente, en pleno verano todavía, a principios de septiembre, unas nubes negras se instalaron sobre mi cabeza y sobre el cielo, lloviendo durante varios días, lo cual hizo que tuviésemos cancelaciones en el restaurante y mucho jaleo.

A la semana siguiente, por fin volvió a aparecer un sol radiante. Yo estaba fuera, descalza, junto a los girasoles que había en el pequeño jardín de la casa. Encontré un punto en común con aquellas flores: ellas siempre buscaban al sol y yo los atardeceres.

Poco a poco, las plantas de mis pies habían comenzado a ser parte de la isla. En cierto modo, necesitaba que los girasoles absorbieran ese sentimiento de pérdida que se me había quedado dentro desde la marcha de las chicas. Además, allí tenía el máximo de cobertura, algo que escaseaba cada vez más en la casa, sobre todo tras las tormentas de días anteriores.

—¿Qué haces, niña? —me preguntó Javi, dándome un susto de infarto, pues andaba bastante concentrada en lo mío.

—¡Qué susto, por Dios!

—Hombre, vengo cansado, pero tampoco tengo tan mala cara, ¿no?

—Ja, ja, ja. Las he visto peores... —dije, volviendo a recuperar la respiración—. Estoy subiendo un *post* a Instagram con la peli que proyectamos hoy en el restaurante.

—¿Cuál es?

—*Cinema Paradiso*.

—Me encanta esa peli.

—Sí, a mí también —le contesté con nostalgia—. Mi padre siempre solía ver esa película conmigo cuando era pequeña. Daba igual que acabara tarde, siempre me dejaba que me quedara hasta los créditos. Me decía que el final de esa película era lo más bonito que se había escrito en la historia del cine.

Javi se percató de mi desánimo e intentó hacerme reír. De repente, se inventó un baile absurdo, parecido al de una coreografía infantil y me cogió de las manos para que bailase con él. Como era casi el doble que yo, me manejó a su antojo como si fuese una muñeca de trapo y, ciertamente, me descontracturó la espalda con aquellos movimientos, lo cual alivió un poco mi tensión. Para colmo, empezó a hacerme cosquillas en los pies y me puse histérica, pero no podía parar de reír.

—¿Te acuerdas de aquel sitio al que te dije que te quería llevar cuando nos conocimos? Hoy por fin he conseguido que podamos ir. ¿Te apetece?

No tenía muchas ganas, pero se le veía ilusionado y cualquier cosa era mejor que las cosquillas en los pies. La verdad es que Javi siempre tenía la capacidad de contagiarte la ilusión por todo, y me animé pensando que podría ponerme algo bonito y disfrutar del día con él.

—Bueno... ¿Crees que podré ponerme tacones? Me traje media docena y, al final, me paso el día descalza. Que no está mal, pero...

—Es un sitio precioso, te va a encantar. Eso sí, no es un sitio al que puedas ir con tacones. Mejor ponte algo planito.

Y exploté. Casi sin saber por qué, sin motivo aparente y sin ser una discusión premeditada:

—¡Joder, Javi! ¡La verdad es que estoy un poco cansada de no poder ir con tacones a ningún sitio!

Me di cuenta de lo superficial que podría sonar la frase para quien no entendiese el significado de mi reacción. No tenía ningún problema con no usar los tacones (a decir verdad, me encantaba la sensación de libertad que me transmitía el ir descalza), pero no fue más que la excusa perfecta para recordar que estábamos en septiembre y que no había ningún plan de futuro para volver a Madrid. Se trataba de algo que mis amigas me habían recordado de manera indirecta y que me estaba empezando a molestar.

—Vale, pues no vamos, si no quieres.

—No es eso.

—Entonces ¿qué es? Dímelo, porque empiezo a no entender las cosas y eso me desconcierta. Pensaba que tener aquí a tus amigas haría que te sintieras mejor.

Respiré hondo porque la frase era demoledora.

—No es eso. Te agradezco mucho el esfuerzo que has hecho y que haces por intentar que me sienta cómoda.

—¿Pero?

Volví a respirar y decidí que no era el momento.

—No hay peros. Estoy triste por su marcha.

—Es normal. Son muy importantes para ti.

Sin duda, lo eran. Me acerqué a él con ese doble sentimiento de saber que tienes razón, pero también de que te has comportado como una auténtica gilipollas. Una sensación que te deja contrariada, entre la rabia y el amor.

—Venga, vámonos —dije, mientras acariciaba su cara con las manos.

—Llévate los tacones. Te llevo a cuestas hasta el restaurante.

—¡Sí, hombre!

—¿De qué me sirve entrenar tanto si no puedo contigo? —dijo Javi bromeando y sacándome una sonrisa.

Javi había reservado la mesa más especial del restaurante más bonito de toda Ibiza, uno que casi nadie conoce. Se encontraba en una cala a la que se llegaba tras kilómetros por una carretera no asfaltada. Nos reímos mucho con cada bache que cogimos con el *buggy*, botando en el asiento como si de una atracción de feria se tratase.

Yo llevaba un vestido blanco de croché y unas sandalias planas doradas. Ni siquiera me importó llenarme de arena por el camino porque había decidido que no podía estar enfurruñada todo el día: si las nubes se habían ido del cielo, también deberían hacerlo de mi cabeza.

Cuando llegamos descubrí un pequeño local muy cuqui en primera línea de una cala que no conocía. Apenas había ocho o nueve mesas en un espacio muy estrecho, pero ninguna invadía el espacio de las otras, y todas disfrutaban de bastante intimidad. Nada tenía que ver con el restaurante donde trabajaba, mucho más llamativo en la decoración e iluminación. Cualquier mesa hubiese sido ideal, pero la que reservó era sencillamente increíble. Atravesamos el local, y cuando digo atravesar, me refiero a dar doce pasos reales hasta una mesa separada por una pequeña puerta sin puerta y un muro sin techo, sobre un saliente donde se situaba una plataforma de madera a escasos centímetros del mar. Era un trocito de paraíso solo para nosotros, algo que ambos necesitábamos en ese momento.

—Me encanta este sitio, cariño.

—Me ha costado horrores conseguir esta mesa. Llevo intentando reservar desde que llegamos en julio...

Sonreí, fijando la vista en el mar.

—¿En qué piensas? —me preguntó.

—En nada —mentí.

Pensé que había conseguido antes la mesa en el restaurante que la permuta, pero no era ni el momento ni el lugar para reproches.

—Pues estás muy guapa pensando en nada.

Brindamos con un vino blanco semidulce muy frío y comimos unas riquísimas croquetas sin gluten, lo cual me hizo reconciliarme conmigo misma. Me hizo una foto de espaldas brindando, en la que solo se veía un poco de mi pelo, mirando al mar. Era preciosa. Cada vez que la miro, me teletransporta a aquel momento de paz y, si la observo durante mucho rato, incluso huele a mar y a Javi.

Terminamos el día yendo a ver el atardecer en cala Benirrás. Una elección muy acertada por su parte, al ser el lugar donde nos dimos el primer beso. De esa forma, se cerraba el círculo. Me encantaba que fuese así.

—Te acuerdas, ¿verdad? —me dijo, agarrando mi cintura.

—Como para no... Ese día llevaba unas pintas... El *spa* ese te deja el pelo hecho unos zorros —le contesté bromeando.

—Me dices eso para que te diga que estabas muy guapa.

—Un poco sí, no nos vamos a engañar.

—Pues yo diría que estás más guapa desde que me conoces.

—Será el amor.

—Será... ¿A qué hora es hoy la puesta de sol, doña atardeceres?

—Pues ayer el sol se puso a las ocho y treinta y cuatro... Según mis cálculos, hoy son dos minutos menos.

—Joder, cada día anochece antes.

Efectivamente, el sol nos recordaba que el verano se nos escapaba de las manos, más aún cuando te has hecho una especialista contando atardeceres.

El día acabó mucho mejor de lo que había comenzado y las semanas posteriores transcurrieron con total tranquilidad. Para intentar estar mejor y con más fuerza, decidí tomármelo todo con más calma. Continué con mis fotografías, leyéndole a doña Catalina un par de capítulos cada dos días mientras ella preparaba la comida, una comida que luego nos alimentaba a Javi y a mí. Y, por supuesto, seguí trabajando en el restaurante, dedicándome en gran parte a las redes sociales, donde me desenvolvía a la perfección, cada vez mejor.

Incluso apareció por sorpresa mi primer jéiter, a quien tuve que bandear con mucha paciencia y educación.

—¿Has visto los comentarios que ha puesto esta tía? —le dije a Lúa mientras preparábamos el turno de noche.

—Bueno, tía, tío... A saber —respondió.

—No tiene ni foto de perfil real ni publicaciones ni seguidores ni nada... Debe de haberse creado el perfil solo para esto. Pero es una mujer. Lleva semanas además escribiendo por privado, diciéndome cada cosa terrible... —Le mostré el móvil con sus mensajes.

—¿Sabes qué creo? —dijo Lúa—. Creo que los mayores jéiteres acaban siendo siempre tus mayores seguidores.

—¿Cómo? —pregunté sorprendida.

—Claro. Están veinticuatro horas pendientes de ti. Buscando qué dijiste, subiste o publicaste para emitir un juicio. Lo saben todo sobre ti, mucho más que una seguidora a la que le guste tu contenido... Y ¿sabes por qué?

Era increíble el razonamiento que Lúa me exponía con una clarividencia única. Tenía más razón que una santa.

—Ni idea —respondí interesada.

—Porque de la misma manera que una seguidora disfruta de tu contenido, tu jéiter también lo hace, a su manera... Negativa, por supuesto, pero siente que ha encontrado su motivación, su cometido en la vida, y lo disfruta. A veces incluso se unen y forman grupos.

—O sea, ¿la motivación de esa gente es odiar?

—No, la motivación de la gente es la de encontrar su sitio en el mundo. Y esta jéiter ha encontrado el suyo. Encima, si es compartido con alguien más... ¡bienvenido sea para ella! Alguien que alberga tanto odio se tiene que sentir muy solo...

—Pues conmigo lo lleva claro. No va a conseguir nada. Yo siempre voy a ser educada y no voy a perder la paciencia en redes.

—Pues se buscará a otra. Quien disfruta siendo un miserable, no dejará de serlo.

Aquella conversación con Lúa dejó en mi interior los posos de algo que de manera inconsciente me ayudaría en un futuro. Un futuro que no conocía en ese momento.

—¿Crees que somos buenas personas? —le pregunté, afligida ante la conversación.

—No lo sé, pero quiero pensar que al menos no somos malas.

Esa última frase me la llevé a mi terreno, como lo haría una lectora habitual del horóscopo semanal cuando busca coincidencias. Ni muchísimo menos quería sentir que era una mala persona ni que no me estaba comportando todo lo bien que debería con Javi. No quería pensar que era una niña caprichosa, así que guardé todas las respiraciones que tenía acumuladas en mi pecho y me decidí por enésima vez a aprovechar el poco tiempo que Javi y yo pasábamos juntos.

Cuando el calendario marcó el 11 de octubre, llegó el momento de celebrar que hacía justo un año que nos conocimos, una fecha grabada en mi corazón por todo lo que había supuesto en mi vida desde ese momento. Siempre me ha gustado echar la vista atrás y hacer la típica reflexión a modo de resumen que en mi caso decía: «Si me llegan a decir que hace un año iba a dejar Madrid e iba a estar viviendo en Ibiza, no me lo hubiera creído». La verdad es que, con esa recapitulación en forma de frase, la descripción de mi último año se quedaba corta.

Mejor. Cuanto más largo es el resumen, más experiencia has acumulado en tu vida... y, desde aquel concierto de *jazz* donde apareció Javi en mi vida hasta aquel preciso instante, llevaba la mochila a rebosar de experiencias.

Ese día lo celebramos relajados en la playa y después cenamos en un precioso restaurante del centro de Dalt Vila, donde acabamos caminando por las empedradas calles, paseando de la mano por la ciudad amurallada. No se me escapó el detalle de hacerme una foto en el Carrer Sant Carles, exactamente en el mismo sitio en el que Sara me la hizo años atrás, pero esta vez a través de los ojos de Javi. Mientras recorríamos las calles, me explicó que Ibiza fue una de las ciudades más importantes del Mediterráneo, así como que la muralla que rodeaba la parte alta era del Renacimiento y que fue construida para defender la ciudad de las invasiones de los franceses y los otomanos. Escucharle hablar de su ciudad con tal pasión me recordó a mí misma cuando, meses antes, había hecho lo propio con él por las calles de Madrid. De sus palabras se intuía que conocía su historia y que amaba la isla con la misma intensidad que yo mi ciudad. Eso me entristeció y alegró a partes iguales, ya que, por un lado, es maravilloso sentirte orgulloso de formar parte de algo, pero, por otro, ese «algo» mío estaba a más de quinientos kilómetros de distancia.

—¿Alguna vez has tenido una canción compartida con alguien? —me preguntó Javi mientras volvíamos a casa en el coche.

—¿A qué te refieres con «compartida»?

—Bueno, hay canciones que nos recuerdan a personas porque ellas nos las enseñaron. Para mí, esas son canciones «prestadas».

Escuchando sus palabras recordé «Si te vas», de Extremoduro. Aquella canción me la enseñó Álex, el hombre que mentía cada vez que respiraba (y respiramos muchas veces al cabo del día). Javi tenía razón: era exclusivamente suya. Es verdad que yo hice mío el momento al que me trasladaba la canción, pero no era «nuestra»: era suya. Hasta para eso Álex fue egoísta.

—Y luego están las canciones que comparten dos personas. Bueno, dos, tres o las que sean. Porque significó algo importante para ellas al mismo tiempo.

—Me parece muy bonito el concepto de «canción compartida». Pero ¿cómo llegas hasta esa canción? ¿Es cuando la escuchas por primera vez con esa persona?

—Podría ser una forma de hacerlo, pero otra es dejando que la canción te escoja a ti. ¿Estás preparada?

—Nací preparada, Javier —le contesté sonriendo, sabiendo lo mucho que le molestaba que le llamara de broma por su nombre completo.

Subió el volumen de la radio y esperamos a ver cuál era la primera canción que sonaba tras los pitidos que marcaban las doce en punto. Entonces, sonó la que sería nuestra canción compartida:

—¡«Pequeña de las dudas infinitaaaaaaaas»! —canté a pleno pulmón.

—¿No es un poco gris nuestra canción? Me encanta Supersubmarina, pero...

—Nooo, es más bien rosa palo —dije con confianza.

—Pues fíjate que siempre identifico las canciones con los colores según su melodía, y esta es un tanto gris.

—Pues para mí es un rosa palo como un templo. Un templo rosa, claro... Y sobre todo es bonita.

—Como tú, que eres la pequeña de las dudas infinitas. Será porque eres libra.

—Sabes ya más del horóscopo que la propia bruja Lucía.

—¿*Habemus* canción, entonces? —me preguntó con una sonrisa—. A mí me encanta.

—*Habemus* canción. Te quiero mucho —le dije mientras le besaba en los labios.

La noche estaba cerrada, más aún por el camino de acceso a la casa, donde solo se escuchaba el ruido del motor y nuestra nueva canción compartida. Abrí la ventana para sentir el aire fresco y miré a Javi de reojo. Sus brazos se mostraban firmes sobre el volante en una noche perfecta y no pude evitar morderme el labio inferior, igual que hacía él cuando me miraba con deseo.

—¿Y si paramos por aquí? —le dije a Javi con toda la intención.

No respondió. Bueno, sí lo hizo: saliéndonos del camino para entrar en una pequeña zona boscosa.

Con toda la libertad que nos daba la situación y el deseo sexual mutuo que existía entre ambos, hicimos el amor dentro del coche. Con las ventanas abiertas, por supuesto, no se fuera a crear el mismo vaho que en la película *Titanic*. Laura hubiera dicho que follamos, porque la intensidad fue muy alta. Yo estaba muy excitada, y eso a él le excitaba aún más y, siendo sincera, ambos teníamos ganas de perder el control... Así que me apresuré a desnudarle y reclinamos los asientos. Dejé que recorriera cada centímetro de mi cuerpo con sus manos y con su boca. Mordiéndome, como siempre hacía cuando le gustaba algo. En ese momento, me dejó claro que ese «algo» era yo.

Lo disfruté: disfruté de la libertad de hacerlo de manera clandestina, en plena naturaleza y con la fuerza y excitación que nos regalamos.

—Sabes que la casa de la yaya Catalina está aquí al lado, ¿no? —dijo Javi mientras seguíamos desnudos en la parte trasera del coche.

—¡No jodas, a ver si va a aparecer! —Me apresuré a buscar mi ropa interior.

—¡Sí, claro! La yaya debe estar en el quinto sueño ya —respondió mientras se reía—. No te vistas aún. Me encanta tu piel desnuda.

Le miré y me abalancé sobre él. Creo que había algunas partes de su cuerpo que todavía no había catado.

Cuando llegamos a casa, subí a darme una ducha mientras Javi, al que el sexo le daba hambre, se preparaba algo de recena. Cuando bajé, me llegaron cinco notificaciones de llamadas perdidas de Sara. No había estado pendiente del móvil y, ante la falta de cobertura, entraron todas de golpe, a pesar de que eran de distintas horas del día. Me pareció extraño ver tantas llamadas perdidas: Sara no acostumbraba a levantar el teléfono. Como era tarde, decidí ponerle un wasap. Verla en línea me puso más en alerta, si cabía, ya que solía irse a la cama temprano.

Sara.

> Hola, cariño.
> He visto que me
> has llamado varias veces.
> ¿Te llamo?

Sara comenzó a escribir al segundo y se detuvo. Al momento, recibí su llamada.

—¿Qué tal, corder? —dije al descolgar.

Sara estaba llorando al otro lado del teléfono y no conseguía articular palabra.

—Sara, cariño, respira. ¿Qué ocurre?

Javi, que estaba en la cocina, levantó la cabeza y me miró preocupado ante mi reacción.

—Es Lucía...

—¿Cómo que es Lucía? ¿Qué ha pasado?

—No está bien, no está bien... —Sara no podía parar de llorar.

—A ver, cariño, por favor, no me asustes. Respira e intenta contármelo porque me estoy poniendo nerviosa...

Sara se tranquilizó un segundo y comenzó a hablar:

—Pues es que... ¿Te acuerdas del lunar que tenía Lucía en la espalda, el que Laura dijo que estaba raro?

Entonces, antes de que terminara de contármelo, ya sabía lo que pasaba. Lo sabía porque lo vi en la cara de Laux aquel día en la playa. Porque lo intuí, porque me di cuenta y porque no hice nada. Lo dejé pasar.

—Pues..., es que Laura insistió en que Lucía se acercara al médico dermatólogo amigo suyo antes de irse a Asturias...

—¿Y? ¿Qué ha pasado?

—Pues que el dermatólogo le dijo que tenía muy mala pinta. Le hicieron una biopsia y es malo, rubia, es muy malo. Esta mañana le han llamado para darle los resultados y ha vuelto hoy mismo a Madrid.

Me quedé de piedra, sentada en el suelo, sobre el último escalón, con el pelo mojado, intentando digerir toda la información que me estaba contando Sara.

—Pero ¿cómo que es malo, Sara? ¿Cómo no me lo habéis contado hasta ahora?

—Es que estábamos convencidas de que no sería nada... Y no queríamos preocuparte estando tan lejos. Perdóname... —Sara rompió a llorar de nuevo.

No pude reprocharle nada. Respiré y me quedé en silencio, buscando la frase adecuada, intentando ser lo más racional posible.

—Bueno, vale, vamos a tranquilizarnos. ¿Sabes algo más? ¿Cómo está ella o qué va a pasar ahora?

—No lo sé, pero tengo mucho miedo. No podía más, necesitaba contártelo. Te necesito aquí, rubia. Lucía nos necesita.

—Claro que sí, mi niña, por supuesto que voy a ir. Pero respira, por favor, porque estando tan lejos, sin poder hacer nada inmediato, me estoy angustiando —dije, intentando calmarme—. ¿Sus padres han ido con ella? ¿Dónde está ahora?

—Está con Alberto, en su casa... Sus padres se han quedado

241

en Asturias. No sé si lo sabrán ya. Es que se tenían que quedar allí con los abuelos; ellos, además, están muy mayores... Lucía nos necesita, hay que seguir haciendo pruebas... —sollozó.

Me intenté tranquilizar al saber que estaba con Alberto. Si había alguien que la conociera más que yo, era él.

—Tranquila, me organizo y enseguida estoy allí, ¿vale? Ahora necesito que te relajes y descanses. Mañana a primera hora os llamo. Te quiero mucho. Prométeme que vas a estar bien.

—Y yo, amiga, yo también te quiero. Estaré bien cuando estés aquí, te lo prometo.

Colgué. Javi estaba de pie, mirándome inquieto.

—¿Qué pasa?

—Dame un segundo.

Cogí el teléfono y llamé a Laux, a pesar de las horas. Por supuesto, descolgó en cuestión de segundos.

—¿Qué tal, mi rubia? —dijo con una voz alicaída, inusual en ella.

—¿Qué ha pasado, Laura?

—Te ha llamado Sara, ¿no?

—Sí, ella está histérica y yo estoy muy nerviosa. ¿Qué le ha pasado a Lucía?

—Lucía tiene cáncer —dijo con una serenidad propia de la profesión que ejercía como enfermera.

Al escucharlo, no supe estar a su altura y rompí a llorar. Javi se sentó a mi lado en el suelo, cada vez más preocupado.

—No llores, rubia, déjame que te lo explique. Es lo mejor para entender la situación.

Y tenía razón, así que intenté calmarme para escucharla.

—Vale... —le dije mientras me secaba las lágrimas con las manos.

—Lucía tiene un melanoma IIIB.

—¿Y es muy malo?

—Es un estadio alto.

—¿Cuántos estadios hay?

—Cuatro...

—Joder, Laura. —Me puse a llorar otra vez.

—Venga, tranquila, que ahora nos toca ser fuertes porque quedan muchas pruebas por delante. Lucía está bien. Está aquí en Madrid, en casa de Alberto, y tenemos que ser fuertes —Laura incidía mucho en la fortaleza que íbamos a necesitar—. Estaremos a su lado para lo que ella necesite. Y ahora tenemos que centrarnos en las pruebas que hay que seguir haciendo.

—Ya me lo ha contado Sara...

—Siento mucho no habértelo dicho antes. No quería preocuparte sin saber en qué punto estábamos, pero ahora que sabemos a lo que nos enfrentamos, Lucía va a necesitar mucho apoyo.

Era la primera vez que Laura mencionaba a una persona por su nombre real.

—Claro, voy a organizar todo aquí con el restaurante, recoger las cosas y, en cuanto pueda, voy para allá. —Miré a Javi, que me sostenía la mirada con auténtica tristeza, y eso que tenía solo la mitad de la información.

—Si quieres vente a casa, ¿vale? Ya sabes que tengo otra habitación donde, al final, lo único que hago es acumular trastos. Si quieres ser otro trasto en mi casa, serás más que bienvenida.

Laura consiguió arrancarme una sonrisa.

—Gracias, amiga. Mañana te llamo.

Colgué. Javi seguía mirándome muy fijamente. Los dos estábamos sentados sobre el último escalón.

—¿Qué pasa, cariño?

—Lucía tiene un melanoma. Está avanzado.

—¿Qué? —dijo sorprendido.

—Tengo que ir a Madrid —le anuncié nerviosa mientras me levantaba—. Tendrán que hacerle muchas pruebas y debo estar allí, a su lado.

—¿Tienes que estar a su lado? ¿En singular?

—No, no, claro. Allí estarán Sara y Laux. Se está quedando en casa de Alberto.

—Me refería a si no quieres que te acompañe.

—Por supuesto que sí, mi amor. Puedes venir los fines de semana que libres y nos vemos allí. Verte seguro que también la anima.

—¿Cómo que los fines de semana?

—Hombre, es que tú no puedes venirte de repente todo el tiempo ahora mismo, ¿no?

—No, claro. Pero pensaba que iríamos los dos cuando librásemos.

—Javi, me parece que no lo estás entendiendo. No es cuestión de estar allí una semana, ni mucho menos un fin de semana. A Lucía le quedan meses por delante de pruebas y tratamientos y quiero estar con ella.

Javi se quedó en silencio total.

—Vale, lo entiendo. Pero ¿no puedes ir y volver?

—Sí, claro que podría. Pero quiero estar con mi amiga al cien por cien.

—Pero ella estará bien acompañada... Están Sara, Laura, Alberto... Quiero decir, puedes ir todas las veces que lo necesites, pero sin necesidad de estar allí todo el tiempo.

—¡Basta, Javi! —grité—. Acabo de enterarme de que mi amiga tiene un melanoma y lo único a lo que le prestas atención es a si voy a quedarme allí. Pues sí, Javi, voy a quedarme allí, porque llevamos aquí casi cinco meses, estamos en octubre y no he oído ni una palabra real de tu boca que tenga que ver con volver a Madrid, tal y como hablamos. No he visto ni un intento de buscar la permuta que dijiste que ibas a buscar y lo único que has hecho es alargar el momento. Cogí una excedencia esperando volver y me dijiste que buscaríamos la forma.

—¿No eres feliz aquí?

—Sí, Javi, soy muy feliz contigo.

—¿Pero?

—Pero sabías que esto no podría durar eternamente y has dejado que fluya... Yo he cumplido lo que dije que iba a hacer... ¿Y tú? ¿Has cumplido?

—Yo he hecho lo imposible para que estés bien aquí...

—Ah, ¿sí? ¿Cómo? Venga, dime, ¿cómo lo has hecho? Desde que llegaste no solo has cogido la misma rutina que te obligó a salir de la isla, sino que encima la has aumentado. Más trabajo, más entreno... He estado sola la mayor parte del tiempo, y trajiste a mis amigas cuando viste que la situación era insostenible. Ni siquiera me has presentado a tu padre...

—Pero eso es porque es un cabrón... Y no quería que conocieras a la única persona que quizá odie en este mundo —respondió Javi, muy enfadado—. Mi padre hizo que mi madre se marchara de esta isla y eso es algo que no le perdonaré.

Al verle tan alterado, respiré hondo antes de seguir hablando. Ambos habíamos estallado y yo no quería seguir con una conversación que acabaría por hacernos daño. Y menos esa noche, donde la montaña rusa de emociones había pasado por todas las fases en apenas una hora.

—Mira, Javi, en el fondo, tú y yo sabemos que eres parte de la isla... Mírate, este es tu sitio... Y el mío ahora es estar junto a mi amiga.

Javi suspiró profundamente. Se sentó en una silla junto a la ventana. Necesitaba coger aire.

—Rubia, no puedes salvar a todo el mundo —dijo, imagino, fruto de la rabia.

—Ya, pero Lucía no es todo el mundo.

Javi asintió ante mi frase. Se levantó para irse a la habitación.

—Vale. Iré un fin de semana en cuanto pueda —concluyó, mientras pasaba a mi lado para subir la escalera.

Esa noche me quedé en el salón. No bajó a darme un abrazo, no bajó a consolarme, no bajó a entender lo que estaba ocurriendo. Eso me decepcionó. Podía comprender que él también estuviera jodido; aquello no era fácil para ninguno de los dos. Pero él sabía de sobra que no había hecho nada para cumplir el compromiso por el que yo había ido a Ibiza. Si rompes un compromiso con la persona a la que quieres, ¿qué te queda? El silencio.

Los días siguientes fueron tremendamente tristes. En pleno octubre, con los días más fríos, volvieron las lluvias a la parte norte de la isla y a mi corazón.

No podía irme de la noche a la mañana, ya que tenía un compromiso con el restaurante y no quería dejarles tirados. Lucía estaba cuidada y esperando a tener nuevas pruebas. Estábamos cerrando la temporada y tocaba ser responsable.

Una semana y media más tarde, encontramos a una sustituta. Una chica joven muy despierta también en el tema de redes sociales.

Ese último fin de semana me despedí de todos mis compañeros. Me hicieron una fiesta muy emotiva en el restaurante, a la que Javi no acudió. Seguía enfadado.

Hice la foto del último atardecer en la isla un 19 de octubre a las 20:17. Apenas pude disfrutarlo, pese a tener ante mis ojos un intenso candilazo, un arrebol crepuscular con el que el cielo aquella tarde también quiso despedirse de mí. Las nubes parecían estar en llamas, el horizonte se teñía de colores naranjas y rojos totalmente vivos, de una intensidad que nunca había visto, pues el sol iluminaba e incendiaba las nubes más altas. Recordé entonces uno de los muchos refranes de mi padre: «Candilazo al anochecer, agua al amanecer». Me entristecí, pensando que aquel cielo era lo más parecido a un incendio que Javi nunca vendría a apagar.

Organicé mi marcha: recogí todo lo que me cupiese en una maleta de veinte kilos y en otra de diez, y dejé en la isla mi moto rosa, medio armario, mis fotos de los atardeceres y al que creía que era el amor de mi vida.

Javi seguía siendo totalmente intransigente con la situación. Nunca había visto ese lado de su carácter, tan determinado a estar obcecado con algo en lo que a todas luces no tenía razón. Estaba desconcertada y la situación me estaba superando. Mis últimos días en Ibiza no estaban siendo, ni de lejos, como los había imaginado.

Una mañana en la que Javi, como siempre, se había ido a trabajar temprano, bajé a casa de doña Catalina para despedirme. Entré como de costumbre, sin llamar, hasta llegar al pequeño patio interior, donde la encontré sentada, como cada mañana, bajo su preciosa higuera. Estaba pelando higos y echándolos en un cubo.

—Mira qué pinta tienen —dijo mientras me mostraba un higo con el corazón rojo.

Lo cogí y lo probé.

—¡Qué dulce está!

—Sí, es raro, porque no hace calor...

Me quedé en silencio unos segundos pensando muy bien las palabras que iba a escoger para despedirme de ella. Era una persona a la que le había cogido un cariño tremendo. Una mujer fuerte que me había inspirado y que había conseguido que mi estancia allí fuese más agradable y provechosa en cada una de las cosas que había aprendido de ella.

—Catalina... Venía a... —dije en un tono suave que detectó al instante.

—Vienes a leerme por última vez, ¿no?

Sonreí. Qué lista era. Asentí con la cabeza y cogí el libro, al que apenas le quedaba una docena de páginas para terminar.

—Me ha dicho el niño que te vas... —dijo antes de que empezara a leer.

—Sí, doña Catalina. Una de mis mejores amigas está enferma y tengo que estar con ella.

—Tú sabes que mi nieto está siendo muy orgulloso, ¿no?

—Un poco, la verdad —contesté, siendo sincera.

—Pero tú también sabes que te quiere mucho, ¿verdad?

No respondí.

—Tú eres su luz, niña. Pero las luces a veces te iluminan y otras veces brillan tanto que te ciegan. Tú, ahora mismo, estás brillando mucho porque vas a hacer lo que tienes que hacer. Y él está totalmente cegado.

—Ya, pero creo que es el camino correcto, al menos para mí.

—No existe el camino correcto, niña. Solo existen los caminos que nos llevan hacia los corazones de las personas. Vosotros ya habéis recorrido ese camino. Lo que pasa es que ahora cada uno habéis cogido un atajo distinto. En vosotros está que os podáis volver a juntar en otro sendero.

Respiré hondo porque quería a Javi. Una no deja de querer a las personas de un día para otro, aunque te enfades con ellas.

—Deja ese último capítulo —dijo refiriéndose al libro.

—¿No quiere que se lo lea? —pregunté sorprendida.

—Sí, pero cuando vuelvas.

—No sé si... —dudé, un tanto apesadumbrada.

—Sí que volverás. Claro que sí. Ya eres un gato de esta isla. Y eso nunca se olvida.

Abracé a doña Catalina emocionada y me despedí de ella con una deuda que esperaba cumplir en un futuro.

—Ven algún fin de semana a vernos, aunque sea de higos a brevas. ¿Te acuerdas? —dijo con sus arrugadas manos sobre mi cara.

Claro que me acordaba. De ella aprendí ese verano el verdadero significado de la expresión «de higos a brevas». Se sentó conmigo en aquella higuera en la que nos estábamos despidiendo y me contó que esos dos frutos, que provienen del mismo árbol, crecen separados por nueve meses. Por eso cuando decimos de «higos a brevas», nos referimos a un espacio de tiempo largo entre dos cosas que ocurren.

El día que Javi me llevó al aeropuerto nos levantamos muy temprano. Él se duchó antes que yo y dejó el suelo encharcado, como siempre. Donde antes veía un pequeño defecto, en ese momento me parecía «su maldita manía de dejarlo todo chorreando». El enfado irracional que él tenía por mi regreso a Madrid estaba consiguiendo distanciarnos mucho más que los cientos de kilómetros que nos separarían a partir de aquel mediodía.

El viaje fue en silencio: él conducía y yo miraba por la ventana. Justo igual que cuando se marcharon las chicas. En ese momento, pensé que despedirme de la isla y de él tan cabreada no era justo para ninguno de los dos. Cuando llegamos al aeropuerto, intenté calmar los ánimos. Al fin y al cabo, no estábamos rompiendo, pero... No sabía en qué punto nos encontrábamos y no era el momento de hablarlo. Así que le hice una pregunta típica para rebajar la tensión:

—¿Dónde están las salidas?

—Por lógica, las salidas siempre están arriba, porque te subes al avión, y las llegadas siempre están abajo porque te bajas del avión.

Javi en estado puro, siempre tan lógico para algunas cosas y tan ilógico para otras. Me dieron ganas de contestarle «ñiñiñi», pero le miré y vi que sus ojos brillaban. No estaba sonándose los mocos ni montando un drama, pero pude ver lágrimas recorriendo sus mejillas. Me derrumbé, recordando que hacía años que él no lloraba.

—No soy capaz de decirte adiós, Javi —le dije mientras le abrazaba con todas mis fuerzas.

—Entonces no me lo digas. En el idioma quechua no existe esa palabra. No conciben la posibilidad de no volverse a ver.

—¿Y cómo se despiden?

—Utilizan la palabra *tinkunakama*, que significa «hasta que nos volvamos a encontrar».

Sonreí y le miré a los ojos antes de cruzar la puerta de embarque.

—*Tinkunakama*, Javi.

—*Tinkunakama*, mi niña.

20
Lo que mueve el mundo

El amor es esa fuerza desorbitada que te hace cambiar de ciudad.

Cuando pasé el control de seguridad, me senté cerca de la puerta de embarque de mi vuelo. Cogí el móvil para buscar en Google la palabra *tinkunakama*; efectivamente, era tal y como Javi había dicho. Además, leí que era así porque en el idioma quechua cada palabra denota interés por el estado de la persona con la que se está hablando. Así, para decir «hola» utilizan *imaynalla*, que vendría a significar «¿cómo estás?», lo que deja entrever que, implícito en el saludo, existe una intención real por saber de la otra persona. Esto es algo de lo que nosotros a veces carecemos en nuestro idioma y en nuestras vidas.

Javi siempre había sido generoso, como el idioma quechua; siempre se había preocupado por mí en concreto y por nosotros en general. Pero esos últimos días estaba siendo egoísta en primera persona del singular.

Ya en el avión, con el cinturón de seguridad abrochado, miré por la ventanilla y se me escapó otra lágrima. Dicen que una de las cosas que más cuesta aprender es que, a veces, para avanzar hay que soltar, y yo tenía que avanzar en ese momento con una dirección muy clara. Nos separaba el mar, pero nuestros corazones continuaban unidos.

Cuando despegamos, pude ver un tenue arcoíris reflejado sobre las olas, chiquititas, en el agua. Entonces supe que era una señal de mi padre, diciéndome que estaba haciendo lo correcto, y respiré tranquila. Necesitaba esa señal porque había sido una decisión muy difícil. Me toqué la pulsera que llevaba en la muñeca derecha y pensé que, en el fondo, Javi me acompañaría a Madrid con ella.

Pasé algo de miedo en el avión. Yo, que siempre me había jactado de que no me daba impresión aterrizar ni despegar, que me mofaba de mi amiga Laura cuando se agarraba al asiento como si se lo fuesen a robar, en ese momento me sentí indefensa por primera vez. Comprendí que no tenía miedo de que me pasase algo físico, sino que sentía un cierto recelo inesperado a perder todas las cosas que había construido hasta el momento. Un miedo irracional que no tenía cuando era más joven.

Cuando maduras, echas la vista atrás y ves el camino recorrido. Has estudiado mucho para tener un trabajo, has ahorrado lo justo para tener un poquito de estabilidad y has amado de todas las formas posibles, algunas veces bien y otras veces no tan bien. Sé que aferrarse a algo material es como arrastrar una pesa de diez kilos: te impide ser tú misma y viajar por la vida ligera, pero no os voy a negar que pensar en perder todo por lo que has luchado, incluida la experiencia ganada en el camino, es como que se te quemen las croquetas en la sartén después de llevar cuatro horas preparándolas. Es tropezar en lo más llano, que diría mi padre.

Cuando aterricé en Madrid, sentí una extraña sensación de alivio. No es que en Ibiza hubiese estado en una situación crítica, ni mucho menos, pero echaba de menos mi ciudad. Desde el avión observaba todas esas luces que, en cierto modo, llevaba tantos meses solo recordando en mi memoria, como si añorar la contaminación lumínica fuese bueno. Sé que suena ridículo, pero mi cuerpo se alegraba de volver. Ojalá hubiese sido por un motivo distinto y acompañada de Javi. Si solo hacía unos meses me cambiaba de ciudad por amor, en esa ocasión lo volvía a hacer de nuevo por el mismo motivo: el amor que sentía por mi amiga.

Pol me vino a buscar al aeropuerto y lo agradecí muchísimo. Me sentía sola y vulnerable en ese momento, por lo que ver una cara conocida nada más salir por la puerta era lo más parecido a un abrazo sincero en el momento que más lo necesitas.

De vuelta a casa, sin Javi, sin la mitad de mis pertenencias y con el corazón encogido por Lucía, me sentí más pequeña que nunca.

—Es increíble que hayas conseguido meter toda tu vida en una maleta de veinte kilos y en una de mano. ¡Quién te ha visto y quién te ve! Por cierto, estás morena ¿o soy yo, que te veo guapa?

—Joder, Pol. Llevo varios meses viviendo al lado del mar: lo mínimo es coger un poco de color. No te lo vas a creer, pero allí incluso andaba descalza.

—Pues sí que has cambiado, vecina, yo que te tenía por la única mujer en España que tiene tacones para andar por casa. Ven aquí, anda —me dijo mientras abría los brazos para abrazarnos, ahora sí, con fuerza.

—¿Cómo está? —le pregunté mientras seguíamos unidos.

—Animada. Seguro que verte le hará mucha ilusión.

Esa tarde, Pol me llevó a casa de mi madre antes de que Laux me recogiera para ir juntas a su casa.

—Ay, hija, ni tiempo me has dado para ir a verte a la isla —me dijo mi madre mientras me besaba.

—No pasa nada, mamá, te prometo que iremos las dos.

Mi madre sonrió y me miró fijamente a los ojos.

—¿Estás bien? —me preguntó como solo puede hacerlo una madre que conoce a su hija por algo tan nimio como las inflexiones de la voz.

—He tenido años mejores... Los noventa, por ejemplo.

Ambas nos reímos. No fue una mala década la de los noventa, cuando poca cosa importaba. Todo era tan fugaz que apenas duraba. Daba igual si era bueno o malo, solo ocupaba un corto espacio de tiempo en nuestras vidas, que era sustituido en un pispás por otro sentimiento. Ojalá alguien nos hubiera avisado a esa edad de que los problemas de matemáticas no tenían ni la mitad de la mitad de complejidad que la vida.

—Bueno, cuéntame. ¿Qué es lo que más te ha gustado de la isla? —dijo con habilidad, sacando de mi cabeza la preocupación por Lucía durante unos momentos.

Respondí con rapidez, casi de manera instintiva.

—Los atardeceres.

—¿Eran bonitos allí?

—Mira, he estado haciendo fotos con la cámara que me regalaron mis hermanos. —Busqué en la maleta las fotos que había estado guardando de cada atardecer.

Mi decepción fue máxima cuando me di cuenta de que no habían viajado conmigo. Solo había traído la cámara y la libreta.

—Me las he dejado allí... Solo tengo una que se ha quedado dentro del cuaderno, es un atardecer de cala Benirrás.

Le mostré una foto preciosa que hice días antes de marcharme. En la playa donde conocí a Javi. Esa última vez estuve sola. Mi madre la cogió con sus delicadas manos.

—Qué bonita, hija. Me ha recordado a una postal de Japón que me envió tu padre desde allí hace muchos años, aunque la suya era de un amanecer.

—Es el país del sol naciente.

—Sí, eso me decía siempre. Con la mala memoria que tengo últimamente..., pero esa postal no la olvido —me dijo, un poco tristona.

Me pareció una bonita casualidad que mi madre recordase una foto de un amanecer relacionado con mi padre. Él viendo salir el sol tantos años con sus viajes y largas estancias en Japón, y yo pendiente de cuándo se ocultaba en Ibiza.

—¿Tú cómo estás, mamá?

—Hoy bien, hija. Mañana, ya veremos.

Mi madre y sus frases. Comprensiva como siempre, entendió que no me quedase a vivir con ella en mi vuelta a Madrid cuando le dije que de momento me instalaría en casa de Laux. A punto de cumplir treinta y un años, necesitaba mi espacio y una habitación que no estuviese llena de peluches. Por suerte, la casa de Laura no estaba lejos de allí y le prometí que nos veríamos muy a menudo. Una promesa que en realidad era una necesidad, ya que, después de pasar cinco meses fuera de casa, estar con ella era algo que sentía necesario para mi corazón.

Aproveché que estaba en casa de mis padres para ir a mi antigua habitación. Entré en ella con cierta nostalgia. Me tumbé en la cama y, casi sin querer, apoyé la cabeza en mi querida almohada. Al instante, un orgasmo en forma de escalofrío recorrió mi cuello. Mi cabeza la reconocía, y la había echado tanto de menos que mi cuerpo se negaba a levantarse y abandonarla por segunda vez. Tuve que convencerle de que esta vez la almohada se vendría con nosotros para lograr incorporarme.

En el suelo, bajo la mesa, había unas cajas que mi madre habría sacado para limpiar el armario. En ellas pude encontrar apuntes de mi época del instituto. Había también carpetas llenas de pegatinas de la *Super Pop* y fotos de mis *crushes* de la época. En aquellos tiempos los llamábamos «amores platónicos», pero no hay que negar que hay anglicismos que tienen mucha fuerza para describir ciertas cosas. Sin duda, el corazón te hace *crush* cuando piensas en ellos.

Al volver a guardar una de las carpetas en la caja, se escurrió de entre las páginas una foto de carnet de Nacho, mi primer novio, una de las personas más importantes de mi vida que desapareció de ella cuando me fui a la universidad. Aún tengo su recuerdo en el estómago, porque, sin contar a Javi, solo él consiguió hacerme mejor persona con su presencia. Era mi primer amor verdadero: el de la adolescencia, el que no se olvida.

Recogí la foto del suelo y, al darle la vuelta, leí lo que había escrito en ella: «TK, enana». Míralo: tan guapo, con el pelo larguito, sus inabarcables ojos azules y su chaqueta vaquera de borreguito. En aquella foto de carnet se podía percibir lo alto que era, pues estaba hecha en un fotomatón de la época, donde había que regular la altura del taburete y su cabeza rozaba el límite del recuadro. Recuerdo que, cuando nos hacíamos fotos juntos, a mí me colgaban los pies y él tenía que agacharse. Nos apretujábamos mucho y posábamos con la lengua fuera y besándonos. Sin filtros y sin saber cómo iban a salir. Felices.

En aquella foto escribió «te quiero» con K, pero usando la coma vocativa antes de «enana». Así era Nacho: una mezcla perfecta de educación y cercanía atrapada en el cuerpo de un adolescente al que la vida le obligó a dejar los estudios —y en cierto modo a dejarme a mí también— para sacar adelante a su familia. Apuesto a que en esa foto llevaba el casco de la moto en la mano y tenía prisa por que saltase el *flash* en el fotomatón para irse a trabajar. Inspiré y volví a notar aquel aroma a gasolina que le acompañaba y que tantos recuerdos me evocaba, los cuales, curiosamente, eran todos buenos, pese a haber tenido un final... Bueno, un final. Sin más.

El sonido del móvil me llevó de los dieciséis a los casi treinta y uno. Laux llamaba para decirme que estaba llegando. Fui de nuevo al salón, donde mi madre se me acercó con una plantita en una maceta de las que tenía en la terraza y que cultivaba con mi padre. Quería que me la llevase a casa de Laux, sabiendo de sobra que se nos moriría.

Laura se bajó del coche y lo primero que hicimos fue abrazarnos.

—¿Cómo está? —le pregunté. No hacía falta que dijese quién.

—Bien... Mañana la verás —dijo tranquilizándome.

—Y tú, ¿cómo estás? —le pregunté. Ella sonrió y asintió con la cabeza para cambiar de tema y de tono al momento.

—Tía, tía, tía, tía. Muy fuerte lo que me ha pasado. ¡Casi me meto por dirección prohibida para llegar a tu casa!

No sé por qué no me sorprendía. Ir con Laura en coche es siempre una aventura, sobre todo porque es un poco exagerada. En el fondo conduce fenomenal, pero le encanta inventarse historias al volante que, como todo en esta vida, tienen su parte de verdad y su parte de ficción. Pero era un chute de energía ver que, a pesar de la situación en la que nos encontrábamos, tenía la capacidad de mantener su personalidad *on fire*.

—Me he ido de viaje muchos fines de semana con más maletas de las que llevas tú. ¿Vas a sobrevivir solo con esto?

—Me tendré que apañar... Javi viene el fin de semana. Le dejé hecha otra maleta para que me la traiga.

—Menos mal, tía, ya te veía lavando los tanguitas a mano en mi lavabo y colgándolos en la ducha para reciclarlos —dijo mientras se reía con risa de cerdito de sus propios chistes, como solía hacer.

Cuando llegamos a su casa, me instalé en la «habitación de los trastos», que ni de lejos era tal, sino otra de sus exageraciones, porque en realidad estaba muy ordenada. Era un cuarto chiquitito, con una cama de uno treinta y cinco, un escritorio no muy amplio y un gran armario que Laura me había dejado casi vacío y que no pude llenar.

—Si necesitas algo de ropa, lo bueno es que compartimos talla, así que te dejo que me robes lo que quieras, como si fuésemos hermanas.

Si eso no es amistad verdadera, que baje Brad Pitt y lo vea.

Nos tiramos toda la noche hablando en el sofá. Pedimos cena a domicilio, abrimos una botella de vino y nos desahogamos.

—Te veo cansada, rubia. ¿Estás bien? —me preguntó, igual que mi madre.

Supongo que llevaba tatuado en la frente un «estoy hecha mierda».

Y no, no le dije lo mismo que a ella para no preocuparla. No le dije que estaba bien ni que había tenido años mejores, como los noventa. Me eché a llorar porque era lo que necesitaba en ese momento. Laura me sujetó los clínex, me llenó la copa de vino y me abrazó cuando lo necesitaba.

—Sé que es duro, amiga, pero ya verás como juntas podemos con todo. Piensa que acabamos de arrancar y que hay que ir paso a paso. Tú lo sabes mejor que nadie.

—Por eso me da miedo, Laura, porque sé cómo puede acabar.

—No tiene por qué ser así. Aún no te conocía cuando pasó lo de tu padre, pero estoy aquí contigo, y con Lucía. Ya verás como todo saldrá bien.

Cuando se ponía seria y hablaba como enfermera, sus palabras estaban llenas de seguridad y llegaban a ser muy tranquilizadoras. Imagino que estaba acostumbrada a estas situaciones. A pesar de que yo también lo estaba —por mi experiencia pasada con mi padre—, de primeras no lo gestionaba de ese modo. A veces solo necesitas escuchar que todo va a salir bien, aunque sepas que quizá no sea verdad.

—Gracias, Laux.

—No me las des. Eres una buena amiga: no todo el mundo hubiese hecho lo mismo que tú.

—¿Tú crees? Hay veces que no estoy tan segura.

—Pues yo sí. Y me reconforta saber que, si me pasase algo, serías la primera en estar conmigo. Eso no tiene precio —dijo con contundencia—. Eso sí, ya te lo digo, no pienso dejar que te instaures en el drama. Viviremos una segunda juventud compartiendo piso y haremos fiestas como si fuésemos universitarias. —Laura se rio con fuerza y comenzó a bailar sentada, haciendo una coreografía de lo más ridícula con las manos, lo que me arrancó una sonrisa.

—No sé si estoy muy para fiestas.

—Bueno, ahora no, pero habrá tiempo para todo. Lucía nos necesita enteras, y para eso debemos contar con tiempo para nosotras.

Volvía a tener razón. Después de la experiencia con mi padre, ya sabía que, cuando cuidas de otra persona, necesitas tu espacio o, si no, acabas explotando.

—Este fin de semana es tu cumpleaños —me recordó, como si yo no lo supiera—. No te voy a engañar: esta vez no te voy a preparar una fiesta sorpresa. Pero algo habrá que hacer.

—Lo vamos viendo...

—Vale... Mañana tengo que ir al hospi a currar por la mañana. ¿A qué hora irás a ver a Luci?

—Temprano, imagino.

—Pues te acerco con el coche —dijo, imaginando en su cabeza otra historia dramática que contar, esta vez conmigo como copiloto.

A las nueve de la mañana, Laux me dejó en casa de Alberto. Cuando me abrió la puerta, se alegró muchísimo de verme.

—Rubia, ¡cuánto tiempo! —Alberto me abrazó.

—Pues tres meses, veinte días y catorce horas, concretamente —respondí sonriendo.

—Coño, pues sí que te has aburrido en Ibiza para llevar la cuenta.

—¡Nooooo! Es que he estado haciendo fotos de atardeceres y he ido apuntando en una libreta las horas y... —La cara de

Alberto se desencajaba por momentos mientras intentaba explicárselo—. Bueno, da igual, ya te lo contaré con calma. ¿Dónde está la princesa? —dije sabiendo que podía escucharme y lo mucho que le molestaba que la llamara así.

Pensé que llegar con energía positiva y nuestro código habitual ayudaría.

Entré en el salón. Lucía estaba sentada junto a una puerta acristalada que daba a una terraza. Me la encontré ojerosa, pero guapa y fuerte, como era ella, aunque podía apreciarse algo de cansancio en su gesto, que transmitía a través de la postura. Mientras que Lucía casi siempre estaba con los brazos en jarras o con el puño hacia arriba, en posición de ataque, ahora los tenía entre las piernas, a modo de defensa. Corrí a abrazarla.

—Joder, tía, hasta en bata estás guapa, cabrona —le dije con una sonrisa fuerte, nada impostada.

Me alegraba de verla de nuevo.

—Es de la madre de Alberto, que vino a traerla y, por educación, no le iba a decir que no a la pobre.

—Hombre, algo de gusto le habrás cogido, si te la pones —dijo Alberto sonriendo.

—Parezco una señora...

—¡Una «señora bien»!

—Bueno, no tan bien. Ay, rubia, mira que un día leí algo en el horóscopo que no me gustó un pelo, pero no me esperaba esto... Que yo soy tauro, no cáncer, joder —dijo sin perder el temple que siempre la había caracterizado, incluso en un momento así.

Ella, que siempre se había declarado y demostrado ferviente defensora del humor negro, no iba a ser menos en este momento. De hecho, como ella misma decía, escribía novela negra porque tenía el alma más negra que el *eyeliner* de Cleopatra. Entonces hice la pregunta que imaginaba que estaría cansada de escuchar por boca de todos.

—¿Cómo estás?

—Pues a ratos... Estoy en la fase de digerir lo que está pasando. Y me está sentando fatal, como a ti el gluten.

—Creo que también soy cada vez más intolerante a la gente —dije siguiéndole el juego de conversación que más le gustaba.

—Es que la gente está bien, pero para un rato.

Ambas nos reímos. Verla así, cansada, pero siendo ella misma me alivió el pesar que llevaba dentro desde hacía unas semanas.

Yo, que entré habiendo planificado al detalle mi forma de afrontar la situación con la intención de levantarle el ánimo, me vi superada con cómo ella me hizo sentir. Su actitud me procuró más bien que el que yo pude ofrecerle. Fue tremendamente generosa.

Nos sentamos un momento antes de marcharnos, con la sonrisa de cariño puesta, pero sin mediar palabra. Lucía se subió la camiseta por detrás y me enseñó el sitio exacto en el que estaba el lunar al que le habían hecho la biopsia.

—Mira, rubia, bendita tu amiga Laux, que me insistió para que me mirase esto... Si no hubiese sido por ella... La verdad es que tenía muy mala pinta, pero no lo quería ver. ¡Era un lunar con los bordes raros y además tenía un pelo como de bruja! Aunque lo del pelo era lo de menos, eso no significa que sea malo, pero lo otro...

—A estas alturas de la vida no nos debería sorprender que tengas algo de bruja, con lo que sabes del horóscopo...

—Pues esto no lo vi venir, ni aunque me hubiese echado las cartas diez veces seguidas. Lo que más me jode es que tendré que dejar de fumar.

—Bueno, peor sería tener que dejar de comer croquetas.

—Sin duda. En fin, es lo que toca, ¿no?

Nos reímos de nuevo ante una conversación en la que ambas estábamos intentando quitar hierro al asunto.

—Ahora en serio: lo que me queda es lo más jodido. Ya sé que tengo un melanoma IIIB y que, al menos, hay un nombre y un procedimiento. Me toca hacerme la prueba del ganglio centinela: es la clave.

—¿Y en qué consiste?

—Pues me hacen otra biopsia para ver si el bicho se ha extendido a los ganglios. Dependiendo de los resultados, me pautarán un tratamiento u otro.

Me asustaba seguir haciendo preguntas, pero no iba a dejar que el miedo me negase una información fundamental para conocer la situación. No era el momento de mirar hacia otro lado.

—¿Y si ha traspasado al centinela...? —pregunté.

Lucía me miró y torció el gesto.

—Pues habrá que ver... Estoy muerta de miedo. No lo vi venir —me dijo, flexionando la voz, casi derrumbándose por un instante.

Me acerqué a ella y la abracé de nuevo con fuerza.

—No te preocupes. Vamos a acabar con el bicho, Luci —le dije al oído.

—¿Me lo prometes? —susurró mientras le caía una lágrima que noté en mi cuello y me llegó al alma.

—Hemos lidiado con bichos peores en nuestra antigua vida de azafatas, ¿o no? —bromeé mientras me separaba de ella para secar sus lágrimas con las manos.

—Jodido bicho... Cuando me quitaron el lunar y me lo enseñaron, era como una lombriz con patas.

—Entiendo que le dirías: «Contigo no, bicho».

Lucía y yo empezamos a reírnos a carcajadas al recordar el famoso vídeo viral de hacía años donde un chico contaba cómo le había rechazado una chica. Acto seguido, lo buscamos en YouTube y volvimos a evadirnos de la situación haciendo lo que mejor sabíamos hacer desde siempre: estar juntas.

—¿Y tus padres? ¿Ya lo saben?

—No, a mis padres aún no se lo he contado. No les quiero decir nada, bastante tienen con mis abuelos. No podría preocuparles ahora, hacerles venir y que dejasen todas las preocupaciones para sumarles una más.

—Sabes que tarde o temprano tendrás que contárselo...

—Eso espero, rubia, poder contárselo... —dijo, bromeando de nuevo, pero con cierto pesar—. ¿Y Javi? ¿Cómo se lo ha tomado?

—Bien, bien —mentí, igual que ella con sus padres, para no cargarle con otra preocupación—. Viene el fin de semana.

—Qué majo es, cariño. Me encanta para ti, pese a ser tauro.

Tragué saliva y me atraganté.

—Cof, cof... Sí, es un tauro convencido.

—El sábado me ha dicho Laux que nos juntemos para celebrar tu cumple en su casa.

—¡Sí! No sabes la ilusión que me hace que estemos todas juntas otra vez. Estoy que me cumplo años encima.

—Qué perra. Llegar a los treinta y uno y parecer que tienes los mismos que cuando te conocí. Diez años hace ya de eso...

—Y los que quedan... —dije con confianza.

—Y los que quedan —respondió Lucía con contundencia.

—Bueno, me voy a casa a preparar un poco mi vuelta a Madrid —le anuncié mientras me levantaba para marcharme—. El lunes tienes la prueba, ¿no?

—El lunes a primera hora.

—Pues a primerísima hora estaré aquí para acompañarte.

—Eso no te lo crees ni tú. Siempre llegas tarde.

—Yo no llego tarde. Es la gente que llega muy pronto.

Sonreímos y nos despedimos por ese día. Pese a que me reconfortaba haber visto a Lucía tan calmada e incluso relajada en algunos momentos —aunque no me lo esperaba—, me quedé con un sabor agridulce. Por un lado, estaba aterrada por la prueba y, por otro, ni siquiera había sido capaz de contarle a Lucía lo injusto que estaba siendo Javi desde que me marché de la isla.

Cuando aterricé, escribí a Javi para decirle que había llegado y, lejos de mostrarse como siempre era conmigo, me contestó con un simple «OK». Ya ves, un miserable «OK». Desde entonces no habíamos vuelto a hablar. Antes de irme, me aseguró que vendría el fin de semana siguiente, que además era mi cumpleaños. Por no hablar de que le dejé una maleta preparada con la idea de que me la trajese. Era lo de menos. Sinceramente, se estaba comportando como un crío.

Cuando me desperté al día siguiente, volví a escribirle con la intención no ya solo de saber de él, sino también de nosotros dos.

Javi Ibiza.

¿Qué tal estás?
¿A qué hora llegas?

No me contestó.

21
Javi

Una decisión es un comienzo, pero también es un final.

Me desperté con una pesadilla y la rubia no estaba a mi lado para tranquilizarme, como hacíamos siempre que uno de los dos se levantaba gritando en mitad de la noche. La cama era un inmenso océano vacío sin ella. Me coloqué sobre su almohada y hundí la nariz para rescatar algo de su olor. Aún lo conservaba. No sabría describirlo. Era una mezcla de jazmín y alguna otra flor. Un aroma muy difícil de identificar fuera de ella, pero imposible no reconocerlo si has tenido tu nariz entre su pelo rubio, como yo.

Habían pasado unos días desde que se fue. Como dijo Eduardo Galeano: «Todos somos mortales hasta el primer beso o la segunda copa de vino». Echaba de menos ambas cosas con ella. Estaba siendo orgulloso, por supuesto; quizá por eso dormía poco y mal.

Intenté seguir con mi rutina. Me despertaba temprano para entrenar, pero llevaba unos días que no rendía por mucho que me esforzase. Aquella mañana bajé del kayak y me sequé rápido porque hacía frío, incluso con el neopreno. De repente, me entró un mensaje en el móvil, guardado en el interior de la mochila.

Niña.

¿Qué tal estás?
¿A qué hora llegas?

Miré el teléfono triste y cabreado a la vez. Vi ese «Niña» en la pantalla que ella misma había puesto en mi agenda y por un momento sonreí.

Estaba muy cabreado con ella por haber tomado la decisión unilateral de marcharse, pero, en mi fuero interno, sabía que la decisión de no haber buscado una permuta había sido unilateral por la mía. Dejar pasar el tiempo fue un acto de cobardía, esperando que los astros se alineasen para que ella se quedara conmigo, sin más, donde yo egoístamente había retomado mi vida como si nada. Arrastrándola. Estaba enfadado conmigo por ello, lo cual no hacía más que multiplicar mi cabreo por dos. Nunca me había sentido de esa manera. Creo que la rubia me importaba tanto que generaba aquella sensación tan inestable en mí.

—¿Cómo vas, niño? —me preguntó la yaya, que apareció justo cuando estaba desenganchando el kayak del coche.

—Bueno, ahí vamos. Con prisas, como siempre. ¿Qué traes ahí?

—Un bañador de croché que le había tejido a la niña. Estoy aprendiendo a hacerlos...

—Ah, vale... Dámelo, se lo guardo en la maleta.

—Oye, ¿qué vas a hacer? —me preguntó.

—¿Hacer de qué?

—Algo tendrás que hacer.

¿Me lo parecía o mi abuela se estaba poniendo de su parte?

—Bueno, de momento estamos dejando que fluya.

La yaya Catalina soltó una sonora carcajada como nunca le había escuchado.

—Eres igual que tu abuelo. Inmovilistas por naturaleza. Mal, Javi, muy mal.

—Yaya, yo no he sido el que ha tomado la decisión de marcharse de un día para otro —contesté, bastante mosqueado.

—Eso es verdad. Está claro que no has sido tú porque es ella la que ha tenido el valor para hacerlo.

Aquella frase sonó seca y directa. Se giró, dio media vuelta de camino a su casa y siguió mascullando una frase en ibicenco.

—*Doncs qui vulgui peix, que es mulli el cul.*

Traducido, vino a decir: «Quien quiera peces, que se moje el culo».

Aquello ya era el colmo: como si yo no me hubiese mojado algo más que el culo por ella durante todos esos meses. Es más, esa semana venían a instalar una persiana en la terraza del dormitorio y el wifi por toda la casa. Para que se sintiera a gusto en la isla y para acallar mi conciencia con la permuta, ante un inmovilismo que parecía ser hereditario, se suponía que del abuelo. Si estaba harto de la isla y por eso me marché, ¿por qué me costaba tanto volver a hacerlo? ¿Por qué me había resistido a cumplir con mi palabra o, al menos, a intentarlo?

Eché el bañador de croché en la maleta, que seguía abierta en el suelo de la habitación para llevársela a Madrid.

En ese momento, entró una llamada de mi jefe y en el teléfono sonó la canción de Supersubmarina, «De las dudas infinitas». Otra perlita que había dejado la niña al toquetear mi teléfono.

—Dime.

—Ferrer, acaba de abrirse un foco en la parte alta de sierra de Morna. Vente echando hostias, porque, con el viento, tiene pinta de que va a extenderse y vamos a tener que coordinar equipos todo el fin de semana.

—Vale, voy para allá.

Lo recogí todo con urgencia y me vestí para irme. No podría ir ese finde, pero ella lo entendería.

«Luego contesto», pensé.

Pero no lo hice.

22
Cumpleaños feliz,
cumpleaños feliz

Te deseamos todas, cumpleaños feliz.

Si hubiese tenido que utilizar una palabra para definir la fiesta que Laura preparó en casa para celebrar mi trigésimo primer cumpleaños sería sin duda «contenida», justo como mi estado de ánimo en aquel momento. No obstante, fiel a su estilo, tuvo el encanto y el cariño que Laura le imprimía a todo. Además, lo importante era que estábamos juntos. Bueno, no todos: ese fin de semana Javi no apareció.

El salón estaba decorado con globos rosas, algunos motivos dorados, probablemente comprados en el «Todo a un euro» de debajo de casa, y un poco de confeti. Se notaba que la improvisación había llevado el tono más hacia una fiesta adolescente que hacia una celebración de «señoras bien».

—¿Y el confeti? —le pregunté a Laux entre risas.

—Calla, calla. Bajé a la tienda y solo tenían bolsas de cotillón... Lo siento, rubi, es lo mejor que he podido improvisar.

—Está perfecto. Hay posibilidades de que salgamos ardiendo cuando Pol prenda fuego al confeti fumando, pero está perfecto.

—Hablando de fuegos... ¿Y tu bombero?

La miré con tristeza y, antes de contestar, apareció Lucía bastante animada.

—El año que viene no pienso traer de invitado al «bicho» —dijo, levantando una copa de zumo de piña.

—El año que viene espero que estemos brindando con un copazo, no con un zumo de piña —respondí alzando la copa.

—Pero ¿serás hipócrita? Si la tuya lleva un chorro de Malibú, que yo también me he echado —apuntó Pol, botella en mano, matizando mis palabras y riéndose.

—Oye, que quería solidarizarme con Lucía. —Me defendí al momento.

—Ya habrá tiempo para brindar con copazos —dijo ella mientras juntábamos nuestras copas, al tiempo que Sara aparecía de la cocina con una tarta enorme, sin gluten por supuesto, en la que brillaban unas velas con un tres y un uno que empezaban a derretirse sobre el chocolate.

—Vamos, vamos, que se derrite el treinta y uno. Y eso da mala suerte —dijo Sara con urgencia.

—Mala suerte, no sé, pero comerte la cera debe de dar mal rollo seguro —apuntó Lucía.

—Oye, Sara, ¿eso es un tres? Si sigue derritiéndose, va camino de convertirse en un ocho —añadió Laux.

—Si damos la vuelta a las velas, cumples trece, que se acerca más a tu edad mental —masculló Pol.

—¡Venga, rubia, rápido!

Ante la urgencia de Sara, soplé las velas mientras cada uno cantaba el «cumpleaños feliz» con su versión más particular. La de Laux, por ejemplo, acababa con: «Te deseamos, perra, cumpleaños feliz». Donde la gente duda entre si se dice «te deseamos todos» o «te deseamos...» y el nombre de la persona felicitada, ella lo solventaba con un «perra». Lo remarcó después cantando «Porque es una perra excelente».

—Me gusta tu nueva «yo» ibicenca, rubi. Vas peor peinada que yo —dijo Sara entre risas, feliz de que esa vez no nos metiéramos con su pelo, sino con el mío.

Suspiré. No me importaba parecer una leona, pero ese comentario de Sara me recordó que mi plancha del pelo estaba en la maleta que tenía que traerme Javi ese fin de semana y, por ende, sin querer me acordé de que él no había aparecido. No contestó a mi pregunta de si iba a venir el fin de semana. Me había escrito a primera hora excusándose, deseándome un feliz cumpleaños y diciéndome que no podía venir al final y que me quería, pero ni siquiera me había llamado por teléfono. ¿Qué clase de persona que te quiere no te llama para felicitarte el cumpleaños? Supongo que estábamos más alejados que los quinientos kilómetros que nos separaban.

Al pensarlo, sentí una punzada en el corazón. No tengo pruebas, pero tampoco dudas, de que Laux lo notó: vino a echar más ron en mi zumo de piña y un brazo de amiga por los hombros.

—Mira lo contenta que se ve a Lucía. Es su momento —me dijo con toda la razón del mundo.

Asentí con la cabeza y me fui a dar un abrazo a Lucía y a bailar perreando un poco a su lado. Como Laux me había dejado claro que era una perra excelente, quería demostrarle que tenía toda la razón.

Como la fiesta no fue un despiporre, el domingo no tuvimos resaca. Nos despertamos —bueno, me despertó Laux, como de costumbre— y, después de recoger la casa, pasamos la tarde en el sofá. Era muy entrañable compartir sofá con Laux, ver series, pedir comida y reírnos cuando no teníamos ganas. La vida a su lado, cuando todo se complica, es más divertida.

—¿Qué se siente con treinta y un años, tía?

—¿Intentas decirme que eres más joven que yo?

—Esos dos meses se notan, cariño.

—Pues me siento igual que ayer, pero con una arruga más. Mira las patas de gallo que me salen alrededor de los ojos —forcé la sonrisa todo lo que pude.

—Hombre, con esa cara de cagar que has puesto es normal.

—Ja, ja, ja. —Me reí desproporcionadamente por lo bruta que había sido.

—¿Ves? Son arrugas de sonreír. Más me jodería no tenerlas.

Ya sabía que las arrugas no son más que sonrisas acumuladas

a lo largo de los años: cuantas más aparezcan, más significado tendrán. Acaricié las mías y, a pesar de todo, me sentí feliz. No sé cómo lo consigue esta mujer, pero sus palabras siempre me reconfortan.

—¿Estás preparada para ir mañana al hospital con Luci?

—Sí, otra cosa no, pero estoy más que acostumbrada a ir a pruebas médicas. Después de lo de mi padre, soy una experta en algo en lo que nunca nadie debería serlo.

—Eres muy valiente. Lo sabes, ¿verdad?

La miré con el mismo cariño que desprendían sus palabras.

—¿Pedimos algo de cena? —dije, escuchando por fin lo que mi estómago llevaba diciéndome desde hacía un par de horas.

—¡Pues claro! ¿*Sushi*?

—¡Perfecto!

Me levanté a buscar el folleto del japonés que guardaba junto con muchos otros en un cajón de la cocina. Me parecía curioso que, con lo ordenada que era para algunas cosas, ese cajón lo tuviera hecho un desastre. Tenía folletos de *pizzas*, de comida india, de restaurantes chinos, de kebabs... Guardaba información de cerrajeros veinticuatro horas, lo cual era curioso porque estaban dentro de casa y, a no ser que se quedase encerrada dentro, de poco le servirían. Electricistas, fontaneros, servicios de mudanzas..., y uno que me resultó llamativo: un folleto de una clínica de congelación de óvulos. Cogí el folleto del japonés y nos pedimos una buena bandeja de *sushi* variado para cerrar el domingo disfrutando de una magnífica cena y haciendo un *remember* de *Gossip Girl*.

Yo no destaco por ser una persona puntual. Tengo otras aptitudes, como hacerme la manicura francesa sola o utilizar la ironía adecuada en el momento oportuno. Pero lo de ser puntual se me atraganta. Por eso, la mañana que tenía que acompañar a Lucía al hospital, me puse siete alarmas en el móvil y, además, le pedí a Laura que me despertase.

—¡Rubiaaaa! ¡Son las once!

—¿¡Cómo que las once!? —Me levanté de la cama de un salto y con el corazón fuera del pecho.

—Ja, ja, ja. Que no, que son las siete menos cuarto.

«Qué agradable es esta mujer por las mañanas», pensé.

—¡¡Te matoooo!! —verbalicé.

Laura se descojonó de mí desde la puerta de la habitación, café en mano.

—Tía, qué mal despertar tienes.

—No te jode, mañana voy a ir yo a despertarte a grito pelado.

—Me extrañaría que fueras capaz de despertarte antes que yo —dijo.

Cómo me jodía cuando tenía razón.

—No, pero puedo darte la chapa toda la noche y no dejar que te vayas a la cama hasta que acabe de contarte todas mis anécdotas desde los doce años... —la amenacé.

—Vale, vale... Con las horas de sueño no se juega —dijo preocupada porque le hiciera perder sus ocho horas diarias y reguladas de sueño entre semana y, encima, contándole batallitas como si fuera el abuelo de *Los Simpson*.

—He dormido fatal. Ya me pasó en Ibiza, que la almohada era una mierda... Pero no lo entiendo, porque esta es la mía de toda la vida... —le dije mientras me desperezaba.

—Ya sabes lo que dicen, rubi: «Las preocupaciones hacen que las almohadas se vuelvan incómodas».

Joder. Yo que blasfemé en chino en Ibiza por la piedra que tenía Javi encima de la cama y quizá no era culpa de la almohada, sino del peso que llevaba dentro. Qué razón tiene Laura a veces...

—Venga, levanta. Hay café recién hecho. Cuéntanoslo todo en el grupo en cuanto Lucía salga de la prueba. Estaré pendiente por si necesitáis lo que sea.

—Gracias, amiga.

Me di una ducha para despejarme la cabeza. Con el agua cayendo por el pelo, sentí cómo las preocupaciones iban resbalando poco a poco. Para mí, las duchas son siempre sanadoras; es un lugar donde aprovecho para llorar y que las lágrimas se confundan con el agua, pero también para relajarme y dejar que el volumen y el peso de algunos pensamientos se atenúen. Como leí una vez: «Si el ruido del mar supera al de tus pensamientos, estás en el lugar correcto». En estos casos, lo extrapolaba al sonido de la ducha, al agua cayendo sobre mi cuerpo. Para las que vivimos en sitios sin mar, es la única posibilidad de sentirlo cerca.

Cuando salí, mucho más relajada, Laux ya se había marchado. Yo ya tenía de nuevo mi coche, que había guardado durante este tiempo en el garaje de mi hermano para poder moverme con libertad. Así Laux no tenía que acercarme y podía irse al trabajo sin esperarme. Seguía con mi excedencia, por lo que podía acompañar a Lucía mientras los demás trabajaban.

Fui a recogerla a casa de Alberto. Cuando llegué, me los encontré en la puerta de la calle, esperándome, bastante nerviosos. Conociéndola, estaba segura de que Lucía no aguantaba en casa sentada. Recordé el momento en que nos conocimos los tres, diez años atrás, cuando coincidimos en nuestro primer evento. Alberto era el jefe de coordinación, y ella y yo éramos azafatas. Íbamos de camino a Talavera de la Reina. Lucía conducía y fue tremendamente borde conmigo. Sincericida, como le gustaba definirse. ¿Quién no ha tenido una amiga que al principio te cayó fatal, pero ahora es una de tus mejores amigas?

Alberto me saludó y besó a Lucía en la frente para despedirse, mientras le daba una mochila.

—¡Llamadme en cuanto sepáis algo! —dijo mientras Lucía entraba en el coche.

Diez años más tarde, era yo la que conducía. Su mirada se perdía por la ventanilla.

Llevaba un vestido largo de lunares y una cazadora motera, el pelo recogido en un moño y unas gafas de sol bastante grandes. Quise hacer el primer acercamiento para comprobar su estado de ánimo.

—¿Has visto que he sido puntual?

—Ya te digo. Increíble, rubia, increíble —dijo mientras fijaba la mirada en los edificios de Madrid.

—¿Estás nerviosa?

—Bueno... Teniendo en cuenta que me he puesto el tanga al revés y que me he fumado medio paquete de tabaco...

—Bueno, quizá hoy no era un buen día para dejar de fumar... —añadí, intentando bromear.

—¿Me puedo fumar otro aquí?

—Mejor vamos a empezar a dejarlo desde ya, ¿no?

—Qué coñazo eres. Me voy a fumar uno —dijo Lucía, bastante seca, mientras sacaba un cigarrillo. Estaba muy nerviosa.

—Luci, todo va a salir bien —le aseguré, poniendo una mano sobre su rodilla.

No hizo falta decir nada más. Respiró profundamente y dejó caer la cabeza sobre el reposacabezas del asiento del copiloto.

—¿Qué llevas en la mochila? —Intenté cambiar de tema.

—Pues lo básico: pijama, bragas, tabaco, mechero, lima...

—¿Por si te tienes que escapar del hospital?

—Ja, ja, ja. Qué graciosa. Podré tener tocado el ganglio centinela ese, pero no me va a pillar con las uñas jodidas. —Lucía me mostró su impoluta manicura roja.

—Pero ¿tú no sabes que no puedes ir con las uñas pintadas a quirófano?

—¿¡Cómo que no!? ¡No me jodas! ¿Por qué?

—Pues yo qué sé. Por higiene o porque no les gusta a los anestesistas... ¡Qué coño sé! Pero tampoco puedes ir con pendientes y llevas más bisutería en el cuerpo que la Pantoja —le dije mientras señalaba uno de sus aros gigantes.

—Madre mía, qué cruz... ¿Y ahora qué hago?

—Espera, vamos a llamar a Laura y le preguntamos si lo de las uñas es importante o no.

Mientras sonaban los tonos a través del *bluetooth* del coche, Lucía no dejaba de mirarse la manicura.

—¡¡¡Chiquiiiiii!!! ¿Cómo vais? —contestó Laura al otro lado del teléfono.

—Laux, ¿pasa algo si llevo las uñas pintadas para lo de la biopsia? —dijo Lucía al momento.

—¿Llevas las de los pies y las de las manos?

—¡Nos ha jodido! Por supuesto. Y las llevo a juego.

—¿De qué color son?

—¡Rojas!

—Buaaaah, ¡qué cagada!

—¿Por quéééé? —preguntó Lucía, apurada.

—Joder, porque no pegan con el quirófano, que suele ser blanco y verde.

Se me escapó una carcajada.

—Sois imbéciles las dos —soltó Lucía muerta de risa.

Habíamos conseguido calmar los ánimos y llevarla con una sonrisa al hospital.

—No, en serio. No hay que llevarlas pintadas porque el color natural de las uñas da mucha información sobre el estado general del paciente. También por higiene y porque el saturómetro se coloca en la punta de los dedos y, si las uñas están pintadas, puede dar una lectura incorrecta. Pero, vamos, que, si es necesario, cualquier compañera tendrá algodón y quitaesmalte a mano. No eres ni la primera ni la última que llega así a quirófano, hija.

—Qué seria te pones cuando hablas de lo tuyo, Laux —dije asombrada después de una explicación tan detallada.

—Bueno, pues os lo he contado mientras meo. Os he soltado la parrafada para que no oyerais las últimas gotas.

Las tres nos descojonamos de nuevo y colgué. Miré a Lucía y tenía mejor cara que cuando salimos de casa de Alberto. La risoterapia estaba funcionando, al menos hasta que llegamos al hospital.

Entregamos los papeles en admisión y le asignaron una habitación. La operarían a mediodía y, como mucho, pasaría una noche ingresada, quizá ni eso.

Se pasan muchos nervios en el momento previo a entrar en el quirófano. Yo lo sabía, ya que había acompañado a mi padre muchas veces. Esperaba con él, intentando amenizar el rato con alguna conversación que le gustara, como lo hacía en ese momento con mi amiga. En la habitación, Lucía se puso la bata y las calzas para entrar a quirófano, pero se negó a ponerse el gorro.

—Estás tremenda —le dije sonriendo.

—Que no, rubia, que yo esto no me lo pongo.

—Venga, si te queda bien hasta un gorro de natación.

—Qué perra eres. Tú lo que quieres es reírte de mí. —Me golpeó con el gorro.

De repente, tras las últimas risas, nos quedamos en silencio y ella, que sin duda había hecho un gran esfuerzo por estar animada, se derrumbó y se puso a llorar. La abracé y dejé que lo soltase todo.

—Tengo mucho miedo, rubia.

—Ya lo sé, cariño, pero estoy contigo. No te preocupes, no es nada.

—No es la operación lo que me preocupa: son los resultados los que me dan miedo.

—Bueno, no adelantemos acontecimientos, que aún no sabemos nada.

—¿Y si cuando lo sepamos es malo? —dijo mirándome a los ojos, como si quisiese que me asomara al miedo que había dentro de ellos.

—Pues seguro que habrá un tratamiento —le dije, saliendo de su mirada con una sonrisa tranquilizadora.

Una de las cosas que aprendí con el cáncer de mi padre era que es importante ser positivos, pero también claros. Es ver que hay opciones para cada problema y que los médicos tienen las herramientas para cuidarnos. Todo lo demás vendrá. Si eres capaz de mentalizarte, tienes ya medio camino hecho. Y el proceso, tal y como sabía por la experiencia que atesoraba, solía ser una carrera de fondo.

—Ahora céntrate en esto: cuando te vayan a anestesiar y estés a punto de quedarte dormida, piensa en algo bonito —le dije para aplacar sus nervios.

—¿Por qué? —preguntó Lucía intrigada.

—Porque si te duermes pensando en algo bonito, despertarás con esa misma sensación. Si te duermes llorando o con miedo, lo harás con esa inquietud. Acuérdate de esto, porfa.

—Vale —respondió convencida—. Voy a pensar que estamos en una playa paradisiaca, en un hotelazo, con un par de mojitos en la mano..

Un celador llamó a la puerta justo cuando la abrazaba por última vez antes de que se la llevaran en la camilla. Nos cogimos la mano y nos despedimos con la frase «Vamos con todo», que tanto sentido cobró en aquel momento.

Pregunté, casi de manera instintiva, cuánto tardarían en traer a Lucía de nuevo. Me dijeron que llamarían al teléfono de la habitación desde observación en cuanto saliese. Les ofrecí mi móvil para que no hubiera posibilidad de error e ir a comer algo, ya que tardarían horas. Aproveché el momento para reportar noticias en el Dramachat.

Dramachat
Laux., Lucía azafata., Sara., Tú

Ya ha entrado en el quirófano.

Sara, que nunca está pendiente del grupo, contestó al segundo.

Sara.
¿Cómo la has visto?

Bien. Estaba tranquila.

Laux.
Sois unas valientes.
Que lo sepáis. Os amo.

Y nosotras a vosotras.

Sara.
¿Qué vas a hacer mientras?

Pues voy a ver
si desayuno algo.

Laux.
Aprovecha para donar sangre, a ver si
la tienes rosa.

Sara.
La rubia no puede donar sangre porque hay
que pesar 50 kilos y ella es muy pequeña
para esas cosas...

Jajajaja, ¡perra!

Laux.
Jajajaja. Luego nos cuentas.

Aproveché para escribir a Pol y a Alberto por privado y les dije que había entrado en el quirófano, que estaba tranquila y que en cuanto tuviese noticias, les informaría. Miré el móvil por última vez: solo habían pasado siete minutos desde que se habían llevado a Lucía. Pintaba que la espera iba a ser eterna, por lo que más me valía entretenerme con algo.

Bajé por la escalera en busca de la cafetería para ver si, con suerte, había algo para desayunar sin gluten que no fueran galletas secas. Imaginaba que sí, ya que en los hospitales suelen ser sensibles a estos temas, así que fui con la idea de moverme un poco y acortar el tiempo.

Todas las plantas de los hospitales son un calco unas de otras. Decoradas igual y con la misma disposición, tenía la sensación de estar en un decorado de televisión donde, cada vez que bajaba una planta, parecía estar en la anterior. De hecho, tenía que mirar el cartelito del número de planta para convencernos a mí y a mi cerebro de que habíamos bajado a la siguiente. Sin embargo, al llegar a la segunda, me llamó la atención que una de las alas estaba decorada con unos dibujos muy coloridos. Se notaba que eran infantiles, pero estaban ilustrados con mucho gusto.

Era una planta totalmente diferente y rompía con el patrón anterior. Imaginé que sería el área infantil. Como no había nadie, entré a curiosear, algo propio de una persona con tiempo libre. Anduve por uno de los pasillos, recreándome en un precioso árbol que ornamentaba toda una pared de unos cinco o seis metros, con sus ramas y frutos. Desde el ventanal contrario, el sol marcaba todo el mural y se colaba por las ventanas de las puertas que daban acceso a las salas y habitaciones, donde había mobiliario infantil muy cuqui. Una mesita con forma de seta, sillitas minúsculas, que quizá me valían, y taburetes con forma de troncos, como si fuese un bosque. En el cartel se informaba de que era la zona de oncología pediátrica. Me dio una punzada en el corazón al leer esas dos palabras juntas. Vi a una niña sin pelo junto a sus padres mirando unas estanterías llenas de cuentos y juguetes. Ellos no me vieron, pero me avergoncé al sentirme una intrusa en aquella planta. Decidí volver a la escalera principal, caminando con firmeza cuando me encontraba con alguna enfermera, como si supiese adónde iba.

Al llegar al final del pasillo, lejos de encontrar la salida, me topé con una zona que estaban remodelando. Había plásticos en las paredes, pintura y algo de cemento. No estaba abierta al público, pero la curiosidad y el precioso colorido de las paredes me empujó a seguir investigando. Me asomé a una de las primeras salas a través de la ventanita de la puerta, en cuyo ojo de buey habían aprovechado para dibujar un sol a su alrededor con un precioso atardecer. En el interior del espacio, un mural estaba sin terminar y, de espaldas a mí, un chico, muy alto y moreno terminaba de tintar las partes delineadas.

Llevaba unos cascos y un uniforme. Delineaba con delicadeza: se notaba que estaba disfrutando porque lo hacía casi a cámara lenta, para saborearlo. Verle era una experiencia muy relajante, tanto que me quedé embobada observándole. En un momento dado, se giró para limpiar el pincel en un pequeño cubo que había en el suelo y vi su cara.

Me quedé congelada.

Tenía quince años más, pero era él.

Tenía un corte de pelo distinto, pero era él.

No sabía si su olor seguiría siendo aquel adictivo aroma a gasolina ni si la melodía que le acompañaba aún sonaría triste, pero era él.

Nacho, mi primer amor y la primera decepción de mi vida.

Tengo todas las palabras para describir ese momento, pero ninguna le haría justicia. No soy tan buena escritora, no tanto como para describir la sensación que recorrió mi cuerpo, inmóvil por momentos, al verle tantos años después. Como un coche que se queda sin batería de repente y avanza unos metros hasta detenerse.

Respiré profundamente, porque tenía que hacerlo para seguir viviendo, y lo hice tan fuerte que, al otro lado de la puerta, Nacho me oyó.

PARTE III
EL REENCUENTRO

23
Serendipia

Hallazgo valioso que se produce de forma accidental o casual.

A la última persona que me hubiese esperado encontrar en aquel momento hubiese sido a Brad Pitt. Y después a Nacho.

La cara de ambos fue lo más parecido a un poema de Baudelaire. Indescifrable.

—¿Nacho? —dije sin que apenas mis cuerdas vocales vibraran lo suficiente.

—¿Enana? —respondió él.

Escuchar otra vez la palabra «enana» después de tantos años me afectó. No sé cómo pasó, pero sentí que la palabra viajaba de los oídos al estómago.

—Pero ¿qué haces aquí? —le pregunté.

—Pues trabajo aquí, soy celador. Y tú, ¿estás bien?

Quizá Nacho se imaginaba que estaba enferma; al fin y al cabo, estábamos en un hospital.

—Sí, sí. Yo sí. He venido a acompañar a una amiga: está en el quirófano justo ahora.

—Menuda sorpresa, ¿no?

—Pues sí, la verdad —dije, sin ocultar la ilusión que me hacía volver a encontrarme con él.

Cuando me fui del instituto y Nacho decidió romper porque, según él, no era bueno para mí estar a su lado, me enfadé muchísimo. A pesar de ser muy jóvenes, siempre nos habíamos apoyado el uno en el otro. Por eso jamás entendí aquella decisión. Incluso cuando su situación personal era crítica y tuvo que dejar las clases para solventar las deudas de su padre, nunca dejé de apoyarle. Tanto tiempo después, cualquier rastro de aquel dolor era inexistente.

—¿Lo has pintado tú? —le pregunté mientras observaba el mural.

Debió de percibir mi duda acerca de si una de las funciones de los celadores era también ilustrar las paredes, y sonrió con aquella pose que tantas veces había visto y que tan poco había cambiado con el paso de los años. Era una sonrisa perfecta a juego con aquellos ojos que seguían siendo tan azules como los recordaba. Qué bien le habían sentado los años.

—Sí. Soy celador en el hospital, pero también pinto.

—Ah, vale, vale... Ahora todo cobra sentido —dije, escurriendo un poco el bulto e intentando avanzar con la conversación para evitar que se me notase que estaba nerviosa—. ¿Y cómo es que eres celador?

Nacho sonrió de nuevo y me puso al día de lo que había sido su vida desde que las nuestras se separaron.

—Pues fue casi por casualidad. Al cabo del tiempo conseguimos saldar la deuda de mi padre y pude pensar en qué me gustaría hacer. No había tenido tiempo de decidirme, la verdad... Años después de que... Bueno, ya sabes, después de que tú y yo...

—Después de que rompiésemos —dije por inercia, sin rencor.

—Sí... Bueno, después de que lo dejáramos.

Era un eufemismo decir que lo «dejamos» cuando fue él quien tomó la decisión por mí, pero ¿quién podía estar enfadada por algo así tantos años después? No tenía sentido arrastrar la rabia o el dolor durante todo ese tiempo. La casualidad, la providencia o el destino me habían puesto por delante, de nuevo, a una de las personas más importantes de mi vida, aunque solo fuera para saber que estaba bien. Era de agradecer. Muchas veces había pensado en qué sería de él. En ese momento estaba obteniendo la respuesta a esa pregunta: y la verdad era que Nacho estaba muy bien. En todos los sentidos.

—Ya veo que sigues tan directa como siempre. Y la nariz no te quedó mal, después de la hostia que te diste con la pelota de vóley —continuó diciendo él, haciendo un guiño al incidente que marcó nuestra relación.

—Ja, ja, ja. Qué tiempos.

—Pues eso, que al final volví a estudiar. Acabé con buena nota. Opposité para sacarme una plaza de celador y aquí estoy... Y lo que ves. Bueno, ya sabes que siempre se me dio bien dibujar.

—Ja, ja, ja. No como a mí, que cuando dibujaba un gato, solo yo sabía si era un gato o un conejo.

—Ja, ja, ja. No se te daba tan mal, aunque lo tuyo siempre fue escribir... —respondió con una mirada cómplice.

Sabía que se refería a las notas que le escribía. Era como si hubiésemos vuelto al pasado. Con la timidez de los dieciséis años, pero con la complicidad que existía entre ambos intacta.

Dirigí de nuevo la mirada hacia el mural. La calidad y el acabado eran buenísimos. Ya de pequeño dibujaba muy bien, pero los matices eran increíbles. Nacho lo percibió y siguió explicándose:

—Antes de ser celador, colaboraba como voluntario con una asociación que se dedica a humanizar las plantas infantiles de los hospitales. La primera vez que vienes impresiona, pero cuando ves el cariño y notas que tu trabajo tiene una gratificación tan grande... Pensé que podría trabajar como celador, además de colaborar con la asociación y de echar una mano en lo que pudiese. Hay niños que pasan mucho tiempo en un hospital, y conseguir que su estancia sea lo más agradable posible es fundamental. —Se quedó pensativo un segundo antes de añadir—: Mira, ven. —Me agarró con delicadeza del brazo para llevarme a otra sala—. Aquí está el aula hospitalaria. Ningún niño debería pasar sus años de estudio como un adulto. Es importantísimo que su vida cambie lo menos posible y que, cuando estén aquí, les dé la impresión de que están en la clase de un colegio.

Entendí que Nacho no quería que ningún niño pasase por lo que él pasó. Sentía un nexo de unión muy fuerte con aquellos niños y con aquel lugar. Había vivido su infancia y adolescencia con los problemas propios de un adulto. Aquella era una manera de facilitar el camino a otros, aportando su granito de arena.

Seguía sin palabras, como si me hubiese comido la lengua el gato, que diría mi padre. Conocía la labor de los profesores del aula hospitalaria e incluso de atención domiciliaria; pero me dediqué a escuchar, encantada. Era el momento de Nacho, ensimismado hablando de su trabajo. Continuaba siendo el hombre con el corazón más grande que había conocido y quería seguir sabiendo más de él.

—Bueno, cuéntame más. ¿Cómo te va todo? Toca preguntar lo típico: ¿te has casado? ¿Tienes hijos? —le bombardeé, convenciéndome de que era lo que se hacía en esos casos.

—¡Qué va! Nada de nada. Estoy soltero y sin hijos. Bueno, tengo un perro, que podría considerarse mi hijo, eso sí.

—Ja, ja, ja. Me hago a la idea. Siempre te gustaron los animales.

Recordé que Nacho tenía una buenísima golden retriever adoptada cuando íbamos al instituto. Yo siempre había sido de gatos y él de perros, pero amantes de los animales, al fin y al cabo. Nacho era de los que iban con cuidado por los parques para no pisar las filas de hormigas.

—Pues ahora más todavía. Ya sabes lo que dicen: «Cuanto más conozco a los hombres, más quiero a mi perro» —dijo sonriendo.

En aquel momento, me vino a la cabeza aquella idea sobre la naturaleza humana: sabes cómo es una persona por cómo trata a los animales. Recordé la frase de Schopenhauer que decía: «La compasión por los animales está íntimamente conectada con la bondad de carácter y se puede afirmar, con seguridad, que el que es cruel con los animales no puede ser un buen hombre». Sin duda, Nacho seguía siendo una muy buena persona, convertido ya en hombre.

—Bueno, ¿y tú? ¿Qué has hecho en todos estos años? ¿Te has casado? ¿A qué te dedicas?

Justo cuando iba a contestarle, sonó mi móvil con un número muy largo. Al otro lado del teléfono, alguien muy amable me preguntó que si era familiar de Lucía Romasanta. Ante mi respuesta afirmativa, me dijo que ya estaba en reanimación y que pronto la subirían a planta.

—Van a subir a mi amiga a la habitación. Me tengo que ir.

—¿Quieres que te acompañe?

—Claro.

Y de la misma forma que Nacho siempre me había acompañado a casa al salir del instituto quince años antes, en aquella ocasión me acompañó hasta la habitación de Lucía.

Un compañero de Nacho entró por la puerta con ella en la camilla. Estaba adormilada, con los ojos medio cerrados. El otro celador se dirigió a Nacho:

—Hola, ¿eres familia de la chica?

—Eh, no. Bueno, soy un amigo.

—Vale. —Se giró hacia mí—: ¿Es usted el familiar?

—Sí —afirmé. No quería entrar en explicaciones: esperaba que me contase cómo había ido todo.

—De acuerdo. Enseguida subirá la cirujana que la ha operado para contárselo todo. —Me sonrió, se despidió y se marchó.

En ese momento, Lucía abrió los ojos, ebria de anestesia, y se dirigió a Nacho.

—¡Hola! ¿Me pones un mojito, por favor?

Nacho sonrió.

—Venga, que he pagado el todo incluido. ¿No ves la pulsera? —Lucía se señaló la pulsera del ingreso.

Nacho se rio con paciencia. Sin duda, estaba acostumbrado a las salidas de tono que tienen las personas que vuelven tras una anestesia y le contestó con serenidad:

—Ahora te lo traen todo —dijo, mientras echaba un ojo a su informe.

Ella estaba bastante aturdida todavía y tenía la lengua muy suelta.

—Rubi, ¿tú has visto lo bueno que está este tío? —me dijo susurrando a gritos, al más puro estilo Laux.

Me descojoné flojito y Nacho se puso rojo como antaño. Hay cosas que no cambian en una persona por mucho que pasen los años.

Al volver a mirar a Lucía, me fijé en que su brazo estaba bastante inflamado.

—¿Has visto cómo tiene el brazo? —le dije a Nacho, que seguía leyendo el informe de la prueba.

—No te preocupes, ahora te contará la cirujana. Veo que es la doctora Lozano. Ya verás qué agradable es.

En ese instante, la puerta se abrió de nuevo y una enfermera entró, sorprendiéndose al ver a un celador en la habitación.

Quizá la situación era un poco incómoda. En cualquier caso, él aprovechó el momento en que la enfermera se puso a revisar los sueros para hacerme un pequeño gesto de despedida. Le acompañé a la puerta.

—Bueno, ya nos veremos... —le dije con cariño.

—Supongo que a estas alturas de la vida ya tendrás móvil y no andarás llamando a escondidas desde el fijo de tus amigas —respondió, mofándose de aquel momento en que los padres de Lauri nos pillaron llamando al móvil de Nacho al inicio de la década de 2000, con lo que costaba una llamada de fijo a móvil en aquella época.

—Ja, ja, ja. Eso parece. Dame el tuyo, que perdí todos los números. Te hago una perdida.

Así lo hizo. Se despidió de Lucía, que seguía en su mundo de la piruleta.

—¡Perdona! ¡Perdona! Antes de que te vayas... —gritó ella.

—Dime —contestó amable Nacho.

—¿Qué signo eres?

—Aries —respondió él como si nada.

A saber la cantidad de cosas que les preguntaría la gente en ese estado como para que ni se sorprendiese.

—Uhhhhhh, aries... —dijo Lucía con un tono preocupante.

—¿Pasa algo con los aries? —me preguntó Nacho muy bajito.

—Ya te lo cuento otro día —respondí en clave de humor.

—Mañana estaré por aquí. Me pasaré a veros, si quieres.

—Bueno, no creo que se quede ingresada. O eso nos dijeron. A ver qué tal... Espero que haya ido todo bien —le expliqué, muy bajito.

—Tranquila, estaré por aquí. Cualquier cosa que necesitéis, lo que sea, llámame. —Nacho se despidió, me dio dos besos y se fue.

Me acerqué a Lucía dando por hecho que con esa pregunta del horóscopo estaría todavía grogui. Le toqué la frente con cariño.

—Oye, que ya estoy despierta —me dijo intentando recomponerse, aunque aún tenía los efectos de la anestesia en su cuerpo—. ¿Quién era ese celador? Porque tenía pinta de que os conocíais... No me digas que has estado ligando en este rato.

—Es una larga historia...

—Pues vamos a estar aquí un buen rato hasta que se me pase el pedo de la anestesia...

Le conté quién era. Ella, por supuesto, conocía la historia, aunque nunca le había visto.

—Vaya coincidencia cósmica, tía. Pues menos mal que te pilla ennoviada con Javi y en vuestro mejor momento de amor, que, si no, ya te veo de regreso al pasado adolescente...

—Sí, sí... —Me hice la tonta. Todavía no le había contado que Javi y yo ni nos hablábamos desde que había vuelto a Madrid. Lo último que quería era que se sintiese culpable—. Bueno, y tú..., preguntándole el horóscopo. Anda que vaya tela.

—Es que, si llega a ser escorpio, me arranco el suero —dijo mientras movía el brazo y se quejaba por la hinchazón, siendo consciente en ese momento del dolor.

—Voy a llamar a alguien —afirmé, preocupada.

—Sí, por favor.

Entonces entró la doctora Lozano. Se presentó y nos comentó los detalles de la cirugía. Habían realizado una biopsia a varios ganglios. Además, de forma preventiva, también habían extirpado los de la axila. Tocaba esperar los resultados.

—Me duele el brazo —dijo Lucía, señalando la parte inflamada.

—Es un linfedema. Sucede cuando se bloquean los canales linfáticos al extirpar ganglios.

La doctora cogió el brazo de Lucía y lo apretó por varios sitios, obteniendo como respuesta unos gritos de dolor como nunca le había escuchado.

—Te pondremos analgésicos y veremos cómo evolucionas. Esta noche te quedas ingresada. Mañana me paso a lo largo del día para ver cómo va todo.

Las dos le agradecimos la visita y nos quedamos en silencio, asumiendo que tendríamos que pasar allí la noche.

—Bueno, habrá que ser pacientes, ¿no? —le dije a Lucía, que respiró hondo.

Nunca la palabra «paciente» había cobrado tanto sentido.

Al cabo de unas horas llegó Alberto, que me tomaba el relevo esa noche para dormir con ella. Insistió en quedarse y, como yo llevaba allí todo el día, pensé que le vendría bien ver otra cara y tener otras conversaciones.

—Ha sido muy valiente —le dije a Alberto mientras miraba a Lucía.

—Desde luego —respondió.

Alberto me acompañó hasta la puerta y nos dimos un abrazo que encerraba toda la emoción que ambos llevábamos dentro.

—Mañana por la mañana estoy aquí a primera hora, ¿vale?

—Tranquila, me encargo de todo.

—Si se pone pesada, ya sabes que hay que sacar cualquier tema de horóscopos y dejar que hable. Cualquier cosa que necesitéis, me dices, ¿vale?

—Oye, que os estoy escuchando. Que tengo el brazo como Popeye, pero del oído estoy fina fina. —Lucía hizo el amago de levantar el brazo, pero lo tenía muy hinchado.

—¿Enfermera? Creo que mi amiga necesita un tranquilizante de caballo para dormir toda la noche —le contesté en broma.

—¡Qué perra eres! —dijo ella mientras Alberto y yo nos reíamos.

Finalmente, me despedí y me marché. Esa noche, en vez de escribir en nuestro Dramachat habitual, donde también estaba

Lucía, creé otro grupo con Sara, Laux, Pol y Alberto. De esa forma, podríamos actualizarnos sobre el estado de Lucía sin que ella se sintiera violenta.

Actualización Lucía

Alberto amigo Lucía., Laux., Pol vecino., Sara., Tú

Chicos, creo este chat para que nos contemos cómo va Luci en todo momento y nos podamos organizar.

Sara.
Ay, sí. ¿Cómo está?

Pues lo que os comentaba, se le ha inflamado el brazo derecho después de la cirugía, le han extirpado varios ganglios de la axila. Y se queda esta noche ingresada.

Laux.
Eso es por fumar...

¿Y eso?
¿Por qué?

Laux.
Bueno, es una consecuencia de haber extirpado ganglios, pero fumar es un factor de riesgo...

Pol vecino.
Nota mental: que no me extirpen ningún ganglio.

Pero ¿se pondrá bien?

Laux.
A ver, lo más importante
de esta intervención no
es la hinchazón ni los
puntos. Son los resultados.
Así que a esperar.
Y que se quede allí es lo mejor.

Sara.
Esperemos que vaya todo bien.
Por favor, que no pase nada.

Nos va a tocar arroparla
mucho en estos días.

Pol vecino.
Ya tengo preparada una batería
de comentarios ingeniosos...

Te veo ahora en casa, @Laux.

Cuando llegué a casa, Laux todavía no estaba. El día en el hospital, con tantas emociones, me había dejado agotada, así que no tenía ganas de preparar la cena. Busqué entre la publicidad de comida rápida y volví a ver el folleto de la clínica de fertilidad que Laux seguía conservando. Cuando ella entró por la puerta, la miré y le espeté, con un folleto de un restaurante de *pizza* en la mano y el de la clínica en la otra:

—¿No tienes nada que contarme?

—Pues no sé... Tengo hambre, la regla, una señora de setenta años se pensaba hoy que era su nieta y quería darme una paga de cincuenta euros...

—No los habrás cogido, ¿no?

—Te iba a invitar a cenar...

—Ja, ja, ja. No te creo. Capaz eres...

—Que no... ¡Es coña! ¿Por quién me tomas? —dijo mientras nos reíamos—. ¿Qué tal Luchi?

—Bien. Mañana a primera hora iré a verla.

—Muy bien, a primera hora voy contigo. —Entonces, respiró y continuó hablando—: Bueno, y ¿qué más tienes que contarme? —dijo, como sabiendo que había algo que no le estaba contando.

—Vas a flipar. Hoy, mientras esperaba a que Lucía saliese de quirófano, me he encontrado con Nacho.

—¿¿¿Quééééééé??? ¿Dónde?

—Pues, tía, en el hospital. Trabaja allí. Estaba pintando un mural.

—¿Es pintor?

Me reí, imaginándome a Nacho como Picasso.

—No, no. Es celador. Lo que pasa es que colabora en un voluntariado para decorar las plantas de ingresos infantiles.

—Ahhh, joder. Qué majoooo. Me encantan las áreas de los hospitales que rebosan colorido. Todas deberían ser así. Ya quisiera yo que hiciesen eso en mi hospi, que las plantas de oncología pediátrica son más frías...

—Sí, tía, era precioso. Además, los dibujos eran increíbles...

—Bueno los dibujitos y tal... Bien, vale. Pero ¿cómo estaba él? ¿Qué has sentido? ¿Estaba bueno? ¿Le has hablado de Javi? ¿Vais a quedar?

Laura estaba alteradísima, así que contesté a algunas de sus preguntas y evité otras.

—Pues estaba bien y está muy bueno, qué te voy a decir. Los años le han sentado fenomenal. Sigue teniendo los ojos más azules del mundo y ahora lleva una barbita de varios días que le hace así como «interesante».

—¿Y qué más? —indagó, ávida de información.

—Poco más. Nos sorprendimos mucho al vernos; hablamos un rato y ya. Nos hemos dado los teléfonos.

—Estoy aluciflipando en todos los colores.

—No es para menos. Imagina cómo me he quedado yo...

—Buaaah, no me quiero ni imaginar la cara que se te habrá quedado... ¿Y qué te ha contado? ¿Os habéis puesto al día?

—Pues hemos hablado poco. Me ha contado algunas cosas de su curro, que estaba soltero y poco más.

—¿Y tú qué le has dicho? ¿Y Javi?

—Pues eso me gustaría saber a mí...

—¿No sabes nada de él?

Negué con la cabeza y dejamos ahí la conversación, ya que sonó el telefonillo. Era la *pizza* tropical que tanto le gustaba a Laux y que nos íbamos a comer, regada con cerveza para pasar el trago.

Esa noche, tumbada en la cama, me fijé en mi muñeca: se me había roto uno de los hilos de la pulsera que Javi me había regalado en Ibiza. A pesar de que todavía quedaban algunos sujetándola, debía tener cuidado para que no se rompiese del todo.

24
Reencuentros bonitos

Es una larga historia...

A la mañana siguiente, Laura y yo nos levantamos temprano con la idea de estar a primerísima hora en el hospital. No queríamos que la doctora pasase por la habitación sin que nosotras estuviésemos cuando le informara. Justo cuando íbamos a salir de casa, sonó el timbre. Era Sara.

—¿Qué pasa? ¿Hoy vamos todas a ver a Lucía? —les pregunté a las dos, viendo por dónde iban los tiros.

—Claro, vamos a darle una sorpresa —dijo Sara muy animada.

—Y si de paso nos encontramos con algún celador, pues perfecto, ¿no? —respondí, buscando la confesión de ambas.

—¿Por qué dices eso? No sé de qué me hablas —contestó Laux.

—La verdad es que no tengo ni idea —añadió Sara.

—Esta rubia, cuando no duerme bien, se levanta de un conspiranoico...

Laura y Sara se estaban descojonando en mi cara mientras yo fruncía el ceño.

—Anda que has tardado en contárselo, ¿eh? —le dije a Laux con sorna.

—No ha sido ella —intervino Sara, exculpándola—. Ha sido Alberto, que hablé con él anoche para ver cómo estaba todo. Me dijo que le había contado Lucía que te habías encontrado en el hospital con tu amor de la adolescencia y que trabaja allí.

—Toma, por lista —dijo Laux, sintiéndose invencible por un momento—. Ahí donde la ves, con ese flequillo rata, tiene sus fuentes.

Miré a Sara, alucinando al ver cómo la información acababa pasando de unas manos a otras, extendiéndose más rápido que el fuego. Mala analogía aquella, sabiendo que Javi estaba a quinientos kilómetros de distancia y que no tenía noticias de él.

Cuando llegamos al hospital, nos propusimos tener una actitud positiva de entrada. Nada exagerado, pero sí intentar aportar un poquito de energía. Conforme nos fuimos acercando a la habitación 111, el silencio reinante nos provocó ciertas dudas. Alberto sintió nuestra llegada y se acercó a la puerta, susurrando.

—Ha pasado buena noche, pero llevamos desde las siete de la mañana con jaleo por todo tipo de cosas: análisis, limpieza de habitación, cambio de sueros, medicación...

—¡Incluso ha venido la peluquera a domicilio! —dijo Lucía desde la cama, gritando a pleno pulmón.

Respiramos las tres como si nos hubiesen quitado una mochila llena de pares de botas Dr. Martens. Nos acercamos a ella. El brazo, que seguía muy hinchado, llamaba muchísimo la atención. No pudimos evitar mirarlo y Lucía se dio cuenta.

—Sí, tengo el brazo como el de tu bombero, rubia, no nos vamos a engañar. Me he dado cuenta —dijo, intentando aligerar la conversación.

Laux se acercó y lo tocó con suavidad.

—Está caliente... ¿Cuándo va a venir la doctora? —preguntó.

—Creemos que a mediodía —dijo Alberto.

—Voy a ver a las compañeras, por si me cuentan algo. —Laura salió con paso firme de la habitación.

—Joder, qué ganas tengo de salir de aquí y meterme un McDonald's entre pecho y espalda... La comida de hospital es tal y como lo cuentan: una mierda.

—¿Y quieres una hamburguesa? —preguntó Sara desconcertada.

—Necesito mandanga, que a base de yogures este cuerpo no se sostiene...

La actitud de Lucía nos hizo recuperar la sonrisa. Era increíble que ella nos animase a nosotras. Sin embargo, ya vi preocupada una vez a Laux en aquella playa y no le di importancia. Esa vez, al darme cuenta de cómo le tocaba el brazo, me quedé con la mosca detrás de la oreja.

—Otra cosa que necesito de manera urgente es un piti...

—¡Eso sí que no! —dijo Laux, entrando de nuevo en la habitación—. Vas a dejar de fumar a la voz de ya. He hablado con las compañeras: tienes que estar con el brazo en alto. No seas cabezona.

—¡Es que es un puto coñazo!

—¿Se puede saber qué edad tienes? —le preguntó Laux con ironía.

—No, no se puede —respondió Lucía, estando a la altura.

—Era una pregunta retórica.

—Me gusta contestarlo todo para que no haya dudas.

—Veeenga, déjate de coñazos, que para coño grande, el mío —le espetó Laux, tras aquella batalla dialéctica tan entretenida, mientras le colocaba el brazo a Lucía casi en posición vertical.

En ese momento, Nacho apareció por la puerta y todas giraron sus cabezas como un búho, curiosas.

—Hola, ¿cómo va la paciente? —preguntó vacilante.

—¡Muy bien! —contestó Lucía, algo más enérgica.

Nacho entró en la habitación e hice las presentaciones oficiales con Laux, Sara y Alberto.

—Bueno, yo me voy. Os doy el relevo —se despidió Alberto justo cuando se abría de nuevo la puerta y entraba Pol en la habitación.

—¡¡¡Poool, has venido!!! —gritó Lucía emocionada.

—Claro... ¿Qué te creías? ¿Que no iba a venir para ver cómo te había quedado el pecho después de la operación?

—¿Qué pecho? ¿Qué dices? —Lucía contestó sorprendida.

—Pero ¿¡no habías venido a hacerte un aumento de pecho!?

—¡Qué idiota eres!

Todos nos reímos.

—Las bubis no le han crecido. Aquí todas somos de teta pequeña y corazón grande, pero mira el brazo...

—Bah, lo he tenido peor alguna vez de... —Pol hizo un gesto de masturbación.

—No, Pol, por favor...

—Qué desagradable eres cuando quieres...

Todos nos quejamos y nos reímos, incluido Nacho.

Sinceramente, temía que pudiese asustarse con el nivel de nuestro humor, así que aproveché el momento de risas para salir fuera con él, con la excusa de que éramos demasiados en la habitación.

—Disculpa, pero tenemos el nivel del chistómetro un poco alto... O bajo, según se mire... —dije, haciendo alusión a Pol y su broma.

—Ja, ja, ja. No te preocupes, me estaba riendo mucho. Lucía y los demás son muy... personajes —afirmó Nacho.

—No lo sabes bien... —le confirmé.

—He preguntado por sus resultados por si pudiera avanzaros algo, pero todavía tardarán. Ahora pasará la doctora para contaros.

—Muchas gracias por preocuparte.

—No hay por qué darlas, no me cuesta nada —dijo mientras dejaba entrever su bonita sonrisa. Me dio la mano, en un gesto de apoyo, y nos quedamos así, unidos durante un momento.

Me encantan las personas que se quitan importancia cuando les dices «gracias». La mayoría suele decir «de nada», que tampoco está mal, pero creo que esa respuesta corta la cadena de agradecimiento. Tras un «de nada» hay un punto final, pero tras un «lo hago encantado», «no me cuesta nada», «es un placer», «ya ves tú» o, sobre todo, después de un «a ti», hay espacio para mucho más. En esta vida no estamos para cerrarnos puertas, sino para abrir ventanas. Nacho me demostraba una vez más lo generoso que era.

De repente, tuve la sensación de que Sara y Laux estaban escuchando detrás de la puerta. Digo que tuve la sensación aunque vi sus zapatos asomando como si fueran dos crías pequeñas. Las muy perras chismosas estaban intentando cotillear. Nacho, que también lo percibió, soltó mi mano como si quemase.

Tras un silencio incómodo, las dos empezaron a disimular como buenamente pudieron.

—Nada, eh... Bueno, pues... Me quedo con ella —dijo Sara, alzando la voz para salir del paso.

—No, no, de verdad, si... Si no pasa nada, ¿eh, Sara...? Ehhh... Me quedo yo —le respondió Laura.

Nacho y yo las miramos fijamente, como si nos encontrásemos en una obra de teatro, pero con una actuación mala y poco creíble por parte de mis amigas. Estaba claro que no eran actrices de método: había demasiadas muletillas en ese diálogo impostado que sonaba falso de allí a Roma.

—No os preocupéis, chicas —les dije—. Bastante que os habéis podido escapar este ratito. Tenéis que ir a currar y yo me puedo quedar.

—¿Seguro? —dijo Laura, siguiendo con la comedia.

—Segurísimo. Venga, luego os doy el parte.

—Yo me voy también, entro a mi turno. Luego te veo —me dijo Nacho tímidamente, mientras se asomaba por la puerta de la habitación para despedirse de Lucía y Pol.

—¿Y ese tío tan educado? —me preguntó Pol cuando Nacho se fue.

—Es una larga historia —dije repitiéndome de nuevo.

—Es aries. Los aries siempre tienen una gran historia detrás —sentenció Lucía.

Después de montar el circo en la habitación 111 a primera hora de la mañana, todos se fueron a sus respectivos trabajos, quedándonos Lucía y yo solas en la habitación, en calma. Miré el reloj impaciente, pues la doctora todavía no había pasado y de lo que ella dijese dependería si nos podíamos ir a casa o no.

Al cabo de unas horas, justo antes de la comida, apareció. La pobre doctora estaba bastante estresada. Se notaba que llevaba una mañana un tanto ajetreada. No obstante, no escatimó en detalles para explicarle la situación a Lucía.

Nos comentó que los resultados de las biopsias estarían dentro de unos días, tal y como me había adelantado Nacho. En este sentido, si no hubiese habido ninguna complicación en la cirugía, Lucía podría irse a casa ese mismo día, pero no era así.

—Ahora tenemos que vigilar el linfedema. Está un poquito peor que ayer —nos dijo con tacto, colocando sus manos sobre el hinchadísimo brazo de Lucía, que reaccionaba quedándose blanco cada vez que ella hundía uno de sus dedos en él—. Vendrán de fisioterapia para hacerte un masaje de drenaje linfático, a ver si conseguimos que baje.

—¿Cuándo podré irme? —preguntó Lucía con cansancio.

Esa pregunta es inevitable cuando estás en un hospital. Es el equivalente a los «¿cuándo llegamos?», «¿queda mucho?» o «¿cuánto falta?», típicos de los viajes en coche.

—Lo antes posible. Mañana, cuando veamos cómo va, lo evaluaremos todo —concluyó, esbozando una tierna sonrisa final que nos tranquilizó.

Por un lado, entendimos que la hinchazón del brazo era importante, pero no grave, lo que nos relajó bastante. Por otro, pensamos en cómo organizarnos para pasar otro día juntas en el hospital. Lucía se quedó un poco inapetente tras la visita de la doctora sabiendo que, como mínimo, le quedaban veinticuatro horas más en esa habitación. Ya no estaba tan eufórica como antes, así que tocaba levantarle el ánimo, además del brazo.

—¿Quieres dar la vuelta a las bragas o intento conseguir unas nuevas para pasar el día? —le expuse en un claro tono de broma.

—Qué humor tan fino tienes, tan fino como el hilo de un tanga... —dijo audaz.

—Ohhhhhh... Muy bien «hilado», perra —añadí, siguiendo con la broma. Parecía que continuar el juego dialéctico la distraía.

—¿Te han dicho alguna vez que eres muy graciosa?

—Ja, ja, ja. Alguna que otra.

—Pues no te lo creas. Es mentira —sentenció mientras sonreímos las dos—. Venga, vamos a poner en marcha la «operación bragas».

Ni tumbada en una cama de hospital, con una bata con la que medio enseñaba el culo, perdía su dignidad.

Aproveché un momento en que entraba una enfermera para salir de la habitación y actualizar la info. Esta vez escribí en el Dramachat para que Lucía no supiera que teníamos otro chat sin ella.

Dramachat
Laux., Lucía azafata., Sara., Tú

> Chicas, nos quedamos otra noche.
> Necesitamos bragas.

Lucía azafata.
Y tabaco

Sara.
¿Qué han dicho del brazo?

Lucía azafata.
Que me van a dar un masaje de drenaje
y a ver mañana...

Sara.
Si quieres, rubia, quédate tú
hoy y me pido el
día mañana y llevo lo que
haga falta.

> Vale, así me voy a por
> bragas yo también.
> ¿Puedes quedar con Alberto
> para que le prepare
> ropa a Lucía?

Lucía azafata.
Y que me eche tabaco

Sara.
Yo me encargo de todo, pero
del tabaco olvídate.

Laux.
Si pasado mañana hace falta,
me quedo yo.

Después de organizarnos en el Dramachat, nos quedaba todo un día por delante a las dos. A las dos y a Nacho, del que estaba segura de que, tarde o temprano, sabríamos algo.

—¿Sabes a qué me recuerda esto? —le dije a Lucía, que llevaba un rato callada—. A cuando trabajabas poniendo reseñas de hoteles y yo te acompañaba. Pasábamos findes gratis compartiendo habitación... Eso sí, aquí sin vistas al mar.

Ambas miramos por la ventana, observando el edificio que teníamos delante, a pocos metros.

—Y sin minibar —añadió Lucía.

—Lo que daría por una chocolatina ahora mismo.

—La verdad es que las vistas son una mierda, pero el personal es increíble. ¿Crees que habrá un TripAdvisor de hospitales? —bromeó. Quizá lo decía en serio.

La conversación derivó en multitud de anécdotas que compartíamos desde que nos conocimos. Las teníamos de todo tipo; no en vano, al haber sido azafatas de eventos durante muchos años y recorrer muchos pueblos y ciudades, y luego convertirnos en relaciones públicas de discoteca y vivir la noche al máximo, coleccionábamos historietas por decenas. No hay nada que una más a dos personas que trabajar en la noche cuando tienes veintitantos años. Y yo estaba enlazada a Lucía de por vida, al igual que al resto de mis amigas.

Las cuatro nos habíamos encontrado por diversas circunstancias de la vida, y el tiempo nos había soldado entre nosotras como si fuésemos piezas de un mismo cuerpo. Juntas completábamos el puzle de la amistad.

Aquella mañana, con todas en la habitación, sentí la necesidad de capturar ese momento para siempre. Una foto que nos inmortalizó, en un instante, captando solo nuestras preciosas caras sonriendo; ni cama con sueros ni pijamas ni nada que sugiriese que estábamos en un hospital. Al publicarla, recibimos decenas de comentarios y cientos de «me gusta», incluido, por sorpresa, el de Javi, quien, además de estar desaparecido, nunca miraba las redes.

—Mira qué atento está tu Javitxu, que diría Laura —afirmó Lucía al ver su «me gusta» en la foto.

Me quedé callada porque no había reunido todavía el valor suficiente para contarle que estábamos tan distanciados que ni siquiera hablábamos. Al no querer afrontarlo de ninguna forma, lo que hice fue cambiar de tema:

—Oye, Luci, ¿cómo llevas el libro?

—Lo tengo parado. Estoy estancadísima. No sé ni cómo continuar. Cuando me enteré de todo esto, se me quitaron las ganas de escribir —comentó con tristeza.

Vale, tema incorrecto. Busquemos otro.

—¿Leemos el horóscopo de hoy?

Lucía me miró con cariño y sonrió. Sabía lo que intentaba, y se sintió agradecida por ello.

—Vale, empecemos por el tuyo.

Y tras leer nuestro horóscopo y debatir en profundidad sobre el de Javi, Laux, Sara e incluso el de Nacho, por si acaso, la tarde pasó volando entre Venus, el sol, los ascendentes, la exaltación y las polaridades de los signos, hasta que llegó el momento de la cena.

Cuando Lucía empezaba a quedarse dormida por el agotamiento, salí a la máquina expendedora del pasillo, en busca y captura de algo sin gluten que llevarme a la boca, porque yo aún no había cenado.

Solo había chocolate, patatas fritas y algún sándwich de pan de trigo. La oferta no era muy variada. Cuando estaba a punto de decidirme por una bolsa de nachos de maíz, apareció (quién lo iba a decir) Nacho. Como hubiese expresado Lucía: «¡Qué coincidencia cósmica!».

La situación era idéntica a la primera vez que le vi. Aquella ocasión en la que coincidimos consultando las listas del instituto para ver en qué clase nos había tocado. No pude evitar sentir morriña.

—¿No te decides? —dijo, al verme dudar.

—Pues estaba a punto de decidirme por ti —dije con contundencia.

—¿Por mí? —preguntó sorprendido.

—Sí, iba a coger unos «nachos» —bromeé, haciendo el gesto de las comillas con mis dedos para que entendiera el chiste—. Es lo único que puedo comer sin gluten.

Nacho soltó una media sonrisa y resopló ante aquel juego de palabras de dudosa calidad.

—Han pasado quince años y sigues haciendo las mismas bromas. Eres increíble.

—Una no pierde las buenas costumbres.

—¿Qué te pasa con el gluten? Si conmigo te comías los bocadillos de tortilla de dos en dos...

—Ja, ja, ja. Pues quizá por eso ahora soy sensible al gluten, a la lactosa e intolerante a la gente...

—Vaya joyita —se mofó.

—Una, que mejora con los años. Como Brad Pitt.

—Ja, ja, ja. Espérate, que se me ha ocurrido una idea. No sé si buena o mala, pero es una idea. Ven conmigo.

Bajamos a la cafetería. Por supuesto, estaba cerrada, pero sacó unas llaves del bolsillo y entramos por una puerta trasera que daba al comedor.

—¿Me esperas unos diez minutos? —dijo con un tono clandestino que indicaba que no deberíamos estar allí.

—Pero vas a volver, ¿no?

—Sí, claro, en diez minutos —dijo, riéndose ante mi temor de quedarme encerrada toda la noche.

Aproveché ese ratito para actualizar cómo había pasado Lucía la tarde en el chat paralelo que teníamos sin ella. Pasados diez minutos exactos, Nacho salió de la cocina con un bocadillo envuelto en papel albal.

—Toma, es de tortilla. Está calentita y he tostado el pan. Es sin gluten —sonrió.

—¿La has hecho tú? —dije sorprendida—. Ojo, que todavía recuerdo aquellos espaguetis que preparaste en la casa de la sierra.

—Ja, ja, ja. No la he hecho yo. Siempre dejan las tortillas hechas por la noche, para la mañana siguiente. —Me guiñó un ojo—. Vente, vamos fuera, enana.

Aquel «enana» me trasladó de nuevo quince años atrás. Me encantó. No pude evitar sentir esa sensación de libertad que me ofrecía Nacho al estar a mi lado. Como cuando recorríamos las calles de Madrid en su moto, notando el viento en el cuerpo y la vida entrando por cada uno de los poros de nuestra piel.

Salimos fuera del hospital y nos sentamos en la calle. Hacía frío, pero debió intuir que me vendría bien tomar el aire, ya que llevaba todo el día en la habitación con Lucía. Cogiendo la comida con unos guantes que llevaba en el bolso, y exhalando vaho por la boca cada vez que le daba un mordisco, me comí el bocadillo mientras recordábamos viejos tiempos. Las luces del hospital se entremezclaban con la oscuridad y el silencio de la noche. Al caer el sol, los hospitales son lugares que pueden ofrecerte cierta paz e intranquilidad al mismo tiempo.

—¿Sabes algo de Lauri? —me preguntó.

—Sí, bueno, hablamos lo típico: en Navidad, en nuestro cumpleaños... ¿Y tú de Andrés? —añadí, haciendo referencia a su mejor amigo de aquella época.

—Pues lo mismo. Al final, los años nos separaron a todos.

Se hizo un silencio.

—Eso sí, le sigo en Facebook. Tiene mucha actividad, sube fotos, comparte noticias... —añadió Nacho mientras sacaba el móvil para enseñarme el perfil de Andrés.

Me hizo ilusión verle después de tanto tiempo. En el instituto soñaba con que Andrés y Lauri se hicieran pareja, pero, ciertamente, se llevaban mal. Viendo su perfil, pasaron, a modo de tráiler de mi vida, muchos momentos con Andrés, Lauri y Nacho en el instituto. La banda sonora, sin duda, era la de *Titanic*.

—¿Nos hacemos una foto? —propuso Nacho.

Dudé un segundo, pero asentí. Luego me preguntó cuál era mi nombre en redes para etiquetarme. Se lo dije.

—Mira que eres rara, enana. ¿Por qué no tienes tu nombre real?

—Pues porque entonces podría buscarme cualquier novio del pasado. Es mejor así —le dije en un claro tono de broma que Nacho interpretó como tal.

Después de validarle la foto, ya que una tiene una reputación que mantener, Nacho escribió en el texto: «Reencuentros bonitos». Y vaya si lo eran. Nos hicimos amigos en las redes sociales después de haber sido novios en la vida real.

—Bueno, el otro día no me contaste al final. ¿Tienes novio? ¿Estás casada? ¿Huyes de novios del pasado?

—No, no estoy casada, pero llevo un año y pico con un chico. He estado viviendo en Ibiza con él... y ahora yo estoy aquí.

Se hizo un silencio que él llenó cambiando de tercio, al notar que no era un tema cómodo para mí.

—Les conté a mis padres que nos habíamos reencontrado por casualidad. Mi padre estaba emocionado: me dijo que te diese muchos recuerdos. Se acordaba de cómo cuidaste de mí en el hospital cuando tuve el accidente con la moto, y también de tu padre. ¿Cómo está él? ¿Te sigue dando el famoso billete de «las emergencias»? Seguro que ahora te lo gastas en ropa...

Sonreí, tomé aire y mis ojos se cristalizaron por momentos. Noté que las lágrimas subían por mi garganta, inundándolos.

—Mi padre murió el año pasado.

Solo acerté a decir esas palabras. No pude evitar sentirme tremendamente triste al decirlo en voz alta. Tenía tantos recuerdos de la adolescencia asociados a él y a Nacho que de golpe todos me presionaron el corazón y no tuve fuerzas para contenerme. Nacho fue mi primer novio y el primero al que mi padre conoció. No pude evitar estallar en aquel momento en el que sentí que lo único que quería era que mi padre estuviera allí conmigo para decirme que todo iba a salir bien.

—Lo siento muchísimo, enana, de corazón te lo digo —susurró mientras me abrazaba y mi cabeza se hundía en su pecho.

—Lo sé.

Sabía que Nacho lo sentía, y me reconfortó que estuviese allí en ese momento. Como dijo Mario Benedetti: «Cuando uno llora, nunca llora por lo que llora, sino por todas las cosas por las que no lloró en su debido momento». Y yo llevaba demasiadas lágrimas contenidas con todo lo que había pasado últimamente.

—No querrás que él te vea llorar. Seguro que está jugando con tus gatos en algún arcoíris de los tuyos —dijo mientras sonreía con ternura.

Y es que, para mí, como la niña que fui, primero existió el arcoíris de las mascotas (al que fue mi gato Bartolo, del que Nacho ya había oído hablar), algo que ahora, como mujer, se había convertido en el arcoíris de los padres, lugar que estaba segura que se comunicaba con el de las mascotas. Nacho me había conocido como la niña de los arcoíris de los gatos y en ese momento tenía frente a él a la mujer en la que me había convertido.

—Sí que hemos cambiado, ¿verdad?

Estaba a punto de asentir cuando él terminó la frase:

—Eso sí, en lo físico más bien poco. Sigues midiendo lo mismo que hace quince años, enana.

Nos reímos a carcajadas, lo cual me vino muy bien para alejar el sentimiento de pena que se había creado al hablar de mi padre.

Casi sin quererlo, había pasado más de una hora y, aunque no había recibido ninguna llamada de Lucía, nos levantamos para volver al hospital. Me quedé con una sensación extraña que no sabría definir. Nos despedimos en la puerta de la habitación, hablando muy bajito, ya que Lucía estaba dormida.

—Bueno, voy a ver si me tumbo en ese sofá. No tiene mala pinta.

—Seguro que no es el más cómodo del mundo, pero cumple su función.

Nacho tenía razón. Las personas, como aquel sofá, también cumplimos nuestra función. Y la mía, en aquel momento, era cuidar de Lucía. Nos despedimos con dos besos sin intención alguna, limpios, y sin una fecha concreta para volver a vernos.

Entré en la habitación, me acomodé en el sofá, dentro de lo posible, y miré a Lucía, quien, con la boca ligeramente abierta, roncaba despacito. Como la primera vez que dormimos en aquel hotel de Talavera de la Reina en nuestro primer evento juntas. Diez años después seguía igual. Me imaginé que volvería a defenderse como entonces, diciendo que, por supuesto, ella no roncaba: solo respiraba fuerte.

A la mañana siguiente, me desperté desubicada, con «cosas» cayéndome por la cara.

—Tía, qué asco... ¡Has babeado el sofá! —dijo Lucía mientras me tiraba miguitas de magdalena a la cara.

—Qué agradable... Veo que estás mejor —contesté, intentando incorporarme, pero con la espalda rota.

—¡Ya veo que has dormido de lujo! ¡Tengo el brazo mucho mejor! Si no fuera porque esta magdalena no sabe a nada, incluso te diría que tengo hambre.

—Ja, ja, ja. Eso es que debe de ser sin gluten.

—Pues sí, lo es. ¿Y a que no sabes quién las ha traído?

Preguntas retóricas que se contestan solas.

—¿Nacho?

—Sí. Ha pasado por aquí a primera hora de la mañana para ver qué tal estaba y ni te has enterado. No te hemos querido despertar.

—Pues qué bien... Os habréis reído de mí que da gusto.

—He hecho fotos —dijo Lucía, descojonada.

—Qué cabrona eres. Pienso contarle a todo el mundo que roncas —contrataqué, dándole donde más le dolía.

En ese momento apareció Sara por la puerta con una mochila llena de ropa para Lucía. Desayunamos las tres aquellos bollitos sin gluten que había traído Nacho (todo un detalle que fuesen sin gluten, por cierto) y estuvimos un rato cotorreando hasta que no pude más, y las dejé para irme a casa a descansar y a darme una ducha.

Bajé la escalera y entonces vi a Nacho pintando su mural, de espaldas, con los cascos puestos. No le dije nada, ni siquiera me despedí, y continué mi camino.

Busqué la foto en el Facebook de Nacho. Le di un «me gusta».

25
Javi

La revolución más importante de mi vida.

La yaya Catalina tenía razón. Era un cobarde, como seguramente lo fue mi abuelo y como lo era mi padre. No tuve la fuerza necesaria para llamarla el día de su cumpleaños porque seguía enfadado y le escribí un mensaje que resultaba entre miedoso y ridículo.

¿Qué estaba haciendo? Quizá la niña era la revolución más importante de mi vida: sin ella, había vuelto a estancarme, en la misma casilla de salida en la que estaba antes de conocerla.

No pude ir ese fin de semana, pero tampoco lo hice el siguiente. Había entrado de nuevo en la dinámica de trabajar, entrenar y seguir afanándome en sentirme dolido con ella por no saber apreciar los esfuerzos que hice para que estuviera feliz en «su» isla.

—Joder, Iván, que cambié las almohadas, las persianas, puse el wifi, preparé el viaje de sus amigas, le conseguí el trabajo en el restaurante... Todo para que se sintiera en su casa —le dije en una de esas tardes en las que quedaba con él para desconectar y desahogarme.

—Ya...

La respuesta de Iván no sonó como esperaba.

—«Ya» ¿qué? —le pregunté.

—No, no. Está bien, es verdad, tienes razón. Has hecho todo eso y ya está, se fue y no está bien.

—¿Y por qué me da la sensación de que me das la razón como a un tonto?

—Pues porque lo eres, Javi.

Aquella frase sonó demoledora.

—Dices que has hecho todo eso por ella, pero no es verdad: lo has hecho por ti. Ella no te exigió nada. Solo te pidió que buscaras una nueva permuta o, al menos, que lo intentases.

—Pero ¿tú sabes el jaleo que ha sido todo en estos meses?

—Pues no, no lo sé, pero ¿la has buscado? —replicó Iván, mirándome a los ojos—. Lo digo por no desviarnos del tema, que es algo que haces cuando quieres cambiar de conversación.

Iván se mostraba muy incisivo, tanto que, en el fondo, sentía que estaba enfadado conmigo.

—¿Te estás poniendo de su lado?

—Yo no estoy del lado de nadie, Javi.

—¿Sabes lo que me ha costado estar donde estoy? La de horas de curro, de entrenamiento, de falta de sueño... —respondí un tanto enfadado.

Me parecía increíble que él, que me conocía como un hermano, no supiera lo importante que era para mí ese momento y los esfuerzos que estaba haciendo.

—Javi, ¿te puedo hacer una pregunta y con ella termino el tema «rubia»? —me tanteó, intentando concluir con la conversación.

Asentí mientras inspiraba para calmarme.

—Desde que se ha ido, ¿has hecho algo para cambiar la situación?

La pregunta era directa. No respondí.

—Pues eso —continuó—. Déjate de tanto «yo, yo, yo» y del puto «yoísmo» en el que vive este mundo. Si quieres estar con ella, busca la puta permuta y deja de quejarte. No tienes motivos. Si no eres capaz de ver la situación que está viviendo con su amiga, estás más ciego de lo que pensaba.

—¿Y tú sabes algo de la situación? —le dije atacándole de forma gratuita.

—Yo sí. Laux y yo hablamos casi a diario.

Después de esa última frase no hubo opción a réplica. Me cabreé, no voy a negarlo, y lo hice porque quizá tuviera razón y porque no me gustaba que me recordasen cómo había actuado los meses que la rubia había estado aquí y cómo me estaba comportando en ese momento.

Aquella noche volví a casa tocado. La conversación con Iván me había hecho reflexionar, principalmente porque, a pesar de mi enfado, no podía evitar sentir un vacío desde que la niña se había marchado. Ese era el motivo de mi desazón y de mi mal humor. Me estaba comportando como un crío; quizá lo era.

Me senté delante del ordenador. Me tragué el orgullo. Para más inri, tenía que aceptar que la conexión iba a las mil maravillas, lo cual, en el fondo, era «culpa» de ella.

De repente, tenía la firme intención de poner remedio a una situación en la que el único responsable era yo y mi incapacidad para tomar decisiones. Así que abrí el foro de intercambios y permutas y me dispuse a incluir mis datos para comenzar una búsqueda que había dejado «fluir» demasiado tiempo.

Mientras lo hacía, me llegaron varias notificaciones de Facebook. Sentí la curiosidad de echar un vistazo a sus redes, con la intención de verla. Echaba de menos su cara y, aunque nunca me ha gustado perder el tiempo mirando las fotos de otros, no podía negar que, desde que se marchó, de vez en cuando revisaba su perfil. Me reconfortaba saber que estaba bien.

Sonreí cuando vi la foto de las cuatro; se las veía muy felices. Apoyándose las unas en las otras, como en la vida real. Invencibles. Por un momento, recordé los días que pasaron en Ibiza y el calor que irradiaban cuando estaban juntas.

Después vi la foto con aquel chico. Uno moreno de ojos azules que se llamaba Nacho y que había escrito: «Reencuentros bonitos». Ya sabía quién era. Ella me lo había contado.

Tras ver la foto de los dos, suspiré. Dejé caer mi ira al suelo; se estrelló, se rompió y se convirtió en una decepción absoluta.

Volví a la página de intercambios y permutas y cancelé la petición.

¿Para qué iba a buscar una permuta, si mi hueco ya estaba ocupado por otro?

26
Las dudas infinitas

«Que como te echo de menos, no hay en el mundo un castigo».

Llegué a casa de Laura por la mañana. Ya se había marchado. Me sentí agotada. Abrí el agua de la ducha y me quité la ropa frente al espejo. Las ojeras se marcaban en mi cara como si las llevase tatuadas. Intenté borrarlas con los índices, sin éxito alguno. Había adelgazado bastante, y mi pelo echaba tanto de menos la plancha como yo a Javi.

La adrenalina rebosaba por cada poro de mi piel, fruto de todas las emociones concentradas que me habían rodeado en los últimos días: acompañar a Lucía al hospital, la reaparición de Nacho, mi fiesta de cumpleaños sin Javi y tener que verbalizar que mi padre había fallecido, entre otras. Por eso, cuando estaba sola y mi mente se detenía de toda esa vorágine de pensamientos, preocupaciones y circunstancias, mi cuerpo entraba en un estado de mínimos que me dejaba destrozada. Era como si durante la mayor parte del tiempo tuviese la exigencia de estar al cien por cien, pero, en cuanto paraba un segundo, una losa de mil kilos me aplastara.

Rompí a llorar. Mis lágrimas eran ligeras, muy líquidas. Puede parecer que todas lo son, pero cuando llevas tiempo sin hacerlo, se antojan densas, pesadas, porque concentran todo el dolor contenido durante mucho tiempo en tu interior. En cambio, cuando has llorado hace poco (el día anterior, en mi caso), son livianas porque acumulan menos pena.

Solo quienes hemos llorado mucho distinguimos a la perfección la textura y el sabor de las lágrimas. Como dijo Robin Williams: «Las personas que han experimentado las mayores tristezas son las que siempre se esfuerzan en hacer a otros felices. Porque ellos saben en carne propia lo que es sentirse desolados y abatidos, y no quieren que nadie más se sienta así».

Dejé que el desagüe hiciera su trabajo con mis lágrimas y la espuma del champú. Cuando era pequeña y a mi madre le costaba Dios y ayuda meterme en la bañera, me decía que de la ducha una tiene que salir como nueva, en todos los sentidos. Sin duda, salí de aquella ducha un poco más reconfortada, pero sabiendo que algunas cosas aún se habían quedado pegadas a mi cuerpo. Al recordar aquella frase de mi madre me di cuenta de que llevaba un par de días en los que ni había pasado por casa ni había tenido tiempo para hablar con ella por teléfono.

«Luego la llamo», pensé, y me tumbé en la cama un segundo con la idea de relajarme, sin tener la capacidad de asumir en aquel momento ninguna otra tarea que no fuese respirar.

De repente, Spotify decidió que la canción que debía recomendarme era «De las dudas infinitas». La pillé justo en el instante que dice «Que como te echo de menos, no hay en el mundo un castigo...». Nuestra canción. De Javi y mía. ¿Solo quedaba esa canción entre nosotros? Llevábamos días sin hablar, y el silencio y su enfado empezaban a ser insoportables. Me quedé dormida con la música de fondo. Al cabo de dos horas (o diez minutos, no podría determinarlo porque había perdido la noción del tiempo), Laux entró por la puerta como un terremoto.

—Chiquiiiiiiiii, pero ¿no has visto el chat?

Cogí el móvil, que se estaba cargando en la mesilla. Junto a la lista de reproducción, vi que tenía decenas de notificaciones de WhatsApp.

—Me he quedado dormida, no me he enterado... ¿Qué pasa?

—¿Dormida? ¿Ahora?

—El sofá del hospital me está dejando baldada.

—Pues no te preocupes, que no vas a volver por el momento. ¡Le dan el alta a Lucía!

—No jodas, ¡qué bien! —grité de alegría—. ¿Y los resultados ya están?

—No, no. Eso todavía no, pero tiene el brazo mucho mejor, así que ya se puede ir a casa a esperar.

—Qué nervios... Es lo que peor llevaba con mi padre. Los tiempos de la espera de los resultados médicos son siempre horribles.

—Sí, pero lo importante es que, sea cual sea el resultado, nos sienta a todas muy cerca. Eso lo es todo.

—¿Qué sería de nosotras sin nosotras? —remarqué, feliz de tenerlas a mi lado.

Laura me abrazó y, como siempre hacía, consiguió animarme.

—Pues lo que te decía: ¡estamos hablando en el chat de hacerle una fiesta sorpresa en casa!

—¿Ya? ¿No es un poco pronto? —le pregunté sorprendida.

Aún no teníamos los resultados y seguramente Lucía estaría cansada.

—No. No lo es —dijo de manera rotunda—. Hay que celebrarlo todo, rubia. Hasta la más mínima alegría, por pequeña e insignificante que sea, ahora hay que festejarla como si fuera el triunfo más grande que nunca hubiésemos tenido.

Touché! No había nada que objetar.

—Tienes toda la razón.

—Oye, por cierto, perra del infierno... ¿No tienes nada que contarme?

—Que yo sepa, no... —dije, intentando hacer memoria.

—¿Y esa foto de Facebook en la que sales con Nacho?

—¡Pero si yo no la subí a mi muro ni nada! ¿Cómo la has visto?

—Ya, ya, pero le diste un «me gusta» y lo vi. Te recuerdo que soy CSI Laux, experta en percibir que una pareja ha roto solo con sus últimos movimientos en redes sociales. ¿Con quién te crees que estás hablando?

Joder, qué control. Y yo que me creía una experta en redes...

—Por cierto, otra cosa: si yo lo vi, lo pudo ver cualquiera.

Laux dejó la frase en el aire como quien lanza una pequeña bomba de humo y sale corriendo. Estaba claro que se refería a Javi, pero no le di mayor importancia. Ahora mismo, que viese que aparecía en una foto con un amigo era lo que menos podía importarme. Aunque, ¿era Nacho un amigo?

Sara y Lucía entraron aquella tarde por la puerta de casa de Alberto, después del alta, y nos encontraron a todos allí, esperando con una pequeña fiesta improvisada.

—¡No me jodáis! ¿Globos rosas? —dijo Lucía al entrar.

—El rosa pega con todo —respondió Laura.

Era verdad, pero también era cierto que habían sido reciclados de mi fiesta de cumpleaños. Lucía dio por buena la respuesta y, con ello, por inaugurada la fiesta.

Mientras todos rodeaban a la «anfitriona» de la casa, pude fijarme en que Sara dejó la mochila de Lucía en un sillón y salió a la terraza.

Parecía extenuada. Estar en el hospital, aunque sea como acompañante, desgasta a cualquiera. Da igual lo acostumbrada que estés: la tensión se acumula y la paciencia se agota. Estuve muy pendiente de ella, por eso fui a su encuentro.

Tenía los brazos apoyados sobre la barandilla; sostenía una cerveza y el peso de varias lágrimas en los ojos.

—¿Estás bien? —le pregunté, sabiendo de sobra la respuesta.

Sara y Lucía eran amigas antes de que ella y yo lo fuésemos (de hecho, Lucía me la presentó), y desde siempre han estado muy unidas. A Sara le cuesta exteriorizar sus sentimientos; es muy calmada, por lo que a veces parece que sufre menos.

—No, no lo estoy.

En ese momento explotó. Dejé mis temores a un lado y me dispuse a ofrecerle mi hombro para que se consolase, ya que se estaba abriendo en canal.

—¿Qué te pasa, cariño? —le dije mientras le abrazaba con fuerza por la espalda. Ella se mantuvo inmóvil, mirando al frente.

—¿Sabes lo que he leído? Que cuando tardan tanto en dar los resultados no es nada bueno, rubia. Nada.

—¿Dónde has leído eso?

—Da igual...

—No, no da igual. Sabes que hay mucha desinformación, que luego cada caso es diferente...

—Yo también lo he leído —nos interrumpió Lucía, contundente.

Las dos nos giramos y Sara se disculpó:

—Lo siento, Luci, no quería decir eso. No quería estropearte la fiesta.

—Pero, por favor, ¡cómo vas a estropearme nada! Ven aquí, alma cándida... —respondió ella, acercándose a las dos y rodeándonos con los brazos; el que tenía sano y el otro, en el que Pol le había dibujado un ancla con un boli, como si fuera el tatuaje de Popeye.

—Es normal que llores —dijo Lucía, susurrándonos al oído.

—Es que tengo mucho miedo —contestó Sara.

—Yo estoy cagada. —Nos abrazó con más fuerza.

No pude decir nada. En el fondo, éramos conscientes de la situación, y a pesar de que nos habíamos refugiado en la positividad y en intentar disfrutar de las pequeñas alegrías, como decía Laux, había una realidad que aún nos quedaba por descubrir.

Respiré hondo e intenté disimular lo tremendamente emocionada que estaba.

—Se me ha metido una cosa en el ojo...

—Ya, ya. A mí también se me ha metido una cosa en el ojo, en concreto un melanoma —dijo Lucía, rompiendo el clímax y consiguiendo que el risanto fuera la medicina más efectiva en ese momento.

—No sabéis lo afortunada que me siento de notaros tan cerca —añadió muy emocionada—. Estoy segura de que todo saldrá bien, de verdad.

Mientras seguíamos abrazadas, Laux entró hablando con alguien por mi teléfono.

—Bueno, chiquiiiii, pues dale muchos besos a Ivanoski, pero con lengua, ¿eh? Haz el favor.

Dios mío, era Javi. No sabía si justo en aquel momento estaba preparada para hablar con él. Pero como Laura había cogido la llamada, no me quedaba otra opción. Llevaba días telefoneándole sin que me lo cogiera ni me devolviera las llamadas, por lo que estaba entre nerviosa, cabreada y preocupada. Laux me pasó el móvil y me metí en el baño para encontrar un poco de intimidad.

—Hola... —le dije, seca.

—¿Cómo estás? —me preguntó con un tono distante, pero educado.

—Bien, bien... ¿Y tú?

Parecía que no nos conociésemos, a pesar de que incluso me había tocado los pies.

—Bien —dijo, bastante seco también—. ¿Cómo está Lucía?

—Pues... Ya por fin en casa; hoy le han dado el alta.

—Entonces ¿volverás pronto?

Me quedé en silencio. La frase sonó tan demoledora que no tuve capacidad de reacción. Javi no estaba entendiendo nada ni hacía nada por entenderlo.

—Javi, queda muchísimo por delante. Aún nos han de dar los resultados de las biopsias, decirnos qué tratamiento tendrá que seguir... No es algo que vaya a resolverse de un día para otro. Lucía me necesita, la quiero mucho y quiero estar aquí con ella.

—Yo también te...

—No me digas que tú también me necesitas, por favor —le interrumpí.

No quería que esa frase añadiera más peso a mi corazón, dejándome entre la espada y la pared.

—No... Iba a decirte que yo también te quiero. Adiós.

Dijo adiós, pero no colgó. Esperó a que le contestase que yo también le quería. Por supuesto, se lo dije. Escuché cómo respiraba entrecortado al otro lado de teléfono cuando pronuncié aquellas palabras. Entonces colgó.

Miré al suelo y encontré junto al mueble del lavabo otro hilo de la pulsera que Javi me había regalado. Seguía en mi muñeca, pero no se sujetaba tanto como antes. Respiré profundamente mientras la apretaba contra el brazo con la otra mano, intentando que se mantuviera allí.

De repente, oí gritos y risas estrepitosas al otro lado de la puerta. Cuando salí del baño con el teléfono en la mano, vi a todos haciendo aspavientos con las manos, como si la casa estuviese llena de moscas. Sus caras parecían avinagradas, como rancias, y sus gestos no eran agradables. Entonces me vino un tufo que reconocí al segundo.

—Joder, rubia, tu amiga Laura está jodidamente podrida por dentro —dijo Pol mientras Laux estaba doblada de risa en el suelo.

—¡¡Qué olor más nauseabundo!! —comentó Sara.

Todos acabaron en la terraza, luchando por respirar.

—Es de los tres pedos más feos que he visto en mi vida... Porque es que, si te fijas, se ve. Es bastante sólido —dijo Lucía desde la terraza mirando hacia el interior, donde solo quedábamos Laura y yo.

—¿¡De verdad has sido capaz de desalojar una fiesta con un pedo!? —me dirigí a Laura entre risas.

—Bah, discotecas más amplias he desalojado. Esta casa no es tan grande, no tiene mérito —contestó con las lágrimas saltándole de los ojos.

Pese al frío que hacía, la fiesta se trasladó a la terraza y, gracias al gasecito de Laura, nos olvidamos de nuestras preocupaciones, aunque fuese solo por un momento.

27
En busca de soluciones

*Rodéate de personas que, ante un problema,
buscan la solución y no al culpable.*

A los pocos días llegó la esperada llamada del hospital para citar a Lucía con la oncóloga: ya estaban los resultados de las biopsias. Nos pilló a las dos en el sofá, tomando café en casa de Alberto, con el nefasto resultado de dos capuchinos volcados sobre el cuero.

Esa mañana, acompañé a Lucía al hospital. Lo habíamos definido como «el día D». Todos le desearon suerte en el chat e inspiramos juntas para enfrentarnos a lo que estuviera por venir, eso sí, con el aliento contenido. Sara no tuvo fuerzas y Laux no pudo pedirse el día libre, así que nosotras dos, montadas en el coche, nos enfrentamos de nuevo a lo que estuviese por venir como siempre lo hacíamos: juntas.

Sentadas en la sala de espera de oncología, perdíamos la mirada en la pared. Recordaba los tiempos de la espera que tantas veces había vivido con mi padre por sus pruebas. En el chat entraron mensajes de última hora, y Lucía aprovechó para contarme que Nacho le había escrito para darle ánimos.

«¿Se han dado los teléfonos?», me pregunté justo cuando algo más importante interrumpió a mis voces interiores.

—¿Lucía Romasanta? —anunció una enfermera.

—Yo... —dijo Lucía tímidamente.

—Pase.

—¿Puedo entrar con ella? —intervine.

—Claro —respondió la enfermera con una sonrisa.

Entramos de la mano en aquel despacho. Y lo llamo despacho porque no era la típica consulta donde había una camilla al fondo, una mesita con utensilios como gasas y tijeras, paredes blancas y luz de fluorescentes. Era una estancia bastante pequeña. Tenía una gran ventana que daba a un descampado. No era un sitio acogedor; la madera de la mesa era muy oscura y había frisos de madera oscura tapizando las paredes. Frente a la mesa donde estaba la doctora había dos sillas de color verde oscuro, lo que no hacía sino remarcar todavía más la falta de claridad en la habitación. Pensé que se habrían dado muchas malas noticias allí y que por ello el color oscuro había impregnado los muebles y las paredes. A aquella sala no le hubieran venido mal un par de los dibujos infantiles de Nacho.

Sentí que Lucía temblaba. Hasta que no te enfrentas a algo así, puedes pensar que el cuerpo humano solo tiembla de frío, pero la incertidumbre y el miedo provocan en nuestros cuerpos muchas sensaciones que ojalá me fuesen desconocidas.

—¿Cómo está tu brazo, Lucía? —le preguntó la doctora mientras nos ofrecía asiento.

—Bien, mejor. Ya ha recuperado casi su tamaño normal.

—Me alegro. Bueno, tengo los resultados de anatomía patológica.

La doctora no tenía pinta de andarse con rodeos.

—Lucía, quiero ser directa y lo más clara posible, para que puedas entenderlo, porque lo que te voy a decir es muy importante. Ya sabes que intervenimos un ganglio centinela para hacer una biopsia y que, además, extirpamos otros ante la sospecha de que pudiesen estar afectados.

Lucía asintió con la cabeza y la doctora siguió hablando:

—Los ganglios están afectados, Lucía.

Ella volvió a asentir, sin decir ni una palabra. La doctora cogió un papel y un bolígrafo. Dibujó una especie de croquis con círculos, simulando los ganglios y unas equis que tachaban cada uno de ellos. Unas líneas cruzaban los círculos. Todo era muy laberíntico.

—Esto significa que las células tumorales han viajado a través del sistema linfático, por lo que tenemos que pasar a la acción.

El silencio continuaba inundando la sala hasta que se rompió con una interpretación de Lucía sobre lo que había dicho la doctora:

—Esto significa que el bicho ha cruzado la frontera...

—Eso es. Y tenemos que actuar cuanto antes.

Lucía no reaccionó. Se quedó en silencio mirando la pared. Las dos entramos en *shock*, pues las noticias eran las peores que podíamos recibir. Y digo «podíamos», en plural, porque en ese momento sentí la misma incertidumbre que percibía en Lucía. Mi amiga, mi hermana.

—¿Estás bien? —pregunté, sin obtener respuesta.

—Lucía, sé que no son las mejores noticias... —retomó la doctora, pero Lucía parecía estar a mil kilómetros de distancia de aquel horrible despacho—. Pero quiero que sepas que, aunque sean malas noticias, debemos actuar.

La miré de nuevo: temí que se fuese a desmayar. La doctora lo percibió y suavizó su tono, pero no había edulcorante alguno para las palabras que salían de su boca:

—Sé que ahora mismo estás pasando por un momento terrible, pero es fundamental que seas consciente de todo —dijo, tendiéndole la mano en un gesto de humanidad—. Voy a explicarte las opciones que tenemos, porque esto es el principio y, por suerte, hay opciones. Es fundamental que seas capaz de escucharme con atención. ¿Podrás hacerlo?

En ese momento, agarré con fuerza la mano de Lucía, quien consiguió salir de su ensoñación. Entre lágrimas furtivas que caían por su rostro, respiró de forma entrecortada pero profunda, y respondió con contundencia:

—Sí, podré hacerlo.

—Bien, pues lo vamos a hacer, ¿vale? Juntas —contestó la doctora, sonriendo con confianza—. Lo afrontaremos juntas: quiero que sepas que tienes a todo mi equipo a tu lado.

Seguí apretando fuerte la mano de Lucía; no quería soltarla ni un segundo. Ella asintió, arropada por las palabras de la doctora, quien continuó hablando:

—Tenemos dos opciones, quizá alguna más, pero principalmente estas dos. La primera es la tradicional, la más invasiva: quimioterapia y radioterapia. Es eficaz y segura, pero, como sabrás, tiene efectos secundarios que luego te explicaré.

Asentimos las dos. Era como si yo estuviese pasando por la misma situación que Lucía. Como una especie de transferencia que me hacía formar parte del proceso en el que no quería dejarla sola.

—Por otro lado, hay una opción nueva, parte de un ensayo clínico, con un tratamiento de inmunoterapia. Es menos invasivo que la quimio, pero no deja de ser un ensayo clínico y la finalidad es probar su eficacia.

En la sala se hizo un silencio tan profundo que por momentos parecía como si nos hubiéramos sumergido bajo el agua. Como cuando íbamos a la piscina de los pueblos donde trabajábamos de azafatas. Cerré los ojos y recordé cómo cada domingo, al salir del hotel y antes de volver a casa, solíamos ir a bañarnos y a tomar el sol. Siempre buceábamos el largo de la piscina; durante esos segundos, el mundo dejaba de existir porque dejábamos de escucharlo. Esa misma sensación fue la que tuvimos en aquella sala. Aunque el tiempo fue similar al que tardábamos en cruzar el largo de la piscina, sentí que esos diez segundos se convertían en un océano de tiempo.

Como Lucía no dijo nada, la doctora continuó:

—No tienes que decidirlo ahora. Ve a casa, sopesa las opciones, piénsalo bien y volvemos a hablar.

Al momento, Lucía recuperó la mirada perdida, colocándola sobre la doctora, a quien le preguntó con claridad:

—¿Usted qué haría si estuviese en mi lugar?

La doctora se sorprendió ante una pregunta tan directa. Yo también.

—Es una cuestión complicada que no sé si podría o debería responder, pero te voy a ser sincera: yo probaría con el ensayo clínico. Está teniendo muy buena acogida y nos permite abordar otras vías de tratamiento. Estos ensayos acaban salvando muchas vidas.

Lucía exhaló todo el aire contenido en sus pulmones al escuchar aquellas palabras.

—Vale... Decidido entonces, ¿no? —dijo Lucía mientras buscaba mi aprobación con la mirada.

—Claro, siempre nos ha gustado probar cosas nuevas... —contesté, intentando hacerla sonreír.

—Igual no es el mejor sitio para hablar de eso, con la doctora delante —respondió Lucía, cómplice, intentado liberarse del peso de unos resultados que nos habían atado a aquellas sillas y que no nos dejaban movernos.

La sonrisa de la doctora hizo juego con nuestra complicidad y la tensión que había en la sala comenzó a desvanecerse. Lucía tenía la capacidad de sonreír e intentar que la gente sonriera incluso en los momentos más duros. La adoraba.

La doctora fue a buscar el contrato de consentimiento del tratamiento para explicárselo y para que Lucía lo leyera, lo entendiera y, si estaba de acuerdo, lo firmara.

Mientras, aproveché para salir de la habitación y escribir en el Dramachat. Lo hice en el grupo donde estábamos las cuatro. Las cartas ya estaban sobre la mesa y no me parecía bien andar comentando a sus espaldas. Había que afrontarlo de frente.

Dramachat
Laux., Lucía azafata., Sara., Tú

> Chicas, tenemos una
> buena noticia y otra
> menos buena.

Laux.
¡Hay una buena noticia,
chiquis!

Laura siempre tan positiva.

Sara.
¡Ve con todo!

> La buena es que hay solución,
> tenemos un tratamiento.
> La menos buena es
> que el bicho ha pasado
> la frontera y lo tenemos dentro.

«Tenemos», dije. En plural, por supuesto. Y es que, desde ese instante, todas íbamos a ser parte del proceso y todas íbamos a «recibir» el tratamiento, porque todas éramos Lucía y ella era parte de nosotras. Como piezas soldadas que forman parte de un mismo cuerpo, un puzle completo (lo recordáis, ¿verdad?).

Laux.
Ese bicho no sabe en
qué cuerpo se ha metido.
Luchi va a poder con eso
y más.

> No te quepa duda.

Sara.
Vais a casa ahora, ¿no?
Estoy deseando veros.

> ¡Sí! Seguimos en el
> hospi de papeleo.
> Ahora os contamos.

Y es que, efectivamente, había malas (o menos buenas) noticias, pero también había un tratamiento, algo a lo que agarrarse fuerte, así que decidimos salir de allí reforzadas con esa idea y cogidas de la mano, porque el camino iba a ser largo, pero lo haríamos juntas.

Son incontables las veces que Lucía y yo nos hemos cogido de la mano. Para no perdernos en los conciertos, en las fiestas, para ir al baño y asegurarnos de que ninguna se quedaba atrás, o cuando me caía y la arrastraba conmigo al suelo antes de doblarnos de risa. Y ahora, por supuesto, también al salir del hospital. Para sentirnos más fuertes. Qué importantes son las amigas que te dan la mano cuando estás perdida en la vida.

A partir de ese momento tuvimos un calendario de visitas al hospital. Lucía tuvo que ir de forma regular para recibir la «droja», como ella la llamaba. Además, como parte del proceso, tenía que hacerse análisis de sangre para ir controlando su cuerpo, por lo que todos nos organizamos para que nunca se sintiese sola. Eso sí, establecimos que, si en algún momento ella necesitaba espacio, solo tenía que decírnoslo. Sabíamos que eso, para Lucía, no iba a ser un problema.

Llamé a Javi y, como de costumbre en las últimas semanas, no me cogió el teléfono. Cuando se decidió a devolverme la llamada, fui yo la que no respondió. Estábamos inmersos en una guerra a la que mi corazón deseaba poner paz cuanto antes, pero el orgullo a veces quiere seguir librando batallas.

28
Nuevas rutinas

Hay personas que son LAS personas, pero no era EL momento.

La vida está llena de cambios que te obligan a adaptarte a nuevas rutinas.

Al dar por finalizada mi excedencia y volver a mi antiguo trabajo, me costó asumir que no trabajaría en un sitio donde pudiese seguir con mi maravillosa rutina de contar atardeceres.

En aquel momento recuperé mis antiguos hábitos, los de antes de irme a Ibiza. Recordar el trabajo en el restaurante trajo de vuelta los meses que estuve allí y, por ende, a Javi, por supuesto. Desde mi oficina no podía ver el atardecer; los edificios tapaban el lugar donde se ocultaba el sol, y aunque el paisaje urbano era bonito, en absoluto era la misma sensación. Aun así, fotografié alguno, pero sin la disciplina que me impuse en la isla. De forma esporádica, añadí a mi colección de cielos teñidos los que veía, en ese caso, desde una pequeña terraza que había en lo alto del edificio. Nada que ver con la idílica localización de aquel restaurante.

Recordé también cuánto le gustaba a Javi sentarse en uno de los pufs de la playa. Muchas veces, cuando venía a buscarme, me esperaba allí, aguardando a que terminara mi turno. La última vez que lo hizo yo estaba a punto de volver a Madrid. Aquella tarde le hice una foto preciosa sin que él lo supiese, sentado, a contraluz, con el atardecer de fondo. En la foto, escribí: «Quedan treinta y cinco domingos para que sea verano». Así cerraba parte de lo que había vivido e iniciaba una nueva cuenta atrás, esa vez con Lucía como protagonista.

Durante las primeras semanas, todos, incluso Pol y Alberto, íbamos a pasar muchas horas en el hospital de día para que Lucía recibiera la inmunoterapia, llevándola y recogiéndola. No quiso que estuviésemos a su lado mientras recibía el tratamiento. Como nos decía: «No quiero que me deis el coñazo todo el rato». Así que, mientras estaba en el hospital, nos iba contando sus avances con el tratamiento en el chat.

Dramachat
Laux., Lucía azafata., Sara., Tú

Lucía azafata.
Joder, con lo poco que
me gustan a mí las agujas
y ahora me paso el día entre
pinchazos...

> No te vi quejarte cuando
> nos hicimos aquel tatuaje
> de la estrellita...

Lucía azafata.
Ya, bueno, pero sarna con gusto
no pica

Sara.
Oye, me encanta vuestro tatuaje
de la estrellita en la muñeca.
¿Y si nos lo hacemos todas
cuando todo esto acabe?

> Ay, qué bonitooooooo,
> sería brutaaal.

Laux.
Me encantaaaa la idea,
uno así, con muchos colores.

                              ¡Qué hortera eres, Laux!

Lucía azafata.
Venga! Barra libre de agujas para todas!
Jodidas masocas...

                         Hablando de agujas...
                         ¿Qué tal el chute hoy?

Lucía azafata.
Bien, me ha traído Sara de
camino al curro y luego
ha venido Nacho
y ha estado conmigo
todo el rato. Es más majo!

¿Habéis sentido una punzada en el corazón? Yo también.
Llevaba tiempo sin hablar ni con él ni con Javi, pero, claro, Nacho trabajaba en el hospital de Lucía y había entrado de lleno en
nuestras vidas.

                              ¿Qué se cuenta?

Lucía azafata.
Me ha estado entreteniendo con
cosas de su curro principalmente

                                   Claro.

Los días iban pasando y tengo que reconocer que Lucía no
perdió el humor durante el proceso ni se vino abajo. Es más,
estaba abierta a todo lo que la rodeaba, como si la vida le estu-

viese aportando valores que ella desconocía o que nunca hubiera tenido en cuenta. Esa actitud me fascinaba, porque lo estaba convirtiendo todo en una experiencia propia de la cual podía aprender algo en un momento tan duro como ese.

Una de las tardes que fui a recogerla, me contó con cariño que, yendo al hospital de día, se sentía un poco como si fuese a nuestro bar de toda la vida.

—Llegas allí y todos saben tu nombre y lo que bebes. ¿Sabes, rubi? Como en el bar donde trabajamos de relaciones públicas tanto tiempo.

Su voz sonaba dulce, con algún ramalazo de sincericidio de vez en cuando, pero contenido para ser ella. Era como si ese bicho pequeñito hubiese conseguido domesticar a una pantera.

—¿La gente allí es maja?

—Increíbles. Ya no solo el personal sanitario, sino los compañeros de tratamiento. Al final, a todos nos une lo mismo.

—Estás siendo muy fuerte, Lucía —le dije de corazón, porque así lo pensaba.

—Ves tantas historias que hay que serlo, porque, si no, sería insoportable. Es lo que toca —se desahogó—. Me gusta pensar que ir allí es como ir al bar. Cuando llego, la enfermera me saluda y sabe cómo me voy a tomar «el café»...

—Con lo que te gusta a ti el café...

—¡Mmmmm...! —Lucía respiró, saboreando en su mente un buen capuchino—. Pues estoy deseando que pase todo esto y volver al café, pero solo al de verdad. ¿Tú sabes cuántas veces en mi vida le he dicho al camarero del bar de debajo de mi casa «el café me lo pones en vena, por favor» cuando me preguntaba cómo lo iba a querer? Fíjate, ahora no es un capuchino en vena, pero es otro tipo de droga, ¿no? —dijo con un cierto tono melancólico.

—Bueno, cada día es uno menos —afirmé.

—Y uno más —me contestó.

En una ocasión, Lucía me insistió para que subiera al «bar de los tratamientos», como habíamos bautizado a la sala donde pasaba horas y horas cada semana. Cuando llegué, estaba sentada en uno de aquellos sillones de polipiel azul y Nacho le estaba colocando el reposapiés.

—Si ya le estás poniendo los pies en alto, lo próximo será sujetarle el pelo cuando vomite —le dije con humor a Nacho.

—Ja, ja, ja. Qué perra. La culpa es tuya, que pides siempre un último chupito, el que todas sabemos que es una malísima idea...

¿Estaba Lucía intentando quedar bien delante de Nacho o eran alucinaciones mías? Me dije que, sin duda, me lo estaba imaginando y no le di importancia. Al menos por mi parte tenía claro que flirtear con él o con otra persona no entraba en mis planes en ese momento, aunque empecé a pensar que el roce continuo entre Lucía y Nacho podría llegar a convertirse en cariño.

Ciertamente, Nacho no solo había comenzado a estar pendiente de ella y de subirle los pies, sino también a integrarse en el grupo. Empezaba a pasar más tiempo con todos, dado que siempre estaba cuando cualquiera la llevaba o la recogía. Incluso alguna tarde se tomaba algo con nosotros cuando salíamos del hospital o dábamos paseos por el centro de Madrid. Se convirtió en una parte activa de la ecuación de nuestra amistad.

Laux, que suele tener muy buen ojo para todo, también empezó a notar la creciente amistad entre Nacho y Lucía. Una noche llegó a casa tras recogerla y dejarla en la casa de Alberto y me comentó:

—Qué bien se llevan ahora Ignatius y Luli, ¿no?

Con Laura hay que hacer un máster para saber de quién te habla en cada momento.

—¿Por? —contesté a la gallega, con otra pregunta.

—No, por nada. Es que cuando he llegado a la sala de la «droja», estaba sentado allí con ella. Es un gran apoyo. Está mazo de entretenida con él, ¿no crees?

Pues sí, yo también lo había notado, pero intenté que no me lo notase; no me apetecía hablar de ello.

—Puede ser, sí.

—Por cierto, hablando de Nachetis: ¿qué tal con él?

—Pues normal. Tampoco hemos hablado mucho; de los viejos tiempos y poco más.

—¿Y...? —añadió Laux con intención.

No respondí.

—¿Y con Javi? —insistió de manera explícita.

La miré y me encogí de hombros, un gesto que fue clarificador.

—Pintan bastos, rubia —dijo Laux para cerrar la conversación, mientras iba a la cocina a preparar algo para la cena y yo me quedaba aún más rayada con la situación.

Al día siguiente le tocaba a Pol llevar a Lucía al hospital y a mí recogerla. Cuando llegué, Nacho estaba sentado junto a ella, como Laura los había descrito la noche anterior. Noté otra vez ese pellizquito en el corazón, como una especie de arritmia emocional entre latido y latido. Me quedé mirándolos hasta que Lucía se dio cuenta de que estaba en la puerta.

—¡Rubia, ya has llegado!

Nacho me miró y bajó un poco la cabeza. Como sintiéndose culpable.

—¿Cómo estás? —le pregunté a Lucía.

—Un poquito cansada, pero animada. ¿Sabes qué?

—¿Qué?

—He vuelto a retomar la novela y le he dado un giro total a la trama.

—¿Sí? ¡Qué bien!

—Bueno, el mérito es de Nacho.

—Ah, ¿sí?

—Bueno, yo solo le he dado un pequeño impulso. El mérito es suyo —dijo Nacho sin mirarme a los ojos.

—Qué chico más jodidamente modesto. Me ha animado todos estos días a seguir con ella y, mira, hasta me ha traído un boli y una libreta. Ahora escribo a la antigua usanza.

—Es muy importante que se relaje con tareas manuales —añadió él.

—Uy, qué mal ha sonado eso... —dije mientras me relajaba por momentos y nos reíamos los tres.

—¿Has visto los dibujos que ha hecho en la planta de oncología infantil? —me preguntó Lucía.

Asentí, sorprendida de que Nacho, a quien se le veía muy incómodo, hubiese llevado a Lucía a verlos.

—Son increíbles.

—¿Te queda todavía? —le pregunté a Lucía, interrumpiendo la conversación—. Os espero fuera, si queréis.

—No, no, ya está. Ya me han dado la «droja». Recojo y nos vamos.

Lucía cogió su bolso, se despidió de las auxiliares y, cuando estábamos saliendo, se dirigió a Nacho.

—Bueno, nos vemos el martes, ¿no? Creo que me toca análisis. Y ya te contaré cómo resuelvo el capítulo cuatro. —Se giró hacía mí y continuó hablando—: Me ha dado ideas para la novela y voy a darles una vuelta.

Nacho asintió con la cabeza, sonriendo. Se notaba que Lucía estaba muy emocionada.

Nos montamos en el coche y nos pusimos en camino a casa de Alberto. Lucía siguió hablando animadamente; parecía que le hubiesen dado cuerda.

—¿Sabías que Nacho es aries, pero con ascendencia géminis según el zodiaco sideral?

—¿Según el quéééé? —le pregunté.

—Según el zodiaco sideral, tía. Y sería un aries medio acuario según el astronómico, y eso es muy bueno.

—Joder, Lucía, es que esto del zodiaco sideral y el astronómico me sobrepasa un poco.

—Eso es porque eres una libra de toda la vida.

—Sí, claro, desde que nací.

—No jodas, no tiene por qué. Hay gente que piensa que nuestros signos fluyen hacia otros conforme pasan los años.

«Fluir» era la última palabra que me quedaba por escuchar esa tarde.

Lucía se bajó del coche y me preguntó si me apetecía quedar con ella y con Sara al día siguiente, a lo que le contesté, un poco cortante, que no podía, aunque no era cierto. Creo que percibió mi extraño estado de ánimo un tanto incómodo, así que dejó de insistir.

—¿Me acompañarás el jueves que viene? —me preguntó desde la ventanilla.

—Por supuesto. Y el martes siguiente —respondí rápidamente.

Se quedó unos segundos mirándome en silencio, sonriéndome con ternura.

—Tú sabes lo importante que eres para mí, ¿no? —añadió.

—¿Por qué me dices eso? —le pregunté sorprendida.

—Porque no quiero que se te olvide ni por un segundo —sentenció.

Lucía se despidió y me quedé pensativa. Ni siquiera yo entendía esa especie de malestar que me recorría, pero lo cierto es que estaba incómoda. Justo cuando iba a arrancar para marcharme, recibí un mensaje.

Nacho.

Enana, ¿podemos quedar mañana?

Seguía llamándome «enana» en privado, lo cual no sabía si me irritaba o me gustaba. No le contesté. Decidí esperar a que Laux volviese de trabajar para desahogarme con ella. Cuando apareció por la puerta lo hizo con su habitual energía y con la capacidad de saber que algo pasaba solo con un escaneo rápido de la situación y de mi persona.

—¿Qué pasa, chiqui?

—No pasa nada. ¿Por qué tiene que pasar algo?

—Perdona, pero es que estás sentada mirando la tele y está apagada. Algo te pasa.

Pillada de manual.

Laux se sentó a mi lado y me vacié contándole lo que estaba sintiendo, que no era más que una extraña sensación molesta por ver a Nacho y Lucía tan unidos, porque era evidente que lo estaban cada vez más. Algo que en principio poco debía importarme, la verdad, pero que, siendo sincera, había crecido dentro de mí.

—No tienes razón alguna para estar rayada —dijo Laura con voz de niña responsable—. Yo también he notado que han conectado, pero no tienes motivos para sentirte así.

—Hombre, Laux, motivos sí. Mi novio y yo tenemos una comunicación nula desde hace meses y, de repente, me encuentro con que mi primer novio tiene una conexión especial con mi amiga Lucía que, por si fuera poco, está en tratamiento por un cáncer... Creo que, si agitas todo eso en una batidora emocional, algún motivo sí que sale —dije, defendiéndome.

Laura lo percibió y cambió el tono.

—Mira, chiqui, entiendo tu punto de vista, pero te voy a dar mi opinión porque me la has pedido. Luego, si quieres, puedes pensar en lo que te he dicho o pasar olímpicamente de ello, pero te la voy a dar.

Resoplé y giré la cabeza como una niña enfada que no quiere escuchar.

—Dime...

—Mira, Lucía es tu amiga y Nacho no es tu novio. Tu novio es Javi, y sea lo que sea lo que os está pasando, es algo que tendrás que solucionar con él. Ojo: eso si quieres; si no es así, no pasa nada, cada uno por su lado y aquí paz y después gloria, pero que estéis huyendo de tener una conversación sin cogeros el teléfono no ayuda, desde luego. Sé que los fantasmas del pasado reaparecen siempre en el peor momento, pero por encima de todo, y esto es muy importante, está Lucía. No pierdas la perspectiva. Si es como pensamos, que entre ellos hay algo, e insisto, si es como pensamos, alégrate por ellos.

Nada más que añadir. Aquella noche mi almohada volvió a estar dura como una piedra, rellena de problemas en vez de espuma.

Me levanté con la firme convicción de que era el momento de enfrentarme a las cosas antes de que fueran a más, tal y como había dicho Laura. Comencé por contestar a Nacho. Quedamos aquella misma tarde en el hospital, en la sala de oncología infantil donde nos vimos por primera vez. Me lo encontré de espaldas a la pared, ya sin cubos de pintura ni pinceles alrededor. El mural estaba terminado y era precioso. Esta vez no llevaba los auriculares, como en nuestro primer encuentro fortuito, por eso oyó el sonido de mis tacones al llegar y se dio la vuelta.

—Gracias por venir —me dijo.

—Tranquilo. No pasa nada —respondí, restándole importancia.

Se hizo un pequeño silencio. Nacho no terminaba de arrancar la conversación. Parecía que elegir las palabras correctas le costaba más de la cuenta, así que decidí dar un primer paso directo, algo que siempre me ha caracterizado en ese tipo de situaciones.

—Bueno, tú dirás... ¿Algo que contarme?

—Todavía no, pero querría estar seguro de poder hacerlo, llegado el caso —respondió.

La conversación estaba clara antes de tenerla y no quería que alguien me diese explicaciones de algo que no tenía por qué.

—No tienes que pedirme permiso para hacer nada.

—Ya te hice daño una vez y nunca más quiero volver a hacértelo.

—¿Y por qué ibas a hacerme daño?

—No lo sé. No sé qué sientes. No sé si estás enfadada conmigo. No sé si te molesta mi relación con Lucía...

La noche anterior había descubierto que no estaba enfadada con él ni, por supuesto, con Lucía, por quien estaba claro que él sentía algo. No estaba molesta con el Nacho de ahora: estaba enfadada con el de antes, el que desapareció de mi vida sin dejar rastro por una decisión unilateral que, según él, era lo mejor para mí. Le odiaba porque no me dejó ayudarle, porque se separó de mí y no me dejó opción, puesto que eligió por los dos. Advertí que no había superado ese resentimiento que aún conservaba y que había aparecido de nuevo al verle conectar con Lucía, mientras mi relación con Javi se disolvía por momentos.

—Si me pides que no vuelva a hablar con Lucía, lo haré. No quiero cambiar tu vida quince años después. Ya lo hice una vez y no puede volver a pasar. No podría soportar que me odiases otra vez —añadió.

Respiré hondo. Me sentía como la mala de una película... de la que solo era espectadora, no la protagonista.

—¿Por qué nunca me llamaste? Han sido años de silencio. ¿Acaso nunca te acordaste de mí?

Nacho me miró fijamente y sonrió. Dio un paso y se puso a mi lado, en el centro de la habitación, frente al mural que había terminado de ilustrar. Dirigí la mirada hacia él.

—¿No ves nada? —me preguntó.

—Sí, un mural precioso.

—Pero ¿no ves nada especial en él? —insistió.

Negué con la cabeza.

Nacho dio otro paso y se colocó detrás de mí. Me cogió la mano y señaló con el índice a una parte concreta de la pared. En ella se veía la ilustración de dos niños, una chica rubia y un chico moreno, al fondo de un precioso parque, camuflados entre otros dibujos, sentados en un banco mientras se comían unos bocadillos. Nacho movió mi cuerpo de nuevo, señalando otra zona del mural donde volvían a aparecer aquellos dos niños en una moto por una carretera que les llevaba a una montaña. Giró mi cuerpo una tercera vez y señaló una última parte del mural donde la misma niña rubia aparecía con un balón de voleibol en las manos, en la puerta de un instituto, sonriendo.

Me quedé en silencio, asimilando lo que acababa de ver, en *shock*.

—Nos he dibujado en cada pared con recuerdos de lo que vivimos juntos de niños, porque si algo quería recordar es que contigo fui inmensamente feliz a esa edad.

No pude pronunciar ni una palabra. Nacho había dibujado pasajes de nuestra adolescencia en todos los murales de la planta. Todo lo que habíamos vivido juntos estaba en esas paredes. Respiré hondo, visiblemente emocionada.

—¿Por qué me alejaste de ti? —le pregunté, conmovida, lanzándole una duda que llevaba quince años oprimiéndome el pecho.

—Lo siento. No supe hacerlo mejor.

Nacho comenzó a emocionarse y eso hizo que yo, que necesitaba muy poco para desenredar nudos de la garganta en aquel momento de mi vida, tomase el mismo camino.

—Creo que nos merecemos ser igual de felices que de niños.

Nacho me abrazó con fuerza.

—Por favor, no la dejes. No quiero que ella también acabe siendo un recuerdo en una pared.

Nacho asintió con la cabeza mientras se limpiaba las lágrimas de la cara. Estaba segura de que no había nadie mejor para Lucía en ese mundo que él. Tampoco había nadie que se pudiese alegrar más por los dos que yo.

Hay personas que son las apropiadas, pero no aparecen en el instante adecuado. No fue mi momento con Nacho a los dieciséis años ni lo era en aquella ocasión, con treinta y uno. Son cosas que pasan: solo hay que ser consciente de ellas y darse cuenta a tiempo para que esas personas formen parte de tu mundo de una forma distinta a como habías imaginado. Esa vez, Nacho se quedaría en mi vida, pero como amigo.

29
Una sorpresa por Navidad

Hay que ser como los gatos, que viven instaurados en la felicidad.

Casi sin darme cuenta, llegaron de nuevo las Navidades. Al echar la vista atrás me di cuenta de que ese año había experimentado lo que equivaldría a unos cinco de adolescencia, emociones que no dejaron de sucederse y que gestioné como pude, unas veces mejor y otras no tanto.

Iban a ser las segundas sin mi padre y, por lo que arrastraba, solo quería que fueran lo más tranquilas posible. Un periodo de calma que nos permitiera a todos recuperar el aliento y a mí, la ilusión por unas fechas que siempre me habían traído buenos recuerdos.

La conversación con Nacho me dejó abatida, aunque en paz por cerrar ese apartado de mi vida que se había abierto de forma involuntaria. Sin embargo, aún tenía pendiente una conversación con Javi, ya que nuestra relación iba a la deriva. Que conste que yo dejé atrás a mi orgullo y seguí llamándole, sin respuesta alguna por su parte.

De momento iba a centrarme en trabajar, en estar cerca de mi madre —pues también para ella eran fechas complicadas— y en apoyar a Lucía. En definitiva, mantenerme a flote.

—¿Qué haremos estas Navidades? —dijo Laux emocionada.

—No tengo ganas de nada, ni de decorar la casa siquiera.

—Venga ya, amiga, si te flipa el brillibrilli y las luces... Me niego a que estés tan negativa en nuestras primeras Navidades juntas en esta casa.

Laura, tan rebosante de energía como para alumbrar ella sola el árbol de la Puerta del Sol, me obligó —bueno, quizá la palabra exacta sería amenazó— a salir de casa. Me puso un gorro y una bufanda, y nos fuimos a los puestecitos de la plaza Mayor a comprar decoración navideña. Aquella salida me reanimó, ya que me había instaurado en la desgana.

Aprovechamos para ver las luces del centro y nos tomamos unos vinos. Laura llevaba unos cuernos de reno en la cabeza y me obligó a llevar un gorrito de Papá Noel con luces.

—¡Chiquiiii! Unos vinitos por aquí, por favor. Y algo de picoteo, plis —pidió Laux a plena voz, dirigiéndose al camarero.

Luego me miró muy seria y me preguntó:

—Si fueras un animal, ¿cuál te gustaría ser?

Muchas veces Laura me sorprendía con preguntas absurdas de ese tipo. En el tiempo que llevábamos viviendo juntas ya me había preguntado qué color sería, qué prenda de ropa me representa o qué ciudad de todas las del mundo me gustaría ser, como si pudiese levantarme al día siguiente siendo una ciudad en vez de una persona. Lo llamábamos el juego del «¿Y si fueras?». Según mis respuestas, me analizaba y me soltaba una perorata de las suyas. Entre los análisis de Laux y el horóscopo de Lucía me tenían frita, pero lo cierto era que las dos me entretenían mucho, por lo que le espeté:

—Una gata.

—Ohhhh, muy bien. ¿Sabes que los gatos viven en un estado de felicidad continua?

—Anda ya...

—Que sí. Te lo juro. Leí una vez que viven instaurados en la felicidad y que solo salen de ella cuando sienten una amenaza externa, pero vuelven a ese estado cuando el peligro pasa. ¿No te parece una gran manera de ver la vida?

Pues sí, pero quizá era algo más complicado para los humanos, al menos para mí en ese momento. Además, había que diferenciar entre los gatos caseros, que duermen plácidamente, comen, juegan y tienen muy pocas amenazas externas, y un gato callejero, que ha de estar pendiente de sus depredadores, de buscar cobijo, comida... ¿Y si me tocaba ser un gato callejero?

—¿Puedo matizar el animal que me gustaría ser? —añadí después de aquella reflexión.

—Claro. Es un juego inventado, así que también puedo inventarme las reglas.

—Pues quiero ser una gata, pero casera. Seguro que viven más felices...

—Los gatos no piensan en eso. No son conscientes de que pueda haber otra realidad u otro tipo de gatos. Solo viven con la felicidad que les ha tocado, ya sea en una casa o en la calle.

La miré con cara de sorpresa ante aquella perfecta exposición de un parlamento que no sabía muy bien hacia dónde se dirigía. Entendía el subtexto, pero no terminaba de estar de acuerdo.

—Me gusta eso de «vivir con la felicidad que te ha tocado», Laura, pero no siempre se puede cumplir. ¿O acaso pretendes que vivamos sin preocupaciones?

—De hecho, dicen que el noventa por ciento de las veces nos preocupamos por algo que al final no pasa. Los gatos no hacen eso. No se levantan pensando en que puede pasarles algo malo. Se levantan felices, viven felices, y eso es lo que les diferencia de los humanos.

—Vale... Entonces quiero ser una gata: renuncio a ser persona. ¿Dónde hay que firmar? —respondí mientras levantaba la copa de vino para brindar por ello con cierta ironía.

Laux me miró con ternura.

—¿Qué te preocupa, rubi? —me preguntó, cambiando el tono al verme un tanto irascible.

—¿Te hago una lista?

—A mí no, a ti. Yo a veces lo hago. Por las noches escribo lo que más me ha preocupado ese día y lo leo a la semana siguiente. La mayoría de las veces me doy cuenta de que al final no ha pasado.

—Ya, Laux, pero no siempre podemos estar apuntándolo todo, haciendo listas de deseos y revisando pensamientos a la semana siguiente... Hay veces que te preocupas por algo que puede pasar, aunque luego no pase, porque somos personas, no gatos... Y aunque puede que en el futuro todo vaya viento en popa con Javi, ahora no es así. Así que puedo instaurarme en un estado de felicidad absoluta, mirar hacia otro lado y ver qué pasa en una semana o puedo preocuparme para tomar la mejor decisión posible en este momento.

Laux me miró alucinada.

—Oye, si te presentas a alcaldesa, te voto. Madre mía, qué despliegue. ¡Qué bien hablas! A tomar por culo la felicidad de los gatos, di que sí.

Laux cogió la copa de vino y la levantó. Había conseguido sacarme una sonrisa con su *performance*.

—Por nuestros dramas —dijo convencida—. Para que nos den temas de conversación. Por los de ahora y por los que vendrán —añadió.

—Qué ambiciosa eres —respondí entre risas mientras apurábamos el vino antes de irnos.

Laura es siempre un soplo de aire fresco, aunque a veces ese aire huela a podrido por sus conocidos pedos.

Aquella conversación derivó en una minifiesta que Laura preparó para celebrar su propio cumpleaños y que ella misma bautizó como «#FiestaDramática», también en honor al Dramachat que nos unía. Era como un monstruo que se devoraba a sí mismo, como hacer una película en la que ella era la guionista, la directora, la protagonista, la que vendía las entradas y la espectadora. Solo Laux era capaz de organizar su propia fiesta de cumpleaños y sorprendernos a todos, incluida a ella misma. Y a mí la que más, sin duda.

Decoró la casa para convertirla en una mezcla entre un restaurante mexicano de los noventa y una fiesta navideña de una clase de primaria. Era una explosión de color extraña, pero solo ella tenía el don de que aquella combinación quedase bien. Laura es la típica mujer capaz de llevar una falda de lunares con una camiseta de rayas e ir preciosa (aunque eso solo ocurriría en mi imaginación: Laux, fruto de su «pequeña» obsesión por el orden y el control, siempre prepara con antelación la ropa que se va a poner al día siguiente, sin dejar hueco a la improvisación ni al desastre).

Compró unas cortinas de arcoíris y flores de papel. Preparó medianoches de jamón y queso, sándwiches cortados en triángulos, patatas y aceitunas. Incluso había Fanta de naranja, como en los viejos tiempos, pero en este caso para acompañar el ron. Era lo más parecido a un cumpleaños de madre de toda la vida. Nada de guacamole con palitos de zanahoria ni canapés de fiesta con forma de estrella. Un cumpleaños de combate, como los de antes.

—Vaya despliegue, Lady Susurros —dijo Pol al ver los sándwiches de jamón y queso con un claro tono de ironía que Laux no percibió.

—Lo que os merecéis, chiquis —respondió feliz mientras aparecía en el salón atravesando su cortina de arcoíris como si del programa *Lluvia de estrellas* se tratase, con una bandeja de croquetas al estilo de los anuncios de Ferrero Rocher de Isabel Preysler, pero con mucho más glamur y también un pelín más de aceite.

—¡No te putocreo! ¿Has hecho croquetas? ¡Me parece lo más! —Lucía estaba emocionada.

Tras ella entró Nacho, que llevaba el abrigo de Lucía en el antebrazo y Sara con su flequillo habitual yendo por libre.

—¡Feliz cumpleaños, amiga! —dijo Sara abrazándose a Laux.

Al verlas, no pude contenerme.

—¡Abrazo de amigaaaas! —pedí de forma instintiva.

Las cuatro nos fundimos en un sentido abrazo mientras los demás nos miraban.

Fue una fiesta diferente. Con una mezcla extraña de personajes donde a nosotras cuatro se sumaban Pol y su novio Jaume; Marcelo, el novio de Sara, alias el Mandalas; Nacho; y alguna invitada del curro de Laux. Casi estábamos en familia. Un combinado de personalidades tan interesante que podías escuchar en la cocina cómo Pol, Alberto y Marcelo comentaban animadamente lo mucho que les apetecería largarse a un retiro de Bikram

Yoga en la casa de Ibiza de Nacho Cano. No sé cómo habían llegado a ese punto en común los tres. De hecho, yo, a pesar de haber vivido en Ibiza cuatro meses y medio, no tenía ni idea de lo que era el Bikram Yoga, pero desde luego se les veía emocionados con el tema. La mezcla de nuestras personalidades era muy marcada, pero todos habíamos encajado a la perfección, como la mezcla de colores de la decoración de Laux.

Lucía se quedó casi toda la noche sentada en el sofá, ya que estaba cansada, y Nacho no se separó de ella. Aproveché para hablar con Jaume, que hacía tiempo que no le veía.

En un momento dado, sonó el timbre y me dirigí a la puerta. Esperaba ver la cara de nuestro vecino con alguna queja tatuada en la frente, aunque la música no estaba especialmente alta ni era muy tarde. Cuando abrí, me quedé helada. Javi e Iván estaban al otro lado. No sé vosotras, pero yo tuve que cerrar y volver a abrir para confirmar que estaban allí (con Javi tan guapo como siempre) y que aquello no era fruto de lo que llevase la Fanta de naranja.

Laura corrió hasta la puerta, pues sabía de su llegada, la muy perra. En sus ojos se veía la ilusión por ver a Iván y viceversa. Diría que se estaba haciendo ilusiones y le estaban quedando preciosas; o como decía Benito Pérez Galdós: «Había en aquellos ojos mil elocuencias de amor y propaganda de ilusiones». Ilusiones, al fin y al cabo, encerradas en sus miradas. ¿Hay algo más bonito que eso? Cuánto lo echaba de menos...

—¡Por fin! —gritó Laux mientras se abalanzaba sobre Iván, dejándonos a Javi y a mí cara a cara, solos, en la puerta, sin saber muy bien qué decir y sin que él se decidiera a entrar.

En nuestras miradas también había ilusión; si ha tenido mucha presencia en tu vida, la ilusión no muere de un día para otro. Aunque en aquel momento, entre nosotros, predominaba el recelo.

—Has venido... —le dije.

—Sí, tenía que ver a mi madre —me contestó cortante.

—Ah, claro... —respondí decepcionada.

—Y como Laura habló con Iván, pues...

—Bueno, y ¿qué tal por Ibiza? —le pregunté, aún sujetando la puerta de la calle.

—Bien, como siempre. Sin novedad en el frente. ¿Y tú?

—Bien... Bueno, ahí estamos, esperando a ver cómo responde Lucía al tratamiento, pero de momento...

Javi bajó la mirada y me interrumpió:

—¿Tienes pensado volver o te quedarás aquí con Nacho?

Aquella frase me dejó helada.

—¿Por qué dices eso?

—¿Y por qué no? Imagino que puedo preguntarlo, porque como no me cuentas nada y llevas meses sin hablar conmigo, tengo que ver lo que haces por Facebook y por las fotos que te vas haciendo.

La frase de Javi me sentó muy mal, tanto que consiguió que sacara lo peor de mí. Esa parte en la que me pongo a la defensiva.

—¿Y tú? ¿Has encontrado la manera de volverte o aún sigues «fluyendo»? Te lo digo no vaya a ser que no te des cuenta y te acabes convirtiendo en líquido.

—Vale. Creo que venir ha sido una mala idea.

Javi hizo el ademán de irse, pero Lucía llegó por sorpresa a saludar.

—¡Javi! ¡Qué alegría! Menos mal que has venido, porque la rubia está pesadísima. Todo el día detrás de mí: no me la quito de encima ni con agua caliente.

Vaya, qué buena metáfora había hecho mi amiga hablando precisamente de agua, que fluye a las mil maravillas.

—Hola, Lucía. ¿Cómo estás? —Javi la abrazó con cariño.

—Bien. Tengo días mejores y días «menos mejores», pero estoy bien.

—Me alegro mucho de verte.

—Gracias por venir —dijo con la voz demasiado calmada y sin ningún «joder», ningún «hostias», ningún comentario sincericida que nos hiciese pasar un momento incómodo—. Entra y tómate algo, por favor —añadió, siendo muy educada para lo que ella solía.

Javi respiró y pasó al salón, mientras yo cerraba la puerta con desgana. Laura e Iván aparecieron para hablar con nosotros. Pol le ofreció una croqueta a Javi, pero él la rechazó. (Sí, sí, lo habéis leído bien: la rechazó. ¿Qué clase de persona rechaza una croqueta?). Jaume se acercó a saludar y a preguntarle sobre su trabajo, incluyéndome en la conversación en todo momento.

Todo parecía orquestado para evitar que Javi y yo nos separásemos.

—Toma. —Iván le colocó un Aquarius en la mano.

—¡Puagggg! No sé cómo puedes beber eso, Javi. ¿Es porque eres deportista? —dijo Laux—. ¿No prefieres una copita de vino? Vengaaaa, que no va a interferir con tus entrenos. Mírame: estoy tochísima. —Laura enseñó su bíceps mientras sostenía una copa.

Consiguió sacarnos una sonrisa a los tres.

—¿Sabes el chiste que le cuento últimamente a Javi en Ibiza? —preguntó Iván, dirigiéndose a Laux.

—Pero ¿tú sabes contar chistes? Esa gran faceta tuya no la conocía —le contestó Laura en un claro tono de vacile.

—Pues será porque conoces otras más grandes...

—Sí, claro, los casoplones esos que tienes... No te hagas ilusiones, chiqui.

Nos volvimos a reír, relajando un poquito la tensión que aún se notaba en nuestros cuerpos rígidos; en el mío y en el de Javi, claro, porque los de Laux e Iván fluían de maravilla.

—Le digo: «Ey, Javi, qué fuerte estás; ¿cuánto tiempo llevas en el gimnasio?». Y él me dice: «Cuatro meses». Y entonces le digo: «¿Y tu familia no te echa de menos?».

Se hizo un silencio sepulcral que duró, al menos, cinco segundos. Pareció tan largo que podría haberme doctorado en ese tiempo.

—Iván, ese chiste te lo he contado yo mil veces. Es un chiste de la rubia y mío de toda la vida —afirmó Laux con contundencia.

En ese momento intervino Lucía:

—Sí. Yo también me lo sabía. La rubia lo ha contado como mil veces...

Iván miró a Javi, quien acabó por reconfirmar lo que había sido un desastre total.

—Sí, no he querido decirte nada por no herir tus sentimientos, pero ya me lo sabía —apuntó con el semblante aún de cabreo, pero pretendiendo que nadie más que yo lo notase.

—¡Ese chiste lo inventé yo! —gritó Pol desde la cocina.

—¡Vaya panda de cabrones! Ya me podríais haber parado antes y no dejar que lo terminara —dijo Iván mientras todos nos descojonábamos de la risa.

—Si te sirve de consuelo, a mí me ha hecho gracia. Yo no lo conocía —dijo Nacho acercándose al grupo.

En ese momento, Laux hizo las presentaciones, fiel a su estilo, sabiendo de la tensión del momento e intentando rebajarla a su manera:

—Ivanoski, Javitxu, este es Ignatius. Un amigo de la infancia.

Javi saludó a Nacho, distante pero educado, y aprovechó el momento para intentar poner punto final a todo el teatro que se había generado a nuestro alrededor, despidiéndose de todos. Ni siquiera había soltado el abrigo, que colgaba de su brazo junto a una bufanda que, sin duda, le habría tejido la yaya Catalina.

—Bueno, tengo que irme. Solo he venido a saludar. No he parado en casa desde que he llegado y estaría bien ver a mi madre.

Javi se apartó del grupo y se dirigió a la puerta.

—Te acompaño —le dije.

Javi se puso el abrigo mientras yo intentaba rebajar la distancia que había entre nosotros.

—No tienes por qué irte —le dije con amabilidad, sujetando una de sus manos. La tenía helada.

—Ya, pero es que no sé qué hago aquí, la verdad.

—¿No has venido a verme? —respondí de manera directa.

Javi se quedó en silencio.

—Vale... Pues no sé qué más decir... —añadí, abatida.

En ese momento, el sonido de unas copas cayendo contra el suelo hizo un ruido estrepitoso, poniéndonos a todos en alerta. Los dos dirigimos la mirada hacia el salón y vimos que Lucía estaba en el suelo, boca abajo, convulsionando. Laux y Nacho la atendieron con rapidez. No entendíamos nada, pero Lucía yacía inerte en el salón. Sara no pudo gestionar la tensión del momento y comenzó a gritar, mientras Laux le tomaba el pulso a Lucía y Nacho la colocaba de lado, le giraba la cabeza con suavidad y le levantaba las piernas. Todos comenzamos a ponernos muy nerviosos.

—Tranquilas, no pasa nada —afirmó Laura—. Es un desmayo.

—¿El pulso? —preguntó Nacho susurrando.

—Bien. Sara, tráeme un vaso de agua para cuando despierte. Corre.

Laura y Nacho lideraron la situación y todos lo agradecimos porque estábamos muy asustados. Tanto que me encontré de repente abrazada a Javi, temblando.

—Es el tratamiento, a veces pasa —explicó Laux, aunque no sonó convincente.

Al momento, Lucía volvió en sí y todos respiramos. Nos miró y sonrió, pero se veía que estaba muy cansada y con un color de piel extraño. Nadie dijo nada. Ni una palabra. Era un silencio tan profundo que dolía en el pecho.

—Voy a por el coche —dijo Nacho, apresurándose a salir por la puerta.

Veinte minutos más tarde estábamos en Urgencias. En una sala de espera. Abrazados algunos, en silencio otros. La angustia no dejaba hueco para nada más. Nadie podía creer que aquello estuviese pasando.

Javi salió fuera, aunque hacía mucho frío. Yo le miraba desde dentro, intentando averiguar qué estaba pasando por su cabeza. Paseaba de un lado a otro con los brazos cruzados; a veces miraba hacia arriba y otras se llevaba las manos a la cabeza para calmarse.

En ese momento, Nacho salió por la puerta y se acercó a él. Desde el interior, a través de la ventana, observé con nerviosismo cómo Nacho hablaba con Javi. No discutían, al contrario. No esperaba menos. Solo charlaron e incluso sonrieron, algo más relajados.

Nunca supe la conversación que tuvieron, pero imagino que fue importante para lo que pasaría después. Tampoco me importaba en aquel momento... Lucía era mi prioridad.

PARTE IV

LOS TIEMPOS DE LA ESPERA

30
El futuro empieza hoy

«Ya verás como me olvidas».

Aquella noche, Lucía tuvo que quedarse en observación. Los valores del hígado habían salido muy alterados, así que tenían que seguir haciéndole pruebas. Fue un mazazo para todos, que queríamos pensar que podía haber sido un bajón de tensión o algo puntual, pero no. Todos sabíamos que el hígado es muy delicado, como el corazón.

—¿Qué hacemos? —nos preguntó Sara.

—Me quedo con ella —dijo Nacho, que acababa de entrar, seguido de Javi—. En unas horas comienzo a trabajar y puedo estar pendiente durante el resto del día. No tiene sentido que nos quedemos todos. Si se queda ingresada, os aviso y vemos.

—Sí, es lo mejor —intervino Laux, confirmando las palabras de Nacho.

—A mí no me importa quedarme, de verdad —insistió Sara.

—Ni a mí —dijo Pol.

—Sé que todos queremos estar con ella, pero no tiene sentido —añadió Laura—. De verdad que lo mejor que podemos hacer es ir a descansar para que, cuando se recupere, estemos ahí, con toda la fuerza del mundo.

Al final, a todos nos pareció razonable. Estaba claro que para nosotros estar con ella era una prioridad, pero éramos conscientes de que, dada la situación, no podíamos. Nos despedimos con un abrazo silencioso y añadimos a Nacho al grupo de WhatsApp «Actualización Lucía» para conocer al momento cualquier noticia acerca de su estado. Él se quedó solo en la incómoda y fría sala de espera a las dos de la madrugada, como si se tratase de un soldado que defiende la posición más importante de su vida: Lucía.

Justo cuando salíamos por la puerta de Urgencias, Javi me tocó la mano para llamar mi atención. En ese momento Laura se acercó a nosotros y pude percibir cómo le interrumpía sin querer.

—¿Dónde os estáis quedando Iván y tú? —preguntó de manera directa.

—Estamos en un hotel cerca de casa de mi madre —respondió Javi.

—Genial. Si os parece, Iván y yo nos vamos a casa. Tú te llevas a la rubia al hotel y mañana me la devuelves —dijo Laux con toda la intención del mundo, mirando a Javi a los ojos, lo que dejaba claro mucho más en su mirada que en sus palabras. Nos estaba obligando a hablar cara a cara, sin obstáculos.

Observé a Javi, intentando adivinar si le parecía una buena idea, sin saber si me lo parecía a mí, pero sabiendo que, al fin y al cabo, yo dependía de las decisiones de Laura. Y estaba claro que esa frase era una declaración de intenciones por su parte, no tanto por estar a solas con Iván, sino por tendernos una mano a Javi y a mí.

—Si a Iván le parece bien, por mí no hay problema —contestó Javi.

Iván asintió. Se fueron juntos, dejándonos a Javi y a mí en una parada de taxis.

—La verdad es que nadie te lo ha preguntado a ti —volvió a hablar él, poniéndose en mi situación—. Si no quieres, quédate en el hotel y yo me voy a casa de mi madre, no hay problema...

—¿Hay persianas? —pregunté.

—¿En el hotel?

Asentí.

—No.

—Mejor, así puedo imaginarme que estamos en nuestra habitación de Ibiza.

Javi sonrió. Pero no como lo había hecho en la fiesta ni en las semanas antes de marcharme de la isla: aquella lejana sonrisa forzada nada tenía que ver con la que aparecía ahora en su rostro. La que le hacía ser Javi de nuevo; la que me llevaba a recordarle tal y como le conocí.

Recorrimos las calles de Madrid en un mutismo absoluto, montados en un taxi. Las luces navideñas parecían difusas al mirarlas a través de la ventanilla del coche, quizá porque es complicado enfocar la vista cuando tienes lágrimas en los ojos peleando por salir tras un 28 de diciembre como aquel, convertido en una broma de mal gusto. Cuando una consiguió rodar por mi mejilla, Javi me apretó la mano.

Recordé la ilusión con la que habíamos hecho ese mismo trayecto un año antes para contemplar las luces de Navidad y me entristeció que la situación entre los dos hubiese cambiado tanto. Estábamos distanciados por mucho más de lo que nos separaba el asiento central de aquel taxi en el que cada uno mirábamos por una ventanilla.

Llegamos al hotel de madrugada. Javi abrió la puerta con la tarjeta. La habitación estaba bastante desordenada, con ropa y zapatillas por todas partes. Las camas, dos individuales, estaban intactas, ya que habían llegado esa tarde.

—Iván no es muy ordenado... —se excusó Javi, adivinando lo que estaba pensando.

—No pasa nada. Perfecta para descansar.

Javi asintió y comenzó a recoger la habitación.

—Voy a darme una ducha rápida —dije, buscando un refugio para estar tranquila unos minutos.

Entré en el baño y abrí el grifo. La tensión acumulada y la situación requerían de agua muy caliente que despegase de mí toda la mierda acumulada.

Estuve quince minutos dejando que el agua cayera sobre mis hombros. Mirando hacia abajo, viendo cómo se iba por el desagüe. Intenté convencerme de que la conversación con Javi era necesaria para tomar una decisión, la que fuera, la justa, la necesaria, buena para los dos. Pero, por otra parte, sentía que, en aquel instante, a mi preocupación por Lucía no era capaz de sumarle la de Javi.

Cuando salí del baño, la habitación estaba recogida y él, sentado en la cama. No tumbado. Estaba esperándome.

—Lo siento —susurró, sin mirarme a la cara.

No respondí, esperando que encontrara las palabras para seguir. Le costaba.

—No supe ver lo de Lucía. No me di cuenta de la verdadera situación. Soy un imbécil y un puto egoísta.

Podría haber aprovechado ese momento para el reproche, para un «te lo dije» que no nos hubiese acercado ni un milímetro. Sin embargo, machacar a alguien no es la mejor opción cuando se sincera de esa manera, y tampoco quería. No me gustan las personas que se aprovechan del perdón de los demás para hacer más daño.

—Y siento haberme comportado como un crío contigo en este tiempo. Quizá no hemos hablado lo suficiente durante estos meses...

«Es que no me cogías el teléfono», pensé, pero no lo dije.

—Tenía que haberte escuchado más. Lo siento de verdad. No te lo mereces —dijo para concluir una declaración que sonaba sincera a todas luces, pero que había dejado nuestra relación como mi pulsera, pendiendo de un hilo.

Me acerqué a él y me senté a su lado en la cama. Nos miramos a los ojos y le abracé con fuerza. Con toda la fuerza que puede tener una rubia de metro sesenta rodeando a un hombre de bastante más de uno ochenta, aunque en aquel momento pareciera un niño. De repente, sonó mi teléfono. El nombre de Nacho apareció en pantalla. Ambos nos preocupamos.

Descolgué con todo el miedo que había a mi alrededor, tanto que en aquel momento llenaba la habitación. Las primeras palabras de Nacho intentaron restarle importancia al asunto, pero su tono de voz, que conocía a la perfección, me decía lo contrario: que la situación no estaba bien. No quiso darme detalles. Me pidió que fuera al hospital por la mañana a primera hora, ya que estaban esperando a que la subiesen a planta porque, finalmente, Lucía se quedaría ingresada.

—Nacho, por favor, te voy a hacer una pregunta que quiero que me contestes con sinceridad y de manera clara. ¿Lucía está bien?

Nacho respiró e hizo una pausa.

—Ahora está bien. Duerme tranquila. No te preocupes, de verdad. Por la mañana te lo cuento todo. Solo quería que supieras que nos quedamos ingresados.

Exhalé todo el aire que había estado conteniendo en los pulmones mientras esperaba su respuesta.

—Vale. En unas horas estoy allí. Cuídala mucho, por favor.

—Igual que lo harías tú —me aseguró antes de colgar.

Me dejé caer sobre la cama, mirando al techo, intentando gestionar mis emociones para no explotar. Javi se tumbó a mi lado, sin hacer preguntas. En aquel momento, su presencia era suficiente. No seguimos hablando. Nos acomodamos, uno pegado al otro y Javi aprovechó para rodearme con los brazos. Respirando de nuevo, después de tanto tiempo, de manera acompasada.

Estoy segura de que a los dos nos hubiera apetecido que la situación fuese distinta; que Lucía estuviese bien y que solo hubiésemos reservado una habitación de hotel para una escapada. Ojalá hubiese sido así, pero no. Javi estaba en aquella habitación y escuchaba su respiración cerca y lejos a la vez. Me moría por saber qué estaba pensando. ¿De qué habría hablado con Nacho? ¿Y si de verdad había venido solo a ver a su madre? ¿Y si nunca volvíamos a estar juntos?

Distraída por aquellos pensamientos y agotada por la tensión de aquel 28 de diciembre, día de los Santos Inocentes y, a la vez, el cumpleaños de Laux, me quedé dormida, exhausta por el cansancio físico y emocional que llevaba arrastrando desde hacía tanto tiempo.

Un par de horas más tarde me desperté sobresaltada. Javi gritaba con uno de sus sueños. Llevábamos tantas noches separados que me pilló por sorpresa.

—¡Corre! ¡Allí, allí! ¡Fuego!

—Javi, Javi, es un sueño —dije, mientras intentaba despertarlo.

Javi se incorporó sobresaltado, y le tranquilicé como acostumbraba a hacer cuando le pasaba. Era bonito recuperar, aunque fuese por un instante, la complicidad que siempre habíamos tenido, cuidándonos el uno al otro de nuestras pesadillas.

Él se recompuso y miró la hora.

—Vamos al hospital, niña. Todo va a salir bien.

Se duchó y aproveché para mandar un mensaje a Nacho, diciéndole que estaríamos allí en una hora. Me había escrito indicándome el número de habitación de Lucía. No me contestó, pero intenté mantener la calma sin pensar en qué es lo que podría estar pasando. No hay más daño que el que uno puede hacerse a sí mismo con la imaginación.

Javi me acompañó primero a casa de Laura, donde pude cambiarme de ropa, mientras él esperaba abajo tomándose un café. Cuando llegamos al hospital, nos despedimos con un beso cariñoso en la mejilla, pero con los ojos tan cerrados que fue como volver a sentir sus labios en mi boca.

—Javi... —dije antes de que se marchara.

—Dime.

—¿De qué hablaste ayer con Nacho? —le pregunté de manera directa.

Javi me miró, sorprendido por la pregunta.

—Ahora no tiene importancia. Todo está bien y todo va a estar bien. Tú estate tranquila y ve con Lucía —afirmó, con la misma sonrisa sencilla y preciosa que siempre había tenido; esa que tiempo atrás había desaparecido de su rostro.

Creo que esas palabras eran todo lo que necesitaba escuchar en aquel momento. Javi se subió al mismo taxi que nos había llevado al hospital y se marchó.

Cuando llegué a la habitación de Lucía, ella no estaba. Ver la habitación vacía hizo que me diese un vuelco al corazón. Por suerte, una enfermera entró en ese instante para recoger uno de los sueros y me dijo que le estaban haciendo una prueba y que volvería enseguida.

Me sentí aliviada. Últimamente no ganaba para sobresaltos. Rápidamente escribí a Nacho para decirle que ya estaba en el hospital. También llamé a Laura para decírselo y comentar lo que había pasado con Javi y Nacho.

—Pero ¿¿de qué coño hablaron los dos??

—No tengo ni idea. Pero fue algo bueno, eso seguro —dije convencida tras las palabras de Javi antes de marcharse en el taxi.

—Joderrrrrrr, necesito saberlooooooooo. Cómo odio a la gente que sabe algo y no te lo cuenta...

—Bueno, ya nos enteraremos. O no... Ahora no es importante.

—¿Y Lucía? ¿Sabes algo ya?

—No, estoy esperando a que vuelva a la habitación... ¡Mira! Por ahí viene. Te cuelgo.

Nacho empujaba la camilla y ella estaba despierta, aunque un poco amodorrada. Su piel estaba un tanto amarillenta.

—Está cansada. Le han puesto un poco de medicación porque tenía algo de dolor —me explicó Nacho—. Le acaban de hacer un TAC.

—Estoy piripi, como tú dices, rubia —acertó a decir Lucía, levantando el dedo índice con un pulsioxímetro.

—¿Qué le pasa? —pregunté un poco asustada.

—Le duele un poco el costado, pero se le pasará pronto.

Lucía se quedó dormida al momento, fruto de la medicación y el cansancio. Nacho y yo aprovechamos para salir fuera y que pudiera contarme lo que ocurría.

—El tratamiento de inmunoterapia le ha afectado al hígado. Tiene un daño severo. Nos lo tendrá que confirmar la oncóloga, pero he hablado con algunos compañeros y, previsiblemente, habrá que suspender el tratamiento.

—Pero ¿cómo es posible? —indagué.

—Son ensayos. Entra dentro del proceso... Puede pasar.

—Joder, Nacho. ¿Y ahora, qué?

—Bueno, de momento hay que esperar. Como la medicación se procesa en el hígado y ha trabajado mucho, ahora toca darle un descanso y recuperarlo cuanto antes. Ella también debe descansar mucho.

—Estoy asustada.

—Hay que estarlo, no te quiero mentir. Pero ahora toca esperar y descansar. Aquí estará bien.

—Vaya final de año... No puede ser más horrible.

—Bueno... Si te sirve de consuelo, aquí dan cenas especiales en Fin de Año —dijo Nacho, intentando animarme.

—Lo sé, pasé algunas Navidades con mi padre en el hospital. Incluso le pelé las gambas... —le dije con una media sonrisa.

—¿Tú pelando gambas? Pero si siempre decías que te morías de pena al verlas con esos ojitos redonditos y los bigotes...

Los dos sonreímos un instante, recordando aquella anécdota de un pasado que compartimos, preferible a todas luces a la realidad del presente. Como refugiándonos del dolor del momento en una felicidad anterior para respirar por unos segundos y continuar.

—Va para largo entonces, ¿no? —le pregunté preocupada.

—Creemos que sí —respondió contundente.

Aquella frase sonó demoledora. Ver a Lucía de nuevo en aquella habitación trajo a mi mente el recuerdo de los ingresos de mi padre. No estaba preparada para que la historia de Lucía tuviese el mismo final, y eso me paralizaba, pero tenía que mantener una aparente tranquilidad. Aquello, quizá, era lo más duro.

Nacho me abrazó, entendiendo que el símil de pelar gambas, en mi caso, significaba que hice todo lo que estuvo en mi mano para ayudar a mi padre.

—Tranquila, que este año estoy yo aquí para pelárselas —bromeó Nacho.

—Eres consciente de lo mal que ha sonado eso, ¿verdad? —dije al momento.

—Sí, ha sonado raro lo de pelárselas...

—Habrá que preguntarle a la implicada qué opina de que se la peles tú... Digo yo.

Ambos nos reímos para descargarnos del peso de la situación. Era nuestra forma de enfrentarnos a los peores miedos: con bromas absurdas.

Después de la conversación con Nacho, escribí en el chat de grupo de Lucía, donde todos convenimos en que ella debía descansar. Por eso, lo mejor era que no estuviésemos todos en la habitación a la vez, sino que hiciéramos turnos para que en ningún momento se sintiese sola, pero que, a la vez, tuviese su espacio y descansara.

Actualización Lucía
Alberto amigo Lucía., Laux., Nacho., Pol vecino., Sara., Tú

> Nos quedamos ingresadas,
> pero tranquilos, que está bien.
> Solo tenemos que organizarnos.

Sara.
¿Qué le han dicho?

> Aún no ha pasado la oncóloga,
> pero tiene el hígado afectado.
> Es un problema grave,
> pero está estable.

Laux.
Joder...

Alberto amigo Lucía.
Me quedo esta noche con ella.

> Vale, perfecto.

Sara.
Yo voy ahora para allá.
Hay que llamar a los padres, rubia...

> Sí, vente y los llamamos.

Laux.
Yo voy mañana.

Mientras todos nos organizábamos en el grupo, me llegó un mensaje de Javi.

Javi Ibiza.

¿Cómo va todo?
¿Sabes ya algo?

Me pareció un detallazo que estuviese tan pendiente.

> Bueno... Se queda ingresada.

¿Es grave?

> El hígado es delicado,
> pero está bien, dentro de lo malo.

¿Quieres que me acerque
al hospital esta tarde?

El mensaje me pilló por sorpresa. No tenía pensado ver a Javi tan pronto, pero mi respuesta fue...

Sí.

Vale, pues luego hablamos.

Vale, cuando venga Alberto
por la tarde, te aviso.

Regresé a la habitación de Lucía, donde Nacho estaba sentado a su lado, absorto, mirando hacia la pared del baño.

—Son ochenta y dos.

—¿Qué? —respondió sin entenderme.

—Los azulejos que van desde el suelo hasta el techo del baño. Ochenta y dos. Los he contado.

Acompañar en las estancias hospitalarias es muy duro. Tienes que dar lo mejor de ti para que la persona a quien acompañas se sienta apoyada. Se pasan muchas horas allí y la incertidumbre te come. Yo también había contado muchas veces las baldosas del suelo, así como los pasos que separaban la cama de Lucía de la puerta o los que tenía todo el pasillo del ala de oncología. En los momentos de incertidumbre, tener la mente ocupada es fundamental y, sobre todo, hacerlo en cosas que te distraigan de manera positiva. Las redes sociales también me hicieron compañía en aquellos tiempos de la espera, donde solo se trataba de eso, de esperar. Aprovechaba para evadirme subiendo fotos de cosas absurdas, compartía memes, reflexiones e incluso textos en clave de humor, pero siempre con un toque personal y muchas risas que contrastaban con la situación que estaba viviendo en ese momento, que me ayudaban a no perderme por el miedo. Era mi vía de escape. Durante el verano había cogido la costumbre, por mi trabajo, de revisar cada día las redes sociales del restaurante y ahora había trasladado ese hábito a mi vida. Me gustaba, me desahogaba, en cierto modo.

Una hora más tarde apareció la doctora por la puerta y Nacho se levantó de la silla como un resorte.

La oncóloga confirmó lo que Nacho ya acababa de adelantarnos: debían suspender el tratamiento. Había toxicidad e inflamación en el hígado, por lo que Lucía empezaría un tratamiento con corticoides a dosis altas.

—No quiero que te preocupes de más. Lo que ha pasado es normal. Es delicado, pero vamos a probar con esto e iremos viendo cómo respondes al tratamiento, ¿de acuerdo, Lucía?

Ella asintió, sin decir nada más.

—¿Cuándo podrá volver al ensayo? —pregunté yo.

—No lo sabemos. Vayamos por partes. Ahora lo único importante es que el hígado se recupere cuanto antes.

Después de unos meses de relativa calma era un revés para todos, encima en unas fechas tan señaladas.

Sara llegó en ese momento. Llamó tímidamente a la puerta y entró con una flor de Pascua en la mano. Lucía intentó incorporarse para verla, pero estaba exhausta.

—¡Qué bonita! —le dije a Sara, intentando levantar los ánimos que las fuerzas de Lucía no le habían ofrecido.

—Habrá que crear un poco de ambiente navideño aquí.

—Verás cuando se entere Laux de que toca pasar la Nochevieja aquí. Te va a conseguir un pijama de brillibrilli.

Lucía sonrió, pero no estaba para bromas, así que decidimos dejar que descansara. Nacho se quedó mientras Sara y yo fuimos a la cafetería para llamar a los padres de Lucía y contarles lo que había ocurrido. Durante esos meses, habían venido varias veces desde Asturias, con la confianza plena de que ella estaba arropada por todos nosotros. Eran una pareja encantadora, algo mayor en comparación con los padres de Sara o mi madre, pero dedicados en cuerpo y alma al cuidado de sus padres, los abuelos de Lucía, en el campo. Ellos sí que eran mayores. Cuando les contamos lo sucedido, quisieron venir a Madrid ese mismo día, pero intentamos tranquilizarlos, convenciéndoles de que, con el frío y las fechas navideñas, no era lo más conveniente. Nosotros estábamos al cien por cien cuidando de Lucía como si fuéramos una extensión de ellos. Éramos parte de su familia y, en cuanto Lucía estuviera descansada, haríamos una llamada para que pudiera hablar con ellos.

Después de colgar, Sara y yo aprovechamos para comer algo, aunque apenas teníamos apetito. Los hospitales tienen el efecto de cerrarte el estómago cuando lo que se abren son las preocupaciones.

Una hora más tarde, al subir, Nacho seguía allí, sosteniendo la mano de Lucía con delicadeza. Ella estaba bastante más despierta y risueña. Pasamos la tarde con ella, con pausa, con conversaciones muy ligeras y sin necesidad de estar imprimiéndole fuerza a todo para levantarle el ánimo. Solo estábamos allí, haciéndonos compañía unos a otros.

Cuando llegó Alberto, me despedí de Lucía con un sonoro beso de abuela en la mejilla. Ella se lo limpió al momento, como prueba irrefutable de que le daban asco los besos con baba y de que, sin duda, se encontraba un pelín mejor.

Avisé a Javi al salir del hospital y le esperé sentada en un parquecito que había frente al edificio. Sobre las seis de la tarde, apareció con una maleta. De nuevo éramos como dos desconocidos quedando en una especie de cita, sin saber adónde ir. La situación se planteaba cuanto menos curiosa, así que decidimos caminar por la calle, sin rumbo.

—¿Y esa maleta?

—Tiene las cosas que me pediste que te trajera hace... ¿cuánto? ¿Dos meses? Quería dártela antes de marcharme.

Ya no me importaba lo que le pedí que me trajese hacía tiempo (bueno, la plancha del pelo sí...). Así que continué con lo que consideraba que era importante.

—¿Te vas tan pronto? ¿No pasarás la Nochevieja aquí?

—Ha habido un problema en la estación... Tengo que volver.

—Entiendo —dije, aunque, sinceramente, no lo entendía.

Javi se detuvo en mitad de la calle con la maleta en la mano.

—Perdóname. No puedo decirte más. Solo quería que supieras que sé que me he equivocado, pero ahora tengo que irme y no hay nada que pueda hacer para remediarlo.

Fui comprensiva. Al fin y al cabo, era su trabajo y, en cierto modo, empecé a pensar que quizá lo mío con Javi era más parecido a la relación que Iván y Laux tenían de lo que nosotros queríamos. Ellos compartían un espacio para los dos cuando estaban juntos, cuando coincidían, cuando las circunstancias les ponían de nuevo en el camino por el tiempo que fuera, sin amoldarse el uno al otro y sin expectativas. Siempre había respetado las decisiones de Javi y él las mías, conscientes de que eran las que nos hacía felices de forma individual. Pero pensaba que nuestro caso era diferente, que había un espacio para amoldarnos, que teníamos expectativas conjuntas e ilusión por construir algo juntos. Nada que fuera ni mejor ni peor que aquello que Laux e Iván habían decidido para ellos. Solo diferente.

No quise dejar pasar la ocasión para preguntarle de manera sutil e indirecta si tenía pensado volver a Madrid o cómo quería afrontar lo nuestro, si es que quedaba algo de lo que fuimos. Quizá prefiriera hacerlo así, sin la valentía que requería el momento, por miedo a su respuesta. Así que decidí abordar el tema con una ligera insinuación:

—¿Me sigues queriendo? —solté de repente.

A tomar por culo. Toda mi estrategia de sutileza se fue a la mierda porque mi corazón quería hablar con él.

—Siempre —me dijo.

—Yo también te quiero siempre —le dije igual de contundente, porque era lo que sentía. Sin más.

Nos fundimos en un bonito beso, de los que cierras los ojos tan fuerte que puedes teletransportarte adonde quieras. Eso sí, mientras lo hacíamos, moví el pie sobre la maleta para tenerla controlada, no tuviese la mala suerte de que, mientras estábamos en pleno beso, alguien quisiera llevarse mi plancha.

—¿Recuerdas el día en que nos conocimos, en Ibiza? ¿Que me dijiste que estabas un poco intoxicada de las comedias románticas donde las parejas siempre se besan cuando toca?

—Me acuerdo, me acuerdo. Pero es que ahora tocaba.

—Estoy de acuerdo.

Nos reímos como siempre, intentando recuperar con cada gesto algunas trazas de la complicidad que pudiera quedar entre nosotros.

—Mi abuela te ha tejido una bufanda y quería que te la diese. También te hizo un bañador de croché, aunque no es época ahora...

—¿Ha aprendido a hacer bañadores?

—Bueno... Creo que no le ha quedado muy bien... Parece más una bolsa de la compra que un bañador —confesó mientras nos reíamos con todo el cariño del mundo—. Se nota que lo suyo son las bufandas y los gorros —añadió, señalando el que llevaba.

Respiré, llenando de aire y melancolía mis pulmones. Cuando me despedí de la yaya Catalina, me dijo que lo que nos había ocurrido a Javi y a mí era que cada uno habíamos decidido tomar un camino distinto en nuestras vidas, pero que en nuestra mano estaba volver a encontrarnos o no. Y no veía la manera en la que nuestros caminos pudiesen volver a juntarse de nuevo.

—¿Qué vamos a hacer, Javi? —le pregunté.

—¿Ahora? Tengo que ir al hotel para recoger y marcharme...

—No —le interrumpí—. ¿Qué vamos a hacer nosotros de aquí en adelante?

—No lo sé...

Le miré a los ojos porque reencontrarnos, dormir juntos, besarnos y sentirnos había estado muy bien; escucharle expresar sus sentimientos después de tanto tiempo había sido muy reconfortante, pero distaba de haber encontrado una solución. Él continuó hablando:

—Lo único que puedo decirte es que te quiero. No sé si con eso basta.

—Yo también te quiero, Javi, pero creo que con eso solo no nos alcanza. Es más complicado de lo que pasa en el final de las películas románticas, ¿verdad?

Javi sonrió un momento y respiró de nuevo.

—Lo siento mucho —dijo con sinceridad.

—Yo también, pero tú y yo sabemos que esto no puede seguir así, por mucho que nos queramos.

—¿Y qué propones?

—Ahora tienes que volver: lo que has conseguido en tu trabajo es muy importante. Y yo voy a estar centrada en Lucía. Tengo mi vida aquí, donde siempre ha estado.

—Bueno, creo que eso deja bastante claro que no vas a volver...

—De momento no puedo. Lo siento. Nunca fue el plan, Javi, y tú y yo lo sabemos.

Él se quedó en silencio, mirando al suelo.

—Sabías que aquello era temporal —recalqué—. No fui yo la que salió huyendo de la isla el año pasado. Fuiste tú: yo solo te acompañé de vuelta porque quería estar contigo mientras encontrabas una solución.

—Tienes razón...

No sé si estaba siendo demasiado dura, pero quería ser sincera, tanto conmigo como con él.

—Hagamos una cosa. Dejemos que llegue el verano, mantengamos el contacto y veamos cómo nos sentimos, sin reproches. A ver si nos apetece llamarnos de nuevo. Está claro que lo que sentimos está ahí, pero debemos saber si es tan fuerte como antes.

Javi me miró y sonrió. Yo también. En el fondo, tenerle cerca me hacía feliz. Así de simple, con las palabras más parcas y sencillas del mundo. Tenerle cerca me hacía bien, pero en aquel momento ser claros era lo justo para los dos.

Nos besamos como en la mejor película romántica que recuerdes ahora mismo; nos abrazamos, y esa fue nuestra despedida. Pedí un taxi, metí la maleta en el maletero y me despedí por última vez de Javi mientras le indicaba al taxista la dirección de casa de Laura y le decía adiós por la ventanilla.

En la radio sonaba «Ya verás», una versión de Funambulista con Andrés Suárez:

> Ya verás como me olvidas
> y te encuentro en cualquier bar
> pegando saltos de alegría.
> Y me dices que lo nuestro
> no era lo que merecías.
> Seré cosas que se cuentan,
> vueltas de la vida.

Se me escaparon unas lágrimas que me sequé al instante para que el taxista no lo notara. No quería que lo nuestro acabase así. No quería que esa canción me removiese tanto por dentro al pensar que podía representarnos.

El 30 de diciembre de 2016 hacía justo un año que Lucía, Laux, Sara y yo entrábamos en aquel bar brindando por la vida y mofándonos de mi recién estrenada relación con Javi, del flequillo de Sara, del sincericidio de Lucía y de los rolletes de Laux.

Un año después, Sara seguía con el mismo flequillo y Laux con sus historias, pero lo demás había cambiado bastante. Cerré los ojos y deseé que pronto volviésemos a brindar las cuatro juntas.

Siempre se ha dicho que la vida gira en torno a las ilusiones que depositamos en el futuro: el próximo viaje, tu próxima meta, un nuevo cambio, una nueva rutina... Sin duda, las ilusiones que tejí en mi cabeza aquel 2015 distaban bastante de la realidad en la que me encontraba.

Cómo cambia el futuro cuando se convierte en presente, ¿verdad?

31
El verano no está hecho
para tener prisa

Será el verano de nuestras vidas o no seremos nada.

En Nochevieja, todos desfilamos por turnos para no juntarnos al mismo tiempo en la habitación de Lucía. Aquello parecía el camarote de los hermanos Marx con gente entrando y saliendo, demostrándole todo el cariño que se merecía.

No estaba muy animada. Se notaba que no descansaba y, aunque se esforzaba por esbozar una sonrisa con algunas de nuestras bromas, la realidad que todos percibíamos era que el proceso iba muy lento. Teníamos muchas esperanzas puestas en que los corticoides hiciesen su efecto, pero la cosa iba despacio y temíamos que nuestra amiga perdiera el ánimo.

Nacho volvió a quedarse con ella esa noche, como ya había hecho en Nochebuena y Navidad; preparó las uvas y nos prometió que le pelaría las gambas, que *a priori* estaban incluidas en el menú. Sin duda, la dejábamos en las mejores manos.

Los padres de Lucía hablaron con ella por teléfono y conseguí que esbozase una sonrisa cuando le dije que, al menos, ese año no tendríamos que hacer colas interminables para entrar al baño en una fiesta con barra libre atestada de gente.

—Eso que nos quitamos, Luci. Eso y limpiar la purpurina que luego arrastramos de año en año. Creo que todavía tengo en la ropa restos de la Nochevieja de 2013.

—Eso es porque te acabas revolcando en cualquier lado —respondió Lucía, en claro tono de broma.

—También es verdad. El suelo es un sitio que conozco todas las Nocheviejas.

Ambas nos reímos y, al marcharme del hospital, me quedé más sosegada, con esa imagen risueña de Lucía en mi cabeza.

Durante esos últimos días del año me trasladé a casa de mis padres para pasar tiempo de calidad con mi madre, hermanos, sobrinos y gatos. Al fin y al cabo, también necesitaba sentirme cerca de mi familia. Fue un agridulce regreso al pasado en el que aproveché para acompañar a mi madre en algunas cosas que no se había atrevido a hacer sola. Sacamos la ropa de mi padre del armario y separamos todo lo servible para donarlo. Me gustaría decir que me quedé con alguna prenda suya, pero no lo hice. Ahora, con el paso de los años, sé algo más sobre la muerte y todo lo que hay detrás: algo que antes no conocía, como que es bueno quedarse con el máximo de recuerdos posible, y no solo intangibles. Y, por supuesto, que no hay que escatimar en cariño con las personas cuando aún están. Como dijo Danns Vega: «Cuida lo que amas, porque los recuerdos no se pueden abrazar».

Cuando mi padre falleció, tenía algunos mensajes suyos en el buzón de voz y no los escuché porque se me quebraba el alma solo de pensar en oírle de nuevo. Con el tiempo, cuando me sentí preparada y quise recuperar ese recuerdo al que abrazarme, habían desaparecido. Fue un tremendo error. Lloré mucho cuando me di cuenta de que ya no podía volver a ellos y sentí una culpabilidad extrema por no haberlos conservado. Por suerte, guardé un CD en el que él se había grabado conmigo, e incluso recuperé algunas cintas de vídeo de cuando éramos pequeños, que ahora conservo con auténtico cuidado, aunque de momento no tenga dónde reproducirlas.

El consejo que siempre les he dado a las personas de mi alrededor que han perdido a un ser querido es que se queden con muchos recuerdos, tangibles y no tangibles, aunque de primeras no se sientan preparadas. Más adelante, tu mente ordenará todos los recuerdos y tocar, oler y escuchar ciertas cosas ayuda, con el tiempo, a que la herida sane.

Mi madre y yo compartimos muchos momentos pasados y conversaciones aquella noche.

—¿Te acuerdas mucho de él? —le pregunté mientras la ayudaba a empaquetar la ropa.

—Lo intento, pero no te voy a engañar, hija: a veces se me olvida recordarle. Y no es porque no le quiera: es que a veces también se me olvida que tengo el caldo en el fuego. Estoy mayor. Tu hermano dice que me va a llevar a pasar la ITV con el médico. A ver si no me caigo en el foso —dijo con una sonrisa.

—¡Claro que pasaremos la ITV! Iremos contigo y, entre todos, encontraremos los limpiaparabrisas.

Sonreí, pero sentí un pesar tremendo al escuchar aquellas palabras. La abracé, intentando reconfortarla todo lo que supe en aquel momento.

—No te preocupes, cariño. Tu padre está en todo lo que hago sin necesidad de que lo recuerde. Está cuando doy de comer a los gatos, porque lo hago como él lo hacía, o cuando ordeno los libros de su biblioteca, que todavía huelen a él. Está, aunque no le tenga presente en ese momento.

Y tenía razón. Mi padre nos había dejado pequeñas rutinas del día a día que habían calado en mi madre, en mí y en mis hermanos, y que reproducíamos casi sin querer, como un pequeño homenaje silencioso, pero constante.

—No se te nota el paso de los años. Estás perfecta —le dije mientras aprecié sus casi inexistentes arrugas y su cuidada manicura.

—¡¡Que no se me nota el paso de los años, dice!! ¡¡Pero si me miro en el espejo y noto hasta los cuartos de hora!!

Y ahí volvía a estar mi padre, detrás de esa frase que siempre nos decía cuando, según él, se sentía mayor. Ambas nos reímos muchísimo. Supongo que madurar no es notar solo el paso de los años, sino también el de los cuartos de hora.

Aquel 31 de diciembre de 2016 ninguna de nosotras salió. No hubo brillibrilli, no hubo vestidos de fiesta, pendientes largos, tacones ni purpurina en el baño. Pero sí decenas de mensajes llenos de cariño.

Dramachat
Laux., Lucía azafata., Sara., Tú

Feliz Año Nuevo, chicasss.

Laux.
Feliz año, perras y princesas.

Lucía azafata.
Feliz año a todas y gracias por todo,
de verdad! No sé qué sería de mí
sin vosotras, en serio. Os amo

Sara.
Feliz Navidad, ¡¡¡hermosa!!!

Yo creo que ya queda poco
para que nos tatuemos esa estrella
conjunta que dijimos.

Sara.
¡Yo lo veooooo!

Lucía azafata.
Ojalá. Significaría que todo
ha salido bien

¿Te está cuidando Nacho?

Lucía azafata.
Mucho! Hemos cenado marisco.
Bueno, él lo ha pelado
y yo me lo he comido...

Me imaginé a Nacho pelando gambas y sonreí.

Laux.
Qué guarros sois...
Chiquissss, ¡mañana
nos vemos en el hospi!

Lucía azafata.
Sí! pero no vengáis a primera hora
que hoy me acostaré tarde con la fiesta
y no quiero madrugar...

Sara.
Pero ¿cómo?
¿Te vas de fiesta?

Lucía azafata.
Hombre... ¿Tengo pinta
de ir a algún lado?

Laux.
Jajajajajaja... Ese higadito
no puede tomar vinito...

Jajajajajaja.

Sara.
Qué bruta eres, Laux.

Lucía azafata.
Jajajaja, amo a Laura.

Por cierto, ¿qué Año Nuevo chino
comienza mañana?
¿El del gato? ¿El del cerdo?

Lucía azafata.
Por favor, rubia!!
El Año Nuevo chino no
comienza hasta finales
de enero!
Y, además, el gato
no existe en el zodiaco chino!
Un poco de rigor, por favor!

Lucía estaba tan indignada que, de repente, se puso a grabar un audio donde nos contó la curiosa historia de por qué el gato no estaba incluido en el zodiaco chino: resulta que, según la leyenda, todos los animales fueron convocados a una carrera para determinar el puesto que ocuparían en el zodiaco; según el orden en el que llegasen a la meta, se fijaría su posición. Durante la carrera, los distintos animales tenían que cruzar un río. En las primeras posiciones llegaron la rata, el buey, el tigre, el dragón, la serpiente, el caballo y el conejo. La cabra, el mono y el gallo se ayudaron entre ellos para cruzar, consiguiendo el octavo, noveno y décimo puesto respectivamente. El perro llegó en undécima posición porque se paró a refrescarse, mientras que el cerdo llegó el último porque se detuvo a comer por el camino.

La rata llegó la primera, subida al lomo del buey, a quien burló saltando justo antes de que él cruzara la meta. «¿Y el gato?», te preguntarás, igual que nosotras le preguntamos a Lucía.

Pues el gato, fiel compañero de la rata hasta aquella prueba, se echó una siesta antes de que la carrera comenzase, confiando en que su amiga le despertaría. Pero la rata, ávida por ser la primera, no lo hizo. A partir de entonces surgió su conocida enemistad.

Todas nos alegramos de escuchar a Lucía tan entregada al relato e incluso a Nacho reírse de fondo, aunque se notaba que a veces le costaba mantener la respiración, lo que nos devolvía esa sensación de preocupación que en los mensajes no podíamos mostrar.

Joder, Luci, cuánto sabes.

Sara.
¿No hay un
audiorresumen?

Jajajaja, mañana te lo hago.

Laux.
Yo no sé qué animal
del zodiaco chino soy,
pero me pega ser la cerda.

Y de esa forma, a las doce de la noche, tras los cuartos (no los de hora que mi madre veía en el espejo, sino los del reloj de la Puerta del Sol), 2017 llamó a nuestras puertas.

Diez horas más tarde, estaba llamando a la de Lucía en el hospital.

—Toc, toc. ¿Se puede? —Hice la típica broma y entré.

—Se puede —dijo Nacho, que estaba en la habitación con ella.

—¿Se ha acabado esta mierda de año ya? —preguntó Lucía al verme llegar. Sin duda, estaba mejor que los días anteriores.

—Venga, si tampoco ha sido para tanto —repuso Nacho, vacilándole, ahora que estaba con algo más de fuerzas.

—Nada, de momento un melanoma y poco más —intervine, siguiendo la broma.

—¡Uhhh, qué humor! ¿Os habéis desayunado un payaso?

—Pues seguro que estaba mejor que tu desayuno —dije, mirando de reojo la bandeja de Lucía, apenas sin tocar.

—Menuda mierda de café ponen aquí.

Justo en ese momento aparecieron Sara y Laux con un vasito de cartón en la mano: café para llevar.

—No sé si se puede traer café de fuera, pero... —dijo Sara.

—¡Seguro que sí! Son conscientes de sus carencias... ¡Trae para acá!

Sin duda, esa mañana Lucía había vuelto con la energía y la lengua que le caracterizaba. Se incorporó para coger el café de las manos de Sara y se quedó con el culo al aire.

—Joder, qué asco de vida. Cada vez que me muevo, se me ve la raja del culo.

Nacho y yo intercambiamos miradas cómplices, recordando aquella vez que él tuvo el accidente de moto y mi amiga Lauri y yo le vimos el culo cuando fuimos a visitarle al hospital. Qué tiempos aquellos. Y qué buen culo tenía, no nos vamos a engañar. Pero volviendo al culo de Lucía...

—A ver, Lucía, tampoco es la primera vez que te vemos el culo. Todas te hemos visto mear entre dos coches —dijo Laux con vehemencia.

Nacho se rio desde una esquina de la habitación e hizo como que tosía para disimular.

—Cómo me jode cuando tiene razón... —respondió Lucía a Laux, que sonreía victoriosa.

—Te he traído unos mandalas que ha preparado Marcelo para que te entretengas —anunció Sara mientras sacaba del bolso una carpeta con folios llenos de figuritas para colorear.

Se hizo un silencio en la sala. Todas miramos a Lucía, esperando una bordería que se escucharía en el resto del hospital.

—Gracias, Sara. No es mi estilo, pero seguro que me viene bien.

Increíble la reacción.

—¡¡¡Llamad a un médico!!! ¡¡Lucía está grave!! ¡Le ha dado las gracias a Sara por los mandalas en vez de tirárselos al suelo! —dije, dramatizando la situación.

—Pensaba que iba a escupirle en la cara —añadió Laux mientras todas nos descojonábamos.

—Bueno, es que además los mandalas son de los signos del zodiaco... —dijo Sara—. Como ayer le conté a Marcelo lo del audio, los ha preparado con mucho cariño.

—Me cae bien tu Marcelo. Es raro, porque es raro, pero me cae bien —comentó Lucía en medio de las risas.

Mientras nos acomodábamos en la habitación y Nacho se liberaba para volver a casa, me llegó un mensaje de Javi. Salí para leerlo con calma. Habían pasado tres días desde que se había ido y era nuestro primer mensaje. He de reconocer que me hizo ilusión.

Javi Ibiza.

Feliz 2017. Me hubiera gustado
mucho recibir el año nuevo
contigo. Ya te echo de menos.
Te ano.

—¿Te ano? —dijo Laura apareciendo por detrás de mi cabeza, de repente, en el pasillo.

—Tía, deja de leerme los mensajes, que es personal —respondí ofendida.

—Pero qué personal ni no personal, tía. ¡Que pone «Te ano»!

—Pues se habrá equivocado...

—O no... Igual lo del ano viene de que os gusta...

—¡Que no hombre, que no!

Laura me miró con condescendencia.

—¡Qué sucios sois! Cómo os gusta el guarreo...

Laux tiene una manera de hablar que es imposible no reírse con ella.

—Respóndele ahora. No se te ocurra dejarle en visto. Se nota que lo está intentando —añadió Laux, mientras entraba de nuevo en la habitación.

Y así lo hice. Le respondí al momento y también, por supuesto, añadí un «Te ano».

Esa mañana la pasamos junto a Lucía, y por la tarde se unieron Pol y Alberto, quien volvió a quedarse con ella por la noche para que Nacho pudiese ir a casa a descansar. Llevaba una tralla importante, incluso había sacrificado la Navidad con su familia por estar con ella.

Aquella primera noche del año, Laux y yo volvimos a casa con la firme intención de celebrar nuestro particular Año Nuevo bajo el ritual de pijama y cena que habíamos perdido las últimas semanas.

—¿Pedimos algo de comer? Últimamente solo nos vemos en el hospital y me apetece cotillear un poco —dijo Laux.

—Te has quedado con la intriga de qué le he respondido, ¿eh?

—Pues claro, chiqui, después de lo del ano me he quedado loca...

Me pareció una gran idea. Necesitábamos un tiempo de amistad y esparcimiento para nosotras.

Nos pusimos cómodas, recuperamos nuestro asiento en el sofá, *Friends* apareció por sorpresa en la tele y, por supuesto, me tocó ir a la cocina, al cajón de folletos de comida a domicilio. Cuando iba a preguntarle a Laux qué le apetecía cenar, volví a ver aquel folleto sobre vitrificación de óvulos. En ese momento apareció por detrás, como ya lo había hecho esa mañana en el pasillo del hospital. Se estaba acostumbrando a aparecer por sorpresa como un fantasma, detrás de mi cabeza. Intuí que iba a hacerme una pregunta.

—Queso —dije yo, esperando que se tratase del juego «¿Qué comida serías?». Obviamente sería queso, que le gusta a todo el mundo.

—¿Y eso? ¿Quieres que comamos queso otra vez?

—Pensaba que me ibas a preguntar qué sería si fuese una comida.

—Qué dices, tía, estás loca. Te iba a proponer jugar a echarnos las cartas del tarot, pero con los folletos de comida.

Esa idea era mucho más razonable, dónde iba a parar.

—Venga, escoge uno y te leo el futuro.

Cogí un folleto al azar: era el del restaurante Kebab El Príncipe.

—Buaaah. Te ha tocado el príncipe.

—¿Qué pasa con el príncipe? —pregunté asustada.

—El príncipe te va a proporcionar fritanga en sus *nuggets* y croquetas, todo con gluten, por supuesto, un futuro en el que irás rodando del sofá al baño a hacer popis. Hinchada como una pelota. El príncipe es un maestro de la salsa rosa con un poquito de ensalada y del aceite contra el estreñimiento. Veo caca, mucha caca y todo por doce con noventa y cinco el menú con patatas.

Ambas nos morimos de la risa ante aquella salida de Laux.

—Sabes que Lucía estaría orgullosa de ti con estas nuevas habilidades tuyas del tarot, ¿verdad?

—Ja, ja, ja. Un poco sugestionada sí que estoy con esto del futuro, no te lo voy a negar. Desde que supe lo de Luchi, cada día leo mi horóscopo y a veces incluso me lo creo.

—Ja, ja, ja. Creo que voy a tener que ponerme las pilas para estar a vuestro nivel.

—Ah, por cierto, el príncipe en las cartas del tarot es un hombre joven, gracioso y poético. Un soñador indolente de placeres sensuales. Puede ser un mensaje, una proposición o una invitación.

—Esto te lo has inventado, ¿verdad?

En ese momento me llegó un mensaje de Javi. Laura se emocionó.

—¿Ves? ¿VES? Es muy *heavy*, pero el tarot de los folletos ha hablado.

—Ja, ja, ja. Laura, de verdad, estás fatal.

—¡No lo leas, no lo leas! Cuéntame primero qué tal con él estos días. Quiero tener toda la info antes.

Respiré y me dispuse a contarle todo lo que llevaba dentro.

—Pues no te sabría decir cómo estamos. Me gustaría decirte que mejor, pero ni yo lo sé.

Laura puso los ojos en blanco y me interrumpió.

—Vaya con el príncipe indolente de placeres sexuales...

—Eran sensuales, Laux.

—Bueno, cada una interpreta el tarot como quiere. Cuenta.

—Estuvimos hablando y le dije que esto no podía seguir así. Así que nos hemos dado un tiempo, hasta el verano. Si no conseguimos solucionarlo antes, no tendrá sentido seguir.

—Fiu, amiga... —Laura se puso a silbar y a agitar las manos.

—Es que ya era hora de hablar claro. Si este no es el verano de nuestras vidas, no habrá más.

—Joder con la rubia. Así se habla, amiga.

—¿Sabes qué? Creo que, conversando con él, en el fondo no le descubrí nada nuevo. Me dio la impresión de que Javi ya sabía todo lo que estaba mal, pero había mirado para otro lado y eso es algo que no conocía de él. No quiero a otro Álex en mi vida.

—Álex y Javi no se parecen en nada. Álex era un mentiroso y Javi se está autoconvenciendo a sí mismo. Es muy diferente.

—Ya... —Cerré los ojos y respiré hondo—. Bueno, ahora voy a elegir tu tarot de los folletos —dije, cambiando el tema y el tono de la conversación.

—¡Venga! —respondió Laura emocionada.

Aproveché el momento para sacar el folleto de la clínica de congelación de óvulos que llevaba meses en aquel cajón y se lo mostré de frente, como una árbitra de fútbol sacando tarjeta roja.

—¿Y esto? —le dije mirándola a los ojos.

Laux se quedó sorprendida, en silencio. No se lo esperaba. Su gesto cambió, alejándose de las risas que veníamos arrastrando desde que habíamos llegado a casa.

—Lleva meses en el cajón y no lo has tirado. Te conozco como para saber que, si lo estás guardando, es por algo.

Laura desvió la mirada un momento. Apretó las manos con fuerza. Estaba incómoda.

—¿Quieres contarme algo? —insistí.

Estaba claro que era un tema delicado para ella. Acostumbrada a la broma rápida, no parecía serle fácil hablar sobre un asunto tan serio.

—Venga, amiga, desahógate —insistí una vez más.

Para mi sorpresa, Laura no me habló de la congelación de óvulos, sino de Iván.

—Pues es que... A ver por dónde empiezo...

—Por donde tú quieras —la tranquilicé.

Laux me miró más calmada y, tras inspirar, asintió.

—Este verano pasaron cosas con Iván en Ibiza.

Era la primera vez que la escuchaba llamarle por su nombre real.

—Sabes que me he liado con cada cazurro este año que no veas, ¿no?

Sonreí por cómo se refería a sus rollos de una noche.

—Y está bien —continuó—. Al final, es lo que he elegido. Muchos eran guapos, algunos tenían algo, a otros los miré con buenos ojos... No pasa nada, ha estado bien. Me he divertido... Pero con Iván fue diferente. Me di cuenta de lo buen tío que es. Pero buen tío de verdad. Muy sano.

—Claro, es que Iván es una gran persona. Conmigo se portó genial en Ibiza... Pero me has dicho que pasaron cosas en verano. ¿Qué cosas?

Ya no sabía a qué atenerme. La veía tan intranquila que me contagiaba los nervios de forma inconsciente y estos empezaban a sincronizarse en las dos como nuestras reglas. Laura tragó saliva y continuó:

—¿Te acuerdas de que te conté que follamos en el *jacuzzi*? En aquella villa a la que me llevó...

—Sí, me acuerdo.

—Pues... con el rollo del *jacuzzi* y el agua... no se puso condón. Y a la vuelta de Ibiza no me bajaba la regla.

No hacía falta ser muy inteligente para formular la siguiente pregunta y, en función de la respuesta, la siguiente.

—¿Te quedaste embarazada? —pregunté entre sorprendida, emocionada y preocupada. Una sensación que aunaba tres opuestas e incompatibles.

—No..., pero tardó mazo en venirme. Tuve un desajuste hormonal de la hostia. Lo pasé fatal.

—Ya sé que es lo de menos, pero ¿por qué no me lo contaste?

—Joder, amiga, pues por lo mismo que no te conté lo de Lucía al momento. Sabía que no estabas bien en Ibiza y no quería cargarte con un problema más.

—Algo así nunca sería un «problema más» para mí, Laux. Estoy aquí para todo.

—No, rubia. No puedes salvar a todo el mundo.

Aquella frase fue desoladora. Exactamente la misma que Javi me había dicho antes de que me fuera de la isla. Nos abrazamos y seguí hablando:

—Sé que esto es lo último de lo que quieres hablar ahora, y no quiero ser doña charlas, pero ya sabes que hay que hacerlo con condón, no solo por el tema del embarazo...

—Qué me vas a contar a mí, que soy enfermera. Entre unas cosas y otras, todos estos meses he vivido acojonada. Me hice citología, exudado, pruebas de todo tipo de ETS. ¡Todas! Tengo los bajos más limpios que los tuyos tras meses sin follar con Javitxu.

Aticé a Laura con lo primero que tuve a mano. En concreto, con el folleto de comida rápida del Kebab El Príncipe.

—Ja, ja, ja. Ahora me río, pero estuve muy rayada. Al final, cuando me vino la regla, respiré...

—No es para menos... Menuda angustia.

—Sí, por un lado, sí: me agobié. Pero cuando supe que había sido un desajuste, tuve una sensación horrible de decepción, ¿sabes?

—¿Cómo que de decepción?

Laux sonrió y su rostro dejó la angustia a un lado para cargarse de una ilusión que se transmitía a través del brillo de sus ojos.

—Pues que pensé que no me hubiese importado ser madre; incluso me hubiese gustado. Es más, pensé que Iván sería un buen padre.

—Sabes que le has llamado Iván dos veces, ¿no? Estás pilladísima.

En ese momento, Laura me atizó con el folleto de la congelación de óvulos.

—No te voy a engañar, durante un tiempo me hice ilusiones...

—Y te quedaron preciosas.

—Pues sí.

—¿Llegaste a contárselo? —pregunté curiosa.

—Qué va, estuve a punto, pero...

—Pero ¿qué?

—Pero pensé que no tendría sentido. Siempre hemos sido muy claros el uno con el otro. Cada uno tiene su vida en un sitio diferente y ninguno de los dos vamos a abandonarla. Habérselo contado hubiese sido ponerle en un compromiso. Ya tuvimos una conversación parecida, como vosotros...

—¿Cómo que «como nosotros»?

—Bueno, parecida. En nuestro caso, no basta solo con quererse para que uno abandone parte de su vida por el otro. Además, sabes que tampoco soy de comprometerme con ningún tío, solo con vosotras.

Le sonreí con cariño. Me encantaba escucharla hablar con tranquilidad, siendo consciente de sí misma y de lo que la rodeaba. Quise que se sintiese arropada y se desahogase, porque estaba claro que lo llevaba dentro desde hacía muchos meses y se lo había tragado completamente sola, por no molestar. Me sentí un poco mal por no haber entendido las señales, por estar imbuida en otros dramas y no reconocer que, a veccs, a tu alrededor, las personas que más quieres también sufren entre chiste y chiste, como le pasaba a Laux.

—Lo siento, amiga. Siento no haber estado apoyándote.

—No pasa nada. Bastante tienes encima... Sé que con una llamada hubieses aparecido en casa al día siguiente.

—No lo dudes —le dije mientras la abrazaba.

Comprendía por lo que había pasado. A pesar de ser una mujer de los pies a la cabeza, independiente y fuerte, en algún momento todas podemos sentirnos inseguras y frágiles. Y no es malo. Ella tenía la capacidad de abstraerse y analizarlo todo de manera racional; yo quizá era algo más pasional y me dejaba llevar por el corazón.

—Hay algo que no termino de entender. ¿Qué tiene que ver lo que pasó con Iván con el folleto de la congelación de óvulos? —pregunté, introduciéndonos de lleno en la segunda parte de la conversación.

Laux me miró, resoplando.

—Joder, qué tía. Estás en todo...

—Solo en lo importante.

—Pues que cuando me vino la regla me dio un bajón de la hostia. No sé si fue el instinto maternal o la decepción de saber que no estaba embarazada, pero, vamos, que me di cuenta de que, pase lo que pase en mi vida, quiero ser madre. Y te digo que me hubiese encantado haberlo sido en ese momento y que, de hecho, fantaseé con que Iván hubiese sido el padre. Pero después de pensarlo mucho me di cuenta de que no voy a esperar a nadie. Me da igual hacerlo sola o soltera, porque sé que sería una madre acojonante.

«Acojonante» era una palabra que no le llegaba ni a la suela de los tacones. Estaba claro.

Abrí el folleto con toda la curiosidad del mundo. Hasta ese momento solo me había fijado en la portada. Laura continuó hablando con el mismo aplomo:

—La congelación es porque quiero tener la posibilidad de decidir. Quiero elegir cuándo.

La miré convencida del relato. La veía poderosa como madre, y eso me encantaba.

—¿Te acuerdas de que antes te decía que solo quería que en mi vida hubiese un «yo» y nada de un «nosotros»?

—Sí, recuerdo aquella perorata de la pre-Nochevieja...

—Pues ahora creo que estoy preparada para un «nosotros», pero con mi pioja o mi piojo, cuando lo tenga. Me he dado cuenta de que quiero elegir los plurales de mi vida. Estoy harta del singular.

Laux se quedó en silencio, mirando el folleto.

—Pero ¿estás decidida a hacerlo o ya lo has hecho? —le pregunté.

—No, aún no. De momento me estoy informando en distintos sitios. Es algo que hay que pensarse bien, porque te hormonan a niveles *heavies* y tienes que estar preparada. Estaba por decirte que si querías acompañarme. Si vienes, me sentiré más segura. —Laura me cogió la mano, mostrándose vulnerable.

—Pues claro que te acompaño. Y, por favor, lo que te preocupe, por pequeño que sea, cuéntamelo. Lo que sea.

—Pues, tía, ahora que lo dices, me preocupa la facilidad que tengo para tirarme pedos. —Laura se tiró un sonoro pedo, algo tremendo sobre el sofá—. ¿Ves? Es horrible.

—Eres una cerda.

—¿No querías que te contase lo que me preocupa?

—Sí, pero me refería a las pequeñas cosas. ¡Ese pedo tenía el tamaño de Alabama, perra!

—Ja, ja, ja. Sí, soy un poco perra. Y si no encuentro a la persona perfecta, seré una perra madre soltera. Pero quiero tener la opción de tener a mi hijo.

32
Melancolía

La felicidad de estar triste.

El colofón de aquellas Navidades llegó con el día de Reyes. Llevaba más de dos semanas de casa de mis padres a casa de Laux y de casa de Laux al hospital. Estaba un poco cansada de ir de un sitio a otro, arrastrando mi diminuta maleta y escuchando el sonido horrible y constante de sus ruedas rodando sobre el asfalto.

Habían sido unos días muy bonitos en familia, además disfrutando de mis sobris. Es verdad que todos lo pasamos bien en Navidad, pero cuando hay niños en casa se vive con más color.

Mientras tomábamos el café de la tarde con su correspondiente roscón, fui a mi habitación para recoger mis cosas y volver a instalarme en casa de Laux. Pese a haber estado unos días durmiendo allí, me seguía emocionando entrar y ver mi infancia encima de mi cama en forma de dos grandes peluches, Armu y Dino, sobre los que me recostaba para hablar durante horas con mi amiga de la niñez, Lauri... Y quien dice horas, dice minutos, dependiendo de si mis hermanos querían conectarse a internet con el módem de 56 Kbps de máxima velocidad que teníamos en aquella época. Observé el móvil con pantalla táctil y me di cuenta de lo mucho que habían cambiado las cosas desde aquellos tiempos en los que, si entraba una llamada, te quedabas sin internet. Cuántas veces escuché a mis hermanos blasfemar en una lengua no reconocida por los libros ni por países miembros de la UE cuando se les cortaba la conexión y se les quedaban a medias las descargas.

Uno de mis hermanos se apoyó en el quicio de la puerta, junto al cartel que había dibujado con dieciséis años, donde con letra clara se leía un «No pasar sin llamar» acompañado de aquellos gatos que bien podrían haber sido conejos, o al revés, porque nadie más que yo podía diferenciarlos.

—Papá estaría orgulloso de ti —dijo.

Era una de las últimas cosas que esperaba escuchar en ese momento. Mis hermanos no eran muy dados a las demostraciones de cariño.

—¿Tú crees?

—Claro, te has convertido en toda una señorita, como él decía.

Le miré con ternura. Pese a la buena relación que siempre habíamos mantenido como hermanos, con nuestros altibajos en la infancia, nunca me había dicho algo tan bonito.

—Bueno, ya está, no me tires de la lengua, que lo mío no son los halagos. Me has pillado con la guardia baja.

—Estás mayor, hermano.

—Tú sí que estás mayor, ¡fea!

Ambos nos reímos.

—¿Volverás a Ibiza cuando Lucía se recupere? —me preguntó por sorpresa.

—No lo sé. Ahora creo que mi sitio está aquí —le dije con contundencia.

Mi hermano sonrió y asintió, apoyando mi decisión, y se marchó, dejándome a solas en mi cuarto. Cerré la puerta y volví a sentirme como aquella niña de dieciséis años en su pequeño refugio.

En un corcho colgado en la pared tras la puerta se agolpaban, sujetas por chinchetas de colores, fotos de recuerdos de todo tipo: con mis padres y mis hermanos en el chalet de la sierra, con Lauri en las fiestas de su pueblo, con Nacho, tumbados en el templo de Debod, con Lucía en nuestro primer evento con la agencia... No pude evitarlo. Mis ojos se detuvieron en la foto de aquel primer fin de semana en el que ella y yo nos conocimos trabajando de azafatas. ¡Qué pintas teníamos! Vestidas con los uniformes de la agencia y toda la parafernalia que montábamos en las fiestas. Tomé aire mientras la sostenía entre los dedos. Hacía tanto tiempo que nos conocíamos, hacía tanto que ella formaba parte de mí, que esa situación de inseguridad me estaba desesperando. Era como una pesadilla en la que corres hacia alguien para ayudarle y, por rápido que lo hagas, cada vez se aleja más de ti. Estoy segura de que la propia Lucía tendría una interpretación que lo explicara.

Abrí el armario, lleno de ropa de hacía cuatro años por lo menos, incluyendo los uniformes de azafata. No me los probé, pero estoy segura de que aún me sentaban bien. Era lo que tenía no haber crecido ni un centímetro en quince años, que podías volver a poner de moda ropa que llevabas cuando tenías veinte. Aunque, pensándolo bien, por mucho que la moda sea cíclica, hay cosas que no deberían volver, como los calentadores de colores por encima de las medias (aunque mucho me temo que volverán). Y quién sabe: puede que, incluso, llegado el caso, me los pusiera. Nunca digas «de este agua no beberé» o «eso no me lo voy a poner».

Dentro del armario había también cajas con recuerdos, entre ellos, material de *merchandising* que regalábamos en los eventos, las identificaciones que llevábamos colgadas y alguno de los CD de música que escuchábamos en el coche durante los viajes. Me invadió una agradable sensación de melancolía que, como dijo Victor Hugo, es «la felicidad de estar triste», y yo, en ese momento, me sentía con esa extraña mezcla de emociones.

Existe la certeza de que, en un estado de melancolía, tendemos a pensar que estamos tristes, pero no tiene por qué ser así. La melancolía te permite traer de vuelta a personas, recuerdos, situaciones u objetos que ya no están contigo, aunque sea por un instante, y eso no siempre está relacionado con el quebranto. Tiene todo el sentido que la palabra «recordar» implique algo tan positivo y maravilloso como es «volver a pasar por el corazón», dado que *cordis* significa «corazón» en latín.

Así que, justo eso, volver a pasar por el corazón, es lo que hice a través de todos los recuerdos con Lucía, Nacho, mi padre y mis amigas del instituto en lugares tan dispares como un festival, un paseo de camino a casa, un parque o un partido de vóley. Y a todos esos momentos los acompañaba una banda sonora perfecta que no solo estaba grabada a fuego en una parte de mi memoria, sino que aguardaba en silencio entre aquellas cajas.

No me lo pensé dos veces. Rescaté un radiocasete antiguo con reproductor que tenía en la estantería junto a una pila de CD ordenados en un pequeño mueble de madera y me marché.

Me despedí de mi madre, sobrinos y hermanos y fui al hospital en vez de reinstalarme en casa de Laux. Cuando llegué a la habitación, Nacho estaba con ella, leyendo en una libreta parte de la historia que había escrito Lucía para su libro.

Aunque llevaba solo unos días con el tratamiento de corticoides, estaba bastante hinchada. Pero se encontraba bien de ánimo y eso era lo importante.

—Estoy como un jodido globo, lo sé —me dijo nada más verme—. Pero no un globo de esos de los críos: un globo en el que viaja gente.

—Dicen que para empezar a hacer bromas sobre algo tienes que haberlo superado primero. Deberías tomarte un tiempo —le dije en broma, poniéndome a su altura.

—Lo que me faltaba, tenerme que ajustar a un calendario para mofarme de mí misma.

—Yo te veo preciosa.

—Ya, bueno, pero yo te he visto beber gazpacho con vodka, así que permíteme que ponga en duda tus gustos.

No voy a negar que en eso tenía toda la razón.

—Podrías haber tirado de tópico y decir que la belleza está en el interior —añadió.

—Ya, bueno, pero es que yo también he visto gente guapa en la costa —respondí, ya que me lo había puesto a huevo.

Ambas nos reímos ante aquella conversación absurda a la que Nacho no daba crédito, pero en la que quiso intervenir:

—Ya sabéis que los corticoides tienen ese efecto secundario, pero cuando deje el tratamiento perderá los kilos retenidos. Si no, dejamos todos de hablar con ella y ya está.

Ambas nos quedamos ojipláticas, mirándole ante una broma de dudosa calidad.

—¿Qué pasa? ¿Solo vosotras podéis hacer bromas o qué?

—No ha sido muy buena, Nacho —dijo Lucía.

—Muy floja, pero vamos, que tampoco esperábamos mucho de una persona que no conocía el chiste del gimnasio —añadí.

—Joder, tampoco ha sido tan mala.

—Muy mala. Yo que tú reflexionaba sobre ello y me lo hacía mirar —sentenció Lucía.

Nacho nos observó con una ligera sonrisa. Nos preparaba para su obra maestra.

—Cuando dices reflexionar, no hablas de hacer dos flexiones, ¿no?

¡Booooom! Nacho se había convertido en una de las tres personas menos graciosas del hospital.

—¡Damos por inaugurado el festival del humor! —dije mientras él se levantaba resoplando y salía de la habitación, murmurando.

Era la primera vez que los tres solos aguantábamos más de dos minutos bajo el mismo techo. Nacho siempre solía marcharse cuando yo llegaba. Parecía que prefería que no los viese juntos de manera tan clara, pero a mí, a esas alturas de la película, me parecía entrañable que tuviesen esa relación. Como dijo Laux, era el momento de alegrarme por ellos y, sobre todo, de dejarles el tiempo y el espacio para que, si decidían contárnoslo, fuese cuando se sintieran cómodos.

—¿Cómo te encuentras? —le pregunté, fuera ya de toda broma.

—A ver, estoy jodida. No por el peso: eso es lo de menos ahora. Me ha dicho la doctora que la toxicidad hepática es complicada. Intento mantenerme animada, pero no estoy bien, rubia.

La realidad siempre supera a la ficción. Y la ficción era ver a Lucía sonreír y haciendo chistes cuando entrábamos en su habitación para hacernos sentir bien y liberarnos de parte del peso emocional que arrastrábamos, pero la realidad era que, más allá de la capa superficial, seguíamos en la casilla de salida, con el esfuerzo acumulado de intentar avanzar sin conseguirlo. Como en mi sueño, en el que cuanto más corría para ayudarla, más se alejaba.

—¿Me acompañas al baño? A veces me mareo al levantarme —me pidió.

—Claro. Además, así te veo el culo a través de la bata.

Lucía sonrió, aunque le costaba incorporarse.

Nos colocamos frente al espejo del baño. Lucía, el gotero con la medicación que viajaba con ella y yo.

—Eres la amiga de baño más guapa que he tenido en mucho tiempo —le dije.

—Pues tienes que salir más, porque mírame...

Lucía tocaba su cuerpo e intentaba taparse con la bata.

—No te avergüences de tus cicatrices —le dije con todo el cariño del mundo.

Lucía dudó un segundo, me miró y, con cuidado, comenzó a desabrocharse la bata, dejando a la vista las marcas que tenía por el cuerpo.

—Estás hermosa, amiga.

—¿Tú crees?

—Un cuerpo que está cicatrizando así de bien solo puede ser un cuerpazo.

Intuí una sonrisa más que reconfortante para las dos en la cara de Lucía. Fue el momento idóneo para cambiar de tema y no quedarnos ancladas en esa sensación frente al espejo.

—¿Quieres que te ayude a mear o puedes hacerlo agarrada a la farola esa que llevas?

—No es la primera farola a la que me agarro para mear —dijo, irónica, como era ella.

—Ni será la última —respondí con contundencia.

Salí del baño, me apoyé en la puerta y suspiré, intentando deshacer con rapidez todos los nudos que se me habían acumulado en el pecho. Ni por un segundo quería transmitirle una pequeña parte de lo mucho que me afectaba verla así.

La cisterna del baño sonó y entré de nuevo para acompañarla a la cama.

—¿Sabes qué he pensado mientras meaba?

—¿Se pueden hacer las dos cosas a la vez? —respondí de broma.

—Que eres una gran amiga. Y yo soy la peor del mundo, que ni siquiera he querido sacar el tema de Nacho en este tiempo...

La frase me pilló por sorpresa. No pude reaccionar, así que me quedé en silencio.

—Si te molesta que Nacho pase tiempo conmigo, lo entiendo. Yo...

La interrumpí.

—Lucía, solo te lo voy a decir una vez: no puedo ser más feliz que sabiendo que Nacho está a tu lado.

Lucía sonrió aliviada.

—No sabes el peso que me quitas de encima, pero de los de verdad, no estos de los corticoides...

—Ja, ja, ja. Qué cachonda eres.

—Por cierto... ¿Y Javi?

—Bueno, nos hemos dado un tiempo para ponerlo todo en orden, hasta el verano. A ver qué pasa.

—Pues si es que sí, será genial; y si es que no, también. Siempre que sea lo mejor para los dos y tú estés bien...

Esa frase última me llego muy dentro.

—Me gusta eso que has dicho.

—¿El qué?

—Lo mejor para los dos. En plural.

—Claro, es que Javi es muy buena persona y no puedo desearos a los dos otra cosa que no sea que os vaya bien. Es genial eso de quererse a una misma, mirar por una lo primero y saber que todo empieza y acaba en ti, pero es que Javi también se merece que, juntos o separados, os vaya lo mejor posible a los dos.

—Anda que no has cambiado de opinión con Javi... ¿Te acuerdas de aquella vez que me dijiste que no podía fiarme de él, que no sabíamos ni siquiera su horóscopo?

—¿Eso dije?

—Sí, y te respondí que nunca te iba a gustar ninguno de los tíos con los que me lío.

—Ups...

—Pues eso, que no me refería a que te enamorases de mi primer novio, tía —le dije con un claro tono de sorna que Lucía pilló al instante.

—Ja, ja, ja. Qué maldita zorra eres.

—¡Y tú más! Ja, ja, ja.

—Ven aquí...

Me abracé a Lucía y a la farola que llevaba enganchada, sintiendo cada una de las cicatrices que conformaban su cuerpo como mías, sintiendo a mi amiga más dentro de mí que nunca.

—Oye, ¿qué has traído? Venías cargada.

—¡Es verdad! —Cogí el reproductor con altavoces integrados que había rescatado de mi casa.

—¿Dónde vas con eso? ¿Te has hecho rapera? —dijo Lucía con sarcasmo.

—Es tu regalo de Reyes.

—Vamos, que ibas a tirarlo y has dicho: «Se lo regalo a Lucía».

—Escucha, anda.

Conecté el radiocasete a un enchufe que había en una pared cercana al sofá cama de la habitación y ambas nos sentamos. El sonido característico del CD cargando las canciones la puso en alerta. Las primeras notas que sonaron llenaron de energía a Lucía, que empezó a soltar las primeras lágrimas. Tuve la sensación de que la música entraba por su cuerpo igual que el suero lo hacía por sus venas. Aquel CD contenía las canciones que escuchamos el día que nos conocimos en aquel trayecto a Talavera de la Reina y que nos unieron para siempre. Canciones que, a partir de ese momento, nos acompañarían toda la vida.

La fuerza que le imprimió a Lucía aquel aparato desfasado y de dudosa calidad sonora nos permitió cantar a grito pelado el estribillo que decía «De princesas que buscan tipos que coleccionar» de Pereza, encadenado con «Que nunca volverá, que nunca he estado allí», de El Sueño de Morfeo.

Era cuestión de tiempo que una enfermera, alertada por nuestras voces, y con cara de preocupación, irrumpiera en la habitación. Nos miró alucinada, sin saber cómo enfrentarse a la situación. No estaba preparada para gestionar tanta felicidad repentina y le desbordó, así que nos sonrió cómplice y nos hizo un gesto para que bajásemos un poquito la voz. Un gesto que me devolvió a la adolescencia; cuando te entraba la risa floja en clase con una compañera y no solo no eras capaz de aguantártela, sino todo lo contrario: cuanto más querías aguantártela, más se te escapaba, sin poder parar.

Con Laux, dado el volumen de sus susurros, nos habían mandado callar en más de una ocasión. Incluso habíamos sido «invitadas amablemente a irnos» de algún restaurante; pero con Lucía no me había ocurrido hasta ese momento, pese a su carácter arrollador. Aquella sensación de libertad, de desahogo, de gritar hasta que te quedas sin respirar, como cuando te montas en la montaña rusa, nos dio años de vida.

—Tía, ahora entiendo por qué Laux está siempre tan feliz. Gritar es terapéutico.

—Ya ves... He soltado todo lo que llevaba dentro —le respondí.

—¿Todo? ¿Estás segura?

Las dos intercambiamos una mirada que lo decía todo y, acto seguido, volvimos la vista a la ventana. Sacamos la cabeza y lo que pudimos de nuestros cuerpos por ella. La habitación de Lucía daba a un descampado y nos sentimos libres.

—Una, dos y... —dije yo.

A la de tres, las dos gritamos: «¡No quiero volver a hablar de princesas que buscan...!». El mundo se detuvo unos segundos, los que estuvimos sacando fuera todo lo que llevábamos dentro.

Entre lágrimas, no sabemos si más de risa, de tristeza o de desahogo, volvimos a meter nuestros cuerpos dentro de la habitación, justo cuando Nacho volvía.

—¿Qué os pasa? ¿Se os ha caído algo?

Las dos nos echamos a reír.

—No quiero saber lo que estabais haciendo —dijo antes de que pudiésemos responder con alguna absurdez.

Pasamos lo que quedaba de tarde los tres juntos, más relajados que nunca, como si desde ese momento nos hubiésemos quitado un peso de encima y todo fluyera de manera natural entre nosotros. Quién me iba a decir a mí que acabaría empleando ese verbo en concreto, fluir, y que lo pronunciaría con la boca llena de roscón de Reyes. Quién me iba a decir que Nacho, el primer amor de mi vida, años después sería el sustento de mi gran amiga Lucía y que me sentiría feliz por ello.

Aquella noche, al llegar a casa de Laux, me senté en el sofá, satisfecha. No era porque hubiese hecho nada especial: no había conseguido ningún hito personal ni superado un reto vital; estaba en paz conmigo misma, que ya era bastante.

Cuando llegó Laura, nos encontramos con el mismo dilema de cada noche.

—¿Qué pedimos hoy para cenar? —dijo mientras se ponía un pijama calentito.

—¿Y si cocinamos nosotras? Año nuevo... —respondí sintiendo que era el momento de cambiar.

—Me parece perfecto.

Nos situamos frente al frigorífico con la ilusión de quienes se proponen, como dijo Laura, «dar un giro de trescientos sesenta grados» a sus hábitos nocturnos.

—Laura, es de ciento ochenta grados. Si lo das de trescientos sesenta, te quedas igual...

—¿Igual de qué?

—Déjalo, a ver qué tenemos...

Las expectativas superaron a la realidad. Medio limón, más verde que amarillo, nos saludó desde la puerta, junto a un tetrabrik de leche y una botella de vino abierta. También había yogures, un aguacate, tomates, algo de lechuga y poco más.

—¿Cómo es que tenemos un aguacate en la nevera? ¿Desayuno de *influencer*?

—Qué dices, tía. Si la mayoría de esas fotos que suben a Instagram de desayunos perfectos son falsas. A mí por la mañana me apetecen más los churros. Fijo que hacen la foto y luego se comen una torrija.

—Ja, ja, ja. ¿Tú crees?

—¡Amiga mía! De la apariencia también se vive.

Apuntad esa última frase. Son solo seis palabras, pero qué seis palabras, ¿verdad?

—Bueno, entonces, ¿qué cenamos?

—¿Una sopita como dos niñas buenas? Hay caldo en el armario y tengo letras sin gluten.

—¡Perfecto!

Laux sacó un cazo e hizo un silencio muy propio que, después de pasar tanto tiempo juntas, reconocía en ella como si la hubiese parido. Se aclaraba la voz, bajaba el tono y te miraba varias veces de reojo, como buscando el momento adecuado para pedirte algo que para ella era importante. Laux lo hacía muy pocas veces, porque siempre lo daba todo por los demás y requería muy poco para ella. Y por eso se sentía incomoda al hacerlo.

—Oye, amiga, sé que estarás hasta el mismísimo toto de ir a hospitales, pero mañana quería ir a informarme a la clínica...

—Laux... —le interrumpí—. Por supuesto que te acompañaré. No hizo falta decir más.

—Gracias, amiga. —Me abrazó con fuerza.

Por fin se había decidido a informarse sobre el tratamiento para congelar sus óvulos y yo iba a estar con ella durante todo el proceso. Era lo mínimo que podía hacer por la persona más generosa que conocía.

—Venga, que ya está la sopita de letras. A ver qué palabra es la primera que nos sale —dijo, recuperando su personalidad habitual.

Y así, mientras cenábamos, descubrí que la primera palabra flotante que visualicé en la sopa fue «amor», mientras que la suya fue «chuchi». Nos reímos mucho, ya que era habitual verla utilizar aquel vocablo cada vez que llamaba al camarero en una terraza. Nos preguntamos si, por casualidad, estaría en el diccionario. Ella estaba segurísima de que sería un sinónimo de chiqui, pero no: chuchi no estaba en el diccionario... y no quise quitarle la ilusión diciéndole que chiqui tampoco. Al fin y al cabo, en el diccionario Laux-español, español-Laux, seguro que aparecía.

33
Resiliencia

La felicidad de la superficialidad.

A finales de enero, la enfermedad nos dio una tregua. El mes comenzó con Lucía ingresada en el hospital, pero acabó con el alta para seguir el tratamiento con corticoides desde casa. La función hepática comenzaba a estabilizarse, y poco a poco había que ir bajando la medicación, pues había comenzado con dosis muy altas. Era algo que ella debería empezar a hacer, tomando las pastillas indicadas con mucho cuidado y, por supuesto, con continuas revisiones en el hospital.

Aunque todavía se fatigaba, se sentía mejor. Sin embargo, la inseguridad que le provocaba verse tan hinchada hizo que no quisiese salir de casa. Decía que era como estar en el cuerpo de otra persona y que, más que las fuerzas, le fallaba el ánimo para salir a la calle. Para ella era muy difícil verse así, no por estar más gordita, sino porque decía que no se reconocía cuando se miraba en el espejo. Fue una confesión muy dura.

Todas queríamos que recuperase ese espíritu que siempre la había caracterizado y que volviese a una rutina, sin importar cómo estuviera físicamente. Lo importante era que se sintiera bien consigo misma y feliz por recuperarse poco a poco.

Dramachat

Laux., Lucía azafata., Sara., Tú

Lucía azafata.
Joder, hay que hacer un puto
máster para saber cuándo
toca tomarte las pastillas.
Siempre a la misma hora, que si
ahora reduciendo un cuartito...
Que si ahora tómate esta otra
pastilla también...

Laux.
Yo lo que hago con las abuelitas
es decirles que se compren un
pastillero y así se pueden organizar
las tomas de toda la semana.

Lucía azafata.
Has dicho «abuelitas»
o me lo ha parecido?

¡Uf! Aquí huele a movida.

Sara.
Jajajaja, la que te va a caer, Laux.

¿La caja de pino la quieres
de color rosa? Porque Lucía
te va a matar con
sus propias manos.

Laux.
Hostia...

Lucía azafata.
Estáis muy equivocadas.
Yo mandaría a un sicario,
que tengo la
manicura perfecta y paso de
jodérmela. Laux, estarás
en casa esta noche? Es para
una amiga

Jajajajajajajajaja.

400

Sara.
Jajajajajajajajajaja.

Oye, Lucía, Estaba pensando en
que este finde
podíamos subir todos
a la sierra a dar un paseíto.
¿Cómo lo ves?

Laux.
Planazoooo!! Yo me apunto, que
tengo zapas nuevas de trekking.

Lucía azafata.
Me apetecería mucho, pero
yo no sé si voy a poder...

Sara.
¿Y eso? ¿No te encuentras bien?

Lucía azafata.
Es que los corticoides me cansan
mucho... Además, me han hecho
engordar bastante y estoy
fuera de forma.

No te preocupes por eso;
si no te ape, no pasa nada.
Pero por estar fuera de forma
que no sea.

Laux.
Hombree, pero si además no
hay persona que esté menos en forma
que la rubi, ella encantada de
ir a paso de abuelita.

Jajajajaja, qué perra eres.

Lucía azafata.
No lo sé chicas. No tengo
ropa de deporte, nada me sienta bien.
No lo sé... No me veo muy bien.

Pues yo te veo estupenda.

Sara.
Mientras no vayas con tacones,
la ropa es lo de menos!

Lucía, acuérdate de lo que
te dije. Tienes un cuerpazo.

El chat se quedó en silencio durante unos segundos, hasta que Lucía por fin se animó.

Lucía azafata.
Vamos a parecer una excursión
del Imserso...

Jajajajaja, calla,
que seguro que cuando
seamos mayores de verdad
nos apuntaremos
a esos viajes e iremos
las cuatro, con nuestros pelos
canosos, a todos los viajes.

Sara.
Podríamos volver
todas juntas a Ibiza con
el Imserso.

Jajajajaja. ¿Te imaginas?

Laux.
Yo me veo con el pelo blanco,
pero con matices violín.

Eso, eso, tendremos que ponernos
de acuerdo con el pelo. Yo me pido
matices rubios.

Sara.

¡Nos ha jodido! No dudábamos de eso.

Lucía azafata.

Gracias, chicas, de verdad.

Pues este finde

hacemos eso, entonces...

> Yo lo organizo, que me conozco
> la sierra al dedillo.
> Preparo una ruta sencillita.

Conseguido. Primera fase para levantar la autoestima de nuestra amiga, superada. Esa vez fui yo, bajo la supervisión de Laux, la que se encargó de organizar el día. Aquel sábado, como de costumbre, y a pesar de que había marcado una hora razonable para salir, Laura me hizo madrugar casi como entre semana.

—Aaaaamigaaaaaa, ¡nos vamos de excursión!

—Pero, tía, ¿qué hora es?

—¡Casi las ocho!

—Pero si son las siete y cinco.

—Pues esooo: casi las ocho.

—Pero, Laux, ¿a qué hora hemos quedado?

—A las nueve.

—Jooooder, ¡pero si queda muchísimo tiempo! —me quejé.

—Venga, anda, dúchate y eso, que luego te lías y te falta tiempo.

Y así fue. No sé cómo lo hice, pero me lie. Me duché, tardé en secarme el pelo, desayuné y pasé por todas las fases antes de vestirme. La duda: «No sé qué ponerme». La desesperación: «¿Dónde están mis zapatillas?». La negación: «No tengo nada que ponerme». La aceptación: «Bueno, estas mallas no están tan mal...».

Laura estaba perfectamente vestida desde primera hora, mientras que yo iba hecha un desastre.

—Bueno, estoy lista. ¿Qué hora es ya? —pregunté.

—La hora de irnos: ¡son las nueve!

—Pero ¿¿no habíamos quedado a las nueve?? —me asusté por un momento.

—Amiga, te voy a desvelar un secreto: el truco que tenemos las personas puntuales cuando tratamos con impuntuales es deciros a qué hora hay que salir de casa, no a qué hora hemos quedado.

—¡Qué perra eres! Pero ahora sé tu truco.

—Sí, pero te haré dudar. El próximo día te diré que es sin truco e intentarás estar a la hora correcta. Pero puede que sea verdad... o no. —Laura profirió una risa malvada propia de las villanas de Disney. Estaba claro que jamás podría ser Cenicienta... Viviría toda la noche sugestionada por la hora.

Los demás llegaron un poquito tarde y, tras haber sido bautizados por Laux como «la banda de los impuntuales», llegamos a la sierra. Aunque el día se había levantado algo frío a primera hora de la mañana, la temperatura fue subiendo según avanzaban las horas y conforme ascendíamos. Era algo que pasaba a veces y que se conoce como inversión térmica. Con el sol brillando en lo alto, se nos quedó un precioso día de paseo.

Caminamos por la Pedriza y comimos en Navacerrada. Nacho y yo tuvimos algún momento de complicidad, ya que ambos conocíamos la zona gracias a los veranos que pasamos juntos en la sierra, e incluso reconocimos alguna piscina que nos resultaba más que familiar.

Aquel día transcurrió plácidamente y lo más importante fue que entre todos conseguimos plantar esa primera semilla para reforzar la autoestima de Lucía que, aunque llegó a casa fatigada, se quedó con ganas de repetir. Con nuestra amiga en pleno tratamiento, tocaba adaptarse y ser resilientes. Ya volverían los planes del «total, si aquí no nos conoce nadie» o «mira lo que hago, sujétame la copa».

Si algo habíamos aprendido de todo el proceso era que no había que tener prisa por nada. Solo teníamos que disfrutar de aquellos días, lo más unidos posible. Echaba en falta a Javi, no nos vamos a engañar, pero la relación seguía su curso, de manera pausada. Estaba siendo un gran apoyo cuando me sentía agobiada.

Javi Ibiza.

¿Cómo está Lucía?

> ¡Bien! Tenías que
> haber visto lo contenta
> que estaba. Se nota que se
> cansa, pero está mejor.

¿Cuándo va a volver al
ensayo clínico?

> Pues no lo sé.
> Aún le queda con los corticoides,
> pero espero que pronto.
> Se nos está haciendo un poco largo
> todo este proceso.

Y tú, ¿cómo estás?

Ese último mensaje me dejó paralizada unos segundos. Dentro de toda la vorágine que estaba suponiendo la enfermedad de Lucía, hacía mucho que nadie me preguntaba eso.

> Pues no me ha dado tiempo
> a pensarlo en estos meses,
> pero creo que estoy muy cansada.

Pero ¿estás bien?

Una pregunta clave que no tenía muy claro cómo contestar.

No lo sé, la verdad.
Solo sé que estoy agotada.

Deberías descansar. Si no,
petarás seguro. No ahora,
que estás con la adrenalina,
pero, cuando te relajes, puede
venirte todo de golpe.

Ya... Pero no sé qué hacer.
No me puedo permitir fallar
ahora a las chicas...

Si no te cuidas, les fallarás
aunque no quieras.
Será tu cuerpo el que te
obligue a hacerlo.

Javi tenía razón. Notaba que cada día me costaba un mundo madrugar para ir al trabajo. Cuando me miraba al espejo por las mañanas, me esforzaba por cargarme de energía. Intentaba ocultarlo bajo mi rojo de confianza en los labios y aumentando los centímetros de mis tacones.

El cansancio emocional es más difícil de gestionar que el físico, porque es como tener agujetas en la mente de tanto pensar y en el corazón de tanto sufrir. No es fácil aprender a dejar descansar tu mente, y es que es increíble el daño que podemos hacernos solo con el pensamiento.

Recuerdo los días siguientes a mi conversación con Javi con la sensación de que, al menos, estaba siendo un gran apoyo para mis amigas, igual que ellas lo eran para mí cuando yo lo necesitaba.

Aparte de las visitas con Lucía al hospital para sus revisiones, llegó el momento de apoyar a Laux cuando comenzó su tratamiento para congelar óvulos. El primer paso era la preparación:

consistía en una inyección diaria durante casi dos semanas para estimular los ovarios y generar el máximo posible de óvulos para preservar. Ella, al ser enfermera, tenía el conocimiento de sobra para hacerlo en casa, pero no lo pasaba bien con las agujas.

—Con los miles de análisis de sangre que llevo a las espaldas y me da yuyu pincharme a mí misma... ¡Manda cojones! —me dijo en el baño, con su segundo pinchazo, ya que el primero se lo pusieron en la clínica.

—Es normal... Es como una especie de mecanismo de defensa de nuestro cuerpo. Nadie quiere hacerse daño de manera consciente... Así es el amor propio —le dije.

—Si yo sé que no duele nada, pero da impresión.

—Calla, tía, que me mareo. Después de los pinchazos, ¿qué toca?

—Pues en unos días me empiezan a hacer ecografías para controlar cuántos folículos tengo.

—¿Los folículos son las mamás de los óvulos?

—Ja, ja, ja. Algo así. Los folículos son las estructuras que contienen los óvulos en su interior —dijo Laux.

—¿Y van creciendo dentro de ti?

—Así es. En las ecos van viendo cómo crecen y cuándo es el momento adecuado para extraerlos. Lo preparan todo para ese día.

—Pues yo te acompaño ese día y siempre que lo necesites, pero, con tu permiso, ahora me voy, que no quiero ver cómo te rajas con esa aguja.

—Gracias, amiga. Tu comentario es un soplo de confianza en este momento.

Laura no quiso contárselo a nadie más. No entendí muy bien ese hermetismo con un tema que no debería ser tabú, pero no me quedaba otra que respetarlo. Era su decisión.

Durante los días siguientes me encontré, casi sin quererlo, subida en una montaña rusa emocional, propulsada por los cambios de humor que la estimulación hormonal de los pinchazos provocaba a Laux, todo unido a la inestabilidad emocional que sufría Lucía por los corticoides.

También propulsaban aquella subida las buenas noticias,

pues Lucía mejoraba de la afección en el hígado, Javi estaba ofreciéndome el espacio que requería (con la delicadeza, además, de que sus mensajes llegaban justo cuando más los necesitaba) y en rebajas encontré unos zapatos preciosos de mi talla. Sí, todas las emociones positivas suman: los zapatos también. Yo lo llamo «la felicidad de la superficialidad». Solo algunas sabemos lo necesaria que es la aparente superficialidad para enfrentarte a la vida en toda su profundidad.

Sara, por su parte, más que en una montaña rusa, iba montada en un tiovivo, pero no en uno de esos caballitos que suben y bajan todo el tiempo; ella iba en uno de los coches que solo dan vueltas, desde donde ves la vida pasar repetidas veces a la misma altura, instaurada en una calma triste, a punto de estallar. Sin hacer ruido, fiel a su estilo.

Creo que estaba agotada, como yo, pero mientras estás en pleno parque de atracciones emocional no eres consciente de ello. Tu cuerpo no deja de liberar adrenalina para hacer frente a cada reto diario, y se acostumbra a ese ritmo frenético.

A diferencia de Laux o Lucía, en cierto modo, Sara dejó de expresar sus sentimientos. Respondía en el chat, se mostraba muy positiva y predispuesta en todo momento, pero la conocía bien y no podía obviar que se estaba conteniendo por dentro.

Aprovechando que una tarde coincidimos visitando a Lucía en casa de Alberto, decidí abordarla para hablar con ella a solas. Siempre habíamos mantenido una relación muy cercana desde que nos fuimos de viaje a Ibiza, al poco de presentarnos Lucía, como dos perfectas desconocidas que se embarcan en una aventura que dio como resultado una preciosa amistad llena de confianza que, por las circunstancias en las que nos encontrábamos, parecía estar en *stand by*.

—Bueno, churris, os dejo, que voy a ver si llego pronto a casa y, con suerte, Marcelo me tiene preparada la cena —dijo Sara mientras se levantaba del sofá.

—¿Cocina bien? —preguntó Lucía sorprendida.

—En absoluto, pero se esfuerza.

—¿Eso hace que sepa mejor? —dudé yo, con ironía.

—La verdad es que no —respondió, y las tres nos reímos de las dotes culinarias del pobre Marcelo. Sara se volvió hacia Lucía para despedirse—: Te veo pasado mañana, ¿vale?

—Espera, que te acompaño. Yo también me voy —dije con toda la intención de marcharme con ella.

—Ah, vale, guay.

Bajamos en el ascensor charlando sobre el tiempo, el trabajo y sus perras. De todo eso y en profundidad en apenas cuatro pisos. Cuando salimos del portal, me ofrecí a llevarla a casa en coche. Me costó. Sara siempre ha sido muy fan de viajar en metro leyendo, pero al final aceptó. Era el momento. Las dos solas, sin más distracción que tenernos presentes la una a la otra.

—¿Qué tal con Marcelo? —pregunté, iniciando la conversación.

—Muy bien —respondió con una sonrisa.

—¿Te acuerdas de cuando hablamos, hace ya tiempo, de la importancia de definir en qué punto se está en una relación? —le dije, haciendo referencia a la conversación que tuvimos hacía más de un año, justo cuando ambas comenzábamos a conocer a Marcelo y a Javi.

—Claro que me acuerdo... Nos dimos cuenta de que estábamos tan cómodos que las cosas se definieron por su propio peso. No hizo falta darle nombre. Ahora sabemos que estamos de acuerdo en compartir el presente y el futuro.

Irremediablemente, escucharle hablar así de su vida con Marcelo me trajo a la cabeza a Javi.

—Me alegro mucho.

—¿Y Javi? ¿Has vuelto a hablar con él? —preguntó Sara interesada, a quien, sin duda, le había pasado lo mismo que a mí.

—Sí, estamos retomando el contacto, despacio, pero no sé dónde nos llevará. Vamos a esperar unos meses y luego, pues...

—Seguro que lo arregláis. Estaréis bien. Os lo merecéis —contestó con tono melancólico, mientras perdía la mirada tras la ventanilla del coche.

—¿Y tú? ¿Estás bien? —aproveché para ir directa al grano.

—Sí, sí. Un poco agotada, pero bien. Como todos, supongo.

Estábamos cerca de su casa y vi un hueco justo en la calle paralela a su edificio. Aparqué de repente, ante su sorpresa, que no entendía muy bien el motivo.

—No es aquí. Es la calle siguiente, la que gira a la derecha.

—Sí, ya lo sé.

Sara me miró desconcertada. Tiré del freno de mano, detuve el motor y me giré hacia ella.

—La verdad es que podría estar intentando introducir la conversación media hora más, pero creo que tenemos la confianza suficiente para saber a dónde queremos llegar.

—¿Y a dónde queremos llegar? —dijo desafiante.

Miré sus hombros y estaban tensos. No se había quitado el cinturón de seguridad y se dio la vuelta para responderme. Cara a cara. Continuó hablando:

—Dime. Porque parece que siempre todas las conversaciones tienen que acabar en algún sitio. Parece que no podemos estar calladas, sin más, y dejar que pase el tiempo. No: tenemos que hablar del tema de Lucía, tenemos que incidir en cómo estamos y darle vueltas todo el tiempo, como si estuviéramos en un charco de barro y nos gustase estar dentro... Todo el día con el «¿Estás bien hoy?», «¡Vamos, seamos positivas!». Pues estoy harta. No puedo más.

Y explotó:

—No puedo más... No quiero hablar de lo de Lucía. Tengo miedo de hablar del tema y no voy a hacerlo —incidió mientras rompía a llorar.

—No quiero que te sientas así...

—Tengo derecho a tener miedo —dijo Sara de manera directa.

Tenía razón. Todas tenemos derecho a dejar de hacernos las fuertes y a derrumbarnos por un momento. Y todos los momentos que hagan falta. Porque podemos con todo, pero no con todo a la vez.

—Durante estos meses —continuó— he tenido que esconderlo para que ni por un segundo Lucía lo note. Y eso me está afectando.

Me mantuve en silencio. Ni muchísimo menos iba a darle ningún consejo ni a decirle que yo también estaba cansada. Era su momento. Dejé que intentara recomponerse. Ella, que siempre había sido la escuchadora oficial del grupo, necesitaba expresarse a corazón abierto. Sabía que debía desahogarse y solo quería darle pie para ello.

—Me dijo Marcelo que no podía guardar dentro todo lo que estoy sintiendo. Que debería hablarlo con alguien, sacarlo y que me ayudara.

—Sabes que puedes contar conmigo para lo que necesites.

—Ya lo sé, y tú conmigo, pero necesito herramientas para afrontarlo. —Sara hizo una pausa, como dudando en continuar con la frase. Finalmente, lo hizo—: Estoy yendo a un psicólogo..., un amigo de la hermana de Marcelo, que me está ayudando a gestionarlo todo. No os lo he dicho porque me daba vergüenza y no quería preocuparos.

La miré con toda la ternura que me quedaba y ambas rompimos a llorar.

—Estoy muy orgullosa de ti. Es lo mejor que has podido hacer. Ven aquí... No hay nada de lo que avergonzarse... Todo lo contrario...

Abrí los brazos para abrazarla. Sara abrió los suyos y, cuando estábamos a punto de hacerlo, los cinturones de seguridad nos retuvieron a las dos, quedándonos a escasos centímetros la una de la otra, moviendo las manos en el aire como dos marionetas. Haciendo cada vez más fuerza por acercarnos, mientras el cinturón hacía su trabajo a la perfección. Del llanto pasamos a la risa descontrolada. Durante más de cinco minutos no pudimos dejar de reírnos ante un final ridículo que consiguió que, por un momento, todo aquel desahogo tuviera un final mucho más liviano.

Sara bajó del coche aliviada. A raíz de aquella situación entendí las palabras de Javi y la necesidad de desconectar en algún momento para no llegar al límite.

Durante los siguientes fines de semana continuamos con la rutina de las escapadas a la sierra que tan bien nos estaban viniendo a todos, no solo a Lucía, para expandirnos en plena naturaleza. Además, en esas excursiones nos mostrábamos menos contenidos al ver que ella se encontraba bastante mejor.

A mediados de febrero, mientras esperábamos los resultados de unos análisis y un TAC que serían definitivos, Nacho le propuso a Lucía ir a ver a sus padres a Asturias. Consultó con la doctora la posibilidad de hacer un viaje que, a todas luces, podría venirle muy bien.

Dramachat
Laux., Lucía azafata., Sara., Tú

Lucía azafata.
Chicas, me ha dicho Nacho que si
vamos a Asturias, que él
me acompaña. Se ha pedido
unos días en el curro para
escaparnos esta semana

> Te va a venir
> genial, amiga.

Sara.
¡Sí, que hace mucho que no
ves a tus papis!

> Les hará
> muchísima ilusión.

Laux.
Oye, oye, no hagas nada
que yo no hiciera, eh, perra.

> ¿Presentación oficial
> de Nacho?

Lucía azafata.
A ver cómo les explico
quién es este maromo
que me acompaña

                    Diles que la doctora
              te ha obligado a viajar
                    con un celador.

Laux.
Con un celador buenorro para
alegrarte la vista en el viaje.

Sara.
Jajajajajaja

                         Jajajajajaja.

Lucía azafata.
Iros a la mierda!

Me quedé un tiempo observando el Dramachat y pensé en que todavía tenía guardada en el móvil a mi amiga como «Lucía azafata.». Con punto, porque siempre pongo punto a los teléfonos móviles guardados en mi agenda. Hubo un tiempo (algunas lo recordaréis) en el que guardábamos primero los teléfonos fijos de las personas y, más adelante, añadíamos el del móvil. En aquel proceso, decidí diferenciarlos añadiendo un punto a los móviles, y es una manía que conservo cuando agrego a alguien a mis contactos. Es mi forma de recordar que hubo una época en la que no estábamos veinticuatro horas localizadas, que nos llamábamos a los teléfonos de casa y punto. Pienso que es bonito mantener el nombre de algunas personas agendadas tal y como las conocimos, para que nunca olvidemos las raíces de nuestra amistad. Por el contrario, hay otros nombres susceptibles de cambios con el paso del tiempo para dejar constancia de la evolución de la relación. En ese caso, prefería dejarlo así para siempre. Para mí, las raíces con Lucía eran importantes.

Y aunque ella siguiera siendo «Lucía azafata.» en la agenda de mi móvil, era imposible no ver el cambio que había sufrido como persona. Seguía teniendo ese puntito sarcástico, la sinceridad exagerada a flor de piel y seguía siendo malhablada, pero se mostraba más agradecida y dulce. Dicen que la enfermedad a veces cambia la personalidad. ¿Se habría dulcificado su carácter? ¿O tenía que ver con Nacho? En cualquier caso, si tenerla como amiga siempre había sido una bendición, ahora era una necesidad.

Lucía se marchó muy emocionada a su «tierrina», feliz por ver de nuevo a su familia. La despedimos en el portal de casa de Alberto, donde Nacho vino a recogerla en un coche antiguo, un Megane cascado que llegué a preguntarme si soportaría el viaje. Recordé a aquel Nacho del instituto, tan en su línea de ser práctico, como cuando iba en aquella moto tan poco cuidada, pero que cumplía su función.

—Una pregunta, Nacho: ¿vais a sacar los pies por debajo para arrancarlo, como los Picapiedra? —dijo Pol sin poder contener la broma.

—No, hombre. Estaba pensando en que nos empujarais —respondió Nacho, bastante hábil.

—Vale, vale, ya me quedo más tranquilo.

Todos nos reímos, nos abrazamos para despedirnos y se marcharon.

Aquella tarde, sabiendo que Lucía estaría en buenas manos durante una semana, que Laux tenía guardia hasta la noche, que Sara estaba con Marcelo en clases de yoga y que mi madre estaba entretenida iniciándose en el mundo de los sudokus, pensé que era el momento perfecto para dedicarme tiempo a mí misma.

Me tumbé en la cama y miré al techo, sin pensar en nada. Y entonces, en ese momento de paz, en ese oasis que se me presentaba después de tantas idas y venidas a hospitales, conversaciones y alboroto de gente, en mi mente apareció la imagen de Javi. Sin buscarla. Sin que hiciese nada en concreto por recordarle. No pude evitar escribirle. No quise evitarlo.

Javi Ibiza.

Te echo de menos.

Al instante solté el móvil, como con vergüenza por haber escrito eso. Qué absurdo me pareció andar con tontunas así: estábamos dándonos un tiempo para volver a hablar con calma, a sentirnos cerca, despacio..., y voy yo, y le suelto eso. La vergüenza no me duró ni diez segundos: los que él tardó en contestar.

Javi Ibiza.

Yo también te echo de menos,
mi niña.

Una respuesta a la altura de lo que Javi representaba en mi vida. Mi cuerpo, lejos de estar relajado otra vez, me pedía llamarle por teléfono. Fue lo que hice, sin medias tintas, sin pensármelo dos veces.

—Hola —le saludé, tímida, cuando descolgó—. ¿Cómo estás?

—Bien... No me esperaba tu llamada —contestó.

Intuí una sonrisa de emoción al otro lado del teléfono.

—Ni yo que me fueses a contestar al momento.

—Pues ha sido coincidencia. Estaba pensando en ti y justo has llamado.

La providencia de la casualidad.

—Cuéntame: ¿cómo está todo? —me preguntó.

—Pues Lucía se ha ido con Nacho a Asturias para ver a sus padres y las demás están liadas con sus cosas.

—¿Y tú?

—Estoy tumbada en la cama, hecha purpurina.

—Ja, ja, ja. Una comparación brillante.

Los dos nos reímos a través del teléfono, recordando nuestra complicidad para algunas conversaciones.

—¿Y tú? ¿Qué tal? —le pregunté.

—Cansado también. Hoy he hecho casi cien kilómetros en bici.

—¿Con mucho desnivel?

En el tiempo que llevaba con Javi, había intentado saber más de lo que a él le interesaba: la bici, el deporte en general, su trabajo... En ese caso, sabía que la clave no estaba solo en los kilómetros, sino también en la altura.

—Ja, ja, ja. Bastante. Jodido para ir con tacones —bromeó otra vez—. Oye, quería hacerte una pregunta. Siempre se me olvida...

—Espero que no sea muy difícil.

—¿Sigues contando atardeceres?

Javi también se había interesado siempre por todo lo que me gustaba. Supongo que por eso nos teníamos tanto respeto y cariño.

—La verdad es que no me ha dado tiempo... —dije apenada—. A veces, ya muy pocas, lo apunto, pero hace tiempo que no hago fotos.

Cogí la libreta y me di cuenta de lo vacía que estaba, casi tanto como me sentía yo. Con aquella pregunta me percaté de la cantidad de tiempo que hacía que no me cuidaba. Había dedicado tiempo al «nosotras», pero siempre en plural, nada en singular.

—Tienes que retomarlo, niña. Era muy bonito.

—Ya... Últimamente no me ha dado tiempo de vivir mi vida...

—De verdad, deberías dedicarte espacio para ti y retomar rutinas. Salir a cenar con tus amigas, ir de compras... Eso siempre viene muy bien para reiniciarse.

Aquella tarde había sido la primera en que tuve intención de coger un libro en mucho tiempo... Y ni siquiera había tenido ánimos. Me desahogué.

—No tengo ganas de nada, Javi... Estoy a punto de petar, no tengo fuerzas.

—¿Ha pasado algo con Lucía?

—No, nada nuevo... Estamos a la espera de resultados... Pero no es solo por eso. Son muchas cosas... Al final llevo en mi mochila mi propio peso y el de los demás, ya sabes cómo soy...

—Lo sé, cariño, te conozco, pero si no te cuidas, poco podrás hacer por los demás.

Aquella frase me dejó algo tocada, sobre todo porque, en el fondo, siempre viajamos sobre la delgada línea de no descuidar a los demás sin descuidarnos a nosotras mismas. Es muy difícil navegar por ese fino hilo que nos separa del egoísmo y del altruismo sin medida.

—¿Por qué no os juntáis este finde, aprovechando que Lucía no está? Una cena como siempre habéis hecho. Sin expectativas, sin hora. Podéis ir a aquel restaurante al que fuimos tú y yo en el centro. El que estaba decorado con muchas flores por todas partes. Aquel día nos tomamos un *brunch*, pero creo que también daban cenas.

—Ja, ja, ja. Ya sabes, el *brunch* es un eufemismo para desayunar dos veces.

—Ja, ja, ja. Recuerdo esa frase. Se me ha quedado grabada a fuego y ahora se la suelto a los modernos de la isla...

—Me acuerdo de que nos sorprendió porque el sitio era muy bonito. Como decoración había una moto rosa *vintage* parecida a la mía que, por cierto, sigue contigo en Ibiza...

Él se quedó en silencio.

—Javi, no era un reproche, yo...

—No, si tienes razón. Al final nunca termino de cerrar nada y ni siquiera te he enviado tu moto. Lo siento...

Se quedó un silencio extraño después de aquella frase. Sentí que era el momento de colgar.

—Javi, gracias por el consejo. La verdad es que necesitaba hablar contigo. Y tienes toda la razón: sin duda, me vendrá genial un momento de distracción con las chicas.

—Ya verás como sí.

—Te quiero siempre.

—Te quiero siempre.

Colgamos y me quedé con una sensación amarga. Miré mi muñeca. Justo en ese momento, la pulsera que Javi me había regalado, la que le compró a aquella chica en la playa, se rompió del todo y cayó al suelo, como un último aliento, como una metáfora de que el último hilo que nos unía a Javi y a mí se acababa de romper.

34
Volviendo a ser felices

Querer solucionar un problema es más valiente que guardártelo.

La conversación con Javi me dejó una sensación extraña. Por un lado, parecía que estábamos recuperando el pulso de nuestras conversaciones, pero, por otro, aquella última frase sobre mi moto rosa, que aún seguía en la isla, me ponía en alerta respecto a que él continuaba sin tomar decisiones. Volvió a decir que me iba a enviar la moto, algo que llevaba meses sin hacer y, además, no hubo ni rastro de iniciativa alguna para encontrar una solución y venirse a Madrid. La famosa permuta de las narices. Me desinflé, como un globo días después de una fiesta. No obstante, no fue lo único de lo que hablamos. De hecho, aquella conversación me había ayudado a abrir los ojos respecto a mí y a la situación límite en la que me encontraba. Necesitaba salir de esa vorágine en la que estaba y, sin duda, organizar un plan lejos de hospitales me vendría más que bien. Abrí un nuevo chat y añadí a Laux, a Pol y a Sara.

Cena y lo que surja
Laux., Pol vecino., Sara., Tú

Aaamigooos. ¿Qué os parece
si hacemos una cenita
este finde con unas copas?

Pol vecino.
¿Perdona? No serás mi examiga
la rubia pidiéndome que salga
con ella de nuevo, ¿no?
Porque de ser así, la respuesta es sí.

Jajajaja, qué tonto eres.

Pol vecino.
Es que es verdad.
¿Hace cuánto que no salimos
en condiciones?

Laux.
Bueno, la última vez que
hicimos una fiesta acabamos
en urgencias.

Qué bien, Laux, ahora
tengo muchas más ganas
de salir con vosotros.

Pol vecino.
Por favor, saca del grupo
a esta señora ahora mismo.

Sara.
Jajajajajajaja.
Me apunto al plan.

Laux.
Solo aportaba información objetiva.

Pol vecino.
Me da igual. Yo creo que me
voy a beber un vino y me voy
a poner como un puto piojo.

¡Qué exagerado!

Pol vecino.
Ya verás, ya...

Laux.
¡Okey, makey! ¡Venga, que nos va a venir
perfect mover esos culitos!

Laura era muy de meter en los chats palabras en inglés y expresiones de hacía veinte años, por lo menos. En su repertorio estaba el consabido «perfect», «very well, fandango», «Okey, makey», «tomorrow, more» y, por supuesto, «efectiviwonder».

Pues hecho. ¿Vamos al centro?

Laux.
Reservo yo todo.

¡No! Que conozco un sitio
muy bonito al que
quiero llevaros.

Sara.
Cuidado, rubia, que no hay que
perder las buenas costumbres
con Laux.

Pol vecino.
Jajajajaja. ¡Ni las malas!

Aquella noche del sábado fue desestresante para todos. Estuvimos relajados, hubo risas, muchas, grandes confesiones y desahogos, pero, sobre todo, volvimos a ser nosotros.

Había reservado en el restaurante que Javi me sugirió, al que habíamos ido cuando nos conocimos para tomar el famoso *brunch*. Era precioso, muy instagrameable y estaba de moda, así que tenía todos los ingredientes para que Laux aceptara.

—Este sitio es precioso, zorrubia. Con lo que te gusta Instagram, aquí podemos subir mil fotos.

—Ja, ja, ja. Es que Instagram es de las pocas cosas que me distrae... Me encanta lo de «zorrubia», por cierto. Hacía mucho que no te inventabas un insulto personalizado para mí.

—«Zorrubia» es la mezcla perfecta entre «zorra» y «rubia» —añadió mirando a Pol y Sara por si no lo habían pillado.

—Joder, gracias, Laux. Si no lo explicas, no nos enteramos —dijo Pol con sarcasmo mientras aplaudía.

—Ja, ja, ja. Así soy, generosa hasta con las explicaciones, chiqui.

Laura se rio estrepitosamente. Nunca le molestaba cuando Pol le lanzaba uno de sus ataques cariñosos; todo lo contrario: era la que más se reía. Daba gusto sentirnos así de nuevo.

—Joder, qué ganas tenía de estar copa en mano y brindando. —Elevé mi *gin-tonic* con la firme intención de buscar un motivo por el que juntar nuestras copas—. ¿Por qué brindamos?

—¿Y por qué no?

Todos nos reímos y chocamos nuestras copas. Pues sí, siempre hay algún motivo por el que brindar.

—Oye, ¿tú no bebes? —le preguntó Pol a Laux, que estaba con una botella de agua.

—Nada de nada. Mañana tengo que estar a primera hora en el curro y quiero llegar fresca como una pera.

—Será como una lechuga —le corrigió Sara.

—Será... —respondió Laux mientras sorbía su botella de agua con una pajita.

Yo sabía que no quería beber por el tratamiento hormonal al que se estaba sometiendo. Laux era muy responsable con todo, y eso no iba a ser una excepción. Entonces, Pol, ese ser doctorado en reconocer las flaquezas de los demás, miró a Laux e hizo una pregunta sin filtro alguno:

—¿Estás embarazada?

—Joder, Pol, dices unas cosas... —respondí, intentando minimizar los daños, pero Laux siguió bebiendo de su pajita y ni se inmutó, lo que dio alas a la imaginación de Pol.

—Vale, eso no, pero casi, por lo que veo... ¿Es porque te

422

estás medicando? ¿Tienes diarrea? ¿Problemas de estómago? ¿Te operas las tetas?

Y Laura explotó:

—Es porque me estoy hormonando para congelar óvulos, cooooooño.

Todo el restaurante nos miró. Si cuando Laura susurra, ya grita, cuando grita puedes denunciarla por alteración del orden público.

—No jodas, ¿y eso? —preguntó Sara ilusionada.

—Es que... Bueno, la rubia ya lo sabe, me ha estado acompañando estas semanas. No he querido contárselo a nadie más porque no quería que nos descentráramos de Lucía. Pero sí, en resumen, voy a congelar mis óvulos para ser madre.

Sara y Pol la miraron mientras masticaban los panchitos del aperitivo a cámara lenta, como si de una película se tratase.

—Pues me parece muy bien —dijo Pol, aportando su granito de arena, o de barro, a la conversación—. No está la cosa como para depender de nadie. Si en un futuro quieres un esperma de calidad, te presto a Jaume. Te van a salir unos hijos guapísimos, pero más secos que un polvorón. No se puede tener todo.

Todas nos tronchamos de la risa y dimos la enhorabuena a la futura madre por su decisión. Ninguno la entendimos como «valiente» o «arriesgada», sino como natural.

—Me parece una decisión muy madura. Alguna vez lo he mirado, pero no me he decidido.

—Pues sí, amiga. Cualquier duda que tengas, aquí me tienes. La rubia y yo nos hemos hecho un máster del universo en vitrificación.

—Vaya, vaya. Lady Susurros y doña Secretitos han estado juntas de excursión sin contárnoslo. Muy bonito. Y yo, mientras, pasando sin pena ni gloria, donde lo máximo que he congelado ha sido mi vida sexual —añadió Pol entre risas.

—¿Qué tal con Jaume? —le pregunté.

—Pues ahí vamos, como dos señores mayores. Llevamos una vida aburrida, vemos series por la noche y sacamos al perro juntos. Follamos una vez por semana a lo sumo. Soy un viejo.

—Ja, ja, ja. Qué exagerado eres.

—Tienes razón: una vez es mucho. A veces ni eso.

Todos nos volvimos a reír.

—Voy a tener que hacer algo para poner sal a mi acomodada vida. Estaba pensando en hacerme un tatuaje de letras chinas que significase algo muy profundo, como un estribillo de Camela o algo así.

—Tatúatelo en las orejas, que es donde más espacio tienes.

Laux iba a saco. Aquello era un «empate a uno» en la batalla dialéctica que estaban manteniendo para nuestro entretenimiento.

—Calla, Lady Susurros, que bastante suplicio es tener las orejas tan grandes y escucharte el doble de alto, con las voces que pegas.

Se acabó el empate. Pol *wins*. Las risas descongestionan el alma y unen a las personas. Las personas descongestionan las risas y unen las almas.

Cuando nos repusimos, observé que Sara miraba al suelo, como intentando buscar algo que le ofreciera su momento aquella noche. Le tendí una mano, por si quería cogerla. Muy sutil, por si me equivocaba:

—¿Y qué tal tú, cariño? —dije dirigiéndome a ella.

—Marcelo, con el tema del yoga, tiene que ser un chico muy flexible —respondió Pol, fiel a su estilo.

—He empezado a ir al psicólogo.

Aquella frase cortó la broma de Pol e hizo que Laura dejara de reírse. Al instante, le prestaron toda la atención del mundo y se centraron en escucharla. Pol y Laura eran «unos cabras locas», como diría mi madre, pero tenían muchísima sensibilidad para tratar a las personas, y mucho más a alguien como Sara.

—No estoy llevando nada bien la enfermedad de Lucía... No duermo bien, tengo pesadillas en las que aparece llamándome y la busco, pero no la encuentro. Alguna vez me han dado taquicardias de repente, y estoy muy nerviosa. Así que Marcelo me animó a ir a un psicólogo, amigo de su hermana, y he empezado la terapia.

Sara, una persona emocionalmente más frágil que Laux y Pol, desvió la mirada de nuevo hacia el suelo.

—Me ha dicho que tengo ansiedad. De momento, estamos trabajando en identificar síntomas para afrontar las crisis. Poco a poco. Dice que, con tiempo y ayuda, volveré a recuperar mi estado de ánimo.

Laux levantó la cabeza de Sara con sus dedos.

—¿Podemos ayudarte?

—De momento escucharme, que ya es mucho... —respondió.

—Contárnoslo es lo mejor que has podido hacer, cariño —dijo Pol cambiando el tono—. Estuve yendo una temporada y me fue genial.

—¿Tú? ¿Al psicólogo? ¿Cuándo? —le preguntó Laux.

—En el instituto. Recuerdo que me sentía apagado, triste, y mi madre me decía que cómo iba a estar mal si me pasaba el día riéndome... La pobre no entendía nada. Por suerte, se lo conté a una profesora del instituto que me derivó a un especialista. Mi madre no hacía más que minimizarlo todo el tiempo. Le dijo a la psicóloga que no era para tanto, que su hijo era un niño feliz... Eran otros tiempos. Sé que mi madre no lo hizo con maldad, sino por ignorancia.

—No sabes cómo te entiendo —respondió Sara—. Y qué poco han cambiado los tiempos para algunas cosas y para algunas personas, por desgracia...

—¿Y qué pasó? —le pregunté a Pol, preocupada.

—Pues que la psicóloga tuvo que explicarles a mis padres que no había que restarle importancia a mi estado de ánimo ni minimizarlo. Les enseñó a empatizar. Tuvo que hacerles entender que la depresión no tiene que ver con sonreír más o menos. Puedes mostrarte de una manera por fuera y estar hecho una mierda por dentro. Eso pasa cuando ocultas tu estado de ánimo real. Es lo que se conoce como «depresión sonriente».

Sara respiró profundamente al escuchar las palabras de Pol, que la abrazó con fuerza en ese momento.

—Siempre digo que ir al psicólogo es como ir al traumatólogo: vas cuando lo necesitas y punto. Igual que vas al médico si te rompes un hueso y nadie lo cuestiona. No entiendo por qué no está más normalizado ir al psicólogo, si es igual de necesario —dije para remarcar lo importante que era.

—A mí me da apuro decirlo por si alguien piensa que soy una cobarde —dijo Sara.

—Todo lo contrario. Pedir ayuda es justo lo que te hace ser valiente —le dije a Sara mientras ponía la mano sobre su hombro—. Es más, si no te hubiese animado Marcelo, lo hubiera hecho yo, porque últimamente te veía muy triste, y estoy segura de que te ayudará. Querer solucionar un problema es más valiente que guardártelo.

Yo hablaba con Sara, pero a la vez me lo repetía a mí, que en otras ocasiones ya había experimentado los beneficios de ir a terapia y no descartaba volver a hacerlo.

Se hizo un silencio en la mesa. Todos respiramos después de aquel momento intenso donde Sara se había desahogado con nosotros. Creo que se quitó una mochila de veinte kilos de encima.

—Pues menuda noche de sorpresas... Si alguna tiene que contarnos algo más, como que en realidad es una extraterrestre, le ha tocado la lotería o se ha liado con Brad Pitt, que lo diga ahora o calle para siempre...

—¿Y tú cómo estás, rubia? —me preguntó Sara.

—Pues... cansada, como todos, porque a mí también me está pasando factura. Pero de momento creo que con esta terapia de amigas estaré mucho mejor. Ya me ayudasteis una vez con mi padre...

Una lagrimilla quiso asomarse por mi ojo, sin ganas de que lo hiciera en aquel momento.

—A ver, ¡las plañideras! —dijo Pol mientras golpeaba sin parar una botella con una cucharilla—. ¿Otro brindis?

—¡Venga! ¡Por nosotras! —dijo Laux.

—¡Por nosotras! —respondió Pol.

—¿Vamos a un karaoke? —preguntó Sara de repente.

Los tres la miramos desconcertados durante un segundo. Al instante, estábamos en la calle camino de un karaoke que Sara conocía en pleno centro de Madrid. Si la terapia de cantar a pleno pulmón con Lucía por aquella ventana del hospital fue maravillosa, hacerlo en ese karaoke aquella noche fue sanador para todos. Cantamos Camela, Raphael, Rocío Jurado, Abba, Gloria Gaynor, Camilo Sesto... Todos los clásicos de la época de nuestros padres.

Por un momento fuimos felices, olvidando todo cuanto nos rodeaba y que estuviera fuera de aquellas cuatro paredes y del micrófono que teníamos delante. Ya sabéis lo que dicen: cuanto más feliz eres, más te inventas las canciones. Así que nos las inventamos casi todas, no solo las que eran en inglés, sino también las que nos sabíamos.

Al día siguiente me desperté afónica por tanto karaoke, pero relajada a la vez. Me sentí feliz. A Laura le tocaba trabajar en el hospital, así que me dediqué el domingo a mí misma. Me di un baño, ordené el armario, leí, me puse una mascarilla y me pasé horas en Instagram compartiendo memes y subiendo *stories*. Por fin me estaba reconciliando conmigo y con la vida, tal y como me había sugerido Javi.

Por la tarde, Lucía me llamó desde el coche. Ya estaba de vuelta con Nacho y se la escuchaba muy animada.

—¿Qué tal lo habéis pasado?

—Buaaah, fenomenal. Casi me da un pampurrio cuando vi a mis padres y a mis abuelos.

—¿Un pampurrio? —pregunté extrañada.

—Claro, tía. Un pampurrio, un patatús, un soponcio, un jari, un apechusque, un tabardillo, un telele, un chungo, un pallá, un jamacuco, un yuyu...

—Joder, nunca me había parado a pensar en la cantidad de sinónimos que hay para decir parraque.

—Ja, ja, ja. ¡Así de rico es el lenguaje!

—Ja, ja, ja. Oye, ¿y Nacho, qué tal?

—Bueno, bueno, Nacho un diez. Y no lo digo porque me esté escuchando ahora mismo, que va conduciendo y vamos con el manos libres.

—Ja, ja, ja. Vale, vale. Me hago a la idea. ¿Y cómo te encuentras?

—¡Muy bien! Creo que los corticoides están haciendo su función, pero, no te voy a mentir, estoy deseando quitármelos de encima...

—La consulta era el miércoles a las diez, ¿verdad?

—Eso es. Pero si no puedes venir, de verdad, no pasa nada...

—¡Claro que voy a ir! Y no solo eso: prometo llegar puntual.

Se hizo un silencio en el coche. Estaba claro que los dos conocían ese agujero negro de mi personalidad.

—Bueno, bueno, soy puntual solo para las cosas importantes. En cuanto te pongas bien, volveré a llegar un mínimo de media hora tarde.

—¡Gracias, amiga! Echo de menos que llegues tarde a todas partes.

—Yo también te echo de menos.

Dicen que «echar de menos» es una expresión de origen portugués que proviene del verbo *achar*, que significa 'hallar'. «*Achar menos*», «hallar menos», «encontrar menos». Sentir la ausencia de algo o de alguien.

Creo que es una expresión preciosa y, siempre que puedo, se lo digo a las personas que quiero. De nada sirve echar de menos a alguien si esa persona no lo sabe. De nada serviría sentirlo sin compartirlo con ella, igual que lo compartí con Javi en nuestra última conversación. No hay que guardarse nada.

35
Javi

Ella ya caminó descalza por la isla.

Abrí la puerta del garaje y allí estaba su moto, tapada con una funda, aunque podía intuirse la aleta rosa por uno de los laterales. Le había prometido que se la enviaría al poco de marcharse, y ya habían pasado cinco meses. Los mismos desde que inicié el proceso de búsqueda de la permuta, el cual no terminé.

La última conversación con la niña dejó entrever que, a pesar de los esfuerzos y de lo que sentíamos el uno por el otro, quizá esa especie de prórroga no llegaría a buen puerto. No siempre las cosas acaban como uno espera. No siempre la realidad supera las expectativas.

—Esa moto es de la niña, ¿no? —dijo la yaya Catalina, apareciendo por sorpresa.

—Qué susto, yaya. No te había oído.

—Te asustas porque no estás tranquilo.

Estaba claro que no venía en son de paz.

—Me ha dicho tu padre que fuiste a Madrid a ver a tu madre —me preguntó con intención.

Era raro que mi abuela me preguntase por mi viaje de Navidades en pleno febrero. Algo quería. Era una experta en introducir las conversaciones. Siempre sabía cómo llegar al grano después de acolchar la situación de manera asombrosa. Dicen que la edad y la experiencia son un grado; en el caso de mi yaya, por lo menos eran tres o cuatro.

—Sí, estuve allí en diciembre.

—¿Y cómo está?

—¿Mi madre? Divinamente, feliz en su casa, tomando vinos con las amigas...

—Me refiero a la niña —dijo Catalina—. Porque la verías, ¿no?

Estaba claro que para mi abuela la rubia era una persona importante en nuestra familia; creo que, a veces, incluso más que su nieto. La yaya sabía que mi viaje a Madrid fue una excusa para verla a ella.

—Sí, allí estuvimos. Una de sus amigas está enferma y...

—Sí, sí, ya lo sé. Me lo contó todo —me interrumpió—. ¿Y qué piensas hacer con la moto?

—Pues ya tendría que habérsela enviado. A ver si este fin de semana saco tiempo de una vez...

—No creo que puedas —respondió con vehemencia, mientras cogía una de las mangueras para regar el huerto.

—¿Y eso por qué? ¿Ahora eres tú quien organiza mis turnos? —le dije sonriendo.

—No: es que, si no lo has hecho ya, es porque no quieres hacerlo.

La frase me cayó como una losa. Estaba acostumbrado a sus refranes y expresiones sentenciosas para casi todo, pero eso era nuevo. A sus consejos sobre cómo llevar el huerto, mantener una alimentación saludable y la paciencia que me decía que debía tener con mi padre, ahora se le unía todo lo relacionado con la rubia.

—Yaya, de verdad que no es eso —le dije, intuyendo hacia dónde quería llevar la conversación.

Catalina se quedó en silencio mientras regaba unas espinacas que ella misma se había encargado de plantar. A los pocos segundos, se giró y me apuntó con la manguera y me caló.

—¡Pero yaya!

—¿Te he mojado?

—Hombre, me has puesto perdido.

—Perdona, niño, es que con la edad se me va la cabeza.

—Anda que...

—Se me va tanto la cabeza que pensaba que estaba hablando con una planta sin cerebro y tenía que regarla.

—¡Yaya! —dije, viendo que lo había hecho a propósito.

—Ni yaya ni Catalina ni nada... No le has enviado la moto porque crees que va a volver a por ella y que la convencerás para que se quede. Y eso no va a pasar.

Por un momento, mi abuela Catalina sacó el carácter, unido a un enfado que nunca le había visto.

—Así que espabila y *deixà de cercar na María per sa cuina!*, que pareces tonto y no recuerdo haberte criado así.

Aquella expresión la había escuchado cientos de veces de su boca. Venía a significar que dejara de complicarme la vida y definía de forma muy clara cuál era su postura y cuál era la mía.

Era verdad que podría haberle enviado la moto en cualquier momento durante esos cinco meses, pero había buscado miles de excusas para no hacerlo. Supongo que, en el fondo, mi yaya tenía razón y aún conservaba la esperanza de que volviera. Yo había regresado de Madrid, pero seguía sin cambiar nada. Como dejando que el tiempo pasase y fuera a solucionarlo todo por combustión espontánea. Como si la permuta fuera a caerme del cielo o como si la rubia fuese a cambiar de opinión y fuese a volver a la isla como si nada hubiese pasado.

—Niño, eres tú quien debe dar el siguiente paso. Ella ya caminó descalza por la isla mucho tiempo.

La yaya Catalina soltó la manguera de repente, dejando que el agua anegase el huerto. Me acerqué a cerrar el grifo mientras ella se marchaba hacia su casa.

—¿Ves? Eres de esas personas que hasta que el problema no tiene solución, no toma decisiones ¿Y para qué sirve entonces? —dijo sin mirarme, mascullando palabras sueltas en ibicenco que mostraban su enfado conmigo como nunca antes. Me dejó con la manguera en la mano, haciendo referencia al charco que inundaba sin remedio aquellas espinacas.

—¡Arréglalo! —dijo antes de perderse en el camino.

Nunca había visto a mi abuela tan enfadada; nunca me había hablado así. Estaba claro que, a pesar de todos mis esfuerzos, algo debía de estar haciendo mal. En el fondo, no quería llegar a esa situación en la que cerrar el grifo ya no fuese la solución.

36
Hay que agarrarse
a los días buenos

Eres de quien te acuerdas en los atardeceres.

Aquella semana empezó con fuerza. A la espera de los resultados del PET-TAC de Lucía que nos darían el miércoles, el lunes acompañé a Laux que terminara su tratamiento. El último paso era la extracción de los óvulos. No me quedó más remedio que pedir unos días de vacaciones para afrontarlo todo, pero la ocasión lo merecía. Si ellas lo hicieron por mí cuando vinieron a Ibiza, devolverles el favor era lo mínimo.

Laura estaba cagada porque nunca la habían anestesiado. Estaba claro que el aplomo que tenía como enfermera era muy diferente al que tenía como paciente. Era normal que se sintiese así.

Cuando salió de la extracción, lo hizo demasiado tranquila. Y no por la anestesia (nunca sabré si le hizo efecto, porque dice las mismas cosas cuando va pedo que cuando va serena), sino porque estaba relajada. Tenía la sensación de sentirse feliz porque había cumplido una especie de deseo. Uno muy importante para ella.

—Me alegro mucho de haber hecho esto y de que estés aquí conmigo —dijo, tumbada sobre la camilla mientras me daba la mano.

La doctora entró y nos explicó que no había surgido ninguna complicación y que la extracción había ido muy bien.

—¿Había muchos huevitos? —preguntó Laux de repente.

La doctora me miró, a punto de reírse. En el diccionario Laux-Español, los huevitos son los óvulos.

—Sí, hemos extraído diez. Es un número muy bueno.

—Qué bien... —respondió Laux más relajada. Su mirada se perdió tras la ventana.

Le acaricié el pelo y le dije que había sido muy valiente, que esperaba que alguna de sus hijas llevara el nombre de la tía rubia y que iba a ser una madre estupenda. Cuando y como ella quisiera. Estaba segura de ello.

Volvimos a casa y Laux se fue a descansar. Yo di parte en el grupo que habíamos creado el sábado anterior porque no quería que Lucía se descentrase. Ya tendríamos tiempo de contarle y celebrar las buenas nuevas de Laux.

Después de completar la primera misión de esa semana, llegó el momento de afrontar la segunda. El miércoles a primera hora recogí a Lucía. Estaba nerviosa, y era normal. Si todo iba bien, supondría dejar los corticoides y volver al ensayo clínico.

Alberto nos despidió como otras tantas veces antes de irse a trabajar y, de nuevo, nos encontramos en aquella sala apagada y tenue. Diría que la estancia estaba incluso un poco más oscura que la última vez, o al menos esa era mi impresión.

Era lo más parecido a entrar en el despacho de la jefa de estudios: las dos sentadas, una al lado de la otra, frente a la doctora, con su enorme mesa de madera de por medio. Las dos mirando al suelo, como quien sabe que ha hecho algo por lo que le van a regañar.

La doctora comenzó a hablar:

—Bueno, Lucía, ¿cómo estás?

—Un poco hinchada —contestó nerviosa.

—Sí, es una reacción normal de los corticoides... Vamos a ver.

La doctora miraba la pantalla del ordenador y algunos informes que tenía en una carpeta.

—Tenemos una buena y alguna no tan buena noticia.

La doctora estaba utilizando la misma fórmula que empleé yo cuando les conté a Sara y Laux por el chat los resultados de las biopsias, lo cual, de inicio, nos dejó intranquilas. Lucía tragó saliva e incluso noté cómo bajaba por su garganta. Ninguna dijo nada. Tras un silencio, la doctora continuó hablando:

—El hígado está mejor. Eso es muy bueno, y quiero remarcarlo porque es muy importante, ¿de acuerdo? Ha reaccionado muy bien al tratamiento de corticoides y ya vamos a comenzar con la pauta para retirarlos.

Ninguna de las dos sabía qué pensar en ese momento. Si el hígado, que era por lo que más temíamos, estaba bien, ¿qué pasaba?

Lucía preguntó.

—Entonces ¿qué está mal?

—A través del TAC hemos detectado unas lesiones en los pulmones.

La doctora puso sobre la mesa unas imágenes en blanco y negro que eran imposibles de entender para cualquier mortal. Señaló algo con la parte del capuchón del boli, intentando hacerse entender.

—Estas manchas de aquí reflejan que el cáncer se ha extendido a los pulmones, sugestivas de metástasis.

Qué palabra más horrible. No creo que haya en el mundo otra que se parezca a esa. Deberían eliminarla para siempre, que dejase ya de existir.

Miré hacia el techo porque pensé que, en ese instante, el cielo se estaba cayendo sobre nuestras cabezas. Creo que incluso cerré los ojos, pensando que todo se iba a derrumbar.

—Vamos, Lucía —dije, aun así—. Siempre hemos encontrado el camino para sortear lo que se nos ha puesto por delante. Encontramos el melanoma; fuimos a por él. Sucedió lo del hígado; fuimos a por ello. Ahora vamos a por los pulmones.

No esperaba que Lucía me contestase. Yo ya había estado sentada en esa silla. En otra sala, en otro hospital, con otra doctora, pero con la misma sensación. Yo ya había escuchado esa horrible palabra, pero el que estaba sentado a mi lado era mi padre. Y ahora era Lucía. Sabía que no se podía reaccionar ante una palabra así de inmediato: sabía que Lucía necesitaría tiempo para digerirla.

—Esta vez no hay ensayo, Lucía. Quiero que sepas que lo que has hecho participando en el ensayo ha sido muy importante y tu ayuda salvará vidas. Lo que te pasó en el hígado es algo que puede suceder con cualquier tratamiento y nos ayudará para seguir investigando. Solo puedo darte las gracias por ello y ahora vamos contigo: esta vez vamos a tener que probar con quimioterapia.

—¿Quimioterapia? ¿Se me caerá el pelo? —Lucía preguntó al instante.

—Cada cuerpo reacciona de una manera distinta, Lucía, pero sí, es muy probable que se te caiga el pelo.

—No te preocupes. Eso es lo de menos —dije intentando apoyarla.

Pero no pudo contenerse:

—¿¡Que no me preocupe!? Mírame. He engordado diez kilos, estoy agotada, a veces me tiemblan las manos cuando como, se me acelera el corazón, tengo infecciones de orina todo el tiempo... ¿Y ahora esto? Joder... No es justo.

Lucía se tapó la cara con las manos y la dejó caer sobre la mesa de la doctora. Con la cabeza metida entre los brazos, las paredes de aquella sala triste, oscura y mohína volvían a escuchar todo el dolor que llevaba dentro.

—Ya lo sé, Lucía. Los efectos secundarios son muy duros —dijo la doctora, siendo comprensiva—. Una vez, una paciente me dijo que le gustaba sentir los efectos secundarios porque quería pensar que aquello significaba que el tratamiento funcionaba —añadió.

Aquella frase hizo que Lucía levantase la cabeza.

—¿Y sigue viva? —preguntó con rabia.

La doctora y yo la miramos. No había dolor en sus ojos, sino resentimiento, creo que con la propia vida.

—Sí —respondió la doctora con contundencia.

—Así que no tendré pelo, pero estaré viva, ¿no? —insistió.

No supimos cómo reaccionar. Ninguna respuesta era adecuada excepto el silencio.

Lucía cerró los ojos y cogió todo el aire que había en aquella habitación.

—¿Cuándo empezamos?

—Lo antes posible —reaccionó la doctora—. Las compañeras te darán una cita para que comiences mañana mismo, si quieres. Ven en ayunas. Te vamos a poner un dispositivo para empezar con el tratamiento.

—Vale —contestó, y no dijo nada más.

Lucía y yo salimos de la sala y caminamos por inercia hasta administración para solicitar el calendario de citas. No vimos a nadie y nadie nos vio a nosotras, a pesar de que el hospital estaba atestado de gente. El mundo se había detenido por segunda vez en aquella sala.

Bajamos al *parking* en silencio. Hice cola frente a la máquina dispuesta a pagar, cuando Lucía abrió la boca por primera vez. Sin mirarme, dijo que tenía que ir al baño y que la esperase en el coche. Creo que necesitábamos unos minutos a solas para asimilarlo.

Con la mirada perdida, caminé sola hasta el coche en un trayecto de apenas cien metros que se me hizo eterno. Escuchaba el eco de mis propios pasos retumbar en aquellos techos agobiantes y veía mi propia sombra bajo los fluorescentes, cabizbaja y amenazante.

Cuando llegué, abrí la puerta, dejé los informes y las citas en el asiento trasero, coloqué las manos en el volante y... exploté.

Sentada en el asiento del conductor, no pude soportarlo más y comencé a gritar, a llorar lo más fuerte que pude, mientras golpeaba el volante con toda la rabia que tenía acumulada. Lo hice tantas veces y con tanta fuerza que me disloqué la muñeca. No aguantaba más. Meses y meses conteniendo emociones hicieron que explotara en el *parking* de un hospital en mitad de la nada. Supe que Lucía estaba haciendo lo mismo tras la puerta del baño público. Las dos por separado, para que ninguna viese el sufrimiento de la otra.

Cuando llegó, abrió la puerta del copiloto y se sentó sin más. Apretaba la mandíbula con fuerza. Se podía notar la tensión en su boca y, aun así, no dijo nada. Yo tampoco. No había mucho que decir, solo contenernos para afrontar lo que se nos venía.

No pude evitar recordar el camino que recorrí con mi padre en el coche cuando nos dieron la misma noticia. También fue en silencio y yo conducía. Recuerdo aquel día porque, cuando llegamos a casa, mi padre me dijo que iba a seguir haciendo todo lo que le gustaba, pero con más ganas, pues sabía que quizá le quedaba menos tiempo.

Las enfermedades suelen ofrecernos una enseñanza, y es que no hay que esperar a que la vida te dé un susto para que te des cuenta de lo importante que es disfrutar del tiempo y no perderlo.

Me puse muy triste. No pude evitar pensar que en ese instante mi amiga podría estar sintiendo aquella desoladora sensación.

Cuando llegamos a casa de Alberto, Lucía recogió los informes y se bajó del coche. Quise decir algo que la consolase, que pudiera demostrarle mi apoyo, pero no encontré las palabras. Me miré la muñeca: estaba bastante hinchada.

—Anda que cómo tienes la muñeca... Igual tienes que ir al médico —me dijo con cara de preocupación. Era increíble lo buena persona y amiga que podía llegar a ser. Acababa de recibir una noticia desastrosa y se preocupaba por mi muñeca.

—Nada, no te preocupes. No es nada.

—No, tú también tienes que cuidarte. Aquí nos tenemos que cuidar todas. Gracias por haber estado ahí conmigo. Ahora... quiero estar sola y pensar. O no pensar; quizá sea mejor no pensar. Pero prefiero hacerlo sola. ¿Lo entiendes?

—Claro que lo entiendo, cariño. Luego te llamo. Y, por supuesto, mañana te acompaño —le dije con contundencia.

—Gracias, amiga...

—Habrá días buenos y días menos buenos, Lucía, pero estaremos en todos.

—Te quiero, amiga.

Lucía caminó hacia el portal. Cuando estaba a punto de entrar, se dio la vuelta.

—Joooooder, he pisado una caca de perro. ¿Es que este día de mierda no se va a acabar nunca?

No pude evitar reírme, fruto de la tensión acumulada.

—¿Con qué pie ha sido? —pregunté asomada por la ventanilla del coche.

—Tía, ¿qué más da?

—A ver, Lucía, hay una superstición que dice que, si la pisas con un pie da buena suerte, pero si es con el otro, es mala.

—Pues ha sido con el derecho...

—¡¡Bien!! Buena suerte entonces.

—Pues menos mal, porque si la llego a pisar con el izquierdo, igual me cae un piano encima.

Lucía se alejó mascullando, con restos de caca de perro en la suela derecha. No sabía si la buena suerte consistía en haberla pisado con el derecho o el izquierdo, pero en ese momento creí conveniente inventármelo... ¿Acaso importaba? La suerte a veces tienes que buscártela: no creo que esté escrita en una caca de perro.

Durante la tarde recibí llamadas de Nacho, Laux, Sara, Pol y, por supuesto, de Javi. Y tuve que mantenerme fuerte para escuchar cómo todos y cada uno de ellos explotaban por teléfono al conocer la noticia. Cada uno a su manera, en silencio, gritando o buscando culpables. Y a todos me tocó darles ánimos, cuando ni siquiera podía encontrarlos para mí. Lloré al colgar a cada uno, pero me mantuve fuerte durante las llamadas. Y es que creía que así debía ser, puesto que derrumbarnos juntos no nos llevaría a ningún sitio más que a una demolición colectiva.

Todos necesitamos al lado a alguien más fuerte en los momentos duros. En mi caso, ese alguien fue Javi.

Cuando le conté lo ocurrido, no dudó en cogerse el primer vuelo de Ibiza a Madrid. Apareció sin avisar en la puerta de casa de Laux esa misma noche.

—¡Javi! ¿Qué haces aquí?

No respondió. Solo me abrazó tan fuerte que parecía que quería llevarse mi tristeza a su cuerpo. Tan fuerte como me tocaba ser a mí.

—Lo siento mucho, niña, de verdad. Venir es lo mínimo que podía hacer. No sabes lo mucho que me pesa todo esto. La forma en la que he actuado, no sé, creo que no estoy haciendo bien las cosas ni contigo ni con Lucía ni con nadie. Perdóname... —Javi hablaba de manera atropellada.

Le interrumpí.

—Tranquilo... Estás aquí, ya está. Eso es lo importante. —Le pasé la mano por el pelo y se calmó.

Dentro de mí, una parte muy grande, enorme, se alegró muchísimo de verle. Le necesitaba y ahí estaba. Solo podía pensar en Lucía, pero tener el apoyo de Javi me ayudaría a afrontar los días siguientes.

—¿Y esa muñeca? —preguntó al verla hinchada.

—No es nada.

Javi me miró y respiré profundamente.

—Esta noche querría quedarme aquí, si quieres, claro, y mañana acompañaros al hospital. Quiero estar a vuestro lado. A tu lado, ¿lo sabes?

Asentí, reconfortada por sus palabras y su presencia.

Esa noche, cuando Javi se quedó dormido en mi habitación, me fui sigilosamente a la de Laux, que estaba de guardia. Como cuando vivíamos en mi piso y salía de casa con los tacones en la mano para ir a trabajar y no despertarle. No dormí con él: no porque no me apeteciera, sino porque directamente no dormí. Estuve en vela sin poder calmarme y no quería que sintiese la angustia que arrastraba.

A la mañana siguiente, nos fuimos juntos al hospital. Alberto llevaría a Lucía y nos encontraríamos allí. Javi se fue a la cafetería mientras Lucía y yo, a solas, nos despedíamos antes de que un celador se la llevara a quirófano, ya que tenían que ponerle un catéter Port-a-Cath. La doctora nos había explicado que era un dispositivo que se coloca bajo la piel del pecho para minimi-

zar las molestias y complicaciones cuando te ponen un tratamiento intravenoso continuo. Por desgracia, yo ya lo conocía.
Se estaba reproduciendo el mismo proceso que seguí con mi
padre. Sabía cómo era el tacto de la piel abultada tras aquel aparatito por donde le entraría la «droja».

Salió de quirófano en una camilla empujada por Nacho. Javi
y yo estábamos esperando en la habitación, juntos, de la mano.

—¡Javi! ¿Qué haces aquí? —se sorprendió Lucía, que aún
llegaba algo anestesiada.

Al instante me di cuenta de que Lucía se podría alarmar al
verlo allí. Podría pensar que yo estaba mal, que ella estaba muy
grave... Por un momento pensé que no había sido buena idea,
pero Javi contestó enseguida:

—Pues me han llamado para decirme que había una emergencia... Un gato en un árbol. Y que necesitaban un bombero...

Nacho sonrió y Lucía se extrañó. Aún no estaba consciente
del todo, y no terminó de entenderlo.

—¿Por un gato has venido desde Ibiza? —preguntó, con la
miniborrachera de la sedación aún en el cuerpo.

—Es que es un gato muy famoso —dijo Nacho tranquili-
zándola mientras le acariciaba el pelo para que se relajase.

—Joder con el gato. ¿Quién es? ¿Garfield...? —concluyó
Lucía ante la sonrisa cómplice de todos.

Javi siempre le quitó importancia a su trabajo. Como si salvar
vidas fuese algo que tenía que hacer, algo inherente a su persona. Se quitó importancia con lo del gato, como siempre hacía,
con el tacto que siempre había demostrado. No pude evitar
mirarle de nuevo, con aquella admiración platónica que en su
día sentí al conocerle, ante esa respuesta que tanto ayudó a mi
amiga en aquel momento.

Aquella misma tarde la mandaron para casa, con el aparatito
a través del cual empezaría a recibir la quimio colocado, lista
para comenzar el camino de nuevo.

Puesto que aún quedaban unas horas para que Javi se marchara, decidí llevarle al aeropuerto y pasar el tiempo con él hasta que
saliera su vuelo. Nos sentamos en una de esas cafeterías que hay

antes de la entrada hacia la zona de embarque, donde el café se sirve en vaso de cartón y los menús son con patatas fritas de bolsa.

—Siento tener que irme tan pronto. Salí corriendo ayer y no he podido avisar ni cambiar turnos ni nada... —se excusó Javi.

—No te preocupes. De verdad, que hayas venido significa mucho para mí.

—Me gusta escuchar que aún significo algo para ti.

—Por supuesto, pero no «algo»: significas muchísimo.

Javi no pudo controlar el bosquejo de una sonrisa de felicidad en su cara y yo continué hablando:

—Nuestro problema no es que no nos queramos, Javi, nuestro problema es que no conseguimos enfocarlo bien —dije intentando no abordar el tema otra vez. Ya lo habíamos hablado muchas veces.

Javi asintió y yo resoplé, algo agotada de nuevo. La muñeca me palpitaba, así que me llevé la otra mano hasta ella y Javi lo notó.

—No tenías que haberme traído. No deberías conducir con la mano así. Dime que vas a ir al médico.

—Pero yo quería traerte.

Javi me miró a los ojos; me llamó por mi nombre, lo que no solía hacer, y me preguntó:

—¿Estás bien?

Le devolví la mirada y respondí con una frase que en su día aprendí de mi amiga Lucía:

—Qué quieres: ¿la verdad o una mentira?

Después de aquella pregunta que no nos llevaba a nada, me vine abajo. No lloré, porque no me quedaban lágrimas. Estaba seca, pero el agotamiento hacía tanta mella en mí que mi cinturón emocional había dado varias vueltas a mi cintura. Javi dejó que continuara hablando.

—Pues no estoy bien, Javi. Estoy muy lejos de estar normal, así que imagínate la distancia a la que estoy de estar bien —me sinceré—. Estoy acojonada. Tengo tanto miedo que a veces me paralizo sin querer, porque todo esto me recuerda a mi padre. Es como si estuviese viendo la misma película y ya conozco el final.

—No digas eso, porque no es así.

—¿No es así?

—No, no es así —insistió—. Sé que lo estás pasando mal, pero tienes que pensar que, gracias a tu padre, tienes la experiencia necesaria para ayudar a Lucía. No sabes lo importante que es eso.

Bajé la mirada y lo vi. Los últimos rayos de sol entraban por uno de los grandes ventanales de la terminal e incidían sobre unos paneles de vidrio, dejando caer sobre nuestra mesa un pequeño y tenue arcoíris. No podía ser más que una señal de mi padre. Javi tenía razón: gracias a él sabía que en el camino de la quimioterapia había días buenos y días no tan buenos, y de esa forma pude darle ese consejo a Lucía. Gracias a mi padre, sabía valorar los días buenos como nadie. ¿Y si era una señal de que todo iba a salir bien?

—Creo que tienes razón. No lo había visto así, pero siento que mi padre está conmigo.

Javi se mantuvo en silencio, respetando mi momento. Tenía una educación exquisita para identificar cuándo una persona necesitaba hablar sin interrupciones. Hay muy pocas personas con esa sensibilidad.

—No te lo había contado hasta ahora, pero... Cuando mi padre se fue, llovía... mucho. Aquella tarde hubo una tormenta tremenda y yo no dejaba de llorar. Cuando pude parar, más por cansancio que por falta de ganas, vi un arcoíris precioso. Era enorme, y parecía que nacía bajo mis pies. Lo tenía encima. Como ahora. —Señalé el pequeño arcoíris que manchaba la mesa y llegaba hasta mi maltrecha muñeca—. Siempre aparece un arcoíris cuando más lo necesito. Incluso tú me enviaste uno en una de tus fotos la primera Navidad que estuviste aquí. Y yo vi uno la noche que llegamos a Ibiza, reflejado en mi copa, en tu casa.

—Ya sabes que yo también creo en las señales. —Javi puso la mano sobre mi muñeca, quedando suavemente manchada por el reflejo del arcoíris sobre sus nudillos—. Así que aprovecharé cada arcoíris y cada atardecer para pensarte. Y estoy seguro de que esto es una señal de que todo va a salir bien. Te lo prometo.

Miramos la hora y vimos que estaba en el límite para pasar el control y llegar hasta la puerta de embarque.

—¿Cómo era tu frase? La de los nudos de la garganta que se desenredan cepillándotelos...

Javi me arrancó una sonrisa con aquella mezcla de palabras.

—Los nudos del pelo se deshacen peinándotelos y los de la garganta, llorando —respondí.

—Pues gracias por desenredar mis nudos —dijo mientras varias lágrimas se escapaban por sus mejillas en una carrera hacia su boca, llorando como nunca le había visto hacerlo. Quizá ni él mismo lo había hecho.

Nos abrazamos y nos despedimos con los mismos sentimientos encontrados que la última vez. Con la sensación de querer estar juntos, pero sin poder. Javi se dio la vuelta antes de entrar en el control de acceso.

—Tenía una frase en quechua para este momento, pero... no recuerdo cómo se decía —dijo, cabizbajo.

Sonreí con ternura.

—Si esto fuese una película romántica, te habría salido la frase en el momento.

—Pero tú y yo somos de verdad, mi niña.

Javi me sonrió por última vez mientras avanzaba en la cola. Por un instante deseé que la luz del aeropuerto se viniese abajo, como nos pasó la vez que nos conocimos en Ibiza, y tuviera que quedarse unas horas más en Madrid. Pero no pasó.

Cuando estaba en el coche a punto de arrancar, me llegó un mensaje.

Javi Ibiza.

Sunquypim apakuyki.

Busqué el significado de aquella frase: «Te llevo en mi corazón».

37
Saudade

*Sentimiento, próximo a la melancolía, que implica
el deseo de extrañar algo que no sabes si volverá.*

Hubo tres cosas que, durante los meses siguientes, siempre llevaba en la mochila: mi libreta, algo sin gluten para comer y el móvil con el cargador. Pasaba muchas horas en salas de espera mientras Lucía recibía el tratamiento. Esos días, mi vida se dividía en trabajar y estar sentada en una silla de plástico de hospital.

En aquellos tiempos de la espera pasé muchas horas con el móvil, en redes sociales. Seguía escribiendo frases de humor en Twitter, que luego me llevaba a Instagram o viceversa. Compartía memes y la vida de una rubia anónima, pizpireta e irónica, una rubia feliz, a la cual doté de una energía positiva con el fin de trasladar la felicidad a mi vida real. No mentía: siempre que escribía, lo era. Hacía de mis desdichas del día a día una virtud: si me tropezaba por la calle, lo contaba en Twitter y lo achacaba a que era rubia, en vez de a los zapatos de tacón, ya que a su favor hay que decir que también me tropiezo descalza. Busqué la forma de hacer reír a los demás como válvula de escape durante aquellos meses tan duros, entendiéndolo como una manera sana de mantenerme a flote. El humor te hace bloquear el resto de los sentimientos y, durante el tiempo que escribía en redes, me olvidaba de todo: hospitales, salas de espera y tratamientos desaparecían de mi mente por un instante. Conectaba con la gente en redes, igual o más que con las del restaurante. Construí un espacio divertido con una comunidad de personas siempre dispuesta a reír y con un nexo de unión muy claro: unos valores compartidos. Todo ello me hacía muy feliz en tiempos muy duros y me daba energía para transmitir esa misma felicidad a quienes me leían.

—Ya vas con mochila, como las madres —me dijo Laux un día—. En mi curro, todas las mamis llevan mochila en vez de bolso.

—Es que las madres son muy prácticas. En una mochila puedes llevar más cosas y es más cómoda. Por no hablar de lo ideal que es la mía, con tachuelas —le respondí, mostrándosela.

—Ja, ja, ja. Además, con lo que tú eres, te puedes echar a la mochila tus problemas y los de los demás. Incluso tienes hueco para los de algún desconocido —me dijo Laux con sorna.

—Qué perra eres...

—¿Cómo has visto hoy a Lucía? —me preguntó, como era ya costumbre cuando volvía del hospital.

—Pues no muy bien, la verdad. Lo está pasando mal. Entre lo del pelo y el mal cuerpo que tiene... Hoy estaba en la sala de espera, me ha llamado porque se ha puesto a vomitar y nos hemos tenido que ir antes...

—Pobrecita mía...

—Ya no sé cómo animarla, tía. Intento hacerla reír y a veces lo consigo, pero al rato vuelve a estar jodida.

—Es normal que esté así, rubia. Es un palo muy grande y, aunque ella quiera estar bien anímicamente, es imposible porque el cuerpo no la acompaña.

—Ya lo sé, pero es desesperante no poder hacer nada. Y lo peor es que conozco esa sensación porque con mi padre pasaba igual. Te sientes inútil, porque no encuentras la manera de que se sienta mejor, cuando ella solo quiere que estés ahí, sin más.

—Necesita que la acompañemos. Que nos sienta cerca es lo mínimo y lo máximo que podemos hacer ahora. No le exijamos más. No nos exijamos más.

No sabéis lo duro que era. Si hay algo que ahora, con el paso del tiempo y con perspectiva, puedo afirmar con certeza es que conseguimos sobrevivir porque estábamos juntas.

Hay una diferencia entre vivir y sobrevivir. Cuando vives, conjugas todos los verbos: bailas, ríes, amas, lloras... Cuando sobrevives solo estás, vas y vienes.

Uno de los días en los que Sara acompañaba a Lucía, Nacho me llamó al trabajo. Se notaba por su voz que estaba muy abatido y tenía urgencia por hablar. Me dijo que si podía acercarme al hospital cuando saliese de la oficina. Aunque no era lo que más me apetecía, por supuesto que eché una piedra más en mi mochila y fui.

Me encontré con un Nacho desbordado por la situación. Es un chico fuerte, pero todos tenemos un límite emocional. Estaba empezando a sentir un desgaste que nos tenía a todos sobrecogidos.

Cuando llegué aquella tarde, lo encontré en la cafetería, dando repetidas vueltas con la cucharilla a un café que ni siquiera había probado. Le saludé con una leve sonrisa y me senté frente a él. Se le veía cansado. Antes de que pudiera preguntarle cómo estaba, se adelantó:

—No sé qué hacer. Está mal y no tiene ganas de nada...

Tomé aire. Una vez más de las cientos de veces que lo había hecho en estos interminables meses.

—Ya lo sé, Nacho. No es fácil para ella —dije, ofreciéndole toda la comprensión del mundo.

—Ya sabes que soy una persona que busca soluciones para todo y me agobia muchísimo no poder ofrecerle ninguna.

Siempre he pensado que las buenas personas son las que, ante un problema, buscan la solución y no al culpable. Así había sido Nacho desde que le conocí.

—Últimamente solo pienso en pasar el mejor tiempo posible con ella. No se me ocurre otra manera.

—Lo sé. Soy celador y debería estar acostumbrado a esto, pero no puedo.

—Es que es Lucía, Nacho: nuestra Lucía —dije consolándole mientras le acariciaba la cara—. No podemos venirnos abajo, nos necesita. Así que tienes que encontrar la manera de cuidarte para poder cuidarla.

Nacho levantó la cabeza y cambió el semblante por un segundo.

—Me han llamado de otro hospital para dibujar otros murales...

—¡Eso es maravilloso, Nacho! Ojalá algún día todas las plantas infantiles de los hospitales estuviesen decoradas así.

—Ojalá no existiesen esas plantas. Pero sí, ojalá —dijo sonriendo con un tono melancólico—. Por cierto, he añadido algo nuevo al mural. ¿Quieres verlo?

—¡Claro!

Nacho me llevó hasta la planta donde nos encontramos por primera vez después de tantos años. Nos volvimos a situar en el centro de la habitación y señaló una pequeña zona donde aparecían dos chicas, una morena y otra rubia, tumbadas en el césped junto a una piscina... Como hacíamos Lucía y yo los domingos en aquellos pueblos a los que íbamos a trabajar.

—Estoy seguro de que volveréis a tomar el sol juntas.

—Es precioso, Nacho —respondí.

—Lucía me contó cómo os conocisteis y todas vuestras andanzas. Eres como una hermana para ella.

No pude contenerme. Nacho me abrazó y nos consolamos mutuamente.

—Gracias por haber venido.

—Gracias por estar siempre a su lado.

Nos despedimos, despertando de nuevo en mí sentimientos como la melancolía o la nostalgia por todo lo que en mi adolescencia había vivido junto a él, pero ya sin tristeza ni rencor. Solo un cariño inmenso. Recordando que, meses atrás, me había impactado verle de nuevo frente a mí, reviviendo las marcas de felicidad que nos dejamos en el pasado.

Era inevitable asociar a Nacho con buenos tiempos, aquellos del instituto donde un problema se solucionaba leyendo el test de la *Super Pop* y donde en la mochila lo único que llevaba eran libros y un billete de veinte euros para emergencias.

En aquellos últimos seis meses habíamos madurado a la fuerza. De la noche a la mañana nos convertimos en señoras que llevan mochila en vez de bolso, olvidando apreciar los momentos sencillos de la vida y que tanto echaba de menos. Esos que se pueden dibujar en un mural para niños: dos chicos sonriendo en una moto, unos amigos comiendo un bocadillo de tortilla o dos amigas tumbadas al sol... Esos momentos que pasan desapercibidos en nuestras vidas hasta que los recuerdas con nostalgia.

Hay una palabra, proveniente del portugués, que expresa a la perfección esa sensación: saudade. Es el sentimiento, próximo a la melancolía, que implica el deseo de extrañar algo que no sabes si volverá.

A veces, por ejemplo, no echas de menos a un ex, ni siquiera te plantearías volver con él, pero recuerdas con nostalgia el tiempo que compartisteis en el pasado.

«Ojalá mañana pudiese despertarme en mi cuarto de adolescente, con dieciséis años y un día de instituto por delante», pensé.

Mediría lo mismo y tendría las mismas tetas, pero no sentiría tanta presión en el pecho.

Como al día siguiente me desperté en el cuerpo de una mujer de treinta y un años, me dispuse a enfrentar el día como una adulta: desayuné cereales mientras veía dibujos animados.

Tenía el móvil en silencio y hasta pasados unos quince minutos no me percaté de que tenía una perdida de Sara. Rápidamente le devolví la llamada, pero no lo cogió. Sabía que esa mañana era ella quien acompañaba al tratamiento a Lucía, y Sara no es muy fan de las llamadas, así que debía de ser algo importante.

Después de veinte minutos de tensión, con llamadas y wasaps constantes, por fin conseguimos contactar.

—¿Qué pasa? —dije un tanto alterada.

Sara identificó mi preocupación y se apresuró a tranquilizarme.

—Perdona, es que estaba con Lucía y la doctora. No podía coger la llamada.

Aquello me pilló por sorpresa, ya que ese día no tenía programada una cita con la oncóloga.

—Era para decirte que hemos entrado en la consulta de la

449

doctora porque la han llamado para evaluar cómo está funcionando la quimio. Quieren hacer pruebas para ver cómo está la mancha del pulmón: otro PET-TAC y analíticas muy concretas.

—Joder, por fin. Esperemos, por favor, que los resultados salgan bien. Tiene que funcionar.

—Sí, por favor. Crucemos los dedos. Le harán las pruebas y dice que en unos días lo sabremos.

Los tiempos de la espera, otra vez. Siempre ahí, consiguiendo joderte la mañana, el día, el mes y ya casi medio año. Sentía que había perdido un lustro de mi vida a la espera de resultados y citas médicas.

El tiempo es caprichoso. Hay veces que tenemos la sensación de que todo avanza más deprisa de lo que quisiéramos: las vacaciones, la cola del supermercado en la que no estás, el amor... Y luego están los tiempos horribles en que todo se detiene y va a cámara lenta.

De todos esos tiempos, los más duros a los que me he tenido que enfrentar son los intervalos que transcurren hasta recibir los resultados de pruebas médicas. Ese lapso supone una barra libre para preocuparse por cosas que quizá no sucedan. En nuestro caso, tras la racha de malas noticias que llevábamos, no sabía a qué escenario enfrentarme.

Tiempos de espera que eran tiempos para la desesperación.

Aguardamos con prudencia durante los siguientes días. Nadie escribió en el chat y no hicimos por vernos las cuatro juntas. Por supuesto, mantuve el contacto con Lucía e incluso conseguí que saliéramos a dar un paseo.

—¿Nos vamos a dar un paseíto? Acompáñame, que necesito despejarme, por favor.

Lucía se quedó en silencio al otro lado del teléfono. Suspiró.

—Está bien. Sacaré mi mejor turbante del armario y cenaremos en un indio para no desentonar.

Por fin, un poquito de Lucía en estado puro. Aunque no se

le había caído el pelo por completo, su preciosa melena estaba sufriendo las consecuencias de la quimio, así que mi querida amiga salía con algunos pañuelos preciosos que le compramos a juego con unos pendientes brillantes que resaltaban las orejas y su preciosa cara morena. Ella decía que solo le faltaba una joya en la frente para participar en una de esas películas de Bollywood.

—¿Vamos al templo de Debod?

—¿Por qué quieres ir allí?

—Porque tengo la intuición de que hoy habrá un lindo atardecer y me gustaría verlo contigo.

—Tú lo que quieres es una foto para Instagram y para tu libreta de atardeceres, perra, que nos conocemos.

—Sí, pero esta vez será contigo.

Madrid nos regaló uno de los atardeceres más difíciles que haya contemplado. Difícil porque las fotos no hacían justicia a lo precioso que era. Esa tarde, junto a Lucía, no solo conseguí que nos tumbáramos en el césped descalzas a admirarlo, sino que me propuse comenzar de nuevo con mi rutina de dejar constancia del paso del tiempo. Aquel día a las 19:21, en concreto. Nos hicimos una foto juntas con el atardecer y su paleta de colores anaranjados como testigo.

—¿Sabes a partir de qué momento del año el sol empieza a ponerse más tarde cada día? —le pregunté mientras disfrutábamos de la puesta.

—Pues supongo que a partir de primavera, ¿no? Dentro ya de muy poquito —respondió.

—¡Qué va! A partir de diciembre: justo ahí los días empiezan a ser más largos.

—¡No jodas!

—Sí, mira. Tengo algunas anotaciones que he tomado en Madrid. Son solo días sueltos. No he tenido tiempo... —dije, excusándome, mientras le mostraba mi libreta con notas de los últimos meses—. A principios de diciembre el sol se ponía sobre las cinco y cuarenta y ocho. Durante diez días seguidos se puso a esa hora. En cambio, a partir de la segunda semana, el sol se ocultó un minuto más tarde.

—Te has vuelto una loca de los atardeceres desde Ibiza; lo sabes, ¿verdad?

—Ja, ja, ja. Y tú del horóscopo desde que tienes uso de razón, pero hay que querernos así.

—Pues también es verdad.

—¿Sabes lo que más me gusta? Creo que, cuando los apunto en mi libreta, los ordeno y los observo con el tiempo, los hago un poco míos.

—Pues guarda bien esa foto juntas, porque hoy, aquí, soy tuya, amiga.

Hice el intento de mostrársela, pero no quiso verla.

—Este recuerdo nuestro, ahora es solo tuyo. Te pertenece —dijo Lucía sonriéndome—. La veré cuando todo esto pase y entonces, solo entonces, sabremos que todo ha quedado atrás.

Lucía se volvió hacia el ocaso sobre la zona sur de Madrid mientras me quedé admirándola, no por la valentía con la que se enfrentaba a la situación, que no la lucha; ya que aquello no era una batalla, sino la vida. Desprendía fuerza y fe en sí misma. Volvimos a casa un poco más llenas de luz.

Dos tardes después, no pude acompañar a Lucía a recoger los resultados, aquellos tan importantes y definitivos, ya que un tema de trabajo urgente me retuvo fuera de Madrid.

Fue Sara quien la acompañó, mientras yo esperaba aquella llamada, ansiosa en mi hotel. Cuando apareció su nombre en la pantalla del móvil, salté como un muelle de la cama y lo cogí al primer tono. Al otro lado de mi teléfono, Sara estaba llorando como nunca la había oído. No podía hablar. Lloraba con una intensidad que le impedía casi respirar, tan fuerte que temí incluso por ella y por unas noticias que me harían recordar aquella tarde de por vida.

—¡Rubia! ¡Rubia! —consiguió pronunciar, a duras penas.

—Sara, por favor, dime qué pasa —le grité, perdiendo los nervios.

—¡No es metástasis! ¡No hay metástasis!

Y el mundo se detuvo. Por completo. Y mis pulmones también, que no quisieron respirar durante unos segundos.

Sentí un escalofrío tan profundo sobre mi cuerpo al escuchar aquellas palabras que estuve a punto de desmayarme. Me dejé caer sobre la cama de aquel hotel como si mi cuerpo pesara doscientos kilos, con el teléfono pegado a la oreja escuchando, ahora sí, las risas de Sara mezcladas con su llanto... de felicidad.

—Resulta que, al mirar el PET-TAC, se han dado cuenta de que la mancha en el pulmón tenía el mismo tamaño.

—¿Qué tiene eso de bueno? —pregunté contrariada.

—Pues que, si fuese metástasis, tendría que haber disminuido o crecido, pero el hecho de que siga tal cual los ha llevado a pensar que no es metástasis. Además, no sé qué han dicho de que no hay captaciones... Y eso es bueno. Muy bueno.

—Pero ¿es posible? —pregunté, más contrariada aún.

—No lo sé, rubia, pero no creo que los médicos se atrevan a decirte algo tan positivo si no están seguros... Dicen que tienen la certeza de que son lesiones... Ay, joder, no me acuerdo del nombre... Lesiones de «sarconosequé» o algo que empieza por «sarco» o «sacro», creo que era. Luego te lo lees en el informe. Pero, vaya, que es que además de verlo así en las imágenes, habían medido no sé qué en la analítica y ha salido muy alterado, con lo cual, no es metástasis, es lo otro, aunque hay que seguir haciendo pruebas. Me explico fatal, ya lo sé.

—No, cariño, te explicas de maravilla —le dije, sin poder contener las lágrimas, contagiándome de su felicidad.

Llamé a Laux en cuanto colgué para ver si podía arrojarme un poco de luz sobre lo que me había contado Sara. Estaba exultante y, aunque era una profesional de bandera, su voz se quebraba al explicármelo, fruto de la alegría.

—Lo que aparentemente tiene Lucía son lesiones sarcoideas. Pero tendrán que confirmarlo con una biopsia. He preguntado a un especialista neumólogo compañero del hospi y me ha dicho que son un tipo de lesiones que nada tienen que ver con el cáncer. Es una noticia increíble.

Bienvenidas sean las alarmas que trajeron una segunda oportunidad para todas nosotras.

Después de una ronda completa de llamadas en las que fui eliminando todas las piedras que llevaba en mi mochila con nombres y apellidos, solo me quedaba por hablar con Lucía, mi Lucía, Luchi.

—Rubia...

—Dime, cariño.

—Que no es... —No le salía la palabra y, en el fondo, tampoco quería pronunciarla.

—Ya lo sé... Me lo ha dicho Sara. No sé cómo describirte lo feliz que estoy por ti. No puedo.

—Gracias por estar ahí, amiga. Gracias —dijo mientras nos emocionábamos de nuevo.

—Y ahora, ¿qué pasa? —pregunté, recuperando el aliento.

—Una prueba en el quirófano... Quieren estar al cien por cien seguros y van a analizar lo de los pulmones.

—¿Otro pedo de anestesia? —dije con el risanto por bandera.

—Ja, ja, ja. Mira, esa es la mejor parte, pero por otro lado te digo que estoy hasta el mismísimo coño de entrar en el quirófano, hablando mal y pronto. Estoy por empadronarme allí —bromeó Lucía, recuperando su carácter.

Aquello suponía un tiempo más de espera. Otro más, pero lo afrontamos con una energía diferente. Con una fuerza de la que ya no teníamos intención de apearnos hasta saber que se cumplían todas las buenas noticias de aquel día.

Cuando llegó el momento, todos quisimos estar presentes en aquella cita con la vida. Podrían habernos despedido de nuestros trabajos, que no nos la hubiésemos perdido por nada del mundo. Lucía y yo volvimos a entrar en aquel despacho, mientras los demás esperaban en la cafetería. El día definitivo que empezaría a marcar un antes y un después en aquel camino áspero y abrupto que habíamos comenzado meses antes.

Aquel día, el sol debería haber entrado rabioso por la ventana, pero la habitación seguía estando tenue, como de costumbre. Las dos estábamos sentadas, esperando a la oncóloga, como en otras ocasiones, cuando Lucía se levantó de aquella silla de madera vieja, con fuerza, y abrió las cortinas de par en par. La luz inundó aquella sala vieja y la llenó de vida. Incluso abrimos las ventanas para escuchar el ruido exterior, la vida que caminaba tres plantas más abajo. Ya no parecía oscura y fría, como otras veces. La primavera estaba llegando también al interior de aquella estancia como lo hacía en nuestros cuerpos. Cuando la doctora entró, se sorprendió, sonrió y no dijo nada. No hacía falta. Lo había entendido.

—¿Tuviste molestias con la broncoscopia, Lucía?

—Un poco al día siguiente, pero no pasa nada...

Lucía había estado muy molesta tras la prueba. Durante varios días no pudo casi ni tragar por las molestias que le causaron los tubos que insertaron en su garganta para llegar a sus pulmones. Pero yo supe que en ese momento no quería hablar de ello. Iba al grano. Estábamos tan intranquilas por lo que la doctora pudiera decirnos que ninguna molestia o dolor estaba por encima de los resultados.

—Es lo que pensábamos. La mancha en el pulmón, sugestiva en un principio de metástasis, no era tal, sino que es una lesión sarcoidea.

Sonreímos con emoción, pero contenidas. Aunque Laux nos había avanzado los posibles escenarios, teníamos muchas preguntas para terminar de entender lo que estaba pasando.

—¿Y esas lesiones son graves? —dijo Lucía.

—¿Por qué le ha salido eso en el pulmón? —añadí.

—¿Es porque fumaba? —insistió.

—A ver, vamos por partes. El ensayo clínico, como sabéis, era un tratamiento de inmunoterapia que potenciaba el sistema inmunológico para que fuera este el que desarrollase la actividad antitumoral. Por eso, en ocasiones hay reacciones inmunológicas contra el tejido propio. En el caso de Lucía, su sistema inmune atacó el pulmón, provocando unas lesiones que seguramente sean reversibles o, al menos, estables. Vamos a tener que observarlas de cerca. A partir de ahora empezaremos a llevar tu caso desde distintas áreas para tenerlo todo muy controlado.

—Entonces... ¿No hay metástasis? —preguntó Lucía, intentando buscar la frase definitiva que desterrara para siempre esa palabra de su vida.

—No... —dijo la doctora sonriendo.

Las dos tomamos aire, pero volvimos a la carga:

—¿Y el resto?

—¿El hígado?

—¿Y el melanoma?

Con tanta pregunta me di cuenta de que aún teníamos demasiados frentes abiertos, pero al menos habíamos eliminado uno de los más peligrosos de nuestra hoja de ruta.

—El hígado sigue en valores normales: no tenemos por qué preocuparnos. De hecho, vamos a seguir bajando la pauta de corticoides hasta quedarnos en lo mínimo para, después, retirarlos del todo. Pronto empezarás a perder líquidos y a encontrarte mejor.

—¡Hostias! —dijo Lucía, sin poder controlarse.

—¡Tachamos también lo del hígado! —añadí, abrazándola con fuerza.

—Tengo una noticia más —dijo la doctora.

Las dos nos volvimos hacia ella, cambiando el gesto. Por probabilidad, no estábamos acostumbradas a que todo saliera bien. Pero la doctora continuó sin rodeos:

—El melanoma está localizado y ha reaccionado tanto a la inmunoterapia como a la quimioterapia. Hay que volver al ensayo, esta vez controlando especialmente el hígado para que no nos vuelva a pasar lo mismo. Y esperando que sea el último intento.

Lucía se quedó en *shock*. Estuve a punto de pellizcarme para ver si estaba en un sueño. Lucía comenzó a llorar.

—¿No me voy a morir? —preguntó.

—Pues en algún momento de tu vida sí, como todos, pero no va a ser ahora —dijo la doctora, sonriendo.

Una respuesta comedida que daba a entender lo justo para que Lucía fuera feliz con ella.

—Gracias, doctora. Gracias.

—Gracias a ti, Lucía. Estás haciéndolo muy bien, y vamos por el buen camino. De hecho, estamos llegando al final. Enhorabuena —dijo tendiéndole la mano.

Salimos de aquella sala como la primera vez. Sin decir una palabra, sin ver a nadie y sin que nadie nos viera, a pesar de que el hospital estaba lleno, pero con una emoción en nuestro pecho muy diferente.

Llegamos a la cafetería y no hizo falta decir nada. Todos se levantaron y lloraron de alegría a nuestro alrededor. Todos. Nacho, Sara, Laux, Pol, Jaume y Alberto. Y Javi e Iván en videollamada desde Ibiza. Todos. El tiempo de la espera nos había dejado un trago tan amargo durante tantos meses que el buen sabor de boca final fue compartido justo cuando, por fin, se acercaba la cuenta atrás para el verano.

Recorrimos juntas el camino al *parking* con una sonrisa que nos ocupaba el noventa y nueve por ciento de la cara. Volví a detenerme en la cola para pagar, pero esa vez Lucía no fue al baño. Cuando inserté el *ticket*, eran las 11:11.

—¡Son las once y once! —le dije a Lucía emocionada—. Dicen que hay que pedir un deseo.

—Yo ya los he cumplido todos esta mañana y tú estabas a mi lado —dijo ella con una gran sonrisa—. No puedo pedir más que tenerte siempre a mi lado.

Cerré los ojos con fuerza y pedí otro deseo, aferrándome al *ticket*. Nunca olvidaríamos aquella hora: guardé aquel cartoncito con ella impresa para siempre.

Porque, desde aquel momento, supimos que los deseos podían hacerse realidad, que siempre son mejores si son compartidos, y que quizá, solo quizá, aquella señal del arcoíris en el aeropuerto realmente significaba que todo iba a salir bien.

PARTE V

LOS NUEVOS ATARDECERES

38
Un año de aprendizaje

Para avanzar hay que soltar.

Sin duda, había sido el año más intenso de mi vida. Y eso que tenía un claro competidor con el anterior. A pesar de todas las circunstancias que me rodearon, el resumen parecía sencillo: Javi había vuelto a aparecer y, tras unos meses conviviendo, pedí una excedencia para acompañarle unos meses a Ibiza cuando él tuvo que volver, hasta que la enfermedad de Lucía me devolvió a Madrid para estar junto a ella. Me reencontré con Nacho, mi primer amor de la adolescencia, y ahora Lucía y Nacho están juntos. Mi amiga Laura congeló óvulos para ser madre soltera y Sara dio un paso adelante en su relación con Marcelo. Además, pasamos por todo tipo de obstáculos con la enfermedad de Lucía hasta que por fin conseguimos llegar a la meta. La verdad es que, echando la vista atrás, nuestras vidas habían sido de todo menos sencillas. A todo esto había que sumarle mi relación con Javi... ¿Os preguntáis que cómo estábamos? Pues no sabría deciros, la verdad. Estábamos sin estar, lo cual no podía seguir así. Después de toda esta vorágine que me había arrasado el corazón, dejándolo lleno de escombros, y ahora que por fin estaba reconstruyéndolo, Javi era la última espinita clavada, la última pequeña herida que tenía que conseguir curar para volver a intentar ser feliz.

Aquel año de aprendizajes, señales, despedidas y nuevos comienzos había hecho mella en mí y me había cambiado, acercándome a la persona que era en ese momento. Porque ahora soy otra mujer, una versión actualizada de la que era entonces y una versión mejorable de la que seré mañana.

Si algo había aprendido de toda la experiencia acumulada en esos meses fue a no guardarme ningún «te quiero». No dudaba en regalárselo a mis amigas, a mi familia e incluso a Javi a pesar de nuestra distancia, porque, no nos vamos a engañar, seguía queriéndolo y mucho. Había asimilado lo necesario que es saber valorar lo importante y relativizar todo lo que no lo es.

Durante aquel año, me había agarrado muy fuerte a los días buenos para que los malos me pillasen con mucha energía. Y es que la vida va un poco de eso: de atesorar momentos y de contar atardeceres, pensando que serán el preludio de un día mejor.

En el mes de mayo las tardes empezaron a reclamar su espacio frente a la noche; entraba más luz por la ventana y el último atardecer que había apuntado en mi libreta marcaba las 21:13, una hora que ya comenzaba a sonar a verano. Las faldas eran más cortas, sin medias, y las camisetas de tirantes, con una chaquetita a lo sumo, por si refrescaba a última hora. El entusiasmo había vuelto a nuestros armarios y a nuestras vidas, dado que Lucía evolucionaba bien. Se notaba lo recuperada que estaba porque volvía a ser ella en todo su esplendor, con su famoso sincericidio renovado y actualizado.

—¿Tú has visto lo blanca que estás? —me dijo una tarde mientras tomábamos una caña en una terracita—. Me tengo que poner gafas de sol para mirarte.

Lucía. Treinta y dos años. Uno setenta y cinco de estatura; delgada, morena. Buen gusto para vestir. Tauro y, recordemos, sinceridida de apellido. Me gustaba que hubiera recuperado su carácter, claro signo de que volvía a ser ella, pero igual hubiese preferido que lo hubiese hecho un poquitín menos.

—Gracias por tu apreciación, pero tengo espejos en casa: ya sé que estoy blanca —respondí contundente.

La verdad era que no tenía ni casa, era la de Laux, por lo que sus palabras me calaron hondo y no precisamente porque me dijera que estaba blanca, algo que obviamente sabía de sobra y me daba igual, sino porque mi respuesta me recordó que seguía llevando una vida de prestado. Aquella era otra espinita que me impedía salir de una situación en la que había entrado el verano anterior con Javi y que había arrastrado durante todo el invierno por la falta de tiempo: no tener mi propia casa.

El sincericidio es lo que tiene: puede hacer daño más allá de las palabras porque no sabes en qué situación se encuentra la otra persona.

Sonreí forzada. Sabía de sobra que no lo decía a malas, pero no pude enmascararlo. Lucía lo notó rápidamente e hizo algo en lo que pocas veces le había visto tomar la iniciativa: recular.

—Tienes razón, no te tenía que haber dicho eso —se disculpó para mi sorpresa—. Perdóname, te lo he dicho de broma, pero es normal que te haya podido molestar. Tengo que cambiar esta actitud de mierda. Y más todavía después de lo que he pasado con el sol, que no lo voy a volver a ver ni en pintura —dijo con un halo de tristeza.

«Esto sí que no me lo esperaba... ¡Lucía retractándose!», pensé.

—No pasa nada, Lucía, todas te conocemos y te queremos así... Y por supuesto que veremos el sol juntas. Con una sombrilla hortera y protección, como debe ser. —Le coloqué la mano en la rodilla en un gesto de cariño.

—No, rubia, sí que pasa. Conocíais a la Lucía de antes, la de antes del bicho. Ahora la vida me está dando una segunda oportunidad y las cosas tienen que cambiar, empezando por mí.

Se mostró convencida de sus palabras. No como cuando dice que va a desayunar todos los días aguacate y acaba comiéndose unas porras.

—Tampoco te fustigues, que no pasa nada. Sé que no lo dices a malas, que te sale solo. Es... la confianza.

—Dicen que la confianza da asco.

—También dicen que madrugar es de guapas y mírame: hoy me he levantado a las seis y estoy hecha un asco.

Ambas nos reímos como siempre lo hacemos. Libres de miedos y ataduras. La mejor manera.

—¿Y si te aplicas la regla de los cinco segundos? —añadí, aprovechando su nuevo estado de ánimo.

—¿Qué regla es esa?

—Una que dice que nunca debes decirle a nadie nada sobre su persona que no pueda cambiar en cinco segundos.

—¿Como por ejemplo?

—Pues, por ejemplo, puedes decirle a Sara que lleva papel higiénico en el tacón o que tiene lechuga entre los dientes. Incluso a Laux que baje la voz, porque es algo que puede cambiar dentro de esos cinco segundos. Pero si vas a decirle algo que pueda afectarle y que no va a poder modificar en ese tiempo, como que está blanca, que no le queda bien un vestido o que ha engordado o adelgazado... es mejor que te lo calles.

—Joder, rubia, sabes más que el puto horóscopo chino, coño. Me encanta. Me la aplico ya mismo. ¿Me perdonas?

—Eso es algo que podemos hacer en cinco segundos, ¿no?

—¡Y en menos!

Lucía me abrazó con cariño. Estaba blandita, y no me refiero a su cuerpo, sino a su corazón. El bicho, como ella decía, sin duda había cambiado parte de su carácter, aunque seguramente algún ramalazo del antiguo conservaría de cara al futuro.

—¿Cuánto nos queda de tratamiento? —dije, como había hecho desde el principio, implicándome en el proceso.

—Una semana y seré libre —añadió tocándose la cabeza—. Mira la pedazo de calva que tengo aquí... —Se señaló una parte del cuero cabelludo donde no tenía pelito.

—Eso no es nada comparado con mi blanco nuclear. Pero ¿a que me quieres igual?

Lucía sacó del bolso sus gafas de sol sin responder y se las puso delante de mi cara.

—Sí, aunque aléjate, anda, que me deslumbras —dijo mientras las deslizaba por su nariz y me guiñaba el ojo antes de colocárselas, como una auténtica diva, en un ramalazo *made in* Lucía, cinco segundos después del abrazo. Creo que tenía que entrenar un poco más la regla antes de ponerla en práctica.

—¿Viene a buscarte Nacho? —le pregunté.

—Sí, estará a punto de llegar.

—Bueno, pues yo me voy. He quedado para ir al gimnasio con Laux.

—Hombre, no me mientas. Si quieres irte para no coincidir con Nacho, vale, aunque creía que lo teníamos superado. Pero mentirme a la cara diciendo que vas al gimnasio...

—Ja, ja, ja. Qué imbécil eres. He quedado para apuntarme. Si consigo ir, será todo un logro.

—Eso sin duda.

—Ah, y me alegro mucho de que seas feliz con Nacho, idiota del higo.

—Yo también te quiero —respondió Lucía sonriendo.

Sinceramente, me reconfortaba profundamente que Nacho se hubiese convertido en su escudero y no solo en el hospital. Todo lo que habían pasado juntos les había unido muchísimo y verlos tan enamorados me provocaba una felicidad que estaba por encima de mi pasado con él. Fue un ejercicio difícil, lo reconozco, pero ver a mi amiga, mi hermana, sonreír cuando Nacho entraba en la habitación me lo puso mucho más fácil.

Siempre he dicho que una persona normal nunca soportaría esa tensión y estrés durante tantos meses. Solo alguien que ama a otra persona por encima de todo sigue a su lado sin condiciones en un momento tan delicado. No olvidemos que se conocieron en una habitación de hospital, al que todavía seguían yendo a menudo y que sin duda no era el mejor lugar para iniciar una relación. Pero Nacho siempre había sido generoso; siempre había puesto por delante las necesidades de los demás a las suyas, como ya hizo conmigo y con su familia en la adolescencia.

Y es que, por increíble que pareciera, con la vida volviendo a la normalidad, intenté incluir en ella alguna rutina sin sobresaltos. Algo ligero. Ya había tenido bastante en los meses anteriores y tocaba reposar. Cuando Laux me propuso que me apuntara al gimnasio con ella, me pareció una buena idea para empezar con otras actividades lejos de los hospitales, aunque quizá igual de duras para alguien que no tenía contacto con el deporte desde el instituto.

—Rubia, no querría ser yo quien te dijese esto, pero comprar ropa de deporte no te convierte en deportista —dijo Laux al verme aparecer un día con un nuevo conjunto de mallas y top con detalles fluorescentes para bajar al supermercado.

Fruncí el ceño y la miré contrariada.

—¿Y lo bien que me queda? Ojalá hiciese tanto deporte como ropa deportiva tengo...

—¡Naaaaaaaada! Esas mallitas están pidiendo a gritos mover el culo y las bubis —dijo mientras hacía una especie de estiramiento que desconocía por completo—. ¡Anímate y apúntate conmigo! Vengaaaaa... ¡Nos lo pasaríamos genial! Porfa, porfa, porfa, porfaaaaaa.

Laura es muy insistente cuando quiere. Aquella tarde le prometí que me apuntaría, no que fuera a ir, así que en ese momento estaba a punto de cumplir mi promesa.

Al día siguiente de aquella conversación, porque las cosas con Laux no se pueden posponer más de un día, fuimos a su «gimnasio de confianza», como ella decía. Como si fuera un restaurante o una peluquería. Entramos por aquella puerta como dos auténticas divas. Ella, perfectamente conjuntada con unas mallas largas negras y un top deportivo negro con detalles rosas. Las zapatillas a juego y el pelo tras una cinta del mismo color, obviamente. Yo, por supuesto, no me quedaba atrás a la hora de combinar un azul marino con un coral, a juego con una manicura del mismo color.

—Venga, vamos a dar una putivuelta por el gimnasio y te enseño para qué sirve cada máquina.

—No sé si me veo capaz... —respondí, abrumada por una

466

sala llena de gente sudando que me miraba como a una extraña dentro del que era su hábitat.

—¡Vengaaaa, amigaaaaa, vaaaamos! —gritó mientras me arrastraba, enseñándome el funcionamiento de cada uno de los aparatos por los que pasábamos, sin que mis neuronas retuviesen ninguna de las instrucciones que me daba. Me sentía como cuando te presentan a varias personas de un grupo y te dicen sus nombres: al medio segundo no eres capaz de acordarte de ninguno.

Cogí el móvil y la grabé poniendo en marcha la cinta de correr. Así, cuando quisiese subirme a ella, si es que algún día lo hacía, tendría sus instrucciones.

—Eres una alumna muy aplicada, pero no sufras porque si tienes cualquier duda, se la puedes preguntar a Marc. ¡¡¡Chiqui!!! ¡¡¡Chiquiiiii!!! Aquíííííí, ¡¡eeeeooooooooooo!!

Laura comenzó a mover los brazos llamando al tal Marc a pleno pulmón. Cuando pensaba que lo de pasar desapercibida en mi primer día se iría al traste, algo sorprendente ocurrió: nadie nos miraba. «¿Por qué?», os preguntaréis, con las voces que estaba dando. Pues por una sencilla y lógica razón que nunca se me hubiese ocurrido pensar hasta aquel momento: todo el mundo conocía a Laux y a sus amígdalas en ese gimnasio desde hacía años. Estaban con los cascos a tope o habían perdido un porcentaje de audición y habían quedado inmunizados a sus encantos. Les había ganado la batalla a todos en un *KO* por agotamiento.

No había visto nunca a gente más prevenida y preparada para afrontar una hora y media con ella en unas instalaciones con una sola salida.

—Encantado, soy Marc. —Se presentó educadamente un chico de unos veintipocos años, rubio, de ojos azul turquesa, vestido con una camiseta de tirantes y pantalón corto negro. Mazadísimo, por supuesto.

—Es Marc, «musculitosssssss» para los amigos —dijo Laux, marcando mucho la ese, riéndose con la boca muy abierta y tocándole el bíceps.

Sinceramente, creo que no estaba preparada para aquello.

—Tu amiga es la reina del gimnasio.

—Sí, sí, y de la discreción.

—Nada, nos tiene acostumbrados, a la fuerza... —respondió mientras los tres nos reíamos.

Aquella tarde Marc fue muy amable conmigo en todo momento, mostrándose comprensivo ante mi notable falta de experiencia con aquellas máquinas.

—Venga, no tengas vergüenza. Todos hemos tenido una primera vez en el gimnasio y no pasa nada. Estamos aquí para que tengas ganas de volver —dijo mientras me sonreía cómplice, consiguiendo que me relajase por primera vez desde que había cruzado aquella puerta—. Si te apuntas y no vuelves, el que habrá fracasado seré yo —sentenció.

Buen punto de vista. Siempre había pensado que el hecho de apuntarme al gimnasio y no ir era culpa mía, pero visto así... ¡era culpa suya!

—Gracias. La verdad es que la idea esta vez es venir de verdad. Aunque sea una vez a la semana.

—Claro que sí, poco a poco. Tu amiga, ahí donde la ves, también empezó viniendo poco —dijo refiriéndose a Laux, la cual, obviamente se sintió ofendida.

—Bueno, bueno, Marc, no inventes, que para ti ir «poco» al gimnasio es venir cinco días a la semana —respondió defendiéndose como gato panza arriba.

—¡No me asustes a la muchacha, joder, que estoy siendo amable!

—Ya os digo que cinco días a la semana no voy a venir. No hay nada que yo haga cinco veces a la semana que no sea respirar, comer o aparcar mal.

—Ja, ja, ja. Lo bueno de las bicicletas estáticas es que no hay que aparcarlas.

—Y lo bueno de hacer pesas es que no hay que esforzarse porque están todas hechas ya, ¿no? —dije sonriendo, haciendo un pequeño guiño a su comentario con uno de mis mejores chistes.

Creo que este, junto con el chiste que contó Iván en la fiesta que ya le había contado a Javi en Ibiza, eran mis mejores bromas con temática *gym*. Noté que Marc no terminó de pillarlo porque sonrió levemente, haciendo como que saludaba a alguien al fondo, dejándonos a solas frente a la cinta de andar.

—Al lío —dijo Laux mientras arrancaba aquel invento del demonio.

«No puede ser tan difícil», pensé.

Al fin y al cabo, consistía en caminar, y eso sí sabía hacerlo, al menos cuando no me había tomado un par de copas de vino y obviamente no iba con tacones.

Laux comenzó a tocar tres o cuatro botones con una combinación imposible de memorizar para mí, dejándome la máquina programada flojito para que me fuese acostumbrando. Ella se puso en la de al lado con un nivel bastante más rápido, lo cual era sorprendente porque no le impedía hablar. Era como ver a una atleta caminar junto a su abuela. No hace falta que diga quién de las dos era la abuela.

Hay cien cosas que hubiese querido probar antes en mi vida que montarme en una cinta de andar en un gimnasio, pero la verdad es que fue una experiencia muy gratificante porque era una forma maravillosa de poder hablar y hacer ejercicio a la vez. Empezaba a gustarme la idea.

—Bueno, tía, ahora en serio: qué bien que estés aquí. Ya era hora de que te dedicases tiempo sin estar con el móvil delante todo el día.

—Toda la razón, amiga. La verdad es que al principio me ha dado un poco de vergüenza, pero ahora, fíjate, ¡estoy sudando!

—Ja, ja, ja. Es que sudar mola. Te quita todo el estrés.

—Ojalá, porque menudo año... —contesté respirando profundamente como si intentase deshacerme de todo lo vivido en los últimos meses.

—¿Y con Javi cómo va todo?

—No sé, Laux... Creo que bien... o no. O sí... La verdad es que no paro de darle vueltas.

—Pero ¿cuál es el problema? ¿Ya no hay eso que os unía tanto?

—Nos queremos muchísimo, eso está claro, y encajábamos

a la perfección en la convivencia, que ya de por sí es complicadísimo, pero...

—Pero ¿qué? —respondió rápidamente.

—Pufff, tía, si te digo que lo único que me molestaba... —Me detuve un momento al darme cuenta del tiempo verbal que había empleado—. Joder, qué jodido es hablar en pasado de todo esto.

Hice otra pausa para coger aire de nuevo, en parte por el ejercicio y en parte por la tristeza que me había invadido al darme cuenta de cuánto tiempo había pasado.

—Coge aire, hija, que te va a dar un chungo.

—Pues eso. Que lo único que me molestaba o me molesta de él es que, cuando se ducha, lo deja todo empapado...

—¿Solo eso? —preguntó Laux entre risas.

—Eso y su incapacidad para tomar decisiones, lo cual le llevó a romper la promesa que me había hecho. Yo puedo entender que no encuentre una permuta, pero lo que no puedo perdonarle es que ni siquiera hiciera el intento de buscarla.

—Bueno... Lo primero se arregla con una fregona. Lo segundo... —Laura dejó la frase en el aire.

—Lo segundo tiene poca solución, Laura, porque ya no sé si está en su mano... —dije con cierta tristeza, sabiendo que no había nada que yo pudiese hacer para revertir aquella situación—. Por lo demás, y es lo que más me jode, da gusto estar a su lado. Es generoso, dulce, cariñoso, inteligente, gracioso... Pero da igual lo que sea: lo que importa es dónde está. Y ahora mismo está en Ibiza.

—Tía, ¿sabes qué? Creo que sois unos valientes.

—Déjate de coñas, anda.

—Te lo digo totalmente en serio. Sois unos valientes porque al menos lo habéis intentado. Iván y yo ni siquiera hicimos eso... —dijo Laura afligida.

—Bueno, lo nuestro fue la casualidad de encontrarnos en Madrid...

—Mira, no te engañes: no fue una casualidad. Él lo tenía muy pensado. Además, acuérdate de que te llamó y no se lo cogiste... ¿Que fue potra lo del restaurante? Sí, pero que él quisiera verte en todo momento es lo que hizo que las cosas pasaran.

La verdad es que nunca me había parado a pensar en aquello de esa manera. Siempre lo había visto como una señal, una casualidad del destino, pero empecé a pensar que había mucho más detrás en lo que quizá yo no había reparado. De todas formas, era innegable que en aquel momento la situación estaba muy lejos de ser la misma que hacía un año, básicamente porque había un mar, literalmente, entre nosotros. Y eso era insalvable.

—Bueno, fuera como fuese... Creo que ya es tarde. —Empecé a jadear, ya que me costaba hablar mientras caminaba por la cinta, mientras Laux apenas había empezado a sudar.

—Yo, amiga, perdona que te diga, pero creo que deberías darle una vuelta a todo esto de Javi. Mira que lo último que quiero es que te vuelvas a Ibiza, pero...

Segunda frase abierta de Laura. La cosa se ponía seria.

—Creo que no, amiga. Mi vida está aquí —dije de manera contundente, intentando cerrar la conversación, cosa que Laura no estaba dispuesta a dejar que pasara.

—¿Y se lo has dicho?

—A ver, en Navidad nos marcamos el verano como fecha «tope» para que él volviese. Ya estamos casi en junio y no hay noticias de que tenga pensado volver...

—Bueno, tía, pero habla con él, déjaselo claro. Yo creo que ninguno de los dos os merecéis perderos cuando ya os habéis encontrado.

—Me fascina cómo eres capaz de soltar estas frases lapidarias así, a catorce kilómetros por hora, si yo voy a nueve y llevo la lengua fuera.

Así es Laux, capaz de hacerte reflexionar con un juego de preguntas como el «¿Y si fueras?» o con frases sentenciosas en la cinta de andar de un gimnasio mientras sudas la gota gorda. Siempre lo he dicho y no me cansaré de repetirlo: Laux puede parecer superficial, pero con ella he tenido las conversaciones más trascendentales de mi vida. Y sé que eso solo ocurre cuando estamos ella y yo a solas, porque delante de los demás, como ella dice, tiene una «reputación que mantener».

Aquella conversación me había dejado un poco tocada porque decir las cosas en voz alta no es lo mismo que soportarlas a solas en tu mente. Pronunciar las palabras hace reales las preocupaciones. Y, más temprano que tarde, tendría que enfrentarme a ello.

39
Un tiempo para nosotras

Hay que brindar por la vida.

Nos pilló totalmente por sorpresa. El mensaje que Lucía escribió en el Dramachat aquella calurosa tarde de finales de mayo para proponernos un plan nos sorprendió y preocupó a partes iguales. A pesar de que todo iba según lo previsto y el melanoma era cosa del pasado, se nos había quedado en el alma esa sensación de angustia cada vez que una frase sonaba un tanto ambigua. Como cuando alguien te dice el famoso «tenemos que hablar» y automáticamente piensas que es algo malo.

Con Lucía teníamos la misma sensación y, aunque intentábamos hacer como que no pensábamos en ello con bromas y comentarios livianos, la sombra de la duda siempre aparecía. Yo esperaba que el paso del tiempo sin sobresaltos terminara por devolvernos de nuevo a nuestro estado natural, ese en el que no estás alerta ante todo lo que ocurre a tu alrededor.

Dramachat
Laux., Lucía azafata., Sara., Tú

Lucía azafata.
Chicas. Tengo que contaros una cosa.
Unas cerves urgentes
esta tarde en el 54?

Pero ¿son urgentes
o importantes?

Sara.
¿Cuál es la diferencia
entre urgente o importante?

Laux.
Yo creo que hacer caca es
urgente. Tirarse pedos
es importante.

¡Pero mira que eres cerda!

Laux.
Jajajajajajajajajajaja.

Lucía azafata.
Son urgentes porque
tengo muchas ganas de veros

Será algo bueno, ¿no?
Si no voy a ir al gimnasio,
lo mínimo es que sea
un notición.

Lucía azafata.
Oye, quién es esta tía y por qué
habla de ir al gimnasio?

Ja, ja.
Me parto, oye.

Laux.
Uy, si vierais el culito que se le
está poniendo...
¡Para forrar pelotas!

Sara.
¡Yo quiero ir con vosotras!

¿Tú también quieres
forrar pelotas?

474

Sara.
No sé qué es eso de
forrar pelotas.

Laux.
Jajajajaja, luego te lo explico.

Lucía azafata.
Venga, que hasta
yo me voy a animar.
Me vendrá fenomenal

Laux.
¡Claro que sí!

Lucía azafata.
Bueno, lo dicho.
Ya han inaugurado la
terraza además.
¿A las 19?

¡Allí nos vemos!

Del suspense de sus palabras iniciales pasamos a la alegría más absoluta al ver a Lucía de nuevo llena de energía, capitaneando una quedada entre las cuatro en la terraza de nuestro querido 54.

Salir con amigas, trabajar, ir al gimnasio... Nunca lo hubiera dicho, pero... ¡benditas rutinas! Qué necesarias son.

—¿Os acordáis cuando estuvimos aquí, justo en esta mesa, más o menos un día de mayo como ahora, pero hace dos años? —preguntó Lucía cuando ya estábamos todas sentadas en una mesa de cuatro.

—Sí que me acuerdo, sí... Como para no... —comenté.

—¿Qué pasó? —inquirió Laux, curiosa.

—Aquí montamos el equipo de investigación de Álex... —le explicó Sara.

—Ah, claro. Joder, qué pena no haberos conocido en ese momento. Cuando me lo contó la *little* rubia, flipé... ¡Menudo mamarracho!

—Anda que la que le montaste tú cuando nos lo encontramos por casualidad, Laux... —recordé.

—Hombre, es que Álex se merecía eso y más... Menudo embaucador empotrador...

—En el fondo tenía el pito chico y era escorpio —dijo Lucía.

—¿Y tú cómo lo sabes? —le preguntó Laux sorprendida—. ¿Es Álex otro de los novios que le has robado a la rubia?

En ese momento todas nos partimos de risa a pleno pulmón menos Lucía.

—¡¡Que no!! Joder, que me lo dijo Alberto, que le llamaban así... Acuérdate que ellos eran muy amigos —respondió Lucía agobiada.

—Ya, ya... Sara, ten cuidado con Marcelo, que esta tía no deja títere con cabeza —insistí siguiendo con la broma—. Y, por cierto, pequeño pequeño no lo tenía...

—Bueeeenoooo, ya está la rubia defendiéndolo.

—¡¡Que no!! Defendiéndolo no, pero al César lo que es del César.

—Y a Álex su pollón —apuntó Laux, riéndose a carcajada limpia para centrar, aún más, las miradas de toda la terraza sobre nosotras.

—Pero qué cabronas sois todas... —dijo Lucía entrando al trapo.

—Recuerdo que Laux comparaba a Álex con los «hombres bombero»... Los que vienen, te incendian la casa y se van, dejándolo todo lleno de cenizas.

—¡Naaaaaaaaada! Al final ese era de mecha corta, chiquis.

—Ja, ja, ja. Cómo es la vida... Ahora tienes a un bombero, pero de verdad —añadió Sara con cierta nostalgia.

—Por cierto, hablando de eso, ¿qué pasa con Javi? —preguntó Lucía de manera directa.

Laux me miró con complicidad. Era una conversación que ya había tenido con ella en el gimnasio y que ahora tocaba poner encima de la mesa, por alusiones, frente al resto. Suspiré.

—Bueno... Pues no sabría decirte. Hablamos un par de veces por semana, pero no sé hacia dónde vamos, por lo que no sé qué va a pasar...

—¿Has pensado en volver a Ibiza? —insistió Lucía, haciéndome la misma pregunta que me hizo Laux.

Me quedé en silencio, porque, aunque sabía que mi vida estaba en Madrid, escuchar de nuevo el nombre de la isla hizo que volviera a sentir ese vínculo inexplicable que quedó anclado en mi interior. Como el gato que, con el tiempo, pasó a formar parte de ella para siempre.

—Mira, rubia —añadió Lucía con contundencia—. No tengo palabras para agradecerte que hayas estado a mi lado todos estos meses, pero creo que ha llegado el momento de que recuperes tu vida, amiga.

Le di la mano en un gesto de cariño para que en ningún caso se sintiese culpable por nada. Al final, todo pasa por algo y, si lo que tenía que ocurrir era que yo volviese a Madrid en aquel momento, no había que darle más vueltas.

—Mi vida está aquí, con vosotras. Aquí está mi familia, mi madre, mis sobrinos... Aquí está mi trabajo. No entraba en nuestros planes vivir en Ibiza para siempre. Y eso que me encanta la isla y fui muy feliz durante el verano pasado, pero mi tiempo ahora está aquí.

—¿Y se lo has dicho a él? —preguntó Sara.

De nuevo la pregunta de oro.

—Justo el otro día lo hablaba con Laura. Hace ya tiempo que marcamos como «tope» este verano para encontrar una solución y estar juntos. Él lo sabe, igual que yo.

—A mí Javi me cae muy bien, no te voy a engañar. Ya sabes lo que pienso. Me parece que hay pocas personas como él —remarcó Laura, siempre defendiéndole.

Aquellas palabras de Laux retumbaron en mi corazón. Por supuesto, conocía mejor que nadie las virtudes de Javi, pero hay que saber cuándo la situación llega al límite y no da más de sí, por mucho que se quiera a una persona. Siempre.

—A mí, cariño, me cae bien Javi, pero me caes mejor tú. —Sara me cogió y me plantó un beso en la mejilla, notando que estaba un poco afligida.

—Bueno, lo que tenga que ser, será... Y, si no, ya echaremos una mano para que sea —sentenció Laux.

—Qué mal suena eso, Laura... —dijo Lucía.

—Ahora que estamos juntas en casa, yo soy tu «mujer bombera». No tengo manguera, pero sí velas con olor a vainilla como para incendiar el edificio entero.

Todas soltamos una sonora carcajada imaginando a Laura prendiendo fuego a cosas solo para que apareciesen los bomberos.

—Ay, chicas, había olvidado el poder curativo de una cerveza al sol con vosotras. —Lucía suspiró con fuerza y se mostró nostálgica.

Las cuatro hicimos lo propio.

—Gracias por todo —continuó—. Os quiero.

Todas nos miramos y, casi de manera instintiva, lancé mi mano sobre la de Lucía, que a la vez se la dio a Sara y ella a Laux, que cerró el círculo conmigo, rodeando la mesa, sosteniéndonos las unas a las otras, como si fuésemos a hacer un conjuro.

—Se me escapa una lagrimilla, tías —dije.

—Y a mí... —contestó Sara.

—¡Y el moquillo también! Menudas chochas estáis hechas. Voy a pedir otras cervezas y vamos a brindar, anda... —Laura le silbó al camarero, fiel a su estilo—. ¡¡¡Chiqui, chiqui!!! Oye..., ¡¡¡ponnos otras cuatro!!!

—La mía con limón, por favor —pidió Sara.

—¿Con limón? Ojo, que luego te da gases —dijo Laura con sorna.

—Pero ¿cómo tienes tanta cara de hablar tú de gases...? —replicó Sara algo enfadada.

—Bueno, bueno... ¡Cómo te pones! A vosotras se os escapan las lagrimillas y a mí los pedos.

—¿Por qué brindamos? —pregunté.

—Yo lo tengo claro —respondió Lucía.

—Pues tú dirás, entonces.

—¡Por la vida! —anunció, levantando su vaso.

—¡Pues brindemos por la vida! —dijo Sara al tiempo que todas levantábamos nuestras cañas, la suya con limón.

Por supuesto, toda la terraza nos estaba mirando por las voces de Laux. Nos reímos. Ella siempre intentaba quitarle importancia al asunto, pero había estado al pie del cañón como cada una de nosotras y se mostraba igual de emocionada con la intención de Lucía de brindar por la vida, aunque lo enmascarara con bromas de pedos o cualquier cosa que nos hiciese reír.

Después de dar un trago, Laura continuó con la conversación:

—Oye, Luci, ¿qué era lo que tenías que contarnos? Porque llevamos ya un par de cañas y quiero saberlo antes de ponerme piripi.

—¡Ah, sí! Os he traído un regalito a cada una —dijo Lucía mientras buscaba algo en su mochila.

La expectación creció por momentos. Estaba claro que físicamente se encontraba perfectamente, así que la emoción nos inundó durante los pocos segundos que tardó en sacar del interior tres libros encuadernados recién sacados de la imprenta. Las hojas aún estaban calientes.

—Quiero que seáis las primeras en leer mi novela. Ya está acabada.

Nos quedamos sin palabras. Con una emoción contenida mientras mirábamos el libro como si se tratase del regalo más precioso que nos hubieran hecho nunca.

—Oh, ¡por fiiiiiiin! —dijo Laura emocionada.

—Qué detalle, amor...

—¡Qué maravilla! ¿Te ha costado acabarla? —le pregunté, sabiendo lo complicado que fue el proceso durante su enfermedad y lo mucho que Nacho le ayudó en su momento.

—Pues al final no...

—¿Y eso? ¿No decías que la última parte se te había atrancado un poco?

—Sí, pero al final lo cambié todo.

La frase sacó nuestra mirada de la novela y la puso directamente en ella.

—¿Cómo que lo has cambiado todo? —preguntó Sara.

—Bueno, todo todo no..., pero casi todo.

—¿Y los asesinatos, el misterio y todo eso? ¿No era una novela oscura? —dijo Laura siendo Laura en todo su esplendor.

—Negra, novela negra, Laux —acoté.

—Sí, pero me di cuenta de que estaba escribiendo sobre cosas que yo no había vivido. ¿Qué sabré yo de autopsias? Si solo lo he leído en libros y visto en películas. Llevaba años documentándome, pero era como escribir las cosas de otros. No había nada mío.

Lucía parecía convencida de lo que nos estaba contando. Era una fanática de la novela de género, pero de sus palabras se desprendía un cierto desencanto. En ese momento, Sara hizo la pregunta que todas teníamos en la cabeza.

—Y, entonces..., ¿de qué va?

Lucía nos miró e hizo una pausa.

—De nosotras —respondió de manera contundente.

—¿Cómo que de nosotras? —preguntó Laux alterada.

—Es verdad que también hay algún que otro asesinato, un misterio sin resolver...

—Pero ¿salgo en el libro? —insistió Laux, interrumpiendo a Lucía.

—Sí, claro. Por supuesto que sales.

—¿Y salgo guapa?

—¿Cómo? —preguntó Lucía, desconcertada.

—A ver si me van a asesinar y voy a salir mal, en plan con sangre por la cara, despeinada y esas cosas.

—Calla, Laux. Ya lo leerás —rechistó Sara.

—¿Y este cambio? —le pregunté directamente. Conociendo a Lucía como la conocía, aquella no era una decisión que hubiese tomado de la noche a la mañana.

—Pues porque, al final, lo que he vivido en estos últimos meses me ha hecho darme cuenta de muchas cosas. He tenido tiempo de sobra para pensar, he vivido muchos sentimientos... y os aseguro que no todos han sido buenos.

Lucía hizo un pequeño silencio, emocionada. Ninguna dijo una sola palabra, dejando que continuase.

—Ha sido muy duro, de verdad, pero siempre que alguno de esos malos pensamientos me rondaba por la cabeza, siempre, y digo siempre, aparecíais alguna de vosotras por la habitación del hospital o por casa o en el chat, con algún regalo ridículo o algún chiste... Y, entonces, desaparecían. Sin más. Estabais allí y no cabía otra cosa en mi cabeza.

Lucía comenzó a llorar, pero rápidamente respiró, fiel a su estilo, intentando recomponerse.

—Creo que si hay algo de lo que pueda hablar en profundidad ahora mismo es sobre nuestra amistad... Y algún que otro crimen —dijo mientras se quitaba las lágrimas que brotaban de sus ojos.

—¿Y quién es la protagonista? —pregunté intrigada.

—Una joven investigadora a la que le diagnostican un melanoma y tiene que resolver un crimen antes de morir...

Todas nos quedamos en silencio, sin saber si lo decía en serio o nos estaba vacilando.

—¿Y muere al final? —preguntó Sara, apurada.

—Eso vais a tener que leerlo —concluyó Lucía sonriendo, dando vía libre a que Laux hiciera una de sus bromas.

—Oye, ¿el personaje de Sara tiene su mismo pelo rata?

—Hombre, eso seguro... Y el tuyo parecerá que se ha tragado un megáfono —replicó Sara.

Todas reímos a pleno pulmón.

—Seguro que soy un pibón en el libro —masculló Laura, orgullosa, mientras se colocaba el «discreto» top rosa chicle que llevaba para la ocasión.

Las risas lo inundaban todo. Estábamos felices porque, por fin, esta especie de reunión en forma de catarsis nos había conseguido sacar definitivamente todas las mierdas, como diría la propia Lucía, que nos habían acompañado los últimos meses: hospitales, tratamientos, ingresos... Por fin nuestra amiga estaba radiante.

—¿Y Nacho sale en el libro? —le pregunté, guiñándole el ojo.

—Bueno, digamos que hay un chico de la Interpol en prácticas que podría parecerse a él...

—¿Y cómo es? —pregunté intrigada.

—Es como él, un amor, ya lo sabes... —Fue la respuesta rápida de Lucía.

A Laura se le dibujó una sonrisa en la cara ante ese «Ya lo sabes» que se le había escapado a Lucía. Al instante supimos que estaba a punto de hacer algún comentario irónico al respecto. Es de esas personas de las que se dice que son tan expresivas que, cuando callan, le salen subtítulos.

Yo hubiese apostado por: «Hombre, por supuesto que la rubia lo sabe. ¿Habéis pensado ya en hacer un trío?». Pero viendo que todas la miramos fijamente, le dio un trago a su cerveza y no abrió la boca.

—Venga ya, Laura, ¿no vas a decir nada al respecto? —inquirí.

—¿Yoooooo? Dios me libre.

—¡Pero que te vas a ahogar si no lo sueltas! —presionó Sara.

—¿Qué pasa? ¿Que soy yo la que tiene que soltar siempre lo que todas pensáis y no os atrevéis a decir, cerdas? Pues no pienso hacerlo, estoy madurando.

—Es imposible que las palabras «Laux» y «madurar» vayan juntas en una misma frase... —sentencié.

Entonces, como si de una princesa Disney se tratase, Laux levantó muy digna y cuidadosamente una de sus nalgas, solo una, ladeándose ligeramente hacia la izquierda, su lado bueno, como si nadie fuera a darse cuenta de que estaba a punto de rajarse. Desafortunadamente para ella, para nosotras y para toda la terraza, lo que tenía que haber sido un pedo silencioso rebotó de manera furtiva sobre el aluminio de la silla, que claramente amplificó el sonido por dos en forma de pedorreta, llegando a un radio de unas cuatro o cinco mesas alrededor.

¿Creéis que le dio vergüenza? No hubo nadie que se riera más en aquella terraza. La que decía que estaba madurando...

—Pero ¿cómo se te ocurre hacer esto? —dije mientras aleteaba mis manos por el olor.

—La culpa es de Sara —respondió Laux entre risas.

—¿Mía?

—Claro, me has dicho que me iba a ahogar si no lo soltaba y tenías toda la razón... Tenía que soltarlo.

—Joder, demos gracias a que estamos en un exterior. Si no me ha matado el melanoma, en una habitación cerrada lo hubiese hecho tu pedo —dijo Lucía con ese humor negro que le caracterizaba.

—Pero ¿a qué huele? —pregunté casi aturdida.

—A podrido. Como vuestras sucias mentes.

Laux volvió a reírse como una loca mientras todas movíamos nuestras manos en el aire, intentando disipar el olor, que tenía pinta de querer quedarse a tomar una cerveza con nosotras.

—¡Oye! ¿Recordáis aquello que propusimos de hacernos todas el tatuaje de la estrellita en la muñeca? —dije para cambiar de tema, mostrando el mío.

—¡Síííí! Es ideal... —secundó Lucía, colocando su muñeca junto a la mía como quien se choca las manos para saludar.

Me encantaba nuestra pequeña estrella. La que nos hicimos años atrás para forjar nuestra amistad, cuando todavía no nos conocíamos las cuatro. Ahora era el momento de hacerlo extensible a todo el grupo.

—Por mí perfecto. ¿El jueves que viene? —respondió Laux.

—¡Hecho! —aceptó Sara—. Y vosotras dos, que ya lo tenéis, ¿qué os vais a hacer? Porque aquí o vamos todas con todo o no vamos ninguna.

Las dos nos miramos buscando una señal inmediata que nos representase, como lo hicieron aquella vez las estrellas. Lucía no tardó ni un segundo en dar con la clave.

—¿Te acuerdas de la última vez que salimos de la consulta de la oncóloga?

—¿Cómo no me voy a acordar? Fue uno de los días más felices de mi vida —contesté sonriendo.

—¿Te acuerdas de la hora del *ticket* del *parking*?

No hizo falta decir nada más. Lo conservaba en mi cartera como oro en paño. Guardado para siempre.

Las 11:11 quedaron grabadas en aquel *ticket* esa mañana y también en nuestro recuerdo para siempre, y ahora lo harían en nuestras pieles para recordarnos que a veces los deseos también se cumplen.

—Ahhh, qué bonitoooo. ¡¡Yo también quiero el de los onces!! —dijo Sara.

—Bueno, chiquis, vamos a tranquilizarnos, que nos venimos arriba. Los hombres y los tatuajes, mejor de uno en uno.

—Fíjate que yo siempre he pensado que eras más de tríos... —dije con cierta sorna.

—Qué va, tía, en esas cosas hay demasiadas piernas.

Y Laura, que es muy dada a montar *shows* allá donde va (como aquella vez en mi cumpleaños que hizo el pino en un bar de La Latina y tiró un cuadro colgado de la pared), dejó la cerveza sobre la mesa diciendo «Mirad, así». Cogió su pierna izquierda por el tobillo y se la puso detrás de la cabeza con una flexibilidad pasmosa, al mismo tiempo que decía que tenía que ser ella siempre la que ponía los puntos sobre las tildes. Sí, sobre las tildes, no sobre las íes. Es Laux...

Lucía soltó una carcajada que se escuchó en kilómetros a la redonda, al son de «Esta tía es lo más».

Me dolía la tripa de tanto reír con aquellas tres individuas que la vida afortunadamente había puesto en mi camino. Creo que fue una de las mejores tardes que habíamos tenido las cuatro y, sin duda, fue de lo más provechosa para sacar todo lo que llevábamos dentro, algunas los sentimientos y miedos más profundos, y otras... algún que otro gas noble.

Nos despedimos con la firme promesa de repetirlo todos los jueves, sin fallar, porque entendimos, después de aquello, lo necesario que era tener un tiempo para nosotras y brindar por la vida.

40
Nakama

En japonés, amistad tan profunda que la consideras familia.

Después de aquel maravilloso encuentro de tarde, Laura y yo decidimos ir caminando hasta casa, dando un pequeño paseo. La temperatura era tibia y comenzaba a anochecer. El ocaso se disipaba y era el momento perfecto para nuestras confidencias.

Como solía pasar desde que me mudé a casa de Laux cuando volví de Ibiza, su carácter cambiaba en cuanto que nos alejábamos de las demás y, por qué no decirlo, también de las cervezas. Sentía que haberme ido a vivir con ella me había dado la posibilidad de descubrir su parte más calmada y reflexiva. También es verdad que era algo que le duraba poco, como los atardeceres, pero si tienes la suerte de contemplarlos en el momento justo entonces es que eres muy afortunada. Y yo en esos momentos lo era.

—Tía, ¿tú eres consciente de que conmigo eres más calmada que cuando estás delante de la gente? —le pregunté, curiosa.

—Hombre, rubi, es que contigo no tengo que mantener mi reputación. Sería agotador hasta para mí.

Había sido despedirnos, andar cincuenta metros y Laux había pasado de la tempestad más voraz a la calma más absoluta.

Siempre he pensado que mi amiga podría encarnar todos los fenómenos meteorológicos: desde el arcoíris más bonito hasta la tormenta más jodida. Estoy segura de que, por mujeres con tanta personalidad y energía como la suya, los huracanes comenzaron a bautizarse con nombre de mujer. Eso me hizo recordar algo que había leído sobre el tema.

—¿Sabes por qué a los huracanes ya no los llaman solo con nombre de mujer?

—¿Cómo que ya no? Pensaba que era así siempre.

—Ahora tienen nombres masculinos también.

—Pues ya era hora, porque menuda machistada.

—Ya ves. Pues era así hasta que llegó una activista estadounidense por los derechos civiles y feministas que promovió una campaña para incluir nombres masculinos y lo consiguió.

—¡Qué grande! Joder, *blondie*, eres una enciclopedia con patas.

—Y tú eres un huracán con todas las letras, amiga.

—Ja, ja, ja. ¿Por qué lo dices?

—No sé, ¿quizá porque te has colocado la pierna en la oreja en la terraza de un bar y te has tirado un pedo que ha sonado como una pandereta...?

—Ja, ja, ja. Pero esta vez no he roto nada. Los huracanes suelen romper cosas.

—Tú lo has dicho: esta vez... Oye, huracán Laux, quería hablar contigo...

—Uy, eso suena muy mal.

—¡Que nooooooo! Es que llevo unos días pensando en que me tengo que mudar de tu casa. Ya está todo más calmado con Lucía, y es hora de que busque mi hogar y te deje a ti el tuyo.

La cara de Laux cambió. No se puso triste: más bien parecía enfadada.

—¿Qué dices, tía? ¿Por qué? Si estamos muy bien. Puedes quedarte el tiempo que necesites. Estar contigo es como estar con mi hermana.

—Ya lo sé, Laux, pero siento que ha llegado el momento de poner un poco de orden a todo el caos que hemos tenido y volver a empezar.

En ese momento, y casi sin quererlo, fruto de la inercia que llevábamos paseando de camino a casa, pasamos justo por la calle donde había vivido Javi hasta que se mudó a la mía. Era curioso, porque de la misma manera que le dije a Laura que tenía que buscar mi propio hogar, recordé todos aquellos momentos en los que acompañaba a Javi a recoger ropa para volver al que en aquel momento era el mío. El nuestro. Durante unos segundos miré el portal donde tantas veces le había visto bajar con aquella bolsa y sus camisetas blancas impolutas que tan bien le sentaban. Recordé la de besos que habíamos compartido en aquella acera y sentí un pinchazo en mi corazón.

—¡¡Joder, tía, que se me ha cagado un pájaro!! —gritó Laux para sacarme por la fuerza, la de su voz, de aquel bonito recuerdo.

Empezó a tocarse el pelo y a hacer aspavientos como si estuviese poseída, a la vez que se reía al ver un poco de caca en su mano. Yo, muerta de la risa, miré al cielo en busca del culpable.

—Pero ¿qué comen los pájaros en este barrio? ¿Ensaladilla rusa?

—¡¡Mira!! —le grité de repente.

—¿Qué pasa?

—El ático que me gusta tanto tiene otra vez el cartel naranja fosforito de «Se alquila».

—¡¡No te creooo!! —Laura miró hacia arriba y yo cogí el móvil, nerviosa, para abrir Idealista. No comprendía por qué no me había llegado el aviso, si lo tenía guardado en favoritos.

—Estás enganchadísima a esa mierda —me dijo Laux.

En pantalla había un mensaje que no había leído porque llevaba toda la tarde tan entretenida con las chicas que ni había mirado el móvil.

Idealista
Uno de tus favoritos vuelve a estar disponible.

Pinché en el enlace de la notificación con la esperanza de que hubiesen rebajado el precio. A la mitad, concretamente.

—Buf, sigue costando lo mismo... Imposible para mí.

Laura me quitó el teléfono de las manos para curiosearlo.

—Joder, la verdad es que la terraza es increíble. Menudas fiestas íbamos a hacer allí.

—Es una pasada —dije con cierta pena, como cuando miras el escaparate en una tienda en la que no puedes permitirte nada.

—Creo que el que esté en alquiler de nuevo es una señal.

—Sí, claro, es una señal de que no puedo pagarlo... —le respondí con la típica risa que te sale cuando te das cuenta de que tu vida es una mierda, pero que ya estás acostumbrada.

—Que no, coño. ¿No te pasó lo mismo..., bueno, lo mismo pero al contrario, cuando te fuiste a Ibiza?

—Bueno... Aquella vez me ayudó a tomar la decisión de marcharme.

—Pues ahora igual. Es una señal.

Miré a Laura sonriendo, agradeciéndole el esfuerzo, pero no terminaba de entender muy bien la relación, porque en este caso no iba a poder alquilarlo.

—¿Estás bien, amiga? —me preguntó al verme dudar.

Y mi boca dijo «Sí», pero mi mente y mi corazón dijeron «Joder, quería ese ático».

Aquella noche, tumbada en la cama, dejé libertad a mis sentimientos para que hablasen. Con todo lo que había ocurrido con el ático, mi corazón no dudó ni un segundo en llamar a Javi. El verano ya estaba cerca, yo tenía claro que no iba a volver a Ibiza y, aunque nos intercambiábamos mensajes e incluso alguna llamada durante la semana, era el momento de tener una conversación que pusiera nombre a lo que finalmente iba a pasar entre nosotros.

Siempre me gustaba llamarle al teléfono fijo de casa. Me parecía romántico, dado el bonito lugar donde vivía apartado del mundo, y así tampoco me arriesgaba a que no tuviese cobertura si estaba en la planta de arriba. Aquella noche le llamé tarde, pensando que ya habría vuelto de trabajar, pero no me lo cogió, así que probé con el móvil.

—Hola...

—Hola, mi niña.

—¿No estás en casa?

—Sí, bueno, es que estoy en el jardín.

—¿A las once de la noche?

—Claro, es que de noche es cuando hay que regar... ¿No te acuerdas?

—Es verdad, me lo contó tu abuela Catalina... Por cierto, ¿cómo está?

—¿La yaya? Bien, como siempre. Ya sabes que es más dura que una piedra. Ahora le ha dado por plantar bambús.

—¿Bambús? A ver si vais a criar koalas...

—Ja, ja, ja. No estaría mal... A saber qué tiene entre manos esta mujer. Vino del vivero con ellos y me contó que los bambús florecen cada treinta años a la vez en todo el mundo, independientemente de la estación o clima del país, algo que nadie se explica.

—¿Eso es verdad?

—Pues no lo sé, pero me imagino que se lo habrá dicho el del vivero.

—Oye, ¿y los girasoles?

—Pues se marchitaron en invierno, pero ahora están a puntito de florecer, como ya llega el verano...

Aquella frase abierta en boca de Javi parecía que pedía a gritos entrar de lleno en el tema en cuestión, pero de repente se escucharon voces y gritos de fondo que interrumpieron la conversación. Me pareció que era su padre, por la voz y, sobre todo, por las palabrotas y el volumen.

—¿Está tu padre ahí?

—Sí, es que ha venido a verme un momento, pero ya se va.

La relación de Javi con su padre no era muy estrecha y me extrañó que estuvieran juntos, más aún que este último hubiese ido a verle a su casa, algo que no pasó en los meses que estuve conviviendo con él.

Aquella situación hizo que nos quedáramos en silencio y, aunque entre nosotros la ausencia de palabras siempre se había compensado con besos y abrazos, me empecé a preocupar cuando me percaté de que empezaba a ser incómodo para él. Cuando convives con una persona, los silencios son parte del día a día, pero conoces lo que hay detrás de ellos. En ese momento a Javi se le notaba nervioso, y no terminaba de entender muy bien por qué. Estaba claro que tener a su padre a su lado le afectaba muchísimo, aunque sentía que había algo más. Al cabo de unos segundos, Javi reaccionó.

—Ya... Perdona, pero es que no terminaba de irse y no quería hablar contigo delante de él.

—Javi...

—Ya sé lo que me vas a decir.

—Estamos casi en verano...

—Lo sé...

En aquel momento ninguno de los dos, amantes del estío, queríamos que llegase la fecha porque en cierto modo sabíamos lo que significaba. Era curioso cómo, en este caso, aquella cuenta atrás para el verano que tantos buenos recuerdos me había traído en otra época parecía marcar un final más que un principio.

—Voy a buscar una casa en Madrid —dije con rotundidad—. Te echo muchísimo de menos, pero no puedo volver a Ibiza. Después de todo lo que ha pasado, necesito un verano tranquilo, reorganizar mi vida y mi cabeza. No puedo pedir otra excedencia y arriesgarme a perder mi trabajo. Han sido demasiadas emociones en muy poco tiempo y tengo que asimilar las cosas.

Javi no respondió, pero pude oír cómo suspiraba del otro lado del teléfono.

—¿Javi?

—Lo entiendo. Tienes razón. En estos meses he hecho lo imposible por encontrar una permuta, pero no he podido. Lo he hecho tarde y se nos echa encima el verano. Dijimos que teníamos hasta entonces para solucionar esto, pero no lo he conseguido. Lo sé.

En ese momento, al escuchar sus palabras, fui yo la que respiré hondo, pensando en un motivo para que la conversación no siguiera por ese camino. Él continuó hablando:

—No sé... Solo puedo decirte que seguiré buscándola, pero no quiero condicionarte más. Sé que tienes que hacer tu vida y, si dentro de diez días o cinco meses la encuentro y aún sigues queriendo que vaya, lo haré, pero si has rehecho tu vida, lo entenderé... —añadió.

Aquello parecía una huida hacia delante. No sabía si podría soportar que, dentro de tres, cuatro o diez meses, cuando consiguiese una nueva permuta y yo hubiese empezado una vida sin él, de repente, volviera a tocar las puertas de mi pecho pidiendo de nuevo una vida juntos. No sabía si sería capaz de soportarlo, ni siquiera sabía si era bueno para los dos encontrarnos en esa situación, pero en aquel momento le echaba tanto de menos que no quise o no pude decirle que no. Pensé que más tarde o más temprano las cosas caerían por su propio peso.

—Vale. Dejemos entonces que hable el tiempo. Pero...

—Lo sé —dijo Javi, interrumpiéndome con el fin de que no continuara la frase.

No era mi intención ser dura: yo quería que quedase claro que estar con él era lo que más quería en el mundo, aunque supiese que no podía ser. Por eso, susurré:

—Te quiero siempre.

—Y yo a ti. Siempre.

Javi colgó y yo me quedé desolada. En mi mente tenía su imagen grabada junto a la estrofa de nuestra canción, aquella que el destino nos puso en la radio del coche una noche de verano. La misma que desató todos mis nudos:

Que como yo a veces sueño
nadie ha soñado contigo.
Que como te echo de menos
no hay en el mundo un castigo.
Pequeña de las dudas infinitas,
aquí estaré esperando mientras viva.
No dejes que todo esto quede en nada
porque ahora estés asustada...

A todas luces, aquella llamada era una ruptura y me dolía muchísimo porque Javi se había convertido en una de las personas más importantes para mí, de esas que son capaces de cambiar el rumbo de tu vida. No pude evitar que un torrente de lágrimas contenido se deslizase por mis mejillas, dejando a su paso una nube de mocos. Es lo que tiene llorar: cuando se hace desde el corazón, va acompañado de mocos.

Laura tocó la puerta de mi habitación y se acercó a mí con un rollo de papel higiénico.

—Me he quedado sin clínex... —dijo, consiguiendo arrancarme una sonrisa.

—Gracias, amiga.

—¿Quieres hablar de ello? —preguntó, intuyendo mi conversación con Javi.

—Ha entendido todo lo que le he dicho, aunque ha sonado a despedida.

—¿Pero...?

—Pues no lo sé, porque en el fondo yo no quiero despedirme, «pero» no hay muchas más opciones.

—¿Entonces?

—Oye, tú no serás de esas personas que siempre deja una pregunta en el aire para que la contesten los demás, ¿no?

—¿Por qué lo dices?

—¡Serás idiota! —respondí sonriendo.

En el fondo, sabía que me estaba vacilando para que me relajase.

—Venga, que solo te estoy tirando de la lengua para que me cuentes cositas. La verdad es que me da pena porque siempre pensé que al final estaríais juntos...

—Yo también...

—Eso es porque sigues rotísima por él.

—Eso es verdad. ¿Y sabes por qué lo sé?

—¿Por qué?

—Porque siento que todas las canciones hablan de nosotros.

—¿Incluso las de reguetón? No sé yo si la de «Gasolina» habla de vuestra historia, chiqui.

Las dos nos reímos. Era inevitable que, después de aquella frase, Laura empezara a canturrear «Dame más gasolina, dame más gasolina», acompañada de una estrambótica coreografía y una falta de sincronización entre la voz y los movimientos de su cuerpo que me hicieron sentir mucho mejor.

Después de la *performance*, Laura hizo lo que mejor sabe hacer: estar ahí. Me abrazó, dejé salir unas cuantas lágrimas más y rápidamente consiguió integrarme de nuevo en su vida, sacándome de la mía.

—¿Te vienes al salón conmigo? Así no te quedas sola y compartimos la pena, doña Angustias —dijo sonriendo.

—¿Qué estabas haciendo?

—Estaba escuchando música tranquila.

—¿Estás en modo *jazz*?

—Es el único modo en el que estoy en casa... —respondió con vehemencia.

Y es que, por más tiempo que llevásemos conviviendo juntas, no me acostumbraba a verla con el pelo rizado, gafas de culo de vaso y, sobre todo, escuchando *jazz*.

—Es Miles David, ¿no?

—Es Chet Baker, tía. Se nota muchísimo la diferencia.

—Oh, ¡es verdad! ¿Cómo no me he dado cuenta? ¿Cómo he podido confundirlos?

—No te preocupes, a mucha gente que no sabe le pasa... Miles era muy irascible y Chet era más suave. Eso se nota en cómo tocan la trompeta —contestó Laux, que volvía a sorprenderme como llevaba haciendo desde que la conocí, siendo capaz de hacer el pino en un bar a las cuatro de la mañana y luego capaz de diferenciar la trompeta de Chet Baker de la de Miles Davis.

—¿Y tú cómo estás? —le dije para no monopolizar la conversación sobre mis desdichas.

—¿Yo? No paro de pensar en mis huevitos.

Me daba mucha ternura que Laux pensase con tanto cariño en sus «huevitos» como sus futuros hijos.

—¿Y eso por qué?

—No sé, últimamente le doy vueltas todo el día a que seré una madre estupenda.

—Estoy completamente segura de que lo serás, amiga.

—A veces pienso que en este momento de mi vida tengo tanto amor dentro que sería una pena desperdiciarlo.

—Pero ¿quieres quedarte embarazada ahora? —Miré ojiplática a Laura después de aquella frase que había soltado ni corta ni perezosa, mientras sostenía una cerveza en la mano.

—¡Pero qué dices, tía! ¡¡Si me he apretado hoy mil cervezas!! El día que me quede embarazada lo notarás porque solo beberé agüita, pero ahora todavía estoy en edad de merecer..., ¡de merecérmelo todo! —Laux soltó una carcajada como solía hacer cuando le hacían gracia sus propios chistes. Estaba feliz. Estaba espléndida.

—¿Y yo seré su madrina?

—Serás lo que quieras ser, amiga, igual que yo seré madre.

Exacto. Seríamos lo que quisiésemos ser, así que en aquel momento decidí que Laux sería mi hermana, más que una amiga, para siempre. Mi *nakama*.

41
Segundas partes siempre fueron buenas

El mundo se volvió estable bajo mis pies.

Gracias a Laura conseguí animarme tras aquella conversación con Javi, la cual, por otro lado, había sido necesaria para continuar con mi vida. Una vida en la que, por fin, el mundo se volvió estable bajo mis pies.

La vuelta a la rutina me trajo la ansiada paz mental, la cual me permitió recuperar tiempo para mí y para esas pequeñas cosas que siempre me han gustado hacer y que había abandonado casi por completo. Volví a fotografiar atardeceres en Madrid, a leer en mis ratos libres y a escribir en mis redes sociales, pero esta vez disfrutando de las risas, sin mostrar una felicidad impostada a través de memes, como había hecho algunas veces hasta el momento. Ahora las risas lo copaban todo de manera real.

Por extraño que parezca, también comencé a disfrutar de ir al gimnasio con Laux, aunque todavía me sentía un tanto desubicada. Solo estaba cómoda en la cinta de andar, el único aparato que sabía utilizar y que no me exigía hacer un doctorado para ponerlo en marcha. Además, para mi confort, Sara se sumó y vino con nosotras a entrenar antes de quedar con Lucía los jueves por la tarde.

—Muy bien, Sara. Con esa cinta del pelo tienes contenida la rataflequillo —le comentó Laux nada más verla.

Y era cierto. Sara parecía una de esas monitoras de *fitness* de los años ochenta, vestida en tonos flúor y leopardo, pero estaba divina.

Las tres éramos tan menudas que parecíamos unas niñas que se acaban de apuntar a gimnasia rítmica.

—¡¡Pero bueno!! ¿Tenemos chica nueva en la sala? —Marc apareció de la nada, dándonos un buen susto.

Laura hizo las presentaciones oportunas.

—Sara, este es Marc, nuestro entrenador personal. Marc, ella es Sara. Ojo, que no se ha apuntado: viene con la tarjeta de invitada.

—Bueno, bueno, esto sí que es un reto para mí. ¡Tengo que conseguir que te apuntes!

—Yo ya he venido unas cuantas veces. No creo que haya mayor reto que ese, ya que llevaba sin hacer deporte desde el instituto... —añadí.

—¿Y nuestra invitada? ¿Es deportista? —Marc apoyó el brazo en la cinta de Sara, tonteando con ella a todas luces.

—No mucho... ¿Tú eres experto en mandalas?

Marc se quedó perplejo, pensando que sería alguna técnica de entrenamiento que no conocía.

—¿Quién es «Mandalas»? —respondió, tirando por la calle del medio.

—¿Quién? —preguntó Sara alucinada.

Laux se rio sonoramente ante la conversación absurda que Marc y Sara estaban intentando mantener.

—El novio de Sara colorea mandalas como forma de vida, para relajarse. Seguro que lo has visto alguna vez. Son dibujos casi geométricos, muy armónicos, como las figuras que veíamos de pequeños con el caleidoscopio, chiqui.

—Así es. Es tan espiritual... —añadió Sara.

—Ah, valeeeee... —respondió Marc para salir del atolladero cuando claramente no tenía ni idea de lo que le hablábamos.

—Ja, ja, ja. Es que Marc es más de cultivar el cuerpo que el espíritu... —se mofó Laux con total confianza con él.

—Ya veo, ya... Bueno, yo de mandalas no sé nada, pero de

ejercicios sí, así que os voy a preparar una tabla para las tres. A ver qué tal se os da.

—¡Pues espero que sea de quesos, porque he traído vino! —dije, siguiendo con la broma de las tablas, mientras las tres nos descojonábamos de la risa en una sala donde, por fin, nuestras voces pasaban desapercibidas.

Marc respiró profundamente, dándonos por perdidas, y se alejó murmurando, dejándonos a las tres con el cachondeo propio de aquellas descacharrantes conversaciones.

Aquella tarde estuvimos casi una hora charlando en las cintas de correr. Laura, en el medio, ligera como una gacela, y Sara y yo a ambos lados, echando el bofe. Afortunadamente un mensaje de Lucía llegó al Dramachat para darnos un poco de aliento.

Dramachat
Laux., Lucía azafata., Sara., Tú

Lucía azafata.
Chicas, tengo que
contaros una cosa

Ya estábamos otra vez con las frases ambiguas. Las tres nos miramos y pensamos: «La madre que la parió, ¡¿no podrá decirnos directamente qué es lo que tiene que contarnos?!».

¿Qué pasa?

Lucía azafata.
Os veo esta tarde aquí
a las 19:00.
No lleguéis tarde.

Lucía nos adjuntó una dirección y no contestó nada más. Rápidamente, el equipo de investigación que llevábamos dentro se puso en marcha para saber adónde nos llevaba el enlace, pero no encontramos nada relevante. Era un parque.

—Oye, ¿y si lo que quiere es llevarnos a un parque para descuartizarnos y así coger experiencia para escribir en sus novelas? —dije en tono de broma.

—¡¡Ostras, es verdad!! Seguro que quiere documentarse —añadió Sara.

—Pues entonces voy a secarme bien el pelo, que quiero salir mona aunque me mate —concluyó Laux con toda la razón del mundo.

Con puntualidad inglesa, llegamos a la hora exacta al parque donde Lucía nos había convocado. Ella ya estaba allí, esperándonos.

—¿Qué pasa? —pregunté intrigada.

—Nada, ¿qué va a pasar? Estáis un poco sugestionadas vosotras, ¿no? —dijo algo mosqueada al ver nuestras caras.

No le faltaba razón.

—Es que has cambiado los planes de repente y nos traes a un parque al que nunca hemos venido —insistí, haciéndome la indignada.

—Claro, porque es una sorpresa —respondió Lucía, conciliadora.

—Nos va a matar —dijo Sara entre risas.

—¿Cómo? —preguntó Lucía flipando.

—Mira lo mona que me he puesto para cuando me encuentren enterrada.

—Pero ¿de qué estáis hablando?

—Nada, no les hagas caso... ¿Qué sorpresa es esa? —dije, viendo que la broma se nos iba de las manos.

—«Esa» sorpresa. —Lucía señaló un pequeño estudio de tatuajes que había al otro lado del parque—. ¡He reservado esta tarde para hacernos los tatuajes que dijimos!

—¡Qué cabrona! —grité mientras sonreía de alegría porque me parecía una excelente idea.

—No quería deciros nada más en el chat porque quería que os intrigara el tema y no llegarais tarde. No quería tener que mataros por esta tontería... —dijo Lucía guiñándonos el ojo a las tres, que nos miramos con cierta tensión.

En cuestión de un par de horas, las tres teníamos nuestros flamantes tatuajes y las muñecas envueltas en papel *film* para protegerlos. Fue realmente sencillo, ya que el tatuador solo tuvo que replicar nuestra estrellita en las muñecas de las demás, y Lucía y yo llevábamos los onces escritos en un papelito. Yo me los tatué con la letra de Lucía y ella con la mía. Unidas para siempre.

Cuando llegó el turno de Lucía, se sostuvo la muñeca con la otra mano, dejando a la vista nuestra estrella. Emocionada, nos preguntó:

—Sabéis lo que significa esto, ¿verdad?

Todas nos quedamos en silencio ante aquella pregunta, sabiendo lo emotivo que era para ella haber cambiado las agujas del hospital por las de los tatuajes. Ella continuó:

—Significa que nuestra amistad va a durar para siempre, como esta estrella.

—¿Y nuestros onces? —le pregunté emocionada.

Lucía hizo una pausa para mirarme.

—Significan que los deseos se cumplen. ¡Joder que si se cumplen! Estamos aquí las cuatro juntas. No puedo ser más feliz.

En aquel momento de exaltación de la amistad y la vida, todas nos abalanzamos sobre Lucía para abrazarla. El pobre tatuador tuvo que reñirnos porque por poco le movemos y en vez de las 11:11 casi le tatúa las 11:10.

—Sabéis que nuestros brazos parecen unos bocadillos de tortilla de esos que hay en el aeropuerto, ¿no? —dijo Laux en broma—. Como los que nos vamos a comer este veranito cuando nos vayamos de *holidays*.

Laura empezaba a encaminar la conversación hacia algo muy interesante: nuestras vacaciones de verano juntas.

—El jueves que viene toca organizarlo. Rubia, prepara la cámara, que nos vamos a contar nuevos atardeceres las cuatro juntas.

La emoción fue unánime. Aprobamos el viaje por mayoría

absoluta con una frase que enterraba los vestigios de un pasado que quedaría en nuestros recuerdos para siempre convertido en aprendizaje. Una forma de saltar hacia un futuro donde las promesas de crear nuevos recuerdos y anécdotas juntas colmarían nuestras próximas ilusiones.

Aquella noche, cuando Laux y yo llegamos a casa, y después de que repitiera unas veinte veces por el camino lo mucho que le ponían los *piercings* del dueño de la tienda, nos sentamos en nuestro sofá de las confesiones, sin parar de admirar nuestros nuevos tatuajes. Girábamos los brazos a la altura de los ojos, como queriendo atravesar con la mirada el papel transparente para asegurarnos de que estaba intacto. Era tal la emoción y la adrenalina que traíamos en el cuerpo, que Laux no dudó en venirse arriba después de la cena.

—¿Nos tomamos unos chupitos mientras leemos internet?

—Hombre, Laura, eso que traes son dos copas de balón.

—Bueno, cada una se toma los chupitos donde quiere.

Da igual el tipo de día que hayas tenido que, si tienes a una «Laura» a tu lado, siempre acabará bien. Es de esas personas capaces de mejorar hasta los días buenos.

Esos momentos que Laux catalogaba como «noches para leer internet» eran tranquilos y plácidos. Ambas dedicábamos más de media hora a elegir una película que nos apeteciese ver para luego ignorarla mirando el móvil.

En mi caso, aprovechaba para echar un vistazo a Instagram e Idealista, y de esa forma llevar mis redes al día, y en busca y captura del piso perfecto. Laux, en cambio, echaba un ojo a Tinder y AdoptaUnTío. Mientras yo le mostraba fotos de pisos en alquiler, ella me mostraba los chicos que le habían dado *match*.

—Mira este.

—¡¡La tiene enorme!!

—¿Qué dices, tía?

—¡¡La cocina!!

—Joder, qué susto.

—Ja, ja, ja. Creo que lo único en lo que coincidimos es en que somos personas que respiramos aire.

Y es que Laux no terminaba de encontrar a nadie interesante que le revolviera el alma y yo tampoco era capaz de descubrir el piso ideal. Localizar un apartamento en Madrid no es tarea fácil, por lo que, cuando veía uno que me podía encajar, pasaba por las mismas fases que se pasan en el duelo.

Negación: «No, este no me convence».

Ira: «Joderrrr, pero ¿por qué es todo tan caro?».

Negociación: «¿Y si consigo que me lo baje cien euros?».

Depresión: «Será imposible, compartiré piso con Laura toda mi vida».

Aceptación: «Bueno, seguro que mañana sale alguno nuevo».

Una de las muchas noches en las que este proceso se repetía, Pol me llamó en plena fase de ira:

—Vecina... ¿Sabes qué?

Pocas preguntas me irritan tanto como esa. ¿Cuántas posibilidades hay de que aciertes lo que la otra persona te va a contar tras una pregunta así? ¿Una entre un millón? No obstante, contesté con calma, como casi siempre.

—No lo sé. Dame una pista.

—Empieza por «pi» y acaba por «so».

—¡Picasso! —respondió Laura, que estaba pegada a mi oreja escuchándolo todo.

—Dile a Lady Susurros que ella sí que es un cuadro.

—¡Venga, Pol! ¿Qué piso? —insistí, fruto de mi desesperación.

—Uno que se ha quedado libre en nuestro edificio...

—¡¡No me jodas!! ¿Mi antiguo piso? —pregunté emocionada.

—No, es el tercero A.

—No me importa. No voy a ponerme exquisita ahora mismo.

—Esto que te cuento es un chivatazo en toda regla: he oído que la casera se lo decía a su hija por teléfono mientras esperaba a Jaume en el portal fumándome un piti. Todavía no se ha colocado el cartel ni han puesto anuncios. Así que te recomiendo que la llames cuanto antes y ni se te ocurra decirle que te lo he contado yo, que me sube el alquiler seguro.

En aquel instante pasaron por mi mente todos aquellos momentos felices en mi pequeño apartamento con Pol, fumándose su cigarrito cada noche en mi ventana. También recordé a Javi en mi cama, a los dos en mi ducha y cocinando en aquella minúscula cocina. Los árboles que se veían desde el salón y las tardes en la piscina. A mi padre trayéndome plantitas. No eran malos recuerdos en absoluto, todo lo contrario, pero creía que, a esas alturas de la película, era mejor crear otros nuevos dentro de un entorno conocido. Como si fuera una especie de segunda parte.

—Pues mañana mismo llamo a la casera y le pregunto. Gracias, Pol.

—No me las des. Yo lo que quiero es seguir yendo a tu ventana a fumarme mis pitis. Recuerdos a miss Cuchicheos.

—¡¡Eh!! Que te he oído, Polilla —dijo Laura indignada—. Ya hablaremos tú y yo...

—Ya gritaremos, querrás decir...

Y entre risas colgué con Pol, sabiendo que existía una posibilidad de encontrar la última pieza del puzle para reconstruir mi vida.

Esa misma noche tuve un sueño angustioso, una versión actualizada del sueño de los peces, previo a mudarme a Ibiza.

En mi sueño, esta vez había encontrado un piso monísimo, en pleno centro de Madrid, con unos amplios ventanales por los que entraba una luz brillante. Obviamente no era mi primer piso, pero la zona me resultaba familiar. En él, yo iba caminando por todas las estancias, abriendo las puertas y comprobando que todo estaba en orden. Todavía hoy puedo revivir, como si hubiese sido ayer, la sensación de angustia que tuve cuando me detuve frente al grifo de la cocina para abrirlo. En el sueño, o más bien pesadilla, no salió agua, sino que, de repente, un ruido de tuberías vibrando empezó a escucharse cada vez más fuerte y con más intensidad. El grifo comenzó a temblar e inesperadamente salieron de él muchos peces, concretamente boquerones en vinagre, que lo pusieron todo perdido e hicieron que la tarima del suelo se levantase.

—¿Peces otra vez? ¿En esas estamos? —dijo Lucía cuando le conté el sueño al día siguiente.

—En esas estamos. Pero esta vez eran pequeños...

—Sí, pero ¿y el vinagre? ¿Acaso no sabes lo que significa?

—Joder, Lucía, si en tu libro sale lo que significa soñar con boquerones en vinagre, ese libro es más completo que un programa de Saber y Ganar...

—Que no te extrañe... Pero que sepas que soñar con vinagre representa una nueva oportunidad para empezar desde cero y apoya la necesidad de tomar decisiones que te están mostrando de nuevo los peces.

—¿Todo eso dice?

—Tal cual.

—¡Hostia! Será porque, como el vinagre quita las manchas, significa empezar de cero y, como encima flota en el agua, representa un salvavidas que te mantiene a flote y hace que tomes decisiones acertadas, ¿no?

Lucía se quedó completamente en silencio ante mi disertación. Lo reconozco, creo que me había emocionado más de la cuenta.

—Tú sabes, rubia, que el vinagre no flota en el agua, ¿verdad?

—¿No?

—No. Es el aceite.

—Bueno, pues el aceite, qué más da. Igual no lo vi bien y los boquerones venían en aceite.

Lucía se volvió a quedar en silencio por segunda vez.

—Tú eres consciente de que a veces se te va, ¿no?

—Sí, un poco.

—Vale, vale. Si lo sabes, no hay problema. Me preocupaba que no fueras consciente.

Dicen que segundas partes nunca fueron buenas, pero no estoy de acuerdo. El destino nos regala segundas oportunidades de manera continuada y hay que saber aprovecharlas. Yo lo tenía claro: iba a disfrutar la mía con aquel nuevo piso en mi antigua urbanización. Y es que la vida muchas veces nos tiende su mano de nuevo, pero siempre con la premisa de que hay que aprovechar el momento. Hace solo unos meses, sin duda, ya nos agarramos a ella con fuerza y Lucía tuvo esa segunda oportunidad. Así que puedo decir, sin temor a equivocarme, que segundas partes siempre fueron buenas.

42
Cerrando etapas

Las cosas no pasan solo porque las digamos.

A la mañana siguiente, lo primero que hice antes incluso de desayunar fue llamar a mi excasera. Se sorprendió mucho al escucharme y no terminaba de entender cómo era posible que me hubiese enterado de que uno de sus pisos se había quedado libre sin ni siquiera haberlo anunciado. Tuve que contarle que lo había soñado, restándole importancia al «cómo» y otorgándosela al «cuándo» teníamos que vernos: básicamente, ya. Aunque lo del sueño la dejó un tanto extrañada e imagino que intranquila, guardaba un buen recuerdo de mí, así que conseguí quedar con ella antes de comer para que me lo enseñase. Sabía que para alquilar un buen piso en Madrid, llegar la primera es crucial. Cuidé al detalle mi *outfit*, en especial los zapatos y el bolso, puesto que sabía que era algo que a ella le apasionaba y me proporcionaba un tema de conversación que ya me ayudó la primera vez y que, por ende, jugaría a mi favor en esta segunda ocasión.

Cuando nos vimos, la ronda de halagos sobre la ropa y complementos nos precedió, como siempre.

—¡Hola, Pilar! ¡Cuánto tiempo! ¡Qué guapa está! Me encantan sus zapatos. ¿Cómo va todo?

—Pues ya ves, niña, por aquí sigue todo igual. ¿Tú cómo estás? ¡Me encanta tu bolso!

Aquel «niña» que ella utilizaba siempre conmigo me trasladó a Ibiza, con doña Catalina y Javi. Pero tenía que centrarme en el «aquí» y el «ahora» y en mi estrategia con la excasera que, de inicio, estaba dando sus frutos. Había elegido uno que compré en las Dalias y que sabía que iba a gustarle mucho por lo llamativo de los flecos.

—¡Gracias! No es tan bonito como su Collegue de Yves Saint Laurent, pero es único. Los hacía una chica en la isla. —Le mostré los cuidados detalles que tenía, alabando su carísimo y precioso bolso y su pasión por los flecos.

—Qué manía con hablarme de usted. Al final todas las personas como tú nos hacéis viejas a las que todavía estamos como una rosa. Pero siempre me ha gustado la gente educada. No ensucia mucho los pisos. Venga, niña, vamos, que ando con prisa.

Subí las escaleras hasta el tercero A con cierto nerviosismo. Cuando abrió la puerta, entré rápidamente, deseando que por fin fuera «mi hogar». A los pocos segundos me di cuenta de que el amor a primera vista que sentí con mi primer piso fue algo instantáneo que no ocurrió en este caso, pero me servía: vaya que si me servía. La ventana del salón no daba a los árboles y a la piscina, sino a la calle principal. La cocina estaba separada, no era americana como en mi piso anterior, y tenía dos dormitorios. Era bastante más espacioso, pero sin duda tenía menos encanto.

—Tengo pensado poner el anuncio a finales de esta semana. Será más caro que el que tenías, pero ya ves que es mucho más grande...

—Podría pagar unos cincuenta euros más al mes. No puedo más. —Fui lo más honesta posible, casi sin pensar en la decisión que con ello estaba tomando.

—Es menos de lo que tenía pensado, niña. Me pones en un aprieto...

—¿Se lo podría pensar y me dice en unos días? Antes de poner el anuncio, por favor. Necesito esta casa —dije poniendo ojitos que, lejos de ser impostados, reflejaban la realidad de mi situación.

Pilar me miró como una madre miraría a su hija, asintió y prometió llamarme cuando hubiese tomado una decisión, pero no podía confirmarme nada. Me aseguré de que tenía mi teléfono y con ese trato me marché con una sensación agridulce. Por un lado, estaba harta de mirar pisos sin éxito. Y aunque este tercero A no me había enamorado, me encantaba el edificio; además, estaba a cinco minutos de casa de mi madre. Por supuesto, el que Pol y Jaume volviesen a ser mis vecinos era un plus, y la piscina prometía un verano maravilloso, volviendo a los *bloody mary* con gazpacho y los pies en el agua. Me iba animando según lo pensaba, pero mi entusiasmo se fue al traste cuando se lo conté a Laux esa tarde en el gimnasio, en la cinta de las confesiones.

—Yo no volvería, la verdad —me dijo Laux con rotundidad.

—¿Por qué no?

—No sé, chiqui, es como una etapa que ya quemaste. Necesitas algo nuevo y fresco...

—Ya, claro, pero por el precio que puedo pagar ya me dirás qué encuentro que sea nuevo y fresco, porque la cosa está complicada... A no ser que quieras acogerme en tu casa de por vida...

—Pues no estaría mal, pero estoy segura de que podrías encontrar algo mejor.

—Lo dudo, amiga, lo dudo mucho, pero bueno, la oferta ya se la he hecho, así que... lo dejo en manos del destino.

—¿Y cuándo te dice algo?

—Esta semana. El viernes probablemente.

—¿Yaaaaaa? ¿Tan pronto? —dijo Laura con urgencia.

—¿Y cuándo quieres que me lo diga? ¿En 2030?

—No, hombre, pero un mínimo para que limpie y pinte el piso ¿no?

—El piso necesita poco arreglo. Está muy cuidado.

—¿Y tú crees que te lo va a dar?

—Yo creo que sí, porque me tiene cierto cariño.

—¡Joder!

—Pero ¿por qué te pones así? ¿No quieres que me vaya de tu casa o qué?

Laura estaba rarísima. Más rara de lo normal, que ya es decir.

—Es que, desde que vivo contigo, mi casa está ordenada.

—Ja, ja, ja. Y yo, desde que vivo contigo, voy al gimnasio.

—Ves, es un *win-win* de manual. No hace falta que te vayas ahora.

—Ja, ja, ja. Que cambies de idioma no va a hacer que cambie de opinión, pero te agradezco el intento, amiga.

—Bueeeeeeeno. Por cierto..., ¿has vuelto a hablar con Javi?

Otra vez la pregunta trampa de Laux en el momento más inoportuno.

—Algún mensaje... —contesté, algo distante.

—Entonces no habéis roto del todo, ¿no? Si seguís en contacto...

—Laura, sé que Javi te cae genial, pero sí hemos roto del todo. Adiós, *agur, finito, adéu, caput, bye bye, au revoir, ciao*, hasta nunqui.

—Vamos, que le vas a volver a llamar.

—¡¡Laura!! Para ya con Javi. No vamos a volver porque no hay ninguna opción para volver. Es muy sencillo: él no puede venir y yo no voy a ir. Ya lo hemos hablado mil veces. Además, ayer le llamé al teléfono fijo de casa y no me lo cogió. Su padre fue a su casa el otro día, lo cual es rarísimo porque se lleva fatal con él y apenas se hablan, y ni siquiera sé dónde anda nunca... Es todo muy extraño y, sinceramente, casi no quiero saberlo. No quiero seguir preocupándome por dónde está o qué hace porque así no voy a conseguir pasar página.

Laura me miró comprensiva durante un segundo y volvió a la carga.

—¿Le llamas al fijo de casa? Pero ¿tú qué eres? ¿Una mujer de los noventa?

—Ja, ja, ja. ¡Qué tonta estás! Es por la cobertura —le dije, faltándome el aire por el esfuerzo de llevar tanto tiempo hablando y caminando a la vez en la cinta—. Pero, vamos, que también me parece romántico.

—¿Tu concepto del romanticismo es llamarle al fijo?

—Bueno, el tuyo es llamar a Iván cuando vas pedo a las cinco de la mañana diciéndole que está para «mojar leche, pan y toma».

—¿Eso hago? —preguntó Laura sorprendida—. Yo creo que es más «moja pan en mi leche y toma».

—Cualquier cosa es posible.

—Pues es verdad. Otra vez tienes razón y ya son varias veces últimamente... Me voy a aprender bien ese refrán, a ver si me sale mejor la próxima vez... o no.

Intenté seguir hablando un poco más en serio, lo cual a veces se complica con Laux:

—Pero, vamos, que lo que más me escama es que en estos últimos días ya le he llamado varias veces a casa y nunca está. Y me dice que está allí, cuando yo sé que es mentira. Así que yo creo que esto está acabadísimo, Laura.

—¡¡¡Naaaaada, tonterías!!! —me respondió, exaltadísima—. Eso eres tú, que te has vuelto una controladora. ¿Qué pasa? ¿Que desde que existen los móviles tenemos todos que estar veinticuatro horas localizados? ¡Menudo coñazo! Ya solo falta que tengamos que estar también localizados en el fijo, no te jode... ¿Qué va a hacer? ¿Estar sentado al lado del teléfono todo el día por si se te ocurre llamarle?

Laura estaba empezando a desvariar. Quizá había tenido un mal día y necesitaba desahogarse, así que dejé que siguiera hablando, entre otras cosas porque yo ya estaba con la lengua fuera a punto de acabar mi tiempo en la cinta de andar, lo cual agradecí porque la conversación se estaba volviendo de lo más surrealista.

—Yo creo que lo que tienes es desconfianza.

—Hostia, Laux, esto no se acaba nunca...

—Pero ¿confías en él o no?

—¡Pero de qué estamos hablando ahora? ¡Claro que confío en él!

—¡Pues ya está! Es que, vamos, estar pendiente de estas tonterías me enerva. ¿Ves? Por estas cosas acabaré siendo madre soltera. Vamos, hombre, voy a tener yo que darle explicaciones a nadie, solo me faltaba... ¡¿Será posible?! Que le llama a casa y no está, dice... Pues habrá salido o estará cagando, ¡vete tú a saber!

Me quedé en silencio mirándola mientras caminaba en la cinta, sin saber muy bien qué decir después de aquel discurso que se había marcado.

—Vale, vale, Laux. Si te pones así, le llamaré al móvil la próxima vez.

—Mucho mejor.

—Eso si le llamo...

No volví a llamar a Javi, ni al fijo ni al móvil. Él tampoco lo hizo. Los días de esa semana pasaron y yo lo único que esperaba era la llamada de mi excasera, confiando en poder borrarle del nombre el prefijo «ex».

El calor empezaba a notarse en el ambiente. Las calles olían a verano y el sonido de las bandadas de vencejos al atardecer, volviendo a su hogar, anunciaba de forma inminente la llegada del buen tiempo. Todo avanzaba de forma pausada, como lo hacen los días cuando se aproxima el verano, para bien o para mal. Para bien porque los días se alargan lo suficiente como para disfrutar de la temperatura y de las crecientes horas de luz, y para mal porque no podía quitarme a Javi de la cabeza; ni a él ni a la decisión que habíamos tomado.

Sentada en la terraza de nuestro habitual bar de cañas, esperaba a que llegasen las demás. Desde aquella primera quedada no habíamos fallado ningún jueves, a excepción del día en el que nos hicimos los tatuajes, claro está. La nueva tradición que habíamos instaurado, después de que Lucía superara su enfermedad, hizo que nos sintiéramos más unidas que nunca. Además, aquella tarde era especial, puesto que habíamos quedado para organizar las vacaciones del verano que estaba a punto de comenzar. Unas buenas *holidays*, como diría Laux, que cambiasen de un plumazo el recuerdo, que no el aprendizaje, de los últimos meses de nuestras vidas. Lucía siempre comentaba que había experimentado algo muy intenso y muy doloroso, y que, sin quererlo, había borrado otros pasajes felices de su vida. Como si la memoria tuviese un espacio limitado donde, a veces, las experiencias negativas lo copan todo. Decía que aquel viaje nos traería una batería de nuevos recuerdos que se anclarían para siempre en la memoria de las cuatro, y que así podría quedarse con lo aprendido durante la enfermedad y tener preciosas experiencias renovadas a partir de ese momento. Lo mejor de las dos cosas.

Aquella reflexión de mi amiga me había gustado mucho, porque no era menos cierto que las malas experiencias y los problemas dejaban un poso de aprendizaje muy importante para el futuro. Siempre recordaré aquella frase que solía decirme: «Hay que saber leer la vida, rubia». Lucía, después del melanoma, ya se había leído varios capítulos; es más, se había acabado el libro entero y quería empezar uno nuevo, aprovechando cada segundo, cada broma, cada beso, cada jueves. Como dice la canción: «Lo pasado pisado». La mejor manera de hacerlo era crear bonitos e inéditos recuerdos entre las cuatro.

A los pocos minutos, Laura rompió mi paz tocándome el hombro por la espalda.

—Rubia, no me puedo creer que hayas llegado a la hora... ¿Qué querías? ¿Echar un ojo al mercado la primera o qué?

—Ja, ja, ja. No, es que me ha llamado la casera del piso y he aprovechado para salir antes.

—¡No jodas! ¿Qué te ha dicho? —me preguntó con cierta preocupación.

—Me ha dicho... ¡¡¡Que el piso es mío!!! —le respondí, loca de contenta.

—¡Noooooo...! —gritó Laux, llevándose la mano a la boca.

—¿Cómo que no?

—No, no es «no» de «¡no!», es un «no» de «no me lo puedo creer».

—¿Estás bien, Laux?

—Fresca como una alcachofa... Y ¿has firmado ya?

—No, pasado mañana.

—¿Tan pronto? ¿Y por qué no me lo has dicho? Me podías haber llamado, ¿no?

—No te lo he dicho porque me ha llamado hace una hora y pensaba contároslo a las tres...

—Ahora vengo. Voy al baño. —Laura se levantó, arrastrando la silla con urgencia.

No entendía nada de lo que le estaba pasando en los últimos días. Era como hablar con otra persona. En ese momento llegaron Lucía y Sara.

—¿Adónde va esta con esa prisa?

—Dice que al baño, pero está rarísima.

—Laux es rara —comentó Sara.

Lucía y yo miramos a Sara algo sorprendidas, ya que no solía emitir esos juicios de valor tan concretos sobre los demás.

—Bueno, cada una tenemos nuestras cosas... —añadió para suavizarlo al verse intimidada por nuestras miradas.

—Desde luego: unas hemos tenido un melanoma, otras tienen al rey de los mandalas en casa... —dijo Lucía con su característico humor.

—No, ya no —respondió Sara con rotundidad.

—¿Cómo que no? —pregunté preocupada.

—¿Has roto con Marcelo? —dudó Lucía, más preocupada aún.

—No... Es que se ha pasado al macramé. Mirad lo que me ha hecho.

Sara se giró para enseñarnos algo que sacó del bolso: un pequeño llaverito hecho a base de nudos. Era bastante feo. Lucía y yo nos miramos en silencio y ella continuó hablando:

—A ver, él está aprendiendo ahora, acaba de empezar, pero hay una jubilada en su grupo que es la hostia; hace unas cosas increíbles y le ha acogido como su ahijado. Dice Marcelo que en unos meses estará a buen nivel.

—Claro, claro... —dijo Lucía siguiéndole el rollo mientras me miraba.

—A nivel nudo flor en espiral mínimo —dije conteniendo la risa.

—¡Mira la rubia cómo sabe! El tema de los mandalas le gustaba, pero dice que ha encontrado su verdadera vocación. Le relaja mucho y cree que tiene potencial.

Lucía le miró fijamente y no pudo aguantarse más la risa. Hay cosas que no cambian.

—Sara, te voy a decir una cosa. Vosotros no estáis bien de la cabeza...

Las tres nos reímos hasta que vimos a Laura dirigiéndose hacia nosotras, pisando con firmeza y a grandes zancadas hasta llegar a la mesa.

—Ya está. ¿Cuándo dices que te vas al piso? —me preguntó.

—¿A firmar, dices?

—Pero ¿¿ya tienes casa?? —intervino Lucía en una conversación que se estaba convirtiendo en algo caótico por el nerviosismo de Laura.

—Sí... No es la mejor del mundo, pero de momento puedo pagarla. Además, es en el mismo edificio donde estaba antes de irme a Ibiza, o sea, que seguiré teniendo a Pol y Jaume a mano.

—¡Qué bien! ¿Y cuándo inauguramos? —se alegró Sara mientras se metía un kiko en la boca.

—Pues el sábado a las doce y media firmo el contrato. Podéis ayudarme con la mudanza el domingo.

—Ahora vuelvo. —Laura cogió el móvil y volvió a levantarse de la mesa, muy agobiada.

—¿Qué le pasa? —preguntó Lucía.

—Ni idea. Lleva una semana horrible. La he dado por perdida.

—Os lo he dicho, que es rara...

Laux volvió, dándole voces al camarero.

—¡Chiqui! ¡Venga, que estamos secas!

Acto seguido, se giró hacia nosotras como si nada hubiese pasado. Como si la *performance* que llevaba haciendo desde que había llegado fuera cosa del pasado.

—Bueno, ¿y dónde decís que nos vamos de viaje?

—Yo voto por ir a Lanzarote —propuso Sara.

—Noooo, algo fuera de España... Donde no sepamos ni el idioma que se habla... Así la puedo liar y no tengo que explicarme después... —añadió Laux.

—Venga, suéltalo ya, anda —le respondí cómplice.

—¿Yo? —dijo ella haciéndose la sorprendida.

—Venga, Laux. Si todas sabemos que traes varias opciones y que seguramente tienes incluso organizado el viaje, que ya nos conocemos.

—Joder, cómo sois...

—No me entero de nada —intervino Sara, en su línea.

—Venga, vale, va... —cedió Laux mientras sacaba del bolso una libreta donde tenía perfectamente detalladas varias opciones con fechas, días, transportes, comidas...

—Madre de Dios. Eres tan organizada que no sé si envidiarte o echar a correr —dijo Lucía al ver tal despliegue.

—A ver, son solo opciones; hay algunas sugerencias, algunas notas...

Todas nos acercamos a la libreta para echar un vistazo a aquel cuadro lleno de anotaciones pormenorizadas donde aparecían nuestros nombres y el DNI al lado.

—Pero si has detallado hasta las paradas que tenemos para comer —señaló Sara, leyendo una de las hojas.

—Bueno, pero es por aprovechar el tiempo...

—Ja, ja, ja. ¡Qué perra es! Pero si se ha puesto para ella un par de horas de «amor con foráneo» —dijo Lucía descojonada de la risa.

—Ja, ja, ja. A ver, esto es por si surge. Son solo un par de horas para mí, que estoy soltera, mientras las tres podéis hacer otras cosas...

—Bueno, yo igual me apunto a tu plan —añadí.

—No creo... —contestó Laux contundente.

La verdad es que me desconcertó la respuesta, si es que había algo que pudiese sorprenderme de ella a esas alturas.

—Bueno, mi opción de viaje favorito es a las islas griegas... Ya está, ya lo he dicho. En concreto he estado mirando las Cícladas. Las islas son preciosas. Podemos ir en barco saltando de isla en isla, en plan todo blanquito, casto y puro...

—No sé vosotras, pero mi presupuesto es limitado —advirtió Sara, preocupada.

—¡Naaaaaaaaaada! Lo tengo todo previsto y nos va a salir por cuatro duros... —respondió Laux.

—A mí me encanta Grecia... ¡Pero tenemos que ir a Atenas también! —añadí.

Para mí, visitar Atenas era una de las ilusiones más grandes que siempre había tenido desde pequeña, al haber estudiado griego.

—A mí con estar con vosotras me vale —dijo Lucía con todo el cariño del mundo, algo que conmovió a Laux de tal manera que decidió hacer una concesión sin precedentes.

—Venga, vale. Borro las dos horas de «amor con foráneo» y las cambio por «zorreo entre amigas».

—¡Pues por Grecia! —Lucía levantó su caña y la chocó con nuestros botellines.

Todas brindamos, dando buena cuenta de las cervezas que nos habían servido, con una nueva y fresca ilusión en nuestros labios: las islas griegas.

Aquella tarde de jueves pasó volando mientras descifrábamos los pormenores de un fascinante viaje que Laura había preparado minuciosamente. Una ilusión que mantuvo mis nervios calmados ante el cambio de vida que me esperaba.

El día siguiente sería el último en casa de Laux y me tocaba preparar la mudanza. Pedí mi día de asuntos propios y compré decenas de cajas de cartón en una tienda de embalajes para empaquetar en ellas mis pocas pertenencias. Me di cuenta de que había conseguido sobrevivir todos aquellos meses sin apenas cosas materiales, algo que consideraba impensable cuando me fui a Ibiza con Javi. Eso volvía a recordarme que en algún momento tendría que hablar con él para organizar definitivamente el envío de mi moto rosa.

Cuando llegó la noche del viernes, Laux me ayudó a cerrar las últimas cajas. Era un momento difícil para las dos, porque la convivencia nos había hecho inherentes la una a la otra. Todas las confidencias, los conciertos de Chet Baker y las cenas con nuestro queridísimo Kebab El Príncipe quedaron aferradas en nuestras almas: eso era algo muy complicado de precintar sin más.

—Te voy a echar de menos, rubi. Me había acostumbrado a tenerte en casa cuando volvía de las guardias.

—Oh, yo también, amiga. Me da mucha pena irme... Ya casi me había acostumbrado a escuchar cómo te rajas por la noche.

—Ya, es que, cuando estoy relajada, me dejo llevar...

Las dos nos reímos a carcajadas.

—Ven aquí —me dijo, abriendo sus brazos para que metiese la cabeza en su pecho.

Me coloqué entre sus brazos y no pudo quedarse callada:

—Qué pequeña eres, joder...

—¡Zorra! Muchas gracias por haberme acogido todo este tiempo...

Laux me miró y dejó caer una pequeña lágrima, algo nada habitual en ella.

—Sabes que me voy a diez minutos de tu casa, ¿no? —dije mientras limpiaba sus mejillas con mis manos.

—Creo que me he hecho mayor...

—¿Por qué dices eso?

—No sé... Me siento como... cambiada.

—Es que estos meses nos han cambiado a todas.

—Sí, lo sé... Pero... es como una sensación que tengo dentro que me dice: «Ya está, ya te has pasado esta fase, vayamos a la siguiente». Es como que he cruzado una línea y ya no voy a poder volver atrás, y eso me da un poco de miedo, la verdad. Es como si el que te vayas de casa fuese el detonante de un gran cambio también para mí.

Era la primera vez que veía a Laux dudar de sí misma. Ella siempre había sido una mujer fuerte, aunque desde el verano pasado, en el que sufrió su famoso «caso Ivanoski», como ella llamaba a su descontrol hormonal, unido a todo lo que aconteció posteriormente con Lucía, se había vuelto algo más madura (dentro de lo que era Laux, claro).

—Cuando murió mi padre me pasó algo parecido. Después de compartir tanto en tan poco tiempo con él mientras estaba enfermo..., se marchó. Y creo que mi cuerpo reaccionó de la misma manera. Tuve la sensación de que se había agotado una etapa de mi vida: como si esos últimos días hubieran sido gotas de agua que acabaron por llenar mi vaso hasta el límite y, cuando mi padre se fue, acabó por derramarse.

Laura me abrazó muy fuerte, a sabiendas de que recordar aquellos momentos era algo muy duro para mí.

—Si te sirve de consuelo, de aquello lo único bueno es que llegasteis a mi vida tú y Javi... —añadí.

—Bueno, lo nuestro es un punto y seguido, pero con Javi... ¿Has cerrado ya esa etapa de tu vida?

Otra vez la pregunta de Laux en el momento justo. Qué facilidad tiene esta mujer. Respiré profundamente antes de contestar. Pensando muy bien lo que iba a decir.

—Pues con Javi tengo la sensación de que el vaso sigue medio lleno o medio vacío, y me hubiese gustado llenarlo del todo, pero... me temo que es algo que nunca sabremos.

—Bueno, quién sabe...

—No. Las cosas no pasan solo porque las digamos.

Laura suspiró y no pudo evitar relajar la conversación con uno de sus comentarios.

—Joder, rubia. Siento como que estamos rompiendo nosotras. Eres lo más parecido a una novia que he tenido. ¿Hacemos el amor?

—No, que luego te enamoras...

Las dos nos descojonamos y cerramos para siempre las cajas que contenían los restos de aquellos últimos meses de mi vida. Coloqué la almohada encima de todas para que no se me olvidase llevármela bajo ningún concepto.

Ya sabéis lo que dice el refrán (uno que me he inventado, por supuesto): «Nueva etapa, nueva vida, misma almohada».

43
Valiente

Siempre es mejor hacerlo que quedarte con las ganas.

Cuando me desperté el sábado por la mañana, Laux había desaparecido. La casa estaba completamente en silencio, algo impensable si ella se encontrase a varios kilómetros a la redonda. Miré el móvil. Me había dejado un wasap una hora antes en el que decía: «Luego te veo». Sin más. Se suponía que iba a acompañarme a la firma y que después lo íbamos a celebrar con unas cervezas en la piscina para estrenar la temporada de verano, pero de momento no había rastro de ella aparte de ese escueto mensaje.

Decidí ponerme en marcha dándome una ducha. Había madrugado porque quería aprovechar la mañana antes de ir a mi antigua (a partir de hoy «nueva») urbanización. Cuando salí del baño, enfundada en mi toalla, no pude evitar quedarme contemplando la casa con cierta morriña. Esa palabra me recordó a mi excompañera del restaurante de Ibiza, Lúa, quien tantas y tan bellas palabras me había descubierto en gallego. Decidí tomarme un momento para ponerle un mensajito y decirle que la morriña de la que tantas veces habíamos hablado había traído su recuerdo a mi mente esa mañana, porque si algo había aprendido durante este último año era que no había que guardarse los sentimientos, y mucho menos los buenos. Enviar un mensaje de cariño a una vieja amiga con un sencillo «Me he acordado de ti» siempre va a provocar en la otra persona una sonrisa que no tiene precio. ¿Por qué evitarlo entonces? Sin duda, es mejor hacerlo que quedarse con las ganas.

Dejé el móvil sobre el sofá de las confesiones: sentí que iba a echarlo de menos. La próxima vez que volviese a esa casa ya no viviría en ella, y se me hizo muy extraño pensar que no tendría como algo propio el lado izquierdo del sofá. Respiré hondo y sentí un poco de vacío al no poder comentar todas esas emociones con Laux. Me hubiese gustado poder compartir nuestras confidencias sobre él una vez más. Y cuando digo sobre él me refiero al sofá, claro está.

Salí caminando hacia casa de mi madre. No tenía ninguna prisa. Quería disfrutar de una mañana que se había despertado templada. El paseo era corto, pero precioso. El sol ya se había levantado lo suficiente para que entrara por los árboles de la calle manchando la acera y a la vez mi cuerpo con luces y sombras. Aproveché para llevarle unos churros y desayunar con mi madre antes de que diera el sí definitivo a mi nuevo hogar.

—Te noto nerviosa, hija —dijo cuando casi me mancho por segunda vez al mojar una de las porras en el chocolate.

—Lo estoy, mamá... Ya sabes que los cambios me dan respeto. Este año he comenzado tantas nuevas etapas que ya no sé si lo estoy haciendo bien o me estoy equivocando.

—Ya sabes que tu padre era el de los refranes. Seguro que hubiera tenido uno adecuado para este momento.

—¿Uno solo? Probablemente serían unos veinte...

—Ja, ja, ja. O más... Y si no lo hubiese tenido, se lo habría inventado.

Miré a mi madre con cariño al ver cómo recordaba a mi padre de una manera tan sana. Tuvieron una relación de admiración el uno por el otro durante toda una vida, así que imagino que algo debí aprender de ellos, aunque fuera de manera inconsciente.

—Yo tengo un cuadrito de madera que compré el otro día en una tienda de abajo. Pone una frase que me gustó mucho. Igual te puede ayudar.

Mi madre se levantó y trajo un pequeño cuadro con una decoración hindú dorada muy bonita. En el centro aparecía la figura de Buda y una frase firmada por él.

—«Al final de tu vida, solo tres cosas importan: lo mucho que amaste, lo bondadoso que fuiste y la facilidad con que dejaste ir aquello que no era para ti» —dijo ella, leyendo en voz alta—. ¿Crees que nos vale?

—Ni papá lo habría hecho mejor...

Abracé a mi madre, que había encontrado la manera de reconfortarme. Aquel mensaje estaba en lo cierto: hay que dejar atrás lo que no es para nosotros, porque, si no, nunca quedará espacio para aquello que sí lo es.

Terminé de desayunar mucho más tranquila y charlamos durante un par de horas más hasta que llegó el momento de marcharme. Cuando salí por la puerta, sonreí pensando que aquel día era el comienzo de algo completamente nuevo para mí, exactamente igual que cuando dejé de vivir en casa de mis padres. Me di la vuelta tras despedirme de mi madre para mirarla otra vez. Siempre he creído que, cuando quieres mucho a una persona, te giras al despedirte para verla una vez más. Y ella seguía allí, en el quicio de la puerta, sacudiendo la mano.

—Te quiero mucho, mamá.

—Yo a ti más.

Ella siempre me quería más. No había nadie más generosa.

Con la agradable sensación provocada por compartir una mañana entera con mi madre, sin prisas, decidí seguir caminando. No hacía un calor excesivo, y recorrer aquellas calles que separaban la casa de mis padres de la mía traía a mi mente todo tipo de recuerdos que resultaban ser muy amenos y gratificantes. Entonces, recibí un mensaje de Pol.

Pol vecino.

Me ha dicho un pajarito
que hoy vienes a firmar.

¿Qué pajarito?

Uno que grita mucho...

¿Laux?, jajajaja.

Me temo que sí.

Por cierto,
¿Sabes algo de ella?
No me coge el teléfono.

Ni idea. Estará dándole
voces a alguien...

Llego en veinte minutos,
voy andando.

Cuando giré la esquina que daba a la calle del edificio, Pol, Jaume y la casera me esperaban en la puerta. Estaban charlando amigablemente e incluso se reían. Bueno, en realidad, el que se reía era Pol, mientras la casera y Jaume le miraban como quien no conoce a ese señor pesado de la fiesta al que nadie ha invitado. Estaría intentando convencerla para que quitara el gotelé de las paredes de su piso, porque si había algo que no soportaba Pol era el gotelé.

La casera, con unos Manolo Blahnik a juego con un bolso Louis Vuitton, cuyo nombre esta vez desconocía, desviaba la mirada y afirmaba con la cabeza de manera automática.

—Vaya recibimiento, ¿no? —observé.

—Claro, eres una persona importante. Que tienes quinientos amigos en Facebook... —bromeó Pol.

Quién se podría imaginar entonces el chat de amigas tan grande que tenemos ahora...

—Pol, tú sabes que eres la persona más rara que he alojado en este edificio, ¿verdad? —dijo nuestra casera, Pilar, algo exhausta.

—Especial. No hay que decir «rara». Se dice especial —contestó Pol con ese tonito que le caracterizaba.

—Lo de «especial» es el eufemismo que te digo para no herir tus sentimientos... —apuntó Jaume entre risas.

—Joder, Jaume, los trapos sucios se lavan en casa.

—Pues corre, aprovecha y pon una lavadora —dijo Jaume saliendo de ese tono gris al que nos tenía acostumbrados.

Obviamente, todos nos reímos, salvo Pilar, que nos observaba con cierta suspicacia y dudando, seguramente, si era una buena idea juntarnos a los tres de nuevo en su edificio.

—Bueno, ¿subimos? —preguntó, apremiándonos.

—¿Por qué? Si aquí se está divinamente. Corre brisa, hay una buena temperatura, hace tiempo que no nos vemos... ¿no? —dijo Pol de repente.

Los tres nos quedamos observándole un poco sorprendidos de su reacción, pero como era un tipo tan raro, tan «especial», cualquier cosa era posible.

—Ya, Pol, pero es que he quedado para comer con mi familia. Si no os importa, tengo un poco de prisa —dijo Pilar intentando ser amable.

—La prisa, ¿veis? Ese es el gran problema de ahora, Pilar... Todo el mundo corriendo, condicionado que si por el novio, que si los hijos, que si la familia... Al final, ¿dónde queda el tiempo para uno mismo, eh? ¿Dónde queda el tiempo para estas casualidades? El juntarnos aquí los cuatro...

—Pol, ¿has bebido? —le pregunté.

—¿Te apetece? Si queréis nos tomamos una caña.

—Pero ¿cómo vamos a tomarnos una caña ahora?

—A veces pienso que vivo con un crío de dieciséis años... —musitó Jaume alucinado.

—Venga, por favor, vamos para arriba —nos apremió Pilar mientras nos empujaba literalmente para entrar en el portal.

—Cómo sois, de verdad...

Subimos hasta la tercera planta y observé de nuevo el piso. Miré por la ventana, con la esperanza de que en aquellos días hubiesen plantado algunos árboles afuera, del mismo modo que albergaba todos los septiembres de mi adolescencia la esperanza de que pusiesen taquillas en el instituto. Sabía que no iba a pasar, pero ese puntito de ilusión no me lo quitaba nadie.

—Huele a recién pintado.

—Sí, hemos quitado el gotelé de las paredes —respondió Pilar, ante la indignación de Pol, que no pudo contenerse.

—Coño, pues a nosotros no nos haces ni caso, y la rubia llega y, a la primera de cambio, gotelé fuera. Ya que vivimos en una casa pequeña, que por lo menos sea bonita.

—El verano que viene te lo hago.

—El verano que viene puedo estar muerto...

Pilar me miró con algo de miedo e incertidumbre en sus ojos, mientras intentaba recomponerse para seguir adelante con la firma.

—Mira, este es el contrato. Lo he dejado en la cantidad que habíamos hablado, ¿vale?

Pol se acercó rápidamente a la mesa y cogió el contrato para ver el importe.

—¡¡Pero esto es un robo!! —gritó exaltado.

Todos nos quedamos a cuadros.

—Pero si nosotros pagamos mucho más —dijo Jaume.

—Si le he rebajado doscientos euros... —añadió Pilar desesperada.

—Pol, ¿estás bien? —pregunté preocupada, no dando crédito a las salidas de tono que estaba teniendo.

—Hombreee, es que, sabiendo la situación de la rubia, pues..., es un poco caro. Por ese precio te alquilas en otro sitio una cosa mucho mejor, con dos habitaciones por lo menos.

—Pero si este piso tiene dos habitaciones —respondió la casera.

—¿Ah, sí? Joder, si lo llego a saber nos lo quedamos nosotros, Jaume...

—Bueno, Pol, ¿me das el contrato? —le exigí, empezando a estar igual de cabreada que mi futura casera.

—Espera... Espera un momento. Déjame verlo. No vas a firmar algo sin haberlo leído, ¿no?

—Es un contrato tipo, Pol... —dijo Pilar, perdiendo la paciencia por momentos.

—A ver... De una parte... y de la otra... manifiestan que... —Pol frenó, como si hubiese encontrado una cláusula insalvable—. Aquí pone que no se pueden tener mascotas, rubia.

—Es que yo no tengo mascotas.

—¿Y si quieres tener aquí a los gatos de tu madre? ¡¡¡O peces!!! ¿Qué pasa si quieres tener peces?

—Hombre, si quiere tener peces, no habría problema —respondió Pilar.

—O sea, los peces bien y los gatos mal, ¿no? Pues menuda discriminación...

—Esa cláusula se refiere a animales de compañía —añadió Jaume.

—Ah, vale, o sea, que ahora los peces no te hacen compañía.

—Hombre, visto así, la verdad es que... —dijo Jaume.

—No, visto así tampoco —le interrumpió la casera, que entraba de lleno en el juego de Pol.

—Da igual, de verdad, si yo no voy a tener peces ni gatos ni loros ni dragones... —dije, intentando arrebatarle el contrato a Pol sin éxito.

—Me parece flipante lo que estoy leyendo... —continuó Pol.

—¿Qué pone? —pregunté asustada.

—Dice que, si quieres hacer obras en la casa, no puedes... Tienes que pedir permiso a la propietaria.

—Hombre, faltaría más.

—Pero si el piso está perfecto tal cual está... ¿Qué obras voy a querer hacer? —respondí.

—Además, si necesitas cualquier cosa, ya sabes que tenemos a Roberto en la finca —insistió Pilar.

—Ay, Roberto, hace tanto que no le veo...

—Pues no está muy amable últimamente —sentenció Pol.

—¿Quién? —preguntó Pilar.

—¿Cómo que quién? —dijo Pol.

—¿Cómo que no? —añadió Jaume.

—No sé, el otro día me miró raro.

—¿Cómo que «raro»? —dudó la casera.

—Raro... Me saludó solo con una mano. Él normalmente utiliza las dos... Así, mira.

Pol levantó las dos manos pegando los brazos al cuerpo como si fuese el finofaurio.

—El que está raro eres tú, Pol. Basta ya —intervine, intentado parar una conversación que parecía un diálogo del camarote de los hermanos Marx.

—Raro no. Especial, rubia.

—Y dale con lo de especial.

—Bueno, ya está bien, ¿no? —dijo Pilar perdiendo la paciencia ya por completo—. Yo, si me firmas el contrato, me voy y te dejo con él, que no sé qué le pasa hoy ni quiero saberlo.

—Vale.

Pol me dio el contrato y eché un vistazo por encima para darlo todo por zanjado de una vez.

—¿Tenéis un boli?

—No, pero, si queréis, subo a por uno a casa y os lo bajo.

—Creo que tengo uno en el bolso —dijo Pilar, buscando en su Vuitton.

—De verdad que no me importa... Subo en un momento.

—¡No! —gritamos los tres a la vez.

—Toma. —La casera me ofreció un precioso bolígrafo dorado con unas iniciales.

Miré a Pol, que a su vez miraba su móvil bastante nervioso. Revisé por última vez el contrato, pasando las páginas y visualizando en cada una de sus hojas los días de verano en la piscina. Con Lucía y un *bloody* gazpacho en la página uno, las conversaciones nocturnas con Pol en la dos, los paseos por la tarde para ver a mi madre en la tres, las noches con Laux durmiendo en el sofá en la cuatro, las cervezas con Sara después de un fin de semana ajetreado en la cinco... Y así hasta la última página, donde se encontraba mi nombre completo sobre una línea de puntos. Respiré por el confort que me daba estar tomando aquella decisión cuando, de repente, unos gritos entraron a través de la ventana:

—¡CHIQUIIIIIIIIIIIIII! ¡¡¡CHIQUI!!! ¡CHIQUIIIIIIIIIIIIII!

—¡No sabéis cómo me alegro de escuchar por fin esos alaridos! —dijo Pol, relajándose por momentos.

Las voces retumbaron en aquel salón vacío, como el eco en una gruta. Me asomé para comprobar, por si no había quedado lo suficientemente claro, que era Laura. Tampoco era la única. La vecina del segundo y un par de vecinos de enfrente también habían salido al balcón alertados por los chillidos. Debajo del edificio, gritando como una posesa, estaba Laux con el coche aparcado en mitad de la calle. Otro vehículo que estaba justo detrás le pitaba porque le interrumpía el paso.

—¡Deja ya de pitar, pesado!

—¿Qué haces, loca?

—¡¡¡Baja!!!

—¿Cómo voy a bajar? Si voy a firmar...

—¡NOOOOOOOOO! ¡Baja! —Laura sacudía los brazos violentamente a la misma vez que el señor del otro coche seguía pitando.

—Espérate, que ahora bajo.

—¡NOOOOOOOOO!

En ese momento me di la vuelta para firmar el contrato y acabar de una vez con aquella extraña situación que se había montado, una parafernalia que parecía un sainete con actores aficionados que durante treinta minutos habían representado una mala obra de teatro.

Cuando volví a la mesa para coger el bolígrafo, Pol se abalanzó sobre él y, con una rabia desmedida, lo tiró por la ventana.

—¡A tomar por culo el boli, coooooooño! Ya está bien, con lo que contamina la tinta, que es que ya no pensamos ni en el planeta ni en nadie...

Os puedo asegurar que la cara de los allí presentes era lo más parecido a cuando quieres salir por una puerta de cristal cerrada, pensando que está abierta. El precioso bolígrafo dorado de Pilar voló con sus iniciales desde el tercer piso hasta la carretera, golpeando al coche que esperaba detrás de Laura.

—Tú no estás bien de la cabeza, Pol... Ya me lo dijo mi

hermana: «No le alquiles la casa, que esa pareja no está bien de la cabeza... Que esta gente no está bien...».

—Perdone, pero yo sí estoy bien —dijo Jaume.

—Cariño, tú tienes tus cosas, como todos...

En ese momento, Laux entró resoplando por la puerta, después de subir los tres pisos corriendo por las escaleras. Tuvo que ser muy rápida porque nunca le había visto sudar así en la cinta del gimnasio.

—Rubia, ¡corre, ven! —dijo mientras me agarraba del brazo para sacarme de la casa.

—Pero ¿adónde? —le dije completamente alucinada.

—Gracias, Pol —añadió Laux mientras salíamos por la puerta.

—No te preocupes, ya me quedo yo explicando aquí el tema...

—Pero ¡¿adónde vas?! —me preguntó la casera sin entender nada, igual que yo.

Cuando llegamos abajo, Laux, aún acelerada, me dijo que me montase en el coche. Fue entonces cuando me detuve en seco para poner punto final a lo que parecía ser el tercer acto de aquella obra:

—¡Para, Laux! ¡Basta ya! —grité.

Laura se detuvo en seco, reconociendo mi tono de enfado verdadero.

—¿Qué pasa? —pregunté intentando que arrojara algo de luz al asunto.

Laux me miró e hizo un pequeño gesto, pidiéndome un segundo para recuperar el aliento.

—Pasa que he encontrado un piso mucho mejor que este.

—Pero ¿qué piso, Laux?

—Tú deja que te lo enseñe y luego decides, ¿vale? Pero ven a verlo.

Laux volvió a coger mi mano para meterme en el coche. Estallé.

—¡Para, Laux! —dije enfadada—. Vamos a ser serias. Tengo a la casera arriba y el único piso que voy a firmar es este. Llevo mucho tiempo buscándolo y no lo voy a dejar ahora porque se te hayan metido en la cabeza no sé qué cosas... Así que relájate.

Laux me miró en silencio durante unos segundos, calmada.

—Eres una cobarde.

—¿Cómo? —respondí, alucinada.

—Lo que has oído.

—¡¿Qué dices, tía?! ¿Una cobarde de qué...?

—Quieres este piso porque es como volver atrás, como si nada hubiese pasado en este tiempo.

—Eso no es verdad...

—Sí que es verdad. Este piso es como retroceder en el tiempo. Tú me lo decías anoche. Las cosas han cambiado, ya no somos las mismas que hace seis meses... El tiempo pasa, los años pasan... y se nota.

—¿Que si se nota? Como decía mi padre, yo noto hasta los cuartos de hora...

Las dos sonreímos y la tensión se relajó. Laura me miró de nuevo con los ojos de cordera que solo ella sabía poner cuando algo le interesaba de verdad.

—Anda, ven, que no te vas a arrepentir... Te lo prometo.

Dudé durante un segundo. Suspiré.

—Venga, tira, que ya tengo hasta curiosidad por saber la que has liado.

Laux dio un gritito de alegría y arrancó el coche más rápido de lo que habitualmente hablaba.

—No te pongas muy cómoda, que vamos aquí al lado —me indicó emocionada.

Y tanto. El trayecto fue muy corto, apenas de diez minutos, semáforos incluidos. Cuando viajaba con mi padre, siempre medíamos el tiempo de los viajes con un «semáforos incluidos». De pequeña le decía: «De casa a la sierra hay cuarenta y cinco minutos». Y él me respondía: «Cincuenta, semáforos incluidos». A él siempre le gustaba medir el tiempo exacto de las cosas. Si yo quería algo, nunca me decía «luego»: siempre me daba una fecha exacta. Decía que engañarse a uno mismo era una pérdida de tiempo y que por eso sus tiempos eran exactos... con semáforos incluidos.

Aparcamos y bajé del coche con la expectación propia de una niña que llega corriendo al salón de su casa el día de Reyes.

Sin ninguna idea preconcebida, solo la información justa: Laux había encontrado otro piso.

Iba tan emocionada que no me di cuenta de que había pasado por allí cientos de veces. Estaba tan nerviosa que no me fijé en los detalles ni en la calle, ni siquiera en el portal, que era bastante grande.

Una vez dentro, esta vez no subimos por las escaleras. Laux y yo nos montamos en el ascensor y ella pulsó el número siete. No había ningún piso más por encima. Al llegar a la puerta, Laux llamó al timbre. Un chico joven, bien vestido, que tenía pinta de ser de una inmobiliaria, abrió la puerta.

—Hola. Adelante.

—Perdona, que nos hemos entretenido —dijo Laura algo apurada.

El chico de la inmobiliaria nos cedió el paso y entonces pude ver la casa. La reconocí al instante. La había visto tantas veces que supe al momento que era el ático de Idealista que había visitado cientos de veces en la *app* y deseado otras tantas desde la calle. El salón, amplio y luminoso, con una pequeña cocina con barra americana al fondo y, por supuesto, una puerta acristalada preciosa que dejaba ver la enorme terraza llena de plantitas con una pequeña fuente de agua que parecía absorber el poco ruido del tráfico que llegaba.

—¿Qué hacemos aquí? —pregunté desconcertada.

—Ven a ver la terraza... Es espectacular —dijo Laux invitándome a salir.

—Laux, ¿qué hacemos aquí? —insistí, mientras ella se perdía entre la luz que entraba por la puerta de cristal.

El chico de la inmobiliaria sonrió e hizo un gesto, invitándome a que la acompañase. Lo hice con una mezcla de miedo e incertidumbre. Al pasar la cristalera me quedé blanca, y no precisamente Suárez. La terraza del ático era preciosa, exactamente igual que en las fotos que había memorizado casi al detalle durante meses, decorada en madera y con muchas plantitas llenas de flores que rodeaban el perímetro.

Junto a la pequeña fuente había un delicado jardín japonés

de piedras blancas y un toldo que protegía del sol una zona de descanso con dos tumbonas. Las vistas del *skyline* de Madrid eran impresionantes.

Pero, en cierto modo, todo eso ya lo sabía. Lo había visto decenas de veces en las fotos de la inmobiliaria. Lo que no aparecía en ellas era el chico, que bien podría ser bombero por la planta, que se encontraba al fondo de la terraza, mirándome. Él nunca había salido en Idealista. Si Javi hubiese estado en esas fotos, sin duda, me habría dado cuenta.

Os podéis imaginar mi cara cuando le vi allí, ¿verdad? Pues ni aun así creo que os acerquéis ni a una décima parte de lo que fue en realidad.

Cuando todavía intentaba reponerme del *shock*, Iván apareció al otro lado de la puerta.

—Hola, niña —dijo muy suave mientras yo seguía luchando por respirar todo el aire que existía en esa terraza.

—Bueno, os dejamos un momento —añadió Laura, agarrando a Iván del brazo para entrar en el salón.

Pues así estaba la situación. Javi y yo a solas en la terraza del ático más increíble de Madrid con el que tantas veces habíamos soñado, seguramente yo algunas más que él. Allí, de pie frente a él, sin entender aún nada de lo que estaba pasando, conseguí pronunciar mis primeras palabras.

—¿Qué haces aquí?

—Es un poco complicado, pero voy a ver si lo resumo en unos minutos, porque no tenemos mucho tiempo.

—Si hablas igual de rápido que Laux, nos da tiempo hasta de tomarnos una caña... —dije intentado sentirme cómoda, mientras Javi esbozaba su mejor sonrisa antes de hablar.

—He estado pensando mucho en nosotros en estas últimas semanas. No he podido parar de darle vueltas a todo lo que nos ha pasado en este tiempo...

Javi se mostraba dubitativo. Parecía que hubiese ensayado lo que iba a decir, pero estaba tremendamente nervioso.

—Yo quiero estar contigo. Es así, y negármelo sería mentirte a ti y mentirme a mí mismo. Sé que tengo mi vida en Ibiza, pero también sé que tú hiciste un gran esfuerzo en verano por mí y yo no lo valoré...

—Bueno, esfuerzo esfuerzo tampoco...

Javi volvió a sonreír, consiguiendo tranquilizarse un poco.

—Sí, sí que lo fue —dijo con rotundidad mientras cogía aire de nuevo—. Voy a ir al grano. Ese chico está ahí con un contrato para alquilar esta casa. Laux me dijo que andabas buscando piso y se me ocurrió la loca idea de que podríamos alquilar esta juntos.

Si pensabais que verle allí me había sorprendido, esa frase me dejó completamente a rombos, que diría Laux. Javi continuó hablando, nervioso ante mi cara de no estar entendiendo nada.

—Pero, si no te gusta, no pasa nada. No es obligatorio. El chico de la inmobiliaria sabe que es una sorpresa y que puede que no lo alquilemos, que depende de ti. De hecho, tiene otra cita dentro de diez minutos. Por eso no te preocupes, que no le faltan novias...

—¿Al de la inmobiliaria?

—No lo sé, pero si eso te ayuda a tomar una decisión, puedo preguntárselo.

Los dos sonreímos de nuevo con complicidad, como antaño. Le miré fijamente y él se acercó hasta mí, despacio. Intenté asimilar lo más rápido que pude toda la información que llegaba a mi cerebro y a mi corazón para hacer las preguntas adecuadas.

—Pero, Javi, una cosa que no entiendo. Si alquilamos este piso... ¿te mudarías a Madrid?

—No ahora mismo.

—Entonces, estás alquilándome una casa a mí, ¿no? —repuse un tanto enfadada, pensando que Javi estaba cometiendo el mismo error que Nacho cuando rompimos siendo unos adolescentes: decidir por mí.

—En absoluto: yo solo no podría hacerlo. Esto es algo que tendremos que hacer los dos, como siempre lo hemos hecho todo. Juntos.

—Javi, esto me parece muy bonito, pero no termino de entenderlo. No sé cómo vamos a alquilar una casa juntos si tú no vas a vivir en ella...

Javi cogió mi mano y respiró profundamente, intentando ser más conciso.

—Mira, durante estos últimos meses he buscado insistentemente una permuta que me permitiera volver a Madrid, pero no lo he conseguido de momento. Lo más cerca que he estado era en Barcelona, Vitoria, Sevilla... Y eso está más lejos que venir en avión desde Ibiza.

—¿Entonces? —insistí.

—He pedido el traslado definitivo a Madrid, pero lleva tiempo. Tiene que jubilarse algún compañero o quedar una plaza libre aquí. Mientras, yo sigo buscando otra permuta temporal, pero ahora de verdad. Cuando Laux me contó lo del ático, se me ocurrió la idea de que podría pasar todo el tiempo que no esté trabajando aquí, contigo. Ya sabes que puedo juntar muchos días de descanso y luego volverme a Ibiza cuando me toque currar.

—Javi, eso es un dineral, y este piso es carísimo.

—Lo sé... Lo sé. Por eso le dije a Iván que pusiera mi casa en alquiler y yo me he ido con mi padre.

Eso sí que no me lo esperaba. En ese momento entendí por qué cuando le llamaba al teléfono fijo de casa nunca lo cogía. Ya no estaba viviendo allí, y no solo eso, sino que encima estaba haciendo el gran esfuerzo de vivir bajo el mismo techo que su padre.

—Con el dinero del alquiler de mi casa pagaré mi parte aquí y cuando vuelva a Ibiza a trabajar, viviré con él. No me apasiona, la verdad... Ya sabes que no nos llevamos muy bien, pero me escaparé a casa de la yaya siempre que pueda.

Volví a quedarme sin palabras. Intenté procesar toda la información mientras Javi seguía hablando, cogidos de las manos.

Básicamente, Javi estaba haciendo todos los esfuerzos posibles para que estuviésemos juntos, empezando por abandonar su preciosa casa para ponerla en alquiler, continuando con el sacrificio que supondría tener que estar cogiendo vuelos constantemente de Ibiza a Madrid y acabando en casa de su padre con todo lo que eso suponía para él. Un padre con el que, como siempre dijo, apenas tenía nada en común.

Aquello suponía un alarde de generosidad por su parte que se escapaba de todo lo que habíamos vivido hasta el momento juntos, que era mucho. Además, y sobre todo, dejaba claro que su vaso también estaba medio lleno en cuanto a nuestra relación.

—¿Y si sale mal? Y si todo va bien tres meses, cuatro, un año... ¿y luego no? ¿Vas a cambiar toda tu vida por mí?

—Pues no pasa nada. Yo no te lo pregunté cuando cambiaste tu vida por mí el verano pasado. Tienes derecho a que yo me arriesgue ahora... Bueno, a que nos arriesguemos otra vez.

Javi parecía convencido de sus palabras. No era un intento a la desesperada por salvar una relación: era dar un paso hacia delante para que camináramos juntos. Le miré a los ojos y solo vi gratitud e ilusión en ellos. Estaba convencido y a mí me estaba convenciendo.

Justo en ese mismo instante, el chico de la inmobiliaria apareció por la puerta. No dijo nada, pero estaba claro que el tiempo se agotaba.

—¿Lo intentamos? —preguntó Javi, mirándome a los ojos.

Contesté al segundo.

—Claro que sí.

Javi miró al chico de la inmobiliaria, asintiendo con la cabeza.

—Muy bien, voy preparando los papeles —dijo este mientras volvía al interior de la casa.

Javi respiró aliviado y soltó toda la tensión que había acumulado durante los últimos meses, dejándose caer en una de las tumbonas, mientras yo le acompañaba abrazándole con fuerza.

Tumbados, mirando al cielo, sin poder pronunciar ni una sola palabra, entendí toda la película que Laura había montado durante esas semanas: las preguntas constantes sobre cómo estaba mi relación con Javi, su insistencia para que no dejara su piso, la escenita a grito pelado en la puerta de mi antiguo edificio antes de que firmara el contrato. Entendí que había estado hablando con él a mis espaldas cuando tomé la decisión de mudarme y que había ido a primera hora a recogerlos al aeropuerto. Esos comportamientos tan raros en ella, y por supuesto en Pol, habían tenido un desenlace de lo más feliz para todos. Bueno, quizá Pol en aquel instante estaba un poco más jodido que nosotros, intentando explicarle a Pilar lo que había pasado. Suerte tuvo de que no le subiese el alquiler, pero incluso eso habría merecido la pena.

—No sabía si iba a salir bien, pero quería intentarlo —dijo Javi mientras contemplábamos un cielo lleno de nubes que dejaba luces y sombras sobre nuestros cuerpos.

Si hay algo que tuve claro en aquel momento era que yo también quería intentarlo con todas mis fuerzas.

Imaginé que Javi esperaba algún tipo de contestación por mi parte, pero en vez de hacerlo con palabras me acerqué a él, llena de energía, con un beso que nació en mi boca y creció en la suya. Un beso que dio lugar a otro y siguió con todos los que nos habíamos guardado durante aquellos meses en los que habíamos estado separados. Sin prisa, pero sin pausa. Besándonos encima.

De repente, escuchamos un claxon pitando escandalosa e insistentemente desde la calle, en lo que parecía un grito que reclamaba nuestra atención. Javi y yo nos apoyamos por primera vez en la barandilla de la que iba a ser nuestra terraza, y vimos a Iván y a Laux montados en mi moto rosa, recorriendo la calle de arriba abajo, como si fueran dos peces nadando por un río. Laux llevaba en sus manos un cartel con la frase «Todo va a salir bien» que mostraba hacia arriba, como si estuviese puntuando a deportistas en una competición.

—Esta mujer está desatada —dije en tono de broma.

—¿Qué vamos a hacer con ellos? —preguntó Javi sonriendo.

—Podríamos adoptarlos.

—Bueno, dejemos que pase el verano y lo valoramos.

—Sí, mejor.

Los dos nos reímos como solíamos hacer. Con nuestras bromas y nuestra complicidad intactas y listas para disfrutar de ella de nuevo.

—Disculpen. Ya está todo. —El chico de la inmobiliaria volvió a interrumpirnos puesto que ya había preparado los papeles.

Javi le acompañó al salón y yo me quedé en la terraza, sola. Cerré los ojos y, durante un segundo, breve como un *déjà-vu*, nos imaginé siendo muy felices allí, como lo fuimos en mi antigua casa y exactamente igual que lo éramos al principio en Ibiza. Rodeados de amigos. Brindando por las segundas partes de las historias cuyos finales el destino todavía no ha escrito, más que nada porque imagino que Pol le tiraría siempre el bolígrafo por la ventana.

A los pocos minutos, Laux e Iván llegaron de nuevo. Lo supe porque escuché su grito de felicidad, imagino que al ver a Javi firmando el contrato. Laux entró en la terraza como una apisonadora para abrazarme con toda la fuerza que le daban sus dos horitas de gimnasio diarias.

—Luego hablaremos tú y yo —le dije a mi amiga.

Laux volvió a gritar de alegría. Le daba igual mi amenaza velada por la semana que me había hecho pasar y, sinceramente, a mí también. Estaba tan emocionada y feliz que solo podía pensar en cómo organizaríamos la terraza.

—¿Ves esa hamaca de ahí, rubia? Pues lleva mi nombre. Me la voy a cambiar a esa zona. Voy a pasar más tiempo en esta terraza que en mi casa. ¡Ya es hora de que te gorronee yo a ti, perra!

—¡Adjudicada! —dije, feliz de tenerla todo el verano conmigo, tomando el sol y hablando de nuestras trivialidades.

Mientras reíamos, el teléfono móvil de Laux sonó. Era Pol. Obviamente, puso el altavoz.

—¡Oye! ¿Qué ha pasado al final? Que no puedo retener a la señora esta mucho más. Tiene un mosqueo conmigo que flipas... —dijo susurrando, mientras al fondo se escuchaba a Jaume y Pilar hablando. No pude contener la risa.

—Qué cabrona, me has puesto en altavoz. ¡Decidme! ¿Qué hago?

—Pol, sal de esa casa ya, tira la llave y no mires atrás...

—¿Igual que he hecho con el boli?

—Exactamente igual.

—¿Qué es lo del boli? —preguntó Laura intrigada.

—Luego te lo cuento —le dije conteniendo la risa.

—Lo que me habéis hecho hacer hoy no está pagado, que lo sepáis... Y Jaume lleva un cabreo... Dice que me he vuelto loco. Que no me reconoce... A ver cómo le explico esto. En fin..., ¿una cervecita?

—Sí, pero en nuestra nueva casa. ¡Corre!

—¡A la orden! —respondió Pol, a quien antes de colgar pudimos escuchar de fondo diciendo: «Jaume nos vamos... No sabes, Pilar, la movida que tenemos encima con la rubia...».

Nos empezamos a descojonar imaginando la secuencia y deseando que llegara para contarnos cuál era el desenlace.

Javi volvió a la terraza y me cogió por la cintura. Me miró y le besé. Bueno, más bien nos besamos, que él también puso de su parte... Como la primera vez en Ibiza, con la misma sensación de reinicio que tuve cuando le conocí.

—Bueno, bueno, ya estrenaréis la cama luego con amor sucio de ese que tenéis. ¿Vamos a por unas cerves? —propuso Laux.

—Un momento. Hay una cosa más —dijo Javi.

—¿Más? Yo creo que he superado ya el cupo de sorpresas por día...

—Te va a gustar. —Javi me cogió de la mano, dirigiéndome hacia el interior de la casa. Me detuvo delante de una estantería de obra que había en el salón—. Aquí podrás colocar todos tus libros... Yo he puesto el primero.

Al dirigir la mirada sobre él, lo reconocí al momento. No hizo falta ni cogerlo, pero Javi me insistió.

En la primera página, escrita con una letra casi infantil, redonda y cuidada, como la que utilizábamos en los cuadernillos de verano, una nota rezaba: «Tráeme el libro cuando vuelvas. Nos falta el último capítulo. Catalina».

No pude contenerme. Solté una lagrimita de pura felicidad. Abracé el libro, deseando que el gesto traspasase sus páginas y llegase en aquel preciso instante hasta la abuela Catalina, a quien, por supuesto, iría a ver para leerle el último capítulo.

—Ven, vamos al dormitorio. —Javi me cogió de la mano.

—¡Oye! Si vais a estrenar la cama, mejor nos vamos... —dijo Laux, gritando desde la terraza.

Él se situó detrás de mí y me tapó los ojos con sus grandes manos. Al quedarme a oscuras pude oír latir mi corazón con fuerza y percibir la ilusión de Javi en sus manos. Sin duda, a Laux le gustó lo que fuera que me esperaba porque escuché un sonoro «Ooooohhhhh».

Cuando Javi retiró sus manos todo era blanco a mi alrededor y estaba impoluto. La habitación era más grande de lo que mi cabeza se había imaginado por las fotos que había en la web. La luz entraba a raudales por la ventana y apuntaba al edredón, dibujando formas sobre la cama. Entonces miré el cabecero y me quedé completamente sobrecogida.

Javi había colocado todas las fotos de mis atardeceres en Ibiza que había capturado con la cámara Polaroid. Estaban suspendidas sobre una cuerda, enganchadas por pequeñas pinzas de madera junto con unas minibombillas que creaban un efecto precioso sobre la pared. Aquella decoración trajo a nuestra habitación el recuerdo no solo de la isla, sino de la experiencia de una parte muy importante en mi vida. Cada una de esas fotografías, con sus atardeceres, sus horas y sus minutos, llevaban consigo un recuerdo imborrable y un lugar en mi pecho para siempre.

—Son... mis atardeceres... —dije emocionada, acercándome al cabecero para tocar suavemente con mis dedos cada foto.

—Puedes contarlos... Están todos —respondió Javi.

Me giré y le vi sonreír como un niño ilusionado.

—Y todos los que nos quedan por contar juntos.

El verano de nuestras vidas

Dicen que el idioma universal es el amor, pero yo creo que es la risa.

—¡Pásame la crema! —le pidió Sara a Laux.

Lucía estaba a la sombra, debajo de una sombrilla y ataviada con una gran pamela que le protegía del sol rabioso que hacía aquel día.

—¿Cómo se dirá en griego «ponnos unas cervezas, chiqui?» —preguntó Laux.

—Pídelas a gritos, como haces siempre, si te van a entender igual —respondí.

Dicen que el idioma universal es el amor, pero yo creo que es la risa. En ese momento, las cuatro nos estábamos riendo a carcajadas y cualquier persona que nos viese en aquella playa de Mykonos entendería que éramos absolutamente felices.

Sintiendo nuestros pies desnudos en la arena, brindamos con unos mojitos y disfrutamos de la paz que daba escuchar el sonido de las olas cuando Laura se quedaba dormida.

Nos encontrábamos tal y como dice la famosa frase: «Como cuando la arena quema y te da igual porque corres hacia el mar. Así deberíamos vivir». Y así lo hacíamos, disfrutando de aquellos días donde la única prisa que sentíamos era por llegar lo antes posible al mar... o a pedir otro mojito.

No necesitábamos más. Detrás de nosotras, un precioso pueblecito encalado con toques azules, tan típico de las islas griegas, se alzaba sobre la montaña en una playa alejada del centro. Un lugar lleno de armonía donde encontrarnos con nosotras mismas. Un mar de silencio hasta que notamos que Laux se había despertado.

—¡Ja, ja, ja! ¡Me descojono con esta tía! —gritó, mirando el móvil.

—¿Con quién? —pregunté interesada.

—Con la Vecina Rubia... La tía es la bomba.

—¡Ah, sí! No sé quién me habló de ella hace poco y la he empezado a seguir en Instagram —dijo Lucía incorporándose—. ¡Tiene miles y miles de seguidores!

—A ver... —Sara cogió el móvil de Laux, curiosa—. Pero si no se le ve la cara...

—Es que es anónima —afirmó Laux.

—Pues hace muy bien: así está más tranquila —comentó Lucía.

—Tienes que seguirla, rubia. Dice las mismas tonterías que tú.

Las miré, sonreí y les dije, aguantando la respiración:

—Chicas, tengo algo que contaros...

Agradecimientos

Gracias a ti, que estás leyendo estas líneas ahora mismo y que con ello estás siendo parte de la historia de esta novela.

Gracias por dedicar tu tiempo a conocer un poquito más a todos y cada uno de los personajes que nos han acompañado en esta lectura.

A Laura, por ser una hermana, más que una amiga.

A Sara, por tener el corazón más noble que he conocido nunca.

A Lucía, porque su historia es una lección de vida y una demostración de que las segundas oportunidades existen.

A Pol, por cuidar de mis plantas y de mi corazón.

A Nacho, por traer a mi memoria los momentos más felices de mi adolescencia.

A Javi, por demostrarme que las señales existen.

A la yaya Catalina, que me descubrió cómo andar descalza por la vida.

A mi madre, por ser el espejo en el que mirarme cuando necesito ver una sonrisa.

A mi padre, porque todo lo que soy es gracias a ti.

A todo el chat de grupo de amigas, por ser el refugio donde encontrar una sonrisa.

Y gracias a todas las personas que han hecho posible que tú tengas esta novela entre las manos.